新潮日本古典集成

今昔物語集

本朝世俗部

一

阪倉篤義 本田義憲 川端善明 校注

新潮社版

目次

凡例……七
巻第二十二　本朝……一五
巻第二十三　本朝……五一
巻第二十四　本朝 付世俗……一〇七
解説　今昔物語集の誕生……本田義憲……二七三
付録
説話的世界のひろがり……三一五
京師内外図……三五四
登場人物年表……三七〇

今昔物語集　本朝世俗部(一)　目録

巻第二十二　本朝

大織冠、始めて藤原の姓を賜れる語、第一……一七
淡海公を継げる四家の語、第二……二一
房前の大臣、北家を始めたる語、第三……二四
内麿の大臣、悪馬に乗りたる語、第四……二五
閑院の冬嗣の右大臣幷びに子息の語、第五……二六
堀河の太政大臣基経の語、第六……二九
高藤の内大臣の語、第七……三一
時平の大臣、国経大納言の妻を取る語、第八……四一

巻第二十三　本朝

平維衡同じき致頼、合戦して咎を蒙る語、第十三……五一
左衛門尉平致経、明尊僧正を導く語、第十四……五五
陸奥前司橘則光、人を切り殺す語、第十五……五九
駿河前司橘季通、構へて逃ぐる語、第十六……六五

尾張の国の女、美濃狐を伏する語、第十七……七〇
尾張の国の女、細畳を取り返す語、第十八……七三
比叡山の実因僧都の強力の語、第十九……七五
広沢の寛朝僧正の強力の語、第二十……七九
大学の衆、相撲人成村を試みる語、第二十一……八三
相撲人海恒世、虵に会ひて力を試みる語、第二十二……八八
相撲人私市宗平、鰐を投げ上ぐる語、第二十三……九二
相撲人大井光遠の妹、強力の語、第二十四……九五
相撲人成村・常世、勝負の語、第二十五……九九
兼時・敦行、競馬の勝負の語、第二十六……一〇三

巻第二十四　本朝 付世俗

北辺大臣と、長谷雄中納言との語、第一……一〇九
高陽親王、人形を造りて田の中に立つる語、第二……一一〇
小野宮の大饗に、九条大臣打衣を得る語、第三……一一二
爪の上にして勁刷を返す男と、針を返す女との語、第四……一一三
百済川成、飛弾の工と挑む語、第五……一一四
碁擲寛蓮、碁擲つ女に値ふ語、第六……一一八

典薬寮に行きて病を治する女の語、第七……一二四
女、医師の家に行き、瘡を治して逃ぐる語、第八……一二七
蛇に嫁ぐ女を医師治する語、第九……一三一
震旦の僧長秀、此の朝に来たりて医師に仕はるる語、第十……一三五
忠明、龍に値へる者を治する語、第十一……一三七
雅忠、人の家を見て瘡病有りと指す語、第十二（本文欠）……一四〇
慈岳川人、地神に追はるる語、第十三……一四〇
天文博士弓削是雄、夢を占ふ語、第十四……一四五
賀茂忠行、道を子保憲に伝ふる語、第十五……一四八
安倍晴明、忠行に随ひて道を習ふ語、第十六……一五〇
保憲・晴明共に覆ひたる物を占ふ語、第十七（本文欠）……一五五
陰陽の術を以て人を殺す語、第十八……一五五
播磨の国の陰陽師智徳法師の語、第十九……一五八
人の妻悪霊と成り、其の害を除く陰陽師の語、第二十……一六一
僧登照、倒るる朱雀門を相する語、第二十一……一六四
俊平入道の弟、算の術を習ふ語、第二十二……一六八
源博雅朝臣、会坂の盲の許に行く語、第二十三……一七四
玄象の琵琶、鬼の為に取らるる語、第二十四……一七八
三善清行の宰相、紀長谷雄と口論する語、第二十五……一八一

村上天皇、菅原文時と詩を作り給ふ語、第二十六……一八三
大江朝綱の家の尼、詩の読を直す語、第二十七……一八五
天神、御製の詩の読を人の夢に示し給ふ語、第二十八……一八八
藤原資業が作れる詩を義忠難じたる語、第二十九……一八九
藤原為時、詩を作りて越前守に任ぜらるる語、第三十……一九一
延喜の御屛風に、伊勢御息所和歌を読む語、第三十一……一九三
敦忠中納言、南殿の桜を和歌に読む語、第三十二……二〇〇
公任大納言、屛風和歌を読む語、第三十三……二〇三
公任大納言、白川の家にして和歌を読む語、第三十四……二〇六
在原業平中将、東の方に行きて和歌を読む語、第三十五……二一〇
業平、右近の馬場にして女を見て和歌を読む語、第三十六……二一四
藤原実方朝臣、陸奥の国にして和歌を読む語、第三十七……二一八
藤原道信朝臣、父に送れて和歌を読む語、第三十八……二二〇
藤原義孝朝臣、死にて後和歌を読む語、第三十九……二三〇
円融院の御葬送の夜、朝光卿和歌を読む語、第四十……二三三
一条院失せ給ひて後、上東門院和歌を読む語、第四十一……二三四
朱雀院女御失せ給ひて後、女房和歌を読む語、第四十二……二三六
土佐守紀貫之、子死にて和歌を読む語、第四十三……二三八
安陪仲麿、唐にして和歌を読む語、第四十四……二三九

小野篁、隠岐の国に流さるる時和歌を読む語、第四十五 …… 二四一
河原院に歌読共来たりて和歌を読む語、第四十六 …… 二四三
伊勢御息所、幼き時に和歌を読む語、第四十七 …… 二四五
参河守大江定基、米を送りて和歌を読む語、第四十八 …… 二四六
七月十五日、盆を立つる女、和歌を読む語、第四十九 …… 二四八
筑前守源道済の侍の妻、最後に和歌を読みて死ぬる語、第五十 …… 二四九
大江匡衡の妻赤染、和歌を読む語、第五十一 …… 二五三
大江匡衡、和琴を和歌に読む語、第五十二 …… 二五五
祭主大中臣輔親、郭公を和歌に読む語、第五十三 …… 二五八
陽成院の御子元良親王、和歌を読む語、第五十四 …… 二六〇
大隅の国の郡司、和歌を読む語、第五十五 …… 二六三
播磨の国の郡司の家の女、和歌を読む語、第五十六 …… 二六五
藤原惟規、和歌を読みて免さるる語、第五十七 …… 二六九

凡　例

〔本　文〕

一、本文は丹鶴（たんかく）叢書本を底本とするが、底本を、その表記法まで忠実に再現することは避け、つとめて読みやすい形をとるようにした。丹鶴本の誤りや疑問点は他本によって校訂して、本文を整えたが、そのことは頭注に必ず記されている。

一、底本は、漢字・片仮名交りで、片仮名を二行に小書きする、いわゆる宣命体（せんみょうたい）で書かれているが、本書には次のように統一した。

A　底本の片仮名はすべて平仮名に改め、仮名づかいは歴史的仮名づかいに統一した（振り仮名も、原則として同じ）。仮名は小書きせず、漢字と同ポイント活字にした。

B　本文は意味をとって適宜に改行し、また段落を設け、会話文および、必要によっては心中思惟の部分に「　」を付け、句読点を施した。清濁も、校注者の解釈によって書きわけた。

C　底本の欠文は□によって示したが、該当すべき語の推定できるものについては、傍注、もしくは頭注にそれを記した。

D　漢字の字体については次の方針に従った。

a　異体字は通用字体に統一する。

（例）　㺃→狗　獘→弊

b　分字あるいは合字は底本のままとし、頭注に解説する。

（例）　草馬（「騲」の分字）　突部（「穴太部」の合字）

c　用字の全巻にわたる統一は行わず、底本のその個所の用字を尊重する。

（例）　牸↔牸牛

E　底本の漢字はなるべく保存するようにしたが、次のような場合は平仮名に改めた。

a　返読の助動詞やそれに相当する表記。

（例）　被用テ→用ゐられて　不狂ソ→狂ひそ

b　接続助詞。

（例）　雖有モ→有りといへども

F　漢字を返読する場合の語序は、原則として改めた。

（例）　无限シ→限無し　難有シ→有難し

G　送り仮名については次の方針に従った。

a　活用語の場合、誤読を避けるために活用語尾はなるべく示すようにする。

（例）　有ケリ→有りけり

b　複合語も右に準じる。ただし、接頭語や、二字以上による熟合的な語については、仮名を介入させず、そのために読みにくくなる場合は、振り仮名を付す。

（例）　立走テ→立ち走りて　打言フ→打言ふ　御座ス→御座す（おはします）

c　副詞類については、語幹の最後の音節を一律に平仮名で補記する。

（例）　慥ニ→慥（たし）かに　自然→自然（おのづか）ら　強ニ→強（あなが）ちに

d　名詞に対する送り仮名は、底本にはあっても、原則として付けない。それを省いたことによって誤解の恐れが生じる時は、改めて振り仮名を付す。

（例）　験有シリ→験（しるし）有り

H　振り仮名については次の方針に従った。

a　宛字には必ず付す。

（例）　衣曝（きさらぎ）　艶（えもいは）ず　可咲（をか）しき　微妙（めでた）く

宛字が表音的である場合（たとえば「浅猿（あさまし）」）は、まず振り仮名を付けることを優先し（この場合は、必ずしも歴史的仮名づかいに従わない）、その上でさらに送り仮名をも考慮する。したがって、次の例のように送り仮名に不統一が生じる場合も、まま存する。

（例）　浅猿（あさまし）さ↔奇異（あさま）しく

b　補助動詞・副詞などの文法的な意味を担うもの、あるいは読み方の違いが語義の違いを導きそうなものには、原則として付ける。

（例）　強（あなが）ちに　下様（しもざま）に　思（おぼ）えて

c　その他、読みにくいものには、見開き二頁の範囲内で少なくとも初出のものには付ける。

（例）　蚕簿（えびら）　繚（あつか）ひて　俯（うつふ）して　販婦（ひさぎめ）

d　固有名詞（人名・地名など）の一般的でないものについては、一話の初出の際には少なくとも付ける。人名における姓と名をつなぐ助詞「ノ」字は、送り仮名とせず、振り仮名の中に入れる。

（例）　茨田ノ重方→茨田重方（まったのしげかた）

〔注　釈〕

一、注釈は、傍注（色刷り）と頭注とよりなるが、原則として、傍注には現代語訳、頭注には、事柄や言語に対する解説を宛てるようにした。しかし、スペースの関係で、現代語訳を頭注欄にまわさざるを得ない場合も生じた。

一、傍注の現代語訳は逐語訳ではなく、スペースの許すかぎりにおいて自然な現代語であるように努めた。

一、傍注における〔　〕は、本文にない語（主語・目的語・述語など）を補足するものであり、（　）は、会話文の話者を指示したり、欠文の個所に語句を想定補足したりするものである。

一、頭注は、説話の理解を深めるのに役立つように努めた。

一、頭注には次のような略記法を用いる。

A　たとえば「元明＝和銅元年」は、「元明天皇の和銅元年」を意味する。

B　『名義抄』『字類抄』「大系」「全集」は、それぞれ、『類聚名義抄』『色葉字類抄』「日本古典文学大系（今昔物語集）」「日本古典文学全集（今昔物語集）」を意味する。

Cたとえば「二三―四」は、『今昔物語集』巻第二十三巻の第四話を意味する。

一、頭注欄の適当な個所に*印の欄を設けた。巻末の付録「説話的世界のひろがり」に、頭注欄に述べきれない、説話的な世界の事柄を解説したが、*印は、それへのインデキスである。随時参照ねがいたい。

一、頭注欄には、各話の主要な段落に小見出し（色刷り）を入れ、話の展開をわかりやすくした。

〔付　録〕

一、付録として「説話的世界のひろがり」、「京師内外図」および「登場人物年表」を付した。

一、「説話的世界のひろがり」は、頭注からはみ出す、主として説話的世界の事柄を記すことにした（頭注欄に*印および〔　〕をもって記した見出しが、それぞれに対応している）。これは、言わば注釈のなかであけた幾つかの窓である。その窓から我々は若干の風景を見る。時にそれは、説話が説話的に成長してゆく姿であり、また説話の中に封じこめられた事実の確かさである。時にそれは、平安朝末期に残る古代であり、また平安朝末期にきざす中世である。

一、「登場人物年表」は、本書所収の巻第二十二から第二十四までの登場人物について、その主な事蹟を記し、人物の時代的な相互関係を一覧できるようにしたものである。一つ一つの説話は、比較的少数の人物だけで閉じられており、したがって、ある話の主人公と他の話の主人公とが、時代的にどう前後するか、どの程度に共存するかなどの関係は、通常、意識されない。それを広く時代の現実のなかへ還してみようとするのである。たとえば西国土佐に紀貫之が赴任した頃、東国下総では平将門とその叔父良兼の仲はこじれていたであろう。またたとえば博雅三位は、その将門の首を、蟬丸から秘曲を授けられる以前に見たか、以後に見たか。時間を唯一の軸とするこのような対照は、少なくとも我々の、説話的想像力を刺戟してくれるのである。

〔解　説〕

一、解説は、本巻には、本田義憲が『今昔物語集』成立の背景と、その位置づけについて記した。

本文の作成には内田賢徳氏の協力を得た。

今昔物語集

本朝世俗部　一

今昔物語集　巻第二十二　本朝

大織冠、始めて藤原の姓を賜れる語、第一

今は昔、皇極天皇と申しける女帝の御代に、御子の[一]天智天皇は[二]春宮にてぞ御しましける。其の時一人の大臣有り、[三]蘇我蝦夷と云ふ。[四]馬子の大臣の子なり。蝦夷、年来公に仕りて老に臨みければ（老齢になったので）、我が身は老耄にて殊に内に参る事無し（参内することもなかった）。然れば、子[五]入鹿を以て代として常に参らしめつつぞ、公事をば申し行ひける（政務や儀式をとり行っていた）。

此れに依りて、入鹿、世を[六]恣にして天下を心に任せて翔ひける間、天智天皇は御子にて（皇極の）御しましけるに、[七]鞠蹴させ給ひける所に（蹴鞠をなさったとき）、入鹿も参りて蹴けり。亦其の時に、[八]大織冠の、未だ[九]公卿などにも（公卿などにも）至り給はざりける程に（なっていらっしゃらぬ頃で）、[一〇]大中臣の□（鎌子）とて御しけるも（と言っていらっしゃったが）、参りて共に蹴給ひけるに、御子の鞠蹴給ひける御沓の、御足に離れて（足からはなれて）上りける（飛び上っ

蘇我入鹿、国政を執ること

鎌足、中大兄に近づくこと

一 中大兄皇子（天智天皇）。皇極天皇の皇太子ではなく、正しくは孝徳・斉明（皇極の重祚）朝の皇太子。
二 御所の位置から皇太子のことを「東宮」というが、五行説によって四季を四方に配し「春宮」とも書く。
三 蘇我氏は武内宿禰の子、蘇我石川宿禰を祖とするという古代豪族で、大和の国高市郡蘇我（現在の橿原市の辺）を本拠とする。蝦夷は舒明・皇極朝の大臣。
四 物部氏を滅し、聖徳太子とともに仏教の受容に尽力した。敏達・用明・崇峻・推古朝の大臣。
五 蝦夷が同族の対立者、境部摩理勢を滅した頃から、入鹿（鞍作）は国政を執り始める。
六 祖廟を造って天子の行いである八佾の舞をまわせ、生前の墓を作って陵と呼び、上宮（聖徳）家の部民を私用し、さらに山背大兄（聖徳太子の子）を斑鳩宮に攻め滅したという。「翔 フルマフ」（『名義抄』）。
七 『日本書紀』は場所を法興寺（飛鳥寺）の槻の木の下とする。この槻の林は飛鳥京の人の集会の場で、大化改新の成った年、群臣を集めて誓約を堅めたのもここ。
八 藤原鎌足のこと。二二頁注一六参照。
九 「公卿」は平安朝の概念で、当時の「大臣」に相当。
一〇 大中臣と藤原は別の氏であるが、藤原の旧姓「中臣」を、後世敬意をもって「大中臣」と呼ぶことがある。

（たが）を、入鹿誇りたる心にて（思い上った心で）、宮の（御子の）御事を何とも思はずして（軽く見て）、嘲りて其の御沓を外様に蹴遣りてけり。御子此の事を極めて半無しと（無礼な仕打ちだと）思食しければ（思われたので）、顔を赤めて立たせ給へるを、入鹿猶、事とも思はざる気色にて（平気な顔つきで）立てりければ、大織冠[一]其の御沓を迷ひ取るとて、（入鹿は）[二]「我れ悪しき事を翔ひつ」とも思はざりけり。御子は、入鹿が此く半無く為つるに、[三]□と沓を忩ぎ取りて履かせつるを、（御子）「有難く喜しき志なり。此の人は我れに心寄有りて（好意をいだいているのだな）思ふなりけり」と心得させ給ひて、其の後は事に触れて（事あるごとに）昵しき者に（心を許せる者と）なむ思食したりける。大織冠も、見給ふ様や有りけむ（見どころを感じられたのであろう）、取分き殊に御子に仕り給ひけり。入鹿は誇りの余りに（思い上りのあげく）、後々には天皇の仰せ給ふ事をも動もすれば（何かにつけ）承け引かず、亦、仰もなき事をも行ひなむどしければ、御子、弥よ、心の内に、「便無し」（不都合だと思われることが重なっていった）と思食し積みてけり。

而る間、御子、人無き所にて竊かに大織冠を招き取り給ひて（呼びよせなさって）、仰せ給はく、「入鹿常に我が為に無礼を致す（無礼である）。恠しと（けしからぬと思っていたが）思ふ間に、天皇

一 鎌足が沓をあわてて拾い上げたからといっても。底本および諸本に「迷ヒ取トテ」とあり、それを「迷ひ取(っ)て」とよむ説（「大系」、「全集」）には従えない。

二 入鹿は、（中大兄に対して）自分が悪いことをしたとも思わなかった。「思はざりけり」（あるいは「思さざりけり」とよんで）の主語を鎌足とする考え（注一参照）には従えない。

＊ 蹴鞠の話はすでに『書紀』においても説話的に潤色された部分であった。〔蹴鞠の話〕

三 諸本、「□が…履かせつる」となっているものが多い。それに従えば欠文には「大織冠」を補うことになる。底本の表現に従うならば、欠文には自称の「我」を想定してよい。鎌足が自分で、の意になる。

四 下二段活用の「給ふ」は、自己の行為をあらわす動詞（殊に「思ふ」「見る」「聞く」）について、自分を卑下し、間接的に聞き手を敬う意をもつ敬語補助動詞。

五 御命令下さったら、そのように計らいましょう。

六 朝堂院（八省院）の正殿で、元朝・即位・大嘗会などの重儀が行われる。もっとも、

鎌足ら、入鹿の誅殺を謀ること

の御為にも動(やや)もすれば違勅(ゐちよく)す。然れば、遂(所詮)に此の入鹿(いるか)世に有りては、吉(よ)き事有らじ。此れを殺さむと思ふ」と。大織冠、我が心にも常に、「便(びん)無き事なり(不都合千万だ)」と思ひ給ひける間に、御子の此(か)く仰せ給へば、「己(おの)れが心にも四然(さ)思ひ給ふる事なり(そう思っていたことです)。五御定(ごぢやう)有らば相構(あひかま)ふべし」と申し給ひければ、御子喜びて其の由を議し固め給ひつ(入鹿謀殺のことをしっかりと相談なさった)。

其の後、六大極殿(だいごくでん)にして七節会(せちゑ)行はれける日、御子、大織冠に宣(のたま)はく、「入鹿をば今日罸(う)つべきなり」。大織冠其の由を承はり給ひて、謀(はかりごと)を成して、八入鹿が着(は)きたる大刀を解かしめつ。然れば入鹿御前にて九練(ね)り立てる程に、一〇御子(一人の皇子が)有りて表(へう)を読む。此の表を読む御子、今日此(か)かる大事有るべしやと知り給ひたりけむ(このような大事があろうかと薄々は知っておられたのであろう)、憶病したる気色にて(気おくれした様子で)篩(ふる)ひければ(ふるえたので)、入鹿は此の事を心得ずして(何のことかわからず)、「何ぞ此(か)くは篩ひ給ふぞ」と問ひければ、表読む御子、「天皇の御前に出でたれば、憶して篩(ふる)はるるなり(ふるえてくるのだ)」とぞ答へける。而る間、大織冠自(みづか)ら大刀を抜きて走り寄りて、入鹿が肩を打ち落し給ひつれば、入鹿走り逃ぐるを、御子大

この当時の飛鳥板蓋宮(いたぶきのみや)に大極殿があったか否かは疑問で、大極殿を含む朝堂院が内裏と別に設けられたのは、天武天皇の飛鳥浄御原宮(きよみがはらのみや)以後が確実とされる。ここでは、内裏の正殿のことを、後代の語である「大極殿」をもって呼んだのであろう。

七 朝廷で公事(くじ)のある日に群臣に賜る宴会を節会(せちえ)というが、『書紀』や『藤氏家伝』によると、ここは、三韓(高麗・百済・新羅)が調(つき)(貢物)を奉る上表文を読み上げる儀式を指している。『家伝』では、その式を設けたと述べているが、それは、遡れば、馬子が崇峻天皇を暗殺した時、偽って東国の調を奉ることに託したのと似ている。

入鹿、大極殿にて討たれること

八 『書紀』『家伝』では、入鹿が用心深く帯剣していたのを、俳優(わざおき)の滑稽なしぐさで謀って取り上げたと記すが、『多武峰縁起(とうのみねえんぎ)』や『聖徳太子伝暦(でんりやく)』に記す伝承では、鎌足自身が入鹿に戯れかかって剣を解かせたという。

九 威儀を整えてゆったりと立っていたとき。

一〇 『書紀』その他、表を読み上げたのは倉山田石川麻呂とする。入鹿に支持されていた古人大兄皇子(ふるひとのおおえ)もこの式に列しているが、表を読んではいない。皇子の一人が表を読んだという伝承は『今昔』にだけ見える。

* 『書紀』や『家伝』の伝える鎌足と、『今昔』が描くその像との相違は、後者がいちじるしく行動的になっていることであろう。〔行動する鎌足〕

刀を以て入鹿が頸を打ち落し給ひつ。其の頸飛びて高御蔵[一]の許に参りて申さく、「我れ罪無し。何事に依りて殺さるるぞ」と。天皇、此の事を兼て知しめさぬに合はせて、女帝にて御しましければ、恐ぢさせ給ひて高御蔵の戸を閉ぢさせ給ひつれば、頸其の戸にぞ当りて落ちにける。

其の時に入鹿が従者、家に走り行きて父の大臣に此の事を告ぐ。大臣此れを聞きて、驚き泣き悲しんで、「今は世に有りとも何にかせむ」と云ひて、自ら家に火を指して[二]、家の内にして家と共に焼け死にぬ。多くの公財共、心に任せて取り置きたりける、皆焼け失せぬ。神の御代[三]より伝はれる公財共は、其の時に皆焼け失せたるなり。

其の後天皇[四]程なく失せさせ給ひぬれば、御子位に即かせ給ひぬ。天智天皇と申す、此れなり。大織冠を以て即ち[五]内大臣に成されぬ。大中臣の姓を改めて藤原[六]とす。此の朝の内大臣此こに始む。□（而る）間、

一 天皇の御座。高御座。大極殿や紫宸殿の中央に設けられている。

＊ 入鹿の頸の怪異譚は、『書紀』や『家伝』に見られない説話的な展開である。〔首の怪異〕

二 「点す」の宛字。

三 聖徳太子と馬子とで録した『天皇紀』や『国紀』が焼け失せたという（『皇極紀』四年）。

四 斉明天皇崩御は七年（六六一）七月で、大化改新から十六年たっている。『今昔』は皇極と斉明を一つとし、中間の孝徳在位の十年を無視しているから、このように事実に合わない表現が生じたのであろう。『今昔』の拠った資料の問題か。

蝦夷、邸に火を放って自害すること

五 孝徳天皇が即位し中大兄が皇太子に立った時、鎌足は「内臣」と呼ばれた。大臣に準ずる位（『多武峰縁起』）であるが、この場合は皇太子に直属する私的な官である。公的に「内大臣」と改称されたのは天智八年（六六九）、鎌足の死の直前である。『今昔』では、この内臣と内大臣とを区別しないで書いている。

六 藤原姓を賜るのも鎌足の死に際してである。藤原は中臣氏ゆかりの香具山西方の地によるとも、鎌足出生地と伝える高市郡大原村藤原によるとも考えられる。

鎌足、重用されること

七 この后を、『大鏡』『今昔』『平家物語』『帝王編年記』は天智天皇の妃とし、『元亨釈書』『上宮太子拾遺記』『多武峰縁起』『多武峰略記』は孝徳天皇の妃とす

天皇偏へに此の内大臣を寵愛して国の政を任せ給ひ、后[七]を譲り給ふ。其の后本より懐妊して（その前に妊娠していて）、大臣の家にして産める（大臣の家に来てから産んだのが）、所謂多武峰[八]の定恵和尚[九]と申す、此れなり。其の後、亦大臣の御子を産めり。所謂淡海公[一〇]此れなり。

此くて内大臣も、身を棄てて（身をかえりみず）公に仕り給ふ事限無し。而る間、大臣身に病を受け給へり。天皇、大臣の家に行幸[一一]して病を訪はせ給へり。大臣[一二]遂に失せ給ひければ、其の葬送の夜、天皇行幸して、「山送りせむ」[一三]（野辺の送りに参加しようと仰せがあった）と有りければ、時の大臣・公卿[一四]（当時の大臣公卿が）有りて、「天皇の御身にて大臣の葬送の山送り、例無き事なり」（先例がございません）と度々奏しければ、（天皇は）泣く泣く返らせ給ひて、諡[一五]の宣旨を下して、此れより大織冠[一六]と申す。実の御名をば鎌足と申す。其の御子孫繁昌にして、藤原の氏、此の朝に満ち弘ごりて隙なし（隙間がないほどだった）。大織冠と申す此れなり（この方である）となむ、語り伝へたる（語り伝えているとか）とや。

る。生れた子も、『大鏡』『編年記』は藤原不比等とし、他の諸書は定恵とする。

＊鎌足に譲られた后の物語は、やがて『平家物語』の祇園女御にも見える。〔出生伝説〕

八 奈良県桜井市の南端の山。談山神社の前身である多武峰寺（妙楽寺）があった。定恵の開基。

九 俗名真人。白雉四年（六五三）学問僧として入唐、天智五年帰国。摂津阿威山（現在の茨木市）に葬られていた鎌足を多武峰に改葬したと伝えられる（『縁起』『略記』『拾遺記』）。定恵と不比等が多武峰信仰の基をつくった。

鎌足の死のこと

一〇 不比等のこと。次頁注一参照。

一一 天智八年十月十日（『天智紀』『家伝』）。

一二 天智八年十月十六日没。五十六歳（『天智紀』）。

一三 死者の行方が山であると考える山中他界観念から生れた語。鎌足はまず山科の南の方に仮葬されたという（『天智紀』に引用の『日本世紀』）。

一四 鎌足の没時、左右大臣は欠員であった。

一五 おくりな。生前の功績をたたえて贈る称号で、太政大臣を経たものが対象。ここでは冠位名である大織冠を諡扱いしているが、「大織冠」は鎌足の特称のようになるから、実質的には諡に近いともいえる。

一六 冠位表最高位を象徴する綴錦の冠、またその位。鎌足は白雉五年に紫冠を授かり（これは冠位制を超越する位置を意味する）、死の直前に最高位に編入されて大織冠を受けた。この冠位を受けた者は他にない。

淡海公を継げる四家の語、第二

今は昔、淡海公と申す大臣御しましけり。実の御名は不比等と申す。大織冠の御太郎、母は天智天皇の御后なり。而るに大織冠失せ給ひて後、公に仕り給ひて、身の才極めて止事無く御しければ、左大臣まで成り上り給ひて、世を政ちてぞ御しける。男子四人ぞ御しける。

太郎は武智麿と申して、其の人も大臣まで成り上りてぞ御しける。二郎は房前の大臣と申しけり。三郎は式部卿にて、宇合とぞ申しける。四郎は左右京の大夫にて、麿と申しけり。此の四人の御子の、太郎の大臣は祖の御家よりは南に住み給ひければ、南家と名付きたり。二郎の大臣は祖の御家よりは北に住み給ひければ、北家と名付

一 藤原不比等の諡。彼は太政大臣を経ていないが、藤氏始祖として（『大鏡』）、死後近江の国十二郡を追封され、淡海公と呼ばれた。「不比等」の名は、幼時田辺史大隅の山科の家に養育されたことによるというが（『尊卑分脈』）、史書（『書紀』）の編纂とかかわりのある名とする考えもある。

二 二二―一によると鎌足の長男は定恵。『尊卑分脈』などでは不比等を長男としている。

三 車持国子の女で、与志古娘。〔出生伝説〕

藤氏四家のいわれのこと

四 元明＝和銅元年（七〇八）三月、右大臣に任じられたのが官職の最終で、左大臣にはなっていない。

五 名詞マツリゴトを動詞として活用させた語。

六 聖武＝天平六年（七三四）正月に右大臣、九年七月、病没の直前に左大臣。

七 官職は参議中衛大将に終るが、死後、天平九年に正一位左大臣、淳仁＝天平宝字四年（七六〇）太政大臣が追贈されている。二四頁注一参照。

八 式部省（国家の儀礼・選任・叙位などを司る官）の長官。正四位下相当。宇合は聖武＝神亀三年（七二六）式部卿に任じられている。

九 京職（京都の司法・警護・民政を司る官。左京職と右京職とがあった）の長官。麿は元正＝養老五年（七二一）左右京大夫となる。ただし『続日本紀』『公卿補任』では左京大夫とし、『今昔』も後続の本文では左京大夫とする。

北家の繁栄のこと

きたり。三郎の式部卿は官の式部卿なれば、式家と名付きたり。四郎の左京の大夫は官の左京の大夫なれば、京家と名付きたり。此の四家の流々、此の朝に満ち弘ごりて隙無し。其の中にも二郎の大臣の御流は、[一一]氏の長者を継ぎて、今に摂政・関白として栄え給ふ。世を恣にして、天皇の御後見として政ち給ふ、只此の御流なり。太郎の大臣の南家も人は多けれども、[一二]末に及びては大臣・公卿などにも成る人難し。三郎の式家も人は有れども、[一三]公卿などに至る人無し。四郎の京家は[一四]然るべき人は絶えにけり、只侍などの程にてや有らむ。然れば只、二郎の大臣の北家微妙く栄え給ひて、[一五]山階寺の西に[一六]佐保殿と云ふ所は、此の大臣の御家なり。然れば此の大臣の御流、氏の長者として其の佐保殿に着き給ふには、[一七]先づ庭にして拝してぞ上り給ふ。[一八]其れは、其の御形、其の佐保殿に移し置きたるなり。

然れば、淡海公の御流、此くなむ御しけるとなむ、語り伝へたる

一〇『藤氏家伝』（武智麿伝）によると、家が平城宮の南にあったから南家と呼ばれたと説明されている。
一一 氏族の宗家として、氏神の祭、氏寺の管理、氏爵の推挙などを司る。藤氏では氏長者が摂政関白に多く任じられた。
一二 武智麿の子仲麻呂（恵美押勝）は橘諸兄を排して淳仁朝の政権を握ったが、道鏡と争って敗れた。後、南家は平城＝大同二年（八〇七）の伊予親王事件に連坐したことによって没落する。
一三 宇合の子良継・百川は道鏡を追放し、光仁天皇を擁立、その甥種継は長岡京造宮使となって活躍したが、種継の子仲成と薬子の起した薬子の乱（嵯峨＝弘仁元年、八一〇）によって、この流れは没落してゆく。
一四 麿の没後、政権外の氏族となった。落魄した貴族を侍にあてることは、たとえば三一—五に見える。
一五 氏寺の興福寺のこと。鎌足が山科に建立し、後に厩坂寺と改称、さらに平城遷都に伴い、不比等によって春日に移され興福寺と呼ばれた。
一六『江談抄』に不比等の建立とする。狭岡神社の辺か。
一七 氏長者が佐保殿を訪れる時の儀礼は『殿暦』（藤原忠実の日記）に詳しい。
一八 冬嗣の建てた勧学院に鎌足と冬嗣の肖像を掲げ、多武峰には鎌足・定恵・不比等の肖像があったというから、佐保殿にも、氏祖鎌足、建立者不比等、北家始祖房前の像が祀られていた可能性は十分考えられる。

とや。

房前の大臣、北家を始めたる語、第三

今は昔、房前（一）の大臣と申しける人御しけり。此れは淡海公（藤原不比等）の二郎（次男）なり。身の才、止事無く御しければ、淡海公失せ給ひて後に世の思え微妙くして、程無く大臣まで成り上り給ひにけり。

淡海公の御子四人御しける中に、此の大臣、（二）家を継ぎて、此れを北家の初めと申す。今日、（今に至るまで）今に氏の長者として栄え給ふは、只此の大臣の御流（子孫である）なり。此の大臣をば亦、（三）三睽門と申す。亦河内の大臣と申しけり。其れは、河内の国渋河の郡（四）□の郷と云ふ所に山居（山荘）を造りて（を造って）、微妙く可咲しくして（風流をつくして）住み給ひければなり。

此の大臣の御子には大納言真楯（五）と申す人なむ御しける。其の大納

一 参議、中衛大将、中務卿などに任じられ、大臣になることはなかったが枢機の位置にあった。元正＝養老五年（七二一）十月十三日、死の直前に元明上皇は時の右大臣長屋王と参議房前に後事を託し、二十四日、房前は内臣となって元正天皇を私的に輔佐するように遺勅されている。二二頁注七参照。

二 聖武＝神亀五年（七二八）、中衛府（天皇の親衛軍の拡大改組）が置かれ、房前は大将として軍事権を掌握する。六年二月、中納言武智麿、式部卿宇合と房前の連合は左大臣長屋王を滅し、彼らの妹である光明子の立后（聖武皇后）も実現した。北家主流は、真楯、内麿、冬嗣と繁栄の道を固めていったが、その原型は房前の内臣就任にある。

房前の風雅

三 丹鶴一本には「可咲門」とあり、「三睽門」とする伝本もあるが、訓みも意味も未詳。二行後の「微妙く可咲しくして」と関連があろう。

四 後の中河内郡、現在の東大阪市・八尾市西部のあたり。『布施市史』は、大和と河内を結ぶ龍田道、草香・生駒越の辺に別業があったのではないかと推量している。渋川郡には、かつて物部氏の城館や別業が多く、「渋川の家」とか「阿斗の河辺館」の語が『日本書紀』に見える。その旧地が蘇我氏を経て房前に伝わった可能性はあろう（房前の母は、蘇我連子の女娼子）。房前を「河内大臣」と呼ぶことは、『今昔』以外に見られないが、あるいは「河辺大臣」の誤りとも考えられる。房前の第五子・魚名は河辺大臣と呼ばれて

言は年若くして、大臣にも至り給はで失せ給ひにければ、其の御子に内麿と申しける人なむ、大臣まで至りて其の家を継ぎて御しましけるとなむ、語り伝へたるとや。

内麿の大臣、悪馬に乗りたる語、第四

今は昔、[六]内麿の右大臣と申しける人は、房前の大臣の御孫（御孫であって）、大納言真楯と申しける人の御子なり。身の才止事無くて、[七]殿上人の程より公に仕り給ひて、[八]其の思え微妙くなむ御しける。[九]世の人皆重く敬ひて随はぬ者無かりけり。形（容姿）・有様（態度）愚なる事無かりけり（尋常ではなかった）。亦、心直しくて人に用ゐられてなむ御しける。

而るに、此の大臣年未だ若く御しける時に、[一〇]他戸の宮と申す太子御しけり。白壁の天皇（光仁天皇）の御子なり。其の人心[一一]猛くして、人に恐れら

いる（『尊卑分脈』『公卿補任』。ただし魚名は、摂津の河辺郡に別業を持っていたとも考えられる）。

五 大納言・式部卿、正二位。称徳＝天平神護二年（七六六）没。五十二歳。特に若死とも言えない。

六 藤原真楯の三男。右大臣・左大将、従二位。閑院大臣、後、長岡大臣と呼ばれる。

七 桓武＝天応元年（七八一）二十六歳で従五位下に叙爵、延暦十三年（七九四）参議となる。三十九歳。

八 桓武・平城・嵯峨三代の天皇に信任された。

九 若い頃から人望があって、徳量温雅の人であったという（『日本後紀』）。

一〇 立太子の後、その母井上皇后の巫蠱事件に連坐して庶人に下され、幽閉されたまま母后とともに死ぬ（光仁＝宝亀六年四月二十七日）。

内麿の人柄のこと

井上皇后と他戸親王が光仁天皇を呪詛したとするこの事件は、式家藤原氏（良継・百川）の謀であって、他戸を庶人に下すことにより、藤氏に連なる山部王（後の桓武天皇）が皇太子になった。他戸親王と内麿はほぼ同年配であった。

一一『日本後紀』にも、盗跖（中国春秋時代の悪人）の性があって、名望ある人を傷つけることに喜悦を感じる人であったとするが、それらは、皇太子を廃されたという事実から、逆に作り上げられたことであろう。説話というものは、そのように成長するのである。

内麿、悪馬を乗りこなすこと

れてなむ御(おは)しける。其の時に一の悪馬(あくめ)有りけり。人の乗らむと為(す)る時に必ず踏み咋(く)ふ(嚙みついた)。然れば敢(あ)へて人乗る事なかりけり(進んで乗ろうとする者もなかった)。而(しか)る間、彼(か)の他戸(をさべ)の御子、内麿に命じて此の悪馬に乗らしむ。然れば内麿此の馬に乗り給ふに、万(よろづ)の人此れを見て恐怖(おそ)れて、「内麿定(きっと)めて此の馬に咋(く)ひ踏まれて損じ給ひなむとす(怪我をなさるに相違ない)」と、糸惜(いとを)しく思ひ合へりけるに(気の毒に思い合っていたところ)、内麿乗り給ふに、此の馬頭(かしら)を垂れて動く事無し(暴(はた)れなかった)。然れば内麿事無く(難なく)乗り給ひぬ。其の後、度々(どど)鞭(むち)を打ち給ふに、馬尚(なほ)動かず(暴れない)。然(さ)て、庭を度々打廻(めぐ)りて下り給ひにけり。此れを見聞く人、内麿を讃(ほ)めて、「此れ只人(ただびと)[一]にも御さざりけり(並みのお方ではなかった)」とぞ思ひける。

昔は此(か)かる人なむ御しけるとなむ、語り伝へたるとや。

閑院の冬嗣の右大臣幷(なら)びに子息の語(こと)、第五

一 『日本後紀』には「非常之器」とある。

二 二条の南、西洞院の西にあった藤原冬嗣の邸(『二中歴』『拾芥抄(しゅうがいしょう)』)。平安朝の画家巨勢金岡(こせのかなおか)が水石を組んだと伝えられる。冬嗣から基経・兼通・朝光そして公季へと伝領されたが、高倉天皇以後、里内裏(さとだいり)となって「閑院内裏」と呼ばれた。

三 内麿の三男(『大鏡』)。参議・左大将・右大臣などを経て左大臣、正二位に至る(したがって「左大臣冬嗣」と表現されるべきところ)。嵯峨天皇の信任を得、氏長者(うじのちょうじゃ)を勅許され、ここに藤氏宗家としての地位が明確になった。その女(むすめ)順子が仁明の皇后となり、後の文徳天皇を生み、冬嗣は天皇家の外戚となった。

四 権中納言、従二位。『諱訓抄』『二中歴』などにナガラとよむ。

五 長良が官位を弟二人に越えられたことを、『大鏡』も「世人も事のほかに申しけめども」と言っている。

六 二九頁一～五行参照。

七 「成し給ふ」は「身を成し給ふ」の意。

八 三位以上の公卿および四位の参議を指す。

九 左右大臣、右大将などを経て藤氏で初めての太政

長良とその子孫のこと

今は昔、[二]閑院の右大臣[三]冬嗣と申しける人の御子数た御しけり。兄（長男）をば[四]長良の中納言と申しけり。[五]何なる事にか有りけむ（どういうわけがあってか）、此の中納言は太郎（長男）にては御しけれども、弟二人（弟二人より）の下臈にてぞ御しける（官位が劣っていらっしゃった）。然れども、此の中納言の[六]御子孫は今に繁昌して、近代まで（ちかごろまで）栄え給ひて、太政大臣・関白・摂政に[七]成し給ふも（お成りになるのも）、皆此の中納言の御子孫に御します。何に況や、[八]上達部より以下の人は世に隙無し（充満するばかりである）。

良房と染殿后のこと

二郎（次男）は太政大臣まで成り上り給ひて（出世なさって）、[九]良房の大臣と申す。[一〇]白川の太政大臣と申す、此れなり。[一一]藤原の氏の摂政にも成り、太政大臣にも成り給ふは、此の大臣の御時より始まればなりけり。凡そ此の大臣は、心の倖て広く、身の才賢くて（思慮が広く学才もすぐれ）、万の事人に勝れてぞ御しける。[一二]亦和歌をぞ微妙く読み給ひける。[一三]御娘をば、文徳天皇の御后にて、[一四]水尾の天皇（清和天皇）の御母なり。[一五]染殿の后と申す、此れなり。其の后の御前に微妙き桜の花を瓶に指して置かれたりけるを、父の太政大臣見給ひて、読み給ひけるなり。

大臣・摂政となる。従一位。仁明＝承和九年（八四二）の伴健岑謀反事件や清和＝貞観八年（八六六）の応天門の変をくぐり抜けて、北家の繁栄は決定された。

一〇 京の東、白河の地に良房の邸があった。基経・忠平と伝領されるが、後、白河天皇の離宮となり、そこに法勝寺が建てられた。

一一 「この殿ぞ、藤氏のはじめて太政大臣・摂政したまふ」（『大鏡』）。

一二 『古今集』春上に「としふれば」（次頁注一参照）の歌を収める。『古今』に収めるのはその一首のみであるが、『二中歴』歌人（公卿）の項に「忠仁公」（良房の諡）の名が見える。平安朝の宮廷和歌行事はこの人に関連しながら活発になっていったように思われる。

一三 明子。母は嵯峨皇女、源潔姫。

一四 遺骨を山城の国葛野郡（現在、京都市右京区、愛宕山の西南）の水尾山に収めたので、「水尾の天皇」と呼ばれる。

一五 正親町の南、富小路の東にあった良房の邸（『二中歴』『拾芥抄』。良房のことを染殿大臣ともいう）。明子はここに住んでいた。桜の美しい庭園をもち、文徳・清和天皇は観桜にしばしば訪れている。陽成天皇はこの邸で生れ、清和天皇は譲位の後、明子とともにここに住んで、「清和院」と改称された。

としふればよはひはおいぬしかはあれど
花をしみればものおもひもなし

と、后を花に譬へて読み給へるなりけり。此の大臣は此く微妙く御しけれども、男子の一人も御さざりければ、「末の御さぬが極めて口惜しきなり」とぞ、世の人申しける。

良相と千手陀羅尼のこと

三郎は良相の右大臣と申しける。世に西三条の右大臣と申すは此れなり。其の比、浄蔵大徳と云ふ止事無き行者有りけり。其の人と極じき檀越として、大臣、千手陀羅尼の霊験蒙り給へる人なり。此の大臣の御子は大納言の右大将にて、名をば常行と申しけり。而るに其の大将の御子二人有りけり。兄は六位にて典薬の助に成りて、名をば名継とぞ云ひける。弟は五位にて、主殿の頭にて、名をば棟国とぞ云ひける。皆糸賤しき人にて有りければ、其の子孫無きが如

一〈多くの年を経て私はいま　ひどく老いてしまった　とはいえ　美しいこの花を目にするとき　私には何の物思いもない〉『古今集』春上の他、『新撰和歌集』『大鏡』『枕草子』に収める。この歌をめぐる『大鏡』の文章は『今昔』のそれにきわめて似ている。

二　実子は明子のみ。「かくいみじき幸人の、子のおはしまさぬこそくちをしけれ」（『大鏡』）。

三　応天門事件の時の右大臣で、左大臣源信を放火犯人と名指す大納言伴善男を支持した。良房・基経によって善男が罪せられ伊豆に流されてからは、良相家も衰えた。良相には仏教帰依者としての話が多い。

四　三条の北、朱雀の西にあった良相の邸（『拾芥抄』）。百花亭と号し、清和天皇の時には盛大な観桜の詩会が催されたりしている。

五　三善清行の子で祈禱に勝れた行者であるが、実は良相より後代の人。良相の仏教上の師としては、智証（『元亨釈書』）や相応（『拾遺往生伝』）がある。

六「其の人」は浄蔵。「其の人と」の「と」は、名詞「人」につけた送り仮名か、あるいは「の」の誤りか。

七　施主、帰依者。信者を僧の側から言う語。

八　千手観音の功徳をのべた陀羅尼。陀羅尼は梵語経文のことで、梵語の一字一字に無限の意義を認め、そのまま音読される。その霊験を蒙るとは、それを念持した功によって利益をうけること。

し(ある)。然れば彼(か)の太郎(長男の)長良(ながら)の中納言は、弟[一四]二人に越えられて辛(から)しとこそ思ひ給ひけめども(つらいことだと思われたであろうけれど)、其の弟二人の御子孫は無くして、此の中納言の御子は数(あま)た御(おは)しける中に、太政大臣(だいじやうだいじん)・関白に成りて、御名をば基(もと)[一五]経(つね)と申す人御しける。其の御子孫繁昌(はんじやう)して、今に栄えて微妙(めでた)く御(おは)します。

此れを思ふに、世の人、当時(そのかみ)弊(つたな)けれども(生存時はぱっとしなくても)、遂に子孫栄え、当時吉(よ)けれども末なし(子孫がない)、此れ皆前生(ぜんしやう)[一六]の果報なりとなむ、語り伝へたるとや。

基経とその子のこと

堀河の太政大臣基経の語(こと)、第六

今は昔、堀河(ほりかは)の太政大臣(だいじやうだいじん)と申す人御(おは)しけり。御名をば基経(もとつね)とぞ申しける。此れは長良(ながら)の中納言の御子(みこ)なり。大臣、身の才(ざえ)並無(ならびな)くして心賢く御(おは)しければ、年来(としごろ)公(おほやけ)に仕(つかまつ)りて、関白[一七]・太政大臣まで成り上(あが)

＊陀羅尼の霊験は、しばしば若い男を鬼難から救った。〔陀羅尼と百鬼夜行〕

九 清和天皇の時の参議・右大将・大納言、正三位。『伊勢物語』に「つねゆき」。尊勝陀羅尼の功徳で鬼難を遁(のが)れた話がある（一四―四二）。

一〇 典薬寮（宮中の医療、薬草園の管理を司る役所。宮内省所属）の次官。従六位上相当。

一一 『尊卑分脈』には、雅楽助、正五位下とする。

一二 主殿寮(とのもりよう)（宮中の乗物・燃料・清掃などを管理する役所。宮内省所属）の長官。従五位下相当。

一三 『尊卑分脈』には「輔国」とあって従五位上。

一四 「ことのほかに超えられたまひけむをり、いかばかりからうおぼされ」（『大鏡』）。

一五 長良の三男。良房の養子となり、北家藤原氏はこの子孫に継がれてゆく。

一六 よかれあしかれ、みな前(さき)の世からの報いであると。

一七 貞観十八年（八七六）十一月、陽成天皇即位とともに摂政、元慶八年（八八四）二月、光孝天皇即位とともに勅書によって実質的に関白となり、仁和三年（八八七）十一月、宇多天皇即位にともなって名実ともに関白となる。太政大臣は元慶四年から。

り給ひて糸止事無〔重鎮でいらっしゃった〕かりけり。亦、子孫繁昌にして、男女皆微妙かりけり。

一 御娘は醍醐の天皇の御后として、朱雀院・村上の二代の天皇の御母なり。男子は、一人をば時平二の左大臣と申す。本院の大臣と申す、此れなり。一人をば忠平三の太政大臣と申す。小一条四の大臣と申す、此れなり。一人をば仲平五の左大臣と申す。此の仲平の左大臣は枇杷六の大臣と申す。其の外に数た御しけれども、其れは皆公卿以下の人なれば注さず。

基経の邸のこと

先づ、大臣にて子三人、有難き事にす〔大臣である子を三人も持つことはめったにない〕。堀河殿七に住み給ひければ、堀河の太政大臣と申すなりけり。閑院八も此の大臣の御殿にて有りけれども、其の殿をば〔その御殿には〕御物忌九の時などぞ渡り給ひける。疎き人をば寄せ給はざりけり〔一通りのつき合いの人は寄せつけられず〕。親しき人々の限をぞ〔親しい人だけに限って〕寄せ給ひて、閑か一〇なる所に為させ給ひければ、其れより閑院とは云ふなりけり。堀河の院は、地一一形の微妙ければ晴の所にして〔公式の場所として〕、大饗一二行はれける時には、尊者一三の車を

一 穏子。母は人康親王の女。
二 「時平」は四二頁注六、「本院」は同注八参照。
三 四男。摂政関白太政大臣、従一位。諡は貞信公。
四 近衛の南、東洞院の西にあった冬嗣邸。良房・基経・忠平・師尹と伝領された。清和天皇はここで誕生。
五 次男。左大臣、正二位。
六 鷹司の南、東洞院の西にあった長良邸。基経・仲平・敦忠（仲平の女婿）と伝領、後に兼家・道長に。
七 二条の南、堀川の東、南北二町にわたる邸。基経が造り、仲平・有明親王（仲平の女婿）・兼通（有明親王の女婿）・朝光（兼通の子）・顕光（同）と伝領され、後、頼通・師実に伝えられた。白河天皇から堀河天皇の頃にかけて里内裏として重要な役割を果す。
八 二六頁注二参照。基経が冬嗣から伝領した。
九 陰陽道の思想により、凶日を忌み、穢を避け、凶兆や悪夢から遁れるために暫くの期間籠居していること。この間は人にも会わない。
一〇 閑院を内密のところとすることは『大鏡』にも見えるが、「閑院」の名の起りについては記さない。
一一 この前後の文章、『大鏡』の記述にほぼ同じ。
一二 大臣家の恒例および臨時の宴会（二四―三参照）。
一三 大臣家大饗の正客。親王や上位の公卿が選ばれた。禅家の食堂には賓頭盧尊者を正客とし、その場所として空席を設ける。「尊者」はその事実による語。
一四 寛平三年（八九一）正月十三日没。諡は昭宣公。

ば堀河より東に立て、牛をば橋柱に繋ぎて、他の上達部の車をば河より西に立て並べて有るが微妙なり。尊者の車、別に立てたる所は、此の堀河の院のみぞ有りける。

此く微妙くて御しける程に、年来を経て遂に此の大臣失せ給ひに一四けるに、一五深草山に納め奉りてける夜、一六勝延僧都と云ひける人の読みたりけるなり。

一七うつせみはからをみつつもなぐさめつ
ふかくさの山けむりだにたて

亦、一八上野峰雄と云ひける人は此くなむ読みたりける。

一九ふかくさののべのさくらし心あらば
ことしばかりはすみぞめにさけ

基経の死のこと

一五『古今集』『大鏡』にも深草山（山城の国紀伊郡、現在京都市伏見区）に葬るとあり、『都名所図会』は深草極楽寺とする。極楽寺は基経の創建（一四—三五、『大鏡』『拾芥抄』）。一方『日本紀略』『公卿補任』『延喜式』（諸陵寮）には宇治郡に葬るとし、『雍州府志』『扶桑京華志』はそれを木幡浄妙寺と限定する。紀伊郡深草と宇治郡木幡との二説が対立するが、浄妙寺は道長の創建で、一族の墓をここに集めようとしたものであるから（『栄花物語』一五、『大鏡』）、基経の墓も、深草から木幡へ改葬されたのかも知れない。

一六 笠氏。「少僧都」（昌泰元年に任）が正しい。

一七〈蟬が殻をとどめるように　もし遺骸なりとも在るものならば　それを見て心を慰めることもあろう　しかし今かの君は山に収められた　せめて深草の山よ　煙だけでも立てて残る者のしのびぐさたらしめよ〉『古今集』一六、『大鏡』所収。『宝物集』には、仁明天皇（深草の帝）の崩御の時良岑宗貞（遍昭）が詠んだものと伝え、『遍昭集』にも載せる。

一八 伝未詳。承和の頃の人で六位（『大鏡』裏書）。『二中歴』歌人の項に「外記」と注して載せている。

一九〈深草の野辺に咲く桜よ　もし心があるならば　かの君の亡くなった今年は墨染の色—悲しみの喪服の色に咲いてくれよ〉『古今集』一六、『大鏡』所収。『古今六帖』は業平の歌、『雍州府志』は遍昭の歌としている。謡曲『墨染桜』はこの歌による。

此の大臣（基経）の御兄に国経[一]の大納言と云ふ人有りけり。其れは（その方は）此の大臣失せ給ひて後に、年遙かに老いてぞ大納言にて止み給ひにける。亦其の兄弟数た御しけれども、皆、納言已下の人にて、只此の大臣なむ此くまでに成り極め給ひて（最高の官位にまで昇進なさって）、子孫栄えて御しけるとなむ、語り伝へたるとや。

高藤の内大臣の語、第七

今は昔、閑院[二]の右の大臣と申す人御しましけり。御名をば冬嗣[三]となむ申しける。世の思え糸止事無くして、身の才極めて賢く御しけれども、御年若くして[四]失せ給ひにけり。其の御子数た御しけり。兄をば長良[五]の中納言と申しけり。次をば良房[六]の太政大臣と申しけり。

一 長良の長男。大納言・按察使、正三位。二二―八参照。大納言になった時は七十五歳

二 二六頁注二参照。

三 二六頁注三参照。

四 淳和＝天長三年（八二六）七月二十四日没。五十二歳。その父祖・子孫・兄弟に較べて特に若死とはいえないが、「若くして」は、ある栄華（この場合、四人の子のそれ）を際立たせる時に対照的にとる『今昔物語集』の表現の型のようである（二五頁注五参照）。

五 二六頁注四参照。

六 二六頁注九参照。

七 二八頁注三参照。

高藤の生れのこと

八 良門は従四位上（あるいは正六位上）内舎人としての経歴以外一切不明。内舎人は中務省に属する帯刀の官で、供奉や宿衛にあたったが、多く公卿の子息が、殿上官仕の最初に勤めた。したがって、内舎人としか呼ばれていない良門は、官途の最初に若くして死ん

だものと思われる。
九 官途の最初には。
一〇 良門の次男。内大臣、正三位。
一一 『世継物語』には「二十ばかりにおはしける程に」とある。『今昔』の記載に従えば、文徳＝仁寿の初め頃（八五二年前後）のこと。
一二 鶻・兄鶻・雀鷂などを用いてする秋の小鷹狩を指す。『世継』には「小鷹狩」と表現する。
一三 山階（山科）は現在の京都市山科区。「渚の山」は『世継』に「ないしやの岡」、『今昔』流布本系に「諸の山」とある。「諸」とすれば理解しやすいが、古本系には揃って「渚」とあるから、「諸」を原型と断じることはできない。「なぎさ、ないしや」に近い地名を索めるならば、現在の山科区大宅の東北辺に「椥辻」というところがある。
一四 鷹を使って歩きまわっておられると。
一五 午後四時頃。
一六 かみなりが鳴り響いたので。
一七 檜を薄くはいで網代に組んだ垣。
一八 唐破風造りの屋根（丸棟で、鍬形を逆様にしたような形）に唐戸（縦横に桟を入れた板張りで、上部に彫刻などを施した開き戸）をつけた門、またはその家。思いがけぬところで見出した、故ありげで富裕そうな家の構えとして表現される。
一九 廊のはしっこの辺に。

高藤、鷹狩に出て雨にあうこと

次をば良相[七]の左大臣と申しけり。次をば内舎人[八]良門と申しけり。昔は此く止事無き人も（このような名門の人も）初官[九]には内舎人にぞ成りける。

而るに、其の良門の内舎人の御子に高藤[一〇]と申す人御しけり。幼く御しける時より鷹を（鷹狩を）なむ好み給ひける。父の内舎人も鷹を好み給ひければ、此の君も伝へて（父親譲りで）好み給ふなるべし。

而る間、年[一一]十五六歳許の程に、九月許の比、此の君鷹狩[一二]に出で給ひにけり。南山階[一三]と云ふ所、渚の山の程を仕ひ[一四]行き給ひけるに、申[一五]時許に俄かに搔暗がりて（かき曇り）、霙降り大きに風吹き、雷電霹靂[一六]しければ、共の者共も各馳せ散りて（ばらばらに馳せ別れて）行き分れて、雨宿をせむと皆向きたる方（各自足の向く方に）に行きぬ。主の君は（高藤は）、西の山辺に人の家の有りけると見付けて、馬を走らせて行く。共の舎人の男一人許なむ有りける。

其の家に行き着きて見給へば、檜垣[一七]指廻したる家に、小さき唐門[一八]屋の有る内に、馬に乗りながら馳せ入りぬ。板葺の寝殿の妻に（端に）三間許の小廊の有るに馬を打入れて下りぬ。馬は廊[一九]の妻の亙なる所に引き入れて、馬飼（うまかひ）[一]の男居り。主（あるじ）は板敷（寝殿の縁側に）に尻を打懸（うちか）けて御（おは）す。其の程、風吹き雨降りて雷電霹靂（らいでんへきれき）して、怖（おそろ）しきまで荒るれども、返す（引き返すことも）べき様なければ（ならないので）此（か）くて御す（そのまま坐っておられた）。

而（しか）る間、日も漸（やうや）く暮れぬ。何（いか）にせむと（どうしようかと）心細く怖しく思（おぼ）して居給へるに、家の後の方より、青鈍（あをにぶ）[二]の狩衣袴（かりぎぬはかま）着たる男の、年四十余許（ばかり）なる出で来て云はく、「此れは何人の此（か）くては御（おは）すぞ」と。君（高藤）答へて宣（のたま）はく、「鷹を仕（つか）ひつる間に（使っているうちに）此かる雨風に合ひて、行くべき方も思（おぼ）えで、只馬の向ひたる方に任（まか）せて走らせつる程に、家の見えつれば、喜びながら此（こ）こに来たるなり。何（いか）がせむずる（どうしたものであろう）」と。男の云はく、「雨の降らむ程は（雨の降っている間は）此こにこそ御しまさめ[三]（ここにおいでなさいませ）」とて、馬飼男（うまかひをのこ）の居たる所に寄りて、「此（こ）は誰（た）が御すぞ（どなた様でしょうか）」と問へば、「然々（しかじか）の人の御しますなり（かくかくのお方のお成りです）」と舎人（とねり）の男答ふれば、家主（いへあるじ）の男此（か）く聞き、驚きて家の内に入りて、家を□[四]ひ火燈（とも）しなどして、暫（しば）し許（ばかり）有りて出で来て云はく、「賤（あや）しの様に（むさくるしい所でございますが）候ふ所なれども、此（か）[五]くては何（いか）でか御（おは）さむ。雨の止（や）むら（止みま

一 馬の口取りをつけておいた。「馬飼」は前頁十一行の「舎人の男」と同一人。

二 「青鈍」は鼠色に青味がかった色。凶服の色であるが、ここでは隠れ棲んでいる人の様子を表現している。アヲニビとも。「狩衣」は、ここでは常用の略装をいう。『勧修寺縁起』には「五十ばかりなる」男として描写されている。

雨宿りの家のこと

三 「こそ…め」という係り結びの語法は、相手に対して誘いかける意味をもつことが多い。『世継』には「かくておはしませかし」とある。

四 『世継』に「とりしつらひ」、『縁起』に「とりしつらふさまにて」とあるところに該当する。シツラフを漢字に表記しようとして果さなかった欠文。

五 このままお過しいただくわけにはまいりませぬ。

六 由緒ありげで面白い造りである。

七 檜の薄板を網代に編んだもの。「籧篨」は『字類抄』にアムシロとよまれ、アジロの元の形である。

八 竹などを網代に組んで張った屏風。山荘などの、格式張らず清楚な調度としての表現である。

九 綾の白地に、黒く、雲形や菊花紋を織り出した畳のへり。
一〇 仮の場所で、あるいは暫くばかりという気持で、横になること。直接に、独り寝を意味する（『大系』）語ではない。
一一 狩装束の上下一揃い。指貫は、狩衣の時、下につける袴。裾につけられた紐をしめて、活動的な姿がとれる。
一二 「云ひて」の音便形。
一三 庇の間。寝殿の母屋の外側の間。
一四 数詞につけて用いられた「有る」は「なる」（である）の意。
一五 薄紫または薄い二藍。九月頃の標準的な色目。『世継』には「裏こき蘇芳の衣一重」（表には薄茶がとり合せられる）、『縁起』には「紫苑色の二つぎぬ」（表は薄色、裏は青）とある。
一六 濃紫または濃紅の袴。
一七 扇をかざして顔を隠して。
一八 食物を盛るための、高い足をつけた器。
一九 髪の肩に垂れた様子。
二〇 へぎ（薄板）で作った方形の盆。食物を盛る。
二一 『世継』には「かはらけ」（土器）とある。
二二 後姿。
二三 髪の末は膝のくぼみをやっと過ぎるほどかと思われた。「膕」は、膝の裏側の、坐るとくぼむところ。

高藤、その屋の少女と契ること

む程は内にこそ御さめ。亦御衣も痛く濡れさせ御しましたり。炮り干などしてこそ奉らめ。御馬も草食はせ候はむ。彼の後の方に引き入れ候はむ」と申せば、賤しの下衆の家なれども、故々しくして可咲し。見れば檜籧篨を以て天井にしたり。廻には籧篨屏風を立てたり。浄げなる高麗端の畳三四帖許敷きたり。苦しければ、装束解きて寄り臥し給ひたるに、家主の男来て、「御狩衣指貫など炮り干さむ」と云うて取りて入りぬ。

暫し許有りて臥しながら見給へば、庇の方より遣戸を開けて、年十三四許有る若き女の、薄色の衣一重、濃き袴着たるが、扇を指し隠して片手に高坏を取りて出で来たり。恥しらひて遠く喬みて居たれば、君、「此ち寄れ」と宣ふ。和ら居ざり寄りたるを見れば、頭つき細やかに、額つき髪の懸かり、此く様の者の子と見えず、極めて美麗に見ゆ。高坏、折敷を居ゑて、坏に箸を置きて持て来たるなり。前に置きて返り入りぬ。其の後手、髪房やかに生ひ、末膕許は過ぎたりと見ゆ。亦即ち（またすぐに）折敷に物共を居ゑて持て来たり。幼き者なれば賢くも（上手にも）居ゑず（据えられず）して、置きて居ざり去きて居たり。見れば、[一]糄をして（用意し）、小大根・鮑・干鳥[二]・[三]□などを持て参りたるなりけり。終日鷹仕ひ行き給ひて極じ給ひ（お疲れになっていた所へ）にけるに、此く進りたれば[四]、「下衆の許なりとても何がはせむ（ままよ かまうまい）」とて皆食りぬ。酒など進りたれば、其れも飲み給ひて、夜深更けぬれば臥し給ひぬ。

此の有りつる者（先ほどの少女のことが）、心に付きて（心から離れず）思え給ひければ、「独り寝たるが怖しきに、有りつる人此こに来て有れ（きて居なさい）」と宣ひければ、参りたり。

「此ち寄れ」とて引き寄せて抱きて臥し給ひぬ。近く寄りたる気はひ、外に見るよりは（遠くから見るより一段と）娥しく[五]労たし。哀れに思え給ひければ、若き心[六]の内にも実に行末までの事を絡り返し契りて、長月の（九月のことで）、夜も極めて長きに、露寝ねずして（まどろみもせずにしみじみと契り置いたのである）哀れに契り置きてけり。有様も極じく気高き様なれば、奇異しく（不思議にも思われて）思えて、契り明かして夜も暁けぬれば、起きて出づとて、[七]帯き給ひたりける太刀を、「此れを形見に（これを形見としてとっておきなさい）置きたれ」。祖、

一 新糄を焼いて、搗いて皮をとったもの。「糄」はヒメともよまれる。その場合は釜で柔く炊いた飯のこと。

二 鳥を、塩をつけないで干したもの。鶏の肉が多い。「ほしじ（脯）」とも。

三 『世継』には「うるか」（鮎の腸や卵の塩づけ）とある。その漢字表記を予定した欠文であろう。

四 底本「進タレハ」とあり、「まゐらせたれば」ともよめる。『古本説話集』に「わろくたてまつりたらむは、まゐらせぬには劣りたる事なり」という表現があって、この両語はほとんど同義である。

五 うつくしくかわいかった。「娥」は、ウルハシ、ヨシ（『名義抄』）、カホヨシ（『字類抄』）と訓まれ、底本には「みめよし」の傍訓がついている。

六 まだ若い心ながらも、真実をこめて、繰返し繰返し将来を契り。

七 『世継』や『縁起』はもちろん、『勧修寺旧記』の説話部分や『富家語談』は極めて簡略な摘要を記すにすぎないのに、すべて形見の太刀のことだけは必ず述べている（『富家語談』ではたまたま太刀を忘れ置いたものとするが）。契った人へ残す形見は、日本武尊

が宮簀媛(みやずひめ)のもとに草薙剣を残しておいたように、太刀が代表的であった。
八「人に見ゆる事」を、諸本「人に見する事」とするもの多く、また『世継』には「人みることすな」と表現する。すべて、結婚することの意。
九 心残りで出しぶりながら、あれこれ言い残して。

高藤、その後六年を過すこと

一〇「制すべからずなり」は、動詞の終止形に助動詞「なり」の接した形であるが、伝聞の意というより、広く一般的な判断を表現している。
一一 冬嗣を指す。冬嗣は高藤の生れる十二年ほど前に死んでいる。

心浅くして男など合はすとも〔親が軽々しく結婚などさせようとしても〕、八 努々(ゆめゆめ)人に見ゆる事なせそ〔決して他の男に会いなどするなよ〕」とて、九 出でも遣(や)らず言ひ置きて出で給ひぬ。馬に乗りて四五町許(ばかり)御(おは)しましける程にぞ、共(とも)の者共(ども)は此彼(ここかしこ)より主(あるじ)を尋ねて出で来合(あ)ひたりける。奇異しがり喜び合へりけり〔思わぬところで逢えたといって喜び合った〕。其れよりぞ、具(ぐ)して〔〔家来を〕引き連れて〕京の家には返り給ひたりける。

父の内舎人(うどねり)も、此の君〔若君が〕の昨日鷹仕(つか)ひに出で給ひにしが、其のままに見え給はねば、何(いか)なる事にか有らむと〔何事が起ったのかと〕終夜(よもすがら)思ひ明かして、今朝は明くるや遅きと〔夜のあけるのを待ちかねて〕、人出だし立てて尋ねに遣(つかは)し給ふ程に、此(か)く返り給ひたれば、返(かへ)す返(がへ)す喜びて、〔(父)〕「幼からむ程は此(か)く様(やう)の行(あり)きは制す一〇〔と〕べからずなり〔めらられないものなのだ〕。我れが心に任(まか)せて〔私も心のままに〕鷹仕ひ行きをして〔昔は鷹狩をして歩いたものだが〕、一一 故父の殿〔亡くなられた父上〕の制し給はざりしかば〔がおとめにならなかったから〕、此れも任せて遊ばするに〔お前にも勝手にさせておいたのだが〕、此(か)かる事の有れば、極めて後目(うしろめ)た無し〔気がかりだ〕。今よりは、幼からむ程は此(か)かる行(あり)き速(すみや)かに止(とど)む〔や〕べし〔めなさい〕」と有りければ〔おっしゃったので〕、鷹仕ふ事も止(や)みぬ。共(とも)に有りし者共も〔お供をした者たちも〕、彼の〔少女のいた〕家を見ざりしかば、其れを知る人無し。只(ただ)馬飼の男一人其の所を知りたりしが、其の後暇（休暇をとって）申して田舎（ゐなか）へ行きければ、彼（か）の家を知りたる人無きに依りて、君[一]、彼（か）の有りし女（あの契った少女を）を恋しく破無く（わりな）（堪え難いまで思われたけれ）思ひ給ひけれども（ど）、人を遣（つかは）すべき様（やう）も無し。然れば、月日は過ぐれども、恋しき事は弥（いよい）よ増さりて、心に懸かりて思ひ侘（わ）び（思い悩んでいらっしゃるうちに）給ひける程に、四五年にも成りにけり。

而（しか）る間に、父の内舎人（うどねり）、年若くして[二]墓無く（はかな）失（う）せ給ひにけり。然れば此の君は伯父（をぢ）の殿原（とのばら）の御許（もと）に通ひつつ（出入りしては）なむ過し給ひけるに、此の君は形（容姿も）も美麗に心ばへも微妙（めでた）くありければ、伯父良房（よしふさ）[三]の大臣、「此れは止事無（やんごとな）かるべき者なり（大したものになるだろう）」と見給ひて、万（よろづ）哀（あは）れに当り給ひける（心を尽して世話をされたが）に、此の君の、父も御（おは）さで心細く思（おぼ）え給へるままに、彼（か）の見し女の事（あの時契った女のことば）のみ心に懸（かりが）かりて恋しく思え給ひければ、妻（め）をも儲（まう）け給はざりける程に六年許（ばかり）を経ぬ。

高藤、契りし女に再会のこと

而る間、彼（か）の共（とも）に有りし（お供をした）馬飼の男、田舎より上りて参りたりと聞きて、馬飼を召し出でて疥（はだ）[四]けしめ給ふ様（やう）にて、近く呼びて宣（のたま）はく、

一 この話では主人公（高藤）を地の文でしばしば「君」と呼んでいる。この話だけの特徴であって、出典の文体が投影しているのであろう。そのように呼び得る、つまり、高藤を中心とするような集団（たとえば勧修寺家）の内部で伝承されてきた物語が、この話の出典であったのかも知れない。

二 三二頁注八参照。

三 二六頁注九参照。若くして父を亡くした高藤に、伯父良房が後見となったということは、『今昔』のこの話以外に見られないが、事実であったと思われる。高藤は小一条内大臣と呼ばれているが、小一条は、冬嗣から良房へ伝領され、基経・忠平へと伝えられてゆく邸であり、そのように呼ばれるのは、高藤がここに住んでいたことがあるゆえと思われるのである。

四 馬の毛を掻き上げるなどの世話をさせる、そういうふうに仕組んで。『名義抄』『字類抄』に「疥」をハタケと訓（よ）み、『名義抄』に「疥癩」をハダケと訓む。皮膚病の一種であるが、ここでは下二段動詞「はだく」（「刷」。髪や毛を掻き上げなでつけること）の連用形に対する宛字として用いられている。『世継』には「飼はせ、はだけなどせさせ給」とある。

「一とせ鷹狩の次に雨宿したりし家は、汝思ゆや否や」と。男の中さく、「思え候ふ」と。君此れを聞きて喜しと思ひ給ひて、「今日其こに行かむと思ふ。鷹仕ふ様にてなむ行くべき。其の心を得て有るべし」と宣ひて、共に、帯刀[五]にて有りける者睦じく仕ひ給ひけるを具して、阿弥陀[六]の峯越に御しぬ。彼の所に日の入る程になむ御し着きたりける。

二月[七]の中の十日の程の事なれば、前なる梅の花所々散りて、鶯木末に哀れに鳴く。遣水に散り落ちて流るるを見るに、極じく哀れなり。馬に乗りながら、前に有りし様に打入りて下りぬ。

家主の男を呼び出だせば、思ひかけず此く御したるが喜しさに、手迷[八]をして出で来たり。「有りし人は有るか」と問ひ給へば、「候ふ」と答へて、喜びながら有りし方に入りて見れば、几帳[九]の喬に鉉[一〇]隠れて居たり。寄りて見れば、見し時よりも[一一]長び増さりて非ぬ者に微妙く見ゆ。世には此かる者ありとまで見るに、其の傍に五六歳許

五 東宮坊の舎人のうち、帯刀して任につくもの。後、高藤の孫に当る敦仁親王（後の醍醐天皇）や、その醍醐天皇の皇子である保明親王のもとには、高藤や弥益（次頁注五参照）の縁で、宮道氏の人が帯刀舎人に入ってくる。この説話のこのところに帯刀舎人が登場するのは、右のような事実から逆に作り出されたことであろう。敦仁の帯刀には宮道潔興、保明の帯刀には宮道おきふる・すけおむがいる。

六 阿弥陀峰は京都市東山区にあり、山腹と麓に阿弥陀堂があった。この峰を北にはずれて澁谷越（渋谷越）、南に廻って瓦坂越、さらに南には滑石越という、京から山科への道があった。勧修寺近辺へは南の道ほど近い。

七 このあたりの叙述は『世継』にほとんど同じ。

八 うろたえ、おろおろとして。

九 一メートルほどの高さに布を垂らした目隠し用の調度。

一〇 半ば身を隠すようにして坐っていた。「鉉 ハタ」「半面 ハタガクル」（『名義抄』）。

一一 ずっとおとなっぽくなって。「長」は、オトナブ、ネブどちらともよめるが、ネビマサルという熟語がある。「見しよりはこよなくねびまさりて、あらぬ物にめでたく見ゆ」（『世継』）。

なる女子の、艶ぬ厳し気なる居たり。「此れは誰そ」と問ひ給へば、女侱して泣くにや有らむと見ゆ。墓々しく答ふる事も無ければ、心も得で、父の男を呼べば、出で来たりて前に平がり居たり。君の宣はく、「此の有る児は誰そ」と。父答へて云はく、「一とせ御しましたりしに、其の後人の当に罷寄る事も候はず。本よりも幼く候ひし者なれば、人の当に寄る事も候はざりしに、御しまして候ひし程より懐妊し候ひて、産みて候ふになむ」と。此れを聞くに、極めて哀れに悲しくて、枕上の方を見れば、置きし太刀有り。「然は此く深き契も有りけり」と思ふに、弥よ哀れに悲しき事限無し。此の女子を見れば、我が形に似たる事、露許も違はず。此くて其の夜は其こに留まりぬ。

明くる朝に、返り給ふとても、「今迎へに来べし」と言ひ置きて出でぬ。「此の家主の男、何者にか有らむ」と思ひて尋ね問ひ給ひければ、其の郡の大領宮道弥益となむ云ひける。「此かる賤しの

一 他の男のそばに近づいたこともございません。
二 「さはかく深き契りなりけりと思ふも」（『世継』）。
三 ここから高藤の言葉と見て、「一度は帰るけれどまたすぐに…」ともとれる。その場合、「給ふ」は自尊の敬語。
四 郡の長官。多くその地の豪族が任じられた。
五 陽成・光孝天皇の頃に漏刻頭・主計頭、越後介・伊予権介などを歴任して従五位下であった。
六 「給へ」は「給ひ」（四段）とあるべきところ。
七 箱に莚を張った牛車。下級のものが乗った。ここは、忍んだ様子の表現と思われるが、『縁起』では「八葉の車」（摂関・大臣の乗用）と表現し、逆に、山中に貴種が見出され、めでたく出世するという説話的な型にはまっている。

母子、高藤の家に迎えられること——一族の繁栄

八 牛車の簾の内にかける帳。生絹を末濃に染め、簾

者の娘なりと云へども、〔こうなったのも〕前世(ぜんせ)の契深くこそ有らめ（前世の契りが深かったからであろう）」と思ひ給へて[六]、亦(また)の日、莚張(むしろばり)[七]の車に下簾(したすだれ)[八]懸けて、侍二人許(ばかり)具して御(おは)しぬ。車寄せて〔女を〕乗せ給ふ。彼(か)の姫君も乗り給ひぬ。無下(むげ)に人の無からむが悪しければ（全く供の者がいないというのも都合が悪いから）、母[九]を呼び出でて乗せたれば、年四十余許(ばかり)なる女の乾(かはら)[一〇]かなる形して（さっぱりした姿で）、此(か)く様(やう)の者の妻と見えたり（いかにも大領の妻らしい）。練色(ねりいろ)[一一]の衣(きぬ)の強(こは)らなるを着て（糊のきいたのを着て）、髪をばきこめて（髪を衣の下に籠めるようにして）、居ざり乗りぬ。殿に将て御して（お邸にお連れになって）[一二]□ひ下(おろ)し給ひて、其の後は亦(また)他の人（他の女性）の方(かた)に目も見遣(や)らずして（見向きもせず）棲(す)み給ひける（共にお暮しになったが）程に、男子(をのこご)[一三]二人打次(うちつつ)けて産みてけり。

然(さ)て、此の高藤(たかふぢ)の君、止事無(やんごとな)く御しける人にて（重鎮になられたお方で）、成り上り給ひて（出世なさって）大納言[一四]まで成り給ひぬ。彼(か)の姫君をば、宇多院(うだのゐん)[一五]の位に御(おは)しける時に女御(にょうご)に奉り給ひつ。其の後、幾程(いくほど)を経ずして醍醐(だいご)の天皇をば産み奉り給へるなり。男子(をのこご)二人は、兄は大納言の右の大将にて、名をば定(さだ)[一六]国(くに)とぞ申しける。泉の大将と云ふ、此れなり。弟は右大臣定方(さだかた)[一七]と申す。三条の右大臣と云ふ、此れなり。祖父(おほぢ)の大領は四位に叙(じよ)して、

の下から車の外へ垂らすようにする。

九 前行「無下に人の…」という言いわけのような説明で、女の母、すなわち弥益の妻がここに登場しなければならぬ必然性は、『今昔』や『世継』の話にはない。大宅寺を建立したという伝承（次節）とともに、本来は弥益の妻がもっと積極的な役割を説話の中で持っていたのではないか。

一〇「乾」はカハクの語幹を借りた宛字。

一一 黄色がかった白。地味な、四十年配の女の服色である。

一二『世継』の「西の対にしつらひおろし給ふ」に相当する所。シツラフの漢字表記を予定した欠字。

一三 定国と定方。実は七年ほどの年齢差がある。

一四 醍醐＝昌泰二年（八九九）二月に任。六十二歳。

一五 胤子。宇多天皇は即位前の一時臣籍にあった時（名は源定省(さだみ)）に胤子と契り、仁和元年（八八五）敦仁（後の醍醐天皇）の誕生を見る。即位の翌仁和四年胤子は更衣となり、寛平五年（八九三）女御（従四位下）となったのが事実である。高藤の昇任もこれを機としている。

一六 初め東宮職にあり、醍醐天皇の即位には奉行している。「寛平御遺誡(かんぴょうのごゆいかい)」には、時平・道真らとともに五人の顧問の臣と呼ばれている。

一七『二中歴』名臣・管絃人の項に挙げられている。三条坊門の北、万里小路(までのこうじ)の西に大西殿と呼ばれる邸があった。

一修理の大夫になむ成されたりける。醍醐の天皇位に即かせ給ひにければ、祖父の高藤の大納言は二内大臣に成り給ひにけり。

其の後、弥益が家をば寺に成して、今の三勧修寺此れなり。向の東の山辺に其の妻、堂を起てたり。其の名をば四大宅寺と云ふ。此の弥益が家の当をば哀れに睦じく思食しけるにや有りけむ、醍醐の天皇の五陵、其の家の当に近し。

此れを思ふに、墓無かりし鷹狩の雨宿に依りて、此く微妙き事も有るは、此れ皆前生の契なりとなむ、語り伝へたるとや。

時平の大臣、国経大納言の妻を取る語、第八

今は昔、八本院の左大臣と申す人御しけり。御名をば六時平とぞ申しける。七照宣公と申しける関白の御子なり。本院と云ふ所になむ住み

一 修理職の長官。『尊卑分脈』『縁起』『勧修寺旧記』では「宮内大（少）輔」、『世継』では「刑部大輔」とあって一致しない。

二 醍醐即位とともに正三位となり、昌泰二年（八九九）に大納言、三年に内大臣。この内大臣は、政治的に顧問であった鎌足・良継・魚名らのそれとは意味が異っており、血縁的な処遇である。

勧修寺・大宅寺の縁起のこと

三 醍醐天皇誓護のために胤子が御願堂を建て、弥益が鷹屋の跡を本堂にしたと伝えるが、定方が母（列子）のために西堂を建てるに及んで高藤流の氏寺になった。クワジユウジ・クワンジユジともいう。

四 弥益夫妻のために高藤が建てた（『雍州府志』）とも、胤子が母（列子）の館を寺に改めた（『山州名跡志』）とも伝え、また『勧修寺旧記』は列（烈）子を弥益の妻としている。オホヤデラともいう。

五 後山科陵。醍醐山東北の麓。弥益夫婦の故地を慕って築墓の遺勅があったという（『雍州府志』）。

六 基経の長男。左大臣、正二位、氏長者。「寛平御遺誡」には、道真・季長・長谷雄・定国とともに顧問の臣五人と呼ばれている。

七 基経。「昭宣公」が正しい。三〇頁注一四参照。

八 中御門の北、堀川の東にあった時平の邸。褒子（宇多后）へ伝領されたと思われる（二四—三二参照）。

時平、天皇と諜し合せて倹約を周知せしめること

給ひける。年は僅に三十許にして、形美麗に、有様微妙き事限無し。然れば延喜の天皇（醍醐天皇は）、此の大臣[九]を極じき者にぞ思食したりける（深く信任していらっしゃった）。而る間、天皇世間[一〇]を拈め御しましける（御治世中）時に、此の大臣内に参り給ひたりけるに（参内なさったおりに）、制[一一]を破りたる（禁制を無視した）装束を事の外に微妙くして（格別派手に着飾って）参り給ひたりけるを、天皇小櫛[一二]より御覧じて、御気色糸悪しく成らせ給ひて（御機嫌を損じられて）、忽ちに職事[一三]を召して仰せ給ひける様、「近来世間に過差[一四]の制密しき比、左の大臣の一の大臣[一五]と云ふながら（首席の大臣でありながら）、美麗の装束事の外にて参りたる、便無き事なり（不届きな事である）。速かに罷出づべき由（退出するよう）、慥かに仰せよ（しかと申しつけよ）」と仰せ給ひければ、綸言[一六]を奉はる職事は極めて恐り思ひけれども（大臣の反応に恐れをなしつつも）、篩ふ篩ふ（ふるえながら）、「然々の仰候ふ」と大臣に申しければ、大臣極めて驚き畏まり（恐縮して）て、忩ぎ出で給ひにけり。随身・雑色など御前に参りければ、制して（とどめて）前も追はしめ給はでぞ出で給ひける（先払いの声もあげさせずに退出なさった）。前駈[一七]共も此の事を知らずして恠しび思ひけり。其の後一月許本院の御門を閉ぢて、簾の外にも出で給はずして、人参りければ、「勅勘の重ければ」（天皇のお咎めが重いからと言って）とてぞ会ひ

九 宇多天皇の体制が菅原道真と結びついていたように、醍醐天皇の体制は藤原時平と結んで動いた。

一〇 「世間の作法したためさせ給ひしかど」（『大鏡』）に従うならば、風儀・風俗をとりしまったこと。

一一 「制」は六行目に出てくる「過差の制」。分不相応の贅沢（過差）を禁じること。

一二 正しくは「小蔀」。清涼殿の石灰壇の南壁にある格子蔀の小窓。ここから殿上の間が見られる。ちなみに、藤原実方が藤原行成の冠を打落した事件（『古事談』『十訓抄』）の一部始終も、ここから天皇に見られた。底本「小櫛」とあるのは「小蔀」と「櫛形」の混淆である。櫛形も清涼殿鬼間の東南隅の窓であるが、ここからは女房のことが見られる。

一三 蔵人（頭・五位、六位）の別称。

一四 醍醐天皇が質素を宗としたことは、その頃束帯一具をもって二、三年は着用した（『江談抄』）といわれることにも明らか。

一五 寛平三年（八九一）基経が死んでから醍醐の時代を通じて、太政大臣は置かれていない。なお、「云ふながら（云フ乍）」は語法的には「云ヒ乍」が正しいが、「乍」を強く形式名詞的に意識した形であろう。

一六 勅命をうけたまわった蔵人は。底本「奉ワル」とあるが、諸本に従って改める。「奉」にはウケタマハルの訓もある（『名義抄』『字類抄』）。

一七 騎馬の先導役。セング・センク・センクウとも言う。

給はざりける。後に程経て、召されてぞ参り給ひける。此れは早う[一]天皇と吉く□[二]合はせて、他人を吉く誡めむが為に構へさせ給へる事なりけり。

時平、国経の北の方を思うこと

此の大臣は、色めき給へるなむ少し片輪に見え給ひける。其の時に、此の大臣の御伯父にて、国経[三]の大納言と云ふ人有りけり。其の大納言の御妻に在原の□[四]と云ふ人の娘[五]有りけり。大納言は年八十に及びて、北の方は僅に二十に余る程にて、形端正にして色めきたる人にてなむ有りければ、老いたる人に具したるを頗る心行かぬ事にぞ思ひたりける。甥の大臣色めきたる人にて、伯父の大納言の北の方美麗なる由を聞き給ひて、見ま欲しき心御しけれども、力及ばで過ぐし給ひけるに、其の比の□[六]者にて、兵衛佐平定文[七]と云ふ人有りけり。御子[八]の孫にて賤しからぬ人なり。字をば平中[九]とぞ云ひける。其の比の色好にて、人の妻・娘・宮仕人、見ぬは少くなむ有りける。

一 「早う…なりけり」は、「実は…なのであった」という意味の、発見・説明の語法である。

二 「しめし合せて」の意の漢字表記を予定した欠字であろう。『大鏡』には「御心あはせさせ給へりけるとぞ」とある。

三 藤原長良の長男。大納言・按察使、正三位。中納言のとき兵仗宣下（随身を召しつれることの勅許）を受けている（中納言で受けることはめずらしい）。延喜八年（九〇八）八十一歳で没。

四 在原棟梁。業平の子で左兵衛佐、従五位上。『二中歴』歌人の項に見える。

五 『拾遺集』に「おほつぶねのご」とある人。国経の室として滋幹（左少将、従五位上）、時平のもとで敦忠（権中納言、従三位）を生む。敦忠の生年（延喜五年）からすると、この話は、時平が三十余、国経が七十五歳頃のことであろう。『世継物語』は時平を二十七、国経を六十余とするが、国経の六十余は若すぎる。

六 当代きっての好き者で。『世継』に「すき物の兵衛佐」とあり、スキの漢字表記が予定された欠字。

七 右中将好風の子。左兵衛佐、従五位上。説話集（『今昔物語集』『宇治拾遺物語』『古本説話集』『十訓抄』など）における彼は滑稽化された好色の人であるが、『平中物語』の主人公としては真摯な恋の人である。

其の平中、此の大臣の御許に常に参りければ、大臣、「若し此の伯父の大納言の妻をば、此の人や見たらむ」と思ひ給ひて、冬の月の明かりける夜、平中参りたりけるに、大臣万の物語などし給ひける程に、夜も深更けにけり。可咲しき事共語りける次に、大臣平中に宣はく、「一〇我れが申さむ事実に思はれば、努隠さずして宣へ。近来女の微妙きは誰れか有る」と。平中が云はく、「御前にて申すは傍痛き事には候へども、『我れを実に思はば隠さず』と仰せらるれば申し候ふなり。藤大納言の北の方こそ、実に世に似ず微妙き女は御すれ」と。大臣の宣はく、「其れは何で見られしぞ」。平中が云はく、「其こに候ひし人を知りて候ひしが、申し候ひしなり。『年老いたる人に副ひたるを極じく侘しき事になむ思ひたる』と聞き候ひしかば、一一破無く構へて一二云はせて候ひしに、『憾からず』となむ思ひたる由を聞き候ひて、一三意はず忍びて見て候ひしなり。打解けて見る事も候はざりき」と。大臣、「一四糸悪しき態をも為られけるかな」と

八 「御子の孫」を王孫という。桓武天皇の子に仲野親王があり、その子、茂世王が平氏を賜った。

九 定文が平中（または「平仲」）と呼ばれる理由ははっきりしない。「仲」を字とする説、平中将と考える説（ただし彼は中将になっていない）、平中将好風の子、あるいは好風の通称の転用とする説、平好風の三子の仲の子という説（ただし定文に兄弟のあった確証はない）などがある。

一〇 私の言うことがまじめな話だと了解されるならば。

一一 無理に理由をこしらえて。

一二 人を介して「お会いしたい」と申し入れさせたところ。

一三 思いがけず。申し入れたけれど期待はしていなかった、それが予想外に、という意。底本「不意ス」とあり、これをオモハズとよむ例は、二九―三、二九―三九に存する。

一四 何とも不届きなことをなさったものよ。

ぞなむ、咲ひ給ひける。

然て、心の内に「〔（大臣）〕何で此の人を見む〔何とか我がものにしたい〕」と思ふ心深く成りにければ、其れより後は此の大納言を〔この大納言に対して〕、伯父に御すれば、事に触れて〔事あるごとに〕[一]畏まり給ひければ〔大事にされたので〕、大納言は有難く忝き事になむ思ひ給ひける。妻取り給はむと為るをば〔（大納言は）〕知らずして〔ご存じなく〕、大臣、心の内には可咲しくなむ思ひ給ひける。

正月の礼に、時平、国経を訪ねること

此くて正月に成りぬ。[二]前々は然らぬに、大臣、「三日の間に〔三カ日のうちに〕一日参らむ」と大納言の許に云ひ遣り給ひければ、大納言此れを聞きてより家を造り瑩き、[三]極じき御儲をなむ営みけるに、正月の三日に成りて、大臣然るべき[四]上達部・殿上人少々引き具して〔引き連れて〕、大納言の家に御しぬ。大納言[五]物に当りて喜び給ふ事限無し。[六]御主など儲けたる程、現に理と見ゆ。

[七]申時打下る程に渡り給へれば、御坏など度々参る程に〔何度も重ねているうちに〕、日も暮れぬ。歌詠ひ遊び給ふに、謡く微妙し。其の中にも左の大臣の御形〔御容姿〕

一 『世継』には「事にふれてかしこまりきこえ給」とあり、動詞「かしこまる」は通常このように、敬語動詞「きこゆ」と複合して用いられる。またそれが格助詞をもつときは、「…を」ではなく「…に（かしこまる）」が普通である。

二 これまではそんなことをしたこともないのに。

三 饗応の用意万端整えて待っていると。

四 「上達部」は公卿のこと。大臣・大中納言・参議および三位以上の人。「殿上人」は清涼殿の殿上の間に昇ることを許された人のことで、四位以上・五位の一部・六位の蔵人を指す。

五 心の平静を失って、うきうきと、あわてふためくさま。身のおき所を知らぬほどの喜びようを言う。

六 饗応の用意を整えた様子はまことにもっとももと見られた。「あるじまうけ」は、主人として人をもてなすこと。饗応。

七 午後四時を過ぎる頃にお出でになったので。

より始め、歌詠ひ給へる有様世に似ず微妙ければ、万の人目を付けて讃め奉るに、此の大納言の北の方は、大臣の居給へる喬の簾より近くて見るに、大臣の御形・音・気はひ、[八]薫の香より始めて世に似ず微妙きを見るに、我が身の[九]宿世心踈く思え、「[一〇]何なる人此かる人に副ひて有るらむ。我れは年老いて旧臰き人に副ひたるが事に触れて[一一]六借しく」思ゆるに、弥よ此の大臣を見奉るに、心置所なく侘しく思え、大臣詠ひ遊び給ひても、常に此の簾の方を[一二]尻目に見遣り給ふ眼見などの、恥かし気なる事言はむ方なし。[一三]簾の内さへ破無し。大臣の頬咲みて見遣せ給ふも、何に思ひ給ふにか有らむと恥かし。

而る間、夜も漸く深更けて皆人痛く酔ひにたり。然れば、皆紐解き[一四]袒ぎて、舞ひ戯るる事限無し。此くて既に返り給ひなむと為るに、大納言、大臣に申し給はく、「痛く酔はせ給ひにためり。御車を此こに差し寄せて奉れ」と。大臣宣はく、「[一五]糸便無き事なり。何でか然る事は候はむ。[一六]痛く酔ひなむ、此の殿に候ひて、酔醒めてこそは

八 衣服にたきこめた香のにおい。
九 老人の妻であるわが身の運命が何とも情けなく。
一〇 こんな立派な人の奥さんはどんな人だろう。「副ふ」は連れ添う意。
一一 いやでたまらないと思うにつけ。ここは『六借し』と思ゆるに」とあるべきところであるが、心の表現（思惟の部分）と地の文が続いてしまっている。
一二 瞳だけを動かして目尻の方からうかがうこと。流し目。『堤中納言物語』（逢坂越えぬ権中納言）に、中将が中宮の御簾の中を「うちうらめしげにみやりたる尻目」が、上品で美しかったという描写がある。
一三 簾ごしでさえこのように、どうしようもなく切なかった。
一四 上衣を片肩だけ脱いで下衣をあらわすこと。くつろいだ様子である。
一五 いや、そんなことをしていただいては申しわけない、どうしてそんな失礼なことを。客は中門から車に乗るのが普通で、階の前に車をつけるのは特別のことに属する。
一六 「痛く酔ひなむに（は）」の意。国経が「痛く酔はせ給ひにためり」と言ったのをそのまま受けて、すっかり酔っぱらってしまったということならば、の意である。『世継』には「いたく酔ひなば」とある。

酔いのまぎれに時平、引出物に北の方を求めること

一罷出でめ」など有るに、他の上達部達も、「極めて吉き事なり」とて、御車を二橋隠の本に只寄せに寄する程に、曳出物に三極じき馬二疋を引きたり。御送物に四箏など取り出でたり。

大臣、大納言に宣ふ様、「此かる酔の次に申す、便無き事なれども、五家礼の為に此く参りたるに、六実に喜しと思食さば、心殊ならむ曳出物を給へ」と。大納言極めて酔ひたる内にも、「我れは伯父なれども大納言の身なるに、一の大臣の来給ひつる事を極じく喜しく」思ひけるに、此く宣へば、我が身置所無くて、大臣の尻目に懸けて簾の内を常に見遣り給ふを煩はしと思ひて、「此かる者持たりけりと見せ奉らむ」と思ひて、酔ひ狂ひたる心に、「我れは此の副ひたる人をこそは極じとは思へ。極じき大臣に御しますとも、此く許の者をば、否や持ち給はざらむ。七翁の許には此かる者こそ候へ。此れを曳出物に奉る」と云ひて、屏風を押し畳みて、簾より手を指し入れて、北の方の袖を取りて引き寄せて、「此こに候ふ」と云ひ

一 おいとましましょう。
二 階隠の間。寝殿の中央、階段をつけた車寄せの間。階段を覆うように屋根がつけられている。
三 主人が客に贈る物品で、広義には次行の「送物(贈物)」と同義であるが、原義どおりに、「曳き出して贈るもの」としての馬や、時に鳥・犬の類を指すことが多い。
四 サウノコトとも。唐より伝来の絃楽器。十三絃で胴は桐。爪をつけて弾いた。
五 伯父上へ敬意を表して、かく参上しましたからには。「家礼」は、子が親を敬い礼すること。ここでは、親に準じて目上への敬意をあらわすこと。
六 ほんとうに喜んでいて下さるのなら。
七 このじじいのところにはこれほどの者がおりますぞ。「翁」は国経の自称。

ければ、大臣、「実に参りたる甲斐有りて、今こそ喜しく候へ」と宣ひて、大臣寄りて引かへて居給ひぬれば（近寄って袖をにぎって坐りこまれたので）、（大納言）大納言は立ち去きぬ。八「他の上達部・殿上人は今は出で給ひね（もうお帰りなさるがよい）。大臣は世も久しく出で給はじ（そう早くはお帰りになりますまいよ）」と手掻けば九、〔皆は〕各目を食はせて一〇、或いは出でぬ、或いは立ち隠れて、「何なる事か有る」とて、「見む」とて（どうなることか成りゆきを見てやろうと思って）有る人も有り（残る人もあった）。

大臣は、「痛く酔ひたり。今は然は車寄せよ。術なし一一（もうだめだ）」と宣ひて、車は庭に引き入れたれば（引き入れてあったので）、人多く寄りて指し寄せつ（引き寄せた）。大納言寄りて車の簾持上げつ。大臣此の北の方を搔抱きて車に打入れて一二、次きて乗り給ひぬ。其の時に大納言術なくて一三、「耶々一四嫗共一五、我れをな忘れそ（忘れてくれるなよ）」とぞ云ひける。大臣は車遣り出ださせて返り給ひぬ。大納言は内に入りて、装束解きて臥しぬ。極じく酔ひにければ、目転き一六心地悪しくて、物も思えで寝入りにけり（前後不覚に寝入ってしまった）。

〔大納言は〕暁方に酔醒めて、夢の様に此の事共思えければ、「若し一七虚言にや有らむ」と思えて、傍なる女房に、「北の方は」と問へば、女房共

八 席をはずした。
九 手を振って制止したから。上達部・殿上人たちが何か言い出したりしないように、あらかじめ合図したのである。
一〇 目くばせし合って。
一一 目的を達してもはや用のなくなったところを早く立ち去ろうとしながら、泥酔を言いわけにしているせりふ。
一二 『世継』では物語の最後に、北の方を時平が車に乗せる時、手伝うふりをして平仲が近づき、「物をこそいはねの松の岩つつじいはねばこそあれ恋しきものを」の歌を北の方につけるという情景をつけ加えている。
一三 どうしようもなく。以下は、酔のなかでとんでもないことをしたらしいという後悔と、しかしもはや取返しがつかぬという絶望のせりふ。
一四 やいやい。呼びかけの語。
一五 ばあさんや。北の方は若いが、老齢の大納言が自分にあわせて呼んだもの。未練を軽口にまぎらせたような表現である。
一六 目がまわり。
一七 ひょっとすると夢ではあるまいか。「虚言」はむしろ「虚事」の意。

有りし事共を語るを聞くに、極めて[一]奇異(あさま)し。「喜しとは思ひながら、物に狂ひけるにこそ有りけれ。酔心とは言ひながら、此(か)かる態為(わざす)る人や有りける」、嗚呼(をこ)にも有り、亦堪へ難くも思ゆ。取り返すべき様(やう)もなければ、[二]女の幸(さいはひ)の為(す)るなりけりと思ふにも、亦我れ老いたりと思ひたりし気色の見えしも妬(ねた)く、悔(くや)しく、悲しく、恋しく、人目には我が心としたる事の様に思はせて、心の内には破無(わりな)く恋しくなむ思ひける。[三]

昨夜の一部始終を　いくら嬉しかったからとはいえ　俺は気が狂っていたのに相違ない　酔いのまぎれとはいえ　誰が　こんな馬鹿な事をしよう　馬鹿馬鹿しくもありまた悔恨に堪えかねる思いである　自分のことを老いぼれだと思っている様子をあの女がはっきり見せたのも　自分が納得の上でしたことのように　真実心の中では　無性に恋しく思うのであった

一　あきれかえるばかりの成りゆきである。

二　女の身についた幸運がこういう成りゆきを呼んだのだと思ってみても。

三　この結末は『今昔』の結びの表現「…となむ、語り伝へたるとや」を欠いており、当然、欠文が考えられる。『世継』はさらに続けて、新しい境遇の幸せのうちにも、北の方が時に老国経を思い出すこと、そして時平との間に敦忠が生れることを記す。また『世継』は続けて、時平が北の方を国経の家から連れ出すとき、平仲が北の方に歌をつけたこと（前頁注一二）、やがてまた後、幼い敦忠の腕に歌を書き記し、母に見せるように平仲が教えたこと、それを見た北の方は涙にくれて、同じく敦忠の腕に書き記して返歌したことを語る。その歌ども、合わせて三首。いわばこういう歌物語的な部分を中心として、『今昔』は欠けているのである。もし『今昔』の出典をなす文献に、このような部分が存して、『今昔』がそれを欠いたのなら、欠いたことは明確な意識的操作であろう。その部分はそれ以前の部分と異質だからである。その部分の中心をなす三首の歌は、『十訓抄』ではやや異る伝承のうちに語られている。

今昔物語集　巻第二十三　本朝

平維衡同じき致頼、合戦して咎(とが)を蒙(かうむ)る語(こと)、第十二

今は昔、前(さき)[一]の一条院の天皇の御代(みよ)に、前下野守平維衡(さきのしもつけのかみたひらのこれひら)[二]と云ふ兵(つはもの)有り。此れは陸奥守貞盛(みちのくのかみさだもり)[三]と云ひける兵(つはもの)の孫(そん)〔子孫であった〕なり。亦、其の時に平致頼(たひらのむねより)[四]と云ふ兵(つはもの)有りける。共に道を挑(いど)む間〔ともに兵の道を相競ううちに〕、互に悪しき様に〔悪しざまに〕聞かする者共〔告げ口する者どもがいたので〕有りて、敵(かたき)と成りぬ。

其の領各一国に有りて[五]〔二人の所領は同じ国に属していて〕、致頼(むねより)進みて維衡(これひら)を討罸(う)たむとして合戦する間、其の多くの子孫・伴類(ばんるい)幷(なら)びに郎等・眷属(くゑんぞく)等、互に射殺す者其の員(かず)有り〔多数であった〕。然れども勝負無くして、維衡をば左衛門の府の弓場(ゆば)[六]に下(くだ)され、致頼をば右衛門の府の弓場に下されて、共に勘問せらるるに[七]〔罪状を考え訊問されると〕、皆進みて咎に落ちにけり[八]〔自らその罪を認め自供した〕。罪名〔罪科〕を勘(かんが)へらるるに、明法(みやうばふ)[九]に勘へ申して〔量刑して〕云はく、「圧(おそ)ひ討たむと為(し)たる〔襲撃しようと〕致頼(むねより)[一〇]が罪尤(もつと)も重し〔特に重い〕。速(すみや)かに遠き処に〔遠国へ流罪と〕

一 一条天皇のこと。後一条に対して「前」という。
二 一条朝の代表的な武者で、常に平致頼と並称される(『続本朝往生伝』『二中歴』『十訓抄』)。伊勢・陸奥・下野などの守を歴任して従四位上。
三 国香の子。藤原秀郷とともに平将門を討った(二五―一参照)。平将軍と呼ばれている。
四 良正(あるいは公雅)の子(『尊卑分脈』に乱れがある)。「平五大夫」と通称され、強力、弓馬の達者であった。右衛門尉、従五位下。

平維衡・平致頼、合戦のこと

五 伊勢の国に所領があった(『権記』)。このところ諸本「共伊□ノ国ニ有テ」とするものが多い。
六 左右衛門府の弓場(ゆば)には、しばしば勘問をうける者が拘禁された。
七 長徳四年(九九八)十二月二十六日検非違使によって召喚され、翌長保元年三月二十六日訊問をうけている(『権記』『左経記』)。
八 維衡が自供書(これを「過状(かじょう)」という)を提出したことは『本朝世紀』に見える。
九 明法博士(みょうぼうはかせ)においては、という語法。明法博士は大学寮に属して律令・格式(きゃくしき)のことを司る。この時の明法は、当代に代表的な惟宗允正(これむねのみつまさ)で、勘中(かんじん)は長保元年三月二十六日に出され、罪科は五月五日に決定された。
一〇 当時散位従五位下であったが、その位を剥奪し、十二月二十七日隠岐に配流された(『日本紀略』『小右記』)。

流さるべし（すべきである）。請け戦ひたる（受けて立った）維衡（これひら）が罪軽し。移郷[一]一年壬（あた）るべく」して（至当であろうとて）、此れに依りて公家宣旨（おほやけせんじ）を下されて、致頼（むねより）[二]を遠く隠岐（おき）の国に流されぬ、維衡をば淡路の国に移郷せられぬ。

藤原致忠、橘輔政の子を討って処罰されること

其の後、亦（また）[三]藤原致忠（むねただ）と云ふ者有りて、美濃（みの）の国の途中にして、前（さきの）[四]相模守（さがみのかみ）橘輔政（たちばなのすけまさ）と云ふ人の子幷（なら）[五]びに郎等どもを射殺してけり。此れに依りて父輔政公（おほやけ）[六]に訴へ申すに、宣旨を下されて、検非違使大夫（けんびゐしのたいふ）[七]の尉（じよう）[八]藤原忠親（ただちか）幷びに右衛門志（うゑもんのさくわん）[九]県犬養為政（あがたのいぬかひのためまさ）[一〇]等を彼（か）の国に下し遣（つかは）して、事の発（おこり）を勘（かんが）へ問はれけるに（調査訊問されたところ）、致忠（むねただ）進みて咎（とが）に落ちにければ、罪名を勘へられて、明法勘へ申すに随ひて（明法博士が答申するのに従って）、致忠を遠く佐渡[一一]の国に流されにけり。

然れば、古も今も此（か）くの如く咎有らば、公家（おほやけ）必ず罪を行ひ給ふは常の事なりとなむ、語り伝へたるとなり。

一 罪あるものの住国を変えること。配流より軽くて官位は剝奪されない。関係者の復讐や葛藤を避けるという意味があった。この時維衡は従五位上であった。「壬」は「任（あたる）」の省文（せいぶん）。諸本「可壬シテ」とある。詞の文が地の文に融合してしまった形。

二 致頼は長保三年（一〇〇一）には召還され、寛弘三年（一〇〇六）には維衡が上野介に任じられている。

三 大納言元方の子。閑院を造って泉石の風流を尽したり（『江談抄』）、香の調法に長じていたり（『薫集類抄』）もした。その子に武者保昌、強盗保輔がいる。備後守、従四位上。

四 好古の子。藤原実資の家人であった。事件当時、正しくは前相模介。山城守・越中守、従四位上。

五 子を惟頼、郎等を平頼親他一人と伝える。

六 長保元年十一月十一日（『権記』）。

七 検非違使の尉は、検非違使を兼ねた衛門府の三等官（従六位上）のこと。大夫の尉は、五位の尉をいう。

八 博雅の子。長徳三年に大夫尉（左衛門）となり（『二中歴』）、長徳元年十一月十九日、この事件のために美濃へ赴いている。肥前守・弾正忠、従五位上（下）。

九 右衛門府の四等官。検非違使を兼ねる。

一〇 長徳四年十二月二十一日検非違使宣旨（『権記』）。

一一 長保元年十二月二十五日左衛門の弓場に拘禁、二十七日官位を奪って配流。この二つの私闘と処罰の物語は、法の権威の前に犯人が進んで服罪したという共

通性と、配流が同じ長保元年十二月二十七日であったという外面的な一致によって、語り合されている。
一二 藤原道長の子。宇治に別業を持つ（後の平等院）。
一三 小野道風の孫。智証門の余慶の弟子で、天台座主となったが、慈覚門（山門）と智証門（寺門）の争いにより、三日で辞さねばならなかった。三井寺長吏。寺門の僧は一般に加持祈禱に長じ、摂関家に信任されたが、明尊は頼通に重用された。

平致経、明尊の供に選ばれること

一四 祈禱の僧が終夜詰めていること。
一五 次の「俄かに此の僧正を遣して…」に対する注釈の挿入句と考えるのが普通であるが、むしろ「御燈油参らざり」についての説明であろう。
一六 暴れ出したりしない確かな馬。底本「早ク」とあるのは「早リ」の誤写。
一七 移鞍。すぐ乗れるように用意した鞍。
一八 底本「侍ラムニ」。丹鶴一本により改める。
一九 致頼の子。左衛門大尉。大箭と号し、『二中歴』武者の項に見える。寛仁四年（一〇二〇）と長元四年（一〇三一）に、私闘によって処罰されている。
二〇 明尊は治安元年（一〇二一）十二月に権少僧都となり、権大僧都・大僧都を経て長元六年権僧正。これと注一九を考え併せると、この話の時期は万寿から長元二、三年までの頃か。頼通は関白左大臣。
二一 そこまでしっかりと供をしてこい。この個所、諸本「…様ノ共慥ニ可候キ也」とあるものが多い。

左衛門尉平致経、明尊僧正を導く語、第十四

今は昔、宇治殿の盛に御しましける時、三井寺の明尊僧正は御祈の夜居に候ひけるを、御燈油参らざり。暫く許有りて何事すとて遣すとは人知らざりけり。俄かに此の僧正を遣して夜の内に返り参るべき事の有りければ、御厩に、物驚き為ずして、早り為ずて慥かならむ御馬に移置きて将て参じて、召して、侍に、「此の道に行くべき者は誰か有る」と尋ねさせ給ひければ、其の時に左衛門尉平致経が候ひけるを、「致経なむ候ふ」と申しければ、殿「糸吉し」と仰せられて、其の時は此の僧正は僧都にて有りければ、仰せ事、「此の僧都、今夜三井寺に行きて、軈て立ち返り、夜の内に此こに返り来たらむずるが様、其こに慥かに供すべきなり」と仰せ給ひければ、致経其の由を承はりて、常に宿直処に弓・胡録を立て、藁沓

と云ふ物を一足畳の下に隠して、賤しの下衆男一人をぞ置きたりければ、此れを見る人、「か細くても有る者かな」と思ひけるに、この由を承はるままに、袴の括高く上げて、喬捜りて、置きたる物なれば、藁沓を取り出だして履きて、胡録掻負ひて、御馬引きたる所に出合ひて立ちたりければ、僧都出でて、「彼れは誰そ」と問ふに、「致経」と答へける。

僧都、「三井寺へ行かむと為るには、何でか歩より行かむずる様にては立ちたるぞ、乗る物の無きか」と問ひければ、致経、「歩より参り候ふとも、よもおくれ奉らじ。只疾く御しませ」と云ひければ、僧都、「糸恠しき事かな」と思ひながら、火を前に燈させて、七八町許行く程に、黒ばみたる物の弓箭を帯せる、向様に歩み来たれば、僧都此れを見て恐れて思ふ程に、此の者共致経を見て突居たり。「御馬候ふ」とて引き出でたれば、夜なれば何毛とも見えず。履かむずる沓提げて有れば、藁沓履きながら沓を履きて馬に乗りぬ。胡

一 うすべり。
二 「括」は、袴の裾をくくる紐。これは旅装を整える体である。逆に「括を下す」のは正装・礼装にいう。
三 傍らをごそごそ探って。
四 矢を盛って背負うための器。ここは壺胡録のことであろう。

道中いずこともなく、致経の郎等あらわれて守護すること

五 弓矢で武装して。
六 すぐに次の行動に移れる姿勢である。
七 「夜なれば」の句、底本になし。諸本および丹鶴一本によって補う。
八 その者が乗馬用の沓もぶらさげてきているので。
九 底本には「藁沓履下沓ヲ履テ」とある。「下」は「乍」の誤り。

録負ひて馬に乗りける者二人打具し一〇ぬれば、〔僧都は〕憑しく思ひて（心丈夫に思いながら）行く程に、亦二町計行きて、傍より（道傍から）、有りつる様に（先ほどと同様に）黒ばみたる者の弓箭帯したる、二人出で来たりて居ぬ（うずくまった）。其の度は、致経一一此も彼も云はぬに、〔二人は〕馬を引きて乗りて打副ひぬるを（脇に従うのを）、〔明尊〕「此れも其の郎等なりけり」と、「希有に為る者かな（変ったことをする者だなあ）」と見る程に、亦二町計行きて、只（全く）同じ様にて出で来たりて打副ひぬ。此く為るを致経何とも云ふ事なし（何も指示しない）。亦此の打副ふ郎等、共に云ふ事なくて（同様に口もきかず）、一二一町余二町計行きて二人づつ打副ひければ、一三川原出で畢つるに三十人に成りにけり。僧都此れを見るに、「奇異しきしわざかな（不思議なことをするものよ）」と思ひて、三井寺に行き着きにけり。

帰途いずこともなく、致経の郎等、姿を消すこと

仰せ給ひたる事共沙汰して（頼通の仰せごとを申し渡して）、未だ夜中に成らぬ一四□参りけるに、後前に此の郎等共打裹みたる様にて（とり囲むようにして）行きければ、〔明尊は〕糸憑しくて、川原までは行き散る事無かりけり（一人も離れてゆくことはなかった）。京に入りて後、致経は此も彼も云はざりけれども（何とも指示しなかったが）、此の郎等共出で来たりし所々に（先刻あらわれた場所ごとに）二人づつ留まりけれ

一〇 供に加わったので。

一一 何とも指示しないうちに。

一二 一町から二町ほども行くごとに。

一三 加茂の河原を渡りきるころには。三井寺（現在の大津市に所属）へは、京の三条から加茂川を渡って大津路を行ったものであろう。この話の当時、頼通は高陽院（中御門の南、堀川の東）を本邸、白河殿を別業にしていた。また、この話の時期の下限にかかる長元二、三年（一〇三〇）頃には、源行任から堀河院（二条の南、堀川の東）を譲られている。

一四 底本「不成ヌ□参ケルニ」とあり、欠文には「ニ返（帰）」が想定される。あるいは底本の「不成ヌ」を「不成ス（ズ）」の誤りと見て、欠文には「返」だけを想定することも可能である。いずれも、夜中になるまでに京へ戻ったが、の意。

ば、殿今一町計(ばかり)に成りにければ、初め出で来たりし郎等二人の限(かぎり)に成りにけり。馬に乗りし所にて馬より下りて、履(は)きたる沓(くつ)脱ぎて殿より出でし様(やう)に成りて、棄てて歩み去れば、沓を取りて馬を引かせて、此の二人の者も歩み隠れぬ。其の後、只本(もと)の賤(あや)しの男の限、共に立ちて、藁沓(わらぐつ)履きながら御門(みかど)に歩み入りぬ。

明尊、頼通に仔細を報告すること

僧都此れを見て、馬をも郎等共をも、兼て習はし契りたらむ様に出で来たる様の奇異(あさま)しく思えければ、「何(いつ)しか此の事を殿に申さむ」と思ひて御前に参りたるに、殿はまたせ給ふとて御寝(おほとのごも)[一]らざりければ、僧都、仰せ給ひたる事共申し畢(は)てて後、「致経(むねつね)は奇異しく候ひける者かな」と、有りつる事を落さず申して、「極(いみ)じき者の郎等随へて候ひける様かな」と申しければ、殿此れを聞食(きこしめ)して、委しく問はせ給はむずらむかしと思ふに、何(いか)に思食(おぼしめ)しけるにか、問はせ給ふ事も無くして止みにければ、僧都支度(したく)[二]違ひて止みにけり。

此の致経(むねつね)は、平致頼(むねより)[三]と云ひける兵(つはもの)の子なり。心猛(たけ)くして、世の人

（傍注）頼通邸が／最初にあらわれた／二人だけ／〔致経は〕往きに馬に乗った所で／〔馬も沓も〕／夜の闇にまぎれて行った／下人だけが／お供になって／前もって訓練し約束してあったかのように／不可解でならず／一刻もはやく／頼通に／明尊をお待ちになって／仰せつけられた用件を／不思議な男でございますな／この夜経験したことを一部始終／あのように訓練した家来を従えているとは大した奴ですなあ／きっと詳しく事の次第をお尋ねになるだろうと思っていたのに／どういうお考えなのか／案に相違して拍子ぬけしてしまった／勇猛で／世の武者一

一 おやすみになっていなかったので。底本「御不寝サリケレハ」。

二 無言のうちに主従の行動が一体化するのは「兵の心ばえ」であろう。その点で、親子における「兵の心ばえ」を描いた二五―一二にも通う。それを「奇異」と見る側に明尊を置き、関白頼通が、そうした武士の論理と倫理に対する理解者として登場していることに注意させられる。

三 五三頁注四参照。

四 底本「也」とあるが、片仮名「ヤ」の誤写であろう。

五 敏政の長子。清少納言の夫と考えられ、子則長は清少納言を母とすると言われる（書陵部本『枕草子』勘物(かんもつ)）。左衛門尉、土佐・陸奥守、従四位上。万寿・長元の頃には、陸奥前司と呼ばれている。藤原斉信(なりのぶ)の家司(けいし)でもあった（『御堂関白記』『栄花物語』）。

六 橘氏は学問の家であるが、則光には、斉信の邸で盗賊を搦(から)めた逸話があるように（『江談抄』）、破格の勇武の人であった。橘氏の長者が、敏政から則光の弟則隆へ伝えられているのも、このことに関連するかもしれない。

七 一条天皇のこと。五三頁注一参照。

にも似ず殊に大なる〔般とは異り並はずれて大きな〕箭（や）射ければ、世の人此れを大箭（おほや）の左衛門尉（さゑもんのじよう）と云ひけるなりとなむ、語り伝へたるとや。[四]

陸奥前司橘則光、人を切り殺す語（こと）、第十五

橘則光、女の許へ通う途に襲われること

今は昔、陸奥前司橘則光（みちのくのぜんじたちばなののりみつ）[五]と云ふ人有りけり。兵（つはもの）[六]の家に非（あら）ねども、心極めて太くて〔きわめて豪胆で〕、思量（おもばかり）賢く〔思慮深く〕、身の力なども極めて強かりける。見目（みめ）なども吉（よ）く、世の思（おぼ）えなども有りければ〔世間の評判もよかったので〕、人に所置かれてぞ有りける〔人から一目置かれていた〕。

而（しか）るに、其の人未だ若かりける時、前（さき）[七]の一条院の天皇の御代（みよ）に衛府（ゑふ）[八]の蔵人（くらうど）にて有りけるに、内の〔宮中の〕宿所（とのゐどころ）[九]より忍びて女の許（もと）へ行きけるに、夜漸く〔次第に〕深更（ふ）くる程に、太刀許（ばかり）を提（ひさ）げて、歩みて、小舎人童（こどねりわらは）[一〇]一人許（ばかり）を具して、御門（みかど）[一一]より出でて大宮を下（くだ）りに〔大宮大路を南下して行くと〕行きければ、大垣[一二]の辺（ほとり）に人数（あま）

八 衛府（近衛・兵衛・衛門）の佐（すけ）（二等官）で、五位の蔵人を兼ねるもの。則光は長徳元年（九九五）正月、蔵人となり、三年正月、左衛門尉として検非違使の宣旨をうけ、従五位下に叙せられている（書陵部本『枕草子』勘物、『権記』）。

九 宿直所から。左衛門の陣であろう。建春門内にあった。

一〇 少年の召使い一人だけを連れて。「小舎人童」は、本来は近衛中・少将の侍者をいうが、ここでは広い意味に使っている。

一一 「内の宿所」が左衛門の陣を指すならば、この門には陽明門、待賢門、郁芳（いくほう）門が考えられるが、大内裏から東の大宮大路へ出る代表的な門は待賢門である。

一二 大内裏の外囲いの築地などの垣。左図の「隍・壖地・築墻」の総称。

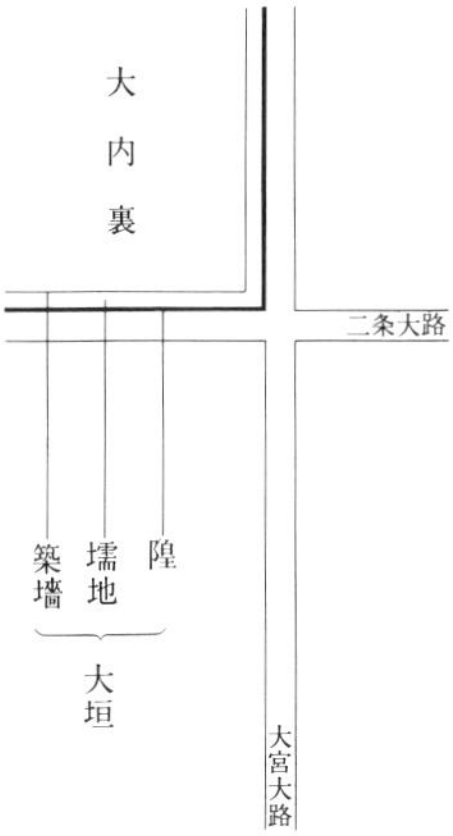

た立てる気色(けしき)の見えければ、則光極めて恐しと思ひながら過ぐる程に、八日九日計(ばかり)の月の西の山の葉(は)〔端〕近く成りたれば、西の大垣[一]の辺(ほとり)は景(かげ)〔暗がりで〕にて人の立てるも慥(たし)かにも見えぬに、大垣の方より音計(こゑばかり)して、「彼(あ)〔そこなる通行の者〕の過ぐる人罷止(まかりとど)まれ。君達〔尊いお方〕の御(おほ)〔お通りだ〕しますぞ。否過(えす)ぐさじ」〔通すまいぞ〕と云ひければ、則光、「然(さ)〔そらきた〕れば[二]こそ」と思へど、□[三]返るべき様(やう)も無ければ、疾(と)〔足速に行き過ぎて行くのを〕く歩み過ぐるを、「然[四]〔それでは通り過ぎるつもりか〕ては罷りなむや」と云ひて走り懸(か)かりて来たる者有り。

則光突伏(つきふ)[五]して見るに、弓景(ゆみかげ)〔弓らしいものはなく〕は見えず、太刀鑭(きら)〔きらりと光って見えたので〕として見えければ、「弓に非(あら)ざりけり」と心安く思ひて、掻伏〔身を伏せて逃げるのを〕して逃ぐるを、追ひ次(つ)〔後を追って〕きて走り来たれば、「頭(かしら)〔まさに打ち割られる〕打ち破られぬ」と思(おぼ)〔思ったとたんに〕えて、俄かに傍様(かたはらざま)〔脇にふいに身をそらしたので〕に急ぎて寄りたれば、追ふ者走り早まりて、〔勢いにのって走り過ぎ〕否止(えとど)[六]〔とまれなくなって〕まり敢へずして、我が前〔目の前に飛び出してきたのを〕に出で来たるを、過(す)〔やりすごして〕ぐし立てて、太刀を抜きて〔抜き打ちに打ちおろすと〕打ちければ、頭を中〔真二つに〕より打ち破(わ)りつれば、仰(あふのき)[七]〔のけざまにぶっ倒れた〕に倒れぬ。

「吉(よ)〔うまくいった〕く打ちつ」と思ふ程に、亦(また)、「彼(あ)れは何(いか)〔どうした〕がはしたる事ぞ」〔どうした〕と云

一 則光のいるところから西手に見える大垣、すなわち大内裏の東囲いの垣。
二 予想どおりである、の意。
三 予想どおりであるけれど、という逆接の意にとれば、副詞「さすがに」が想定できる。漢字に表記しようとして果さなかったための欠字。
四 通すまいぞ（「否過ぐさじ」）という意志がこめられている。

襲う者、すべて則光に斬り伏せられること

五 身を低くして。月の明りの中へ敵の様子を浮び上らせようとするのである。
六 底本「否止マリ不散スシテ」とあるが、諸本および丹鶴一本により改める。
七 底本「仰シニ」。一本により「仰ニ」とする。諸本「侶」とするものが多いが、これによればウツブセニ。このところ、身をかわされてつんのめる敵の、その頭を打ち割る描写であるから、うつぶせに倒れる方が自然である。

ひて、走り懸かりて来たる者有り。然れば、太刀をも否(え)指し敢へず、脇に挟(はさ)みて逃ぐるを、「八けやけき奴かな」と云ひて走り懸かりて来たる者の、初めの者よりは走疾(はしりと)く思えければ、「此れをも有りつる様には為(せ)られじ」と思ひて、俄かに九忿(いか)り突居(ついゐ)たれば、走り早まりたる者、我れに蹴躓(けつまづ)きて倒れたるに、違(たが)へて立ち上りて、起し立てず頭を打ち破(わ)りてけり。

「今は此(か)くなめり」と思ふ程に、今一人有りければ、「けやけき奴かな。然てはえ罷らじ」と云ひて、走り懸かりて一〇とく来ければ、「此の度我れは一一錯(あやま)たれなむと為る。仏神助け給へ」と、太刀を一二鉾(ほこ)の様に取り成して、走り早まりたる者に俄かに立ち向ひければ、腹を合はせて走り当りぬ。彼れも太刀を持ちて切らむとしけれども、余り近くて、衣だに切られで、鉾の様に持ちたる太刀なれば、受けられて中(なから)より通しけるを、太刀の一三欛(つか)を返しければ仰様(のけさま)に倒れにけるを、太刀を引き抜きて切りければ、彼(か)れが太刀抜きたりける方の肱(かひな)を、

収める暇もなく / こしゃくな奴め / 足が速そうなので / こいつはさっきの奴のような / わけにはゆくまい / とっさに / 身をかわして立ち上り / 立上る間も与えず / もうこれだけだろう / おめおめとのがしはせぬぞ / こんどこそ / 殺されてしまうだろう / 鉾を持つように構えて / 勢いづいて走ってくる者に / やにわに / 〔敵は〕腹をぶつけるように真正面から突き当った / 着物さえ切れず / 〔則光が〕鉾のようにまっすぐに太刀を持っていたから / ぶちあたって / 体を貫通したが / 引き戻したので / 〔則光が〕 / 抜き持った方の腕を

八「けやけし」は、きわだつ意。

九 体を突き出すようにしゃがみこむと。「いかる」は、内面的・情緒的には腹立つこと、外面的・動作的には角ばり構えるさまをいう語。ここの描写は、身を固めてうずくまり、飛び込んできた敵の脚部へぶつかるようにするか、あるいは、うずくまって足などを突き出し、敵をそれに搦(から)ませ倒すのであろう。

一〇「とく」は「疾(と)く」とも理解できるが、底本仮名書きになっている理由がわからない。諸本「□ク来ケレバ」とあるものが多く、『宇治拾遺物語』では「しうねく走りかかりて来ければ」とあるから、本来、「しうね（く）」（執念く）の漢字表記が予定されていた欠字であろう。

一一 底本「被錯レムト為ル」とあるが、丹鶴一本によって改める。

一二 鉾は刺突に用いる武器。したがってここは、太刀を体に対して直角に構えて握るのである。

一三「欛 タチノツカ、ツカ」（『名義抄』）。

肩より打ち落してけり。

然(さ)て、走り去りて、「亦(また)や人や有る」（まだ誰かいるか）と聞きけれども（耳をすませたが）、音も無かりければ、走り廻(めぐ)りて（一目散に）、中の御門に入りて柱に掻副(かきそ)ひて立ちて（身を寄せて立ち）、「小舎人童(こどねりわらは)何(いか)にしつらむ（どうしたであろう）」と待ちたるに、童、大宮の上(のぼり)[二]を泣く泣く行(あ)きけるを呼びければ、走り来たりけり。其れより宿所(とのゐどころ)に遣(つかは)して、「着替を取りて来(こ)」と云ひて遣しつ。本(もと)着たりつる表(うへ)[三]の衣(きぬ)・指貫(さしぬき)[四]に血の付きたるを、童に深く（慎重に）隠させて、童が口吉(よ)く固めて（童の口をかたく封じて）、太刀の欛(つか)に血の付きたりけるなど吉く洗ひ拈(したた)[五]めて、表の衣・指貫など着替へて、然気(さるけ)無くて（何くわぬ顔で）宿所に入り臥(ふ)しにけり。

終夜(よもすがら)、「此の事若(も)し我がしたる事とや聞えむずらむ」（自分のしわざと知れたらどうしよう）と、胸騒ぎ思ふ程に、夜暁(あ)けぬれば、云ひ騒ぎける様(やう)（世間は大騒ぎして）、「大宮大炊(おほひ)[六]の御門の辺(ほとり)に、大いなる男三人(みたり)を、幾程も隔(へだ)てず切り伏せたる、極めて仕(つか)ひたる太刀かな」（恐ろしくみごとな太刀さばきだ）と、「互に切りて死にたるか（切り合ってとも死にしたのか）と思ひて吉(よ)く見れば、同じ刀の仕(つか)ひ様(やう)なり。敵(かたき)のしたる事にや。然れど盗人[七]と思(おぼ)しき様(やう)に

翌朝、手柄顔に語る男に、則光あうこと

一　待賢門。東の大宮通りに面しており、貴族官人たちは多く左京の中部以北に住んでいたので、この門が参内門になっていた。下乗門である。大内裏の東門は四つ（上東門・陽明門・待賢門・郁芳門）あったが、最北の上東門は、西側の上西門とともに、宮城十二門に数えられず、門号の額もなかった（『拾芥抄』）。門の構えもなかったのであろう（土御門という）。したがって待賢門は、門号額をもつ陽明門以下の三門のなかで、その中の御門なのである。

二　大宮通りを北に。『宇治拾遺』には「大宮をのぼりに」とある。

三　袍(ほう)。正装の上着。則光は衛府の蔵人であったから武官用の深緑の袍を着ていた。

四　裾に組紐を通した袴(はかま)。足首のあたりで紐をしめる。

五　事前あるいは事後の整理をすること。シタタムは、『名義抄』では「枢」や「挑」、『字類抄』では「調」に対する訓であるが、『今昔物語集』では「拈」をシタタムと読んでいる。「拈」はタタムの訓をもつ文字だから（『名義抄』『字類抄』）、『今昔』はそれを借りたものであろうか。

六　大宮通りと大炊御門通りの交叉するあたり。郁芳門外である。

七　盗人のしわざのように見せてあるな。『宇治拾遺』には「盗人とおぼしきさまぞしたる」とあって、斬り伏せられた三人はまるで盗人のようではないか、の

したるなり」と云ひ喤り[八]て、殿上人[九]共、「去来行きて見む」など云ひて、皆行くに、則光をも、「去来々々」と倡ひ将て行けば、「行かじ」と思へども、行かぬも亦心得ぬ様なれば、渋々にて具して行きぬ。

[一〇]車に乗り泛れて遣り寄せて見れば、実に未だ何にも為で置きたりけり。其れを、歳三十計の男の鬘髯[一一]なるが、無文の袴に紺の洗曝の襖[一二]に、款冬[一三]の衣の糸吉く曝されたるを着て、猪[一四]の逆頬の尻鞘したる太刀帯して、鹿の皮の沓履きたる有り。脇[一五]を搔き指を差して、此向き彼向きて物を云ふを、「何の男にか有らむ」と思ふ程に、車の共なる雑色共の云はく、「彼の男の、敵を切り殺したるとなむ申す」と云ひければ、則光糸喜しと聞くに、車に乗れる殿上人共、「彼の男召し寄せよ。子細を問はむ」と云ひて呼ばすれば、召し将て来たり。

見れば、頬がちにて頤[一六]反りたり。鼻下りて赤髪なり。目は摺り

意。この方が本来の形であろう。

八 大声で言い合っている。

九 清涼殿の殿上の間へ昇ることを許された者（四六頁注四参照）。則光も蔵人として昇殿を許されていたから、ここは、殿上の仲間を指している。

一〇 こぼれそうなほどの人数が同車して。「泛」の字、底本には「促」とあるが、諸本によって改める。

一一 かずらをつけたかのように濃い頬ひげ。この男の描写には、これを始め、猪の逆頬の尻鞘、鹿皮の沓、赤髪など毛のイメージが重ねられている。

一二 狩襖のこと。狩衣に裏をつけたもの。もとは衛府の武官が着たが、後には広く用いられ、随身・舎人・牛飼などがよく着用した（『装束抄』）。『梁塵秘抄』にも、紺の狩襖を着て、東国から初めて京上りした人がうたわれている。「洗曝」は何度も洗われて色があせていること。

一三 山吹色、黄色。

一四 猪の皮を、毛並を逆にして太刀を包むようにした尻鞘。「尻鞘」は、雨露を防ぐために太刀の鞘に毛皮を覆ったもののこと。

一五 得意の様子をいう。具体的には、腕を組んで、その手で、胸から脇にかけてのあたりをかきなでるようなしぐさであろう。

一六 「頤反りたり」はいわゆる槍頤のこと。「頬がちにて」以下の表現は、この男の醜さ、ないし悪相を強調している。

赤めけるにや有らむ、血目に見成して、片膝を突きて、太刀の欄に手を懸けて居たり。「何なりつる事ぞ」と問へば、(男)「夜半ばかりに物へ罷るとて此こを罷過ぎつるに、[一]者三人、『己れは罷過ぎなむや』と申して走り懸かりて詣で来たるを、盗人なめりと思ひ給へて、[二]相構へて打ち伏せて候ひつるが、今朝見給ふれば、[三]己れを年頃、『便有らば』と思ふ者共にて候ひければ、敵にて仕りたりける事なりけりと思ひ給へて、[四]しや頭取りてむと思ひ給へて候ふなり」とて立ちぬ。指を差しつつ、伏しぬ仰ぎぬして語り居れば、君達[五]「あらあら」と云ひて問ひ聞けば、弥よ狂ふ様にして語り居り。

其の時に、則光心の内に可咲しと思へども、此の奴の此く名乗れば「譲り得て喜し」と思ひて、[六]面持上げられける。[七]其の前は、[八]「此の気色や若し験かれらむ」と、人知れず思ひ居たりけるに、我れと名乗る者の出で来たれば、其れに譲りてなむ止みにしと、老の畢に子共に向ひて語りけるを、語り伝へたるなり。

一 底本に「に」なし。丹鶴一本により補う。
二 下二段活用の「給ふ」は、自己の行為をあらわす動詞について、卑下の意を表現する。
三 私のことをここ数年、機があればとねらってきた者どもでしたから。
四 きゃつの首を取ってやろう。「しや」は、罵りの意をこめた接頭語。
五 驚きの気持の表現。気を呑まれたような様子。
六 直訳すると、まともに上が見られるようになった、という意。
七 それまでは。
八 自分のやったことが、もしかすればあらわれるのではないか（そうなればどうしようか）。「験かれらむ」は、『宇治拾遺』には「けしきやしるからむ」とあり、これが原態と思われる。あるいは、「ル」を「レ」に誤写したものとして、原態「験かるらむ」を想定することもできる。
九 「敏政」が宛てられる。中宮亮・駿河守、正五位下。
一〇 橘季通を作者の同時代人とする表現であるが、『今昔』の編著者にとって季通が同時代人である、と考えるべきではない。『今昔』の表現は、恐らくその出典の表現をそのまま採っているのである。
一一 注一二参照。

此の則光は[九]□と云ふ人の子なり。[一〇]只今有る[一一]駿河前司季通と云ふ人の父なりとなむ、語り伝へたるとや。

駿河前司橘季通、構へて逃ぐる語、第十六

今は昔、[一二]駿河前司橘季通と云ふ人有りき。其の人若かりける時、[一三]参り仕る所には非ず止事無き所に有りける女房を語らひて（身分の高い人の家の女房と深い仲になって）、忍びて通ひけるを、其の所に有りける侍共、[一四]生々六位などの有りけるが（高々六位程度の者などがいたのが）、「此の殿の人にも非ぬ者の（この屋敷に仕えているのでもない者が）、宵・暁に殿の内をぞ出入する、極めて無愛なり（不都合だ）。去来此れ立て籠めて（家にしめこんで）罸たむ」と集りて云ひ合はせけるを（よりより協議したのを）、季通然る事をも知らずして（そうとも知らず）、前々の如く（従前通り）小舎人童一人許を具して、歩より行きて、忍びて局に入りにけり（女の部屋に通った）。童をば「暁に迎へに来たれ」と云ひて返し遣りつ。

一二 則光（五八頁注五参照）の子。蔵人・中宮少進・駿河守、従五位上。歌人としても『後拾遺集』以下に入部している。

一三 自分が仕えている屋敷ではなく。七行目の「此の殿の人にも非ぬ者の」という表現に応じる。季通は、あるいは敦成親王（後一条）家に仕える者だったのではないかと思われる。長元八年（一〇三五）三月、季通は中宮威子（道長の女、後一条妃）の推挙によって蔵人式部大丞となり、やがて、威子の中宮少進となるが、威子の中宮職には、大進藤原義通、亮源為善のように、敦成親王家のものが多かった。また、同僚の式部少丞橘義清も敦成親王家の蔵人であった。長元八年五月、頼通の高陽院水閣歌合にはこのような関係者が多く出席しており、季通もまた左の方人をつとめている。

橘季通、女の許に通い、所の男共襲撃を謀ること

一四 底本「生无六位」とあるが諸本によって改める。「生」あるいは「生々」は名詞、動詞、形容詞などにつく接頭語で、未熟、不完全、なまじい、とりとめない、などの意味をもつ。『宇治拾遺物語』には「生六位」とある。「生々」という語もあるが、「々」を衍字と見、あるいは片仮名「マ」の誤りとして「生マ」という原態を想定することもできる。なお、このあたり『宇治拾遺』では「生六位の家人にてあらぬが」とあって、侍共が季通のことを指していう言葉になっている。文脈上その方が適当である。

男ども邸を堅め、季通覚悟を決めること

然る間、此の罸たむと為る者共、伺はむとしける程に（様子をうかがっていたが）、「例の主来たりて既に局に入らむとするは[一]」と告げ廻し、此方彼方の門共差してけり（錠をおろした）。鎰をば取り置きて（別のところにしまい）、侍共皆曳杖[二]して、築垣の崩などの有る所に立ち塞がりて護りけるを（見張りしていたが）、其の局に有りける女童部、此の気色を見て主の女房に告げければ、女房も聞き驚きて季通に告げければ、季通も臥したりけるが、此れを聞きて起きて、物打着て、奇異しと思ひ居たりけり（弱ったことになったと思っていた）。女房は、「上に参りて尋ねむ（主人の所へ行って様子を探ってきます）」と云ひて、参りて尋ねければ、侍共の心合はせて（侍どもが勝手にしめしあわせて）為るとは云ひながら（することだとはいうものの）、其の家の男主も虚知らずして（知っていながら知らぬふりをしていることなのだとわかり）有る事なりけりと聞き得て、女房為べき様も無くて、局に返り下りて泣き居たり。（季通）「猛き[三]態かな。恥を見てむずる事（はずかしめを受けそうだわい）」と思へども、逃ぐべき様もなくて、女房の童部を出だし立てて「行くべき隙や有る（脱出できるすきでもないか）」と見せけれども、然様なる所には、侍共の四五人づつ、袴の括[四]を上げ、喬[五]を夾みて、太刀を提げ、杖を突きつつ立ち並みたりける。女の童返り入りて此の由を云ひければ、季通

一 女の部屋に入るぞ。諸本および『宇治拾遺』には「局に入りぬるは」（部屋に入ったぞ）とあって、この方が文脈によく合う。「は」は文末につく、間投助詞。

二 警棒を杖のようにひきずること。示威的なポーズである。『義経記』に、書写山の僉議の場に弁慶が、石櫧の木を削った棒を曳杖として現れる様子を描いている。

三 『宇治拾遺』には「いみじきわざかな」とあり、「猛」は「極」の誤写かもしれない。たいへんなことになったものだ。このままならば、反語的に、結構なことだ、の意にとれなくもない。

四 五六頁注二参照。

五 股だちをとって。袴の股だちを帯にはさむこと。「袴の括を上げ」とともに活動的な仕度をいう。

小舎人童の思慮により季通、脱出すること

歎き思ふ(進退きわまって困りはてた)事限無し。

此の季通(すゑみち)、思量(おもばかり)賢く力などぞ極めて強かりけるに、思ひける様(やう)、「今(もう)は何がせむ(いかしかたがない)。此れぞ然るべき事(私の宿命というものだ)なり。只、夜は明(あ)くとも此の局(つぼね)に居てこそは(このままいて)、曳(ひ)[六]き出で来たらむ(引っ張り出しに来たら)者共に取り合ひて死なむ(そやつと刺し違えて死んでやろう)。然れば夜明けて後には、我れと知りなば(おれだとわかれば)、此(と)[七]も彼(かく)も否為(えせ)じ物を。然(さ)[八]らむ程(そうなった時に)に従者共呼びに遣(や)りてこそは出でて行かめ。但(ただ)し、此の童(わらは)の、心も(事情も)得で(知らず)暁に(暗いうちに)来たりて門(かど)叩かば、我が小舎人童(こどねりわらは)ぞと心得て、捕へて〔侍どもは〕彼れを縛(しば)りやせむずらむ(しばりはしまいか)」と、其れぞ不便(ふびん)[九]に思(おぼ)えける。然れば、女の童(わらは)部(べ)を出だして「若(も)しや来たる(来ないかどうか)」と伺はせけるをも(様子を見させたのにも)、侍共の半無(はしたな)く云(聞く)ひければ(に耐えぬことを言ったので)、泣きつつ返りて屈(かがま)り居(を)り。

然(さ)る程に暁方(あかつきがた)に成りにけり。此の童、何(いか)にしてか(どのようにして)入りつらむ(入ったのか)、入(い)り来たるを、侍共気色(けしき)取りて(見て感づき)、「彼(あ)の童は誰(た)そ(誰だ)」と問へば、此れを聞きて、(季通)「悪しく答へてむず(まずい返事をするのではないか)」と思ひ居たる程に、童、「御読経(みどきやう)の僧の童子に侍り」と名乗るなり(名のるようである)。(侍)「然らば(それならよし)」とて過(す)ぐしつ(通らせた)。「賢く答へ(うまく返答し)

六 底本「事出来ム者共ニ」とあるが、丹鶴一本により改める。『宇治拾遺』に「ひき出でに入りこむ者と」とある。
七 そうそう無謀なこともすまい。
八 夜があけて、自分が誰だかわかるようになってから、の意。
九 そればかりがかわいそうに思われた。

つる奴かな。局に来て例呼ぶ女の名をや呼ばむずらむ」と、其れを亦思ひ居たる程に、局へも寄り来ずして過ぐして行きければ、季通、「[一]此の童、心得てけり。然だに心得ては、[二]うるせき奴ぞかし、然れども謀る事は有らむずらむ」と、童の心を知りたれば、思ひ居たる程に、大路に女の音にて「[三]引剝有りて、人殺すや」と叫ぶなり。其の音を聞きて、[四]此の事を主る侍共、「彼れ搦めよや。けしうは非じ」と云ひて、皆ながら走り懸かりて、[五]門をも否開き敢へず、崩より走り出で、「何方へ去ぬるぞ」など尋ね騒ぐ程、季通、「此れは此の童の云ふ事よ」と思ひければ、走り出でて見るに、門をば、鎖差したれば疑はずして、崩の許に少々留まりて此彼云ふ程に、季通、門の許に走り寄りて、門の鎖を[六]ねぢて引きければ、引き抜きたり。

門を開くままに走り[七]延びて辻に走り折れつつ行く程にぞ、童は走り合ひて、具して一二町許走り延びければ、例の様に歩みて、季

一 底本「此童二」とあるが、諸本・丹鶴一本によって改める。

二 「うるせし」は臨機応変の才のあることをほめている。この一句は挿入句で、「然だに心得ては」は「然れども…」へ続く。

三 「引剝」は辻強盗、追剝ぎのこと。『建武式目条々』の「狼藉を鎮めらるべき事」の一つに「辻々之引剝」があげられている。『宇治拾遺』には「ひはぎ」とある。藤原保昌に咎められた「盗人の大将軍」たる袴垂が、自分のことを「引剝に候」と卑下しているから、引剝は、盗賊としては小者である。

四 門をふさいでいた侍どもは。『宇治拾遺』には「このたてる侍共」とある。

五 門を開ける間も待てず。

六 「ねぢ」、諸本欠字となっているものが多い。『宇治拾遺』は「じやうをねぢて」。

七 遠くまで走り離れること。「延」は、「にげのびる」のそれ。

通(みち)、童に、「何としたりつる事ぞ(どんな具合にやったのだ)」と問ひければ、童の云はく、「御門共(ども)例に非ず差されて(いつもと違って錠がかけてありましたし)候ひつるに合はせて(そのうえ)、崩(くつれ)に侍共の立ち塞(ふさ)がりて密し気(きびげ)に尋ね問ひ候ひつれば(きびしく訊問いたしますので)、恠(あや)しく思(おぼ)えて、其(そ)こにても『御読経の僧の童子なり』と名乗りて候ひつれば、入れて候ひつれば、音(こゑ)八を聞かれ奉りて後(自分の声をあなた様のお耳に入れて後)、返り出でて、此の殿に候ふ女童(めのわらは)の大路に屈(かがま)九り居て候ひつるを、一〇しや髪を取りて打臥(うちふ)せて、衣を剝(は)ぎ候ひつれば、叫び候ひつる音(こゑ)に付きて(声にひかれて)侍共の出で来たり候ひつれば、『今は(もはや)然(さ)りとも(いくら)も出でさせ給ひぬらむ(なんでも脱出なさったであろう)』と思ひ給へて、一一打棄てて(〔女の童を〕)此方様(こなたざま)に参り合ひ候ひつるなり」と云ふを、具して返りにける。童部(わらはべ)なれども此(か)く賢き奴は、有難き者(めったにいるものではない)なり。

此の季通(すゑみち)は、陸奥前司則光朝臣(みちのくのぜんじのりみつのあそん)一二の子なり。此れも、心太く(豪胆で)力有りければ、此(か)くも逃がれけるなりとなむ、語り伝へたるとや。

八 自分が来ているということを、侍どもには知れぬよう、それとなく季通に通じて、安堵させたのである。

九 諸本「屎まり居て」、『宇治拾遺』に「くそまりゐて」とある。この方が情景としてレアルであろう。

一〇 きゃつの髪の毛を。「しや」はののしり荒々しく言う接頭語。

一一 下二段活用の「給ふ」。六四頁注二参照。

一二 五九頁注五参照。

尾張の国の女、美濃狐を伏する語、第十七

道場法師の孫娘、美濃狐の子孫の女をこらしめること

今は昔、聖武天皇の御代、美濃の国方県[一]の郡小川の市[二]に、極めて力強き女有りけり。其の形（その体つき）甚だ大きなり。名をば美濃狐[三]とぞ云ひける。此れは、昔彼の国に狐を妻としたる人有りけり。其れが四継[四]（その人の四代の末孫である）の孫なりけり。其の女、力の強き（力の強いことは）、人の力百人に当りけり。然る間、此の女、彼の小川の市の内に住みて、自ら力を憑みて、往還の商人を陵礫[五]して、其の物を奪ひ取るを以て業としたり。

亦其の時に、尾張の国愛智[六]の郡片輪の郷に、力強き女有りけり。其の[七]形小さかりけり。此れは、昔其の国に有りける道場法師[八]と云ひける者は元興寺[九]の僧なり、其れが孫なり。其の女、彼の美濃狐が小川の市にして人を陵礫して商人の物を奪ひ取る由を聞きて、試みむ（試してや）

一　現在は岐阜市と本巣郡にまたがるあたり。『和名抄』の美濃国名に「方県　加多加多」と見える。

二　岐阜市の黒野古市場のこととも言われる。「市」は市場（交易の場所）。

三　『日本霊異記』上・二、『扶桑略記』欽明の条に、美濃の国の人が狐を妻として一子をもうけ、その名を「岐（伎）都禰」とつけたという（『水鏡』には「きつ」）。強力で、また飛鳥のように早く走った。『略記』にはさらに、「私云、聖武天皇時、名三野狐者、是子歟」という注記を載せている。この「三野（美濃）狐」の話が『霊異記』中・四と、それに拠る『今昔』のこの話である。

＊　狐を妻とする話は、狐女房という名で総称される神婚説話の一つである。〔狐妻〕

四　注三に引いた『扶桑略記』に、狐を妻とした人の子が「伎都禰」で、そのまた子が「三野（美濃）狐」であるとする伝承とは一致しない。

五　ひどいめにあわせて。諸本「捘躒」「凌躒」などの字を用いるものが多いが、「陵轢」「凌轢」が正しい。「陵」「凌」はナブル・シヘタグ・シノク、あるいはヲカス、「轢」はシヘタグ・ニジルとよまれる（『字類抄』『名義抄』『節用文字』）。「凌轢　レウレキ」（『字類抄』）、「凌轢　レウリヤク」（『節用文字』）。

六　愛智郡は今の名古屋市周辺。片輪の郷については名古屋市中区古渡、東区片端などとする説がある。

と思ひて、蛤(はまぐり)五十石を船に積みて彼の市に[一〇]□(泊)る。亦、儲(まう)け調へて船に副ひ納めけり。物は熊葛(くまつづら)の練鞭(ねりむち)[一一]二十反[一二]なり。

既に市に至りけるに、美濃狐有りて、彼の蛤皆抑へ(とりおさえて)取りて売らしめず。然て美濃狐、尾張の女に云はく、「汝何(いづ)こより来たれる女ぞ」と。尾張の女答ふる事なし。美濃狐亦(また)重ねて問ふに、答へず。遂に四度問ふに、尾張の女答へて云はく、「我れ来たる方を知らず」と。其の時美濃狐、此の言(こと)を便(びん)なしと思ひて、尾張の女を罸(う)たむとして立ち寄るに、尾張の女、美濃狐が罸たむと為(す)る其の二[一三]の手を待ち捕へて、此[一四]の熊葛(くまつづら)の韃(むち)を取りて返(かへ)す返(がへ)す罸つに、其の韃に肉(しし)付きたり。亦(また)韃を取りて罸つに、韃に肉付きたり。[一五]十枚の韃を罸つに随(したが)ひて、皆肉付きたり。其の時に美濃狐申さく、「理なり。我れ大きに犯せり。怖るる所なり」と。尾張の女の云はく、「汝此れより後に永く、此の市に住みて人を悩ます事を止(や)めよ。若し用ゐずして尚(なほ)住まば、我れ遂(きっと)に来たりて汝を罸ち殺すべし」と云ひて、本(もと)の国に返りにけり。

「愛智潟の潟廻(かたわ)」の意であろうかと言われる。

七 この小さな女が大きい美濃狐にうち勝つことは説話の一般的な型である。小さな者には大きな智恵や勇気や大力があると考える世界的な小子信仰が存する。

＊ 女の形が小さかったのは、彼女が雷神の系譜に属していることを示すものでもあった。〔道場法師のこと〕

八 農夫に助けられた落雷が礼として授けた子。怪力をもち、元興寺の堂童子となって鐘楼の鬼と力競べしてとりひしぎ、寺の田の水を管理したという話がある(『霊異記』上・三、『本朝文粋』一二、『打聞集(うちぎきしゅう)』一四、『扶桑略記』敏達、『日本高僧伝要文抄』、『水鏡』敏達)。

九 法興寺・飛鳥寺ともいう。崇峻元年(五八八)蘇我馬子が開き、推古四年(五九六)に完成。初期仏寺の中で最大の規模をもち、平城遷都後は平城京内に移されたが、堂塔はそのまま残されて、元興寺・本元興寺と呼びわけられた。道場法師のことは本元興寺に属する話と、『諸寺建立次第』は注記する。

一〇『霊異記』には「泊」とある。

一一 大きなかたい蔓科植物。「練鞭」は皮をむいた鞭。

一二 諸本「二十段」とある。「段」は、鞭、すなわち撃つもの、あるいは撃つことを数える際の助数詞。

一三 フタツノテとよんで両手と解すべきであろうか。上膊を意味する語は、普通ニノウデという。

一四 底本に「此ク」とあるが丹鶴一本により改める。

一五 諸本「十段」。

其の後、美濃狐其の市に行かずして、人の物を奪ひ取らず。然れば市人皆喜びとして、平らかに交易して、世を経て絶えず。亦、尾張の女、美濃狐に力増される事を、皆人知りにけりとなむ、語り伝へたるとや。

（無事に）（市は後世まで続けられた）（すべての人がよく承知したと）

尾張の国の女、細畳を取り返す語、第十八

道場法師の孫娘、夫のために国司をこらしめること

今は昔、聖武天皇の御代に、尾張の国の中島[一]の郡に、尾張の久玖利[二]と云ふ者有りけり。其の郡の大領[三]なり。妻は同国の愛智[四]の郡の片輪の郷の人なり。此れ道場法師[五]の孫なり。其の女、形（体つき）柔耎[六]なる事、練糸を繚るが如し。而るに、此の女麻の細畳[七]を織りて、夫の大領に着せたりけり。其の細畳直しくして微妙き事并無し。其の時に其の国の司有りけり。

一 木曾川沿いの地で美濃に対する。「中島　奈加之万」（『和名抄』）。
二 『日本霊異記』中・二七に「尾張宿禰久玖利」とある。古代氏族の一つに尾張連があり、天火明命の後裔とされている（『新撰姓氏録』『旧事本紀』）。天武十三年（六八四）宿禰姓が与えられている。底本に「久玖弖」とあるが、丹鶴一本や『霊異記』などによって改める。
三 郡の長官。その地の豪族の任ぜられることが多かった。
四 七〇頁注六参照。
五 前頁注八参照。
六 たおやか。「耎」は「輭」の省文、「輭」は「軟」の正字。「練糸」は生糸に対し、練って柔かくした絹糸。この表現は女の容姿のなよやかさを述べているが、『霊異記』では夫に随う従順さを表現している。
七 目の細かな手織りの麻布。「畳」は「疊」「氎」の省文、『霊異記』の訓注に「疊　弖都九里」とある。

[八]若桜部の□と云ふ。国の司として有る間、此の大領が着たる衣の直しくして微妙きを見て、其の衣を取りて大領に云はく、「此れ汝が着る物に[九]能はず」と云ひて、返し与へず。大領、家に返りぬるに、妻問ひて云はく、「何の故に衣はなきぞ」と。大領答へて云はく、「国司の然々云ひて取れるなり」と。妻亦問ひて云はく、「汝彼の衣をば心に惜しとや思ふ」。大領が云はく、「甚だ惜し」と。妻此れを聞きて、即ち国司の許に行きて、「其の衣給へ」と乞ふに、国司の云はく、「此れ何なる女ぞ。速かに追ひ出だせよ」と。然れば人来たりて女を取りて引くに、塵許も動かず。其の時に女、二つの指を[一〇]以て国司を取りて、床に居ゑながら国府の門の外に将て出でて、衣を乞ふ。国司恐れて衣を返し与ふ。女、衣を取りて濯ぎ浄め置きつ。

此の女、力強き事人に似ず、[一一]呉竹を取り砕く事、練糸を取るが如し。

而る間、大領が父母、此れを見て大領に云はく、「汝此の妻に依りて、[一二]国司の怨の思、事を行はれむ」と、「大きに恐れ有るべし。

八 『霊異記』に「稚桜部任」とあって、「任」をその名と見ることもできる。伝未詳。稚桜部の姓には、履仲三年、磐余市磯池に行幸の時、膳臣余磯の配った酒に、時ならぬ桜の花が浮んだことによって授けられたという伝承がある(『書紀』)。ただし、聖武天皇の頃の尾張国司に若桜部氏が任ぜられた記録はない(神亀年間と天平十年前後については文献が残らず、不明)。似た姓の人では、若湯生宿禰肖が天平六年(七三四)、介に任じられている(『尾張国正税帳』)。

九 「能ふ」は相応する意。

一〇 『霊異記』に「取二国上居床之端一、居惣持二出於国府門外一」とある。「床」は、座席あるいは敷物。

一一 この一句は、『霊異記』では先行の文脈に合わず、もと細注であった部分が本文にまぎれたのではないかと疑われている所であるが、『今昔』では、『霊異記』にない「此の女力強き事人に似ず」の一文を挿入して、文脈をととのえている。なお「此の女力強き事」は、底本に「此ノ女カ強キ事」とあるが、「カ」は「力」の誤写と考える。

一二 恨みを買い処罰されることにもなろう。『霊異記』に「国司見レ怨、行レ事」とあるのを誤解した表現。本来「見」は受身の助動詞であるのに、それを「思」に誤解し、「国司」を主語としている。口語訳は一往『霊異記』本文に従ってほどこしておく。

一 名古屋市の西（海部郡甚目寺町）萱津付近か。「草津」の「草」は、本来「かや」の語を写す文字であったかと思われる。この「川津」は、現在の新川かその支流五条川、あるいは庄内川のものであろう。
二 からかって困らせた。
三 「しや」はののしり荒々しく言う接頭語。
四 諸本「半ノ方」とするものが多く、それは『霊異記』の「船半引居、舳下入レ水」に対応する。底本はそれを、次行の「舳ノ方」との混淆によって「伴」と表記してしまったのであろう。
五 どうしてあなた方は、私を打ったり恥ずかしめたりするのか。「捘」は、「凌」「陵」の『今昔』における通用字（七〇頁注五参照）。

同じ女、商人の嘲笑をこらしめること

我れ等が為にも〔わしらにとっても〕吉からぬなり。然れば此の妻を送りてよ〔実家に帰してしまえ〕」と。大領、父母の教に随ひて妻を送りつ。

妻、本の郷、草津川[一]と云ふ川津〔船着場〕に行きて衣を洗ふ時に、商人、船に草を積みて其の船に乗りて過ぐとて、此の女を嘲りて[二]頗る煩はす。女暫く物云はず。船主尚云ひ懸くるに〔言いつのってきたので〕、女の云はく、「人を犯さむとせむ者は〔人にいたずらするやつは〕、しや[三]頬痛く打たれなむ〔頬っぺたをひっぱたかれるよ〕」と。船主此れを聞きて、船を留めて物を投げて女を打つ。女此れを咎めずして〔無視して〕、船の伴[四]の方を〔舳の方を〕打つ〔〔船は〕〕。舳の方より水に入りぬ。船主、津辺の人を〔津の近くの人を〕雇ひて船の物を取り上げて、亦船に乗る。其の時、女の云はく、「礼なきが故に船を引き居ゑつ〔人をばかにするから船を動かなくしたのさ〕。[五]何の故に諸ろの人我れを捘じ蔑ろにするぞ」と云ひて、女、船の荷載せながら〔のせたままで〕、亦一町許の程引き上げて居ゑつ。其の時に船主、女に向ひて跪きて云はく、「我れ大きに犯せり〔私が重々間違っていました〕。理なり〔お腹立ちも尤もです〕」と。然れば女免してけり。

其の後、其の女の力を試みむが為に、其の船を五百人を以て引かしむるに、動かず。此れを以て知る、彼の女の力、五百人の力に勝りたりと云ふ事を。此れを見聞く人、「奇異なり。思ふに、前世に何なる事有りて、此の世に女の身として此く力有るらむ」とぞ、人云ひけるとなむ、語り伝へたるとや。

比叡山の実因僧都の強力の語、第十九

今は昔、比叡山の西塔に実因僧都と云ふ人有りけり。小松の僧都とぞ云ひける。顕密の道に付きて止事無かりける人なり。其れに、極じく力の有る人にて有りける。

僧都昼寝したりけるに、若き弟子共、師の力有る由を聞きて試みむが為に、胡桃を取りて持て来たりて、僧都の足の指十が中に胡桃八つを夾みたりければ、僧都は虚寝をしたりければ、打任せて夾ま

六 通常、助詞「と」を補って「此れを見聞く人、奇異なりと思ふに、『前世に何なる…』」と読んでいる。ここに試みたようにも十分読めるが、この構文では「此れを見聞く人」と後の「人」とが重複することになる。なお、三行目「とぞ」は、底本「とか」とあるが諸本によって改める。

＊水辺の女には、恋の出逢いの面影と、さらに深く水辺に神を祀る者の面影が隠されている。〔「水辺の女」〕

七 比叡山三塔（東塔・西塔・横川）の一つで、釈迦堂を中心とする区画。実因は西塔の具足房を住房としていた。

八 橘敏貞の子。一条朝の代表的な学徳の一人。幼少で出家し、極楽寺寺主、大僧都に至る。法華経を誦する声の美しさは類がなかったという（『続本朝往生伝』『法華験記』『元亨釈書』）。『古本説話集』下・六八に、若い頃鞍馬に参籠して毘沙門天より富を授けられた話がある。それによると、実因を主人公にした絵巻のようなものがあったかと思われる。

実因僧都、強力のこと

九 晩年、小松寺に移り住んだ（『法華験記』）。

一〇 顕教と密教の二つながらにすぐれた僧だった。『二中歴』には顕教の人として実因の名を挙げているが、後に記す加持祈禱は密教の行である。

一一 『法華験記』に「身体強力也」と記す。

一二 するがままに挟ませておいて。

れて後、寝延を為る様に打うむきて（「うん」とうめいて）足を夾みければ、八つの胡桃一度にはらはらと（ばりばりと）砕けにけり。

而る間、天皇の、僧都内の御修法行ひける時、御加持（祈禱）に参りたりけるに、伴僧共は皆通りにけり（退出してしまった）。僧都は暫く候ひて（後に残って）、夜打深更くる程に罷出でけるに、「従僧・童子などは有らむ（待っているだろう）」と思ひけるに、履物計を置きて従僧・童子も見えざりければ、只独り衛門の陣より歩み出でけるに、月の極めて明らかなれば、武徳殿の方様に歩み行きけるに、軽らかに装ぞきたる男一人寄り来て、僧都に指し向ひて云はく、「何ぞ独りは御しますぞ（どうしてお一人でいらっしゃるのですか）。負はれさせ給へ（負われなさいませ）。己れ負ひて将て奉らむ（お送り申上げましょう）」と云ひければ、僧都、「糸吉かりなむ（まことにありがたい）」と云ひて心安く（気軽に）負はれにければ、男搔負ひて西の大宮二条の辻に走り出でて（西京の大宮大路と二条大路の交差点に走り出て）、「此こに下り給はれ（ここで降りて下さい）」と云へば、僧都、「我れは此こへや来むと思ひつる（ここへ来るつもりなどない）。壇所に行かむと思ひつる」と云ひければ、男、然計力有る人とも知らず、只有る僧の（ごく普通の坊さんの）衣厚く着たるなめり（着ぶくれしただけの人だ）と思ひて、衣を剝がむと思ひ

実因を襲った賊、捕えられて一夜使役されること

一 寝ころんだままで伸びをすること。

二 「うむきて」「うむめて」とする伝本もある。

三 一条天皇。「天皇の」の下に脱文があるのかも知れない。また、「天皇の内の御修法行ひける時、僧都……」とあるべきものの、不整な語序と考える説（大系）もある。

四 壇を設け本尊を安置し、経文を誦唱し護摩を焚いてする祈り。宮中で行われるのを「内の御修法」という。息災、増益、調伏などを祈念して行われる。天台宗の行うものとしては代表的に、熾盛光法、尊星王法、安鎮国家法、北斗法などの種類がある（『二中歴』）。実因のこの御修法がいつのものかはわからないが、内の御修法として代表的な真言院御修法（後七日の御修法）ではない。

五 仏の力により、病気、災難、不浄などを除くために行われる祈禱法。宮中では、仁寿殿の二間や中殿で行われた。

六 導師に伴って参列する僧。「通りにけり」は、『名義抄』の訓によって「ゆきにけり」ともよめる。

七 衛門府（宮中の守護、行幸の先駆などをつとめる）の衛士の詰所。左衛門の陣は建春門内に、右衛門の陣は宜秋門内にあった。この場合は、右衛門の陣のあった宜秋門（内裏西面中央の外廓門）を指している。

八 宜秋門の西方にある殿舎。駒牽、騎射、競馬などを天皇の覧る所。弓場殿ともいう。

ければ、麁らかに打振りて、音を嗔らかして、「何でか下りずしては云ふぞ。[一〇]和御房は命惜しくは無きか。其の着たる衣得させよ」と云ひて、立ち返らむと為るに、僧都、「[一一]否や。此くは思はざりつ。我が独り行くを見て糸惜しがりて、負ひて行かむと為るなめりとこそ思ひつれ。寒きに、衣をこそ否脱ぐまじけれ」と云ひて、男の腰をひしと夾みたりければ、太刀など以て腰を夾み切らむ如く男堪へがたく思えければ、「極めて悪しく思ひ候ひけり。錯申さむと思ひ給へるが愚に候ひけるなり。然らば御しますらむ所に将て来たらむ。腰を少し緩べさせ給へ。目抜け、腰切れ候ひぬべし」と、術無げなる音を出だして云ひければ、僧都「此くこそ云はめ」とて、腰を緩べて軽く成りて負はれたりければ、男負ひ上げて、「何ち御しまさむずる」と問へば、僧都、「[一二]宴の松原に行きて月見むと思ひつるを、汝がさかしくて此こへ負ひて将て来たれば、先づ其こに将て行きて月見せよ」と云ひければ、男、本の如くに宴の松原に将て行

九 修法の壇を築いた所。修法の種類によって、護摩壇、大壇、十二天壇、聖天壇、曼荼羅壇などを組み合せて築く。この場合、宜秋門を西に出て行き着けるようないずれかの殿舎に、壇所は築かれていたのであろう（侍従厨や左衛門の陣に築かれた例もある）。宜秋門外の真言院が場所として適当そうに思われるが、真言院は東寺系の御修法（後七日の御修法）が行われる場所であって、天台宗の実因には合わない。

一〇 やい、坊主。接頭語「和」は、名詞や代名詞について、親しみ、あるいは卑しめの意をこめた二人称代名詞を構成する。

一一 はてさて。驚きの意をもった間投詞。

一二 宜秋門外の広場。さらにその西方に武徳殿がある。宴の松原から武徳殿にかけてのあたりは一種の魔所であって、藤原道隆は試胆のために右衛門の陣から豊楽院へ行き、宴の松原で怪しい声を聞く（『大鏡』）。宴の松原には鬼が出て人を食ったこともあり（『三代実録』仁和三年八月十七日、『今昔』二七―八）、武徳殿の辺に黒衣の、右衛門の陣のあたりに三衣姿（僧衣の姿）の怪異が見られたこともある（『古今著聞集』一七）。

きにけり。

其こにて、（男）「然らば下りさせ給ひね。罷り候ひなむ（これでごめんこうむります）」と云へども、尚免さずして、負はれながら月を詠め（詩歌を低吟し）うそ吹きて、時替るまで（時の移るのもかまわず）立てり。男侘ぶる（ほとほと弱りはてたけれど）事限無けれども、僧都、「一右近の馬場こそ恋しけれ（行ってみたいな）。其こへ将て行け」と云へば、男「何でか然までは罷り候はむ（どうしてそんな所まで参れましょう）」と云ふ。只に居るを（そのまま動かないのを）、僧都「然らば（それじゃこうだ）」とて、亦腰を少し夾みければ、「あな堪へがたき。罷り候はむ（行きます行きます）」と侘び音に云ひければ（泣き声で言うので）、亦腰を緩べて軽く成りにければ、負ひ上げて右近の馬場に将て行きにけり。其こにて亦、負はれながら二無期に歌詠めなどして、其こより亦、三「喜辻の馬場を下り様に永く遣りてむ（ずっと行こう）。其こ将て行け」と云へば、辞ぶべくも無ければ（いやとも言えず）、侘びて（泣きべそをかいて）亦将て行きぬ。其こより亦云ふに随ひて四西宮へ将て行きぬ。此くの如くしつつ終夜ら負はれつつ（負ぶさって歩きつづけ）行きて、暁方にぞ五場所に返りて、〔男は〕逃げて去りにけり。

男、衣を得たれども（着物だけはもらったが）、辛き目を見たる（ひどい目にあったものである）奴なりかし。此の僧都は此

一 右近衛府の馬場。西大宮大路の一条の北、つまり、武徳殿のあたりから大内裏を西へ出て北上したところにあった。現在、北野天満宮の東南にその跡がある。

二 延々と歌など口ずさみ。

三 木辻（「支辻」とも）。木辻大路は西京の東洞院大路のこと。木辻に馬寮の馬場があったことは『小右記』に見られる。大炊御門大路を馬寮大路とも呼ぶ（『拾芥抄』）から、木辻と大炊御門の交差するあたりにその馬場はあったのであろう。

四 西京の四条の北、朱雀の西あたり。もと、源高明の西宮殿（安和二年四月に焼失）とその領のあったところ。この当時、深い森（後、戎の森と呼ばれる）と池が広がっていたと思われる。

＊ 盗人にとって、その背中に乗ったまま離れぬ坊さんは、得体のしれぬ恐怖そのものであったであろう。〔海坊主の老人〕

五 「壇所」（前頁注九）の誤りであろう。

く力の極めて強かりけるとなむ、語り伝へたるとや。

広沢の寛朝僧正の強力の語、第二十

今は昔、広沢と云ふ所に寛朝僧正と申す人御しけり。此の人凡人に非ず、式部卿の宮と申しける人の御子なり。真言の道に止事無かりける人なり。

其の人の広沢に住み給ひけるに、亦仁和寺の別当にても御しければ、彼の寺の壊れたる所を修理せむとて、麻柱を結ひて、日毎に工共数た来たりて修理しけるに、日暮れて工共を返させて後、僧正、「工の今日の所作は何計したると見む」と思ひ給ひて、中結ひて高足駄を履きて、杖を突きて、只独り寺の許に歩み出でて、麻柱共結ひたる中に立ち廻りて見給ひける程に、黒く装ぞきたる男の、烏帽

寛朝、仁和寺の工事場で追剥にあうこと

六 京都市右京区嵯峨の地。現在、広沢池がある。円融＝天元五年（九八二）、寛朝はここに遍照寺を開き、「広沢の僧正」「遍照寺の僧正」と呼ばれた（『仁和寺御室系譜』）。

七 敦実親王の子。東寺・西寺別当、東大寺別当、仁和寺別当、大僧正。当時、天台の慈恵と並び称せられ（『体源抄』）、空海相伝の声明を弘めた（『参語集』）。音曲にも秀でていた（『宝物集』『二中歴』）。

八 宇多第八皇子敦実親王のこと。和歌・管絃・鞠・馬・鷹などの諸芸に長じ（『尊卑分脈』）、殊に敦実の流れの源氏は管絃の才を伝えてゆく。式部卿は式部省（朝儀や文官の考課・選叙などを司る）の長官で、四品以上の親王が任じられた。敦実は、朱雀＝天慶二年（九三九）二品で任じられている。

九 真言密教。寛朝は一条朝における真言第一人者に数えられており（『続本朝往生伝』）、真言広沢密派の開祖である。

一〇 冷泉＝康保四年（九六七）に任命。仁和寺の僧正とも呼ばれた（『枕草子』）。別当は一山の寺務を総括する役。仁和寺は京都市右京区にある。仁和四年（八八八）宇多天皇の創建。譲位後はここに入り、真言宗御室派の本山、門跡寺として続く。

一一 足場。「麻柱　阿奈々比」（『和名抄』）。

一二 法衣の腰の中ほどに帯を結ぶこと。衣の裾が活動の邪魔にならぬようにするのである。

子を引き垂れて、夕暮方なれば顔は慥かに見えずして、僧正の前に出で来て突居たり。見れば、刀を抜きて逆様に持ちて引き隠したる様に持成して居たり。僧正此れを見て「彼れは何者ぞ」と問ひ給ひければ、男、片膝を突きて、「己れは侘人[一]に候ふ。寒堪へがたく候へば、其の奉る御衣[二]を一つ二つ下し候はむと思ひ給ふる[三]なり」と云ふままに、飛び懸からむと思ひたる気色なれば、僧正、「事にも非ず。糸安き事にこそ有りけれ。而るに此く[四]怖し気に恐さずとも、只乞へかし。けしからぬ男の心ばへかな」と宣ふままに、立ち廻りて男の尻をふたと蹴たりければ、男蹴られけるままに、忽ちに[五]見えず。

僧正、怪しと思ひ給ひながら、和ら歩み給ひにけり。房[六]近く成りて、音を挙げて「人や有る」と呼び給ひければ、房より法師走りて出で来たりけり。僧正、「行きて火燈して来たれ。此こに我が衣を剝がむとしたる男の俄かに失せぬるが、其れ見むと思ふなり。法師原呼び具ひて来たれ」と宣ひければ、法師走り返りて房に行きて、

一 貧窮の者でございます。
二 お召しになっている着物を一、二着お恵みいただきたいと。「奉る」は「着る」「乗る」などの意の尊敬語。
三 底本には「思給フ也」とあるが、諸本によって改める。自分の行為をあらわす動詞に接して、卑下を意味する下二段動詞「給ふる」であるべきところ。
四 底本「此ヲ」とあるが、「此ク」の誤写であろう。『宇治拾遺物語』に「かくおそろしげにおどさずとも」とある。
五 ふいと見えなくなってしまった。
六 僧の住んでいるところ。僧房。

追剝、寛朝のために足場の上に蹴上げられること

「御房は引剝に合はせ給ひたり（師の御房は追剝ぎに遭われたぞ）。[七]御房達（皆々）速かに参り給へ」と云ひければ、房に有りける僧共、手毎に火を燈して刀を提げつつ、[八]七八人十人出で来にけり。僧正の立ち給へる所に走り来たりて、（僧ども）「盗人は何くに候ふぞ」と問ひ申しければ、（僧正）「此こに居たりつる盗人の、我が衣を剝がむとしつれば、剝がれむ程に（剝がれるうちに）[九]悪しき事もぞ有ると思ひて（怪我でもしてはつまらないと思って）、盗人の尻を[一〇]ふたと蹴たりつれば、其の盗人の、蹴らるるままに俄かに失せぬるなり。極めて恠し。火を高く燈して、[一一]若し隠れ居るかと見よ（隠れているかどうか捜してみよ）」と宣ひければ、法師原、「可咲しき事をも仰せらるる物かな」と思ひながら、火を打振りつつ麻柱の上様を見る程に、麻柱の中につめられて（はさまって）、否動かぬ様なる男有りける（動こうにも動けぬらしい男がいた）。法師原此れを見付けて、「彼にこそは人は見え候へ（あそこに誰かいます）。其れにや候ふらむ（その男でしょうか）」と云へば、僧正、「彼れは黒く装ぞきたりつる男なり（そやつは黒装束の男であったぞ）」と宣へば、人数た麻柱に昇りて見れば、麻柱の中に落ち迫まりて動くべき様も無くて、[一二]疎き（情けない）顔造りて（顔つきで）、男居たり。[一三]和纔に刀は未だ持ちたり。法師原寄りて刀をば取

七 僧たちへの呼びかけの語。

八 東大田村本や『宇治拾遺』には「七八人、十人と」とあって、よりわかりやすい。

九 「…もぞする（ある）」は、…することになるかも知れぬがそれは困る、の意。『宇治拾遺』には「はがれては寒かりぬべくおぼえて」とあって、ややとぼけた表現になっている。

一〇 『今昔』に「ふたと」とあるところ、『宇治拾遺』では「ふたと」「ほうと」の二様に表現している。

一一 「若し」は疑問や推量に呼応する副詞。

一二 『宇治拾遺』には「うんじ顔つくりて」。

一三 かろうじて。『今昔』が「和纔」と表記するのを『古本説話集』に「さすかに」とする例があり、ここはそれに従って読んでおく。しかしそうすると、欠文のなかに「さすがに」を想定できそうなもの、すなわち「さすがに」の漢字表記を求めて求め得なかった欠文が現に存することと、いささか矛盾することになる。一方、「纔」をワヅカニに読む例から、ここの「和纔」もワヅカニと読むこともできる。最低限的な状態を、ワヅカニはより否定的な側面から、サスガニはより肯定的な側面から述べる語であって、意味上の関連はあるわけである。

りて、男をば引き上げて、下して将て参りたり。

僧正、男を具して房へ返り給ひて、男に宣はく、「老法師なりとて蔑るべからざるに、此様にして悪しかりなむぞ。亦今より後、此かる事をば止むべし」と宣ひて、着給ひたりける衣の綿厚きを脱ぎて、男に給ひて追ひ出だしてけり。其の後行方を知らざりけり。

早う此の僧正は、力極めて強き人にてぞ御しける。此の盗人は吉く蹴上げられて麻柱につめられにけるなり。盗人、此く力有る人とも知らずして、衣を剝がむと思ひけるに、麻柱に蹴つめられて、必ず其の身にも恙出で来にけむとぞ人云ひける[一]なり。

近来仁和寺に有る僧共、皆彼の僧正の流なりとなむ、語り伝へたるとや。

大学の衆、相撲人成村を試みる語、第二十一

一 底本「人云ケル也トソ」とあるが、諸本および丹鶴一本により「トソ」をとる。

二『今昔』二三―二五では成村を常陸の相撲人とするが、その方が正しいと思われる(一〇〇頁注一参照)。

三『二中歴』相撲の項に見える「成村　真井」と同人であろう。「真井」は「真甘」の誤りで、「真甘」「真上」「真髪」はすべて、マカミに宛てたもの。円融院の頃の相撲人で、永観二年(九八四)を最後に上京せず、十年ほど後に殺されたという(二三―二五)。

四 二三―二五には「為成」とある。為成は後一条=長元四年(一〇三一)に左の最手(最高位。後の大関にあたる)であった(『小右記』)。一〇二頁注九参照。

五『中右記』寛治二年八月七日に見える左方の「恒則」をこれと見る説もある。『後二条師通記』寛治七年七月三十日にも左方に「常則」が見える。ともに姓は不明。

六 七月下旬に宮中で行われた天覧相撲。毎年二、三月頃相撲使が任ぜられて諸国から相撲人を集め、左右にわかれて一カ月ほど練習し、二日前に仁寿殿での内取(予選)、当日、紫宸殿での召合(左右対抗)、翌日に抜出(選抜)・追相撲(勝抜き)が行われた。

七 朱雀門は大内裏の正門。官人や関係者は、涼みの場所として他に八省の廊(二四―一一)、大極殿(一九―二五)などに出向いた。

八 美福大路を南に。美福門は朱雀門の東にある。そ

今は昔、陸奥[二]の国真髪成村[三]と云ふ老の相撲人（相撲取り）有りけり。真髪為村[四]が父（の父）、此の有る（現存の）経則[五]が祖父なり。

其の成村が、相撲節[六]有りける年、国々の相撲共上り集りて（上京してきて）、相撲節待ちける程に、朱雀門[七]に行き冷みにけるに、各宿所に返りなむとて遊び行く（ぶらぶらと）に、歩より東様に二条を行きて（二条大路を東に行き）、美福[八]を下りに烈り走りて行きけるに、大学寮の東門[九]を過ぎむと為けるを、大学の衆（大学の学生たちが）共数た門に出でて冷み立てりけるを、此の相撲共は過ぎむと為るが、皆水干装束[一〇]にて、純[一一]を解きて押入烏帽子[一二]共にて、打群れて過ぐるを、此れを衆共安からず思ひて（学生たちはこしゃくに思って）、此こを過ぐさじとて（通すなとばかり）、「鳴高し[一三]。鳴制せむ（静かにせよ）」と云ひて、大路に立ち塞がり通さざりければ、此[一四]く止事無き[一五]所の衆共の為る事なれば、破りても通りがたくて有りけるに（押し破って通るわけにもゆかなかったが）、此の衆の中に長短やかなりける男の（小柄な男で）、冠、表[一六]の衣など異衆共より少し宜しきが、勝れて立ち出でて（真先に立って）制する有りけり（立ちふさがっていた）。此の成村見つめてけれ[一七]（その男をみとめ）

相撲人ら、大学衆に通行を阻まれること

の門から南下する壬生大路は美福大路とも呼ばれた。
九 大学寮は二条の南、朱雀の東にあった。その東門は南北二つあって、壬生大路に開かれていた。
一〇 水張りの絹で作った狩衣の一種。丸組の紐を前の領と背の中央につけ、右肩でよじって胸で結ぶ。
一一 「純」は紐に通した金具で、衣の領などを緊めたり緩めたりするもの。それを緩めた、だらしない姿。
一二 揉烏帽子、萎烏帽子に同じ。やわらかな烏帽子で、それを押入れたようにして頭に乗せたぞんざいな冠り方が「押入」であろう。烏帽子が堅いものになるのは鳥羽天皇の頃から（『今鏡』）。
一三 一種の慣用語であって、大学寮で行事の始めに唱え、神楽の人長（神楽の長）が唱えて一座を静める。
一四 底本「ノヒ此ク」、また諸本「ノマ此ク」とある。『宇治拾遺物語』に「さすがに」とあるに相当する個所。『今昔』は「さすがに」の漢字表記を果さず、常に欠字にしているから、「ノヒ」とか「ノマ」とかは、何かの符号か書入れのようなものが混入したのであろうか。
一五 大学寮は通常、五位以上の人の子弟にのみ入学資格があり、初位と庶人の子弟は入れなかった。
一六 袍。正装の上衣。
一七 底本「見初メテ」とあるが、本来「見ツメテ」を「見ソメテ」と誤読し、さらに漢字を宛てたもの。

ば（ると）、「去来去来返りなむ（帰ろう）」と云ひて、本の朱雀門に返りぬ。

其こにて成村、相撲共に議する様（相談するには）、「此の大学の衆の奴原の我れ等を通さざりける、極めて安からぬ事なり（まことに我慢のならぬことだ）。押して通らむと思ひつれども、然らば今日は通らで（無理に通らずに）返りなむ。明日来たりて必ず通らむと思ふ。其の中に、長短やかにて、中に勝れて、『鳴制せむ』と云ひて立ち塞がりたる男有りつ。糸賢き奴なり（小賢な奴だ）。明日通らむに、今日の様に制せむとすらむ（邪魔するに違いない）」。其れを（そこで）□の国に有りける□と云ひける相撲を指して、「其の中に勝れて制しつる男の（先頭に立って邪魔をしたあの男の）、[一]しや尻の血出ゆ許[二]蹴給へ」と成村云へば、彼の然か云はれつる相撲脇を掻きて[三]、「己れが蹴なむには生かじ（蹴ったからにはまず命はなかろう）。[四]足辛くてこそ生かめ（命はとりとめても足は気の毒なことになろうよ）。必ず蹴侍らむ」とぞ云ひける。其の相撲、等輩に勝れて殊に思え有りける者なり（評判の高い者であった）。走りなむども疾くして（速くて）、心も猛かりければ（気も強かったので）、思量らひて成村も云ふなるべし（その辺を思案してこのように言ったのであろう）。

然て其の日は各宿に返りてけり。亦の日（翌日）に成りて、昨日来たら

成村、大学衆に追われ踵を引き切られること

一 「しや」は、ののしり荒々しく言う意の接頭語。
二 血が流れるほど。
三 得意な様子。六三頁注一五参照。
四 底本「足立ナクテ」とあるが、丹鶴一本によって改める。「立ナ」は「辛」を分解してしまったもの。なお、諸本には「生かむ定辛くてこそ生かめ」とあるものが多く、『宇治拾遺』では「生かじものを。がうぎにてこそいかめ」とある。

ざりし相撲共皆来たり集りて、極めて多かり。此く今日通らむ（今日は押し通ってやろう）と構へつる事を（と計画したことを）、大学の衆共も然や心得たりけむ（そうと察したのであろう）、昨日よりは人多くて、かしがましく（やかましいほど）「鳴高し。鳴制せむ」と大路に出でて云ひ立てりけるに、相撲共は打群れて昨日の様に歩み懸かりたりければ（歩み向ったので）、昨日勝れて制せし所の衆、例の事なれば（例によって）、中に勝れて大路の中に出で、過ぐ[五]（通）さじと思ひたる気色（すまいとしている様子が）現なり（ありありと見える）。

其の時に成村、彼の「尻蹴よ」と云ひたる相撲に急ぎ目を懸けたりければ（目くばせをしたので）、此の相撲、人よりは長高く大きにて、若く勇みたりける者なれば、[六]袴の抉高やかに上げて（袴の裾を高々とくくり上げ）指し進みて（ずかずかと）歩み寄るに、其れに次きて異相撲共只通りに通らむと為るを（他の相撲取りは遮二無二通りぬけようとしたのを）、衆共は通さじと塞がる程に、此の尻蹴むと為る相撲、彼の衆に走り懸かりて、蹴倒さむと足を高く持上げたるを、此の衆目を懸けて（よく見はからって）、背を撓めて（屈め）違へければ（体をかわした）、蹴は[七]（空）づして（を蹴って）足の高く上りて[八]仰様に為るを、此の衆其の足を取りて、其の相撲を細き杖などを人の持たる様に提げて、異相撲共に走り懸かり

五　底本「可過サシト」とあるが、丹鶴一本によって改める。

六　行動的な仕度。五六頁注二参照。

七　諸本「蹴□テ」とあるものが多い。『宇治拾遺』に「蹴はづして」とある。

八　のけぞるようになるのを。

ければ、異相撲共は此れを見て走り逃ぐ。然て、其の提げたる相撲をば投げければ、振りぬきて二三丈許投げられて倒れ臥しにけり。身砕けて起き上がるべくも非ず成りぬ。

其れをば知らずして成村が有る方に走り懸かりて来たりければ、成村此れを見るに、「事の外に力有る者にこそ有りけれ」と思ひて、奇異しくて目を懸けて逃げけるに、所も置かず追ひければ、成村朱雀門の方様に走りて、脇戸より逃げ入りけるを、やがてつめて走り懸かりければ、成村、「捕へられぬ」と思えて、築垣の有りけるを超えけるを、「引かへむ」と手を指し遣りたりけるを、疾く超えにければ、異所をば否捕へで、片足の少し遅く超えければ、踵を沓履きながら捕へたりければ、沓の踵に足の皮を取りて加へて、沓をも踵をも、刀を以て切りたる様に引き切りて取りてけり。成村、築垣の内に超え立ちて足を見ければ、血走りて止まず。沓の踵も切れて失せにけり。

一　諸本「振りめきて」とあるのに従えば、くるくると振りまわして、の意。『宇治拾遺』は「ふりぬきて」とする。

二　まるで人を杖のようにあしらって放り投げたとは。「人杖につかふ」という動詞的な句をなしている。

成村、「我れを追ひたる大学の衆は奇異しく（あきれかえった）力有る者（力持だ）かな。尻蹴むとしつる相撲（相撲取りをもつかんで）をも取りて、人杖に仕ひて投げ棄てつ。世の中広ければ此かる者も有るこそ怖しけれ」と思ひて、其こより宿所へは密かに（こっそり）返りにける。其の投げられたりける相撲は死に入りたりければ（気絶してしまったので）、従者共来て物に掻き入れて、荷ひて（かついで）ぞ宿所に将て行きにける。其の年は相撲の取手にも立たざりけり（取組みにも出られなかった）。

其の後成村、方の将に「然々の事なむ候ひつる」と語りければ、将も此れを聞きて奇異しがりけり（驚嘆した）。成村が云ひけるは、「成村に於いては（私 成村にとりましては）、彼れが力に合ふべきにも候はざりけり（彼の力にはとうてい刃がたちませぬ）。彼の大学の衆、古にも恥ぢず、極めたる相撲に候ひけり（あっぱれな相撲人でございます）」と申しければ、方の将此の由を公に申しければ（朝廷に奏上すると）、宣旨に、「『式部丞なりと云ふとも、其の道に堪へたらむ者（相撲の道に達人たる者は）ならば召す（召し出せ）べし』と云ふ事有り（ということもある）。何に況んや大学の衆は何事か有らむ（大学の学生ならば相撲人に召して何の障りがあろうと）」とて尋ねられけれども（探されたけれども）、何なる事にか有りけむ（どうしたことか）、其の人と云ふ事も聞かで止みにけり（それが誰かということもわからずじまいになってしまった）。此れ希有の事なり（驚くべきことであると）となむ、語

大力の学生、誰とも知れず終ること

三 選ばれて取組みに出る力士。

四 相撲人は左右近衛府の扱いになって左方と右方にわかれている。「将」はその近衛の中・少将のことで、節会に際しては審判を司る。それを「出居」ともいう。

五 天皇の命令を記した文書。天皇から内侍（宮中の女官）、内侍から蔵人、蔵人から上卿（その時の首座の公卿）に伝えられ、上卿が外記（記録の官）に書かせた。

六 式部丞は、式部省（儀式、文官の考課・選叙などを司る）の三等官。一つの代表的な文官として、「式部丞なりとも…」という表現が成立したのであろう。当時、諸国の相撲人を集めるのにはさまざま意が用いられ、集まらぬ時はその国司の俸禄が減奪されることさえあった。永延元年（九八七）、国司の延任を願って上洛した美濃の農夫が、その体格を見こまれてそのまま相撲人に召されたとか（『日本紀略』）、寛仁三年（一〇一九）、愁訴に上京した丹波の農夫が同じく相撲人に試された（『小右記』）とかいう記録さえある。だから、たとえ文官であっても強ければ…ということになるのであろう。

七 まして。学生から文章得業生、文章生となって、やがて式部省・民部省などの丞に任官するという、文官の代表的なコースがあった。

り伝へたるとや。

相撲人海恒世、蛇に会ひて力を試みる語、第二十二

古淵の蛇、海恒世を引き込もうとすること

今は昔、丹後の国に海恒世[一]と云ふ、右の[二]相撲人有りけり。其の恒世が住みける家の傍に旧河有りけるが、深き淵にて有りける所に、夏比、恒世、其の旧河の汀近く木景の有りけるに、帷[三]計を著て、中結[四]ひて、足駄を履きて、楴杖[五]と云ふ物を突きて、小童一人計を共(お供)に具して(に連れて)、此彼冷みに行きける次に、其の淵の傍の木の下に行きけり。

淵青く怖し気に(気味悪く淀んで)底も見えず。葦や薦など生ひたりけるを見て(恒世が)立てりけるに、淵の彼方の岸の三丈計は去りたらむと見ゆるに(離れていると思われるところに)、水のみなぎりて(水が盛り上って)此方様に来たりければ、恒世、「何の為るにか(何物のしわざであるのか)有らむ」と

一 未詳。二三―二五によると円融＝永観二年（九八四）の節会に真髪成村と勝負して胸骨を折り、それが原因で死んでいる。『宇治拾遺物語』に「経頼」とあるのは音を介しての異同である。「海」姓の相撲人は他に、寛仁二年（一〇一八）節会の海秀廉がおり（『小右記』）、ツネヨと呼ばれる相撲人には一条天皇の頃に越智経世（「常世」「常代」とも。『続本朝往生伝』『二中歴』『小右記』『権記』『御堂関白記』）と公侯恒世（「常節」とも。『続本朝往生伝』『小右記』）がいる。

二 相撲人は相撲節のとき左右に分けられ、左右の近衛府に所属したが、それによって、普段も左方、右方と呼び分けられていた。

三 単衣の夏の着物。

四 腰の中ほどを帯で結んで。動きやすいいでたち。七九頁注一二参照。

五 『宇治拾遺』に「またぶり杖」。正しくは「杈杖」と書き、上が二股になった杖。「楴杖」の字義は老人用の杖を意味する。

思ひて見る程に、此方の汀近く成りて、大なる虵の水より頭を指し出でたりければ、恒世此れを見て、「此の虵の頭の程を見るに、大きならむかし、此方様に上らむずるにや有らむ」と見立てりける程に、虵の、顔を指し出でて[六]暫く恒世を守りければ、恒世、「我れを此の虵は何に思ふにか」と思ひて、汀四五尺許去りて、[七]動かで立ちて見ければ、虵、暫し計守りて、頭を水に引き入れてけり。

其の後、[八]彼方の岸様に水みなぎると見る程に、亦即ち此方様に水浪立ちて来たる。其の後、虵の、尾を水より指し上げて、恒世が立ちたる方様に指し寄せける。「此の虵思ふ様の有るにこそ有りけれ」と思ひて、任せて見立てるに、虵の、尾を指し遣せて恒世が足を三返計纏ひてけり。「何にせむと為るにか有らむ」と思ひ立てる程、纏ひ得てきしきしと引きければ、「早う我れを河に引き入れむと為るにこそ有りけれ」と思ひて、其の時に踏み強めて立てるに、極じく強く引くと思えけるに、履きたる足駄の歯踏み折りつ。「引き倒

六 蛇や龍は邪眼・邪視を持つものと考えられた。それを見毒と言い、相手を凝視することでそれに魅入るのである。逆に、蛇や龍の目を見ると魅入られるとされた。

七 威力をもった動物や魔に対しては、その凝視に耐え、その凝視に打ち勝つことが、その害から身を守ることになった。例えば、蛇を見つめてその邪視に勝つことは仏教上の修行の一つでもあったし（『宇治拾遺』五・九）、また、仏に化けて柿の木末に現れた天狗は、光右大臣の凝視にあってその正体をあらわした（『今昔』二〇—三）。

八 あちらの岸に向けて。

＊ 水に棲む蛇が水辺の人を誘い込もうとする話は、基本的に「かしこ淵」の伝説と呼ばれているものと一つであろう。「水蜘蛛の怪」

されぬべし」と思ひけるを、構へて踏み直りて立てるに、強く引くと云へば愚なりとや。引き取られぬべく思えけるを、力を発して足を強く踏み立ちてければ、固き土に五六寸計足を踏み入れて立てるに、「吉く強く引くなりけり」と思ふ程に、縄などの切るる様にふつと切るるままに、河の中に血浮び出づる様に見えければ、「早う切れぬるなり」と思ひて、足を引きければ、虵の切り引かされて陸に上りにけり。其の時に、足に纏ひたる尾を引きほどきて足を水に洗ひけれども、其の虵の巻きたりつる跡失せざりけり。

而る間、従者共数た来たりけり。「酒を以て其の跡を洗ふべし」と人云へりければ、忽ちに酒取りに遣りて洗ひなどして後、従者共を以て其の虵の尾の方を引き上げて見ければ、大きなりと云へば愚なり、切口の大きさ一尺計有りつらむとぞ見えける。頭の方の切口見せに河の彼方に遣りたりければ、岸に大きなる木の根の有りけるに、虵の頭を数た返纏ひて、尾を指し遣せて先づ足を纏ひて引きけるなりけり。其れに(しかるに)、虵の力の恒世(つねよ)に劣りて、中(なから)より切れにけるなり。我が身の切るるも知らず引きけむ虵の心は奇異(あさま)しき事なりかし(あきれたものである)。

其の後、「虵の力の程、人[一]何(いく)ら計(ばかり)の力にか有りけると試みむ」と思ひて、大きなる縄を以て虵の巻きたりける様(やう)に恒世が(恒世の)足に付けて、人十人計(ばかり)を付けて引かせけれども、「[二]尚(なほ)彼計(ばかり)は無し」とて、三人寄せ五人寄せなど付けつ(加えては)引かせたれども、「尚足らず」と云ひて、六十人計(ばかり)懸かりて引きける時になむ、「此(か)く計(ばかり)思(おぼ)えし(これくらいだった)」と恒世云ひけり。

此れを思ふに、恒世(つねよ)が力は百人計(ばかり)が力を持ちたりけるとなむ思(おぼ)ゆる。此れ希有(けう)の事なり。昔は此(か)かる力有る相撲人も有りけるとなむ、語り伝へたるとや。

恒世の力、百人力と知れること

一 何人力であろうか。
二 まだまだあれほどじゃない。

相撲人私市宗平、鰐を投げ上ぐる語、第二十三

今は昔、駿河の国に私市宗平と云ふ左の相撲人有りけるが、取手共賢かりければ（相撲の技に長じていたので）、出で来たりて後（初登場以来）、左の方にも右の方にも負くる事無かりければ、取手に立ちて（相撲取りとなって）幾程をも経ずして脇に走りにけり（一気に関脇になった）。

其の時に、同じ方の（同じ左方の）相撲にて、参河の国に伴勢田世と云ふ相撲有りけり。勢器量しくて（体格もすぐれ）力極めて強き者なりければ、取り上りて最手に立ちて久しく成りにけるを、此の宗平が脇にて有りけるに合はせ（取組ませ）られたりければ（れたところ）、勢田世打たれにければ（負けてしまったので）、宗平最手に立ちて勢田世脇に下りてぞ有りける。然れば、此の宗平極めたる相撲（天下無双の相撲取り）にてなむ有りける。

而る間、此の宗平、駿河の国にて四月許に狩をしけるに、鹿の、

一 静岡県中央部。

二 『続本朝往生伝』一条天皇の頃の相撲に「私宗平」、また『二中歴』の相撲の項に「宗平□私（狛イ）」と見える人。広隆寺南大門の西力士は宗平に似ていると語られ（『続古事談』）、藤原伊周家に出入りもしており（『古今著聞集』）、当時人気のあった相撲人であろう。一条＝正暦四年（九九三）七月の抜出に左の最手（注九参照）として（『小右記』に「致平」、『権記』には「族宗平」と記録されている）、左右の最手同士を合わされ、障り（異議中立）を言っている（右の最手はこのとき三宅時弘）。『高山寺遺文抄』には「多世」（注七参照）に並べて、左に「致芸」が挙げられているが、同人の異伝かも知れない。なお、相撲人の「左右」については、八八頁注二参照。

私市宗平、伴勢田世と争って最手となること

三 この場合の「取手」は相撲の技のこと。底本「最手」とあるが諸本および丹鶴一本によって改める。

四 召合は左右の対抗戦であるが、それに至る内取（予選）は、左右それぞれの方の内で行われた。八二頁注六参照。

五 「脇」は、助手ともいう。相撲の等級の第二で、最手の脇という意。いまの関脇にあたる。左右各一人。

六 愛知県東部。

七 底本「伊勢田世」

宗平、鰐に襲われて勝つこと

とあるが諸本および丹鶴一本によって改める。『二中歴』には「勢多世」として名が見える。底本の伝える「伊勢田世」や『続本朝往生伝』に見える「伊勢多世」は、姓「伴」を「伊」に誤ったものであろう。『高山寺遺文抄』に見える「多（おほ）世」は、さらにその「伊勢」を、姓あるいは生国名と考えて切り離したものであろうか。「伴」姓の相撲人は他にも「伴島依」「伴徳近」「伴勝平」など多く見られる（『権記』『小右記』）。

八　相撲の勝負によって昇進すること。

九　相撲の最高位。いまの大関にあたる。左右各一人。

背を射られて内海（うちうみ）〔入江〕の有りけるを游（およ）ぎ渡りて向（むかひ）の山様（ざま）に逃げむと為（す）るを、宗平游ぎ行きて鹿に付く〔鹿を追っていった〕。鹿は、三四町計（ばかり）游ぎ渡りけるに、宗平立游（たちおよぎ）をして鹿に追ひ付きて、鹿の尻足（しりあし）〔後足を〕を取りて肩に引き懸けて游ぎ返るに、奥（おき）の方より白浪の立ちて宗平が方様に来たりけり〔宗平の方向へ近づいてきた〕。浜に立ちたる射手（いて）共音（こゑ）を高く挙げて、游ぎ来たる宗平に、「其の浪は鰐（わに）にこそ有らめ〔わにざめに違いない〕。噉（く）ひ殺されなむ〔食い殺されるぞ〕と為（す）るは」と云ひて、集りて喤（ののし）るに〔騒いだが〕、其の浪、宗平が許（もと）に来て、浪宗平に打懸かると見る程に〔うちかぶさったかと見えたので〕、「今（も）は〔はや〕宗平は噉（く）はれたらむ」と思ふに、浪本（もと）の方（かた）へ返る〔引いてゆく〕。亦、宗平本（もと）の様（やう）に鹿を捧げて来たるに〔泳いでくると〕、陸（くが）今一町計に成りたるに〔陸まであと百メートル余になったが〕、暫（しばら）く計（ばかり）有りて、亦（また）此の浪宗平が許様（もとざま）へ来たる。前（さき）の如く宗平に打懸かると見る程に、暫（しば）し許（ばかり）有りて浪亦（また）返る。

宗平、尚（なほ）鹿を捧げて渚（なぎさ）今一二丈計に成る程に〔波打際まであと五、六メートルという時に〕、陸の者共見れば、宗平、鹿の尻足二つ〔後足二本と〕腰骨とを捧げたり。暫（しば）し計（ばかり）有れば、亦（また）此の浪立ちて来たる。陸（くが）の人集りて宗平に、「疾（と）く上（あが）りね〔上れ〕」と喤（ののし）るに、宗平耳にも聞き入れずして立てり。浪既に近く来たるを見れば、鰐、目[一]を鏡の様に見成して、大口を開けて、歯は釼の如くなり。近く寄り来たりては宗平を噉ふと見る程に、宗平、持ちたる鹿の足を鰐の口に入るるままに、鰐の頭の腭[二]に手を指し入れて、俀しに成りて、相撲を投ぐる如く音を叫びて陸様[三]に投げ上げたれば、鰐一丈計陸に投げ上げられてふためくを、陸に立ちて見る射手共、箭を射立てければ、鰐の鹿の足を噉へながら射殺しつ[四]。

宗平、鰐の習性を語ること

其の後、射手共集りて宗平に、「何にして噉はれざりつるぞ」と問ひければ、宗平が云はく、「鰐は物を噉ふには其こにて噉はずして、持て行きて必ず己れが栖に置きて、其の残有るを亦返りて噉ひに来たるなり。然れば其れを知りて、前の度に噉ひに来たりつるに、鹿を指し遣りたりつれば、鹿の頭・頤を噉ひ切らせて返しつ[五]。次の度に来たりつるを、前足・腰骨を噉はせて遣りつ。次の度に来たりつるには、尻足を持ちて噉はせて投げ上げたりつるなり。此れを、

一 目を大きく見ひらき、ぎらぎらと光らせているさま。「銑の様に」とする本もある。「銑」は金属製の椀。『今昔物語集』では、鬼や蛇の邪眼、あるいは人でもその怒りのために見ひらかれた眼は「銑を入れたるが如く」とか「銑の様に見成し」とか表現されるのが普通である。

二 この場合、鮫や鱶の類の鰓のあたりをいう。

三 二九―三一に虎と鰐の争いの話を載せるが、虎は鰐に一足を食い切られながら、鰐の頭に爪を打ち立て、鰐を陸様に投げ上げて勝つという、この話と類似の叙述が見られる。

四 底本は「射殺レッ」と受身形に表記されており、それで文脈上通じるが、受身には「被射殺レッ」のように「被」をともなうのが『今昔』の例である。したがって底本の表記を「射殺シツ」の誤写と解して改める。主語は「射手共」。なお、諸本「鰐の」の「の」がない。

五 「噉ヒ切テ返ヌ」とある本も存する（丹鶴一本も同じ）。この方が、「鹿を指し遣りたりつれば」の語法とは合うが、ここは次の「腰骨を噉はせて遣りつ」に合わせて理解したい。

此く知らざる者は一度に皆手を放ちて皆噉はせて、次の度は我れ必ず噉はれなむとす。案内を知らざらむ人は此の様に為難きなり。又力無からむ人は、指し遣りて噉はせむ程に、必ず突き倒されなむ」とぞ云ひける。此れを聞く射手共、希有の事にぞ云ひ合へりける。隣の国まで此れを聞きて讃め喤りけりとなむ、語り伝へたるとや。

相撲人大井光遠の妹、強力の語、第二十四

大井光遠の妹、人質にとられること

今は昔、甲斐[六]の国に大井光遠[七]と云ふ左[八]の相撲人有りき。短太[九]にて器量しく力強く足早くて、微妙なりし相撲なり。其れが妹に、年二十七八許にて形・有様美麗なる女有りけり。其の妹、離れたる屋になむ住みける。

而る間、人に追はれて逃げける男の、刀を抜きて其の妹の居たる

六 山梨県。
七 一条天皇の頃の力士として『続本朝往生伝』に名が見える。長保二年（一〇〇〇）の召合、寛弘四年（一〇〇七）の臨時相撲には左方として記録されている（『権記』）。寛仁二年（一〇一八）度に見られる「大井高遠」（『小右記』）は一族であろうか。
八 八八頁注二参照。
九 背が低く肥えていて。小男というのではなく、相撲人の一つの理想的な体型。

家に走り入りにけり。其の妹を質に取りて[一]、刀を差し宛てて抱きて居けり。家の人此れを見て驚き騒ぎ、光遠が居たる家に走り行きて、「姫君は質に取られ給ひにけり」と告げければ、光遠騒がずして云はく、[二]「其の女房をば昔の[三]薩摩氏長許こそは質に取らめ」と云ひて居たりければ、告げたる男、「佐し」と思ひて走り返り来て、不審しさに物の[四]迫より覗きければ、九月許の事なれば、女房は薄綿の衣一つ計を着、片手しては[五]口覆をして、今片手しては、男の、刀を抜きて差し宛てし肱を和ら捕へたる様にて居たり。男、大きなる刀の怖し気なるを逆手に取りて腹の方に差し宛てて、足を以て後より[六]あぐまへて抱き居たり。此の姫君、右の手して男の刀抜きて差し宛てたる手を和ら捕へたる様にして、左の手にて顔の塞ぎたるを[七]なでて、其の手を以て、前に[八]箭篠の荒造りしたるが二三十計打散らされたるを、手まさぐりに節の程を指を以て板敷に押し蹉りければ、朽木などの和らかならむを押し砕かむ様に[九]砕々と成るを、奇異しと見る

一 盗人などが追われて人質をとる話は、二五―一一、二九―八、二九―二九などにも見えるが、このあたりの描写は二五―一一と類似している。

二 あの女なら、昔の有名な薩摩の氏長ででもなけりゃ、人質にはとれないだろうよ。「女房」は妹を指す。「…こそ（は）～め」は、…でもなければ～できないであろう、の意。

三 仁明天皇の頃の無双の最手（最高位者）といわれた、右近衛の「伴氏長」と同一人であろう（『三代実録』光孝＝仁和二年五月二十八日）。『二中歴』相撲の項の筆頭にも挙げられている。この当時すでに伝説的な力士であったらしく、『新猿楽記』には、六の君の夫なる人物に、母方が氏長の曾孫であるような相撲取りを設定している。

四 ものの隙間から。

五 女の恥じらう様子。

六 「あぐむ」を八行に再活用した動詞。「あぐむ」は足を組むこと。底本「マクマテ」とあるが丹鶴一本により改める。

七 撫でるようにはずし。底本「ナテヽ」とあるところ、諸本「泣々」とするものが多い。それに従うならば、泣く様子をみせつつ、の意。『宇治拾遺物語』ではこの姫君は、左手で顔を覆って泣きながら、右手で矢竹をにじり折っている。

八 矢を作るための篠竹。

九 ばりばりと砕けるのを。底本には「みしみし」と

傍訓が付せられている。二三―一八には力の強いのを形容して「呉竹を取り砕く事、練糸を取るが如し」（七三頁十二行）とあるが、竹（の節）を砕くということは、強力の一つの表現であったと思われる。

一〇 鉄鎚でうち砕くのででもなければ、この竹は、こうはなるまい、の意。

一一 あくまで追いかけ、追いついて。

一二 人質をとる以外、追われて逃げおおせる思案がつかなかったことをいう。次の「例の女の様に思ひて」は挿入句。

男、女の大力を恐れて逃げ、捕えられること

程に、此れを質に取りたる男も目を付けて見る。

此の睨く男も此れを見て思はく、「兄の主、うべ騒ぎ給はざるは理なりけり。極じからむ兄の主、一〇鉄鎚を以て打ち砕かばこそ此の竹は此くは成らめ、此の姫君は何許なる力にて此くは御するにか有らむ。此の質に取りたる男は、ひしがれなむず」と見る程に、此の質に取りたる男も此れを見て益なく思えて、「譬ひ刀を以て突くとも、よも突かれじ。肱取りひしがれぬべき女房の力にこそ有りけれ。此れ許にてこそ支体も砕かれぬべかめり。由なし。逃げなむ」と思ひて、人目を量りて、棄てて走り出でて、飛ぶが如くに逃げけるを、一一人末に多く走り合ひて、捕へて打伏せて縛りて、光遠が許に将て行きたれば、光遠、男に、「汝何に思ひて、質に取る許にては棄てて逃げつるぞ」と問ひければ、男の云はく、「一二為べき方の候はざりつれば、例の女の様に思ひて、質に取り奉りて候ひつるに、大きなる箭篠の節の程を、朽木などを砕く様に、手を以て押し砕き給ひつる

を見給へ[一]つれば、奇異しくて、此く許の力にては腕折り砕かれぬと思ひ給へて、逃げ候ひつるなり」と。

光遠、妹の強力を語ること

光遠此れを聞きて疵咲[二]ひて云はく、「其の女房は一[三]度によも突かれじ。突かむとせむ腕を取り、搔捻[四]りて上様に突かば、肩の骨は上に出でて切られなまし。賢[五]く己れが肱の抜けざりき。宿世の有りて、其の女房はせざりけるなり[六]。光遠だに己れをば手殺しに殺してむ物を。しや肱を取りて打伏せて腹骨を踏みなむには、己れは生きて有りなむや。其れに、女房は光遠二人計が力を持ちたるを。然こそ細やかに女めかしけれども、光遠が手戯れ為るに、取りたる腕を強く取られたれば、手弘ごりて免しつる物を。哀れ、此れが男にて有らましかば、合ふ敵なくて手なむどにてこそは有らましか。惜しく女にて有りけるこそ」など云ふを聞くに、此の質取の男、中は死ぬる心地して、「例の女ぞと思ひて、極じき質をも取りたるかなと思ひ給へつるに、此く御しましける人を知り奉らずになむ」と、男泣く

一 この「給ふ」と次行「思ひ給へて」の「給へ」は、下二段活用、卑下の敬語補助動詞（六四頁注二）。

二 会心の笑いを意味する。

三 底本「一度ヨモ…」とあるが、諸本および丹鶴一本によって改める。

四 ねじ上げて突き上げたら。『宇治拾遺』には「かいねぢてかみざまへつかば」とあるが、『今昔』諸本には「捻」を欠き、「取搔テ上様ニ…」と表記するものが多い。本来は「取搔□テ上様ニ」のような欠文表記で、「ねづ」の漢字を求め得なかったものとする説（「全集」）は興味深い。次も、『宇治拾遺』に「肩の骨はかみざまへ出でてねぢられなまし」とあることから考えると、「肩ノ骨ハ上ニ出テ被□切ナマシ」のような本来の形が想定される。

五 よくまあ貴様の腕が抜けなかったことだ。『宇治拾遺』に「かしこくおのれがかひなぬかれまし」とあるのに対応させて、ここに句点を施しておくが、ここで切ると、「肱の」という語法が実は不審である。諸本「己ガ肱ノ不抜サシキ」とあり、これを「不抜マジキ」の誤写と解するなら、この句全体が次の「宿世」を修飾することになる。その場合は、貴様の腕が抜けないだけの因縁があって、の意となる。

六 底本「其ノ女房ハ不ザリケル也」とあるが、「せざりける」と読むには「不為」という表記があって当然である。本来「其ノ女房ハ不□ザリケル也」とあって、その欠字に「ねづ」のための漢字が求められたも

泣く云ひければ、光遠「須く己れをば殺すべけれども（本当なら貴様を殺してやるところだが）、其の女房の錯たるべくはこそ、己れをば殺さめ（危い目にあわされたというのなら殺しもしよう）、返りて己れが死ぬべかりける（事実は逆で貴様の方が殺されるところを）が、賢く疾く逃げて命を存せしは（うまくすばやく逃げ出して命を助かった以上）、其れを強ちに殺すべきに非ず（さらに強いて殺すことはない）。己れ聞け（おい よく聞け）。其の女房、鹿の角の大きなるなどを膝に宛てて、[七]そこら（あんな）細き肱を以て（細い腕でもって）、枯木など折る様に打砕く者をぞ。増して己れをば云ふべきにも非ず（貴様なんぞは物の数でもないのだぞ）」と云ひて、男をば追ひ逃がしてけり。

実に事の外の力有りける女なりかし（想像もつかぬ力を持った女ではあるよ）となむ、語り伝へたるとや。

相撲人成村・常世、勝負の語、第二十五

今は昔、円融院天皇の御代に、[八]永観二年と云ふ年の七月□日、[九]堀河院にして[一〇]相撲節有りける。

而るに、[一一]抜手の日、左の最手[一二]真髪成村、右の最手海常世、此れを

のと解する説（前頁注四）は興味深い。『宇治拾遺』には「宿世ありて御もとはねぢざりけるなり」とあって、右の想定を支持する。

七 底本「ソコヲ」。「ソコラ」の誤写と解する。

＊ 大井光遠の妹の大力には、姓の大井を介して、大井子と呼ばれる異能の系譜を感じることが、あるいはできるであろう。〔大井子のこと〕

八 九八四年。この時の記録は『日本紀略』に「八月一日戊寅、於堀川院、有相撲事」とのみ記されている。『今昔』が「七月□日」とするのは、相撲節が通常七月下旬に行われるためであるが、この年度は何らかの事情で延引されたのである。ただし、『紀略』の「八月一日」が延引された抜出の日を指しているものならば、召合（対抗試合）はその前日の七月三十日、そして内取は二十八日に行われたはずである。

九 二条の南、堀河の東、南北二町にわたってあった邸。この当時は藤原顕光（兼通の長子）の所有であったが、天元五年（九八二）十一月十七日に内裏が炎上したため、十二月二十五日に円融天皇が堀川院に遷幸し、後院として改築されて、以後は円融天皇の御所として使用される。

一〇 八二頁注六参照。

一一 抜出。紫宸殿での召合の翌日に行われる選抜試合。

一二 成村は八二頁注三、常世は八八頁注一参照。

永観二年相撲節に、成村・恒世、召し合せられること

召し合はせらる〔選抜して取組ませられた〕。成村は常陸（ひたち）[一]の国の相撲なり。村上の御時〔村上天皇の〕より取り上（のぼ）りて、手に立ちたるなり〔最手の位置に至ったものである〕。大きさ・力、敵へて並ぶ者無し〔無双であった〕。恒世（つねよ）は丹後（たんご）の相撲なり。其れも村上の御時の末つ方より出で来たりて、取り上りて最手（ほて）に立ちたるなり。勢（せい）〔体力は〕は成村には少し劣りたれども、取手の極めたる上手にて有りけるなり〔技は最高の上手なのであった〕。今日召し合はせらるれば、二人ながら心憾（にく）くて久しく成りたる者共なれば〔好敵手として長年対峙してきた者であるから〕、勝負の間〔勝ち負けがきまれば〕、誰が為（どち）にも〔らにとっても〕極めて糸惜（いとを）しかりぬべし[二]。況（いはん）や成村は恒世よりは久しく成りたる者なれば〔相撲歴が長いものであるだけに〕、若（も）し打たれむには〔負けでもしたら〕極めて糸惜しかりぬべし。

然（さ）て、成村は六度（むたび）まで障（さはり）[三]を申し〔故障申立てをし〕、恒世も障をこそ申さねども、「成村は我れよりは久しく成りにたる者なれば〔はるかな先輩でもあり〕、忽（たちま）ちに取らむ事も糸惜しく〔すぐに取組むのも気がひけて〕」思えて、強ひて勝負せむとも思はず。亦（また）、〔成村は〕力極めて強くて取り合ふとも〔取組んでも〕輙（たやす）く打ちがたし。然れば、成村六度まで障（さはり）を申すとて離るる度毎（たびごと）[四]にぞ放ちける。七度と云ふ度（たび）、成村泣く泣く障を申すに、免（ゆる）されねば、成村嗔（いか）りて起（た）つままに只寄りに寄りて取り合ひぬ〔遮二無二寄っていって取組んだ〕。

一 二三―二一では陸奥の国とするが、常陸（現在の茨城県）の方が正しいであろう。たとえば常陸守源頼信が下総の平忠恒を攻めた時、真髪高文なる者が常陸における軍の先導をつとめており（二五―九）、この真髪氏は常陸の国真壁（まかべ）郡に因む人物（たとえば郡司）かと思われるからである。真壁郡は古く白壁郡と言い（『常陸風土記』）、延暦四年（七八五）、光仁天皇の諱（いみな）を避けて真壁と改称したものであるが、本来は白髪（しらか）天皇（清寧）の名代、白髪（しらか）部の置かれた土地の一つであった。

二 気の毒なことになりそうであった。

三 試合免除のための故障申立て。いわゆる「待った」ではなく、その認否は勅裁によった。寛治二年（一〇八八）の召合（めしあわせ）では十三度にわたる障りの申入れがなされた例がある（『師記』）。障りは常に認められるとは限らず、許されないままに試合に立って負けた例（寛治二年、『中右記』）や、逆に勝った例（嘉保二年、『東大寺文書』）も記録されている。

〔障りを許されず、両者立合って、ともに倒れること〕

四 手合せに際して障りの申立てに成村が立つのを、恒世は手出しせずに見送ったのである。逆に、たとえば天永二年（一一一一）八月の抜出（ぬきで）には、脇（わき）宇治惟利が障りを申すのを待たず、清原重岡が取組み、受けて惟利も立合い、出居（いでい）（審判）に制止されている例がある（『長秋記』）。

恒世死に、成村隠退すること

恒世は頸を懸けて小脇をすけり[五]。成村は、前俗衣[六]と喬の俗衣のかはとを取りて、恒世が胸を差して只絡みに絡めば、恒世、密かに、「物に狂ひ給ふか。此は何にし給ふぞ」と云へども、成村聞き入れずして、強く絡みて引き寄せて、外懸に懸けぬるを待ち、内からみにからみて引き覆ひて仰様になれば、成村は仰様に倒れぬ。其の上に、恒世は横様になむ倒れ懸かりたりける。

其の時に、此れを見る上中下の諸ろの人、皆色を失ひてなむ有りける。相撲[七]の勝ちたるには、負くる方をば手を扣きて咲ふ事、常の習なり。其れに、此れは事の大事なればにや有りけむ、密音[八]も為ずして、ひしひしと云ひ合ひたりける。其の後、次の番の出づべきに、此の事を云ひ繚はれける程に、日も漸く暮れにけり。

成村は起き上り、走りて相撲屋[九]に入るままに、狩衣[一〇]・袴を打着て、即ち出でにけり。軈て其の内に下りにけり。

恒世は、成村は起きたれども、上らずして臥せりければ、方[一一]の

五 「すく」は「透く」、脇をこじあけることか。その脇へ手をさし入れるならば、結果的には「小頸小脇を搔詰めて」(『源平盛衰記』三二)という手になる。

六 前みつと横みつをとって。「俗衣」はふんどし。「浴衣」(『字類抄』)「絡衣」(『新猿楽記』)とも。相撲人は、左右によって小異あるが、俗衣の上に狩衣を着、烏帽子をかぶり下衣・袴はつけず、はだしで登場する。立合う時には狩衣を脱いで俗衣一本となる(『閑田耕筆』)。「喬の俗衣」を底本は「狩衣」とするが、諸本によって改める。

七 勝方は歓呼して舞い立ち、負方は立合や籌刺(勝負の計算係)を交替させる。そうすると再び勝方が笑ってはやすという作法があった(『江家次第』)。

八 しばらくは声をのみ。

九 紫宸殿の前で行われる時は、通常、春興殿・安福殿の庇から長楽門・永安門の脇にかけて斑幔を引いてそれを座としている(『江家次第』)。この場合は堀河殿で行われたのであるから、寝殿の西の対か、西の対に近いあたりにでも設けられていたものか。

一〇 注六に記したように、俗衣の上に狩衣を着、袴はつけずに並び、狩衣を脱いで勝負にのぞむ。

一一 左右その属する方(八八頁注一参照)。この場合右方。「相撲長」は、相撲を監督し、場所の整備をする者。左右各二名。「相撲司」ともいう。

相撲長共数た寄りて、救ひ上げて弓場殿[一]の方に将て行きて、殿上人の居たる□[二]引き出だして、其が上になむ臥せたりける。其の時に、方の大将にて大納言藤原済時[三]、階下[四]より下座して下襲[五]脱ぎて被けてけり。将共[六]寄りて、恒世に、「成村は何が有りつる」と問ひければ、只「手」と計答へてける。其れより相撲屋様に、相撲長共に救ひ上げられて、我れにも非で有る者を押し立てて将て行きて、将共[七]有る限り物脱ぎてなむ被けける。墓々しく衣だに、［　］[八]播磨の国にて死にけり。「胸骨を差し折られて死にける」とぞ、異相撲共は云ひける。

成村は其の後十余年生きたりけれども、「恥見つ」と云ひて上らざりける程に、敵に罰たれて死にけり。成村と云ふは、只今有る最手[九]為成が父なり。

左右の最手勝負する事珍しき事に非ず、常の事なり。而るに天皇の、其の年[一〇]の八月に位を去らせ給ひければ、「左右の最手勝負して

一　紫宸殿南庭で相撲が行われた時は、武徳殿（七六頁注八）を指すが、この場合は、堀河院内の弓場。
二　「しとね」（茵）のような語が想定される。
三　師尹の子。この頃は権大納言従二位、右大将。
四　堀河院寝殿、母屋の南階をいう。
五　束帯のとき袍の下に着る衣。
六　近衛の中・少将。これが勝負を審判する（出居）。
七　勝負がついて勝方が歓呼すると、近衛の将が単衣を脱いで被けるのが作法（『江家次第』）。ここでは、倒れた恒世を勝者としてねぎらったのである。
八　底本は空格を置かないが、欠文があったと思われる。衣服さえきっちりと着けられなかった、の意。当時の相撲は激しくて、たとえば長保二年（一〇〇〇）八月の臨時相撲にも、左の凡部久光は右の紀時任に投げられて気を失い、帰京後それが原因で死ぬ（『権記』）。
九　『小右記』後一条＝長元四年（一〇三一）七月二十八日に「左最手」とある。
一〇　永観二年八月二十七日譲位。
＊　最手同士の対戦は、忌まれないまでも、事実上しばしば行われずに終った。〔最手と最手の勝負〕
一一　隋・唐の民間行事（観燈会）から始まった宮中の新年行事。男女の集団が足を踏み鳴らし歌をうたって、宮中や貴族の邸をめぐった。正月十四、五日の男踏歌、十六日の女踏歌があった。

左右最手の勝負を忌むということ

一二　藤原穏子。基経の女で醍醐后、朱雀・村上の母。

は忌む」と云ふ事を云ひ出でて、其れより後には勝負する事無し。此れ心得ぬ事なり。更に其れに依るべからず。亦、正月十四日の踏歌、昔より毎年の事として行はるるを、太后の正月の四日失せ給へれば、御忌日なるに依りて行はれざるを、怪しく人の、心を得で、「踏歌は后の御為に忌む事」と云ひ出でて、今は行はれざるなり。此れも心得ぬ事なりかし。

尚、成村・恒世勝負する事は有るまじかりける事なりとぞ、世の人の謗り申しけるとなむ、語り伝へたるとや。

兼時・敦行、競馬の勝負の語、第二十六

今は昔、右近の馬場にして競馬有りけるに、一番に尾張兼時、下野敦行乗りたりける。兼時、競馬に乗る事極めたる上手なり。古の者

村上即位によって太皇太后。天暦八年正月四日没。

一三 天暦九年（九五五）十二月二十五日、穏子の忌月のゆえに、踏歌を含む正月行事が停止あるいは延引され（『本朝文粋』四）、冷泉＝安和元年（九六八）八月二十二日、復旧の詔が出され（『政事要略』二四）、二年に女踏歌が行われている。男踏歌は円融＝天元二年（九七九）、永観元年（九八三）に復活した後、絶えた。

一四 七八頁注一参照。

一五 宮中行事としては五月五、六日に、近衛府の競馬が行われたが、その他、賀茂・石清水などの神事としても、貴族の私的な催しとしても行われた。『古今著聞集』によると、この場合は一条＝正暦二年（九九一）五月二十八日、藤原道隆が主催したものということになる。柵を結って、左右二騎一組が速さを競った。

一六 村上天皇の頃の一双の随身（『江談抄』）、一条天皇の頃の代表的な近衛官人（『続本朝往生伝』）。尾張氏は左近衛に属し、歌舞をよくし、兼時も神楽の人長として有名（『体源抄』『続古事談』『権記』『古今著聞集』）。馬術では右近衛の播磨氏と、代々先祖の秘術をもって争い（『江家次第』）、兼時にも馬の逸話は多い（『古今著聞集』『古事談』）。当時左近衛将監（三等官）であった。

一七 朱雀から村上天皇の頃の人。下野氏は右近衛に属している。近衛官人として下野氏の地位が確定したのは敦行からである。

兼時、選んで荒馬に乗り、敦行に敗れること

にも露恥ぢず、微妙なりける者なり。但し、悪しき馬に乗る事以て[一]のみなむ、少し心もと無かりける。敦行は悪しき馬も露嫌はず。其の中に、鞭競馬[二]に極めたる上手にてなむ有りける。

而るに、其の日の競馬に、敦行は進退[三]に賢き馬にぞ乗りたりける。兼時は宮城[四]と云ふ高名の上り馬[五]にぞ乗りたりける。其の宮城は極めて走りは疾かりけれども、痛く上りければ兼時が乗馬には頗る負はぬを、兼時何に思ひけるにか有りけむ、其の日左の一番[六]にて撰んで、此の宮城になむ乗りたりける。

而るに、既に三地[七]畢りて、押し合ひて乗り組みて打追ふ。此の宮城、常の事なれば□[八]玉を取る様に上りけるに、兼時極じき競馬の手共にも否乗らで、只落ちじとのみ為し程に、兼時侘び出[九]だして負けにけり。

人々、兼時の負馬を賞讃すること

競馬には、並び組む程よりは勝ちて行く程までは、多くの手有るなり。但し負馬[一〇]渡す事は習も無く、露知りたる人も無かりけるに、

＊兼時と敦行とでは、敦行の方がほぼ一世代古い人であり、彼らが馬を競べたという話は、左右近衛の代表的な官人にまつわる説話的な一つの結構ではなかったかと思われる。〔兼時と敦行〕

一 底本には「事好ノミナム…」とある。諸本によって改めたが、「悪キ馬ニ乗ル事以ノミナム…」は意味がとりにくい。「…事（ヲ）以テ」と「事ノミナム」の混淆と思われる。底本は「事以ノミナム」の意味のとりにくさによって、変えたものであろう。

二 出走の合図には普通、鉦を打つのであるが、代りに、前後二組の馬を並べ、後馬にあてた鞭を合図に前馬を走らせる方法の競馬。

三 「進退」は馬自体の動作ではなく、馬をあつかうこと。したがって、制御しやすい馬、の意。

四 『源平盛衰記』に、わが朝の名馬として挙げられているほか、『二中歴』『江家次第』『江談抄』などにも名馬としている。

五 後足で上る癖のある馬のこと。

六 第一の組合せに左方として。

七 三遅。競馬出走の時の作法。実態については諸説があるが、地乗りをすることであろう。一遅・二遅・三遅があって、その都度鉦を打ち、出馬は必ず三遅以内にすると決められている（『江家次第』）。

八 諸本に空格はないが、欠文があろう。

九「侘び出だして」は、底本に「馳出シテ」とあるが、諸本によって改める。困りはてた有様で、の意。
一〇 負馬に乗って場内から引き上げること。

其の日兼時が負けて行ひける様を見て、万の人、「現に負くとも此くてこそは行はめ」と見ける。何なる手にか有りけむ、万の人に極めて糸惜しと見ゆる姿してぞ渡りける。然れば兼時、「負馬乗りたる作法を万の人に見知らしめむ」と思ひて、態と此く宮城には乗りて、故らに負けたる事にや有らむと、人疑ひける。其れより後なむ、吉き人も舎人も負馬渡す作法は此くなむ有りけると知りける。

実に然も疑はれたる事なりかし。兼時は、悪しき馬、上り馬に乗る事は少しも心なく、撰んで宮城に乗りけむ、心得ぬ事なり。然れば、「其の日兼時態と好みて負けたり」とぞ世の人皆讃め喤りけるとなむ、語り伝へたるとや。

今昔物語集 巻第二十四

本朝 付世俗

北辺大臣と、長谷雄中納言との語、第一

源信の箏に感じ、天人舞い下ること

今は昔、一北辺左大臣と申す人御座しけり。名を二信とぞ云ひける。嵯峨天皇の御子なり。一条の北辺に住み給ひけるに依りて、北辺大臣とは申すなり。三万の事止事無く（秀でておられたがとりわけ）御座しける中に、四管絃の道をなむ艶ず知り給ひたりける（精通しておられた）。其の中にも五箏をなむ並無く弾き給ひける。

而るに、大臣、或る時に夜、箏を弾き給ひける（箏をお弾きになっていたが）、終夜ら心に興有りて（心の趣くままに）弾き給ふ間、暁方に成りて、難き手（難曲で）の止事無きを取り出でて（しかも名曲であるのを選び出して）弾き給ひける時に、我が心にも（我ながら）極じく微妙しと思ひ給ひけるに（うまく弾けたと思われたが）、前の六放出の隔子（格子）の上げられたる上に、何の物（何かが）の光る様に見えければ、何の光るにか有らむと思ひ給ひて和ら見給ひけるに（そっと窺われると）、長一尺許なる天人共の二三人許有りて舞ふ光なりけり。大臣此れを見て、「我が微妙き

一 北辺とは京の一条大路から土御門大路までのあたりを指す。源信の邸である北辺亭は、土御門の北、西洞院の西にあった。

二 嵯峨天皇の子。臣籍に下って源姓を賜る。政治家としてより芸術家、ことに音楽家として著名である。左大臣、正二位。

三 書や絵画もよくした。とりわけ馬の画に巧みであったという（『三代実録』）。

四 音楽の道。父嵯峨天皇から笛・琴・箏・琵琶を伝授されており、『教訓抄』には、秘曲の伝承と作曲に関する信の逸話が多く載せられている。

五 唐から渡った絃楽器。サウともいう。仁明＝承和十二年（八四五）に唐人孫賓が初めて日本に箏を伝えたという伝承があるが、この孫賓を祖師とする箏の伝承の系図（『秦箏相承血脈』）では、筆頭に信の名が挙げられている。

六 寝殿造りの母屋につづけて外側にさし出した建物のこと。また、母屋を臨時に廂や簀子にまで広げたものともいう。

＊ 音楽は天に属するものであった。したがってしばしば、地上に美しい楽が調べられる時、天はそのよろこびを地上に告げるのであった。「天と管絃」

手を取り出でて箏を弾くを、天人の感じて下り来たりて舞ふなりけり」と思ひ給ふ。哀れに貴く思ひ給ひけり。実に此れ奇異しく微妙き事なり。

亦、一中納言長谷雄と云ひける二博士有りけり。世に並無かりける学生なり。其の人、月の明かりける夜、三大学寮の西の門より出でて、四礼の植の上に立ちて北様を見ければ、朱雀門の上の層に、冠にて五襖着たる人の、長は上の六垂木近く有るが、七吹をし、文を頌して廻るなむ有りける。長谷雄此れを見て、我れ此れ霊人を見る、身乍らも止事無くなむ思ひける。此れ亦希有の事なり。

昔の人は此かる奇異の事共を見顕はす人共なむ有りけると、語り伝へたるとや。

高陽親王、人形を造りて田の中に立つる語、第二

一 宇多・醍醐天皇の頃の代表的な文人の一人。紀氏。宇多天皇の残した「寛平御遺誡」には、藤原時平や菅原道真とともに、顧問の臣五人のなかに数えられている。権中納言、正三位に至る。

二 学者。狭義には文章博士を指す。宇多＝寛平三年（八九一）三月に、長谷雄は文章博士に任ぜられている。下の「学生」も学者の意。

三 大学寮は朱雀門のすぐ南東にあり、その西門は朱雀大路に面している。

紀長谷雄、朱雀門上に天人を見ること

四『世継物語』に「らいせい門の橋の上」とあるのを参照すれば、ここは「礼□□ノ植」のような欠字が考えられる（「植」は「橋」の異体字「槗」の誤りであろう）。「らいせい門」は羅城門のことである。

＊『今昔物語集』の表現では、長谷雄は大学寮の西門を出てすぐに羅城門の橋（堀にかけられている）、あるいは階の上に立っているかのようで、いかにも唐突にみえるが、羅城門と朱雀門は説話の上では関連が深く、朱雀門上の霊人を目にする場所としては、羅城門は説話的にきわめて適切なのである。〔「らいせい」という門のこと〕

五 武官の朝服。闕腋の袍と呼ばれるもののこと。神や鬼や霊はしばしば、衣冠の姿で出現する。

六 椽。棟から軒に渡す角材。

七 詩をくちずさみ。詩に対して「文」は漢文の文章。

＊ 朱雀門上に棲む鬼はしばしば風雅の魂をもち、詩

歌管絃の逸話にかざられている。〔朱雀門の鬼〕

高陽親王、京極寺を建てること

八　桓武天皇第七皇子。

九「細工」は「大工」に対する語。高陽親王は、『二中歴』一能の項に「細工」として名が挙げられているほか、『栄花物語』にも「細工はいみじかりけれ」と評されている。

高陽親王、旱田に人形をたてて水を得ること

一〇　もと、京極の西、三条の北にあった寺。後には日吉社の末社となり、院政の頃、比叡山の僧が強訴に上るときはこの寺からも神輿をかつぎ出し、また、比叡日吉の神輿が入洛するときの拠点の一つにもなっていた。高陽親王がこの寺を建てたということは、他書に見えない。

一一　京極寺から東、賀茂河原にかけて寺領があった。

一二　日照り。高陽親王の在世の頃、ことに八一〇年代、二〇年代、六〇年代には頻々と旱魃に見舞われている。

今は昔、高陽親王と申す人御しけり。此れは□天皇の御子なり。極めたる物の上手の細工になむ有りける。京極寺と云ふ寺有り。其の寺は此の親王の起て給へる寺なり。其の寺の前の河原に有る田は、此の寺の領なり。

而るに、天下旱魃しける年、万の所の田皆焼け失せぬと喤るに、増して此の田は賀茂川の水を入れて作る田なれば、其の河の水絶えにければ、庭の様に成りて、苗も皆赤みぬべし。而るに高陽親王此れを構へ給ひける様、長四尺許なる童の、左右の手に器を捧げて立てる形を造りて、此の田の中に立てて、人其の童の持ちたる器に水を入るれば、盛り受けては即ち顔に流れ懸かる構を造りたりければ、此れを見る人、水を汲みて此の持ちたる器に入るれば、盛り受けて顔に流れ懸かり流れ懸かりすれば、此れを興じて聞き継ぎつつ、京中の人、市を成して集りて、水を器に入れて見興じて喤る事限無し。

此くの如く為る間に、其の水自然ら□[一]て、田に水多く満ちぬ。其の時に童（人形を）を取り隠しつ。亦水乾きぬれば（干上ってしまうと）、童を取り出だして田の中に立てつ。然れば亦前の如く人集りて水を入るる程に、田に水満ちぬ。此くの如くして、其の田露焼けずしてなむ止みにける（少しも旱害をこうむらずにすんだ）。

此れ極じき構なり（うまい仕かけである）。此れも御子の極めたる物の上手、風流[二]の至る（お蔭で）所なり（あると）とぞ、人讃めけるとなむ、語り伝へたるとや。

小野宮の大饗に、九条大臣打衣を得る語、第三

今は昔、小野宮大臣[三]の大饗[四]行ひ給ひけるに、九条大臣[五]は尊者[六]（主賓）にてなむ（として）参り給へりける。

其の御送物[七]（贈物としてお受けになった）に得給ひたりける女の装束[八]に副へられたりける、紅の打ちたる[九]細長を、心無かりける（軽率な）前駆[一〇]の取りて出でける（前駆が受取って退出したが）に、取り□（外）

一 底本「□干田ニ水多ク」とあるが、「干」は片仮名「テ」の誤り。□は宛てるべき漢字が求められなかったための欠字で、「そそぐ」という語が想定される。

二 「風流」とは巧みをこらすこと。したがって、尽された趣向、こらされた華美、あるいは趣向を求め華美を整えた作り物を指していう。たとえば花山院も「風流者」の評判の高かった人で、車宿（屋敷の中の車庫）の床に勾配をつけて、急ぎの時など、戸をあけると人手をまたず直ちに車が滑り出すような装置を考案したという（『大鏡』）。『今昔物語集』のこのところ、「風流の至す所」とある方が表現として普通である。

三 藤原実頼。忠平の長男。村上・冷泉朝の筆頭公卿で、摂政・太政大臣、従一位。惟喬親王の小野宮（大炊御門の南、烏丸の西にあった邸）を伝領した。

四 大臣家の饗宴（大臣大饗）をいう。これには、大臣に任ぜられた祝いの大饗（「庇の大饗」ともいう）と、恒例の大饗（「母屋の大饗」ともいう）があった。後者は、左大臣家では正月四日、右大臣家では五日に行われるのを原則とした。

五 藤原師輔。忠平の次男。右大臣、従二位。兄実頼とは性格的にも異り、政治家としても競い合う。

実頼の大饗に類ない細長が贈られること

＊ 実頼と師輔、あるいは両家の流れは、有職家としても競い合っていた。〔実頼と師輔の有職〕

六 大饗の主賓。摂関、太政大臣家の大饗では左右大臣が尊者となり、左右大臣家の大饗では、大臣以外に

大・中納言が尊者に選ばれた。主賓を尊者と呼ぶのは、三〇頁注一三参照。
七 禄、あるいは被物ともいう。女装束一具に、綾か織物か、染物の細長を贈るのが通例(『江家次第』)。
八 裳・唐衣・袴からなる女の礼服一揃いを指す。
九 砧で打って織目をぴっちりと詰めた細長(女子の普段着で、小袿の上に着る)。色目は、ここには紅とされているが、実頼家では桜色を好んで用いた(『九条殿記』)。
一〇 尊者へ贈る禄と引出物は、尊者に代って前駆が受取ることになっている。前駆とは一般には騎乗の先導役のことであるが、特に大饗のときの尊者の前駆は、主人側が尊者を招くときの使者(「請客使」)が奉仕することになっていて、通常、四位の朝臣がそれにあてられた(『江家次第』)。
一一 右近衛の侍の詰所。月華門の内にあった。
一二『二中歴』の鞠足の項に「春述 九条住人□博実」、また双六の項に「春府掌□鞠足□春述也」とある人物であろうか。舎人は、近衛府に仕えていまだ官につかぬ者。
一三「后町の井」の誤りか。后町(キサキマチあるいはキサイマチ)は常寧殿のことで、その廊の南に井戸があった。「町」とは宮殿や邸宅内の一区画をいう。
一四 冠や烏帽子をつけたとき、髪の乱れを整えたり頭をかいたりする具。腰刀の鞘に挟んで所持した。

勁刷や針を爪の上に倒立させる至芸のこと

して遣水に落し入れたりければ、即ち迷ひて取り上げて打振ひければ、水は走りて乾きにけり。而るに、其の湿れたりける方の袖の、露水に湿れたりとも見えずして、湿れざる方の袖に見競べけるに、只同じ様になむ打目有りける。此れを見る人、打物をぞ誉め感じける。

昔は、打ちたる物も、此様にぞ有りける。今の世には極めて有難き事なりとなむ、語り伝へたるとや。

爪の上にして勁刷を返す男と、針を返す女との語、第四

今は昔、□天皇の御代に、右近の陣[11]に□の春近[12]と云ふ舎人有りけり。鞠をなむ極じく微妙く蹴ける。

其の春近が、後の町の井[13]の筒に押し懸かり立ちて、若き女どもなどの数た有りけるに見せむと思ひて、鞘より勁刷[14]を取り出でて、手

の爪に立てて、井の上に差し出でて四五十度許返し立てけるを、人集りて此れを見て興じ感じける事限無し。

而る間、年老いたる女寄り来て、此れを見て云はく、「興有る態し給ふ主かな。古も此かる態為る人無かりき。いで己れ、習ひ申さむ」とて、袖に差したる針を抜き出でて、緒を[一]付け乍ら爪の上にして四五十度計返しければ、此れを見る人皆奇異しく思ひけり。其の時に春近此れを見て、□[二]て勁刷差してけり。

此れ希有の事共なり。昔は墓無き事共に付けても、此様の態為る者共も有りけるなりとなむ、語り伝へたるとや。

一 緒をつけたままで。
二 欠字は「かかやき」（赤面する意）か。

百済川成、飛弾の工と挑む語、第五

川成、似顔絵をかいて逃亡した従者を探させること

今は昔、百済川成[三]と云ふ絵師有りけり。世に並無き者にて有りけ

る（った）。[四]滝殿の石も、此の川成が立てたるなりけり（布置したものである）。同じき御堂（同じ大覚寺の）の壁の絵も、此の川成が書きたるなり。

而る間、川成、従者の童を逃がしけり（童に逃げられた）。東西を求めけるに（あちこちを探したけれど）求め得ざりければ（見つけられなかったので）、或る高家[五]の下部を雇ひて語らひて（依頼して）云はく、「己れが年来（年ごろ）仕ひつる（使っていた）従者の童、既に逃げたり。此れ尋ねて捕へて得させよ（探してつかまえてきてくれ）」と。下部の云はく、「安き事には有れども（お安い御用ですが）、童の顔を知りたらばこそ搦めめ（その子の顔でも知っていたらつかまえられましょうが）」と。「顔を知らずしては何でか搦めむ」と。川成、「現に、然る事なり（なるほどもっともだ）」と云ひて、畳紙を取り出でて（懐紙を取り出して）、[六]童の顔の限を書きて（顔の特徴をすっかり書いて）下部に渡し、「此れに似たらむ童を捕ふべきなり（つかまえればよい）。[七]東西の市は、人集る所なり。其の辺に行きて伺ふべきなり（様子を見るがよい）」と云へば、下部、其の顔の形を取りて（似顔絵を持って）、即ち（早速）市に行きぬ。人極めて多かりと云へども、此れに似たる童無し。暫く居て、若しやと思ふ程に、此れに似たる童出で来ぬ。其の形を取り出でて競ぶるに（比べてみると）、露違ひたる所無し。「此れなりけり（これだ）」と搦めて、川成が許に将て行きぬ（連れて行った）。川成此れを得て見る（この子を受取って見ると）

三 仁明・文徳天皇の頃の絵師。工人でなくて、独立した画家として最初の人。左近衛の武官でもあった。

四 一般には、寝殿造りの庭園にあって滝のあたりに建てられた殿舎をいうが、ここでは、大覚寺の滝殿を指すとされている。ただしこの当時、大覚寺という寺はまだ存在せず、その前身である嵯峨天皇の後院（譲位後の御所に予定された離宮）の嵯峨院があった。滝は大沢池のほとり、藤原公任の歌「滝の音は絶えて久しくなりぬれど名こそ流れてなほ聞えけれ」によって現在「なこその滝跡」と呼ばれているあたりにあった。

＊ 嵯峨院滝殿の石を川成が組んだという話は、『今昔物語集』にのみ見られる。〔川成の作庭〕

五 家格の高い家。

六 川成は肖像画と風景画が得意であった。『文徳実録』には、従者を呼ばせるのに、その似顔をかいて持たせてやったとある。

七 都は朱雀大路によって東の京（左京）、西の京（右京）に分けられていたが、その両京の堀河七条近辺には市町が置かれていた。売買交易の人が集まるとともに、それらの人をめあてに見世物や説経師も集まってきた。空也が「市上人」と呼ばれたのも、彼が常に市町を説法勧化の場としていたことによる。

に、其の童[一]、極じく喜びけり。其の比、此れを聞く人、極じき事に（たいしたことだ）なむ云ひける（と言い合った）。

飛騨工、仕かけのある堂によって川成を困らせること

而るに、其の比、飛弾[二]の工と云ふ工（大工）有りけり。都遷り[三]の時の工なり。世に並無き者なり（二人とない名人であった）。武楽院[四]は、其の工の起てたれば微妙なるべし（立派なはずだ）。

而る間、此の工、彼の川成となむ各其の態を挑みにける（自分の技倆を競ったが）、飛弾の工、川成に云はく、「我が家に一間[五]四面の堂をなむ起てたる。御して見給へ。亦、壁に絵など書きて得させ給へとなむ思ふ（いただきたいと思っております）」と。互に挑み乍ら中吉くてなむ戯れければ（冗談ごともよくする仲なので）、「此く云ふ事なり（どうせそんなことだとは思いながら）」とて、川成、飛弾の工が家に行きぬ。行きて見れば、実に可咲し気なる（趣向をこらした）小さき堂有り。四面に戸皆開きたり。飛弾の工、「彼の堂に入りて、其の内見給へ」と云へば、川成延[六]に上りて南の戸より入らむと為るに（入りかけると）、其の戸はたと閉づ（ぱたんとしまる）。驚きて廻りて（縁を廻って）西の戸より入る、亦、其の戸はたと閉ぢぬ。亦、南の戸は開きぬ。然れば北の戸より入るには（入ろうとすると）、

一 底本「其童極ク喜ビケリ」とあるが、「童」の下に欠文があるのかも知れない。「其の童なれば極じく喜びけり」と読むべきか。見るとまさしくその子だったので、川成は、たいそう喜んだ、の意。

二 本来は、飛騨の国の工匠という意味の普通名詞である。奈良・平安朝に飛騨（現在の岐阜県北部）の農民が、庸・調のかわりに、里ごとに十人、一年交替で上京して、木工寮に所属し、造作や修理のことに従事した。この制度は平安後期には廃れたが、この飛騨の工匠群を理想化する形で、飛騨工という一人の名匠が創造され、その説話が生れたのである。中世以後、飛騨の守とか允とかを名乗る工匠が多く現れてくるのも、同様の理想化である。

三 奈良から京都への遷都（七九四年）。

四 豊楽院。天子の宴会所で、節会・射礼・競馬・相撲、時には即位式が行われたこともある。平城＝大同二年（八〇七）に造られたと伝えられるから、当然、木工寮に属する飛騨の工匠群が、その建築に従事したであろう（『雍州府志』に「凡そ本朝、伽藍に於いて其の功を尽すものは、多く飛騨内匠の作る所なり」と言っている）。飛騨工という一人の名匠が豊楽院を建てたという説話の背後には、このような事実が横たわっているのである。『新猿楽記』に登場する西の京の

右衛門尉の第八の娘は、檜前杉光という夫をもっているが、いかにも工匠らしい名前のこの飛騨出身の大夫大工（大工の棟梁）は、「八省豊楽院之本図」を相伝する人物として描かれている。このことも、説話的には同類のことであろう。

五 母屋が一間四方（四隅に柱がある）で、その四面に廂の間のある建て方をいう。

六 縁。底本「延」は宛字。

七 くろずみふくれ上って腐った死人がころがっている。「脹 フクル」（『字類抄』）。

八 やあ、お前さん、こんな所にいたのか。「己れ」は、呼びかけの意味の濃い文中では、対称に用いられることの多い代名詞である。ここの文を、「私はここにおりますよ」の意に解する考えもあるが、「けるは」の語法より見て、相手の今ある様子に初めて気づいたという、わざととぼけた表現であろう。

九 びくびくもので。

川成、死人を描いて飛騨工に返報すること

其の戸は閉ぢて、西の戸は開きぬ。亦、東の戸より入るに、其の戸は閉ぢて、北の戸は開きぬ。此くの如く廻る廻る（ぐるぐる廻って）数た度入らむと為るに、閉ぢつ開きつ（閉じたり開いたりして）入る事を得ず、侘びて（当惑して）縁より下りぬ。其の時に、飛弾の工咲ふ（大笑いをした）事限無し。川成、妬しと思ひて（くやしがって）返りぬ。

其の後、日来を経て（数日たって）、川成、飛弾の工が許に云ひ遣る様、「我が家に御座せ。見せ奉るべき物なむ有る（御覧に入れたいものがあります）」と。飛弾の工、定めて（きっと）我れを謀らむとするなめり、と思ひて行かぬを、度々懃ろに呼べば（丁重に招くので）、工、川成が家に行き、此く来たれる由を云ひ入れたるに（来意を告げたところ）、「（川成）此方に入り給へ」と云はしむ（召使いに言わせた）。云ふに随ひて、廊の有る（廊の所にある）遣戸（引戸を）を引き開けたれば、内に大きなる人の、七黒み脹れ臰れたる臥せり。臰き事鼻に入る様なり（鼻をさすばかりである）。思ひ懸けぬに（思いもかけず）此かる物を見たれば、音を放ちて（悲鳴をあげ）愕きて去き返る（飛び出した）。川成内に居て、此の音を聞きて咲ふ事限無し。飛弾の工怖しと思ひて土に立てるに（庭に立ちすくんでいると）、川成其の遣戸より顔を差し出でて、「八耶、己れ此く有りけるは。只来たれ（ずっと入りなさいよ）」と云ひければ、九恐づ恐づ寄りて見れば、

障紙（そこにある襖に）のあるに、早う其の死人の形を書きたるなりけり。堂に謀られたるが（堂のことで一杯くったのがくやしくて）妬きに依りて、此くしたるなりけり（こんな仕返しをしたのだった）。

二人の者の態、此くなむ有りける（腕前は ざっとこんなふうであった）。其の比の物語には（世間話には）、万の所に（至る所で）此れを語りてなむ、皆人誉めけるとなむ、語り伝へたるとや。

碁擲寛蓮、碁擲つ女に値ふ語、第六

今は昔、六十代延喜の御時に（醍醐天皇の御代に）、碁勢寛蓮と云ふ二人の僧、碁の上手にて有りけり。寛蓮は品も賤しからずして、宇多院の殿上法師にて有りければ、内にも（醍醐の宮中へも）常に召して御碁を遊ばしけり。天皇も極じく上手に遊ばしけれども、寛蓮には先二つなむ受けさせ給ひけり（先手二目置きで対局なさった）。常に〔ある時〕遊ばしける程に、金の御枕を懸物にて遊ばしけるに（賭物として勝負されたところ）、天皇負けさせ給ひにければ、寛蓮其の御枕を給はりて罷出づるを、〔天皇が〕若き殿

一 なんと。この副詞は、「なりけり」という文末に呼応することが多く、「実は…なのだった」の意味で、これまでの事柄を改めて説明する語法。

二 碁勢と寛蓮と、二人の人物がいたように表現されているが、「碁勢」は「碁聖」の宛字で、囲碁の名人上手という意味の普通名詞である。ところが、「碁聖寛蓮」（碁聖である寛蓮）というように修飾的に連続して用いられているうちに、いつのまにか「碁聖」が固有名詞化してしまい、やがて、寛蓮とは別の人物であるかのように理解されていったものである。『源氏物語』手習に「きせい大徳」、『古事談』六に「碁勢法師」とあるのも同じ。『古今著聞集』には、別話ながらも寛蓮法師と碁勢法師がともに登場している。寛蓮は俗名 橘 良利、宇多上皇の臣であったが、法皇となった宇多を追って出家し、その修行の供をした。

三 寛蓮を清和天皇の親王とする伝えもある（『血脈抄』『血脈類集抄』に引用する『小野僧正記』）。出自を飾ろうとするのも一つの説話化である。

寛蓮、碁の賭物によって寺を造ること

四 上皇や皇子が出家して門跡に入ったとき、もと近く仕えていた者で、ともに入道してなお仕える者のこと。宇多上皇が出家したときから始まるものと言われている（『醍醐雑抄』）。橘良利は、宇多上皇の昌泰元年（八九八）の遊猟に、越前権掾として近従している（『伏見宮御記録』）。なお、このときの遊猟には菅原道真や紀長谷雄（二四―一）も供奉しているが、長

上人の勇みぬるを以て（元気のよい者を使って）奪ひ取らせ給ひにければ、〔その後〕此様に給はりて罷出づるを奪はせ給ふ事度々に成りにけり。

而る間、猶、天皇負けさせ給ひて、寛蓮其の御枕を給はりて罷出でけるを、前の如く、若き殿上人数た追ひて奪ひ取らむと為る時に、寛蓮、懐より其の枕を引き出でて、七后町の井（井戸）に投げ入れつれば、殿上人は皆去りぬ（諦めて帰った）。寛蓮は八踊りて罷出でぬ。其の後、井に人を下して枕を取り上げて見れば、木を以て枕に造りて、金の薄（金箔）を押したるなりけり。九早く実の枕をば取りて罷出でにけり、然る枕を構へ持ちたりけるを（偽物の枕をあらかじめ用意して持ってきたのを）投げ入れけるなりけり。然て〔金の〕其の枕を打ち破りつつ（打ち欠いてはそれを資に）仁和寺の東の辺に有る一〇弥勒寺と云ふ寺をば造りたるなりけり。天皇も「極じく構へたり（うまく謀ったな）」とて咲はせ給ひにけり。

仁和寺への途次、寛蓮小家に誘われること

此くて常に参り行く程に（〔寛蓮は〕参内しているうちに）、内（内裏から）より罷出でて、一条（一条大路）より一一仁和寺へ行くとて一二西の大宮を行く程に、一三衵袴着たる女の童の一四穢気なき、寛蓮が（寛蓮の）童を一人呼び取りて（召使いの少年を一人呼び止めて）物を云ふ。何事を云ふにか有らむと思ひて見

谷雄は右足を馬に踏まれて怪我をし、脱落している。

五 たとえば延喜四年（九〇四）九月の殿上逍遥には、寛蓮も醍醐天皇の宮中に召され、右少弁清原清貫と碁を打って勝っている（『西宮記』『著聞集』）。

六 寛蓮が清貫に勝ったときは唐綾四匹が賭けられており、銀の笙を賭物に得た話も伝わっている（『著聞集』）。一般には、銭を賭けることが多い。

七 常寧殿にあった。一一三頁注一三参照。

八 踊るようにして。よろこび勇んだ様子。

九 実は。「投げ入れけるなりけり」にまでかかる。

一〇『古事談』によると、仁和寺の北にあったという。『中古京師内外地図』では、仁和寺の東北、宇多川沿いの地。仁和寺の子院であるが、寺誌などはわからない。源満仲の養子、孝道に、この寺を訪れたときの詩がある（『本朝麗藻』）。

一一 宇多法皇の御所（仁和寺御室）を訪れようとするのである。

一二 大内裏の西の築地に面した通り。多分、寛蓮は殷富門から出て、大宮を一条まで北上するのであろう。

一三 衵（後の小袖にあたる）と下袴の姿。童女は通常、衵を汗衫の下に着るのであるが、この場合は、汗衫をつけない、いわゆる衵姿である。衵姿は普段着で、通常、こざっぱりしたものとして描かれている。

一四 こざっぱりした子が。

返り見れば、〔寛蓮の〕童子、車の後に寄り来て云はく、「彼の候ふ女の童の申し候ふなり。『白地に此の辺近き所に立ち寄らせ給へ、申すべき事の有るなりと申せ、と候ふ人の御するなり』となむ申す」と。寛蓮、此れを聞きて、誰が云はするにか有らむと恠しく思へども、此の女の童の云ふに随ひて車を遣らせて行く。土御門と道祖の大路との辺に、檜墻して押立門なる家有り。女の童、「此こなり」と云へば、其こに下りて入りぬ。見れば、前に放出の広庇有る板屋の平みたるが、前の庭に籬結ひて、前栽をなむ有るべかしく殖ゑて、砂など蒔きたり。賤の小家なれども、故有りて住み成したり。寛蓮、放出に上りて見れば、伊与簾白くて懸けたり。秋の比の事なれば、夏の几帳清気にて簾に重ねて立てたり。簾の許に巾ひ鑭かしたる碁枰有り。碁石の笥、可咲し気にて枰の上に置きたり。其の傍に円座一つを置きたり。

寛蓮去りて居たれば簾の内に故々しく愛敬付きたる女の音して、

一 ちょっと、この近くの家にお立ち寄り下さい。
二 一条から二筋南の大路。大内裏の土御門（上西門）にあたる。
三 西の京（右京）の西洞院のこと。この大路の南の果て、桂川に合うあたりは佐比と呼ばれ、平安朝では庶民の墳墓の地であった。その地には、『延喜式』に七箇大寺の一とする佐比寺があり（後に廃寺）、桂川も、このあたりでは佐比川と呼ばれて、佐比川橋が架けられていた。この寺や橋畔では御斎会や疫神祭が行われ、あたりは、都にとって一つの聖なる境であった。このような境界としての地（これをサヒ、あるいはサへという）を南の果てに持つので、西の京の西洞院通りは、佐比大路、道祖大路とも呼ばれたのである。
四 檜の薄板を網代のように編んで貼った垣。質素な様子、あるいは貧しい様子をあらわす。
五 屋根をつけず、柱をたてて扉をうちつけた門。
六 竹や柴で、目を粗く結った垣。
七 伊予の国（愛媛県）浮穴郡の山中に産した篠の簾。「下ざまの家、又ゐなかびたる所」のものといわれる（『安斎随筆』）。
八 几帳の帷の模様は季節によりさまざまで、夏は生絹に花鳥を、冬は練絹に朽木形を描いたものが多い。
九 拭きこんでつやつやした。
一〇 藁・菅・藺などを

主の女、碁の手合せを所望し
寛蓮、不思議に負けること

「此ち寄らせ給へ」と云へば、碁盤の許に寄りて居（坐った）ぬ。女の云はく、「只今世に（当代随一の）並無く碁を擲ち給ふ（碁打ちでいらっしゃる由）と聞けば、然ても（それにしても）何許に擲ち給ふに（どれほどお打ちに）か有らむと（なるのでしょうか）、極めて見ま欲しく（ぜひとも拝見いたしたく）思えて。早う（以前）父にて侍りし人の、〔私を〕少し擲つと思えて侍りしかば（少しは素質があると思いまして）、少し擲ち習へとて（少々習ってみよと言って）教へ置きて失せ侍り（教えておいて亡くなりまして）て後（のち）、一一絶えて然る遊も重く為ぬに、〔あなたが〕此く通り給ふと一二自然ら聞き侍りつれ、一三憚り乍ら」。（寛蓮）咲みて云はく、「糸可咲しく候ふ事かな（それは面白うございます）。然ても一四何許遊ばすにか。手何つ許か受けさせ給ふべき（何目くらいお置きになりますかな）」とて、碁盤の許に近く寄りぬ。其の間、簾の内より一五空薫の香馥しく匂ひ出でぬ。女房共、簾より臨き合ひたり（覗き合っていた）。

其の時に寛蓮、碁石の笥（箱を）を一つは取りて、今一つを簾の内に差し入れたれば、女房の云はく、「二つ共[ ]給ひぬれ。然て其こに（そのまま そこに）置き給へ（お置き下さい）」と申[ ]一六「何でか[ ]一七恥かしく擲たむ（恥ずかしくて打てませぬ）」。寛蓮、糸可咲しくも云ふかなと（面白いことを言う人だなと）心に思えて、碁石の笥を二つ乍ら前に取り置きて、女の云はむ事を聞かむと（女の言うとおりにしようと）思ひて、碁石の笥の蓋を開きて石を鳴

編んで、平たく丸く作った敷物。当時の部屋は一般に板敷で、坐るところにだけ畳を敷いたり円座を置いたりする。

一一 こういう遊びもあまりしないようになりましたが。

一二 ふと聞きましたので。「聞き侍りつれば」の意。訓読文系統の文章によく見える語法で、『法華修法一百座法談聞書抄』などにも例がある。

一三「お呼び申しました」の意をこめた、省略のある女言葉を写しているとも考えられるが、次の「咲みて云はく」の主語が寛蓮にかわっていることから考えると、『…憚乍ラ[ ]』[ ]咲テ云ハク『…』というように割りふるべき欠文が考えられる。「咲テ」直上の欠文には、「寛蓮」を宛てることができる。

一四 どれほどお打ちになれますか。

一五 来客のあるときなど、座へ香がほのかに匂ってくるように、別室で焚くこと。

一六 下の「何でか…」という言葉は女のもの。その前の「二つ共…」は、簾からのぞいている女房の言葉であろう（この話では、碁を打つ女は「女」と表記されている）。したがってこの個所は、「…と申[ ]『何でか…』」のように割りふることができ、欠文には「せば女」のように、話し手である女を指示する語があったと思われる。

一七 直接には、面と向っては、の意の語が想定される。「あらはに」「さしあてに」の類。

らして居たり。此の寛蓮は、故立ちて心ばせなど有りければ〔風流もいささか解し　その道に用意もあったので〕、宇多院にも然る方の者に〔ひとかどの者と〕思食したる心ばせなれば〔思われるほどの心意気ゆえ〕、此れを〔この経緯を〕、極じく興有りて可咲しく思ふなるべし。

然て几帳の綻[一]より巻数木[二]の様に削りたる木の白く可咲し気なる〔美しくて〕が二尺許なるを差し出でて、「丸が石は〔（女）私の石は〕先づ此こに置き給へ」と云ひて、中の聖目[三]を差す〔指し示す〕。「手を受け申すべけれども〔（女）何目か置くべきですが〕、未だ程も知らねば〔お互いの開きもわかりませんので〕、何どかは[四]と思へば、先づ此の度は先をして〔先手でお願いして〕、其の程を知りてこそは十廿も受け聞えめ〔十目でも二十目でも置かせて戴きましょう〕」と云へば、寛蓮、中の聖目に置きつ〔「女の石を」〕。亦寛蓮擲つ。女の方は〔女の方は〕擲つべき手をば木を以て教ふるに随ひて〔教えるのに従って〕擲ち持行く程に、寛蓮〔寛蓮の石は〕、皆殺しに擲たれぬ。纔に生きたる石は結[五]に差すままに、手重く擲たねども、大方を衛みて〔打ち囲まれて〕手向へ為べくも非ず〔太刀打ちできない〕。其の時に寛蓮思はく、「此れは希有に奇異の事かな〔何とも奇怪千万〕。人には非で変化の者なるべし〔妖怪に違いない〕、何でか、我れに会ひて〔私と対局して〕只今此く様に擲つ人は有らむ〔こんなに打てる者がいようか〕。極めて〔「たとえ相手が」〕上手なりと云ふとも〔いかほど上手であっても〕、此く皆殺しには擲たれなむや〔「私の石が」こんなに皆殺しに打たれようはずはない〕」と怖しく思ひ

一　几帳のT字形の柱には、五幅の帷をかける。その帷の合わせ目の、縫いつけてないところが「綻」である。ここから物を差し出したりのぞいたりする。破れ目のことではない。

二　経文や真言を読誦したり、あるいは祓や祈禱をしたりした、その巻数を紙に書いたものを結びつける木の細棒（ときに竹の枝のこともある）。僧や神官から願主のもとへ送る。

三　天元。碁盤の目の九つの黒点（聖目）のうち、中央のもの。先手に中の聖目を打つことは、『囲碁式』には堅実な手とされているが、『嬉遊笑覧』には、もはやその当時、絶えて見られぬ手だと記している。

四　どれほど手を置くべきかわかりませんから。

五　駄目をおしてゆくうちに、厚く打っているわけではないのだが。

女の素性、遂にわからずに終ること

て、押し壊つ。物云ふべき方も思はぬに、女少し咲みたる音にて、「亦や」と云へば、寛蓮、「此かる者には亦、物云はぬぞ吉き」と思ひて、尻切[六]も履き敢へず逃げて、車に乗りて散じて、仁和寺に返りて、院[七]に参りて、「然々の事なむ候ひつる」と申しければ、院も、「誰れにか有らむ」と不審しがらせ給ひて、次の日彼の所に人を遣して尋ねられけるに、其の家に人一人も無し。只留守に、死ぬべき気はひなる女法師一人居たり。其れに、「昨日此こに御座しける人は」と問へば、女法師の云はく、「此の家には五六日東の京より土忌[八]み給ふ人とて渡り給ひたりしかど、夜前返り給ひにき」と。院の御使の云はく、「其の渡り給ひたりけむ人をば誰れとか云ふ。何こにか住み給ふ」と。女法師の云はく、「己れは誰れとか知り侍らむ。此の家主は筑紫に罷りにき。其れを知り給へる人にや有りけむ。□知り侍らず」と。御使[九]かへりて、かくと語りければ、其の後は沙汰無くて

六 踵まで届かぬ短い作りの草履。「履 シリキレワラクツ」（『名義抄』）。
七 宇多院の御所。
八 土公神（土の神、一四一頁注九参照）のいる場所（これは季節により月によって決っている）や、あるいは、八将神・王相神（ともに陰陽道で祭る神）のいる方向に、土を掘ったり物を築いたりすることを犯土という。犯土を避けることが「土忌」である。また、やむをえず土を犯さねばならないときは、ひとたびその場所・方向を避けて方違えをする。これも土忌であって、今の場合はこの方違えのことを言っている。諸本「出忌」とあるものが多いけれど、その語は他に見出し難い。
九 「かへりて…沙汰」まで諸本欠文。丹鶴本に引く一本によって補う。

なむ止みにける。内にも此の由を聞食して極じく奇異しがらせ給ひにけり。

其の時の人の云ふは、「何でか人にては、寛蓮に会ひて皆殺しには擲たむ。此れは変化の者などの来たりけるなめり」とぞ疑ひける。其の比は此の事をなむ世に云ひ合へりけるとなむ、語り伝へたるとや。

典薬寮に行きて病を治する女の語、第七

医師たちの集りの日に、女合同診察を求めること

今は昔、[一]典薬頭□と云ふ人有りけり。道に付きて止事無き医師なりければ、公私に用ゐられたる者にてなむ有りける。

而る間、七月七日、典薬頭の[二]一家の医師共幷びに[三]次々の医師共、下部に至るまで一人残らず寮に参り集りて[四]逍遥しけり。庁屋の大き

一 典薬寮（宮内省に属し、医薬のことを司る役所）の長官。従五位下相当。

二 当時の医家としては、深根・菅原・丹波・和気の各氏が有名である。

三 寮の助（次官）、允（三等官）、属（四等官）、あ

なる内に長筵を敷き満てて（きな部屋に 敷きつめて）、其こに着き並みて（居ならんで）、各[五]一種の物、酒などを出だして遊ぶ日なりけり。

其の時に、年五十許の女の無下の下衆にも非ぬが（全くの下賤の者とも見えぬ女が）、浅黄なる張単[六]（薄青色の）に賤の袴着て（粗末な袴を着て）、顔は青鈍[七]なる練衣に水を裹みたる様にて、一身[八]ゆふゆふと腫れたる者、下衆に手を引かれて庁の前に出で来たる。頭より始めて（典薬頭を始め）此れを見て、「彼れは何ぞ、何ぞ（お前はいったい何者だ）」と集りて問ふに、此の腫女の云はく、「己れ、此く腫れて五六年に罷成りぬ。其れを殿原（先生方）に何で問ひ申さむ（何とか診て戴きたい）と思へども、片田舎に侍る身なれば、其こに御せと申さむに御すべきにも非ねば（往診をお願いしても来て戴けるはずもないので）、何で（何とか）殿原の一所に御座し集りたらむ時に見え[九]奉りて（診察して戴いて）、各宣はむ事を承はらむと思ふなり（皆様のお見立てを承りたいと存じます）。独り独りに見せ奉れば（別々に診て戴くと）、各心々に宣へば（それぞれのお見立てをおっしゃいますから）、何れに付くべきにてか有らむと思えて（どれに従ってよいのかわかりませんし）、墓々しくも治せられ侍らず（治療もおぼつかのうございます）。其れに（ところが）、今日此く集り給ふと聞きて参りたるなり。然れば此れ御覧じて治すべからむ様仰せられよ（治療法をおっしゃって下さいませ）」と云ひて平がり[一〇]臥しぬ。

るいはさらに医師・得業生（大学寮試験の合格者）など。

四　野遊びを行った。ここは七夕の野宴。

五　各人が肴を一種ずつ持ちよって酒宴をすること、またその肴のこと。本来殿上で行われた饗宴の一つの方法である。イッスモノ（一種物）ともいう。

六　強く糊をきかせて張った単衣もの。夏の着物。

七　藍色の、柔かく練った絹布。

八　全身がぶよぶよと腫れた者。「ゆふゆふ」は、乳酪や泥のような半凝固体のものの揺れる様子。「ゆうゆう」「ゆぶゆぶ」とも。

九　動詞「見ゆ」には、見える、思われるという意味（自然可能）のほかに、見せる、あるいは、見られる、の意がある。

一〇　べったり寝ころんだ。平伏をした、と解する考えもあるが、ここは、診察をうける姿勢をいうのであろう。

医師等、寄生虫症と見たてて治療すること

典薬頭より始めて皆、此れを聞くに、「賢き女なり。現に然る事なり」と思ふ。頭の云はく、「いで主達、彼れ治し給へ。此れは寸白にこそ有りぬれ」と云ひて、中に美しと思ふ医師を呼びて、「彼れ見よ」と云へば、其の医師寄りて、此れを見て云はく、「定めて寸白に候ふめり」と云ふ。「其れをば何が治すべき」と。医師の云はく[二]□抜くに随ひて白き麦の[三]様なる物差し出でたり。其れを取りて引けば、[四]綿々と延ぶれば、長く出で来ぬ。出づるに随ひて庁の柱に巻く。漸く巻くに随ひて、此の女、顔の腫□色も直り持行く。柱に[五]七尋八尋許巻く程に、出で来畢てて、残り出で来ず成りぬ。時に女の目鼻直り畢てて、例の人の色付に成りぬ。頭より始めて、若干の医師共皆此れを見て、此の女の此く来たりて病を治しつるを感じ讃め喤る事限無し。其の後、女の云はく、「然て次には何が治すべき」。医師、「只[六]薏苡湯を以て[七]茹づべきなり。今は其れより外の治有るべからず」と云ひて、返し遣りてけり。

一 寄生虫、あるいはそれによる病。この場合は条虫であろう。白酒を飲み、桑の枝に刺してあぶった牛肉を食い、生栗を併食する場合とか、生魚をたべて乳酪を飲んだ時に、腹中に寸白を生じる、などと『医心方』に説かれている。寄生虫はしばしば奇怪な伝承に結びついており(二八—三九もその一例)、『医家千字文註』には、『本草衍義』を引いて、誤って髪を食うと蟲となって腹が脹れ上がるが、雄黄(天然の硫化砒素)を飲むと、親指の形で目のない蛇を吐いて治るという。

二 この後、医師の言葉と、治療の描写の一部とが欠文となっている。

三 普通、麦縄(索餅)のことをいう。麦粉と米粉をねって、縄状に二、三寸にねじった菓子のこと。これは、七夕に内膳司(天皇の食事のことを司る役所)から供するものの一つで、この話の舞台が七夕の野宴であるから、いわば連想的な表現と考えられる。しかしまた、ここでは単に麺類、たとえば、ひやむぎの類を指してムギといっているのかも知れない。次に見られる、その長さの描写からすると、後者の方が適当であろう。

四 寸白の長いものは、四、五尺にも及ぶという(『千金方』)。

五 「一尋」は、両手を左右にひろげた長さ。

昔は此様に下臈医師共の中にも、新たに此の病を治し癒す者共なむ有りけるとなむ、語り伝へたるとや。

女、医師の家に行き、瘡を治して逃ぐる語、第八

素性を隠した美女、老典薬頭を訪れること

今は昔、典薬頭にて□と云ふ止事無き医師有りけり。世に並無き者なりければ、人皆此の人を用ゐたりけり。

而る間、此の典薬頭に、極じく装束仕たる女車の乗り泛れたる、入る。頭、此れを見て「何くの車ぞ」と問ひぬれども、答も為ずして、只遣りに遣り入れて、車の頸木を蔀の木に打懸けて、雑色共は門の下に寄りて居ぬ。

其の時に頭、車の許に寄りて、「此れは誰が御しましたるにか。何事を仰せられに御座したるぞ」と問へば、車の内に其の人とは答

六 薏苡（ずずだま、はとむぎ）を煎じたもの。虫下しには、実（薏苡仁という）を糯米とともに搗き砕いて煎じ（『薬経太素』）、あるいは根を濃く煮つめ（『長生療養方』）、腹の脹りには、塩湯で煎じ（『薬経太素』）、すべて飲用する。このほかに、寸白の飲用駆除剤として有名なものには、胡椒・干薑・檳榔子、あるいは胡桃や芥子のおろしたものがある。

七 温浴、あるいは温布すること。

八 効果がはっきり現れるさま。「新たに」は宛字で、あらたかに、の意。

九 装束を美しくちらつかせた女車が。下簾から装束の袖や褄を出してほの見せる雅びを、出衣といい、女が出衣をして乗った牛車を、出車という。「乗り泛れたる」は出衣している状態をいう。

一〇 「頸木」は「軛」。轅（車を引かせるための二本の長柄）を牛馬の首につなぐための横木。それを、頭の家の蔀（格子組の裏に板を張った戸。蝶番でとめて釣り上げて開く）のあたりに掛けたのである。

一一 雑役をつとめる者。この場合、女の家に仕える下男。

へずして、「然るべからむ所に（適当なところに）局[一]して、下し給へ」と、愛敬付き（魅力もあり）、可咲しき気はひにて（かわいい声つきで）云へば、此の典薬頭は本より[二]（もともとが女好きであって）すきずきしく、物[三]目出しける翁にて（多情なじじいで）、内に（屋敷内の）角の間[四]の人離れたる所を俄かに掃き浄めて屏風立て畳敷きなどして（うすべりを敷いたりして）、車の許に寄りて、□（しつらひ）たる由を云へば、女、「然らば去き給へ（ちょっとのいて下さい）」と云へば、頭去きて立てるに、女、扇を差し隠して（扇で顔をかくして）居り下り[五]ぬ。車に共の人（お供の者が）乗りたらむと思ふに、亦人乗らず（他に誰も乗っていない）。女下るるままに（下りるとすぐ）、十五六歳許なる□[六]の女の童ぞ車の許に寄り来て、車の内なる（車の中にあった）蒔絵の櫛の筥取りて持て来ぬれば、車は、雑色共寄りて牛懸けて（牛をつないで）、飛ぶが如くに□の去りぬ。

（女、専ら頭をたのむ風情あること）女房のる□所に居ぬ（坐った）、女の童は、櫛の筥を裹みて隠して、屏風の後に屈り居ぬ。其の時、頭寄りて、「此れは何なる人の□、何事（何の御用でござりましょうや）仰せられむずるぞ。疾く仰せられよ」と云へば、女房、「此ち入り給へ。恥聞え[七]まじ」と云へば、頭簾の内に入りぬ。女房差し向ひたるを見れば、年卅許なる女の、頭付より（髪の様子を始め）始めて目・鼻・口、此こは

一 部屋をしつらえて。「局」は、もので仕切って囲われたところ。壁や板、あるいは屏風や几帳で、他から隔てた場所。

二 『落窪物語』に、落窪の君に言い寄る典薬助が、やはり好色の老爺として描かれている。

三 「目出」は宛字、「物愛で」の意。一般には、物事に感動しやすい性格であることをいう。

四 底本「門」とあるのを改める。「間」は、建具類で仕切られた一区画をいう。

五 そっとすべり下りた。

六 この童女の役目をあらわす語が想定される。「樋清」（便器の掃除）、「雑仕」など。

七 恥ずかしがったりはいたしませぬ。簾の中に同席することの言いわけ。『源氏物語』宿木などにもあるように、簾の中に同席することは、医師とか祈禱の僧などにだけ許される、非常の際の特例である。「聞ゆ」は謙譲の補助動詞で、この女性の、典薬頭に対する言葉の中によく見られる。

弊しと見ゆる所無く端正なるが、髪極じく長し、香馥しくて艶ぬ衣共を着たり。恥かしく思ひたる気色もなくて、年来の妹などの様に安らかに向ひたり。頭此れを見るに、希有に怯しと思ふ。何様にても此れは我が進退に懸けてむずる者なめりと思ふに、歯も無く極めて萎める顔を極じく咲みて、近く寄りて問ふ。況や、頭、年来の嫗共失せて三四年に成りにければ、妻も無くて有りける程にて、喜しと思ふに、女の云はく、「人の心の疎かりける事は、命の惜しさには万の身の恥も思はざりければ、只何ならむ態をしても命をだに生きなばと思えて、参り来つるなり。今は生けむも殺さむも、其この御心なり。身を任せ聞えつれば」とて、泣く事限無し。

頭、治療に没頭し、その験あること

頭、極じく此れを哀れと思ひて、「何なる事の候ふぞ」と問へば、女、袴の股立を引き開けて見すれば、股の雪の様に白きに、少し面腫れたり。其の腫、頗る心得ず見ゆれば、袴の腰を解かしめて前の方を見れば、毛の中にて見えず。然れば、頭、手を以て其こを捜れ

八　髪の長いのは美人の一条件。
九　長年連れ添った妻ででもあるかのように。
一〇「進退」は挙措動作の意から、自分の思うとおりにすること。
一一　皺くちゃの顔を。『落窪』の典薬助も、北の方（落窪の君の継母）からそそのかされて、「口は耳もとまで笑みまけてゐたり」というだらしのない様子をみせる。
一二　袴や指貫（衣冠・直衣などの時の袴）の左右の部分。腰に当る部分で、縫留めとしてあけてあるところ。

ば、辺一に糸近く瘡二みたる物有り（腫瘍があった）。左右の手を以て毛を搔き別けて見れば、専らに慎むべき物なり（命にかかわるできものであった）。□三にこそ有りければ、極じく糸惜しく思ひて（かわいそうでならず）、「年来四の医師、只此の功に、無き手を取り出だすべきなり（新発明の治療法までも試みねばならぬ）」と思ひて、其の日より始めて（早速その日から）、只、人も寄せず、自ら襷上五をして夜昼疏ふ（治療した）。

七日許疏ひて見るに、吉く癒えぬ。頭、極じく喜しく思ひて、「今暫くは此くて置きたらむ（このまま置いておこう）。其の人と聞きてこそ返さめ（どこの誰と聞いてから帰そう）」など思ひて、今は氷六す事をば止めて、茶垸の器に（陶磁の器に）何薬にてか有らむ摺七り入れたる物を、鳥の羽を以て日に五六度付く許なり。今は事にも非ず（もう峠はこえたと）と、頭の気はひも喜し気に思ひたり。

女房八の云はく、「今奇異しき有様をも見せ奉りつ（見苦しい様子まで）。偏へに祖と憑み奉るべきなり。然れば返らむにも御車にて送り給へ（私の帰る時にもあなたの御車で送って下さい）。其の時に其れとは聞えむ（氏素性をも申し上げましょう）。亦、此こにも常に詣で来む（今後いつも）」など云へば、頭、今四五日許は此くて居らむ（こうしていようと）と思ひて、緩みて有る程に（油断しているうちに）、夕暮方に、女房

女、素性を知らせずに逃げ去り、頭、落胆のこと

一 そのあたり。「ほと（陰部）」に対する宛字ではなく、その間接的な表現であろう。「糸」は宛字。

二 「瘡胗チ、ホム、チ、ハクル」（『字類抄』）、「瘡胗知々保无、一云知々波久留」（『和名抄』）。

三 この欠文には、女性の陰瘡である「癰」あるいは「癰疽」の語が宛てられそうである。『医心方』には『病源論』を引いて、腫瘍の大きさが一、二寸のものを癤、二寸から五寸程度のものを癰、それ以上を癰疽と呼びわけており、すべて三虫・九虫の侵すところと説いている（二四―七の寸白も九虫の一つ）。『古事談』三には典薬頭丹波雅忠の語ったこととして、五寸に及ぶような癰疽は死病だと記している（「専らに慎むべき物」と上に言うのも、死病のことである）。なお、南方熊楠氏は、この女の「瘡みたる物」を梅毒であろうとするが、それが日本に入ってきたのは、通説では永正の頃（十六世紀）と考えられている。

四 長年医師をしてきた、その腕前にかけても。

五 たすきがけをして大張切りで。

六 常に冷水を射すという治療法が、『千金方』（『医略抄』に引用）に述べられている。

七 癰の塗薬・洗滌薬には、升麻湯・猪蹄湯・大黄湯・青木香湯などの名が見え、また、桃の葉の汁で洗ったり、杏仁を焼いて塗ったりするのがよいともいう（『医心方』）。

九宿直物(とのゐもの)の薄綿衣一つ許(ばかり)を着て（着ただけで）、此の女(め)の童(わらは)を具して（連れて）逃げにけるを、頭(かみ)此くとも知らで、「夕の食物(じきもつ)参らせむ（差し上げましょう）」と云ひて、一〇盤に調(ととの)へ居(す)ゑて頭(かみ)自ら持ちて入りぬるに、人も無し。只今然(さ)るべき事構へつる（用足しでもしているところで）時にこそは有らめ（あろう）と思ひて、食物を持(も)て返りぬ。

而(しか)る程に、暮れぬれば、先づ（とにかく）火灯(とも)さむと思ひて、火を一一燈台に居(す)ゑて持(も)て行きて見るに、衣(きぬ)共を脱ぎ散らしたり。櫛(くし)の筥(はこ)も有り。久しく隠れて屏風の後(うしろ)に何態(なにわざ)するにか有らむ（何をしているのだろう）と思ひて、「此(か)く久しくは何態せさせ給ふ」と云ひて、屏風の後を見るに、何しにかは有らむ（どうしているはずがあろうか）。女(め)の童(わらは)も見えず。衣共着重ねたりしも、袴も、然(さ)乍(なが)ら有り（そっくり残っている）。只、宿直物にて着たりし薄綿の衣一つ許(ばかり)なむ無き。「無きにや有らむ（いなくなってしまったのか）、此の人は其れを着て逃げにけるなめり（あの綿衣を着て逃げてしまったのだな）」と思ふに、頭(かみ)、胸塞(ふさ)がりて為(せ)む方も無く思ゆ（どうしようもなく気落ちしてしまった）。

門を差して（閉ざして）、人々数(あま)た、手毎(てごと)に火（松明）を灯(とも)して家の内を一二□に、一三何しにかは有らむ、無ければ（いないとなると）、頭(かみ)、女の有りつる（先頃の）顔・有様面影に思えて（目先にちらつくようで）、

八 患者の「女」と同人。この女性は、この話のなかで普通「女」と表現されているが、前段とこの段のこの部分まで、つまり、典薬頭に対してうちとけた様子を見せる限りは、「女房」と表現されているようである。

九 寝間着の薄い綿入れ。

一〇 食器などを載せる足付きの台。それに、食器をきちんと配置したことをいう。

一一 細長い木の台の上に油皿を置いて燈(ひ)をともす、室内照明具。

一二 探す、求めるの意の語が考えられる。例えば「あなぐる」「あさる」「さがす」など。

一三 底本「何ニシカハ」を改める。

恋しく悲しき事限無し。忌まずして[一]本意をこそ遂ぐべかりけれ、何しに疏ひて忌みつらむと、悔しく妬くて、然れば「無くて、憚るべき人も無きに、人の妻などにて有らば、妻に為ずと云ふとも、時々も物云はむに極じき者儲けつと思ひつる者を」と、つくづくと思ひ居たるに、此く謀られて逃がしつれば、手を打ちて妬がり、足摺を[二]して、[三]極じ気なる顔に貝を[四]作りて泣きければ、弟子の医師共は、密かに極じくなむ咲ひける。世の人々も此れを聞きて、咲ひて問ひければ、極じく嗔り諍ひける。

思ふに、極じく賢かりける女かな。遂に誰れとも知られで止みにけりとなむ、語り伝へたるとや。

蛇に嫁ぐ女を医師治する語、第九

一　病気だからといって避けたりしないで。

二　求めるものが得られないとき、足を摺り合せて、小児が「いやいや」をするような動作をすること。

三　皺くちゃな顔で。べそをかいたり泣いたりするにはふさわしくない顔として言っている。

四　口をへの字に曲げて。蛤の三角に近い形が、「へ」の字に曲げた口の恰好に似ているからという。

蛇、木登りの女に婚ぐこと

今は昔、河内の国、讃良[五]の郡、馬甘[六]の郷に住む者有りけり。下姓の人なりと云へども、大きに富みて家豊かなり。一人の若き女子有り。

四月[七]の比、其の女子、蚕養の為に大きなる桑の木に登りて桑の葉を摘みけるに、其の桑の、路の辺に有りければ、大路を行く人の、道を過ぐとて見ければ、大きなる蛇出で来て、其の女の登れる桑の木の本を纏ひて有り。路を行く人此れを見て、登れる蛇、木を纏へる由を告ぐ。女此れを聞きて驚きて見下したれば、実に大きなる蛇、木の本を纏へり。

其の時に、女恐ぢ迷ひて、木より踊り下るる、蛇、女に纏ひ付きて即ち婚ぐ。然れば女、焦れ[八]迷ひて死にたるが如くして、木の本に臥す。父母此れを見て泣き悲しんで、忽ちに医師を請じて此れを問はむとするに、其の国に止事無き医師有り、此れを呼びて此の事を問ふ。其の間、蛇、女と婚ぎて離れず。医師の云はく、「先づ女と

五 現在、大阪府大東市・寝屋川市・四条畷市にわたるあたり。「讃良 佐良々」(『和名抄』)。

六 未詳。ただし『天武紀』十二年に「沙羅々馬飼造」という人名が見え、馬甘という郷のあったことは確かである。

七 『日本霊異記』中・四一によると、淳仁天皇の天平宝字三年(七五九)四月とある。

八 『今昔物語集』の本文に従えば、身の内が熱くなって気を失い、という意にとらざるを得ない。この部分は、『霊異記』によると「慌迷而臥」となっている。これに従うならば、気を失う意である。あるいは「慌」を、「焦」の俗字「憔」に誤るというような過程があって、『今昔』の本文が出てきたのかもしれない。

治療よろしきを得て、女ひとたび蘇生すること

蛇とを同じ床に乗せて、速かに家に将て返りては庭に置くべし」と。

然れば、家に将て行きて、庭に置きつ。

其の後、医師の云ふに随ひて、稷[一]の藁三束を焼く。三尺[二]を一束に成して、三束とす。湯に合はせて汁三斗を取りて、此れを煎じて二斗に成して、猪の毛十把を尅み末[三]して、其の汁に合はせて、女の頭[四]に宛てて足を釣り懸けて、其の汁を開の口に入るる。一斗を入るるに即ち離れぬ。這ひて行くを打ち殺して棄てつ。其の時に、蛇の子凝[五]りて蝦蟆[六]の子の如くにして、其の猪の毛、蛇の子に立ちて、開より五升許出づ。蛇の子皆出で畢てぬれば、女悟め驚きて物を云ふ。父母泣く泣く此の事共を問ふに、女の云はく、「我が心更に物思えずして、夢を見るが如くなむ有りつる」と。

然れば、女、薬[七]の方に依りて命を存する事を得て、慎み恐れて有りけるに、其の後三年有りて、亦此の女、蛇に婚ぎて、遂に死にけり。此の度は、此れ前生[八]の宿因なりけりと知りて、治する事無くて

一 この字体は字書類に見えない。『霊異記』には「稷」とあってアハキビと読まれる(訓は『名義抄』による。キビというに同じ)。丹鶴一本には「稲」とある。

二 三尺のものを一束として、それを三束ばかり用意した。この一文、『霊異記』では分注になっている。

三 「末す」という語は、本草・医学関係の書に普通に使われている。

四 原文の意味するところは、仰臥して足を頭にあてるようにもち上げた姿勢で、杭にその足を固定すること。すなわち、腰部を高くする姿勢をとらせるのであろう。『霊異記』には「当嬢頭足、打橛懸釣」(嬢の頭を足に当て、橛を打ちて懸け釣る)とあるが、その「打橛」にあたる部分を『今昔』では落し、したがって句読法がかわってしまって、文意がとりにくくなっている。

五 白く凝固して。

六 おたまじゃくしではなくて、卵の状態、つまり半透明の寒天質に包まれた状態のことをいう。

＊蛇が女陰に入るという話は、三輪山型神婚説話の頽落した形と考えられる。〔蛇婚〕

七 薬の処方。

八 前生からの因縁。

九 村上天皇の御世(九四七~五七)に。ただし、

止みにけり。

但し、医師の力、薬の験、不思議なりとなむ、語り伝へたるとや。

震旦の僧長秀、此の朝に来たりて医師に仕はる語、第十

今は昔、天暦[九]の御時に、震旦（中国から）より渡りたる僧有りけり。名をば長秀[一〇]となむ云ひける。本医師にてなむ有りければ、鎮西[一一]に来たりけるが居付きて返るまじかりければ（帰国する気もなかったので）、京に召し上げて医師[一二]（医師として）になむ仕はれける。本止事無き僧にて有りければ、梵釈寺[一三]の供僧[一四]に成されて、公家に召し仕はれけり（朝廷に用いられた）。

然て年来を経る間に、五条と西洞院とに□[一五]（孚子）の宮と申す人御す。其の宮の前に大きなる桂の木の有りければ、桂の宮とぞ人云ひける。長秀、其の宮に参りて物申し居る程に（御挨拶を申しているときに）、此の桂の木の末（梢を）を見上げて

『拾遺往生伝』『真言伝』『扶桑略記』に載る「浄蔵伝」によると、醍醐天皇の時のこととする。

一〇 唐の人で、父親とともに波斯国（ペルシャ）に渡ろうとして遭難、思いがけず日本に漂着し、胸を病んで（父が病んだともいう）苦痛が激しかったのを、増命の推奨によって浄蔵の祈禱をうけ、救われた。後、比叡山に登って増命の弟子となり受戒得度する。なお、『貞信公記』には「平秀」と書かれている。

一一 聖武＝天平十五年（七四三）、太宰府を鎮西府と改称した。このことからやがて、広く九州全般を鎮西と呼ぶようになった（太宰府自体は、翌天平十六年に、もとの称に戻った）。

唐僧長秀、日本永住のこと

一二 『九暦』天暦二年（九四八）十二月十六日の条に、藤原師輔がその病を長秀に診察させたことが見える。

一三 『延喜式』にいう十五大寺の一。延暦五年（七八六）正月、桓武天皇の勅建。崇福寺と隣りあっていたので、その遺跡には諸説あるが、ほぼ大津市志賀里町字勧学堂か同町字長尾かとされる（石田茂作氏説）。梵天・帝釈の等身像が安置されていたという。

一四 供奉僧。本尊に仕える僧のこと。

一五 欠文は「孚子」と宛てられる。孚子は宇多天皇の皇女。『大和物語』には、この内親王と敦慶親王（孚子内親王の異母兄）、源嘉種などとの恋が語られている。その御所、桂宮は、六条の北、西洞院の西にあった（『拾芥抄』）。

云はく、「桂心（けいしん）[一]と云ふ薬は此の国にも候ひけれど、人の否見（えみ）ずこそ〔よう見わけず〕候ひけれ〔にいるのです〕。彼れ取り候はむ〔あれをお取りいたしましょう〕」とて、童子を木に登（のぼ）せて、「然々（しかじか）の枝を切り下（おろ）せ」と云へば、童子登りて、長秀が云ふに随ひて〔長秀の指図どおりに〕切り下したるを、長秀寄りて、刀を以て桂心有る所を切り取りて、宮に来たりけり。〔それを〕少しをば申し給はりて〔少々お願いして貰いうけ〕、薬に仕（つか）ひけるに、唐（もろこし）[二]の桂心には増（ま）さりて賢かりければ〔効き目があったので〕、長秀が云ひけるは、「桂心は此の国にも有りける物を、見知る医師の無かりければ〔見わけられる医者がいなかったものだから〕、事極めて口惜しき事なり〔思えば残念至極のことだ〕」となむ。

然（さ）れば、桂心は此の国にも有りけるを、見知れる人の無くて取らぬなるべし。長秀、遂に〔見わけ方を〕人に教ふる事無くて止みにけり。長秀、止（やん）事無（ごとな）き医師にてなむ有りける。然（しか）れば、長秀薬を造りて公（おほやけ）に奉りたりけり。其の方[三]今に有りとなむ〔処方は今も伝わっていると〕、語り伝へたるとや。

一　肉桂（にっけい）の真皮からとれる薬。血気・中風・風邪症状によく、頭痛・腰痛・霍乱（かくらん）・寸白（すばく）に効（き）き、体を暖め老化を防ぐという（『薬経太素』『香字抄』『香要抄』）。肉桂・桂皮・官皮・筒桂などと呼ばれるものとの違いははっきりせず、書物によって、樹の種類や部分の差と説いたり、同一のものの異名としたりしている。なお、肉桂樹（クスノキ科）と桂（カツラ科）とは本来別ものであるが、この話では一つにしてしまっている。

二　唐の桂心は香りが少ないという（『和漢三才図会』）。

三　『薫集類抄（くんじゅるいしょう）』『香薬抄』『香字抄』のような香道の書によると、沈香（じんこう）や熱鬱金（にきうこん）を造る法に長秀の秘方があったという。

忠明、龍に値へる者を治する語、第十一

今は昔、□[四]天皇の御代に、〔天皇が〕内裏に御しましける間、夏の比、冷せむとて、滝口[五]共数た八省[六]の廊[七]に居たりける程に、徒然れなりければ（退屈だったので）、一人の滝口有りて、「此く徒然れなるに、酒肴を取りに遣し侍らばや（取りにやりたいもの）」と云ひければ、他の滝口共此れを聞きて「糸吉き事なり（いい考えだ）。早く取りに遣すべし」と口々に責めければ（せきたてたので）、此の滝口、従者の男を呼びて、打松[八]を遣りつ（持たせてやった）。

男、南様に（南向きに）走りて行きぬ。今は十町許も行きたらむと思ふ程に、空陰りて夕立しければ、滝口共物語などして（世間話などを交して）廊に居たる程に、雨も止み空も晴れぬれば、今や酒持て来たる（もう酒を持ってくるだろう）と待ちけるに、日の暮るるまで、行きつる男も見えざりければ（帰ってこないので）、「去来返りなむ（もう帰ろう）」とて皆内裏[九]に返りぬ。此の酒取りに遣りつる滝口は、奇異しく腹立して思へど（あきれかえって腹を立ててい）

滝口の従者、使いに出て戻らず、失神してみつかること

四 後朱雀天皇かと思われる。

五 皇居警固の武士。清涼殿の北、黒戸の東、御溝水の落ち口を滝口といい、そのあたりに詰所があったので、このように呼ばれる。宇多天皇の時に初めて設けられた。人数は二十名。院（上皇御所）の「北面」、東宮（皇太子御所）の「帯刀」と同様の役目である。

六 八省院。大内裏の南中央にあって、八省の百官がここで庶政を執った。その正殿が大極殿である。

七 八省院の諸堂は、門をつなぐ廊によってかこまれている。一九―二五にも、殿上人や滝口が、大極殿に涼みに出かけ、北の廊を戻ってくる描写がある。

八 「打松」は松明、続松と呼ばれるものに同じ。底本「打松テ」とあるのは、「打松ヲ」とあるべきものを、「松打ちて」と誤読した結果であろうか。また、「遣りつ」は底本「遣ウ」とあるが、一本「遣ツ」に従って改める。

九 八省院から東北のところにある。その清涼殿滝口の詰所へ戻るのである。次の「本所」「陣」も、同じ詰所を指す。

も、云ふ甲斐無くて共に返りて本所に有るに、此の遣しつる男、其の夜も見えざりければ、「希有の事かな。此れは只の事には非じ。此の男は道にて死にたるか、若しは重き病を受けたるか」と、終夜ら思ひ明かしぬ。

明くる遅きと、朝疾く家に忩ぎ行きて、先づ、昨日此の男遣しし事を語るに、家の人の云はく、「其の男は、昨日来たりしに、死にたる様にて、彼こに臥したる。何にも物も云はで□として臥したるぞ」と云へば、滝口寄りて見るに、実に死にたる様にて臥したり。物問へども答も為ぬに□に動く[一]。

極じく恠しくて、近き程にて有りければ、滝口、忠明朝臣[二]と云ふ医師の許に行きて、「然々の事なむ候ふは、何なる事ぞ」と問ひければ、忠明の云はく、「不知や、其の事知り難し。然らば□灰を多く取り集めて、其の男を其の灰の中に埋みて置きて、暫く見よ」と教へければ、滝口返りて、忠明の教に随ひて、灰を多く集めて其の

医師忠明、滝口の従者を蘇生させること

一 ぴくぴくと動く。死んだように見えて、まだ死んではいないしるしとして言っている。上の欠字には「はつか」「たまさか」などが考えられようか。

二 丹波氏。後一条・後朱雀天皇の頃の名医。『二中歴』医師の項に載っている。典薬頭、従四位下。

中に男を埋み置きて、一二時許を経て見るに、灰動きければ、掻き開けて見るに、此の男、例の様に成りて数[三]して有りけるに、水飲ませなどして後、人心地に成り畢てにければ、「此れは何なりつる事ぞ」と問ひければ、男の云はく、「昨日、八省の廊にて仰を承はりて、急ぎ美福下り[四]に走り候ひしに、神泉[五]の西面にて、俄かに雷電して夕立の仕たりし程に、神泉の内の暗に成りて、西様に暗がり罷りしに、見遣りたりしに、其の暗がりたる中に金色なる手の鑭と見えしを急と見て候ひしより、四方に暗れ塞がりて、物も思えずして侍りしを、然りとて路に臥すべき事にも非ざりしかば、念じて此の殿に参り着きしまでは、髴かに思え侍り。其の後の事は更に思え侍らず」と。

滝口、此れを聞きて恠しみ思ひて、亦忠明の許に行きて、「彼の男、仰のままに灰に埋みたりしかば、暫く有りて人の心に直りて、然々なむ申す」と云ひければ、忠明嘲り[六]笑ひて、「然ればこそ。人

三 底本「数シテ」とある。いま「大系」に従って、暫くして、の意と見ておく。

四 二条の美福門から壬生大路を南下して。壬生大路は神泉苑の西側の通り。

五 神泉苑。二条の南、大宮の西八町にわたってあった禁園（現在そのごく一部が残っている）。大内裏造営のとき、周の文王が造った霊囿を摸して、天子遊覧のところとして造られた。乾臨閣を主殿とし、巨勢金岡が庭石を組んだという伝承もある。桓武から淳和天皇の頃には、花宴、七夕宴、重陽宴、あるいは相撲などがしばしば行われ、その時々の詩賦は『凌雲集』『文華秀麗集』『経国集』『本朝文粋』などに残っている。淳和以後、雨乞いや日乞いの霊場となり、旱魃のときには園池の水を灌漑に使うこともあった。やがては御霊会や疫神祭もここで行われるようになって、庶人出入りの場所となり、後鳥羽天皇譲位の頃からは、園としては衰微していった。

＊ 滝口の従者が見たという「金色なる手」は、あるいは事実として稲妻であったかも知れない。とはいえ稲妻は、龍や蛇に久しい古代から結びつけられてきたのであり、龍や蛇は水を司る神であった。〔神泉苑の金龍〕

六 会心の笑声をあげて。二〇―七にも同じ用法がある。

の、龍の体を見て病み付きたるには、其の治より外の事無し」と云ひければ、滝口、返りて後に陣に参りて、他の滝口共に此の事を語りければ、滝口共も忠明をぞ讃め感じけり。世にも此の事聞えて、皆忠明をぞ讃めける。

凡そ[一]此れに非ず此の忠明、止事無き医師にてぞ有りけるとなむ、語り伝へたるとや。

雅忠、[二]人の家を見て瘡病有りと指す語、第十二

慈岳川人、地神に追はるる語、第十三

安倍安仁ら、土公神に追われること

今は昔、文徳天皇の失せさせ給へりけるに、[三]諸陵を点ぜむが為に、

一　底本に、「此レノミニ　一本」とある。

二　標題のみで、本文を欠く。雅忠は前話の丹波忠明の子で、典薬頭・施薬院使などを歴任。すぐれた医師として『富家語談』に挙げられている。高麗王が瘡を病んだとき招かれた（『続古事談』）とか、後朱雀院の瘡を診察して、死期を察した（同）とか、瘡に関する説話が、この人には多い。

三　文徳陵は、清和＝天安二年（八五八）九月二日、山城の国葛野郡田邑郷真原岡（京都市右京区太秦のあたり）に定められた（『三代実録』）。

四　仁明天皇の近臣で、事務的な才に長けていた。正三位。

大納言安倍安仁と云ひける人、承はりて（命を受けて）、其の事を行ひけり。□を引き具して諸陵の所に行く。

其の時に、慈岳川人と云ふ陰陽師有りけり。道に付きて（その道に関しては）、古にも（古）恥ぢず（人にも劣らず）世に並無き者なり（二人とない名人であった）。其れを以て諸陵の所を点じて、事畢てぬれば（仕事がすんだので）皆返りけるに、深草の北の程を行くに、川人、大納言の許に近く馬を打寄せて、物云はむと思ひたる気はひを見せぬ。大納言甘ろに聞けば、川人が云はく、「年来、墓々しくは非ねども、此の道に（陰陽道に）携りて、仕り私を顧みつるに（公にも仕え私生活も営んできたが）、未だ誤つ事無かりつ。而るに、此の度大きに誤ち候ひにけり（とんでもない失敗を犯しました）。此こに地神追ひて来にたるなり。其れは、貴殿と（あなたと）川人とこそ此の罪をば負ひつらめ（責任を負っているようです）。此れは何が為させ給はむ（どうなさいます）と為る。遁れ難き事にこそ侍りぬれ」と、極じく騒ぎたる気色にて（とてもそわそわした様子で）云ふを聞くに、大納言惣て物思えず成りぬ（分別もつかなくなった）。只、「我れは此も彼くも思えず。助けよ」（なんとか助けてくれ）と云ふ。川人が云はく、「然りとて有るべき事（それにしても放っておけること）にも非ず（ではありません）。試みに隠れ給ふべき事を構へむ」（ためしに身を隠される工夫をしてみましょう）と云ひて、「後に送れ（後）

五 このとき、中納言橘岑継、参議平高棟、伴善男、文章博士菅原是善、大蔵大輔高階岑緒、大学博士大春日雄継、陰陽助兼権博士笠名高が同行している。

六 「滋岳」が正しい。『二中歴』に名の見える、文徳・清和天皇の頃の有名な陰陽師で、虫害をはらうための祭や雨乞いの祈りをしばしば行っている。陰陽博士・陰陽頭を歴任。

七 『太平記』一八に「嵯峨の奥深草里」とあるところ。『山城名勝志』によると、清涼寺の東南、八軒と呼ぶ地（現在、大覚寺門前八軒町の名が残っている）。八軒も土器作りが住んでいた（紀伊郡伏見にある有名な深草土器師の地であって、ここから嵯峨の奥へ、その一部が移住したのである）。この「深草里」は、文徳陵から西方に当り、後（一四四頁三行）に出てくる「嵯峨寺」に近い。

八 大したことはありませんが。謙遜の言葉。

九 土公、土公神ともいう。陰陽道でいう土の神。その安座する場所は、季節によって竈（春）、門（夏）、井（秋）、庭（冬）と決っており、遊行する方向も、日の干支によって決っていた。そういう場所や方向を犯して、土を掘ったり動かしたり、門や垣を築き家を建て、井戸を掘りなどすることは、厳重に禁じられていた。それでもやむを得ないときは方違え（一一三頁注八参照）をして、それを避けた（『簠簋内伝』『暦林問答集』『方角禁忌』）。祟り神の性格が濃くて、民間では竈の神の信仰、つまり荒神信仰と習合している。

川人ら身を隠して難を避け、土公神、大晦日を期すること

ぬる人（から来る者は）、皆前に行け」と勧めて遣りつ（やりすごした）。

而る間、日暮れぬれば、暗き交[一]に大納言も川人も馬より下りて、馬をば前へ遣りて、只二人田の中に留まりて、大納言を居ゑて（坐らせ）、其の上に田に苅り置きたる稲を取り積みて、川人其の廻を密かに物を[二]（呪）読みつつ（文を唱え）絡り返し[三]廻りて後、川人も稲の中を引き開けて這ひ入りて、大納言と語らひて居ぬ（心を寄せあっていた）。大納言、川人が気色極めて騒ぎてわななき篩ふを見るに、半ば死ぬる心地す。

此くて音も為ずして居たる（物音ひとつたてずに坐っていると）程に、暫し許有りて、千万の人の足音して過ぐ。既に過ぎて行きぬと聞きつる者共、即ち返り来て物云ひ騒ぐなるを聞けば（騒いでいるらしいのを聞くと）、人[四]の音に似たりと云へども、□（さすが）に人には非ぬ音を以て云はく、「此の者は（あの男は）、此の程にこそ馬の足音は軽く成りつれ（このあたりで馬を降りたらしくてひづめの音が軽快になった）。然れば、此[五]の辺を集[六]ふ隙無く土一二尺が程を掘りて、□[七]求むべきなり。然りとも（いくら何でも）否遁れ畢てじ。川人は古の陰陽師に劣らぬ奴なれば、□にて否見[八]ゆまじき様構へたる（身を隠す術を使っているのだろう）。然りとも奴をば失ひてむや（だがあの大納言のやつを見失うものか）。

一　暗闇にまぎれて。

二　隠形の法を行うのである。川人の著作に『滋川新術遁甲書』二巻の名が伝えられ、彼は遁甲の術に長じていたとされている。遁甲とは、占術と隠形術よりなる。

三　何度も廻ってから。隠形の法を行うときは、継ぎ足歩き（これを禹歩という）で歩く。底本は「物ヲ読給ツ、返シ廻テ後」とあるが、「給」は「絡」の誤りで、本来「読ツ、絡返シ廻テ後」とあったものの誤写（全集）。この説によって改める。

四　人に似て人でないという描写は、二四―一五の鬼神の姿についてもなされている。

五　一本に「此ノ辺ニ集リテ」とある。

六　肩よせあって隠れている隙間もないほどに。草の根をわけても、というところで、これは土公神の白にふさわしい。土公神は、四季によって、竈なり門なりの地底に住んでおり、そのときに人が土を三尺以上（ただし、四季により、また掘る人の五行姓によって異る）掘ると土公神を傷つけることになり、祟り（「土の気」という）を受けるとされている。

七　「さがす」「あさる」「あなぐる」の類の語が想定できる。

吉く□」と喤るなり。然れども敢へて候はぬ由を口々に云ひ騒げば、主人と思しき人、「然りとも否隠れ畢てじ。今日こそ隠るとも、遂には其の奴原に会はぬ様は有りなむや。今来たらむ十二月[9]晦の夜半に、一天下の下、土の下、上は空、目の懸からむを際として求めよ。其の奴原、何こにか隠れむ。然れば、其の夜集るべきなり。然て□出さむ」と云ひて去りぬ。

其の後、大納言川人走り上りて出でぬ。我れにも非ずして大納言の云はく、「此れを何がせむと為る。云ひつる様に求めば、我れ等は遁るべき様無し」。川人が云はく、「此く聞きつれば、其の夜露人に知られずして、只二人極じく隠れ給ふべきなり。其の時近く成りて、委しくは申し侍らむ」と云ひて、川原に有りける馬の許に歩より行きて、各家に返りぬ。

其の後、既に晦日に成りぬれば、川人、大納言の許に来たりて云はく、「露人知る事無くて、只一人、二[10]条と西の大宮との辻に、暗

八 底本「否不見マ、ニテ」を「否不見マシキ」の誤写とする説（全集）によって改める。直前の欠字には「おほろか」「おほろけ」「おろか」などが考えられよう。尋常一様では…ない、の意。

九 大晦日の夜に、鬼神・妖異があらわれて、不思議の行われるという伝承は多い。しかしまた、その同じ大晦日は、徳分あるものが福を授かる日でもある。それは、晦日や諸節分が、本来客人神の訪れる日であったことによる。客人神は、福をもたらす神であるとともに、厄を携え来る神でもあった。

一〇 二条通りと西大宮大路との辻。つまり内裏西南の角を指す。二条通りはそのまま嵯峨路に続く。

大晦日の夜、川人の術によって土公の難を遁れること

く成らむ程に御座し会へ[一]」と。大納言此れを聞きて、暮方に成る程に、世の中の人も騒がしく行き違ふ交[二]に、只独り二条と西の大宮との辻に行きぬ。川人、兼て（すでに）其こに待ち立ちければ（立って待っていたので）、二人打具して（二人連れ立って）[三]嵯峨寺へ行きぬ。[四]堂の天井の上に掻き上りて、川人は[五]咒を誦し、大納言は[六]三満を唱へて居たり（うずくまっていた）。

而る間、夜半許（真夜中）に成る程に、[七]気色悪しくて（薄気味の悪い）異る香有る風の温かなる（生ぐさくて生温かな風が）、吹きて渡る。其の程、地震の振る様に少し許動かして過ぎぬれば、怖しと思ひて過ぎぬれば（ぞっとしながらやりすごすと）、[八]鳥鳴きぬれば（一番鶏が鳴いたので）、掻き下りて、未だ明けぬ程に各家に返りぬ。別るる時に川人、大納言に云はく、「今は恐れ給ふべからず（恐れになることはありません）。然は有れども（とは申すものの）、川人なれば（私だからこそ）此くは構へて遁れぬるぞかし（こんな工夫もつけて免れることができたのですよ）」と云ひて去りにけり。大納言、川人を拝して（伏し拝んで）ぞ家に返りにける。

此れを思ふに、尚川人、止事無き陰陽師なりとなむ、語り伝へたるとや。

一 「来会へ」の敬語。落ち合うようにお越し下さい。

二 大晦日の雑踏を言っている。

三 後の棲霞寺あるいは清涼寺に属する五大堂（五大明王を安置した堂）のことか。もと嵯峨天皇の離宮であった地に、その子源融が別荘棲霞観を造り、その死後、寛平八年棲霞寺となり、さらに後に清涼寺に統一されるのだが、五大堂は、すでに弘仁年中（八一〇〜八二三）に、嵯峨天皇の御願、空海の教導によって建てられ、五大明王像も空海作とする伝承がある（『山州名跡考』）。この説話の当時には、五大堂は融の棲霞観に属していた（『雍州府志』）。五大堂に祀られる明王の一つには金剛夜叉があるが、それは地魔降伏の力をもつとされる。なお、後、清涼寺となってからも、この寺は嵯峨野寺と通称されている。

四 堂の天井に隠れて鬼難を遁れるという伝説や民話は多い。堂の本尊によって守られることの他に、天井裏とは、見えない場所、存在せぬ場所であって、鬼神には探せない性格をもっていた。それは、空の下でもなければ土の上でもないという場所であって、あたかもたとえば、水の上にして土の下なる場所としての「橋の下」（ここも鬼難を避けられる）に類する。

五 百邪悪鬼を避けるためには、鶏鳴のころ、心に四海の神の名（河明・祝融・巨来・禺強）を二十一回唱えるという法がある（『吉日考秘伝』）。

六 「三密」の宛字。身に印を結び、口に呪を唱え、心に本尊を念ずること。

弓削是雄、穀倉院使の悪夢を占うこと

天文博士弓削是雄、夢を占ふ語、第十四

今は昔、[九]□と云ふ者有りけり。[一〇]穀蔵院の使として其の[一一]封戸を[一二]徴らむが故に、東国の方に行きて、日来を経て〔京に〕返り上る間、近江の国の[一三]勢多の駅に宿りぬ。

其の時に、其の国の司[一四]□と云ふ人館に有りて、[一五]陰陽師[一六]天文博士[一七]弓削是雄と云ふ者を請じ下して（京から招いて）、[一八]大属星を敬ましめむと為る間、是雄、彼の□（世継）と同宿しぬ。是雄、□に問ひて云はく、「汝何れの所より来たれるぞ」と。□答へて云はく、「我れ穀蔵院の封戸を徴らむが為に東国に下りて、今返り上れるなり（京へ帰って行くところです）」と。此くのごとく互ひに談ずる間、夜に臨みて（夜になったので）皆寝入りぬ。

而るに忽ちに悪相を見て（悪夢を）覚めて後、□是雄に云はく、「我れ今

七 鬼神・妖異があらわれる兆。
八 妖異やさまよえる霊魂は、一番鶏とともに消える。
九 「世継」が想定される。この話は『善家異記』にも語られており（『政事要略』）、交易使伴宿禰世継という人にまつわる清和＝貞観六年（八六四）の事件という。「交易使」は、地子（租としての稲や粟）やその交易物を徴収する役人。
一〇 穀倉院。畿内の調銭や官田の稲を貯蔵した非常用の倉。二条の南、朱雀の西にあった。
一一 穀倉院が地子やその交易物を徴収する民戸。
一二 地子・地子物（交易物）を徴収するために。
一三 滋賀県の瀬田町。東海道最初の駅。瀬田唐橋は現在よりも南、石山寺の近くで、国府もそこにあった。
一四 『善家異記』によれば「近江国介藤原有陰」。有陰は乙麿流、清和＝貞観五年に、太宰少弐、従五位下で近江介になっているが、守であったことはない。
一五 陰陽寮に属する従七位上相当の官を指す。占筮や相地のことを司る。是雄はこの当時従八位下。
一六 陰陽寮の官。是雄が天文博士であった記録なし。
一七 播磨の人。陰陽頭、従五位下にいたる。朱雀門で神に逢った話が、『江談抄』に標題だけ記されている。
一八 北斗七星のうち、その年、あるいは生れ年に配されたものを属星といい、それを祭ることは陰陽師の重大な職掌であった（『本命抄』）。潔斎・精進を五日間行うのが大属星祭、三日間が属星祭（『侍中群要』）。

夜、悪相を見つ。而るに我れ幸ひに君と同宿せり。此の夢の吉凶を占ひ給ふべし」と。是雄占ひて云はく、「汝、明日家に返る事無かれ。汝を害せむと為る者、汝が家に有り」と。□が云はく、「我れ日来東国に有りて、疾く家に返らむ事を願ふに、今此こに来て、又此こにて徒らに亦数日を過ぐすべきに非ず。亦、数たの[一]公物・私物其の員有り。何でか此こに留まらむや。但し、何にしてか彼の難をば遁るべき」と。是雄が云はく、「汝、尚強ちに明日家に返らむと思はば、汝を殺害せむと為る者は、家の丑寅[二]の角なる所に隠れ居たるなり。然れば、汝先づ家に行き着きて、物共をば皆取り置かせて後、汝一人弓に箭を番ひて、丑寅の角に然様の者の隠れ居ぬべからむ所に向ひて弓を引いて、押し宛てて云はむ様は、『己れ[三]、我が東国より返り上るを待ちて、今日我れを殺害せむと為る事を、兼て知れり、早く罷出でよ。出でずは速かに射殺してむ』と云へ。然らば、[四]法術を以て、顕れずと云ふとも、自然ら事顕れなむ」と教へつ。

一 いろいろの官物や私有品をたくさん携えています。

二 東北。いわゆる鬼門。陰悪の気ここに集まり、百鬼ここより出入りして、その場所・方向を犯すものは鬼害をうけるとされた。『善家異記』では、寝室の丑寅の隅と表現されている。

三 賊（二人称者）への呼びかけの語。卑称の代名詞。

四 私の法の力で。「法術を以て」の句は、「自然ら事顕れなむ」にかかる。

是雄の指示により、暗殺者未然に捕えられること

□其の教を得て、明くる日京に急ぎ返りぬ。家に行き着きたれば、家の人、「御座したり」と云ひて騒ぎ喤る事限無し。□一人は入らずして、物共をば皆取り置かせて、□は弓に箭を番ひて丑寅の角の方を廻りて見るに、一間[五]なる所に薦を懸けたり。此れなめりと思ひて、弓を引きて箭を差し宛てて云はく、「己れ、我が上るを待ちて、今日我れを殺害せむとす。我れ其の由を兼て知りたり。早く罷出でよ、出でずは射殺してむ」と云ふ。其の時に、薦の中より法師[六]一人出でたり。即ち従者を呼びて此れを搦めて問ふに、法師暫くは此彼[七]云ひて□ず。強ちに問ひければ、遂に落ちて云はく、「隠し申すべき事にも非ず。己れ[八]が主の御房の、年来[九]此の殿の上に棲み奉り給ひつるに、今日上り給ふ由を聞き給ひて、其れを待ちて必ず殺し奉れと、此の殿の上の仰せられつれば、罷隠れて候ひつるに、兼て知らせ給ひにければ」と。□此れを聞きて、我が宿報[一〇]賢くして、彼の是雄と同宿して命を存する事を喜ぶ。亦、是雄が此く

五 ふつう「一間」は柱と柱の間を言うが、ここは屋外の描写であり、それほどの広さを一区画として囲われた所か。

六 『善家異記』では、手に匕首をもった僧を描いている。

七 あれこれ言い逃れて。欠字は「白状する」という意味の語、たとえば「おち」などが想定される。

八 『善家異記』では、この隠れていた僧自身が密通法師とされている。

九 長年あなた様の奥方とねんごろでいらっしゃいますが。「上」は奥方。「棲む」は、男が女の許に通って夫婦になること。「…に棲む」と表現される。

一〇 前世の因縁で生じた、現世での報いがすぐれていて。

占へば、実なる事感じて、先づ是雄が方に向ひて拝しけり。其の後、法師をば検非違使に取らせてけり。妻をば一永く棲まず成りにけり。

此れを思ふに、年来の妻なりと云ふとも、心は緩むべからず。女の心は此かる者も有るなり。亦、是雄が占不可思議なり。昔は此く新たなる陰陽師の有りけるなりとなむ、語り伝へたるとや。

賀茂忠行、道を子保憲に伝ふる語、第十五

今は昔、二賀茂忠行と云ふ陰陽師有りけり。道に付きて古にも恥ぢず、当時も三肩を並ぶ者無し。然れば四公私に此れを止事無き者に用ゐられける。

而るに、人有りて此の忠行に祓を為させければ、忠行祓の所に行かむとて出で立ちけるに、其の忠行が子五保憲、其の時に十歳許の童

一 離別することによる決着を、「家にも行かずして絶えにけり」（二八—一二）と表現している個所もある。法師密通の露顕する話は、他に二八—一一（祇園別当戒秀）、二八—一二（止事無き名僧）があり、陰陽師が賊難を占い当て、お蔭で命を全うするという話は、二九—五（賀茂忠行）にも見られる。

二 『二中歴』に名の見える、朱雀・村上天皇の頃の陰陽師。藤原師輔に問われて、平将門の調伏に白衣観音法を修すべき由を答えている（『阿娑縛抄』）。従五位下。

三 「肩を並ぶる者」（下二段活用の連体形）とあるべきところ。「並無し」（二四—五、八、一三、一八など）に同じ。

賀茂忠行、幼い保憲を連れて祓にゆくこと

四 公的な仕事としては、天暦六年（九五二）六月、犯土のこと（地神のいる方を犯して工事すること。一一三頁注八参照）について意見書を提出したり（『小右記』）、天慶三年（九四〇）、将門や藤原純友の乱に際して、その調伏のことを奏上したりしており、私的なこととしては、僧のために賊難を相した話（二九—五）が伝わっている。

にて有りけるに、父忠行が出でける（父忠行が出かけるのに）、強ちに恋ひければ（ついて行きたがるので）、其の児を車に乗せて具して将て行きにける（連れて行った）。祓殿[六]に行きて忠行は祓を為るに、児は其の傍に居たり。祓畢りぬれば、祓を為る人も（祓の依頼者も）返りぬ。

忠行も此の児を具して返るに、車にて児の祖に（父親に）云ふ様、「父こそ[七]（お父さん）」と呼べば、忠行、「何ぞ」と云へば、児の云はく、「祓の所にて我が見つる、気色怖し気なる躰したる者共の、人にも非ぬ[八]が、□に亦人の形の様にして、二三十人許出で来たりて並み居て、居ゑたる（お供えの）物共を取り食ひて、其の造り置きたる[九]船・車・馬などに乗りてこそ散々に返りつれ（ばらばらに帰りました）。其れは何ぞ、父よ」と問へば、忠行此れを聞きて思ふ様、「我れこそ此の道に取りて（この陰陽道に関しては）世に勝れたる者なれ。然れども、幼童の時には此く鬼神[一〇]を見る事は無かりき。物習ひてこそ漸く目には見しか（陰陽の術を習ってからやっと見えるようになったのだ）。其れに、此れは（ところがこの子は）此く幼き目に此の鬼神を見るは、極めて止事無き者に（たいした人物に）成るべき者にこそ有りぬれ。世も（きっと）神の御代の者にも劣らじ」と思ひて、返りけるままに（帰るとさっそく）、我が道に知りと知りたりける事（陰陽道について自分の知っているすべてを）

五　村上から円融天皇の頃にかけての代表的な陰陽師。陰陽頭、従四位上。賀茂氏の陰陽家としての実力は、保憲の頃から名実ともにそなわるようである。『尊卑分脈』に醍醐＝延喜十七年（九一七）の生れとするのに従えば、この話は延長五、六年（九二七頃）のことになる。

六　祓を行うための殿舎。

保憲、鬼神を見て父に語ること

七　底本「父古曾」とある。「こそ」は敬意をもった呼びかけの助詞。

八　二四―一三の土公神の描写を参照。

九　神送りのための依代。現在でも盂蘭盆会の盆棚に飾られるように、瓜や茄子に芋殻をさして作った馬、藁や真菰を束ねた馬、あるいは麦藁や木で作った船などが神を乗せて送り帰すのである。日本の盂蘭盆会は、本来の祖霊崇拝に、仏教の安居供養や施餓鬼の思想が結びついたものであるが、その盆棚は、陰陽道の影響のもとに成立した形式である。

一〇　異形の者。この場合、式神（一五二頁注二）を言うのであろう（折口信夫氏説）。したがって忠行は、解返呪咀祭（式神の呪咀を解除して送り帰す祓）を執り行ったのであろう。式神の貌は、安倍晴明の妻を恐怖させた（『源平盛衰記』）ほどおそろしく、本話のごとく、鬼神と呼ばれるにふさわしい。式神の呪咀を解いてやる話は『宇治拾遺物語』二・八にもある。

の限をば、露残す事無く心を至して教へけり。然れば、祖の思ひけるに違はず、保憲は止事無き者にて、公私に仕へて聊かも弊き事無くてぞ有りける。然れば、其の[一]子孫今に栄えて、陰陽の道に並無し。亦、暦[二]を作る事も、此の流を離れては敢へて知る人無し。然れば、今に止事無しとなむ、語り伝へたるとや。

安倍晴明、忠行に随ひて道を習ふ語、第十六

安倍晴明、賀茂忠行の弟子となること

今は昔、天文博士安倍晴明[三]と云ふ陰陽師有りけり。古にも恥ぢず止事無かりける者なり。幼の時、賀茂忠行と云ひける陰陽師に随ひて、昼夜に此の道を習ひけるに、聊かも心もと無き事無かりける。

而るに、晴明若かりける時、[四]師の忠行が[五]下渡に夜行に行きける共に、歩にして車の後に行きける。忠行車の内にして吉く寝入りにけ

一 保憲の子光栄は、保憲の弟子安倍晴明と並んで、一条天皇の頃の陰陽道の第一人者とされている（『続本朝往生伝』一条天皇）。その後も賀茂氏はこの道の宗家であり続け、陰陽頭は、賀茂・安倍両家に限られるようになる。

二 暦道の大家としては、大春日真野麻呂と保憲が挙げられる（『暦林問答集』）。陰陽寮における総科的な陰陽道と、分科的な天文道・暦道とのうち、後の二道は、本来賀茂氏が兼ね伝えていたが、保憲のとき、天文道を晴明に、暦道を光栄に伝え、それ以来、両家に分掌されるようになった（『歴代編年集成』『職原抄』『帝王編年記』）。

三 賀茂光栄と並び称せられる陰陽師。「奇異人」と言われるように（『系図纂要』）、その出生と死、あるいはその術法には伝説がきわめて豊富であるが（『月刈藻集』『真如堂縁起』『大鏡』『平家物語』『古事談』『古今著聞集』）、村上朝末から一条朝にかけて現実にもはなはだ活動的であった。彼以後、安倍氏は天文道を伝えることになる。天文博士、従四位下。

四 晴明を忠行の弟子とするのは『今昔物語集』だけである。通常、保憲の弟子で、天文道を伝えられたとする（『続古事談』）。保憲が大乗院の土地を選定するため比叡山に登ったとき、晴明は弟子として従っている（『天延二年記』）。

るに、晴明見けるに、艶ず怖しき鬼共、車の前に向ひて来たりけり。晴明此れを見て、驚きて車の後に走り寄りて、忠行を起して告げければ、其の時にぞ忠行驚きて覚めて、鬼の来たるを見て、術法を以て忽ちに[六]我が身をも恐無く、共の者共をも隠し、平かに過ぎにける。其の後、忠行、晴明を去り難く思ひて、此の道を教ふる事、[七]瓶の水を写すが如し。然れば終に晴明、此の道に付きて公私に仕はれて、糸止事無かりけり。

而る間、忠行失せて後、此の晴明が[八]家は、土御門よりは北、西洞院よりは東なり、其の家に晴明が居たりける時、[九]老いたる僧来たりぬ。共に十余歳計なる童二人を具したり。晴明此れを見て、「何ぞの僧の何こより来たれるぞ」と問へば、僧、「己れは[一〇]播磨の国の人に侍り。其れに、陰陽の方をなむ習はむ志侍る。而るに、只今此の道に取りて止事無く御座す由を承はりて、小々の事習ひ奉らむと思ひ[一一]給へて参り候ひつるなり」と云へば、晴明が思はく、「此の法師

五 下京の方に。

六 我が身をも、共の者共をも、恐無く隠し（恐れのないように隠し）、の意。

七 この比喩は、おびただしい量のものを残りなく、という意。

八 家が土御門町口（『大鏡』『雍州府志』）にあったので、晴明の流れは土御門と呼ばれるようになる。花山院が退位・落飾のために皇居を出て、晴明の家のあたりを過ぎようとしたとき、天子退位の天変を見た晴明が、参内を急ごうと用意している気配が、外で聞きとれたという話（『大鏡』）は有名である。

晴明を試みた法師陰陽師、式神を隠されること

九 僧形の陰陽師。いわゆる法師陰陽師。二四―一九の智徳と同一人物であるような伝承をもっている。

一〇 兵庫県西南部。

＊ 陰陽道と播磨の国の関係は深く、陰陽師の集団がその国にいたと思われる。〔陰陽道と播磨〕

一一 この「給ふ」（下二段）は、自分の行為について、謙譲していう補助動詞。

は、此の道に賢き奴にこそ有りぬれ。其れが我れを試みむと来たるなり。此の奴に弊しく試みられては口惜しかりなむかし。試みに此の法師少し引き掕ぜむ」と思ふ。「此の法師の共なる二人の童は、識神に仕へて来たるなり。若し識神ならば、忽ちに召し隠せ」と心の内に念じて、袖の内に二つの手を引き入れて印を結び、蜜かに咒を読む。其の後、晴明、法師に答へて云はく、「然か承はりぬ。但し、今日は自ら暇無き事有り。速かに返り給ひて、後に吉日を以て坐せ。習はむと有らむ事共は、教へ進らむ」と。法師、「穴貴」と云ひて、手を押し摺りて額に宛て、立ち走りて去りぬ。

今は一二町は行きぬらむと思ふ程に、此の法師亦来たり。晴明見れば、然るべき所に車宿などをこそ臨き行くめれ。臨き行きて後に、前に寄り来て云はく、「此の共に侍りつる童部、二人乍ら忽ちに失せて候ふ。其れ給はり候はむ」と。晴明が云はく、「御房は希有の事云ふ者かな。晴明は何の故にか、人の御共ならむ童部をば取らむ

一 『宇治拾遺物語』の同話には「ひきまさぐらむ」とある。
二 式神としてこの僧についてきた者だ。「識神」は陰陽師に使役される下級の神。陰陽師の命のままに、善悪の監視や呪咀に従事する。普通、人目には見えないが、その道に達したものには童形に見える。仏教における護法童子に相当するものであって、しばしば二人の童子として語られるのも、護法童子が二人（矜羯羅・制吒迦）であることの投影と考えられる（渡辺綱也氏説）。時に鳥の姿をとることもあり、（『宇治拾遺』二・八）、十二神将と同一視されて奇怪な容貌をもつものと表現されることもある。
三 ひそかに術を行う様子。
四 呪文を唱えるとき、指でそれに応じた形を作ること。印契・印相ともいう。本来は、仏・菩薩の証得した悟りや誓願の内容を、象徴的に表現するものであった。
五 ありがたいことで。「穴」は間投詞「あな」に対する宛字。
六 拝むしぐさ。この場合は感謝を表明する動作である。
七 人の隠れていそうな所として、車寄せなどを。「車宿」は中門（廊を切通しにして南庭へ通じる門）の外にある車寄せ。牛をはずした牛車を入れる。
八 のぞいて歩く様子である。底本「臨行ヌレ」とあるのを改める。

ずるぞ」と。法師の云はく、「我が君、[九]大きなる[一〇]理に候ふ。尚免し給はらむ」と侘びければ、其の時に晴明が云はく、「吉し吉し、御房の、人試みむとて識神を仕ひて来たるが、安からず思ひつるなり。然様には、異人をこそ試みめ、晴明をば此く為でこそ有らめ」と云ひて、袖に手を引き入れて、物を読む様にして暫く有りければ、外の方より此の童部二人乍ら走り入りて、法師の前に出で来たりけり。其の時に法師の云はく、「誠に止事無く御坐す由を承はりて、試み奉らむと思ひ給へて、参り候ひつるなり。其れに識神は、古より、仕ふ事は安く候ふなり、人の仕ひたるを隠す事は更に有るべくも候はず。穴忝、今より偏へに御弟子にて候はむ」と云ひて、忽ちに[一一]名符を書きてなむ取らせたりける。

寛朝のもとにて、晴明蛙を呪殺すること

亦、此の晴明、広沢の[一二]寛朝僧正と申しける人の[一三]御房に参りて、物申し承はりける間、若き君達・僧共有りて、晴明に物語などして云はく、「其この識神を仕ひ給ふなるは、忽ちに人をば殺し給ふらむ

九 許しや哀れみを乞うときの呼びかけの語。
一〇 全くもっておっしゃるとおりです。ですけれど、どうかお許し下さいますように。
一一 弟子や家人となるとき、自分の姓名・官位・年齢などを書いて、師や主人の許に差し出す名札。
一二 敦実親王の子。広沢に遍照寺を建てて住み、広沢僧正と呼ばれた。仁和寺別当・長者。二三―二〇参照。
一三 僧坊の敬称。前頁十三行の、僧を指して言う「御房」とは別。

や」と。晴明、「道の大事を此く現はにも問ひ給ふかな」と云ひて、「安くは否殺さじ、少し力だに入れて候へば、必ず殺してむ。虫などをば、塵計の事せむに必ず殺しつべきに、[一]生く様を知らねば罪を得ぬべければ、由無きなり」など云ふ程に、庭より蝦蟆の、五つ六つ計、踊りつつ池の辺様に行きけるを、君達、「然は、彼れ一つ殺し給へ。試みむ」と云ひければ、晴明、「罪造り給ふ君かな。然るにても、試み給はむと有れば」とて、草の葉を摘み切りて、物を読む様にして、蝦蟆の方へ投げ遣りたりければ、其の草の葉、蝦蟆の上に懸かると見ける程に、蝦蟆は[二]真平に□て死にたりける。僧共此れを見て、色を失ひてなむ恐ぢ怖れける。

此の晴明は、家の内に人無き時は[三]識神を仕ひけるにや有りけむ、人も無きに[四]蔀上げ下す事なむ有りける。亦、門も、差す人も無かりけるに、差されなんどなむ有りける。此く様に希有の事共多かりとなむ、語り伝ふる。

一　生き返らせる方法を知りませんから、罪造りなことです。「生く」は、『宇治拾遺』に「いくるやうを知らねば」とあるように、下二段の他動詞形（生くる）である方が適当。

二　ぺっしゃんこに。『宇治拾遺』には「まひらにひしげて」とある。『今昔物語集』『宇治拾遺』共通の出典に、仮名書きで「まひらにひしげて」とあって、それを『今昔』は漢字書きにしようとしながら、適当な漢字を見出せなかったのが、欠文として残ったのであろう。

三　『大鏡』一にも、人の目に見えぬ式神が、晴明に使われて、戸をあけたり、ものの報告をしたりする描写がある。『源平盛衰記』十では、十二神将が晴明に使われているが、これも式神と同一視されるところの神である。

四　格子組の裏に板を張った建具で、蝶番で上げ下げする。

五　「孫」は子孫。晴明の子に吉平・吉昌、孫に時親・章親・泰親など、著名な陰陽師が出ている。

六　標題のみで本文を欠く。

＊　覆い物を占いあてることは、陰陽師の力量を示す一つの技であった。〔覆い物を占う話〕

七　主計寮（税の計算や国の歳入歳出を司る）の長官。従五位上相当の官。

其の孫[五]、今に公私に仕へて止事無くて（重用されている）有り。其の土御門の家も（家屋敷も）、伝はりの所にて（代々伝わって今に残っている）有り。其の孫（その子孫のもとでも）、近く成るまで（最近まで）識神の音などは聞えけり。然れば晴明、尚只者には非ざりけりとなむ、語り伝へたるとや。

保憲[六]・晴明共に覆ひたる物を占ふ語、第十七

陰陽の術を以て人を殺す語、第十八

今は昔、主計頭[七]にて小槻糸平[八]と云ふ者有りけり。其の子に算の先[九]生なる者有りけり。名をば□[一〇]（茂助）となむ云ひける。主計頭忠臣[一一]が父、淡路守大夫[一二]史奉親[一三]が祖父なり。

其の□（茂助）が未だ若かりける程に、身の才（生れつき大変聡明で）極めて賢くして世に並無

八 小槻山公今雄の子。主計頭・算博士、従五位上。ただし『宇治拾遺』の同話には「当平」とあって、後の系譜から見るとこの方が正しい。当平は糸平の兄で、宇多・醍醐天皇の頃の人。左大史・算博士、従五位下。

九 算博士のこと。大学寮四道（文章・明経・明法・算）のうち、算道（数学）の極官で、従七位上相当。小槻氏と、後には三善氏とが算道の家を世襲した。

一〇『宇治拾遺』に「茂助」とある。当平の子。左少史・算博士、正六位上。

一一 母は糸平の女。左大史・主計頭・算博士、従四位下。円融・花山・一条天皇頃の人。法音寺を建てた。

一二 太政官は少納言局と左右の弁官局にわかれているが、弁官局に属する四等官を史と言い、左右ともに大史・少史よりなる。大史は正六位相当であるが、特に五位の大史を大夫史という。また、五位左大史の上首は左右の史の全体を総括するもので、官務・長者と呼ばれる。大夫史や官務は、奉親以後、ほぼ小槻氏によって占められ、そのために小槻氏は、官務家と呼ばれた。

小槻（茂助）の才を妬む者 陰陽師の呪を計画すること

一三 一条・三条・後一条天皇の頃の人。左大史・算博士、正五位下。寛弘八年（一〇一一）正月、任国淡路から上るとき、京に入らずに横川（比叡山三塔の一）で出家した。

かりければ、命有らば人に勝れて止事無く成りぬべき者なりければ、同じ程なる者共、「何で此れ無くても有れかし。此れが出で立ちなば、主計・主税の頭・助にも、大夫の史にも、異人は更に競ふべき様無きなめり。成り伝へ来たる孫なるに合はせて、此く才賢く、心ばへ直しければ、只六位乍ら、世に聞え有りて、思え高く成り持行けば、無くても有れかし」と思ふ人には有るにや有らむ。

而る間、彼の□が家に恠を為したりければ、其の時の止事無き陰陽師に物を問ふに、極めて重く慎むべき由を占ひたり。其の慎むべき日共を書き出だして取らせたりければ、其の日は、門を強く差して物忌して居たりけるに、彼の敵に思ひける者は、験有りける隠陰陽師を吉く語らひて、彼れが必ず死ぬべき態共を為させける。此の事為る陰陽師の云はく、「彼の人の物忌をして居たるは、慎むべき日にこそ有るなれ。然れば、其の日呪ひ合はせばぞ験は有るべきなり。其れに、己れを具して其の家に御して呼び給へ。門は、物

一 主税寮（諸国の田租やそれを収める官庫を司る）の長官で従五位上相当の官。主税寮と主計寮は民部省（民部省は左弁官局に属す）に属して二寮と呼ばれ、二寮の頭・助（次官）は、算博士が兼ねた。

二 代々任じ伝えてきた家柄の子孫であるうえに。二寮の頭や助は、茂助以前にも今雄・当平・糸平らが任ぜられているが、大夫史は、小槻氏にあっては奉親から始まる。したがって、この表現は、後の事実を遡らせたような言い方になっている。

三 今は六位に過ぎないが。茂助は村上＝天徳二年（九五八）七月七日に死ぬが、元年十二月二日付の太政官牒に、正六位上として署名している（『東南院文書』）。

四 世間の評判も高くなってゆくに違いないから。

五 一本には「思フ人モ有」、『宇治拾遺』には「思ふ人（々）もあるに」とある。あるいは「思フ人々ハ」とあったのを誤写したのであろうか。

六 神託があった、と解してもよいが、むしろ、『二中歴』の怪異の項に挙げる、狐鳴・犬長嗥・釜鳴・鳥鳴・心動のような前兆を指すと思われる。これらは、超自然がその意志を告げるための前兆なのである。

七 もぐりの陰陽師。陰陽師には、陰陽寮に属する官人と、民間の陰陽師とがあった。ここは後者で、その非公式なことを強調してこう言った。ただし『宇治拾遺』では、「かくれて」呪咀したと述べている。

八 ここでは、陰陽道で言う何かの塞り（たとえば天一神とか太白神とか）を指摘されて、その期間の過ぎるまで、身心を慎み門を閉ざして籠っていることをいう。その期間、門には「物忌」と書いた札をかけておく（二七—二三参照）。

謀られて呪咀を受け、小槻（茂助）死ぬこと

九 「愕」は「おびたたしく（夥）」の宛字。

一〇 「某」は、誰それの意。実際は固有名詞を名乗っているのであるが、表現上固有名詞をそのまま書く必要がないときの朧化の言い方。この時代には、一人称代名詞としての「某」はまだ成立していない。

忌なればよも開けじ（恐らく開けないでしょう）。只音をだに聞きてば（声を聞いただけでも）、必ず呪ふ験は有りなむ（効果はあるはずです）」と。

然れば、其の人、其の陰陽師を具してかれが家に行きて、門を愕[九]たたしく（激しく）叩きければ、下衆（下男）出で来て、「誰れか此の御門をば叩くぞ」と問へば、「某[一〇]が（私です）大切に申すべき事有りて、参りたるなり（ぜひともお耳に入れたいことがあって伺ったのです）」と、「極じく固き（厳重な）物忌なりと云ふとも、門を細目に開けて入れ給へ。極めたる大切なり」と云はしむれば（取りつがせると）、此の下衆返り入りて、「此くなむ」と云へば、「糸破無き事かな（何という無茶なことだ）。世に有る人の、身思はぬやは有る（自分の身を大事にせぬ者がどこにある）。然れば否開けて入れ奉るまじ（開けてお入れするわけにはゆかぬ）。更に不用なり（どうしてもだめだ）。疾く返り給ひね（早くお帰り下さい）」と〔下衆に〕云はしめたれば、〔男は〕亦云ひ入れしむる様、「然らば、門をば開け給はずと云ふとも、其の遣戸より（引戸口から）顔を差し出で給へ。自ら聞えむ（直接申し上げたいのだ）」と。

其の時に、天道の許有りて死ぬべき宿世や有りけむ（天命極まってここで死ぬさだめでもあったのか）、「何事ぞ」と云ひて、遣戸より顔を差し出でたれば、陰陽師其の音を聞き、顔

を見て、死ぬべき態を、為べき限り咀ひつ。此の具して会はむと云ふ人は、「極じき大事云はむ」と云ひつれども、云ふべき事も思えざりければ、「只今田舎へ罷る、其の由申さむと思ひて申しつるなり。然れば入り給ひね」と云ひければ、□「大事にも非ざりける事に依りて物忌に此く人を呼び出でて、物も思えぬ主かな」と云ひて入りにけり。其の夜より頭痛く成りて悩みて、三日と云ふに死にけり。

此れを思ふに、物忌には[一]、音を高くして人に聞かしむべからず。亦、外より来たらむ人には、努々会ふべからず。此[二]の様の態為る人の為には、其れに付きて咀ふ事なれば、極めて怖しきなり。宿報[三]とは云ひ乍ら吉く慎むべしとなむ、語り伝へたるとや。

播磨の国の陰陽師智徳法師の語、第十九

一 物忌に人を入れて害をうける話は、二七—一三にもあって、鬼が弟に化けて訪れている。逆に、固い物忌を命ぜられた僧が、訪れた一人の武者を、禁を破って招じ入れ、かえって賊難をまぬがれたという話(二九—五)もある。

二 「為には」は、「…にとっては」「…に関しては」の意味に用いられ、ここは、「このような術を使う人の場合には」というほどの意味と考えられる。

三 前世からの報い。

海賊に襲われた船主、智徳に愁嘆のこと

今は昔、播磨の国□の郡に、陰陽師を為る法師有りけり。名をば智徳と云ひけり。年来其の国に住みて、此の道をして有りけるに、其の法師は糸只者にも非ぬ奴なりけり。

而る間、□の国より上る船の、多くの物共を積みて有りけるを、明石の前の沖にして、海賊来たりて船の物を皆移し取り、数人を殺して去りにけり。只、船の主計、下人一両人とぞ、海に入りなんどして生きたりけるが、陸に上りて泣き居たりけるを、彼の智徳、杖を突きて出で来て、「此れは何この人の泣き居たるぞ」と問ひければ、船主の、「国より上りつるに、此の沖にして昨日海賊に罷会ひて、船の物も皆取られ、人も殺されて、希有の命計を生きて侍るなり」と云へば、智徳、「極めて糸惜しき事かな。彼れを搦め寄せばや」と云へば、船主、「只打云ふ事なめりとは思へども、「何に喜しく侍らむ」と、泣く泣く云ふ。智徳、「昨日の何時の事ぞ」と問へ

四 播磨の国（兵庫県）と陰陽師との関係は、二四―一六、一五一頁注一〇および＊印注を参照。この話の結語も、播磨に陰陽の術に優れた者のいることを確認した書き方である。

五 法師陰陽師。二四―一六、一五一頁注九参照。

六 後段の、晴明に式神を隠された記述からみると、二四―一六の僧と同一人物のようである。

七 いわゆる西海の海賊のことで、瀬戸内海の大三島やその周辺諸島を根拠地にしていた。智徳の頃、つまり朱雀天皇の前後は、西海・南海に海賊がはびこり、承平四年（九三四）、任はてて土佐の国を去る紀貫之にとって最大の恐怖は海賊の来襲であったし（『土左日記』）、西海の海賊首魁の藤原純友が、大規模な討伐の末に討たれたのは天慶四年（九四一）であった。

八 そうしていただけたら、どんなに嬉しいことでしょう。

ば、船主、「然々の時なり」と答ふ。

其の時に智徳、小船に乗りて、船主を具してその沖に差し出でて、其の所に船を浮かべて、海の上に物を書きて、物を読み懸けて、陸に返り上りて後、事しも只今有る者を搦めむずる様に、其の道の人[一]を雇ひて四五日護らせけるに、船移されて後七日と云ふ□の時計に、何ちとも無くて漂はされたる船出で来たり。多くの人、兵杖[二]を帯して船に乗りて漕ぎ寄せて見れども、物に吉く酔ひたる者の様にて、逃げなむとも為ずして有りけり。早う彼の海賊なりけり。取れる所の物共失せずして有りければ、船主の云ふに随ひて、皆運び取りて主に取らせてけり。

海賊共をば、其の辺の者共有りて搦めむとしけれども、智徳乞ひ請けて、海賊共に云ひ聞かしめける様、「今より此かる犯を成す事無かれ、命を断つべしと云へども、罪障なれば。此の国には、此かる老法師有るぞ」と云ひて、追ひ逃がしてけり。船主は、喜しき[三]船

智徳の術により、海賊、放心の体にて捕えられること

一 検非違使その他、追捕の役の者。賊徒の勢いが強いときは、臨時に追捕使や警固使が選任されたから、それらの実務者を指して言っている。

二 武器を手にして。「兵杖」は武器の総称。「多くの人…乗りて」を海賊のこととし、「漕ぎ寄せて見れども」だけを挿入的に、追捕する側の行動とする考えもあるが、むしろ、「多くの人…漕ぎ寄せて見れども」の全体を、追捕の側、すなわち「其の道の人」の行動ととる方がよい。

三 船も戻り、出帆の用意もできたとありがたがり。「船儲」を「船装」の意にとる説(「大系」)もあるが、「船儲として」という語法からは不適当。「儲」「儲く」は、利益、利益があがるの意には、当時まだなっていないが、用意すること、心づもりしてもつことを意味する。「船を儲けて渡子として諸ろの往還の人を渡す態をしけり」(一三―九)という表現もある。

儲として去りにけり。此れ偏へに智徳が陰陽[四]の術を以て、海賊を謀り寄せたるなり。

然れば、智徳極めて怖しき奴にて有りけるに、晴明[五]に会ひてぞ、識神を隠されたりける。然れども、其れは其の法[六]を知らねば弊からず。此かる者播磨の国に有りけりとなむ、語り伝へたるとや。

第二十　人の妻悪霊と成り、其の害を除く陰陽師の語、

夫に去られた女、死んで怪異をなすこと

今は昔、□と云ふ者有りけり。年来棲みける妻を去り離れにけり。妻深く怨を成して歎き悲しみける程に、其の思[七]に病み付きて、月来悩みて思ひ死に[八]けり。

（年来棲みける：長年ともに暮した）（去り離れにけり：捨て去ってしまった）

其の女、父母も無く、親しき者も無かりければ、死にたりけるを取り隠し棄つる[九]事も無くて、屋の内に有りけるが、髪[一〇]も落ちずして

（死にたりけるを：死んだそのなきがらを）

四 陰陽の術の中には、「飛鳥雑決捕盗賊法」というような名称も見える。『宇治拾遺物語』三・四では、山伏が護法（一五二頁注二参照）を使って船を呼びかえす描写がある。

五 安倍氏。二四—一六参照。

六 その（式神を隠す）法を知らなかったのだから智徳の術が特にまずかったというわけではない。

七 思いつめたあまりに病気となり。

八 後の部分（次頁六行目）にあるように、「思ひ死に死ぬ」という形の方が普通であるが、この表現のような、「思ひ死ぬ」という複合語形もある（『萬葉集』六八三）。

九 現代語の「捨てる」の意ではなく、葬ること。ただし「はふる」（葬）も、語源的には「放る」と同じものである。

一〇 髪や爪が死後もぬけず、むしろ伸びるのは、死者が死後もなお生存しているしるしとされ、ヨーロッパでは吸血鬼伝説に結びついている。

本の如く付きたりけり。亦、其の骨[一]、皆次きかへりて（すっかり連なって）離れざりけり。隣の人、物の迫より（隙間から）此れを臨きて（覗いて）見けるに、恐ぢ怖るる事限無し（凍りつくほどの恐しさだった）。亦、其の家の内、常に真□（青）[二]に光る事有りけり。亦、常に物鳴り[三]（家鳴り）なんど有りければ、隣の人も恐ぢ逃げ迷ひけり（恐しさに逃げまどった）。

陰陽師の指示により、夫、妻の死骸にまたがること

而るに、其の夫、此の事を聞きて半ば死する心地して、「何にしてか（どうしたら）此の霊の難をば（たたりから）遁るべからむ（逃げられようか）。我れを怨みて思ひ死に死にたる者なれば、我れは必ず彼れに取られなむず（あれに取殺されるに違いない）」と恐ぢ怖れて、□と云ふ陰陽師の許に行きて、此の事を語りて、難を遁るべき事を（たたりからのがれる方法を）云ひければ（尋ねたが）、陰陽師の云はく、「此の事極めて遁れ難き事にこそ侍るなれ。然は有れども（とはいえ）、此く宣ふ事なり（お頼みでもあり）、構へ試みむ（ひとつ工夫してみよう）。但し其の為に極めては怖しき事なんど為る（とても恐しいことなどもすることになりますが）、其れを構へて念じ給へ（何とか辛抱なさるのですよ）」と云ひて、日の入る程に、陰陽師、彼の死人の有る家に、此の夫の男を掻具して将て行きぬ（引き連れて行った）。男、外にて聞きつるだに（人から聞いただけでさえ）頭の毛太りて[四]怖しきに、増して其の家へ行かむ（その家へ行くなどということは）、極めて怖しく堪へ難けれども（こわくてこわくてたまらなかったが）、陰陽師に偏へ（た）

一　いわゆる連骨。死後も白骨がつながっているのはその骸が尋常でないことのしるしと考えられた。捨てられた連骨の骸を埋葬して、お礼に仙術を授けられた話もあり（二―一四）、西行が高野山の奥で、死者の骨を集め連ねて人を造ったという話もある（『撰集抄』五・一五）。

二　欠字は「真青」の「青」が宛てられるはずのもの。『今昔物語集』には、応天門や豊楽院に真青に光るものの現れた怪異（二七―三三）や、安置された棺の上に真青な光の出現する怪（二七―三五）が語られており、特に後者は、「死人の、物などに成りて光るにや有らむ」と説明され、悪霊の一つの現象とされている。ヨーロッパにも「死の灯」と呼ばれる同様の伝承がある。

三　死者の霊が家鳴りの怪をなすことは、一〇―一八にも見える。祝詞『大殿祭』に「掘り堅めたる柱・桁・梁・戸・牖の錯ひ動き鳴ることなく」という祈念が書かれているように、家鳴りは忌むべきものであった。

四　毛穴の広がるような、肌に粟を生ずるような感じをいう。『今昔』の常套表現の一つである。

に身を任せて行きぬ。
見れば、実に死人の髪落ちずして、骨次きかへりて臥したり。五背に馬に乗る様に乗せつ。然て其の死人の髪を強く引かへさせ、「努努放つ事なかれ」と教へて、六物を読み懸け慎びて、「七自らが此こに来たらむまでは此くて有れ。定めて怖しき事有らむとす。其れを念じて有れ」と云ひ置きて、陰陽師は出でて去りぬ。男、為む方無く、生きたるにも非で、死人に乗りて、髪を捕へて有り。

而る間、夜に入りぬ。夜半に成りぬらむと思ふ程に、此の死人、「八穴重しや」と云ふままに、立ち走りて云はく、「其奴求めて来たらむ」と云ひて走り出でぬ。何こととも思えず遥かに行く。然れども、陰陽師の教へしままに髪を捕へて有る程に、死人九返りぬ。本の家に来て、同じ様に臥す。男、怖しなど云へば愚かなり、物も思えねども、念じて髪を放たずして、背に乗りて有るに、一〇鶏鳴きぬれば、死人音も為ず成りぬ。

死人、男を負って走り、男祟りをまぬがれること

五 死人の背に。死者に跨るという行為は、本来鎮魂の様式であったものがくずれた形であろう。『仁徳紀』に、菟道稚郎子が亡くなった時、兄大鷦鷯尊が髪を解いて屍に跨り、三度その名を呼ぶと蘇生したという。これは招魂の法であるが、この魂は、後事を遺言しておいて、再び鎮る。招魂ということは、結局、最終的な鎮魂のためになされるものなのである。

六 遺骸に対して呪文を唱えるとか、お祓いをするとかの行為を意味する。「慎ぶ」は、呪文を唱えるところ、一本に「鎮シ」とあり、後段（次頁注二参照）には「慎シテ」（一本に「鎮」）と表現されている。「慎」と「鎮」は、旁が同じだから誤写されたとも解釈できるが、「つつしぶ（む）」と「ちんず」はもともと類義語であって、「身を固め鎮じて居たりけるに…弥よ慎みて身を固め呪を誦して居たるに」（二四―四）のように、同じことが言いかえられた表現もある。

七 私がここへ戻ってくるまでは。

八 「穴」は間投詞「あな」に対する宛字。

九 ひき返した。底本「返ヌ」は、あるいはもと「返ス」とあったものの誤写であるかもしれない。そうだとすると、「返す」は『書紀』古訓などに見える副詞で、「再び」の意をもって、次の文にかかることになる。

一〇 鶏鳴によって魔が去るという信仰。二四―一四。

然る程に、夜明けぬれば、陰陽師来たりて云はく、「今夜[一]定めて怖しき事侍りつらむ、髪放たずなりぬや」と問へば、男、放たざりつる由を答ふ。其の時に、陰陽師、亦死人に物を読み懸け慎みて[二]後、「今は去来給へ」と云ひて、男を掻具して家に返りぬ。陰陽師の云はく、「今は更に怖れ給ふべからず。宣ふ事の去り難ければなり」となむ云ひける。男、泣く泣く陰陽師を拝しけり。其の後、男、敢へて事無くして久しく有りけり。

此れ近き事なるべし。其の人の孫、今に世に有り。亦、其の陰陽師の孫も、大宿直[三]と云ふ所に今に有るなりとなむ、語り伝へたるとや。

僧登照、倒るる朱雀門を相する語、第二十一

一 昨夜は。「こよひ」という語は、その日の、やがてくる夜を指す場合と、その前夜を、午前中くらいの時点において指す場合とがある。ここはその後者である。「こよひ」の「こ」が近称の指示詞であるから、両様の意味がわかれるのは当然であり、またそうであるから、実際の使用において意味がまぎれることもない。

二 底本「慎シテ」とあるのを改める。前頁注六参照。

三 主殿寮の南、梨本の北にある「大宿直」のことか。『日本紀略』三条＝長和三年（一〇一四）三月十二日の条に「大宿人家皆以焼亡」とある「人家」は、厨町の町屋（官庁に付属して庁の雑人らの詰所・宿所となる所）か。常時人が住んでいたと思われる。源頼政が大内守護ながらまだ昇殿を許されなかった頃、「大宿直なるこや」に隠れていたという（『頼政卿集』）から、この陰陽師の子孫も、陰陽のことをもって宿直の役におり、そのために大宿直に住んでいたのかも知れない。「今に有るなり」は、『今昔』執筆の時点から述べたものではなく、『今昔』の典拠となった文章にあったのを、そのまま写したものであろう。

登照、朱雀門の倒壊を予言すること

今は昔、登照[四]と云ふ僧有りけり。諸ろの人の形を見、音を聞き、翔を知りて、命[五]の長短を相し、身の貧富を教へ、官位[六]の高下を知らしむ。此くの如く相するに、敢へて違ふ事無かりければ、京中の道俗・男女、此の登照が房に集る事限無し。

而るに、登照、物へ行きけるに、朱雀門[七]の前を渡りけり。其の門の下に男女の老少の人多く居て休みけるを、登照見るに、此の門の下に有る者共、皆只今死ぬべき相有り。此れは何なる事ぞと思ひて、立ち留まりて吉く見るに、尚其の相現はなり。登照此れを思ひ廻らすに、「只今此の者共の死なむ事は何に依りてぞ。若し悪人の来たりて殺さむにても、少々[八]をこそ殺さめ、皆忽ちに死すべき様無し。恠しき態かな」と思ひ廻らすに、「若し此の門の只今倒れなむずるか。然らばぞ、打ち圧はれて忽ち皆死ぬべき」と思ひ得て、門の下に居並みたる者共に向ひて、「其れ見よ。其の門倒れぬるに、打ち圧はれて皆死なむとす。疾く出でよ」と、音を高く挙げて云ひけれ

四 一条・後一条天皇の頃の有名な相人。『二中歴』相人の項に「洞昭、一云統、一云調昭」とある他、「洞照」とも書かれる。『続古事談』には相人として「洞照」、宿曜師（一六八頁注八参照）として「登昭」を挙げる。同一人と思われるが、後者はまた『二中歴』宿曜師の項の「證昭　仁統弟子」とあるのとも本来は同一人物かも知れない。

五 東大寺蔵満の寿命（一七―一七）、院源の弟子良因の命（『古事談』）、丹波守貞嗣の迫った寿命とその原因（『続古事談』）を相し当てた話がある。

六 たとえば藤原頼通にまもなく摂籙が譲られることを、その相から判断し（『古事談』）、藤原師実が十九歳で大臣になることを言い当てた（『続古事談』）という。

七 大内裏の南面中央にある正門。ここから朱雀大路が羅城門まで南下している。

八 「少々をこそ殺さめ」の「こそ…已然形」という係り結びは、次の事柄へ逆接的につづく関係を言うことが多い。

ば、居たる者共、此れを聞きて、迷(まど)ひてはらはらと出でけり〔あわててばらばらっと飛び出した〕。登照(とうぜう)も遠く去りて立てりけるに、風も吹かず、地震(なゐ)も振はず、塵(ちり)計(ばかり)門喎(ゆが)みたる事も無きに、俄かに門〔一　急に門が傾き〕、只傾きに傾き倒れぬ〔見る見る倒れてしまった〕。然(しか)れば、急ぎ走り出でたる者共は、命を存しぬ〔命びろいをした〕。其の中に、強顔(つれな)［二］くて遅く出でける者共は、少々〔何人かは〕打ち圧(おそ)はれて死にけり。其の後、登照、人に会ひて此の事を語りければ、此れを聞く人、尚〔噂どおり〕登照が相(さう)［三］、奇異(きい)なりとぞ〔不思議だな〕讃(ほ)め感じける。

登照、笛を吹く男の寿命を知ること

亦(また)、登照が房〔僧房は〕は一条の辺(ほとり)に有りければ、春の比(ころ)、雨静かに降りける夜、其の房の前の大路を、［四］笛を吹きて渡る者有りけり〔通り過ぎる人がいた〕。登照、此れを聞きて、弟子の僧を呼びて云はく、「此の笛吹きて通る者は誰れとは知らねども、命極めて残り無き音(ね)こそ聞ゆれ〔余命が殆どない者の吹く音のように聞える〕、彼れに告げばや〔教えてやりたい〕」と云ひけれども、雨は痛(ひど)く降るに、笛吹く者只過ぎに過ぎたれば〔どんどん行ってしまったので〕、云はずして止みぬ〔何も告げずに終ってしまった〕。

明(あ)くる日は、雨止(や)みぬ。其の夕暮に、夜前(やぜん)の笛吹〔昨夜の笛吹き男〕、亦笛を吹きて

一　朱雀門は、一条＝永祚(えいそ)元年（九八九）八月十三日の、いわゆる永祚の大風のために倒れたことがある。これは保元三年（一一五八）に復旧されたが、その時の倒壊に、この説話のような事実は存しない。また、この話以外に朱雀門の倒壊を語る説話もない。ただし、羅城門はこの朱雀門と説話的に近い性格の門なのであるが（一一〇頁＊印注参照）、その羅城門には、倒れやすい門だという伝えが、その建立の時からまつわっており（『世継物語』）、円融＝天元三年（九八〇）の風に倒れた後、再建されることもなかったようである。

二　気にもとめずなかなか出てこなかった者は。

三　『続古事談』に、「洞照が相、神の如し」という評が見える。

四　この人物を『教訓抄』は、一条の青侍、秋盛と伝えている。

五　「聞ゆ」（下二段）は謙譲の補助動詞。

返りけるを、登照聞きて、「此の笛を吹きて通る者は、夜前の者にこそ有りぬれ。其れが、奇異なる事の有るなり」と云ひければ、弟子、「然にこそ侍りぬれ。何事の侍るぞ」と問ふ。登照、「彼の笛吹く者呼びて来」と云ひければ、弟子走り行きて、呼びて将て来たり。見れば、若き男なり。侍なめりと見ゆ。登照、前に呼び居ゑて云はく、「[五]其こを呼び聞えつる事は、夜前笛を吹きて過ぎ給ひしに、命今明に終りなむずる相、其の笛の音に聞えしかば、其の事告げ申さむと思ひしに、雨の痛く降りしに、只過ぎに過ぎ給ひにしかば、否告げ申さで、極めて糸惜しと思ひ聞えしに、今夜其の笛の音を聞けば、遥かに命延び給ひにけり。[六]今夜何なる勤か有りつる」と。侍の云はく、「己れ今夜指せる勤候はず。只、此の東に[七]川崎と申す所に、人の[八]普賢講行ひ候ひつる[九]伽陀に付きて、笛をぞ終夜ら吹き候ひつる」と。登照此れを聞くに、定めて、普賢講の笛を吹きて其の結縁の功徳に依りて忽ちに罪を滅して命延びにけり、と思ふに、哀れに悲し

六 昨夜どんなお勤め（修行）をなさったのですか。昨夜を「こよひ」と言うことについては、一六四頁注一参照。この場合は、夕方の時点から、その前夜を「こよひ」と言っており、かなりの時間的な距りを置いている。しかし、その会話の中で昨夜のことがまさに話題となっているという、心理的な近さの意識が、「こよひ」という語を使わせたのであろう。

七 京都の一条賀茂川西岸を河崎と言い、ここにあった河崎寺（感応寺）を指している。貞観年中（八五九～七七）、壱演（慈済）が建立。本尊は聖観音で、後に清和院に移されて、河崎観音と呼ばれた。『教訓抄』では、この普賢講の行われた所を革堂とする。革堂 行願寺は、もと一条北町尻にあって（現在は寺町丸太町下る）河崎寺に近かったし、さらにその訓みも、カウサキに対してカウドウであったから、伝承のうちに混同されたものであろう。『太平記』六には、楠正成の挙兵に対して上洛してきた関東の大軍が、「賀茂」「北野」「革堂」「河崎」に分宿したとして、「革堂」と「河崎」が並べ挙げられている。

八 普賢菩薩の功徳を讃え、普賢経を講説する法会。普賢は慈悲を司り、また延命の功徳をもつ（その行法を普賢延命法という）。そのために、このように定命の延びる説話にも語られるのである。

九 「頌」ともいう。諷吟するように作られた韻文の教説。経文の段落の終りに、結びとしてついているものを指すことが多い。

くて、泣く泣くなむ男を礼みける。侍も喜び貴びて返りにけり。
此れ[一]近き事なり。此かる新たに（あらたかで）微妙き相人なむ有りけるとなむ、語り伝へたるとや。

俊平入道の弟、算の術を習ふ語、第二十二

今は昔、[二]丹後前司高階俊平朝臣と云ふ者有りき。後には法師に成りて、[三]丹後入道とて有りし（と称していた）。[四]其の弟に、官も無くて只有る者有りけり（官職もなく ぶらぶらしている者があった）。名をば□。

其れが閑院の[五]実成の帥の[六]共に（お供で）[七]鎮西に下りて有りける程に、近く渡りたりける（その頃渡って来た）唐人の、身の才賢き有りけり（なかなかの〔算の〕名人がいた）。其の唐人に会ひて□、[八]「算置く事を習はむ」と云ひければ、初めは心にも入れで（気にもかけないで）、更に（全然）教へざりけるを、片端少し算を置かせて（ためしに少しばかり算を置かせてみて）、唐人此れを見て、「汝は極

一「近き事なり」とは、『今昔物語集』の典拠となった文献（未詳）にすでにあった表現であろう。
二 助順の子。「信平」（『尊卑分脈』『高階系図』）とも「俊平」（『宇治拾遺物語』『勅撰作者部類』『和歌色葉』）とも伝える。丹後守、従四位下。出家して信寂と呼ばれる。『後拾遺集』の歌人。「前司」は前の国司のこと。
三『和歌色葉』にも「丹後入道信寂」とある。
四 系図には見えない。
五 藤原公季の長男。太宰権帥・中納言、正二位。閑院（二条南、西洞院西）は公季から伝領の邸で、公季流の藤原氏を「閑院」と呼ぶ。実成は、閑院の帥と呼ばれている。

高階俊平の弟、唐人に算の術を習うこと

六 長元六年（一〇三三）十二月、実成は中納言正二位で太宰権帥を兼任した（五十九歳）。長暦元年（一〇三七）には、安楽寺の事件（一七〇頁注一参照）によって権帥を止められている。
七 九州のこと。一三五頁注一一参照。
八 算の置き方を習いたい。「算」は算術・計算のことではなく、算木を置いて吉凶その他を占う法。『鶴岡放生会職人歌合』に、宿曜師（星による運勢判断を行う者）と対にされている「算道」はもちろん右の占い師である。

じく算置きつべき者なりけり〔将来大した算置きになれるだろう〕。日本に有りては〔日本にいたのでは〕何にかはせむ〔どうなるものでもない〕と為る。日本は、算の道賢からざる所なめり〔算道では大したことのない所のようだ〕。然れば、『我れに具して〔私に従って〕宋[九]に渡らむ』と云はば〔に渡ろうという気があるのなら〕、速かに教へむ〔すぐに教えて進ぜよう〕」と云ひければ、□、「吉く教へて、其の道に賢くだに成るべくは〔その道の達人になれさえするのでしたら〕、云ふにこそは随はめ〔仰せのとおりにいたしましょう〕。宋に渡りても用ゐられて有るべくは〔重用されるというのなら〕、日本に有りても〔こんな状態で日本にいても〕何にかはせむ〔しかたがありません〕。云はむに随ひて具し渡りなむ」と事吉く云ひければ〔言葉巧みに言ったので〕、唐人其の言に靡きて〔その言葉に引かれて〕、算を心に入れて〔親身になって〕教へけるに、[一〇]一事を聞きて十事を悟る様なりければ、唐人も、「我が国に算置く者多かりと云へども、汝許此の道に心得たる者無し。然れば、必ず我れに具して〔私について〕宋に渡れ」と云ひければ、□も、「然なり〔勿論です〕。云はむに随はむ〔おっしゃるとおりにしましょう〕」とぞ云ひける。

〔(唐人)〕「此の算の術には、病人を置きて〔病人に算をおいて〕[一一]喩むる術も〔直す方法も〕有り。亦、病を為ぬ人なりと云へども、妬し、憾しと思ふ者をば忽ちに置き失ふ術もあり〔算を置いて殺してしまう術もある〕。[一三]事として此の算の術に離れたる事無し〔どんなことでもこの算の術でできぬものはない〕。然れば、更に此くの如きの事共を惜しみ隠さずして、皆汝に伝へてむ」と、「其れに尚〔だからやはり〕、我れ

九 この話の当時は、北宋の仁宗の頃にあたる。『宇治拾遺』に「唐」と表現しているのは、中国を指しての汎称で、『今昔』で「唐人」と言っているのに等しい。

一〇「回也、一を聞きて以て十を知る」（『論語』公冶長第五）による。子貢が顔回をほめて言った言葉。

一一「愈ヤム」（『字類抄』）。「喩」は「愈」の増画字。『宇治拾遺』にも「置きやむる術」とある。

一三『続古事談』六には、三善清行が算によって菅原道真の配流を予知したと言い、『口遊』には、生れてくる子の性別を知らせる法、病者の安危や人の生死を知る法を挙げている。『吾妻鏡』正治二年（一二〇〇）十二月三日には、大輔房源性という者が松島の僧と「隠形の算」を競っているが、これは幻術のようである。『言継卿記』では、声聞師（下級の陰陽師）に算を置かせて、病名を占ったり死穢を払ったりしている。また、狂言『居杭』に登場する算置は、失物をあてたり、待人を判断したりするのが算の得意であると言っている。

に具して宋に渡らむと、誓言を立てよ〔誓約をせよ〕」と云ひければ、□実には〔本気で行こうとは思わなかったが〕思はずとも、此れを習ひ取らむと思ふ心にて〔算の術を何とか習得したいばかりに〕、少し許は立てけり〔誓言をたてた〕。然れども、尚〔（唐人）〕、「人を置きて殺す術をば、宋に渡らむ時に船にして〔船の中で〕伝へむ」と云ひて、異事共をば吉く教へてけり〔それ以外のことはよく教えてくれた〕。

而る間、帥、[一]安楽寺の愁に依りて〔愁訴によって〕、[二]俄かに事有りて〔急用ができて〕京に上りけるに、其の共に上りける〔お供をして〕を、唐人強く留めけれども、「何でか、年来の君の此の事有りて〔こんな重大事が起って〕俄かに上り給はむに〔上京なさる折りに〕、送らずして留まらむ。其の事を受けて違はじと思ふも〔あなたと約束してたがえまいと思っていることも〕、主の此く騒ぎて上り給ふ[三]送せむと云ふにてこそ〔その誠実さで〕、我が事否違ふまじきなりけりとは思ひ知らめ〔約束を破ったりしない者だとわかって戴けるでしょう〕」と[四]□〔（すかし）〕ければ、唐人、現にと思ひて〔もっともだと思って〕、「然らば必ず返り来たれ。今明にても宋に渡りなむと思ふに〔思っていたが〕、汝が来たらむを待ちて、具して渡らむ」と云ひければ、深く其の契を成して、□帥の共に〔帥と一緒に〕京に上りにけり。

世の中冷じき時には〔世の中が面白くない時は〕、[五]和ら宋に渡りなまし〔そのまま宋に渡ってしまいたい〕と思ひけれども、京に

一 太宰府天満宮のこと。菅原道真を葬送するとき、牛車が安楽寺の地で動かなくなり、そこを墓所としたと伝える。延喜五年（九〇五）、味酒安行という者が神託によって殿舎を建て、天満大自在天神と号した（『菅家御伝記』『北野天神縁起』）。初めは太宰帥が天満宮の別当を兼ねていたが（『筑紫国風土記』）、天暦・天徳の頃から菅原氏が別当となり、また寺司をも補した（『最鎮記文』）。実成の事件は、安楽寺が太宰府の支配を嫌って起ったことで、三月の安楽寺曲水宴のとき、実成側と安楽院が闘乱し、長暦元年（一〇三七）十月、寺の訴えによって実成が権帥を免官され、また二年二月、故殺死罪で中納言を除かれたことを指す。実成の郎党源致親は、寺の物を捜し取った強盗罪に問われ、隠岐へ流された。寺が宋商と私貿易を行っていたのを、太宰府が探索したのではないかという見解（片山直義氏）がある。

二 訴訟がもちあがったのである。

三 たとえばお供をしてゆこうというような、私の誠意によってこそ。

四 『宇治拾遺』に「すかしければ」。誑く、あるいは言いつくろう意。漢字を宛てようとして果さなかった欠字であろう。

五 ものの状態としては「静かに」の意、関係としては「そのまま」の意の副詞。ここは後者。

上りにければ、知りたる人々などに云ひ止められ、兄の俊平入道も聞きて強ちに制しければ、鎮西へだにも（九州へさえも）行かず成りけり。彼の唐人は、暫くは待ちける程に、音も無ければ（音沙汰もないので）、態と使を以て文を遣して（わざわざ使いを立て手紙を送って）恨み云ひけれども、「年老いたる祖の有るが、今明とも知らねば、其れが成らむ様（その成りゆきを）見畢てて行かむ（見届けて行きましょう）」と云ひ返して（と返事をやっておき）、行かで止みにけり（行かずじまいになった）。唐人暫くこそ待ちけれども、来ざりければ、謀りつるなりけり（さてはだましおったな）と思ひて、吉く咀ひてなむ宋に返り渡りにける。

初めは極じく賢かりける者の（調子のよかった者が）、彼の唐人に咀はれて後には、極めて六旄れて（ぼけて）、物も思えぬ様にてぞ有りける（何もわからぬ者のようになってしまった）。然れば、侘びて（おちぶれて）法師に成りにけり。入道君と云ひて、旄らひたる（ぼけてしまい）者の指せる事無きにて（何の取柄もない者になって）、兄の俊平入道が許と山寺とに、行き通ひてぞ有りける。

而る間、俊平入道が許にして、女房共数た有りて七庚申しける夜、此の入道は旄らひて（この入道君はぼんやりと）片角に居たりけるを、夜深更くるままに女房共寝ぶたがりて、中に誇りたる女房の（とりわけさし出て振舞う女房が）云はく、「入道君、此かる人は

六　底本「旄キ」とあるのを、「旄テ」の誤写と考える。「旄」は旗、あるいは牛尾の意であるが、「耄・蒙」に通じ、頭がぼけること。次行の「旄らひたる者」にもあわせて、ホレテとよむ。「耄 ホル、ホレタリ」（『字類抄』）、「蒙 ホレタリ」（『名義抄』）。

七　庚申待。道教から起った祭事。人間の体には三尸、すなわち上尸（彭候子または彭琚）・中尸（彭質子または彭常子）・下尸（彭嬌子または長命子）という虫がいて、欲望や老病を支配し、また、その人の平素の行動や思惟を監視している。庚申の夜に三尸は昇天して天帝にこれを報告する。ゆえにその夜は徹して三尸を祭り、誦を唱え、三尸の昇天を妨げ、あるいは、眠らずにいて、三尸の天下って体に入るのを防ぐ。これを庚申待という。この行事は日本でも奈良朝から行われ、この夜に宴飲や歌会がよく催された。後には礼拝の対象も青面金剛・阿弥陀・山王権現・猿田彦が加わり、さらには、この夜に男女が交わると、生れた子は盗人になるという俗信も生れてゆく。このような席の咄し手には、しばしば、痴れた人間、またそれをよそおう人間がいて、ありそうにない話や誇張された話、軽口話や滑稽譚を語った。中世以後、おとぎの者、おとぎ坊主などと呼ばれてゆく。また、庚申の夜話は鶏が鳴くまで止めるなというような諺が、現在でも諸地方にある。

庚申の夜、入道の君、人を算によって笑い責めに責めること

可咲しき物語など為る者ぞかし。人々咲ひぬべからむ物語し給へ。咲ひて目覚まさむ」と云ひければ、入道、「己れは一口づつに侍れば、人の咲ひ給ふ計の物語も知り侍らず。然は有りとも、咲はむとだに有らば咲はし奉らむかし」と云ひければ、女房は、「二否為じ。只三咲はかさむと有るは、四猿楽をし給ふか。其れは物語にも増さる事にてこそ有らめ」と云ひて咲ひければ、入道、「然も侍らず。只咲はかし奉らむと思ふ事の侍るなり」と云ひければ、女房、「此は何事ぞ。然らば疾く咲はかし給へ。五何ならむ、何ならむ」と責めければ、入道立ち走りて、物を引き提げて持て来たり。

見れば六算をはらはらと出だせば、女房共此れを見て、「此れが可咲しき事にて有るか、去来然らば咲はむ」と嘲るに、入道答も為ずして、算をさらさらと置き居たり。置き畢てて、広さ七八分許の算の有りけるを、手に捧げて、入道、「御前達、七然は咲ひ給はじや。咲はかし奉らむ」と云ひければ、女房、「其この算提げ給へるこそ、

一 「口づつ」の「つつ」は、「つつふ（凝）」「つつむ（約）」「つつし（約）」などに共通の語。
二 まさか、ようなさらぬでしょう。
三 「咲はさむ」に同じ。「散らす―散らかす」と同じ関係で、「す」を「かす」に置き換えた形。
四 滑稽な所作。ここに言うのは、やがて能楽へ展開してゆく芸能としての猿楽ではなくて、たとえば内侍所御神楽に、庭火の前で才男が演じたような、やや即興的で滑稽な所作事をいう。『宇治拾遺』五・五参照。
五 一本「何ニ何ニ」、『宇治拾遺』には「いづらいづら」とある。ともに相手をうながす言葉。
六 ここの「算」は、算を置くときに用いる方柱状の木。十二行目に「広さ七八分許」とある。
七 『宇治拾遺』には「さは、いたく笑ひ給ひてわびたまふなよ」とある。

咲しからめ[八]」など云ひ合ひたりけるに、其の算を置くと見ければ、女房共皆ゑつぼに入りにけり。痛く咲ひて、止まらむと為れども止まず。腹の切るる様にて、死ぬべく思ひければ、咲ひ乍ら涙を流す者も有りけり。

為べき方無くて、入道に向ひて、ゑつぼに入りたる者共の、物をば云はずして手を摺りければ、入道、「然ればこそ申しつれ。今は咲ひ飽き給ひぬらむ」と云ひければ、女房共□[九]て、臥し返り咲ひ乍ら手を摺りければ、吉く侘びしめて後に、置きたる算をさらさらと押し壊ちたりければ、皆咲ひ醒めにけり。「今暫くだに有らましかば、皆死なまし。未だ此く計堪へ難き事こそ無かりつれ」とぞ、女房共云ひける。咲ひ極じて、集り臥してぞ、病む様に有りける。

然れば、人を置き殺し置き生くる術も有りと云ひけるを、伝へ習ひたらましかば極じからましとぞ、聞く人皆云ひける。此く算の道は極めて怖しき事にて有るなりとぞ、人語りしとなむ語り伝へたる

八『今昔』では、「をかし」は通常「可咲」と表記される。

九『宇治拾遺』に「うなづきさわぎて」とある。

とや。

源博雅朝臣、会坂の盲の許に行く語、第二十三

今は昔、源博雅朝臣と云ふ人有りけり。延喜（醍醐天皇の）の御子の兵部卿の親王と申す人の子なり。万の事止事無かりける中にも（何事につけても優れていたが）、管絃の道になむ（ことに）、極めたりける。琵琶をも微妙に弾きけり。笛をも艶ず吹きけり。此の人、村上の御時に、□の殿上人にて有りける。

其の時に、会坂の関（逢坂の関）に一人の盲、庵を造りて住みけり。名をば蝉丸とぞ云ひける。此れは、敦実と申しける式部卿の宮の雑色にてなむ有りける。其の宮は宇多法皇の御子にて、管絃の道に極まりける人なり。年来琵琶を弾き給ひけるを常に聞きて、蝉丸、琵琶をなむ微妙に弾く（見事に弾くようになった）。

博雅三位、夜ごと蝉丸のもとへ通うこと

一 克明親王の子、母は藤原時平の女。『二中歴』管絃人の項に「博雅三位」とあり、音楽家として有名。非参議、従三位。
二 名は克明。三品。『一代要記』には式部卿とする。この人も音楽家として有名。
三 しかし実務については、たとえば道長に、「天下懈怠白物也」と評されたりしている（『小右記』）。
四 琵琶・横笛・大篳篥の名手（『懐竹抄』）。生れた時、天に音楽が流れ（『古今著聞集』）、敦実親王と確執があった時は押し寄せてきた親王方の従者を、大篳篥によって感動させ（『続教訓抄』）、生前に万秋楽と盤渉調を愛したので、都率の外院（天衆が遊楽する天）に往生した（『古事談』）など、音楽説話が多い。
五 博雅は楽所預、源修の弟子（『琵琶血脈』）。
六 彼が横笛を吹くときは、その音色によって鬼瓦が落ちたともいう（『古事談』）。
七 村上朝には従四位であった。欠字は官位を入れようとしたものか。
八 山城・近江の国境で、ここを出ると東路が始まる。
九 伝説的な琵琶の名手。『無名抄』などでは「蝉歌の翁」と呼ばれており、「蝉丸」とは本来、蝉歌とか蝉声の歌とかに関係のある名とされている。後、逢坂の関明神と祀られ、盲目芸能者の神として信仰された。
一〇 宇多天皇第八皇子。音楽家として有名。出家して

而(しか)る間、此の博雅、此の道を強(あなが)ちに好み(一途に執心して)て求めけるに、彼(か)の会坂(あふさか)の関の盲(盲人が)、琵琶の上手なる由(よし)を聞きて、彼(か)の琵琶を極(ひど)めて(く)聞かま欲しく思ひけれども、盲(めしひ)の家異様なれば(一二 あまりに見苦しかったので)、行かずして(直接訪れはしないで)、人を以て内々(うちうち)に蟬丸に云はせける様(やう)(こう言わせた)、「何(な)ど思ひ懸けぬ所には住むぞ(どうしてそんな思いもよらぬ所に住んでいるのか)。京に来ても住めかし」と。盲、此れを聞きて、其の答をば為(せ)ずして云はく、

一三 世の中はとてもかくてもすごしてむ
みやもわらやもはてしなければ

と。使返りて此の由(よし)を語りければ、博雅此れを聞きて極(いみ)じく心憾(にく)く(奥ゆかしく思われて)思えて、心に思ふ様(やう)、「我れ、強(あなが)ちに此の道を好むに依りて、必ず此の盲(めしひ)に会はむと思ふ心深く、其れに盲、命有らむ事も難し(いつまでも生きているわけではない)。亦、我れも命を知らず(自分もまたいつ死ぬかわからない)。琵琶に流泉(一四 りうせん)・啄木(一五 たくぼく)と云ふ曲有り。此れは(これらの曲はやがて)世に絶えぬべき事なり(この世から絶えてしまうだろう)。只此の盲(一六)のみこそ此れを知りたるなれ。構へて(何とかして)此

仁和寺宮(にんなじのみや)と呼ばれる。
一一 諸司・諸国・諸家に属して、雑役をつとめる下職。蟬丸を雑色(ぞうしき)とするものは、他に『東斎随筆』があるが、『平家物語』や『源平盛衰記』、謡曲『蟬丸』などの説話では、醍醐天皇第四皇子としている。
一二 『古本説話集』には「あやしの草のいほりをつくりて、藁(わら)といふものかけてしつらひたりけるを」とある。
一三 〈この世はどのようにすごそうと所詮同じこと　宮殿といい藁屋といっても　いつまでもそこに住みおおすわけにはゆかぬのだから〉第三句は「すぐしてむ」、「ありぬべし」、「おなじこと」とも伝えられ、また、『古本説話集』『俊頼髄脳』の話では博雅が登場しない。『今昔物語集』とは伝承の系統の異るものが多くあったようである。
一四 「石上流泉」の略。「啄木」「楊真操(ようしんそう)」とともに胡(こ)渭洲(いしゅう)の三曲と呼ばれる琵琶の秘曲。漢の武帝が神仙を求めたとき都率(とそつ)内院の聖衆が来てこの曲を調べ、龍王が南庭の泉に隠れて聴聞し、ために泉があふれ流れたという（『源平盛衰記』）。
一五 中国の商山(しょうざん)に仙人が集ってこの曲を弾いたとき、山の神が虫に身をかえ、木を啄(ついば)むようにもてなして聴聞したと伝える。これを調べる時は天から花・甘露が降るという（『源平盛衰記』）。
一六 『源平盛衰記』には、「流泉」は、醍醐第四皇子である蟬丸が天人から伝えられて秘蔵していたという。

れが弾くを聞かむ」と思ひて、夜、彼（か）の会坂（あふさか）の関に行きにけり。然（しか）れども、蝉丸其の後三年[一]の間、夜々（よなよな）会坂の盲（めしひ）が庵（いほり）の辺（ほとり）に行きて、其の曲を今や弾く〔もう弾くか〕、今や弾くと〔もう弾くかと〕竊（ひそ）かに立ち聞きけれども、更に弾かざりけるに、三年といふ〔三年目の〕八月の十五日[二]の夜、月少し上陰（うはくも）[三]りて風少し打吹きたりけるに、博雅、「哀（あは）れ〔ああ〕今夜（こよひ）は興有るか〔興の深いことよ〕。会坂（あふさか）の盲（めしひ）、今夜こそ流泉（りうせん）・啄木（たくぼく）は弾くらめ〔弾いているだろう〕」と思ひて、会坂に行きて立ち聞きけるに、盲、琵琶を掻（か）き鳴（な）らして物哀れに思へる〔しみじみした思いにひたっている様子である〕気色なり。

蝉丸、博雅の訪れをよろこび琵琶の秘曲をつたえること

博雅此れを極めて喜（うれ）しく思ひて聞く程に、盲、独り心を遣りて〔心を慰めるため歌を〕詠じて〔詠んで〕云はく、

[四]あふさかのせきのあらしのはげしきに
しひてぞゐたるよをすごすとて

一　諸書に「三年」とあるが、『世継物語』では「百夜（ももよ）」とする。深草少将が小野小町に通ったように、百夜もまた聖なる約束の期間である。

二　『江談抄』も八月十五日の夜とするが、十月二十日頃（『和歌童蒙抄』）、九月ばかり（『世継』）とするものもある。村上天皇が玄象（げんじょう）を弾いて琵琶の名人廉（れん）承武（しょうぶ）の霊に逢ったのも八月十五夜とされている。

三　高曇りの状態をいうか。「をろをろくもりたるに風少し吹」（『江談抄』）。

四　〈逢坂の関吹く嵐のこの烈しさに耐え―盲（めし）いつつ私は日々に耐えている　この世をすごすそのことのために〉第五句、『続古今集』雑中に「よをすぎむとて」とある。「しひて」は「強ひて」「盲（し）ひて」の懸詞。

とて琵琶を鳴らすに、博雅これを聞きて、涙を流して哀れと思ふ事限無し。盲、独言に云はく、「哀れ、興有る夜かな（興の深い夜だなあ）。若し我れに非ず（五 自分以外に）□者や世に有らむ（あわれを解する人はいないか）。今夜、心得たらむ人の来たれかし（音楽の道に通じた人が来てくれたら）。物語せむ（共に語ろうものを）」と云ふを、博雅聞きて、音を出だして、「王城に有る博雅と云ふ者こそ此こに来たりたれ」と云ひければ、盲の云はく、「此く申すは誰れにか御坐す」と。六 博雅の云はく、「我れは然々の人なり（しかじかの者です）。強ちに此の道を好むに依りて、この三年、此の庵の辺に来つるに、幸ひに今夜汝に会ひぬ」。盲此れを聞きて喜ぶ。其の時に博雅も喜び乍ら庵の内に入りて、互ひに物語などして、博雅、「流泉・啄木の手（曲を）を聞かむ」と云ふ。盲、「七 故宮は此くなむ弾き給ひし」とて、件の手（例の曲を）を博雅に伝へ（八 教えた）しめてける。博雅、九 琵琶を具せざりければ（持って来ていなかったので）、只口伝を以て（口伝えで）此れを習ひて、返す返す喜びけり。暁に返りにけり。

一〇 此れを思ふに、諸ろの道は（すべて芸の道は）、只此くの如く好むべきなり（執心すべきである）。其れに（ところが）、近代は（近ごろは）実に然らず。然れば、末代には諸道の達者（達人）は少きなり。実に

五『江談抄』に「我ならずすき者夜（ママ）世間にあらなむ」とあり、底本は「ス」に「ヌ一本」と記する。欠字は「すき（好）」が宛てられる。

六 そうおっしゃるのはどなたでいらっしゃいますか。「申す」は「言う」の謙譲語であるのが本来であるが、ここでは尊敬の意に用いている。

七 亡くなられた式部卿の宮。敦実のこと。敦実は康保四年（九六七）に亡くなっており、仮にこの「故」とする表現に従うならば、この時博雅は五十一歳以上ということになる（五十三歳のときに従三位となる）。『世継』では、博雅幼時のこととする。

八『江談抄』に「遺レ心令レ伝二件曲一云々」とある。

九『江談抄』に「博雅依レ不レ随二身琵琶一、只譜伝請帰云々」とある。

一〇 以下、『江談抄』に、「諸道之好者、只可レ如レ此也。近代作法誠以不レ可レ有。さればこそ上手は諸道にあれ、近代に無事也。誠以あはれなりと…」とあるのに対応する。

此れ哀れなる事なりかし（情けないことである）。蟬丸、賤しき者なりと云へども、年来宮の弾き給ひける琵琶を聞き、此く極めたる上手にて有りけるなり（このように無双の名人になったのである）。其れが一盲に成りにければ、会坂には居たるなりけり。二其れより後、盲琵琶は世に始まるなりとなむ、語り伝へたるとや。

玄象の琵琶、鬼の為に取らるる語、第二十四

琵琶玄象、俄かに失せること

今は昔、三村上天皇の御代に、四玄象と云ふ琵琶俄かに失せにけり。此れは五世の伝はり物にて（皇室伝来の宝物であって）、極じき六公財にて有るを、此く失せぬれば、天皇極めて歎かせ給ひて、「此かる止事無き伝はり物の、我が代にして失せぬる事」と思ひ歎かせ給ふも理なり。此れは人の盗みたるにや有らむ。但し、人盗み取らば持つべき様無き事なれば（隠しおおせる方法もないことだから）、天皇（天皇）を吉からず思ひ奉る者（悪意を抱く者が）世に有りて、取りて損じ失ひたるなめり（こわしてしまったのであろう）、

一 蟬丸を逢坂の関明神の祭神とする伝説もあるが（『無名抄』）、逆に、関明神を、琵琶を弾く盲僧の一群が本拠にしていたとも考えられる。この表現は盲僧と逢坂の深い結びつきを暗示する。盲僧たちは、たとえば逢坂のような国々の境に住み、地神の鎮めをしていたのである（柳田国男氏説）。また、蟬丸を山科の四宮河原に住んでいたと伝えるものもあるが（『平家物語』『源平盛衰記』『義経記』）、これは人康親王（山科宮）が琵琶法師の祖とされる伝承との混同であろう。

二 『東斎随筆』も同じように記す。蟬丸が琵琶法師の祖、あるいは神として信仰された事実に対応する。

三 村上天皇の時に玄象が失せたという伝承は『今昔物語集』のみ。『糸竹口伝』には一条天皇の寛弘の頃とする。村上天皇は文徳天皇と並んで管絃の後主と呼ばれ（『文机談』）、箏・笙・琵琶・笛・篳篥に通じていたというから、説話的には玄象とも結びつきやすかったのであろう。一七六頁注二参照。

四 「玄上」とも。唐の琵琶師劉二郎の作（『十訓抄』）、紫檀の甲で継ぎ目がなく（『禁秘抄』『胡琴教録』）、その名は撥面に黒い象を描くからとも、玄上宰相（醍醐朝の藤原玄上）の所持であったからともいう（『吉野吉水院楽書』『糸竹口伝』『教訓抄』）。

五 仁明天皇の時、遣唐使藤原貞敏が、琵琶青山とともに廉承武から譲られたと伝え、醍醐天皇以後代々の御物となった（『江談抄』『二中歴』）。

六 常に清涼殿の御厨子に置かれていた（『禁秘抄』）。
七 一七四頁注一参照。博雅が玄象の探索に登場するのは『今昔』だけである。
八 天皇の常の御殿。紫宸殿の西にある。
九 「襴」は「直衣」で、貴族の平服。
＊ なぜ博雅は直衣姿でこの説話に登場するのであろう。〔玄象と直衣姿の人〕
一〇 殿上の間に奉仕する童。
一一 衛門府の侍の詰所。この場合、右衛門の陣が置かれていた宜秋門（内裏外郭門の一つで、西側中央にある）を出て、真言院沿いに南下するのである。
一二 朱雀大路は朱雀門から羅城門に通じる。
一三 たかどの。朱雀大路を南下すると左右に奨学院・朱雀院・西宮（九六九年焼亡）などがあり、それらのどれかに属する楼かとも思えるが、あるいは鴻臚館（外国使節接待の官館）を想定できないか。もとそれは羅城門の左右にあったが、西寺造営（弘仁の頃）の際七条に移された。延喜二十年頃までは渤海使を迎えてその機能を果していたが、やがて荒廃した。荒廃した官館に、名器の琵琶を抱いて盗人がひそむという想像が許されるかもしれない。
一四 『胡琴教録』も羅城門の鬼が盗んだと伝えるが、普通は朱雀門の鬼のしわざとする（『江談抄』『古今著聞集』）。

博雅、玄象の音をたずねて羅城門に至ること

博雅のために、鬼玄象をかえすこと

とぞ疑はれける。

　而る間、[七]源博雅と云ふ人、殿上人にて有り。此の人、管絃の道極めたる人にて、此の玄象の失せたる事を思ひ歎きける程に、人皆静かなる後に、博雅、[八]清涼殿にして聞きけるに、南の方に当りて彼の玄象を弾く音有り。極めて恠しく思へば、若し僻耳かと思ひて吉く聞くに、正しく玄象の音なり。博雅此れを聞き誤るべき事に非ねば、返す返す驚き恠しんで、人にも告げずして、[九]襴姿にて只一人、沓計を履きて、[一〇]小舎人童一人を具して、[一一]衛門の陣を出でて南様に行くに、尚南に此の音有り。近きにこそ有りけれと思ひて行くに、[一二]朱雀門に至りぬ。尚同じ様に南に聞ゆ。然れば朱雀の大路を南に向ひて行く。心に思はく、「此れは玄象を人の盗みて、□[一三]楼観にして蜜かに弾くにこそ有りぬれ」と思ひて、急ぎ行きて楼観に至り着きて、聞くに、尚南に糸近く聞ゆ。然れば尚南に行くに、既に[一四]羅城門に至りぬ。門の下に立ちて聞くに、門の上の層に玄象を弾くなりけり。博雅

此れを聞くに奇異しく思ひて（不思議に思って）、「此れは人の弾くには非ず。定めて鬼など（鬼か何ぞが）の弾くにこそは有らめ」と思ふ程に、弾き止みぬ。暫く有りて亦弾く。其の時に博雅の云はく、「此れは誰が弾き給ふぞ。玄象日来失せて（この間から見えず）、天皇求め尋ねさせ給ふ間、今夜清涼殿にして聞くに、南の方に此の音有り。仍つて尋ね来たれるなり」と。其の時に、弾き止みて、天井より下るる物有り。怖しくて立ち去きて見れば、玄象に縄を付けて[一]下したり。然れば博雅、恐れ乍ら此れを取りて、内（内裏）に返り参りて此の由を奏して（申し上げて）、玄象を奉りたりければ、天皇極じく感ぜさせ給ひて、「鬼の取りたりけるなり（鬼が取っていたのだな）」となむ仰せられける。此れを聞く人、皆博雅[二]をなむ讃めける。

其の玄象、今に公財として、世の伝はり物にて内に（内裏に）有り。此の玄象は、生きたる者の様にぞ有る。弊く[三]弾きて弾き負せざれば（弾きこなせないと）、腹立ちて鳴らぬなり。亦、塵[四]居て巾はざる時にも、腹立ちて鳴らぬなり。其の気色現はにぞ見ゆなり。或る時には、内裏[五]に焼亡有るにも、

一 『今昔』の叙述は諸書とかなり異るが、玄象のくびに縄をつけて門上から下したという描写は、『江談抄』『二中歴』『十訓抄』などに共通する。

二 博雅が玄象の探索に登場するのは『今昔』のみであって、諸書は、修法を十四日間積んで取り戻したと伝える。ただし、博雅には別に、朱雀門の鬼から名笛葉二を与えられたという話がある（『十訓抄』）。

三 太宰大弐資通が弾いて鳴らなかった時、その父済政は「玄象こそ腹立ちにけれ」と批評している（『十訓抄』『糸竹口伝』）。未熟な者が弾いても鳴らぬことは、他に『胡琴教録』にも記されている。

四 塵を拭き清めないと鳴らぬという話は他書に見あたらないが、不浄あるいは不敬に扱ってはいけないという注意は、『禁秘抄』『糸竹口伝』に見える。

五 内裏に火事があったときも。このこと、『禁秘抄』『十訓抄』『糸竹口伝』『胡琴教録』にも見える。

＊ 内裏焼亡のとき玄象がひとりで火を遁れた話は、内侍所神鏡の話とよく似ている。〔内裏焼亡と玄象〕

人取り出だすと云へども、玄象自然ら出でて庭に有り。此れ奇異の事共なりとなむ、語り伝へたるとや。

三善清行の宰相、紀長谷雄と口論する語、第二十五

今は昔、延喜の御時（醍醐天皇の御世に）に、参議[六]三善清行と云ふ人有り。其の時に、[七]紀長谷雄の中納言、[八]秀才にて有りけるに、清行の[九]宰相と聊かに口論有りけり。清行の宰相、長谷雄を云はく（長谷雄を称して言うには）、「[一〇]無才の博士は（学才のない博士などは）、古より今に至るまで世に無し。但し、和主の時に始まるなり（おぬしが最初だ）」と。長谷雄、此れを聞くと云へども、更に（一言も）答ふる事無かりけり。此れを聞く人思はく、「然許止事無き（すぐれた）学生（学者）なる長谷雄を然云ひけむは、清行の宰相、事の外の者にこそ有りけれ（よほどの人物に違いない）」とぞ讃め感じける。況や（まして）長谷雄答ふる事無かりければ、理と思ひけるにや（もっともだと思ったのであろうか）。

六 醍醐朝の学者・詩人。陰陽道にも通じていた（一七―三二）。『革命勘文』をあらわして辛酉や甲子の年に元号を改める例（これらの年には変事が起ると考えられた。それを避けるために改元するのであって、それを革命改元という）をひらき、『意見封事十二箇条』によって政治の改革を説いた。菅原道真とは対立的であった。文章博士・大学頭・参議、従四位上。

七 一一〇頁注一参照。中納言は最終官職で、延喜十一年（九一一、死の前年）に任ぜられている。

八 文章得業生のこと。もとは「秀才」「進士」二科の登庸試の直接受験候補者のこと。このことからやがて、「秀才」が文章得業生の異称となり、「進士」が文章生を指すようになった。文章得業生は、文章生二十名中より二名選ばれ、地方下級官吏を兼ねることができ、数年のうちに方略の策（国家政策論の論文）に及第すれば、文官となる道があった。長谷雄は元慶三年（八七九）に得業生となっている。

三善清行、紀長谷雄をけなすこと

九 「参議」の唐名。清行は延喜十七年（九一七）に参議となる。ここは、清行を最終官職で呼んでいる。

一〇 ここでは「博士」の語を、広義に、学者というほどの意に用いているか。あるいは、やがて長谷雄が文章博士ともなることを、清行が見越した発言とも考えられる。道真の愛弟子である長谷雄に、清行の反撥があったと思われる。

孝言の批評のこと

其の時に亦、□（惟宗）の孝言[一]と云ふ大外記[二]有りけり。止事無かりける学生なり。彼の口論の事を聞きて云ひけるは、「龍の咋ひ合ひは、咋ひ臥せられたりと云へども弊からず。他の獣は寄り付かぬ事なり」とぞ云ひける。此れは、「長谷雄、清行の宰相にこそ此く云はれめ、他の学生は思ひ懸くらむや」と云ふ心なるべし。此れを聞く人、「現に然る事なり」となむ云ひける。然れば長谷雄、実に止事無き博士なれども、尚清行の宰相には劣りたるにこそ。

長谷雄、大納言を望み、長谷観音の示現あること

其の後、長谷雄、中納言まで成り上りて有りけるに、大納言[三]の闕有るに依りて、此れを望むとて、長谷[四]に詣でて観音に祈り申しけるに、夜の夢に、示して宣はく、「汝、文章の人たるに依りて、他の国へ遣すべきなり」と見て、夢覚めぬ。何なる示現にか有らむと、恠しみ思ひて京に返りけり。其の後、長谷雄の中納言、幾程[五]を経ずして死にけり。然れば、示現の如く他の国に生れにけりとぞ、人疑ひける。世に紀[六]中納言と云ふ、此れなり。

一　後冷泉から堀河朝にかけての代表的な詩文家。姓は惟宗。大学頭、従四位下。長谷雄や清行の同時代人としているのは『今昔物語集』が『江談抄』の表現を誤解したもの。大江匡房の語録『江談抄』では、清行らの昔日の口論を、当代の孝言が匡房に向って批評している。

二　太政官少納言局に属し（一五五頁注一一参照）、詔勅・上奏文の起草や文書・記録のことを司る。孝言が大外記であったことはないが、惟宗氏に外記職が多い事実からの誤解か。あるいは『江談抄』に、孝言が「大夫外記之懇切」によって外記日記を書写して持っていたとある記述を誤解したものか。

三　この句、『江談抄』になく、『今昔』の誤った解釈であろう。長谷雄が中納言となった時（延喜十一年一月十三日）、藤原忠平が大納言に任じられており、それ以後、大納言に闕はなかった。

四　長谷寺。長谷雄には、彼が長谷観音（十一面観音）の申し子で、その名もまたそれにちなむという伝承がある（『長谷寺験記』『三国伝記』）。

五　延喜十二年（九一二）二月十日没、六十八歳。文章に達している人が、そのゆえに冥府に召されるという話は九—三〇、九—三六にも見られる。小野篁は、この世に在りながら冥府の官を兼ねていたとされるが、この人も仁明朝有数の文人であった。

彼の清行の宰相は、延喜の代の人なれば、〔長谷雄より〕前に七失せにけり。八三善の宰相と云ふ此れなりとなむ、語り伝へたるとや。

村上天皇、菅原文時と詩を作り給ふ語、第二十六

村上天皇、文時に御製の優劣を質すこと

今は昔、村上天皇文章〔漢詩文を〕を好ませ給ひける間、「九宮の鶯暁に囀る」と云ふ題を以て詩を作らせ給ひけり。

一〇露濃緩語園花底
月落高歌御柳陰

と。一一天皇、一二菅原文時と〔（云ふ）〕□博士を召して此れを講ぜられけるに〔読み上げさせられたが その時〕、文時、亦詩を作りけり。

六 普通、「紀納言」と呼ばれる。
七 延喜十八年（九一八）十二月六日に死んでおり（七十五歳）、ここの記述は事実に合わない。
八 普通、「善相公」と呼ばれる。
九 『江談抄』には「宮鶯囀二暁光一」とある。天徳三年（九五九）二月二十二日の内宴の時の詩とする説があるが、『日本紀略』『九暦』に載るその時の詩題に合わない。
一〇 〈露しめやかな花園のうちにゆったりと鶯はその歌を囀り／月も落ちた柳のかげにたかく鶯はその歌をうたう〉『新撰朗詠集』春、『和漢兼作集』春上に収めるが、ともに第一句「緩語」を「漫語」とする。題は『江談抄』所収のものに同じ。「園花」は宮中の園の花、「御柳」は宮中の柳。
一一 村上天皇は、文筆諸芸を愛した天皇として、醍醐天皇に並称される（『二中歴』『江談抄』）。
一二 道真の孫。大江朝綱と並び称せられる村上・円融天皇の頃の学者・詩人。文章博士・大学頭・式部大輔を歴任して従三位に叙せられ、菅三品と呼ばれる。朝綱とともに『白氏文集』第一の詩を撰んだところ、一致したという話（『江談抄』『古今著聞集』）を残す。文章博士には天暦十年（九五六）に任じられている。

[一]西楼月落花間曲
中殿燈残竹裏声

と。天皇此れを聞食して、「我れこそ此の題は作り抜き[二]たりと思ふに、文時が作れる詩亦微妙し」と仰せられて、文時を近く召して、御前にて、「我が作れる詩を、偏頗[三]無く難無くして[四]、憚らず申すべし」と仰せられける。文時申して云はく、「御製微妙に候ふ。下[五]の七字は、文時が詩にも増さりて候ふ」と。天皇此れを聞食して、「世も然らじ。此れは饗応[六]の言なり。尚慥かに申すべし」と仰せられて、蔵人頭□を召して仰せ給ふ様、「文時若し此の詩の勝劣を慥かに申さずは、今より以後、文時が申さむ事我れに奏すべからず」と仰せけるを、文時聞きて、極めて半無く思えければ、申さく、「実には、御製と文時が詩と対[七]に御坐す」と。天皇、「実に然らば誓

一 〈月影西楼に傾く春のあけがた　花の間に鶯はその歌をしらべ／燈火中楼に消え残る春のあけがた　竹のうちに鶯はその声をためす〉『和漢朗詠集』春、『和漢兼作集』春上に収める。ともに後句「竹裏音」とし、『江談抄』では「竹裏看」とする。この詩、『三五記』に「花麗体」の代表とし、『朗詠百首』に「春の夜のありあけがたの月を見て花になづさふ宮の鶯」という歌が宛てられている。この詩句は有名で、『閑吟集』、謡曲『籠太鼓』などに、これに拠った表現が見られる。「西楼」は豊楽院の西北、清涼殿の西方にあった霽景楼のこと。「中殿」は清涼殿をいう。なお、清涼殿の前には呉竹、漢竹があった。

二 「抜く」は他にぬきんでること。「我れこそ」に対する正格の結びは正しくは「作り抜きたれ」となる。

三 公平に。ということは、天皇の作であることに遠慮せずに、の意となる。「偏頗 ヘンバ」（『字類抄』）。

四 このところ『江談抄』には「無㆑憚申㆓難有無㆒」とあり、詩としての難点の有無を遠慮なく言えという意。この表現を『今昔物語集』は誤解して、「偏頗無く」「難無く」「憚らず」と、同様の意味の語句を重複することになってしまった。

五 「月落…」の句を指す。『江談抄』ではこの後に、上の句に宮中を暗示する語句のないことを文時が指摘し、天皇が、園とはわが園の意（「上林苑の心」）だと答える一条がある。

六 それは世辞というものだ。

言(ごん)を立つべし〔誓いのことばを立てよ〕」と仰せられけるに、文時、誓言の[八]否(え)立てで申さく、「実には文時が詩は今[九]一膝居上り候ふ〔もう一膝分ほど上でございます〕」と申して、逃げ去りにけり。天皇此れを讃(ほ)め感ぜさせ給ふ事限無(かぎりな)し。古(いにしへ)の天皇は、文章を好みて此(か)くなむ御(おは)しけるとなむ、語り伝へたるとや。

大江朝綱の家の尼、詩の読(よみ)を直す語(こと)、第二十七

今は昔、村上天皇の御代(みよ)に、[一〇]大江朝綱(おほえのあさつな)と云ふ博士〔文章博士〕有りけり。止事(やんごと)無(な)かりける学生(がくしやう)〔学者〕なり。年来(としごろ)道に付きて〔文章道をもって〕公に仕へけるに、聊(いささ)かに心も〔いささか〕と無き事無くして〔の不安もなく〕、遂に[一一]宰相(さいしやう)まで成りて、年[一二]七十余にして失(う)せにける。其の朝綱が家は、[一三]二条と京極とに〔二条京極のところに〕なむ有りければ、[一四]東の川原〔東の賀茂川〕遥かに見え渡りて〔原が広々と見渡されて〕、月[言+慈](おもしろ)く見えけり〔月の眺めも申し分なかった〕。而(しか)るに、朝綱失せて後、数(あま)たの年を経て〔何年もたってから〕、八月十五夜の月極(いみ)じく

七 五格でございます。『江談抄』に「対座に御座」とある。

八 この「の」は「を」の意。「立てで」のように動詞が言い切りにならない時は、「を」の格を「の」で表現することがある。

九 『江談抄』には「今一膝居上て候」とある。対座（先に「対に御坐す」とある）よりも一膝分ほど上席にあるという意。

一〇 音人(おとんど)（江相公）の孫。村上朝の幄下(あくか)第一の博士と呼ばれ（『政事要略』）、その詩才は文時と並び称せられたり、大江維時(これとき)と比較されたり、小野道風の書に対比されたりしている（『古今著聞集』『無名抄』『江談抄』）。文章博士・参議、正四位下。「後江相公」と呼ばれる。

八月十五夜、朝綱の故宅を訪れた人、もと朝綱に仕えた女に逢うこと

一一 「参議」の唐名。天暦七年（九五三）九月二十五日、六十八歳で参議となる。

一二 天徳元年（九五七）十二月二十八日没、七十二歳。

一三 二条の南、京極の東にあって、梅園と呼ばれた（『二中歴』『拾芥抄』）。

一四 南流してきた今出川も、梅園の北で分流し、一つは東に流れて賀茂川に入る。

明かりけるに、文章(漢詩文)を好む輩十余人伴なひて(連れ立って)、「月を翫ばむが為に(月見に)、去来、故朝綱の二条の家に行かむ」と云ひて、其の家に行きにけり。其の家を見れば、旧く(古び)荒れて人気無し(荒れ果てて人の気配もない)。屋共も皆倒れ傾きて、只一煙屋計残りたるに、此の人々、壊れたる縁に(こわれた縁側に)居並みて、月を興じて詩句を詠じけるに、

二踏沙被練立清秋
月上長安百尺楼

と云ふ詩は、昔、唐に三□(白楽天と)云ひける人、八月十五夜に月を翫びて作れる詩なり。其れを此の人々詠じけるに、亦、故朝綱の四文花の微妙なりし事共を云ひ語りける間、五丑寅の方より尼一人出で来て、問ひて云はく、「此れは誰人の来たりて遊び給ふぞ」と。答へて云はく、「月を見む為に来たれるなり。亦汝は何なる尼ぞ」と。尼の

一 厨房としての建物。「煙・烟カマド」(『字類抄』『名義抄』)。カマヤともよめる。

二 〈川砂を踏み練帛を着て　さわやかなこの秋の気の中に立つと／いましも月は都長安の　百尺の高楼にのぼってこようとする〉『江談抄』はこの詩に「文集、八月十五夜詩」と注するが、現存の『白氏文集』には載っていない。「沙」は川辺の砂、あるいは川辺のこと。「練」はねりぎぬ。砧で打った柔かな絹の着物。『江談抄』には「蹈沙披練」とある。「長安」は唐の首都、陝西省西安の付近。

三 『江談抄』によると「白楽天と」と宛てることになる。『今昔物語集』の拠った『江談抄』にも、「文集、八月十五夜詩」の割注がもともと付いていたとすれば、ここが欠文になっているのは、『今昔』の編者が『白氏文集』の作者を知らなかったからということになる。

四 詩文に華麗をきわめていたことなどを。

五 東北で鬼門。「丑寅の方より」という句は『江談抄』にない。鬼門の方向を表現することによって、老尼の出現をサスペンシヴにしている。

云はく、「故宰相殿に仕へ[六]（し）□人は、尼一人〔この尼一人が〕なむ今に残りて侍（はべ）る。此の殿に〔お屋敷に〕、男女の仕へ人其の員（かず）侍りしかども、皆死に畢（は）てて、己（おの）れ一人今明（けふあす）[七]とも知らで侍るなり」と。道を好む人々は、此れを聞きても哀（あは）れに思ひて、尼を感じて〔尼の言葉に胸うたれ〕、或いは泣く人も有りけり。

而（しか）る間、尼の云はく、「抑（そもそ）も、殿原の〔あなた方が〕、月は長安の百尺の楼に上れりと詠じ給ひつる〔お詠みになりましたが〕、古（いにしへ）、故宰相殿は、月に依りて百尺の楼に上る、[八]とこそ詠じ給ひしか。此れは似（に）侍らず[九]。月は何しに楼には上るべきぞ〔どうして高楼に上ったりいたしましょう〕」と、「人こそ月を見むが為に楼には上れ〔楼に上るのですよ〕」と云ふを、此の人々聞きて、涙を流して尼を感ずる〔尼の言葉に感じ入った〕事限無し。「抑（そもそ）も、尼は何者にて有りしぞ」と問へば、尼、「己れは故宰相殿の物張（ものはり）[一〇]にてなむ侍りし。其れが〔それで〕、常に[一一]聞きし事なれば、殿原（とのばら）の詠じ給ふ時に、髴（ほの）かに思（おぼ）え〔思い〕侍るなり〔出したのでございます〕」と云へば、人々終夜（よもすが）ら此の尼に談（ものがたり）して、皆尼に纏頭（かつげもの）[一二]してなむ、暁に返りける。

此れを思ふに、[一三]朝綱の家風弥（いよい）よ重く思（おぼ）え、[一四]云ふ甲斐無き女そら此（か）

六 「し」の脱字とせず、一種の名詞に固めた形としての「仕へ人」を考えることもできる。

七 今日明日とも知れぬ命をつないでいるのでございます。

八 『江談抄』には「月にとこそ詠まれしか。只、人こそ月によりて上ル二百尺楼ニ一也」とある。

九 あなた方の訓（よ）み方は、宰相様のそれに似ておりません。『江談抄』に、「不レ似二往日相公之詠一」とある。

女、朝綱の詩の訓法を教えること

＊ 物張りの女に詩の訓（よ）みが伝えられることは、説話的な一つの型をなしているようである。〔朝綱の物張りの女〕

一〇 洗い張りや裁縫をする下働きの者。

一一 いつも宰相様の詠じなさるのを承っておりましたので。

一二 衣などのおくりもの。本来、女装束を、相手の肩に被（かず）けた（二四―三参照）。したがってカヅケモノと言ったが、この時代にはカツゲモノの形も生じた（『纏頭 カツゲモノ』『名義抄』）。

一三 詩人としての朝綱の家風はいよいよ貴重なものに思われ。

一四 とるにたりない下賤の女さえ。「そら」は「すら」に同じ。次頁一行の「況や」と呼応する。

くの如し、況や朝綱の文花思ひ遣るべしとなむ、語り伝へたるとや。

天神、御製の詩の読を人の夢に示し給ふ語、第二十八

天神、人の夢にあらわれて、詩の訓みを示すこと

今は昔、天神の作らせ給ひける詩有りけり。

東行西行雲眇々
二月三月日遅々

と。此の詩を後の代の人翫びて詠ずと云へども、其の読を心得る人無かりけるに、□と云ふ人、北野の宝前に詣でて此の詩を詠みけるに、其の夜の夢に、気高く止事無き人来たりて、教へて宣はく、「汝、此の詩をば何に読むべきとか心得たる」と。畏りて、知

一 菅原道真の霊を崇めて言う称。道真信仰は、味酒安行・文子・神良種・最鎮・満増らのような民間の宗教家によって育てられた。最初は怨霊神であった。延長八年（九三〇）六月の宮中落雷や醍醐天皇の崩御（九月）をきっかけに、天神（雷神）信仰に結びつき、いつのほどにか「大政威徳天」「火雷天神」「天満大自在天神」などの神号で呼ばれるようになった。公式の神号としては一条＝永延元年（九八七）八月五日、初めて北野祭が行われ、その時の宣命に「北野爾坐天満宮天神」とあるのが最初。

二 〈東に西に別れゆく雲はるばるとはてしなく／時しも春の二月三月　日はうららうらと暮れなずむ〉『菅家後集』所収「詠二楽天北窓三友詩一」の一節。「東行西行」は道真一族が諸国に分けて配流されたことをふまえた表現。昌泰四年（九〇一）一月に太宰権帥に貶された道真の、出発は二月一日であった。

三 『江談抄』は菅家の人が詩の訓みを尋ねたと記す。

四 京都の北野天満宮。朱雀＝天慶五年（九四二）、西京七条に住む文子に、右近馬場に祠を造るよう託宣があり、村上＝天慶九年、比良宮の神官神良種の子に再度託宣があって、翌天暦元年六月、朝日寺の僧最鎮とともに、七条の祠を北野に移したという。北野の地は、本来、火雷神が祀られていた土地であって、最初は道真祠が合祀されたのであろう。公式の祭が行われるに至る頃からは、学問・文芸の神としての性格が表

らざる由を答へ申しけるに、教へて宣はく、「とさまに行きからさまに□（行き）雲はるばる、きさらぎやよひひうらうら、と読むべきなり」と。夢覚めて後、礼拝してぞ罷出でにける（退出した）。

天神は、昔より夢の中に[五]此くの如く詩を示し給ふ事多かりとなむ、語り伝へたるとや。

藤原資業が作れる詩を義忠難じたる語、第二十九

今は昔、藤原資業[六]と云ふ博士[七]（文章博士）有りけり。鷹司殿[八]の御屏風の色紙形[九]に書かるべき詩を、其の道に達せる（漢詩の達人である）博士共に仰せ給ひて詩を作りけるに、彼の資業朝臣の詩数た入りにけり（撰に入った）。

其の比、斉信[一〇]の民部卿大納言と云ふ人有り。身の才有りて、文章に達れるに依りて、仰を承はりて此の詩共を撰び定められけるに、

面化してくる。

五 たとえば「離家三四月」の詩（『菅家後集』所収「自詠」）や「雁足粘将疑繫帛」の詩（同「謫居春雪」）を、自分に志をもつものは詠ぜよと、神良種の子の夢に託宣し、左大臣追贈の使者や太政大臣追贈の使者の夢に、それぞれ詩を託宣し、詠ずる者を守護しようと語った。道真にはそのような伝承が多い。

六 後一条～後三条天皇頃の学者・詩人。現存する詩は一首と一句だけである（『日本詩紀』）。文章博士・侍読、従三位。

七 後一条＝寛仁元年（一〇一七）八月に文章博士に補せられ、二年九月に辞任。

八 道長の正室、従一位倫子のこと。左大臣源雅信の女で、頼通や彰子の母。土御門の南、富小路の西に邸があったので鷹司殿と呼ばれる。

九 屏風の一部を、詩や和歌を書くために、白く色紙の形に残したもの。

＊ この屏風詩撰定の時期は未詳。屏風詩や屏風歌は賀に撰ばれるものであるから、これも倫子の賀のどれかであろう。〔鷹司殿の屏風詩〕

鷹司殿屏風詩に資業の詩多く撰ばれ、義忠非難のこと

一〇 藤原師輔の孫。公任・行成・俊賢とともに一条天皇の時の四賢、あるいは四納言と呼ばれ（『二中歴』）、道長の股肱であった。詩文にも長じている（『江談抄』）。大納言・民部卿・中宮大夫、正二位。

資業が詩数た入りたりけるを、其の時に藤原義忠[一]と云ふ博士有りて、此れを嫌ましく思ひけるにや、宇治殿の（頼通）[二]□にて御坐しけるに義忠申しける様、「此の資業朝臣の作れる詩は、極めて異様の詩共なり。他声[三]にして平声に非ざる字共有り。難専ら多し。然れども、此れ資業が当職[四]の受領なるに依りて、大納言、其の饗応有りて入れられたるなり」と。其の時に、資業は□守にて有りけるなり。

民部卿、此の事を伝へ聞きて、攀縁を発して、此の詩共を、皆麗[五]句微妙にして、撰ぶ所に私無き由を申されければ、宇治殿、頗る義忠が言を心得ず思食して、義忠を召して、「何の故有りて、此かる僻事を申して事を壊らむと為るぞ」と、勘発し仰せられける。義忠、恐れを成して蟄り居にけり。明くる年の三月[六]になむ免されける。而るに、義忠、或る女房に付けて、和歌をぞ奉りける。

[七]あをやぎのいろのいとにてむすびてし

一 後一条天皇の頃の学者・詩人。文章博士・大学頭・侍読。和歌にも通じていた。ノリタダは『諱訓抄』『袋草紙』に拠るが、『今鏡』にはヨシタダとある。

二 欠文には官職名が予定されていたものである。

三 平声以外の上・去・入声、つまり仄韻のこと。ここは、「色糸詞綴任春風」（いろのいとことばつづりてはるのかぜにまかせたり）という資業の詩の、「糸」が平声でないという非難を義忠が述べているのであるが（『今鏡』『江談抄』）、事実は「糸」は平声である。

四 現職の地方長官。「受領」は国司をいう。資業は丹波・播磨・伊予の守を歴任しており、現職の国司は極めて裕福であった。

義忠、咎めをうけ、和歌で謝罪すること

五 『江談抄』によると、『白氏文集』を勘えて、「声々麗句敷（正しくは「敲」）寒玉、句々妍詞（正しくは「研辞」）綴色糸」という例証の詩（「酬微之詩」）を斉信が提出したと述べる（『今鏡』も）。『今昔物語集』はその語彙を借りて、異った文脈にしてしまっている。

六 『江談抄』に「及二明年三月一不レ被レ免之」とあるのが正しい。

うらみをとかで春のくれぬる

と。其の後、指せる[八]仰無くて止みにけり。

此れを思ふに、義忠も謗るべき所有りてこそ（非難するだけの理由があって）謗りけめ。只、民部卿の、当時止事無き人なるに（要枢の地位にある人だから）、「私有る思えを取らざれ（私心があるという評判をとらぬように）」とて、有りける事にや（処置されたのであろうか）。亦資業も、人の謗り有る計は（非難を受けるような詩は）世も作らざりけむかし（よもや作らなかったであろう）。此れも只才を挑むより出で来たる事なり（競いあうことから出てきたことなのだ）。但し、「義忠が民部卿を（斉信について）放言するが由無きなり（勝手なことを言い立てたのがよくない）」とぞ人云ひて、義忠を謗りけるとなむ、語り伝へたるとや。

藤原為時、詩を作りて越前守に任ぜらるる語、第三十

今は昔、[九]藤原為時と云ふ人有りき。一条院の御時に、[一〇]式部丞の[一一]労

七〈「色糸」という詞によって　青柳のその糸のように人の心は結ぼれてしまった　その恨みも解けないまま　ああ　今年の春も暮れようとする〉第四句以下「よればほどけで春ぞ暮れぬる」（『江談抄』）、「愁へはとけで春ぞ暮れぬる」（『今鏡』）。第一、二句は「むすぶ」の序。この歌の意味は、資業の詩（注三参照）が予め叙述されていなければ理解し難く、また『江談抄』『今鏡』のように、この歌によって初めて許されたという話でなければ、実は説話的にまとまらない。『今昔』のように、許されてからこの歌をよんだのでは、説話として意味がない。「而るに」という語を、それは実は、というふうに解釈できればよいけれど。

八（宇治殿から）特にこれという御沙汰もなしに終った。

九 一条天皇の頃の学者。紫式部の父。菅原文時の弟子で（『紫女七論』）、源為憲や藤原輔尹らとともに、凡位（凡夫の位）を越えるものと批評されている（『江談抄』）。越前・越後守、正五位下。

一〇 式部省の三等官で、大丞・少丞各二人が定員。寛和二年（九八六）頃からしばらく為時は大丞であった（『本朝世紀』）。

一一 年労。ある官職を勤めた年数のことで、それが叙位叙官の条件になる。式部丞の場合、大江斉光が三年、源道済が四年で従五位下に叙せられた例がある。

為時、申文に添えた詩によって、越前守に任ぜられること

に依りて受領に成らむと申しけるに、除目の時、闕国無きに依りて成されざりけり。

其の後、此の事を歎きて、年を隔てて直物行はれける日、為時、博士には非ねども極めて文花有る者にて、申文を内侍に付けて奉り上げてけり。其の中文に此の句有り。

苦学寒夜紅涙霑襟
除目後朝蒼天在眼

と。内侍此れを奉り上げむと為るに、天皇の、其の時に御寝なりて、御覧ぜず成りにけり。

而る間、御堂、関白にて御坐しければ、直物行はせ給はむとて内に参らせ給ひたりけるに、此の為時が事を奏せさせ給ひけるに、天皇、中文を御覧ぜざるに依りて、其の御返答無かりけり。然れば関

一 この場合は地方官を任命する春の県召の除目（中央官の任命は、秋に行われる）。

二 国司の欠員。ただし長徳二年（九九六）正月二十五日、為時はひとたび淡路守に任ぜられたが、淡路が下国であることを不満として申文（任官申請書）を出したのが事実である（長徳二年『大間書』）。闕国がなかったのではない。

三 事実は、二十五日の県召の除目から三日目の二十八日に道長が参内し、変更（これを「直物」という）が発表されている。直物は、除目から一カ月以内に行われるのが本来であるが、中古以後、毎年は行われず、隔年にまとめて行われることがあった。そのために、このような表現になったのであろう。

四 為時は、一条天皇の頃の代表的な文士として、大江匡衡・以言・源為憲・藤原相如らと並べられ（『続本朝往生伝』）、ことに源道済と比肩すると評判されている（『袋草紙』）。

五 内侍司の女官。天皇に近侍し、陪膳・上奏・伝宣のことを司る。ことに三等官掌侍を指すことが多い。

六 〈寒夜の辛さに耐えて学問しているとき　涙は血となって襟をぬらし／除目に選ばれることのなかった翌朝　天はただ青々として我が眼に沁む〉前句について、「冬夜」（『十訓抄』）、「霑レ袖」（『古事談』）、「盈レ巾」（『十訓抄』）、後句について、「春朝」（『古事談』『続本朝往生伝』『十訓抄』『今鏡』）の異同がある。

白殿、女房に問はしめ給ひけるに、女房申す様、「為時が申文を御覧ぜしめむとせし時、御前御寝なりて御覧ぜず成りにき」。然れば、其の申文を尋ね出でて、関白殿、天皇に御覧ぜしめ給ひけるに、此の句有り。[九]然れば関白殿、此の句微妙に感ぜさせ給ひて、殿の御乳母子にて有りける[一〇]藤原国盛と云ふ人の成るべかりける越前守を止めて、俄かに此の為時をなむ成されにける。此れ偏へに申文の句を感ぜらるる故なりとなむ、世に為時を讃めけるとなむ、語り伝へたるとや。

延喜の御屏風に、伊勢御息所和歌を読む語、第三十一

今は昔、延喜天皇、御子の宮の御着袴[一一]の料に、御屏風を為させ給ひて、其の色紙形に書くべき故に、歌読共に、「各和歌読みて奉

七 藤原道長のこと。法成寺阿弥陀堂（中河御堂）を建立したことによる称。

八 この時、右大臣で筆頭公卿。生涯関白になることを固辞したが、「御堂関白」と通称されている。

九 『古事談』や『今鏡』では、為時の申文を見た天皇は御膳も召さずに、為時のために泣く。参内してこの由を聞いた道長は、ひとたび任じた源国盛の越前守を辞せしめて、為時に与える。

一〇 「源」が正しい。光孝源氏、正四位下。『大間書』（長徳二年）によると、従四位上でまず越前守に任ぜられており、辞退の後、その秋には播磨守に任ぜられたが、越前守召返しの落胆によって、病死したという（『古事談』『続本朝往生伝』）。彼の母が道長の乳母であったということは、他に所見がない。

一一 延喜の頃に盛んであった成人儀式の一つ。皇族や貴族の子（男が主であるが女の場合もある）が三、四歳から六、七歳の頃に初めて袴をつけること。袴は一族の尊者（主賓）から贈られ、腰結いもその手によって行われる。この話の着袴は、いつ、誰のためのものか未詳。

＊ 一般に男子の着袴に屏風歌の撰ばれる例はなく、この場合、事実上裳着を指していると考えてもよいであろう。〔醍醐天皇の御子の御着袴〕

着袴の屏風歌を、伊勢に依頼すること

れ」と仰せ給ひければ、皆読みて奉りたりけるを、小野道風[一]と云ふ手書（てかき）（能書に命じて）を以て書かしめ給ひければ、春の帖[二]に、桜の栄（さ）きたる所[三]に、女車（女の乗る牛車が）の山路行きたる絵を書きたる所に当りて（ちょうどその場所に）、色紙形有り。〔天皇は〕其れを思食（おぼしめ）し落して（見落されて）、歌読（うたよみ）共にも給はざりければ（仰せにならなかったので）、道風書き持（も）て行くに、其の歌無ければ、天皇此れを御覧じて、「此れは何（いか）がせむ（どうしたらよかろう）」と為る。今日に成りては、俄（には）かに誰れか此れを読むべき（急には誰も詠めない）。可笑（をか）しき所の（風情ある画面に）、歌（肝心の）も無からむこそ口惜しけれ（歌が欠けているのは残念である）」と仰せられて、暫（しばら）く思食（おぼしめ）し廻（めぐ）らして、藤[四]原伊衡（これひら）と云ふ殿上人（てんじやうびと）の、少将[五]にて有りけるを召す。即ち（直ちに）参りぬ。

〔天皇は〕仰せられて云はく、「只今（早速）伊勢[六]御息所（いせのみやすんどころ）の許（もと）に行きて、此（か）かる事なむ有る。此の歌読みて（この歌を詠むように伝えよ）」とて遣（つかは）す。此の御使に伊衡を遣す事は、此の人[七]、形（容姿）・有様（風采をはじめ）より始めて、人柄なむ有りける（人柄もよかったのである）。然（しか）れば、「御息所（伊勢が）恥かしと（一目おくようなものは）思ひぬべき者は、此（か）くなむ有る（この人しかいない）」と思食（おぼしめ）して、撰（えら）びて遣すなるべし。

然（さ）て、此の御息所は、極めて物の上手（諸芸に達者であった）にて有りける大和守藤原忠[八]

一　能書家。後世、藤原佐理（すけまさ）・行成（ゆきなり）とともに三跡（さんせき）と呼ばれる。その書を一行も所持せぬは恥といわれた。木工頭（もくのかみ）・内蔵権頭（くらのごんのかみ）、正四位下。藤原伊衡（これひら）（注四参照）が少将であった頃、道風は非蔵人ながら、能書のゆえに昇殿を許されていた。

二　春の部の一帖に。「帖」は屏風などを数えるときの助数詞。

三　この情景は諸書に「山道ゆく人ある所」（『拾遺集』）、「春山に行く人あり」、あるいは「花見にゆくところ」（『伊勢集』）などと、伝えられている。

四　敏行の三男。宇多・醍醐朝の才人貴族。左中将・参議、正四位下。道風は、能書に空海と敏行を挙げており（『江談抄』）、道風を伊衡の弟子とする伝えもある（『弘法大師書流系図』）。道風と伊衡には、書についての説話的な結びつきがあったようである。

五　延喜十六年（九一六）三月右近権少将（四十一歳）、延長二年（九二四）十月右近権中将（四十九歳）。

六　宇多・醍醐天皇の頃の代表的な女流歌人。寛平（かんぴょう）の始め、七条后温子に出仕し、やがて宇多天皇の更衣となって皇子を生み（皇子は桂の里に預けられて死んだという）、後、宇多皇子敦慶（あつよし）親王のもとで中務（なかつかさ）を生んだとも伝えられる。

七　一代の女流歌人伊勢と対応させる説話的な常套表現。事実、伊衡は宮廷儀礼への参加が多い人である。

八　宇多天皇の寵臣。音楽家として著名。歌人でもある。大和守・山城守、従四位上。忠房は伊勢の父では

房と云ふ人の娘なり。亭子院[九]天皇（宇多天皇の御代に）の御時に参りて有りければ（宮中にお仕えしたが）、天皇極じく時めき（このうえなく寵愛されて）思食して、御息所[一〇]にも成されたるなり。形（容姿）・心ばせ（人柄はもとより）より始め、故有りて（風雅を解し）可咲しく微妙かりけり。和歌を読む事は、其の時の躬恒・貫之にも劣らざりけり。其れに（ところが）、亭子院（宇多天皇が）の法師[一一]に成らせ給ひて、大内山[一二]と云ふ所に深く入りて行はせ給ひければ（仏道を修行されるようになったので）、此の御息所も世の中冷じく思えて（味気なく思われ）、家に（家に籠って）つくづくと長め居たるなりけり（物思いに沈んでいたのだ）。内渡の事共も事に触れて（宮中での事々も折りに触れては）思ひ出でられて、物哀れに思ひ居たる間に、門の方に前追ふ音（先払いの声）す。欄姿なる人入り来たる（直衣姿の人が入ってきたのを）、誰れにか有らむと思ひて見れば、伊衡の少将の来たれるなりけり。思ひ懸けずして（思いがけぬことなので）、何事にか有らむと思ひて、人を以て（人を出して）問はしむ（たずねさせた）。

伊衡、伊勢を訪ねること、伊勢のみやび

伊衡は、仰を奉はりて、御息所の家に行きて見れば、五[一三]条渡なる所なり。庭の木立極めて木暗くて、前栽極じく可咲しく殖ゑたり。庭は苔・砂青み渡り、三月計の事なれば前の桜譿く栄き[一四]、寝殿の南面に帽額[一五]の簾所々破れて神さびたり（いかにも物さびた趣である）。伊衡、中門[一六]の脇の廊に立

ないが、大和守として知られ、伊勢の父継蔭も一時、大和守であったこと、そして忠房と伊勢とのある交渉から、このような誤伝が生じたものと思われる。

九 亭子院はもと温子の家で、七条坊門の北、西洞院の西にあった（『拾芥抄』）。宇多退位後の御所の一つで、詩会や歌合がしばしば行われている。

一〇 女御・更衣などの総称。天皇の寝所に侍する女人。あるいは特に皇子を生んだ人。注六参照。

一一 寛平九年（八九七）七月三日譲位、昌泰二年（八九九）十月二十四日、仁和寺で落飾（『仁和寺御伝』『日本紀略』。『大鏡』『扶桑略記』には十四日）。

一二 仁和寺のこと。京都の葛野郡小松郷大内山に光孝天皇の勅願でひらいた寺。宇多法皇はここに一室を営んで、これを南御室と言い、その後を継ぐ親王を御室と呼ぶことになる。

一三 『伊勢集』にも、五条あたりを家としている。

一四 原文「栄へ」とあるが、このあたり桜についての「栄」はすべて「咲く」の表記に宛てられている。ここも、もともと「栄ヽ」（「ヽ」はキの異体）とあったものが「栄へ」と（または「栄キ」→「栄エ」→「栄へ」と）誤ったものと見て訂す。

一五 上辺に、横に長く布を引いた簾。

一六 中門は、寝殿造りの対の屋から泉殿・釣殿をつなぐ廊を切り通して、そこに設けられた門のこと。屋根はあるが閾はなくて、車が入れるようになっている。

ちて、人を以て、「内の御使にて、伊衡と申す人なむ参りたる」と云はせたれば、若き侍の男出で来て、「此方に入らせ給へ」と云へば、寝殿の南面に歩み寄りて居たる内に、故びたる女房の音にて、「内に入らせ給へ」と云ふ。簾を掻き上げて見れば、[一]母屋の簾は下したり。[二]朽木形の几帳の清気なる、[三]三間計に副へて立てたり。西東三間計去りて、四尺の屏風の中馴れたる立てたり。母屋の簾に副へて、[四]高麗端の畳を敷きて、其の上に[五]唐錦の茵敷きたり。板敷の瑩かれたる事鏡の如し。顥残り無く移りて見ゆ。屋の躰旧くして神さびたり。寄りて茵の喬の方に居たれば、内より[六]空薫の香氷やかに馥しく、ほのぼの匂ひ出づ。清気なる女房の袖口共[七]透きたり。[八]額つき吉き二三人計、簾より透きて見ゆ。簾の気色、極じく故有りて可笑し。

恥かしと思へども、簾の許に近く寄りて、「内の仰せ事に候ふ。『夕さり若宮の御着袴に屏風して奉るに、色紙形に書かむ料に、和歌読共に歌読ませて書かせつるを、然々の所を思ひ落して、歌読に

一　寝殿の中央の間。間（部屋）を仕切るものは簾や几帳である。

二　几帳の帷の文様で、朽木の板目あるいは表皮のような模様に染めたもの。春冬の几帳に用いる（『禁秘抄』）。青やかな簾の下に朽木形の几帳がつややかに見えている様子を、『枕草子』は「なまめかし」としている。

三　「間」は柱と柱の間をいう。

四　白地の綾に、雲形や菊花の文様を黒く織り出した畳のへり。

五　中国渡来の錦の敷物。

六　別室でたいて、その香りを座敷へ通わせた薫物。

七　簾ごしに透けて見える。

八　額つき（髪の生えぎわ）は、美しさの条件の一つであった。簾ごしに見える「うつくしき額つきのすきかげ」は、『源氏物語』夕顔にも、目をとらえるものとして描かれている。

も給はざりければ《お命じにならなかったので》、其の所の色紙形には書くべき歌も無し。然《さ》れば、其の歌読むべき躬恒《みつね》[九]・貫之《つらゆき》召さすれば、各《おのおの》物に行きにけり《所用で出かけておりました》。今日《日は》には成りにたり《来てしまいました》。亦《とは言え》異人《ことひと》には云ふべき様無ければ《余人に頼めるはずもありませんので》、此の歌只今《今すぐ》読みて遣されなむや《送ってくれませんか》』となむ仰せ事候ひつる《とこういう仰せでございます》」と云へば、御息所《みやすんどころ》極《いみ》じく驚きて、「此れは《これはまた》仰せらるべき事にか有らむ《みかどの仰せとも思えません》。兼て仰有らむにてそ《前もって仰せがありましてさえ》[一〇]ら、躬恒[一一]・貫之が読みたらむ様《やう》には何《いか》でか有らむ《どうして詠めましょう》。増して、俄《には》かに糸破無《いとわりな》き仰せ事なり《ご無理な仰せです》。思ひ懸くべき事も非ざりけり《全く思い及ぶことでもございません》」と云ふ音《こゑ》、髴《ほの》かに聞ゆ。気はひ気高く《上品で》、愛敬付《あいぎやうづ》きて故有り《魅力があって奥ゆかしい》。伊衡此れを聞くに、世には此《か》かる人も有りけりと聞く《これほどの人もいるのかと感嘆した》。
暫《しば》し計《ばかり》有れば、厳《いつく》しき《可愛い》童の汗衫《かざみ》[一二]着たる、銚子を取りて簾《すだれ》の内より居ざり出づ。恠しと思ふ程に《何をするのかと》、早う《何ともう》、居たる簾の下より《坐っているすぐ前の簾の下から》、絵可《を》咲《か》しく書きたる扇に、盞《さかづき》を居《す》ゑて差し出でたるなりけり《差し出してあるのであった》。童《わらは》の、可《を》笑《か》し気《げ》にて、簾より透きて居ざり出づるを見る程に、遅く見付けたるなりけり《それまで気づかなかったのであった》。亦《また》、女房よせ来たりて《寄って来て》、蛮絵《ばんゑ》[一三]に蒔《ま》きたる硯《すずり》の筥《はこ》の蓋《ふた》に、清《きよ》

九 躬恒と貫之に御用命になったところ。凡河内躬恒《おおしこうちみつね》・紀貫之はともに『古今集』の撰者。注一一参照。
一〇「そら」は副助詞「すら」に同じ。
一一 先にも「其の時の躬恒・貫之にも劣らざりけり」という表現があったが（一九五頁三〜四行）、伊勢は、亭子院歌合（延喜十三年三月）、京極御息所歌合（延喜二十一年正月）など当代の代表的な歌合に参加、亭子院六十賀（延長四年九月）・穏子五十賀（承平四年三月・十二月）を始めとする屛風歌に出歌しており、その歌合参加、屛風歌依嘱の数は貫之・躬恒に比肩される。『古今集』入部では女流の最高を占め（二十二首）、『後撰集』では躬恒をぬき、『源氏物語』における引用歌では、貫之（二十三首）をも凌駕する（二十五首）。

伊衡、饗応をうけること、伊衡のみやび

一二 童女の着る、初夏の上衣。
一三 鳥獣・草花などを円形にまとめた文様。調度《ちようど》類や舞人の装束・随身《ずいじん》の袍《ほう》などによく用いられる。「蛮」は「盤」の借字で、丸形の意と考える（『禁秘抄考註』）のが普通。この場合、蒔絵《まきえ》で、円形の模様を描いた硯《すずり》の蓋。

気なる薄様[一]を敷きて、交菓子[二]を入れて差し出でたり。酒を勧むれば、盞を取りて有るに（杯を手にしていると）、童、銚子を持ちて酒を入る。「多し（十分です）」と云へども、抑へて（辞退するのを押して）只入れに入る。「我れ酒飲むと知りたるなりけり[三]（私が酒好きだと知っているのだな）」と思ふに、可笑し。然て（そこで）飲みつ。盞を置かむと為るに、置かせずして度々誣ふ[四]。四五度計飲みて、辛くして（やっと）盞を置きつ。亦打次き簾の下より盞を差し出づ。辞べども（辞退しても）、「情無きかは[五]（あがらぬわけはございますまい）」とて、度々飲む程に酔ひぬ。女房達、少将を見れば、赤みたる顔付（ぽっと赤味のさした顔）・眼見、桜の花に（桜の花の色に）匂ひ合ひて（よく映え合って）微妙く見ゆる事限無し（何ともいえぬ美しさである）。

伊衡復命し、伊勢の歌、賞讃されること

程も久しく成りぬれば（だいぶ時間も経ったので）、紫の薄様に歌を書きて結ひて、同じ色の薄様に裹みて、女の装束[六]を具して押し出だしたり（簾の中から押し出した）。赤色の重[七]の唐衣、地摺[八]の裳、濃き[九]袴なり。物の色（その配色は）極めて清らに、微妙し。「思ひ懸けぬ事かな（（伊衡）意外な戴きものをすることとです）」と云ひて、取りて立ちぬ。女房共、少将の出づるを見送りて、目出入る事限無し（ほめそやすのであった）。門を出でて隠るるまで見るに、（伊衡が）後手の歩みたる姿（歩み去るその後姿は）、窈窕[一〇]かに微妙し。車の音、前など聞えず成りぬれば（先払いの声も聞えなくなってしまうと）、極

一 薄手の鳥の子紙。
二 果物のとりあわせ。
三 延喜十一年（九一一）六月十五日、宇多法皇が亭子院で、無双の酒豪と称する近臣八人と酒宴した時、皆ついには泥酔して、門外に寝てしまったり嘔吐したり、狼藉をきわめた中で、伊衡ひとりが乱れず、賞として駿馬を賜ったという。
四 何度も何度も無理に飲ませた。「強ふ」が本字。
五 酒の情趣を解することを、反語的に言った表現。
六 労をねぎらったり、技を賞したりして与えるものは女装束であった。それを、受ける相手の頭から肩へかぶせる（「かづける」）ようにして与えたので、「かづけもの」という。一八七頁注一二参照。
七 「重」は「襲」とも書き、衣の表と裏、あるいは重ねて着る衣と衣の色目（配色）のこと。この場合は唐衣（藤原時代の女性の正装）の表裏が、「赤色」と呼ばれる色目になっているもの。「赤色」は、表が蘇芳（濃赤色）、裏が縹（薄藍色）であるとする代表的な考え方の他に、諸説があってその実体はよくわからないが、この当時の女装束や童装束によく用いられた色目である。
八 金銀泥で模様を摺った織物の裳。「裳」は唐衣と組になる衣裳で、袴の上に、腰から下の後側にまとうもの。深くひだが折られ、摺りや織りの模様を美しくつけたものである。

し。

此(か)くて内には〔天皇は〕、「一二参りぬや、参りぬや〔帰ってきたか〕」と、人を以て〔人をやって〕見せさせ給ふ。殿上口〔殿上の間の入口〕の方に前(さき)追ふ音(こゑ)して参れば、(伊衡)「此(こ)こに参りたり〔参上いたしました〕」と申せば、「疾(と)く疾く〔早く早く〕」と仰せらる。道風は、一三筆を湿(うるほ)し儲(まう)けて、御前に候ふ〔すでに御前に控えている〕。亦、然るべき上達部(かんだちめ)・殿上人(てんじやうびと)、数(あま)た御前に候ふ。而(しか)る間、伊衡(これひら)の少将、物を被(かつ)ぎて〔贈物の装束を肩にかけて〕、殿上の戸の許(もと)に被物(かつぎもの)をば落し置きて〔おろしておいて〕、文(ふみ)を御前に持(も)て来たりて奉る。天皇此れを披(ひら)きて御覧ずるに、先づ一四書様(かきざま)に微(い)妙(み)じくて、道風が書きたるに露劣らず〔道風が書いたのに少しも見劣りしない〕。御息所(みやすんどころ)、此(か)く書きたり。

一五ちりちらずきかまほしきをふるさとの
はなみてかへるひともあはなむ

天皇此れを御覧じて、目出(めで)たがらせ給ふ〔感嘆なさった〕。御前に候ふ人々に、

九 濃紫の袴。当時、単に「色」といえば、代表的に紫を指し、次いで赤系統を意味した。

一〇 やさしく美しかった。「窈窕 タヲヤカナリ」(『名義抄』)。

一一 移り香がなまめかしく匂ってでもいたら、とりかたづけるのも惜しいというところである。「媚」は底本「嫃」、また「娟」とする伝本もある。「媚」の誤りと解してコブと読むが、この場合、仮定条件(媚(こび)ナバ)の形に表現されているのは、不自然である。

一二 底本「参スヤ」とあるのを、一本「参ヌヤ」の形の誤写と解し、マヰリヌヤと読む(ヌは完了の助動詞)。マヰラズ(ヌ)ヤと否定に読む説には依らない。『今昔』では、否定形には助字「不」を必ず表記している。

一三 あらかじめ筆をしめらせて。

一四「書様に」は、書様において、の意。あるいは、底本「書様ニ」を「書様マ」(マは読みそえ)、または「書様モ」(モは係助詞)の誤写とみることもできる。

一五〈もう散ってしまったか散らずにあるか　尋ねてみたいのだ…だから誰か　ふるさとの花を見て帰る人に出逢わないものか〉『拾遺集』春、『伊勢集』『古今六帖』所収。詞書の相違については一九四頁注三参照。『伊勢集』では第五句「あらなむ」。壬生忠岑(みぶのただみね)の『和歌体十種』では、この歌を高情体の例に引く。

「此れ見よ」とて給はせたれば、可咲しき音共を以て詠ずるに、いとど歌[一]□て微妙く聞ゆる事限無し。度々詠じて後になむ、道風書きける。

然れば、御息所、尚微妙き歌読なりとなむ、語り伝へたるとや。

敦忠中納言、南殿の桜を和歌に読む語、第三十二

今は昔、小野宮[二]の大き大臣[三]、左大臣にて御座しける時、三月の中旬の比、公事に依りて内に参り給ひて、陣[四]の座に御座しけるに、上達部二三人計参り会ひて候はれけるに、南殿の御前の桜[五]の、器[六]の大きに神さびて艶ぬが、枝も庭まで差し覆ひて譤く栄きて、庭に隙無く散り積みて、風に吹き立てられつつ[七]水の浪などの様に見えたるを、大臣、「艶ず譤き物かな。例は極じく栄けど、糸此かる年は無

南殿の花盛りに、歌を求められ敦忠、他人の名歌を示すこと

一 底本に「見」とあるが、欠文となっている伝本が多い。底本に従うならば「見れて」とよむか。

二 藤原実頼（二四―三参照）。「大き大臣」は太政大臣。

三 村上＝天暦元年（九四七）四月から康保四年（九六七）十二月まで左大臣。ただし、この話の時代には敦忠はすでに亡くなっている。逆に、敦忠が中納言と呼ばれていることに合わせるならば（天慶五年三月権中納言）、その頃、実頼は大納言・右大将であった。

四 節会・神事・叙位など諸公事のとき、上卿が着く座。普通の場合は、日華門内にある左近衛、月華門内にある右近衛の陣に着くのであるが、公卿の本座は宜陽殿の座であって、それも陣の座という。南殿の桜がすぐ前に見られるのは、左近衛の陣の座と、宜陽殿の本座であるが、ここは前者であろう。

五 左近の桜のこと。この木は、平安京草創の時から桜であるという説（『禁秘抄』『古今要覧稿』）と、初めは梅で、仁明天皇の時に枯れ、桜に改植されたという説（『古事談』『歴代編年集成』『大内裏抄』など）とがある。その後も何度か倒れたり焼亡したりしている。康保年中、重明親王家の桜を移植したのが有名である（『禁秘抄』『古今著聞集』）。この話の桜は、村上＝天徳四年（九六〇）九月に焼亡する以前の古木ということになる。

き者を、[八]土御門の中納言の参られよかし、此れを見せばや」と宣ふ程に、遥かに上達部の前を追ふ音有り。

官人を召して、「此の前は、誰が参らるるぞ」と問ひ給ひければ、「土御門の権中納言の参らせ給ふなり」と申しければ、大臣、「極じく興有る事かな」と喜び給ふ程に、中納言参りて座に居るや遅きと、大臣、「此の花の庭に散りたる様は、何が見給ふ」と有りければ、中納言、「現に謳う候ふ」と申し給ふに、大臣、「然ては遅くこそ侍れ」と有りければ、中納言心に思ひ給ひける様、「[九]此の大臣は、只今の和歌に極めたる人に御座す。其れに墓々しくも無からむ事を面無く打出でたらむは、[一〇]有らむよりは極じく弊かるべし。然りとて止事無き人の此く責め給ふ事を、冷じくて止まむも、便無かるべし」と思ひて、[一一]袖を掻繕ひて、此くなむ申し上げける、

[一二]とのもりのとものみやつこ心あらば

六 紫宸殿の前庭にある桜の、大きな洞のある、ものさびてすばらしい木が。「器」は、この字に対するウツハ・ウツハモノの訓（『名義抄』『字類抄』）から、「うつほ（洞）」に宛てたものと考える。

七 「桜花散りぬる風のなごりには水なき空に波ぞ立ちける」（『古今集』春、貫之）などの類想。

八 藤原敦忠。時平三男。「よにめでたき和歌の上手、管絃の道にもすぐれ給へり」（『大鏡』）といわれる。参議・権中納言、従三位。「土御門」は、土御門の南、京極の西にあった時平の邸。京極殿ともいう。後、源雅信、その女倫子を経て、道長に伝領された。

九 実頼は『二中歴』歌人の項に挙げられ、『古来風体抄』は、師輔とともに、村上朝の大臣として「この道に深く入れたる人々」と評している。家集に『清慎公集』がある。

一〇 「有らむ」は「只有らむ」の意。そのままでいること、すなわち、歌を詠まないでいること。

一一 様子を正すさま。

一二 〈主殿寮の男たちよ　落花散りしくこの今年の春の間だけは　もし風雅の心もあるならば　いつもの朝ぎよめをしないでほしいのだ〉この歌は、『拾遺集』雑春に源公忠の歌として入り、『公忠集』にも収める。『古来風体抄』『俊頼髄脳』『和歌色葉』『和歌口伝抄』『和漢朗詠集』にも載り、落花を詠みながら花の語を用いていないことに注目している。公忠は光孝天皇の孫で、醍醐天皇の寵臣。大弐、従四位下。中古三十六

この春ばかりあさぎよめすな

と。大臣此れを聞き給ひて、極じく讃め給ひて、「此の返（この返歌は）更に（到底）否為じ。劣りたらむに、長き名なるべし（〔返歌が〕見劣りでもしたら長く汚名を残すことになろう）。然りとて（さとはいえ）、増さらむ事は有るべき事にも非ず（これに優る歌などできようはずはない）」とて、只旧歌ぞ[一]思え益さむと思ひ給ひて（古歌を引く方が適切であろうと思われて）、忠房が唐へ行くとて読みたりける歌をなむ[二]、語り給ひける[三]。

敦忠の生れ、ひととなりのこと

此の権中納言は、本院[四]の大臣（時平が）の在原[五]の北の方の腹に生ませ給へる子なり。年は四十計にて、形・有様美麗になむ有りける。人柄も吉かりければ、世の思え（世間の評判）も花やかにてなむ。名をば敦忠とぞ云ひける。□に通ひければ、亦[六]本院の中納言とも云ひけり。和歌を読む事、人に勝れたりけるに、此かる歌を読み出でたれば、極じく世に讃められけりとなむ、語り伝へたるとや。

歌仙の一人で、薫物合の好手でもあった。「とのもり」は主殿寮（宮内省に属し、天皇の輦輿や庭の清掃・節会の燈火などを司る）。「とものみやつこ」という上代官制の語は、この場合主殿寮の下僚である殿部を指して用いられている。「あさぎよめ」は朝の清掃。毎朝六時に、天皇に近い場所は寮の官人が、その他の場所は下僚の雑役夫が、掃除した。

一 底本に「旧歌ヲ」とあるが「旧歌ゾ」の誤写とする説（『全集』）に従う。

二 「なよ竹のよながき上に初霜のおきゐて物を思ふころかな」（『古今集』雑上）を指す。ただしこの歌、「とのもりの」の歌に対して適切な返歌とは見えない。寛平六年（八九四）八月、大使菅原道真、副使紀長谷雄による第十八次遣唐使に、藤原忠房（一九四頁注八参照）は判官であった。ただし、この遣唐使は中止され、以後その制度も止んだ。

三 「歌を語る」とは、そのままに詠み上げたことか。

四 藤原時平。「本院」は中御門の北、堀河の東にあった時平の邸。これは、女褒子（京極御息所、宇多后）に伝領された。

五 在原棟梁の女。『拾遺集』に「おほつぶねのご」とある。初め大納言国経の室として滋幹を生み、時平のもとで敦忠を生む（一二一―八）。

六 「本院」の語、内閣文庫（林家）本など諸本では

公任大納言、屏風和歌を読む語、第三十三

今は昔、一条院の天皇の御時に、上東門院[七]始めて内に参らせ給ひ[八]けるに、御屏風[九]を新しく為させ給ひて、色紙（色紙形に書くために）に書かむ料に、歌読共に仰せ給ひて、「歌読みて奉れ」と有りけるに、四月に藤の花の譩く栄き（咲いた）たる家を絵に書きたりける帖[一〇]を、公任[一一]大納言当りて（担当し）読み給ひ（詠まれることに）けるが（なったが）、既に其の日に成りて、人々の歌は皆持て参りたりけるに、此の大納言の遅く参り給ひければ、使を以て、遅き由を（なぜ遅いのかと）関白殿（道長）より度々遣しける（尋ねてやったが）に、行成[一二]大納言は此の和歌を書くべき人（書く役の人）にて、疾く（早くか）参りて（ら参内して）御屏風を給はりて、書くべき由申し給ひければ（準備もできたとお申し入れになるので）、（道長は）弥よ立ち居待たせ給ひける程に、（公任）大納言参り給へれば、「歌読共の墓々しく（大した歌も）歌も読み出でぬに（よう詠まずにいるが）、然りとも（何といっても）此の大納言の歌は、よも（まさか）弊き様は非じ」と、皆人も心憾がり（深く期待をかけていたが）思ひたりけるに、（公任が）御前に参るや遅きと（参るや否や）、殿（道長）「何に

欠文。本院は父時平の邸。敦忠は、仲平の女明子を室として佐時を儲けているが、明子は仲平の枇杷殿（鷹司の南、東洞院の西）に住んでおり、この結婚によって敦忠は、枇杷中納言とも呼ばれるようになる。したがって、上の欠文に「明子」あるいは「仲平女」を補い、「本院」を「枇杷」に改めると文脈的に正しくなる。

＊この第三十二話は本来、歌贈答が他人の名歌でもってなされ、それがまたその場に応じて名誉のことであったという話であろう。〔説話の忘却〕

満目のなか、公任、上東門院の屏風歌を詠むこと

七 彰子。道長一女。上東門は土御門のことで、この院号は道長の土御門邸（京極殿）にちなむもの。

八 一条=長保元年（九九九）十一月一日入内。藤壺に住む。七日には女御となるが、この入内には藤原行成・藤原斉信の活躍があった。

九 飛鳥部常則（天暦頃の画家）の手になる大和絵四尺屏風（『御堂関白記』『権記』）。春景だけが描かれていたらしい（『公任集』『高遠集』）。

一〇 一九四頁注二参照。

一一 この頃、参議・右衛門督、従三位。二〇六頁注一参照。

一二 能書家。三跡の一人。この頃、右大弁、従四位上。二三三頁注一一参照。

「歌は遅きぞ」〔うして歌が遅いのだ〕と仰せられければ、大納言、「墓々しくも、更に〔大した歌も一向に〕否仕り得ず〔詠めません〕。弊くて奉りたらむに〔まずい歌を奉るくらいなら〕、奉らぬには劣りたる事なり〔奉らぬ方がましです〕。其の中にも、歌読共一の糸勝れたる歌共も候はざめり〔届いていないようですね〕。二其の歌共召されて〔よい歌を集めようとなさっているのに〕、墓々しくも非ぬが書かれて候はむ〔私の大したことのない歌が書かれたりしては〕、公任が永くの名に候ふべし〔永の名折れでございましょう〕」と、極じく〔極力〕遁れ申し給ひけれども〔辞退されたけれど〕、殿〔（道長）〕、「異人の歌は無くても有りなむ〔他の者の歌はなくてもよいのだ〕。其この御歌無くは〔あなたの歌がないなら〕、惣て〔まるっきり〕三色紙形を書かるまじきなり〔色紙形を書くにも及ばないのだ〕」と、まめやかに〔心をこめて〕責め申し給ひければ〔御催促になったので〕、大納言、「極じく候ふ態かな〔困りましたな〕。此の度は、凡そ誰れも誰れも歌否読み出でぬ度にこそ候ふめれ〔うまく詠めないようでございますね〕。中にも四永任をこそ、然りとも其の歌は〔そうは言ってもその歌は〕、心憾く思ひ給へ候ひつるに〔期待できるものと思っておりましたが〕、此く『五きしのめやなへ』と読みて候へば、糸異様に候ふ〔みっともないことです〕。然れば、此れ等だに〔この人々さえ〕此く読み損ひ候へば、増して公任は否読み得ず候ふも理なれば、尚免し給ふべきなり〔やはりお許し下さい〕」と、様々に遁れ申し給へども〔逃げ口上をおっしゃったが〕、殿、強ちに切りに切りて責めさせ給へば、大納言極じく思ひ煩ひて〔困りはてて〕、大きに歎き打ちして〔長嘆息して〕、「此れは長き名かな〔末代までの名折れともなることよ〕」と打云ひて、懐より六陸奥紙に書きた

一 十月二十一日に和歌を依嘱、二十七日にその歌が届けられ、二十八日には道長がその歌を撰定している（『関白記』『小右記』）。この時歌を進上した人は花山法皇・公任・高遠（ただし撰定からは洩れている）・斉信・俊賢、そして主人道長が記録されているすべてであるが、他に、非参議の歌をよくする者にも和歌題が出されている（『小右記』）。

二 「召されて」は、底本「被召テ」。内閣文庫（林家）本その他には「被引テ」とする。これに従えば「さしおいて（ヒカレテ）」「とどめられて（ヒカヘラレテ）」の意。『古本説話集』に「歌詠むともがらのすぐれたらむなかに、はかばかしからぬ歌書かれたらむ」とある。

三 底本「不被書マシ也」とある。

四 内閣文庫（享和）本に「公任」、『古本説話集』に「公任」として傍書「本」。その他諸本は「永任」とするが、該当する歌人は存しない。この屏風歌に、『小右記』に名を挙げる六人の他、専門歌人の歌も求められたのであれば（注一参照）、「永任」という表記に「長能（ながたふ）」を考えることも、あるいは可能であろう。藤原長能は同時代の受領歌人。公任が長能の歌に批判的であったことは『俊頼髄脳』などに見える。ただし『長能集』に、この時のものと思われるような歌は見出されない。

五 『古本説話集』に「きしのやなき」とあるのに依れば「岸の芽柳」か（「キ」の異体「｜」を「ヘ」に

る歌を取り出でて、殿に奉り給へば、殿、此れを取りて御前に披(ひら)きて置き給ふを、御子の左大臣宇治殿(七)、同じき二条大臣殿(八)より始めて、若干(そこばく)〔多くの〕の上達部・殿上人、「然れども〔何といっても〕此の大納言は、無下に故無くは〔むざむざと駄作を詠まれることはあるまい〕読み給はじ」と心憾(にく)く〔期待を抱いて〕思ひて、除目(ぢもく)の大間(おほま)(九)、殿上に〔殿上の間に〕(一〇)□様(やう)に、皆人押しひらいて(一一)見騒ぐに、殿、音(こゑ)を高くして読み上げ給ふを聞けば、

(一二)むらさきのくもとぞみゆるふぢの花
いかなるやどのしるしなるらむ

と。若干(そこばく)の人皆此れを聞きて、胸を扣(たた)きて、「極じ〔大したものだ〕」とほめ喤(ののし)りけり。大納言も、人々の皆極(いみ)じと思ひたる気色(けしき)を見てなむ、「今ぞ胸は落ち居る〔これでやっと安心しました〕」とぞ、殿に申し給へる。

此の大納言は、万(よろづ)の事皆止事無かりける〔よくおできになったが〕中にも〔その中でも〕、和歌読む事を、

誤った)。『高遠集』によるとこの屏風には「柳ある所」の図柄があった。また「野に雉子どもあり」という図柄もあったから(『公任集』)、たとえば「雉子(きじ)の目や無き」というような歌が考えられるかも知れぬ。

六 檀紙(だんし)。陸奥産で懐紙に用いる。これに糊を引き、その上を摺(す)ったものに歌を書くのである。

七 藤原頼通。道長長男、当時八歳。

八 藤原教通(のりみち)。道長次男、当時四歳。『古本説話集』に、同座していたのを藤原伊周(これちか)とする方が事実に合う。

九 大間書(おおまがき)のこと。除目(じもく)の時、諸官職名を記し、任官者名を記入してゆくようにした文書。

一〇 諸本「披タル」の語があるのに従うべきである。大間書のひらき方には一定の作法がある(『秋玉秘抄』)。

一一 「披ク」を仮名書きにした例が『今昔』になく、意味も通じにくいことから、「ヒヽライテ」の「ヽ」の脱と見、押しあいへしあい、がやがや言う意とする説(『全集』)がある。

一二 〈この藤の花は　あたかも紫の雲かと見えるのだが　これはこの家の　どういう吉兆なのであろう〉『拾遺集』雑春。『公任集』には詞書「人の家に松にかかれる藤をみる」とある。藤花は藤原氏の象徴であり、紫雲は瑞雲(ずいうん)であるが、とりわけ、帝や后になるべき人が生れたとき、その家に立つという意をもつ(『奥義抄』『色葉和難集』)。この場合、彰子入内の祝儀、あるいはやがて皇子皇女を儲けるであろうという祝福。

自らも常に自歎(じたん)し給ひけりとなむ（自讃なさっていたと）、語り伝へたるとや。

公任大納言、白川の家にして和歌を読む語(こと)、第三十四

今は昔、公任(きんたふ)[一]大納言、春の比(ころほひ)、[二]白川の家に居給ひける時、然(さ)るべき殿上人(てんじやうびと)四五人計(ばかり)行きて、「花の譤(おもしろ)く候へば、見に参りつるなり」と云ひければ、酒など勧めて遊びけるに、大納言此(か)くなむ、

[三]春きてぞ人もとひけるやまざとは
花こそやどのあるじなりけれ

と。殿上人共此(こ)れを聞きて、極(いみ)じく目出(めで)て読みけれども（感嘆してよみあげたが）、此れに准(なずら)ふるにも無かりけり（較べられるような歌は誰にもできなかった）。

公任、白川の家にて歌を詠むこと

一　太政大臣藤原頼忠の長男。行成・俊賢・斉信とともに一条天皇の時の四賢、あるいは四納言と呼ばれ、すべて道長の政治上の協力者、ないしその意志の体現者であった。参議・権大納言、正二位。四条大納言と呼ばれる。歌人としては古代歌学の大成者であり、大井川行幸の時の三舟の才のことを始め、和歌・詩の逸話が多い。『和漢朗詠集』『金玉集』『新撰髄脳』『北山抄』などの著がある。

二　厳密にいうならば、公任の山荘は北白川にあった。東大路の北、志賀山越道にかかるあたりとされる。「都人士女の花を論ずる者、多く白河院を以て第一と為す」（『本朝文粋』）と源順(みなもとのしたごう)が賦(ふ)した白河院はもう少し南の方であるが、白川・北白川（姉小路以北）は桜の名所であり、藤氏の別業が多く営まれていた。

三　〈春がくるとこのようにも人が訪ねてくれる　あ　わが山里は　私でなくて花が　宿のあるじであったよ〉『拾遺集』雑春、『公任集』『古来風体抄』所収。秦兼方(はたのかねかた)は、この歌を公任第一の秀歌とした（『袋草紙』『宇治拾遺物語』）。

公任、父の死に月を見て歌を詠むこと

亦、此の大納言、父の四三条の大き大臣失せ給ひたりけるに、九月の中旬の比、月の極じく明らかなりけるに、夜更け行く程に、空を詠めて居たりけるに、侍の方に（侍の詰所の方で）「極じく明らかなる月かな」と人の云ひけるを聞きて、大納言、

五いにしへをこふるなみだにくらされて
おぼろにみゆるあきのよの月

となむ読みたりける。

雲がくれの月の歌のこと

亦、此の大納言、九月計に、月の雲隠れたりけるを見て読みける。

六すむとてもいくよもすぎじ世の中に
くもりがちなるあきの夜の月

四 藤原頼忠。実頼次男。関白兼通と兼家の兄弟（頼忠の従兄弟）の不和の中で、兼通から関白を譲られる。太政大臣、従一位。「世に許され、よき人にて」（『愚管抄』）と批評されている。家は三条の南、大宮の東にあった。一条＝永延三年（九八九）六月二十六日没、六十六歳。「大き大臣」は太政大臣。

五〈往時をなつかしみしのぶ涙にくもらされて　明るいはずの秋の夜のこの月も　今はおぼろにかすんで見える〉『詞花集』雑下所収。『公任集』の詞書には「九月十五日みやの御念仏始められける夜、遊びなどせられて、月の朧ろなるに、ふるきことなど思ふ心を人々よみけるに」とあって、これによると必ずしも父の死直後のことではない。この時公任は、道長らと同座して歌を贈答している。九月十五日の仏事としては、長保三年（一〇〇一）の詮子（皇太后宮）季御読経や、四年の彰子（中宮）季御読経が考えられる。

六〈たとえ美しく澄みわたっても幾夜もつづくことはあるまい（この世に住むといってもまた同じこと）美しいだけにまた秋の夜の月は　ともすれば曇ろうとする〉『後拾遺集』秋上、『公任集』所収。第二句『後拾遺集』に「いくよもあらじ」、『公任集』に「いくよもすまじ」とする。「いくよ」に「幾夜」と「幾代」、「すむ」に「澄む」と「住む」を懸けている。

と。

大井川にあそぶ歌のこと

亦（また）、此の大納言、[一]宰相中将にて有りける時、然（さ）るべき上達部（かんだちめ）・殿上人（てんじやうびと）数（あま）た具（伴って）して遊ばむが為に、[二]大井河に行きて遊びけるに、紅葉（もみぢ）の[三]井関（ゐせき）に流れ留りたりけるを見て、読みける。

[四]おちつもるもみぢをみれば大井川
ゐせきに秋はとまるなりけり

と。

娘におくる歌のこと

亦、此の大納言の[五]御娘は、[六]二条殿の御北の方にて御座（おはしま）しけるに、雪降りける朝、其の御許（もと）に奉りけり。

[七]ふるゆきはとしとともにぞつもりける
いづれかたかくなりまさるらむ

と。

籠居のときの歌のこと

亦（また）、此の大納言、[八]世の中を恨（うら）みて蟄（こも）り居（ゐ）たりける時、八重菊を

一 近衛中将で参議であること。ただし公任は、一条＝正暦三年（九九二）八月、参議になるとともに左近権中将を止められており、実際は、宰相中将と呼ばれる時期はなかった。

二 大堰（おおい）川。京都嵐山の下を流れる。上流が保津川、下流が桂川。紅葉の名所で平安貴族遊宴の地であった。

三 堰関（いせき）。木や石を組んで水の流れを塞（せ）いたところ。

四 〈井関に散り積っている紅葉を見ると　この大井川の　ほかならぬ井関にこそ　去りゆく秋がかろうじてとどまっているという趣である〉『後拾遺集』冬、『公任集』所収。『後拾遺集』では第四句末「秋も」、『公任集』では第四・五句「ゐせきにとまる秋にぞありける」とする。なお『公任集』には、第一句を「流れ行く」とした歌も別に載っている。

五 公任は長女を鍾愛（しょうあい）した。その母は昭平親王（村上皇子）の女宮。長和元年（一〇一二）四月二十七日、十三歳で藤原教通（のりみち）と結婚。治安四年（一〇二四）正月六日、産後に死ぬ。

六 藤原教通。道長三男。関白太政大臣、従一位。二条の南、高倉の西に邸があって二条殿と呼ばれる。

七 〈降る雪　私の髪のようなその雪はまた　わが年の積るように降りつんでいる　いずれが高くなっていることか〉『後拾遺集』冬、『公任集』所収。第四句は『公

見て読みける。

九 おしなべてさくしらぎくはやへやへの
花のしもとぞみえわたりける

と。亦、一〇 世の中を背く人々多く有りける比、大納言此く読みける、

一一 おもひしる人もありける世の中に
いつをいつとてすごすなるらむ

と。亦、関白殿(頼通)の大饗行はせ給ひける屏風に、山里に紅葉見に人の来たる所を絵に書きたるに、此くなむ読みける。

一二 山里のもみぢみにとかおもふらむ

任集』に「いづれかふかく」。雪は積る高さ（深さ）とともに、白さによって老いの髪を連想させる。

八 一条＝寛弘元年（一〇〇四）、中納言、正三位のとき権中納言斉信に位を超えられ、出仕をやめて辞表を提出したことを指す。翌年、特に従二位に叙して斉信と並べられた。道長の配慮であろう。

九〈一様に咲きほこっている白菊は　幾重にも重なって咲く花に　さらにわかちなく霜がおいているのかと　見わたされることよ〉『後拾遺集』雑三所収。『公任集』では情景が異り、「中務宮に八重菊植ゑ給うて文作り遊びし給うける」とあって、第二句「ひらくる菊は」、第四句「花の霜にぞ」とする。中務宮は村上皇子具平親王。寛弘元年閏九月十八日、その邸で作文会が催されている（『権記』）。

世を背く人多い時の歌

一〇 長保三年（一〇〇一）、照中将・光少将と並び称せられた源成信・藤原重家が、申し合せて三井寺で出家したことを指す。

一一〈世の無常を観じて出家する人もいるのに　その俗世にいつまで拘わって私は過そうとするのか〉『拾遺集』哀傷、『公任集』所収。この歌は、成信・重家の出家後、ことに成信と親交の厚かった行成に、公任が贈ったものである。

頼通大饗の屏風歌のこと

一二〈今ごろ訪ねてくると　その人に会うためでなく　山里の紅葉をたずねてきたのだと思われるだろ

ちりはててこそとふべかりけれ

と。此様に読みて、此の大納言は極めたる和歌の上手にて御座しけるとなむ、語り伝へたるとや。

在原業平中将、東の方に行きて和歌を読む語、第三十五

今は昔、一在原業平中将と云ふ人有りけり。世の二□(好)者にてなむ有りける。然るに、身を要無き者に思ひ成して、京には居らじと思ひ取りて、東の方に住むべき所や有るとて行きけり。本より得意と有りける人、一両人を伴なひて、道知れる人も無くて、迷ひ行きけり。而る間、参河の国に三八橋と云ふ所に至りぬ。其こを八橋と云ひける様は、河の水出でて四蜘手なりければ、橋を八つ渡しけるに依りて、

業平、八橋にて歌を詠むこと

う　すっかり散ってしまってから訪れるべきであったよ〉『後拾遺集』秋下、『公任集』所収。ともに第二句「もみぢみにとや」。『栄花物語』一三にも載っていて、「もみぢみるとや」とする。また、同書によると公任はこの時、春景にもう一首を出している。この大饗は後一条＝寛仁二年（一〇一八）正月二十三日に行われた。頼通の大臣大饗（一一二頁注四参照）で、彼はこの時摂政内大臣、正二位、二十七歳。二十一日、四尺大和絵屏風十二帖（画は織部佐親助）が新調され、詩（斉信・公任・広業・為政・義忠・為時）と和歌（輔親・輔尹・和泉式部・公任・道長）が詠進されて道長の手で撰定、二十三日、行成が色紙形を書いた。この時、公任は遅参して詩を出さず、道長の再三の催促によって五首を提出したという。彰子入内の屏風絵に和歌を求められて公任が躊躇し、辞退しようとした話（二四―三三）は、実はこの頼通大饗のときの詩の話と、混乱しているのではあるまいか。

一　阿保親王（平城皇子）の子。阿保の申請により、二歳の時に在原姓を与えられている。右馬頭・蔵人頭・右近衛権中将、従四位上。卒伝（『三代実録』）には「体貌閑麗、放縦不拘」、また「略無二才学一、善作二倭歌一」とある。三十六歌仙の一人。中将は近衛府の次官で、公事朝儀に常に参与し、殿上のことを督察し、諸社の祭使に立つなど、花々しい官務をもつ。

八橋とは云ひけるなり。其の沢の辺に木隠の有りける、業平下り居（馬を下り坐って）て[五]餉食ひけるに、小河の辺に劇草[六]謚く栄き（咲いているのを）たりけるを見て、具し（同行し）たりける人々（ていた人々）の云はく、「劇草と云ふ五文字を句の頭毎に居ゑて[七]、旅の心（旅情）の和歌を読め」と云ひければ、業平此く読みけり。

[八]からころもきつつなれにしつましあれば
はるばるきぬるたびをしぞおもふ

と。人々此れを聞きて、哀れに思ひて泣きにけり。餉の上に涙落ちてほとびにけり（ふやけてしまった）。

宇津の山辺にて、都へのたよりの歌を詠むこと

其こを立ちて眇々と行き行きて（旅をつづけて）、駿河の国に至りぬ。[九]うつの山と云ふ山に入らむと為るに、我が入らむと為る道は糸暗し、心細き事限無し。[一〇]絡石・鶏冠木繁りて、物哀れなり。此くすずろなる事を見る事（こんな淋しい目にあうことよ）と思ふ程に、一人の修行の僧会ひたり（諸国行脚の僧が来あわせた）。此れを見れば、京にて

二 「すきもの」の漢字表記を求めた欠文。色好みの意。
三 愛知県知立市の東にあった。
四 蜘蛛の足のように八方に流れが分かれた様子。「水ゆく川のくもでなれば」（『伊勢物語』）、「水の出でざまのくもでなれば」（『伊勢物語絵巻』）。
五 旅行用の干した飯。「餉 カレイヒ、カレヒ」（『名義抄』）。
六 「劇草 カキツハタ」（『名義抄』）。かきつばたは、しばしば、美しい女人、愛する人にたとえられた。
七 折句物名のこと。宇多上皇が昌泰の頃に催した女郎花合では、ヲミナヘシの折句物名の歌が多く詠まれており、ヲミナヘシやカキツバタのような五音の植物名は、折句物名に詠まれる伝統もあったようである。
八 〈そうでなくても旅は淋しいのに　長年添いなれた妻を都においてきたので　この長途の旅がしみじみ淋しく思われることだ〉『古今集』羇旅、『伊勢物語』九、ほかに『業平集』『新撰和歌』三、『古今六帖』六に収める。「からころもきつつ」は「なれ」の序詞。「馴れ」「妻」「遙々」「来」の意味にはそれぞれ「褻れ」「褄」「張」「着」が懸けられており、かつそれらはすべて、序詞の「唐衣」と縁語の関係をなしている。
九 静岡市丸子と志太郡の境の山。東海道の難所の一つである宇津谷峠はここ。
一〇 「絡石 都太」「鶏冠木 加倍天乃岐」（『和名抄』）。

見知りたる人なりけり。僧、業平を見て、奇異（不思議に思って）に思ひて云はく、「此かる道をば何で御座すぞ」と。業平其こに下り居て、京に、其の人の許に文を書きて付く（あの方の人の許に手紙を書いて〔僧に〕託した）。

一するがなるうつの山べのうつつにも
ゆめにも人にあはぬなりけり

と。其こより行き行き、富士の山を見れば、二五月の晦日に、雪糸高く降りたる（降り積って）に、白く見ゆ、其れを見て、業平此く読みけり。

三ときしらぬ山はふじのねいつとてか
かのこまだらにゆきのふるらむ

と。其の山は、四此こに譬へば、比叡山を廿重ね上げたる（二十も積み上げた）許の山なり。

一〈駿河の国の宇津の山辺にいま私はいるが　そのうつつ—現実にはもとより　夢にさえあなたに逢えずにいることよ〉『新古今集』羇旅、『伊勢物語』九。『業平集』諸本には見えず、『古今六帖』二には、石川郎女の作として「駿河なる宇津のを山のうつつにも夢にもみぬに人の恋しき」、また『忠岑集』にも、「駿河なる宇津の山辺の（一本「うつつの山の」）うつつにも夢にも人（一本「君」）を見でややみなむ」の類歌を載せる。これらを基にして創作されたものかと思われる。夢にもその人を見ないのは、その人が思ってくれていないからだという俗信があった。

富士の山を見て歌を詠むこと

二 陽暦六月下旬から七月中旬に相当する、暑い盛りの頃である。かきつばたの季節からは、すでに一カ月を経ている。

三〈富士の山は時のわかちも知らぬ山　—一体いまをいつと思って　鹿の子まだらに雪をつもらせているのだろう〉『新古今』雑中、『伊勢物語』九、『業平集』、『古今六帖』一に収める。「かのこまだら」は、鹿の子の茶褐色の毛に白い斑のあるような状態。ここは、夏山に雪の残り積む状態を言っている。

なりは(その形は)[五]しほじりの様にぞ有る。

尚行き行きて、武蔵の国と下総[六]の国との中に大きなる河有り。其れを角田河[七]と云ふ。其の河の辺に打群れ居て(坐って)、思ひ遣れば(京に思いをはせると)限無く遠く来にける(来てしまう)かなと、侘び思へるに(身にしみて侘しかった)、渡守、「早く船に乗れ、日暮れ(日が暮れ)ぬ」と云へば、乗りて渡らむと為る程に、皆人、京に思ふ人無きに(恋しい人がないわけ)しも非で(でないので)、侘び思ひけり。而る間、水の上に、鴫[八]の大きさ有る(鴫の大きさほどの)白き鳥の、嘴と足とは赤き(くちばしと足の赤いのが)、遊びつつ魚を食ふ。京には更に見えぬ(見たこともない)鳥なれば、人も見知らず。渡守に、「彼れは何鳥とか云ふ(あれは何鳥と呼ぶのか)」と問へば、渡守、「彼れをば都鳥と云ふ」[九]と云ひければ、業平、此れを聞きて、此くなむ読みける。

[一〇]なにしおはばいざこととはむ都どり
わがおもふひとはありやなしやと

四 京都で言えば。「此こ」は京の都。

五 塩田で砂を円錐状に積んだもの。これにくりかえし海水をかけて天日に乾かし、塩をとる。

六 千葉県北部から茨城県南部。訓みは『字類抄』によるが、より古いシモツフサ(『和名抄』)によってもよい。

七 隅田川。室町頃までは、隅田川が武蔵・下総の国ざかいであった。

八 シギ科の渉禽類。春秋二季に来る渡り鳥で、水辺に棲む。このところ、『伊勢物語』では「鴫の大きさなる」とある。程度や年齢などをあらわす語に下接した「有る」は、「なる」の意である。

都鳥を見て、人をしのぶ歌のこと

九 『伊勢物語』では「これなむ都鳥」(これがあの都鳥ですよ)と表現されている。都鳥は「ゆりかもめ」のことと言われる。これも渡り鳥で、冬に来る。

一〇 〈都鳥という名をもっている　それにふさわしい鳥であるならば 私はお前にたずねたい 私の恋しい人は無事でいるかどうか と〉『古今集』羇旅、『伊勢物語』九、『業平集』、『新撰和歌』三、『古今六帖』二に見られる。

船の人皆此れを聞きて、挙りてなむ泣きける。此の業平は、此様にして和歌を微妙じく読みけるとなむ、語り伝へたるとや。

業平、右近の馬場にして女を見て和歌を読む語、第三十六

右近の騎射の日、業平、女車の主と歌を交すこと

今は昔、右近の馬場に、五月六日弓行ひけるに、在原業平と云ふ人、中将にて有りければ、大臣屋に着きたりけるに、女車、大臣屋近く立ちて物見る有り。風の少し吹きけるに、下簾の吹き上げられたりけるより、女の顔の憾からぬ（心ひかれる）見えたりければ（女の顔が見えたので）、業平の中将、小舎人童を以て此く云ひ遣りたりけり。

みずもあらずみもせぬ人のこひしくは

一 一条大宮、現在北野天満宮の東側に跡が残る。

二 右近衛の真手結（騎射の本演習）。左右近衛府では毎年五月三日に左近の荒手結（仮演習）、四日に右近の荒手結、五月五日に左近の真手結、六日に右近の真手結がそれぞれの馬場で行われた。この真手結を「ひをり」とも言う。「弓」は騎射のこと。

三 業平は貞観十九年（八七七）正月に右近権中将に任。説話的には、業平といえば中将として知られる。

四 騎射のとき中・少将の着座するところ。「馬場のおとどや」「馬場のおとど」とも言う。

五 女用の牛車。

六 女車の簾の内側の帳。

七 近衛中・少将の召使った少年。牛車の先に立つなどの用をする。

八〈全く見なかったわけでもなく　よく見たわけでもない方の恋しさに　今日はただ　わけもなく思いに沈んで暮すことになろうか〉『古今集』恋一、『伊勢物語』九九、『業平集』、『大和物語』一六六。「あやなく」はわけもなく、むやみに。「ながむ」は思いに沈むこと。

九〈知っているとかいないとか　どうして理由もない区別をなさいます？　思いだけが…思っているか否かだけが　恋のしるべというものでしょうに〉『古今集』恋一、『伊勢物語』九九、『業平集』、『古今六帖』五。すべて第一句を「しるしらぬ」としており、『今

あやなくけふやながめくらさむ

と。女返(かへし)、

[九]しるしらずなにかあやなくわきていはん
おもひのみこそしるべなりけれ

となむ有りける。

惟喬親王と、天の川に狩をすること

亦(また)、此の業平中将、惟喬(これたか)[一〇]の親王と申しける人の、山崎[一一]に居給へりける所に、中将[一二]、狩[一三]せむが為に行きたりけるに、天の河原[一四]と云ふ所に下(お)り居て、酒など飲みけるに、親王、「天の河原と云ふ心(趣意)を読みて、盞(さかづき)を差せ」と宣(のたま)ひければ、業平中将此(か)くなむ、

[一五]かりくらしたなばたつめにやどからむ

昔物語集』の「シルシラス」の「ス」には「ヌ」の誤写の可能性もある。「おもひ（思）」には「火」の意が懸けられている。『大和物語』一六六では、「見も見ずも誰と知りてか恋ひらるるおぼつかなさの今日のながめや」という返歌を載せており、『在中将集』ではこの歌（第四句「おぼつかなみの」）を、「しるしらぬ何かあやなく」の歌とともに女の返歌としている。

＊この印象的な『伊勢物語』の一段は、現実の真手結の日に一つの風俗をひらいた。〔日折の日の女車〕

一〇 文徳天皇第一皇子。母は紀名虎女(きのなとらのむすめ)静子。嘉祥二年（八四九）七歳の時、皇太子位は、母を藤原明子（染殿后）とする弟惟仁(これひと)（後の清和天皇）に決るが、文徳は惟喬を鍾愛(しょうあい)して、皇太子にしたい意志があったとも伝え（『大鏡』裏書）、惟仁との継承争いの説話が生れる。なお、静子の兄有常の女(むすめ)は業平の妻であった。

一一 京都府乙訓(おとくに)郡大山崎町。『伊勢物語』では山崎の先、水無瀬(みなせ)（大阪府三島郡島本町）に宮があったという。山崎とは続いている。

一二『伊勢物語』では「右馬頭(うまのかみ)」（貞観七年三月任）。

一三 鷹狩。『伊勢物語』によると、この狩は交野(かたの)（大阪府枚方(ひらかた)市）で行われたが、そこは天皇家の鷹場の一つであった（今に、禁野(きんや)の名が同地に残っている）。

一四 枚方市禁野。淀川に注ぐ同名の川がある。

一五〈一日狩り暮してもはや夜　一夜の宿を織女に頼

あまのかはらにわれはきにける

と。御子(みこ)[一]の返(かへし)し給はざりければ、御共に有りける(お供をしていた)紀有常(きのありつね)[二]と云ひける人なむ、此(か)くなむ、

[三]ひととせにひとたびきますきみまてば
やどかす人もあらじとぞおもふ

と。其の後、御子返り給ひて、中将と終夜(よもすがら)酒飲み、物語などし給ひけるに(あれこれと話をなさったが)、二日[四]の夜の月の隠れなむとしけるに、御子酔(ゑ)ひて入り給ひなむと為れば(寝所にお入りになろうとしたので)、業平中将此(か)くなむ、

惟喬親王の寝所に入るのをとどめる歌

[五]あかなくにまだきも月のかくるるか
山のはにげていれずもあらなむ

もう　天の川のあたりにまで我々は来ているのだから〉『古今集』羇旅、『伊勢物語』八二、『業平集』、『新撰和歌』三、『古今六帖』二に見える。第五句末「きにけり」。地名「天の川」から天上のそれに言い懸けている。

一 親王は、業平の歌が巧みであるために返歌ができない、という意。『伊勢物語』に「歌（業平の歌）をかへすかへす誦したまうて、返しえしたまはず」とある。

二 名虎の子、静子の兄。少納言・侍従、従四位下。「性清警(ニシテ)、有(リ)儀望(一)」と評されている（『三代実録』）。

三〈一年に一度だけ訪ねてくる人を　ひたすら待っている織女だから　その人ならぬ我々に　宿を貸してくれようとは思えません〉『古今集』羇旅、『伊勢物語』八二、『業平集』、『古今六帖』二に見える。「ひととせにひとたびきます君」は牽牛(けんぎゅう)、「やどかす人」は、織女が宿を貸す男。

四『伊勢物語』その他では、十一日の月とする。二日の月は夕方には沈んでしまうから、十一日（月の入りは午前三時頃）とすべきである。

五〈もっと眺めていたいと思うのに　月ははや隠れようとするのか　山の端の方が逃げて　月を入れないでほしいものだ〉『古今集』雑上、『伊勢物語』八二、『業平集』、『新撰和歌』四、『古今六帖』一に見える。

業平、出家した惟喬を訪れること

と聞えたりければ、御子寝ね給はで、曙し給ひてけり。
中将此様に参りつつ遊びけるに、御子、思ひ懸けず出家し給ひて、[六]
[七]小野と云ふ所に御座しけるに、業平中将、見奉らむとて、[八]二月許に
参りたるに、雪糸深く降りて徒然し気なるを見て、中将此くなむ、[九]

[一〇]わすれてはゆめかとぞおもふおもひきや
ゆきふみわけてきみをみむとは

と云ひてぞ、泣く泣く返りにける。
此の中将は、平城天皇の皇子、[一一]阿保親王の子なりければ、品も糸止事無き人なり。而るに、世を背きて、心を澄まして此様に行ひて、和歌をぞ微妙じく読みけるとなむ、語り伝へたるとや。

「なむ」は活用語の未然形について文末を構成する、希望の助詞。「月」は親王を暗示している。

六 貞観十四年（八七二）七月十一日出家、法名を浄忍とも伝える（『雍州府志』）。惟喬伝説の中では、即位できなかった失意のための落飾とするが、惟喬が帝位につけぬことはすでにその七歳のときに決していた（二一五頁注一〇参照）。

七 京都府愛宕郡小野郷（現在、京都市左京区大原）。比叡山の西麓で雪が深い。

八 『伊勢物語』には、「むつき（正月）」とある。

九 『伊勢物語』には「つれづれといともの悲しくて」とあるが、サビシとよんでおく。〔「徒然」のよみ〕

一〇 〈これが現実であることをふと忘れ　夢ではなかったかと思ってしまうのです　この深い雪をふみわけて　世を捨てたあなたにお目にかかりに来ようなどいつ思ったことでしょう〉『古今集』雑下、『伊勢物語』八三、『業平集』、『古今六帖』一に見える。

一一 平城天皇第一皇子。藤原薬子の変に連座して、長く太宰権帥であったが、天長二年（八二五）許されて入京、その直後に業平を儲けている。翌年、申請して行平・業平のために在原姓をうけている。

藤原実方朝臣、陸奥(みちのく)の国にして和歌を読む語(こと)、第三十七

実方、陸奥の国より宣方に歌を贈ること

今は昔、[一]藤原実方朝臣(さねかたのあそん)と云ふ人有りけり。[二]小一条大将済時(なりとき)大納言と云ひける人の子なり。

一条院の御時に、[三]左近中将として□の殿上人にて有りけるに、思ひ懸けず[四]陸奥守(みちのくのかみ)に成りて、其の国に下りて有りけるに、[五]右近中将源宣方(のぶかた)朝臣と云ひける人は□(重信)の子なり、実方と共に[六]禁中に有りける（宮中に仕えていたところ）時、諸(もろ)ろの事を隔(へだて)無く云ひ通はして（隔意なく言いかわして）、極めたる得意にて有りけるに（無二の親友であったが）、泣く泣く[七]実方別れて陸奥の国に下りにけるに、彼(か)の国より実方中将、宣方中将の許(もと)に、此(か)くなむ云ひ遣(や)りたりける、

[八]やすらはでおもひたちにしあづまぢに

一『拾遺集』時代の歌人。左大臣師尹(もろただ)の孫、侍従定時の子。母は源雅信の女(むすめ)(倫子の姉か)。父定時が早死したため、叔父済時(なりとき)に養育された(『栄花物語』)。和歌の逸話が極めて多い。左中将・陸奥守、従四位上。

二 師尹の次男。師尹に比べると心が邪曲で名聞好きであり、琴をよくしたが気取っていたと批評されている(『大鏡』)。右大将・左大臣・大納言、正二位。「小一条」は近衛の南、東洞院(ひがしのとういん)の西にあった冬嗣(ふゆつぐ)の邸で、忠平・師尹・済時と伝領され、済時は小一条大将と通称されている。

三 正暦五年(九九四)九月に左近中将となる。欠文には従四位上の官位を宛てるものか。

四 殿上で藤原行成と口論し、その冠を庭上に投げ、「奥州の歌枕を見て参れ」と左遷されたと伝える(『古事談』『十訓抄』)。それより前、桜狩の時に俄か雨にあい、花の木の下に宿って「桜狩り雨はふりきぬ同じくは濡るとも花のかげにくらさむ」と詠み、行成から、歌はおもしろいが人はおろかだと評されている(『撰集抄』)。

五 六条左大臣重信の子。右中将、従四位上。次の欠字は、「重信」。

六 実方が左中将に転じた正暦五年、宣方は並んで右中将に任ぜられ、両者の交際は『実方集』に見える。

七 底本「実方ニ別レテ」とあるのを改める。

八 〈自分では何のためらうこともないと 思い立っ

ありけるものをはばかりのせき

となむ有りける。

実方、道信の死を悲しむこと

亦、道信中将と云ふ人有りけり。其れも、此の実方中将と限無き（この上ない親友）得意にて有りけるに、九月許に、紅葉見に諸共に行かむと契を成して後、彼の道信中将、思ひ懸けず失せ（亡くなったので）にければ、実方中将限無く哀れに思ひて、泣く泣く独言に此くなむ、

みむといひし人ははかなくきえにしを
ひとりつゆけきあきのはなかな

となむ云ひて、恋ひ悲しみけり。

実方、亡き子を夢にみること

亦、此の実方中将、愛しける幼き子におくれ（先立たれてしまった）たりける比、限無く恋ひ悲しみて寝ねたりける夜の夢に、其の児の見えたりければ、驚（目

て来た東の旅なのであるが　なんとここにははばかりの関　遠い鄙路の赴任を　ああ　やはり私の心はためらっていたのか〉『後拾遺集』雑五、『実方集』所収。「やすらふ」は、ためらう、躊躇する。「はばかりの関」は陸奥の歌枕、陸前の国柴田郡（宮城県）の衣の関のことという説がある。

九 藤原為光の子。左中将、従四位上。一条天皇の頃の代表的な歌人には、道信・実方・長成らが挙げられている（『続本朝往生伝』）。

一〇 実方が右中将になった正暦二年九月に、道信は左中将であり、道信の死により、左中将実方・右中将宣方という組合せ（注六参照）が成立するのである。交誼は『実方集』に詳しい。

一一 『実方集』には「八月ばかりに」とある。

一二 『実方集』（書陵部本『実方中将集』）によると「花もともに見むと」。

一三 〈ともに紅葉を見ようと約束した人は思いがけず亡くなってしまい　残されてひとり露にぬれた秋の花を私は見ている　その私のような花を〉『後拾遺集』哀傷（詞書も『今昔』本文に近い）。『実方集』（類従本）は第五句「秋萩の花」。「秋の花」には、ひとり残された実方自身が寓されている。

一四 『実方集』に「こそきみ」という名を挙げている。

き覚めて後、此くなむ、

[一]うたたねのこのよのゆめのはかなきに
　さめぬやがてのいのちともがな

となむ云ひて、泣く泣く恋ひ悲しびける。

此の中将は、此く和歌を読む方なむ極めたり（作歌の極意を得ていたのだった）ける。而る間、陸奥守に成りて、其の国に下りて[二]三年と云ふに（三年めに）、墓無く失せにければ、哀れなる事実に限無くして止みにけり。其の子の[三]朝元と云ひし人も和歌の上手にてなむ有りけるとなむ、語り伝へたるとや。

藤原道信朝臣、父に送れて和歌を読む語、第三十八

一 〈亡き子に逢えた仮寝の夢ははかなく覚めてしまったが　いっそ覚めないで　そのまま私も命終りたいと思う〉『後拾遺集』哀傷、『実方集』に出る。『実方集』（書陵部本『実方中将集』）には第五句「うつつともがな」。「やがて」は、そのまま、の意。「…ともがな」は、…であってほしい、の意。古くは「…にもがな（も）」といった。

二 長徳四年（九九八）十二月、任地陸奥で死ぬ。

三 和泉守を経て、後一条＝長元二年（一〇二九）陸奥守となる。同四年一月十日没。歌人としての伝えはない。従四位下。

四 前頁注九参照。

五 右大臣藤原師輔の子。鍾愛の女、怟子（花山院女御）の死後（寛和元年）は世を捨てたように、永延三年（九八九）、今の三十三間堂の近くに法住寺を建てて常に籠っていた。後一条太政大臣、法住寺太政大臣と呼ばれる。右大臣・太政大臣。諡を恒徳公といい、正一位が追贈された。

道信、父の忌明に歌を詠むこと

今は昔、左近中将に藤原道信[四]と云ふ人有りけり。法住寺の為光[五]大臣の子なり。一条院の御時の殿上人なり。形・有様より始めて、心ばへ糸可咲しくて、和歌[六]をなむ微妙じく読みける。未[七]だ若かりける時に、父の大臣失せ給ひにければ、歎き悲しむと云へども甲斐無くて、墓無く過ぎて亦の年に成りたれば、哀れは尽きせぬ物なれども、限有れば服除ぐとて、道信中将此くなむ読みける、

[八]かぎりあればけふぬぎすてつふぢ衣
はてなきものはなみだなりけり

と云ひてぞ泣きける。

亦、此の中将、殿上[九]にして数たの人々有りて、世の中の墓無き事共を云ひて、牽牛子[一〇]の花を見ると云ふ心を、中将此くなむ、

六『大鏡』には「いみじき和歌の上手にて、心にくき人にいはれ給ひしほど…」とある。

七 正暦三年（九九二）六月十六日、為光没（五十一歳）。時に道信は二十一歳。

八〈世の定めとして期限もきたので 今日は喪服を脱いでしまった とはいえ はてしなくこぼれるものは悲しみの涙であるよ〉『拾遺集』哀傷、『道信集』『玄々集』所収。『古来風体抄』『近代秀歌』『詠歌大概』『定家十体』にも挙げられる。『玄々集』『古来風体抄』『宝物集』には第二句「けふぬぎすつる」、『古本説話集』に第三句「ふぢばかま」、『小大君集』には後句を「涙の果ぞ知られざりける」として収める。「藤衣」は「纕衣」とも書き、葛や麻を織った衣の意で、喪服のこと。

九 これと同じ情景は『公任集』にも描かれており、そこには「女院にて」と記す。女院は東三条院詮子（兼家次女、円融后、一条天皇母）のこと。

一〇「あさがほ」は古く桔梗、木槿を指すこともあったが、「牽牛子」の文字は、今いう朝顔のことである。「けにごし」ともいわれ、本来、中国渡来の薬用植物。

殿上にて、朝顔の歌を詠むこと

一あさがほをなにはかなしと思ひけむ
人をも花はさこそみるらめ

と。亦(また)、此の中将、屛風の絵に、山野に梅の花栄(さ)きたる所に、女の只(ただ)一人有る屋〔独り住む家の〕の糸幽(いとかす)かなる所を〔物寂しい有様を〕、此(か)くなむ読みける、

二みる人もなき山ざとの花のいろは
中々かぜぞをしむべらなる

と。亦、此の中将、九月許(ばかり)に或る女の許(もと)に行きたりけるに、祖(おや)ぞ隠(かく)しければ、三有り乍ら〔女は居るのに〕会はずして返りて、亦の日〔その翌日〕此(か)くなむ云ひて遣(や)りたりける、

一〈咲いてすぐ萎(しお)れる朝顔を　だからと言ってどうしてこれまで　はかないものと思ってきたのか　そう思う人間を　朝顔の花は花で　やはりはかないものと見るであろうよ〉『拾遺集』哀傷、『道信集』所収。書陵部乙本『道信集』は第三句「思ふらむ」。ここに言う情景は、『道信集』の詞書が近いが、『拾遺集』の詞書では、「朝顔の花を人のもとに遣すとて」とする。なお、この歌は『古来風体抄』にも採られている。

屛風絵の歌

二〈見にくる人とてない山里の花の色は　かえって風が惜しみ　心して吹いているかのような思いがする〉『道信集』所収。書陵部乙・丙本は第一句「みるほども」、甲本第三句「花の色を」、第四句「風ぞなかなか」、乙本第四句「なかなか風も」とある。「花の色」は女の容色にかけている。「べらなり」は推量の助動詞で、平安初期の古訓点に見られ、中期にも歌語として行われたことがある。なお、この歌は「みる人もなき山里の桜花ほかの散りなむ後ぞ咲かまし」(『古今集』春、『伊勢集』)を本歌とする。

女をその親に隠されての歌

三『道信集』詞書では、「ありながら親のかくせば」と続けられている。

四よそなれどうつろふ花はきくのはな
なにへだつらむやどのあきぎり

と。亦、此の中将、菊の盛なりける比、山郷なる所に行かむとて、人を以て云ひ遣りける、

五わがやどのかきねの菊の花ざかり
まだうつろはぬほどにきてみよ

と。亦、此の中将、八月許に、六槁に知りたりける所に行きたりける所に、月の極じく明くて水に移りたりけるを見て、此くなむ読みける、

七桂川月のひかりに水まさり

四〈ほっておいても菊の色はあせるものなのに　それに　どうして宿の秋霧は　人に見せまいと菊をへだてたりするのであろう〉『道信集』所収。第一句、書陵部乙本「よそなれば」、第二句、書陵部甲本「うつろふ色を」、乙本「うつろふものを」、丙本「うつろふ色は」、島原本「うつろふ色に」、第四句、乙本「何かくすらむ」、第五句、甲本「峯の朝霧」、乙本・島原本「夜半の秋霧」、丙本「夜半のあさ霧」などの異同がある。この歌は、「思ひやる心ばかりはさはらじを何へだつらむ峯の白雲」（『後撰集』離別、橘直幹）に依るものかと思われる。「菊」を女に、「宿の秋霧」を女の親に言いかけている。

菊の盛りに人を誘う歌

五〈わが住む宿は垣根の菊がいま盛りです　色あせないうちに　どうぞ　来て御覧ください〉『元輔集』に、「侍る所に菊の花の咲きてはべりし頃、山里なる所にまからむとて人に遣しし」の詞書とともに載る。

六　京都市右京区桂。

桂を訪れての歌

七〈桂川は月の光に映え　水かさが増して見える　秋の夜はすっかり更けわたったことよ〉『元輔集』に、「八月ばかり桂といふ所にまかりて、月のいとあかき夜、川の面清くて影の見えしをりに」の詞書（書陵部本）とともに載る。『元輔集』では「吹く風の」の歌（二二五頁注八参照）の次に挙げられており、歌仙本の詞書では、この歌も、「吹く風の」の歌の相手に贈られている。

秋の夜ふかくなりにけるかな

と。其こより返りて、三日許有りて、共に彼の槁にて月を見し人の許に、此くなむ云ひ遣りける、

[一]おもひいづや人めながらも山ざとの
月と水との秋のゆふぐれ

と。亦、此の中将、兄弟の公信朝臣[二]と共に壺坂[三]と云ふ所に行きたりけるに、道に蘭[四]の栄きたりけるを見て、此くなむ読みける、

[五]おいのきくおとろへにけるふぢばかま
にしきのこりてありとこたへよ

一〈あなたは思い出しますか　見る人は誰もないままに静かであったあの山里の　月と水との美しかった秋の夕暮を〉『元輔集』、『玉葉集』雑一所収。『元輔集』書陵部本では第二句「人目なからむ」、第三句「山里に」、『玉葉集』では第二句「人目なかりし」、第五句「松の面影」。第二句は『玉葉集』によらねば意味がとれない（ここの口語訳もそれに従う）。

二 道信の同母弟（五歳年少）。『元輔集』では公任が壺坂寺に詣でた時の元輔の歌となっており、「公信」は「公任」から思いつかれたものであろう。

三 奈良県高市郡高取町。壺坂寺がある。

四 諸本「萩」、『元輔集』詞書には「菊」とある。「菊」と「蘭」は草体がよく似ている。「蘭 布知波加麻」（『和名抄』）。

公信と壺坂に行ったときの歌

五〈老いてしまった菊や衰えた藤袴が咲き残っているとはいえそれらになお　錦の色は残っているのだと人に告げてほしい〉『元輔集』書陵部本詞書には「公任朝臣壺坂にまで侍りし道に菊の花咲きて侍りしかば」とある。「菊」「藤袴」は襲の色目でもあるから「錦」と縁語をなす。ただし、『元輔集』の本来は藤袴の歌で、第一句も「老のき（来）て」のごときではなかったかと思われる。藤袴をわが身に言いかけ、都への言伝を公任に託すのである。元輔隠棲のことは『元輔集』に見える。その地を壺坂に想定する。

六 洛南深草のそれか、洛東の真如堂のことか。

と。

物見を約して違えた人への歌

亦、此の中将、六極楽寺の辺に物見に行かむと契りける人の、七行かず成りにければ、此くなむ読みて遣りける、

八ふくかぜのたよりにもやはききてけむ
けふもちぎりしやまのもみぢは

と。

奝然と別離の歌

亦、此の中将、九奝然法橋と云ふ人の、唐へ渡らむとて、此の中将の許に来て、菊の花を見て、「亦、何れの秋か会ふべき」と云ひけるを聞きて、中将此くなむ読みける、

一〇あきふかみきみだにきくにしられけり
この花ののちなにをたのまむ

と。

大破子の絵に書きつけた歌

亦、此の中将、或る所に、一一大破子と云ふ物をして奉りけるに、

七『元輔集』書陵部本詞書では「極楽寺のわたりにごぐうち侍りしに、紅葉みがてらにまからむと言ひ契りて、其の日障ること侍りてえまからで言ひ遣しはべし」とあり、作者が違約したことになる。

八〈風の便りにでももうお聞きになったでしょうか　今日ご一緒にとお約束した山の紅葉の美しさは〉『元輔集』には第二句「たよりにもしや」、第四・五句「けふを契りし山の紅葉は」とある。

九 俗姓秦氏。永観元年（九八三）入唐して密教を宋の清昭に受け、寛和二年（九八六）頃帰朝、持ち帰った釈迦像を栖霞寺に置いてこれを清涼寺とする。東大寺別当、清涼寺座主。「法橋」は律師の官に相当する僧位で、五位にあたる。奝然は永延元年（九八七）に法橋位を得ている。

一〇〈秋も深くなり　悟りすましたあなたさえ菊を見て再会の期をお尋ねになる　それを聞けばおぼつかなさが私にも思い知られるのだ　この菊の終った後　私は何を再会の心のたよりにしたらよいというのか〉『元輔集』書陵部本詞書によると、この歌は奝然が「またはいづれの秋か見む」という意味の歌を詠んだ、その返歌で、第三句「しぐれけり」、第五句「いつをたのまむ」とある。「きく」は「菊」と「聞く」の懸詞。

一一 大きな破子（白木造りの折箱）、それに入れた食物。何かの催しに弁当を準備するのである。

一子の日したる所に、此く書き付けたり、（子の日の遊びをしている絵に）

二きみがへむ世々の子の日をかぞふれば

かにかくまつのおひかはるまで

長谷参詣のときの歌

と。亦、此の中将、女院三の長谷四に参らせ給ひて出で給ひけるに（お帰りになろうとして）、未だ夜深かりければ、暫く御座しける間、数たの人々、有明の月の極じく見ゆる（すばらしく）を詠めけるに、此の中将此くなむ読みける、

五そむけどもなほよろづよをありあけの

月のひかりぞはるけかりける

と。人々極じく此れを讃めけり。

知らせぬままに内裏を退った女へ

亦、此の中将、或る女の、内に候ひけるが（内裏に仕えていたが）、「内より出でむ時は（退出する時は）

一 正月初子の日に野に出て春陽を祝う習俗・行事。小松を引いたり若菜を摘んだりする。これは、大破子に描かれた子の日の情景の絵。

二 〈あなたが将来迎えられる子の日の数をかぞえると　絵にかかれたこの小松が生い代るまでの日数　それほどの長寿が思われることです〉『道信集』『新千載集』慶賀に収める。第一・二句、書陵部甲本に「君がつむよしのの子日」、丙本に「君がひく子日の松も」、第四句諸本「ゑにかく松の」（これが本来の形であろう。口語訳はこれに従う）、第五句、甲本に「生ひそはるまで」。

三 東三条院詮子。藤原兼家の次女、円融后、一条天皇の母。女院号はこの人から始まった。

四 長谷寺。詮子は正暦二年（九九一）九月、病によって出家、十月十五日、病中の願を果すために参詣。上達部・殿上人が供奉した（『百練抄』『栄花物語』）。

五 〈出家はなさったが　なお女院のご栄光は有明の月のように　はるか万世まで照されることよ〉『道信集』所収。第一句、甲本「よづけども」、第二句、甲本「なほよろづよは」、第四・五句、甲本「月の光ぞはるかなりける」、丙本「月の光ははるけかりけり」。「そむく」は、出家すること。「ありあけ」には「在り」と「有明」を、「よ」には「世」と「夜」を懸けている。

六 『後拾遺集』の

六 必ず告げむ」（お知らせしますと約束しておいて）と契りて、出でけるに知らせで出でにければ（退出に際して何も知らせないで出てしまったので）、亦の日（翌日）の朝、此く読みて遣りたりける、

七 あまのはらはるかにてらす月だにも
いづるは人にしらせこそすれ

遠江守赴任の為頼へ贈る歌

と。亦、此の中将、八 藤原為頼朝臣の、遠江守に成りて其の国に下りけるに、或る所より九 扇を遣りけるに（送ってよこしたが〔そこに〕）、此の中将行き会ひて（行きあわせて）、此くなむ読みて遣りける、

一〇 別れぢのよとせの春のはるごとに
花のみやこをおもひおこせよ

田舎へ下る人への歌

と。亦、此の中将、或る人の遠き田舎へ下りけるに、此く読みて遣

詞書には、『今昔』と同じく「必ず告げむ」とあるが、『道信集』諸本には「必ず知らせよ」「必ず告げよ」のように、相手に約束させることになっている。

七〈天空はるかに照す月　そんな自然でも　その月の出は人に知らせるものなのにね（あなたはどうして私に…）〉『後拾遺』雑二、『道信集』所収。『後拾遺』諸本第二句「はるかにわたる」、一本の第五句「知らすてふなり」とある。

八 刑部大輔雅正の子。紫式部の伯父にあたる。従四位下。摂津守・丹波守を歴任しているが、遠江守任官のことは未見。『為頼集』がある。『道信集』諸本には「ためのぶ」「ためなり」と見え、『後拾遺』には「遠江守為憲」とする。為憲は光孝源氏。『三宝絵詞』『口遊』『世俗諺文』などの撰者。正暦二年から長徳元年（九九五）まで遠江守であった。

九『道信集』では道信が扇を贈っている。『今昔』本文は、誰かが為頼に贈って、そこへ道信が行きあわせた、あるいは、使いの者に行き会ったように読める。

一〇〈これから四年　あなたとは遠く別れるのだが　その四年の春ごとには必ず　共に暮した花の都を思い出して下さい〉『後拾遺』別、『道信集』所収。ともに第一句「わかれての」、『後拾遺』一本第五句「おもひわするな」。「よとせの春」は、国司が春の県召の除目によって任じられ、その任期が四年であったことを指す。

りける、

一たれが世もわがよもしらぬ世の中に
まつほどいかにあらむとすらむ

と。亦、此の中将、二藤原相如朝臣の、出雲守に成りて其の国に下りけるに、此くなむ遣りける、

三あかずしてかくわかるるをたよりあらば
いかにとだにもとひにおこせよ

と。亦、此の中将、四□国範□(朝)臣の、五帯を借りて、六返し遣せけるに、此くなむ読みて遣りける、

一〈お互いにいつ死ぬとも知れぬ世のならいゆえあなたの帰京を待つ間とて　一体どのようになろうことやら〉『後拾遺』別、『道信集』所収。第四句は『後拾遺』・『道信集』書陵部乙本「まつほどいかが」、甲本「まつほどいかで」とある。

二 権中納言敦忠(二〇一頁注八)の孫。正五位下。出雲守・和泉守を歴任した。『相如集』がある。

出雲守赴任の相如に贈る歌

三〈交誼もつくさないままにこのように別れてゆくうえは　せめて折りをみつけて「どうしているか」くらいは尋ねてみて下さい〉『道信集』所収。島原本第二句「かく別るるに」、書陵部丙本第五句「いひにおこせよ」。

四『拾遺集』『元輔集』によると、藤原国章のこと。国章は太宰大弐・皇后宮権大夫、従三位。冷泉・円融天皇の頃の人。

五 石帯(しゃくたい・せきたい)のこと。束帯の時、袍を束ねるための帯。黒塗の革帯に、官位によって玉・瑪瑙・犀角・烏犀角などの飾りをつける。『拾遺』には「ごくの帯」とある。玉帯、つまり白玉を飾りとする帯は、三位・参議以上の佩用であった。

国範が帯を返してきた時の歌

六 諸本「備テ返シ遣ケルニ」とあり、国範の帯を道信があずかっていて(「備りて」)、それを返すとき(「返し遣りけるに」)の歌と解されているが、むしろ逆に、国範が道信の帯を借りていて、それを返

七ゆくさきのしのぶぐさにもなるやとて
つゆのかたみをおかむとぞもふ

と。亦（また）、此の中将、屏風絵に、遥（はる）かに沖に出でたる釣船を書きたる所を見て、此（か）くなむ読みける、

八いづかたをさしてゆくらむおぼつかな
はるかにみゆるあまのつりぶね

と。亦、同じ所に（同じ屏風絵に）、霧の立ち隠したる（一面にたちこめた所を）に旅人の行きたるを書きたる所を見て、此（か）くなむ読みける、

九あさぼらけもみぢばかくす秋ぎりの
たたぬさきにぞみるべかりける

してきたとき（「返し遣（おこ）せけるに」）の、道信の挨拶の歌と考えられる。『拾遺』詞書に「大弐国章、ごくの帯をかり侍りけるを、筑紫よりのぼりて返しつかはしたりければ」（『元輔集』書陵部本詞書もほぼ同様）とある。国章は、皇后宮権大夫に任ぜられた天元五年（九八二）、大弐の官職を解かれて、筑紫から上京したのであろう。

七〈後々の思い出にもなろうか　わずかばかりの私の形見のこの帯を　あなたの許（もと）にとどめておきたいのです（ひき続きお持ち下さればよかったのに）〉『拾遺』雑中、『元輔集』所収。『拾遺』第一句「ゆくすゑの」、第三句「ありやとて」、第四句「露のかたみも」、『元輔集』歌仙本第四句「露のかたみに」とする。

屏風絵　釣舟の歌

八〈遥かな沖合に海人（あま）の釣舟がみえる　どこをさしてゆこうとする舟なのか　それが気がかりな〉『道信集』所収。書陵部甲本のみ第四句「ほのかに見ゆる」、丙本第一句「いづかたに」とする。

屏風絵　霧の旅人の歌

九〈この朝ぼらけ　秋霧がたちこめて隠しているせっかくの紅葉を　そうならぬ先に心ゆくまで賞（め）でるべきであったよ〉『道信集』所収。書陵部甲本は第三句「朝霧の」とする。丙本の詞書が『今昔』本文にもっとも近いが、「ただ人のひとり行く」とある。

絵　幽居の人の歌

と。亦、此の中将、人の、絵を遣せて、「此れ御覧ぜよ」と云ひたるを、山郷の心細気なる、水など流れて、物思ひたる男の居たる所を書きたるを見て、此くなむ書き付けて返し遣りける、

（物寂しげな山里で）

[一]ながれくる水にかげみむ人しれず
ものおもふ人のかほやかはると

絵の主、此れを見て、極じくぞ讃めけるとなむ、語り伝へたるとや。

義孝死んで、賀縁の夢の中で歌を詠むこと

藤原義孝朝臣、死にて後和歌を読む語、第三十九

今は昔、[二]右近少将藤原義孝と云ふ人有りけり。此れは[三]一条摂政殿

一 〈流れくる水にわが影を映してよく見ようと思う　人知れぬ思いに沈む者の顔は　面変りするものかどうか　と〉『道信集』所収。第一句、書陵部甲本「ながれくむ」、島原本「ながれこむ」、第二句、丙本「水に入る身を」、第四句、甲本・島原本「もの思ふ人は」とある。

二 伊尹の子、行成の父。天延二年（九七四）秋、流行の疱瘡によって、九月十六日没、右少将、二十一歳（二十歳とも）。『義孝集』がある。

三 藤原伊尹。右大臣師輔の子。師輔から一条院（一条の南、大宮の東にあった邸）を伝領し、一条摂政とよばれる。『一条摂政御集』がある。摂政・太政大臣、諡を謙徳公といい、正一位を追贈。

四 五歳年長の兄左少将挙賢とともに、「花を折り給ひし君だち」「御かたちいとめでたく」（『大鏡』）と言われている。

五 「としごろきはめて道心者にぞおはしける」（『大鏡』）と言われている。

六 『後拾遺集』『義孝集』では、亡くなった年の「十月ばかりに」とある。

七 延暦寺智証門の僧。正暦四年（九九三）の慈覚・智証門徒の争いの時、慶祚らと門徒を率いて大雲寺に移り、長徳年中、三井寺に入って龍華院をひらいた。『二中歴』説教の項に挙げられている（『寺門伝記補録』『大雲寺縁起』）。『義孝集』で

は「せいみん僧都」、『実頼集』では「清日僧都」とする。

＊ 九月十六日朝、兄挙賢が死に、夕刻には弟義孝が死ぬ。人は、朝少将・夕少将と呼んでその才華と美貌を惜しんだ。〔夕少将義孝の死〕

八 伊尹の室、恵子女王（代明親王の女）。

九〈この世に時雨がそぼふる頃　極楽世界では時雨に紛えて千種の花が散ってくる　そこに生れた私であるのに　故郷の人々はどうして私を嘆くのであろう〉『後拾遺』哀傷、『義孝集』『実頼集』（混入）のほか、『大鏡』『江談抄』『袋草紙』『宝物集』にも載る。それらでは第一句「しぐれとは」、第四句「何ふるさとに」とするものが多い。『実頼集』第二句「蓮の花ぞ」、『江談抄』第一・二句「しぐれてはちぢの木の葉ぞ」、第五句「袂ぬるらむ」とある。「しぐれ」は人々の涙でもあり、「袖ぬらす」に応じる。

＊ 人の夢にあらわれて亡き人が歌を詠むことは、説話的に広い一つの型である。〔亡き人の歌〕

一〇『義孝集』に「六君」とある。義孝の姉妹は『尊卑分脈』には六人みられるが、どれにあたるか不明。ただ、為光室となる人は、道信や公信（二二四頁注二参照）を生んで早世したらしいが、義孝とほぼ同年配の妹であった可能性がある。前話との配列の関係から、あるいはこの人を想定してよいかも知れない。

の御子なり。四形（容姿）・有様より始めて（風采をはじめ）、心ばへ（気だて）・身の才、皆人に勝れてなむ有りける。亦、五道心なむ深かりけるに（仏道に帰依する心が深かったが）、糸若くして失せにければ、親しき人々歎き悲しみけれども、甲斐無くて止みにけり。

而るに、失せて後六十月許を経て、七賀縁と云ふ僧の夢に、少将極じく心地吉気にて（気持よさそうにして）、笛を吹くと見る程に、只口を鳴らすになむ有りける（口笛を吹いているだけであった）。賀縁此れを見て云はく、「八母の此く許恋ひ給ふを、何に此く心地吉気にては御座するぞ」と云ひければ、少将答ふる事は無くして、此くなむ読みける、

九しぐれにはちぐさの花ぞちりまがふ
なにふるさとの袖ぬらすらむ

と。賀縁覚め驚きて（夢からさめて）後、泣きける。

義孝、妹の夢の中で歌を詠むこと

亦、明くる年（天延三年）の秋、少将の一〇御妹の夢に、少将妹に会ひて、此くな

む読みける、

きてなれしころものそでもかわかぬに
わかれしあきになりにけるかな

と。妹、覚めて驚きて後なむ、極じく泣き給ひける。

義孝、母の夢の中で歌を詠むこと

亦、少将未だ煩ひける時、妹の女御、少将「未だ失せたりとも知らで、経読み畢てむ」と云ひける程に程無く失せにければ（言っているうちに間もなく亡くなってしまったので）、其の後忘れて、其の身（亡骸を）を葬りてければ、其の夜、母の御夢に此くなむ、

しかばかりちぎりしものをわたり川
かへるほどにはわするべしやは

と。母驚き覚めて後、泣き迷ひ給ひけり。

一〈着萎れてしまったあなたの喪服　その袖も　私のために泣いてくれた涙の乾かないうちに　もう　お別れした秋がめぐってきたことだねえ〉『後拾遺』哀傷、『義孝集』所収。「きてなれしころも」は、義孝のために妹が一年中喪服をつけ、そのために萎れてしまったということ。

二 義孝の姉妹で女御となった人は姉・懐子しかいない。懐子は冷泉院女御、義孝の死んだ翌年、四月三日に死んでいる（『大鏡』裏書、『日本紀略』）。『後拾遺』にも「妹の女御」と表現しているが、本来ここは「女御のおまへ」（『義孝集』）、「女御殿」（『実頼集』）のような形であったと思われる。「きてなれし」の歌の「妹」との混同があったのであろう。この「妹の女御」の語は、「其の後忘れて」に続く。

三 このあたり、本文に誤解があったらしい。「知らで」を、もと仮名書きであった典拠の「しばしまて（暫し待て）」の誤解と考え、少将の言葉を「未だ失せたりとも…畢てむ」と解しておく。『後拾遺』左注が本来の形に近いであろう。「此の歌、義孝少将わづらひ侍りけるに、『なくなりたりとも暫し待て。経よみはてむ』と妹の女御にいひ侍りて程なくみまかりて後、忘れてとかくしければ、その夜母の夢に…」。一五―四二は、母の夢にあらわれる少将を挙賢とする。

四『法華経』方便品。一五―四二参照。

五〈あれほど固くお約束しましたのに　三途の川か

然れば、和歌読む人は、失せて後に読みたる歌も、此く微妙じきなりとなむ、語り伝へたるとや。

円融院の御葬送の夜、朝光卿和歌を読む語、第四十

今は昔、[六]円融院法皇失せ給ひて、[七]紫野に御葬送有りけるに、一とせ此こに御[八]子の日に出でさせ給へりし事など思ひ出でて、人々哀れに歎き悲しみけるに、[九]閑院左大将朝光大納言、此くなむ読みける、

[一〇]むらさきのくものかけても思ひきや
はるのかすみになしてみむとは

と。亦、[一一]行成大納言、此くなむ読みける、

先年

行幸なさったことなどを

朝光、円融院をしのんで歌を詠むこと

行成、かつての従駕を思って歌を詠むこと

ら私が戻ってくるそれほどの間にお忘れになろうとは〉『後拾遺』哀傷、『義孝集』の他、『大鏡』『袋草紙』『宝物集』に載る。「わたり川」は三途の川。

六 正暦二年（九九一）二月十二日没。

七 二月十九日葬送。『後拾遺』『栄花物語』などには紫野（一条以北中央の野、京都市北区）とするが、『日本紀略』『扶桑略記』などには「円融寺北原」（龍安寺東北、原山の頂、右京区）とあって、紫野より西方。

八 永観三年（九八五）二月十三日に行われた。召されずに参った曾根好忠らが追われたのもこの時のことである（二八―三）。

九 藤原兼光四男。子の日逍遙の時は権大納言・左大将として従駕。名のよみは『尊卑分脈』によるが、『東野州聞書』はアサミツとある。

一〇〈かつて紫野に子の日の御遊があったのだが　誰が少しでも予期したであろうか　同じ地に同じ頃　はかなく野辺の送りをしようとは〉『後拾遺』哀傷、『栄花』四、『世継』に見える。「紫雲」は西方浄土からの弥陀の来迎の徴であるとともに、紫野を言いかけ、また「紫の雲の」は副詞「かけても（少しでも）」の序詞。

一一 右少将義孝（二三〇頁注一参照）の子。権大納言、正二位。三跡の一人で（権跡といわれる）、能筆の逸話が多い。この話の当時は、正五位下左兵衛権佐、二十歳。

[一]おくれじとつねのみゆきにいそぎしに
煙にそはぬたびのかなしさ

と。此(か)くなむ読みけるも哀れなりとなむ、語り伝へたるとや。

上東門院、一条天皇を偲ぶ歌のこと

一条院失せ給ひて後、上東門院(じやうとうもんゐん)和歌を読む語(こと)、第四十一

今は昔、[二]一条院失せさせ給ひて後、[三]後一条院の幼く御座(おはしま)しける時に、瞿麦(なでしこ)の花の有りけるを、何心(無心に)もましまさず取らせ給ひたりけるを、母后(ははきさき)[四]上東門院見給ひて、此(か)くなむ読み給ひける、

[五]みるままにつゆぞこぼるるおくれにし

一〈御在世中の行幸にはいつも遅れまいと急いだのに　このたびの野辺のみゆきにはお供できない悲しさよ〉『後拾遺』哀傷、『栄花物語』四、『今鏡』に、第二句「つねのみゆきは」。他に『十訓抄』『古来風体抄』に載せる。『栄花』によると、この歌は行成が従弟成房（義懐(よしちか)の子、時に十歳）に贈ったものという。二人の交誼は深かった。「けぶり」は火葬の煙。円融院の御幸で行成が参加した可能性のあるものは、寛和二年（九八六）九月石山寺、十月大井川、永延元年（九八七）十月水尾寺、南都諸寺、二年八月寛朝広沢房などがある。

二　寛弘八年（一〇一一）六月二十二日没、三十二歳。

三　一条天皇第二子、敦成(あつなり)。寛弘五年九月十一日、土御門第(つちみかどだい)で誕生。八年六月十八日、道長の力によって立太子。この時四歳。

四　彰子。道長一女、母は倫子。二〇三頁注七参照。この時は二十四歳。

五〈無心な若君を見るにつけて涙が催されてしかたがない　父におくれ　おくれたことも知らぬこの若君を〉『後拾遺集』哀傷、『栄花物語』九、『今鏡』一に見える。「なでしこ」は、いつくしみ育てた子の意に通い、この場合、敦成親王を指している。「露」は花

こころもしらぬなでしこのはな

と。此れを聞く人、皆泣きけり。

皇后定子の遺詠のこと

亦、一条院の未だ位に御座しける時、皇后[六]失せ給ひけるに、其の後、御帳の紐（御座所のとばりの紐）に結ひ付けられたる文有り（手紙が残されていた）。人此れを見付けたるに、内にも御覧ぜさせよがほにて有りければ（天皇にもお目にかけよといわんばかりの様子だったので）、御覧ぜさせけるに、和歌[七]三首を書き付けられたり。

[八]よもすがらちぎりしことをわすれずは
こひむなみだの色ぞゆかしき

[九]しる人もなきわかれぢにいまはとて
こころぼそくもいそぎたつかな

の縁語。「おくる」は死別すること。

六 定子。藤原道隆一女。正暦元年（九九〇）女御、次いで中宮となる（十四歳）。長徳二年（九九六）、兄弟の伊周・隆家の配流にあって、ひとたび出家するが、還俗して長保元年（九九九）十一月七日、一条天皇第一皇子敦康を生む（この時、彰子は女御となる）。二年二月皇后となり（この時、彰子は中宮となる）、その十二月十六日没、二十四歳。一条天皇は定子を深く愛していた。

七 『栄花』七には三首目に、「煙とも雲ともならぬ身なりとも草葉のつゆをそれと眺めよ」の歌を挙げており、定子が死後の処置を遺言しておいたという趣になっている。『後拾遺』は、詞書に「歌三つかきつけられたりけるなかに」とあって、『今昔物語集』と同じ二首を掲げる。

八 〈夜もすがら妹背を契ったことをお忘れでないならば　私の亡きあとをきっと恋い悲しんで下さるでしょう　その涙の色が見たいと思うのです〉『後拾遺』哀傷、『栄花』七、『世継物語』、『発心集』六に見える。『十訓抄』一には第一句「夜とともに」。『古来風体抄』『百人秀歌』『悦目抄』にも載せる。

九 〈しるべ一つない死出の旅路に　いまはもう　心細さにたえながら出で立とうとしております〉『後拾遺』哀傷、『栄花』七に見える。

と。天皇此れを御覧じて、限無く恋ひ悲しませ給ひけり。此れを聞く世の人も、泣かぬは無かりけりとなむ、語り伝へたるとや。

朱雀院女御失せ給ひて後、女房和歌を読む語、第四十二

今は昔、[一]朱雀院女御と申すは、[二]小野宮太政大臣の御娘なり。其の女御墓無く失せ給ひにけり。

而るに、其の女御の御許に候ひける女房有りけり。名をば[三]助とぞ云ひける。形（容姿）・有様より始めて（風采をはじめとして）、心ばへ（気だて）可咲しかりければ、女御此れを睦じき者にして（身近に置いて）、哀れに思したりければ（目をかけておられたので）、女房も[四]媎しく思ひ通はして（心からお慕いして過してきたが）過ぎける程に（そのうち）、常陸守が妻に成りて、其の国に（夫の任国に）下りにけり。心苦しく思ひけれども（女御には申訳なく思ったけれど）、強ちに[五]□が[六]倡ひければ、国に下りても女御

一 慶子。藤原実頼の一女。天慶四年（九四一）二月に入内、七月に女御となるが、村上＝天暦五年（九五一）十月九日没。入内のとき実頼が右大将であった（大納言・按察使、従三位、四十二歳）ので、大将御息所と呼ばれる。正五位下。

二 実頼。一一二頁注三参照。慶子の亡くなったとき、実頼は左大臣・左大将、従二位、五十二歳。

三『尊卑分脈』に貫之の女とする「助内侍」を想定してよいと考える。事実としてはともかく、説話的には、『今昔物語集』の編著者には貫之の女とする了解があったものと考える。

＊ 助内侍らしい人物の登場は、そこにふと、説話の中世の訪れを思わせる。〔貫之の女〕

朱雀院女御の亡きあとへ、もとの女房、貝を贈りくること

四 一本に「婧」あるいは「妬」ともするが、「媚」の誤写と考える。「媚 ウツクシヒ、ブ」（『名義抄』）。いつくしむ意。

五 常陸守の姓名を記入するための欠文。ただし、もと仕えた女房が、常陸守の妻になって下国したというのは、説話的な一つの設定であって、探索できるような事実はなかったと考えられる。

＊ かつての女房、人の早世のかなしみに立ち合う、それは、説話が設定した人物の場所であった。〔むかしの乳母〕

を恋ひ奉りけるに、彼(か)の女御(にようご)に御覧ぜさせむとて〔お目にかけたいと思って〕、厳(いつく)しき貝共を〔美しい貝殻を〕拾ひて、箱一具(ひとよろひ)に入れて持(も)て上りたりけるに〔持って上京してきたが〕、女御失(う)せ給ひにけりと聞きて、泣き悲しむと云へば愚なりや〔言いようもないほどに泣き悲しむのであった〕。

然(さ)れども甲斐(かひ)無(な)くして、其の貝一箱を、「此れ御誦経(みずきやう)[七]にせさせ給へ」とて大き大臣〔太政大臣実頼〕に奉りたりけるに、貝の中に助(すけ)、此(か)くなむ書き入れたりける、

[八] ひろひおきしきみもなぎさのうつせがひ
いまはいづれのうらによらまし

と。大き大臣(おとど)此れを見給ひて、涙に噎(む)せ返りて、泣く泣く御返(かへし)此(か)くなむ、

[九] たまくしげうらみうつせるうつせがひ

六「倡イザナフ」（高山寺本『名義抄』）、「倡・誘イザナフ」（『字類抄』）。

七 誦経料。誦経の布施。

八 〈君に奉ろうと拾い集めておいた渚(なぎさ)の貝　しかしその君はすでに亡く　身のないその貝の殻のような私は　これから誰を頼りに生きていったらよいのか〉「きみもなぎさ」は、「君（女御を指す）も亡き」と「渚」を懸ける。「うつせがひ」は中身のない貝、つまり貝殻。なきがらのような自分、という意味。「いづれのうらに…」は、頼りにする人がいないという意味の反語表現であるが、「渚」や「貝」の縁で「浦」と言ったもの。

九 〈その人のためにと空しく拾い集めた　その悔恨を深く移しこめた貝の殻を　自分もまた　亡き娘の形見として拾う…有難く戴いておこうと思う〉「たまくしげ（玉櫛笥）」は「身」にかかる枕詞。ここでは「うらみ」の「み」に、同音の関係でかかっている。「ひろふ」は、受けとる意、「貝」の縁で「拾ふ」と言った。「うらみ」「うつせる」「うつせ貝」は頭韻ふうの効果をもっている。

きみがかたみとひろふばかりぞ

と。実（まこと）に其の比（ころほひ）は、此れを聞きて泣かぬ人無かりけりとなむ、語り伝へたるとや。

土佐守紀貫之、子死にて和歌を読む語（こと）、第四十三

今は昔、紀貫之（きのつらゆき）[一]と云ふ歌読（うたよみ）有りけり。土佐守（とさのかみ）[二]に成りて、其の国に下りて有りける程に、任畢（をはり）[三]れり。

年七つ八つ許（ばかり）有りける男子（をのこご）[四]の、形厳（いつく）しかりければ（可愛らしかったので）、極（いみ）じく悲しく（このうえなくかわいがっていたが）愛し思ひけるが、日来（ひごろ）煩ひて（病気して）、墓無（はかな）[五]くして失せにければ（あっけなく死んでしまったので）、貫之限無（かぎりな）く此れを歎き泣き迷（まど）ひて、病み付く許（ばかり）思ひ焦れける程に（恋い慕ったが　やがて）、月来（つきごろ）に成りにければ（数カ月経ったので）、任は畢（は）てぬ。此（か）くてのみ有るべき事にも非ねば（今はもう嘆いてばかりもいられないから）、上り（上京す）

一 望行（もちゆき）の子。三十六歌仙の一人。『古今集』の中心的な撰者で、他に『新撰和歌』『土左日記』『貫之集』がある。土佐守の後、玄蕃頭（げんばのかみ）・木工権頭（もくのごんのかみ）、従五位上。

二 醍醐＝延長八年（九三〇）正月に任じられる。この年の県召（あがためし）の除目（じもく）は二十六日であった。

三 朱雀＝承平四年（九三四）。十二月二十一日土佐の居館を出て、五年二月十六日、京に入っている（『土左日記』）。

四 『土左』によると女の子。『宇治拾遺物語』や『古本説話集』の同話では、単に「子」「ちご」となっている。共通の出典に「子」あるいは「ちご」とあるのを、『今昔物語集』のみが男子と解釈したものであろう。そして『土左』は、『今昔』の直接の出典ではなかったと思われる。「七つ八つ許有りける男子」の「有り」は、年齢や程度をあらわす語について「なり」の意をあらわす（二一三頁注八参照）。

貫之、土佐で亡くした子を恋う歌

五 『土左』に「にはかに」とある。

六 『土左』にこのことは述べられていない。

＊ 一説話中の人物として、館の柱に貫之は歌を書き残す。〔柱に書き残す歌のこと〕

七 〈さあなつかしい都へ　と思う心がかえってこうも悲しいのは　もはや帰らぬ子―都へともに帰ることもない子があるからだ〉第二・三句を『土左』は「思ふをもののかなしきは」、『宇治拾遺』『古本説話集』

ることにしたがその折り

なむと云ふ程に、彼の児の、此こにて此彼遊びし事など思ひ出でられて、極じく悲しく思えければ、[六]柱に此く書き付けけり。

[七]みやこへと思ふ心のわびしきは
かへらぬ人のあればなりけり

上りて後も、其の悲しみの心失せで有りける。其の[八]館の柱に書き付けたりける歌は、[九]生にて失せで有りけりとなむ、語り伝へたるとや。

安陪仲麿、唐にして和歌を読む語、第四十四

仲麿、故国を思って歌を詠むこと

今は昔、[一〇]安陪仲麿と云ふ人有りけり。[一一]遣唐使として物を習はしめ

には「思ふにつけてかなしきは」とする。また、『和歌体十種』には、この歌を直体の例に引いているが、「急ぐにもののかなしきは」とある。「かへらぬ」は、死んだことと、ともに都へ帰らぬこととを懸けている。

八 国府の館。現在の南国市（高知市の東十キロほどのところ）にあった。「紀氏旧跡碑」がある。

九 丹鶴一本に「今マテ」（『宇治拾遺』『古本説話集』も同じ）。「生ニテ」は「今マテ」の誤写と思われるが、このままならば「なまやかにて」と読まれるか。解説三〇九頁参照。

一〇 正五位上船守の子。遣唐留学問生となって第八次遣唐使とともに入唐、そのまま留まって朝衡（字は仲満）の姓名と官位官職を与えられた。孝謙＝天平勝宝五年（七五三）入唐の第十次遣唐使藤原清河とともに帰国しようとしたが、難破して果さず唐土で死ぬ。李白や王維と交際があり、日本の学生で唐土に名をほどこすものは、仲麿と吉備真備のみと評判されている（『続日本紀』）。

一一 仲麿は、元正＝霊亀二年（七一六）の第八次遣唐使に、入唐留学問生の選に入って、吉備真備や玄昉とともに随行した。『扶桑略記』には仲麿を副使であったように記すが、これは『新唐書』の誤りを引継いだものという（杉本直治郎氏説）。なお、この時の大使には阿倍安麻呂（従五位下）が任ぜられており、両者の姓名の相似も誤りの一因であろう。

むが為に、彼の国に渡りけり。
一数たの年を経て否返り来ざりける（帰国しえないでいたが）に、亦此の国（日本）より□二と云ふ人、遣唐使として行きたりけるが、返り来けるに伴なひて〔仲麿が〕返りなむとて、三明州と云ふ所の海の辺にて、彼の国の人餞しけるに、夜に成りて、四月の極じく明かりけるを見て、墓無き事に付けても（些細なことごとにも）、此の国の事（日本のことが）思ひ出でられつつ、恋しく悲しく思ひければ、此の国の方を詠めて此くなむ読みける。

五あまのはらふりさけみればかすがなる
みかさの山にいでしつきかも

と云ひてなむ泣きける。

此れは、六仲丸七此の国に返りて語りけるを聞きて、語り伝へたるとや。

一『唐書』によると仲麿は、自ら望んで唐土に留まったといい、『古今和歌集目録』は、「国史云」として、帰国を願い出たが許されなかったと記す。

二「藤原清河」を宛てることができる。清河は房前（二四頁注一）の第四子。第十次遣唐大使となって渡唐、天平勝宝五年（七五三、唐・天宝十二載）帰国しようとして仲麿と同乗したその第一船が難破し、遂に帰国を果せず、在唐二十余年で客死した（『続日本紀』）。この時の第二船には鑑真が乗っていた。

三 浙江省の寧波付近（杭州湾の南岸）。『古今集』『土左日記』にも明州から乗船したとするが、事実は蘇州からであった（『唐大和上東征伝』）。ただし、明州は渡唐・帰国の際の代表的な港であったから、このような伝承も成立したのであろう。最澄や空海は明州から帰国、寂昭はそこから唐土に上陸している。

四 乗船したのは十一月十五日。『土左』では二十日の月を見たように記している。

五〈天空はるかにこよいの月は美しい　あれはかつて故国の三笠の山に出たその月なのだ〉『古今集』羇旅に所収。『土左』では第一句「青海原」。『新撰髄脳』や『奥義抄』は昔のよき歌の例とし、『古来風体抄』『和漢朗詠集』にも載る。「三笠の山」は奈良、春日大社の背後の山。遣唐使はその出発に際し、三笠山南麓に神を祀って海路の平安を祈った（第八次遣唐使も霊亀三年二月にそれを行っている）。この歌の発想

小野篁、隠岐の国に流さるる時和歌を読む語、第四十五

今は昔、小野篁と云ふ人有りけり。事有りて隠岐の国に流されける時、船に乗りて出で立つとて、京に知りたる人の許に、此く読みて遣りける。

一〇 わたのはらやそしまかけてこぎ出でぬと
ひとにはつげよあまのつりぶね

と。明石と云ふ所に行きて、其の夜宿りて、九月許の事なりければ、明髴に寝られで詠め居たるに、船の行くが島隠れ為るを見て、哀れと思ひて此く読みける。

はこの事実をふまえていると考えられ（小川環樹氏説）、また、三笠山に安倍氏の社があったことへの関連（鈴木靖民氏説）も説かれている。

六 「丸」は「麿」の通字。

七 事実としては、仲麿は中国で死んでいる。

＊ 仲麿の帰国を、われわれは説話の中で迎えるであろう。〔安倍仲麿の帰国〕

篁、配流のとき歌を詠むこと

八 参議岑守の子。道風の叔父。隠岐遠流が許されてから、参議・左大弁、従三位に至る。白楽天と同想の詩を作ったなど、詩に関する逸話（『江談抄』『古事談』『撰集抄』）が多い。彼が閻魔の庁の冥官であったという伝説（『江談抄』その他）も有名である。

九 仁明＝承和元年（八三四）正月、遣唐副使に選ばれ、三年七月に出発したが肥前に漂着、同五年の再出発のとき大使藤原常嗣と争って乗船を拒み、「西道謡」を作って遣唐使制度を諷刺した。このため十二月十五日隠岐遠流の勅をうけ、六年正月に配流された。

一〇 〈海上はるか　多くの島々へかけて船出して行ったと　舟に釣りする海人たちよ　都の人に告げてくれ〉『古今集』羇旅、『撰集抄』八、『宝物集』上に載るほか、『新撰髄脳』『古来風体抄』『百人秀歌』などが「よき歌」の例として挙げている。

一一 たださえ、物を思って寝覚めがちな秋の終り（九月）のことゆえ。遠流の勅は十二月、配流は一月であった。ここに「九月」とあるのは何に依るか未詳。

[一]ほのぼのとあかしのうらのあさぎりに
島かくれ行く舟をしぞおもふ

と云ひてぞ泣きける。

此れは、篁が返りて[二]語るを聞きて、語り伝へたるとや。

河原院に歌読共来たりて和歌を読む語、第四十六

今は昔、[三]河原院に宇多院住ませ給ひけるに、失せ[四]させ給ひければ、住む人も無くて、院の内荒れたりけるを、紀貫之[五]土佐の国より上りて、行きて見けるに、哀れなりければ読みける。

一〈ほのぼのと夜が明けゆく　その明石の浦の朝霧のなか　今しも島かげに隠れようとする舟の心細さを　しみじみ今日は思うことである〉『古今』羇旅、左注には人麻呂作という説を記す。『人麻呂集』にも入る。『九品和歌』『俊頼髄脳』『奥義抄』『古来風体抄』などの諸書が秀歌の例に挙げている。『今昔』に基づいてこの歌を篁の作とする説も後には生じるが（『古今集遠鏡』他）、この歌は柿本影供にも重要な歌であって、一般的には人麻呂作と了解されてきた。「あかし」は「明く」と地名「明石」を懸け、その懸詞によって「ほのぼのと」は「明石」の枕詞となっている。

二　承和七年（八四〇）二月に召喚、八年閏九月十九日にはもとの正五位下に復している。

三　六条坊門の南、万里小路の東八町にあった源融の邸。死後、子の大納言昇が宇多法皇に献上し（『河海抄』によると延喜十七年）、京極御息所褒子が暫く住んでいた（二七―二、『大和物語』『世継物語』『続古事談』）。

四　承平元年（九三一）七月十九日没。

五　承平四年十二月土佐を去り、五年二月十六日入京。

河原院にて、貫之、歌を詠むこと

六〈あなたがお亡くなりになってより　塩焼く煙も立たなくなった塩竈の浦　それがまことに心淋しく見渡されることよ〉『古今』哀傷には、融の死後に訪れて、なお残る塩竈の景を見て詠む由の詞書がある。

六きみまさで煙たえにし塩がまの
うらさびしくもみえわたるかな

と。此の院は、（この河原院は）陸奥の国の塩竈七の様を造りて、潮の水を湛へ汲み入（海水を満々と）れたりければ、此く読むなるべし。

河原院に安法が住むこと

其の後、此の院を寺に成してけり八。然て安法君九と云ふ僧ぞ住みける。其の僧、冬の夜、月の極じく明かりけるに、此くなむ読みける。

一〇あまのはらそこさへさえやわたるらむ
こほりとみゆるふゆのよのつき

安法の房で歌人たちが詠んだ歌のこと

と。西の台一一（対の屋の西側に）の西面に、昔の松一二の大きなる有りけり。其の間に、（そのころ）歌読共、安法君の房に来たりて（僧房を訪れては）歌を読みけり。古曾部入道能因一三、

『貫之集』にも載る。『古今六帖』『和漢朗詠集』『古本説話集』は第一句「君なくて」。「うら」には「浦」と「うら（心の意）さびし」を懸ける。

七 宮城県塩竈市の千賀浦（松島湾南端沿岸）。その景を写し、尼崎から人夫数百人に海水を運ばせ、塩焼くわざをさせたという（『宇多天皇実録』）。

八 円融院の天禄の頃には寺になっていた。

＊ 平安中期、河原院は荒廃のイメージで語られ始める。〔河原院荒廃〕

九 村上から花山朝にかけての頃の歌人。俗名趁。『尊卑分脈』は融から五代の孫とするが、『日本往生極楽記』や『今昔物語集』一五―三により、融の孫、内蔵頭適のその子とする方がよい。

一〇〈今夜は天空の底まで冴え渡っているのであろうか この冬の夜の月が氷であるかのように見えるのだ〉『拾遺集』冬に、恵慶法師の作として第二句「そらさへさえや」（この方が正しかろう）とある。『恵慶集』にも収められている。『古今六帖』は貫之の歌とし、安法の歌と伝えるのは『古本説話集』のみ。

一一 対の屋は、寝殿の左右の別棟。「台」は宛字。

一二『安法集』は天元二年（九七九）の大風大水で老松に被害のあったことを記す。

一三 後冷泉期の代表的歌人。俗名橘永愷。遁世して摂津古曾部（高槻市）に住んだ。藤原長能の弟子。

一 としふればかはらに松はおひにけり
子の日しつべきねやのうへかな

と。

二 □善時、

三 さと人のくむだに今はなかるべし
いたゐのしみづみくさゐにけり

と。

四 源道済、

五 ゆくするゑのしるしばかりにのこるべき
松さへいたくおいにけるかな

一〈長い年月の後ともなれば　美しかった河原に子松が生え延びている　あたかも寝屋の上で…野辺まで行かずとも子の日の遊びができそうな〉『能因集』所収。能因が源道済と白河殿に遊び、その「風流をかしきさま」を詠んだ歌という。第二・三句は「松おひにけり春立ちて」とあり、その表現は「高々驪山上有レ宮…牆有レ衣兮瓦有レ松」（『白氏文集』四「驪山高」）を出典とする。「松」とは瓦松、つまり忍を意味している（「衣」は垣衣、すなわち苔）。しかし『今昔』や『古本説話集』では忍ではなく、もはや手入れされなくなった河原（砂地）の子松、すなわち実生の松苗を言う。

二「大江」が宛てられる。「善時」は「嘉言」の宛字。嘉言は大隅守仲宣の子。従五位上。受領歌人の一人である。

三〈もうここには里人が水を汲みにくることさえないのであろう　板囲いの井戸の清水には　水草がすっかり生い覆っている〉『後拾遺集』雑四、『嘉言集』所収。この両集および『古本説話集』では第四句「いはゐ（岩井）の清水」とある。ただしこの歌は、「我門の板井の清水里遠み人し汲まねばみくさ生ひにけり」（『古今集』）による。

四 二四九頁注八参照。

五〈ここにかの河原院があったと　ゆく先のしるしに残るべきその松さえ　今は老い果ててしまったこと

と。其の後、此の院弥よ荒れ増さりて、其の松の木も、一とせ（ある年の）風に倒れしかば、人々哀れになむ云ひける。

其の院今は小宅共にて堂[六]許となむ、語り伝へたるとや。

伊勢御息所、幼き時に和歌を読む語、第四十七

伊勢、仲平のとだえに歌を詠むこと

今は昔、伊勢[七]御息所の、未[八]だ御息所にも成らで、七[九]条后の御許に候ひける比（仕えていた頃）、枇[一〇]杷左大臣、未だ若くして少[一一]将にて有りける程に、極じく忍びて通ひ給ひけるを、忍[一二]ぶと為れども、人自然ら髴かに其の（何となく）気色を見てけり（気配を感じとった）。

其の後、少将通[一三]ひ給はずして音無かりければ（音沙汰もなかったので）、此く読みてなむ遣りたりける。伊勢、

よ〉『拾遺集』雑上に「河原院の古松をよみ侍りける」とある。『道済集』にも収める。

六 仏寺となったその堂の跡。正暦二年（九九一）に仁康が建てた釈迦堂の、その跡を想定してもよい。

七 一九四頁注六参照。

八 寛平の末年に宇多天皇の皇子を生むと伝える(『伊勢集』)。一九五頁注一〇参照。

九 温子。藤原基経（二二一―六）の女。仁和四年（八八八）十月、宇多天皇の中宮となる。七条坊門の北、西洞院の西に邸があった（これが宇多御所となって亭子院と呼ばれるようになる）ので、東七条后、七条后と呼ばれる。その心は「かぎりなくなまめき給うて世に譬ふべくもあらずおはしましける」（『伊勢集』）と言われる。

一〇 藤原仲平。二二一―六参照。七条后の兄に当る。

一一 寛平四年（八九二）二月右少将となり（十六歳）、八年正月右中将となる（二十歳）。

一二 『伊勢集』はこの時のことを、「年ごろ経にければ（親）ききつけてけり」と表現している。

一三 『伊勢集』に「人のつらくなるころ」とある。仲平が時の大臣の婿にとられたためという。仲平の室は源能有（寛平八年七月右大臣）の女昭子である。

一人しれず絶えなましかばわびつつも
なき名ぞとだにいはましものを

と。少将此れを見て、哀れなど思ひ給ひけむ、返りてなむ此の度は（今度は始めから）現はれて（人目をはばからず）、極じく思ひて（深く愛して）棲み給ひける（二夫婦になられたという）とや。

参河守大江定基、三米を送りて和歌を読む語、第四十八

今は昔、四大江定基朝臣、五参河守にて有りける時、六世の中辛くして（大不作で）露食物無かりける比（食物がすっかりなくなった頃）、五月の霖雨しける程、女の、鏡を売りに定基朝臣が家に来たりければ、取り入れて見るに、五寸許なる押覆ひな（蓋つき）る張筥の（きの布の張箱で）、七沃懸地に黄に蒔けるを（金に蒔絵したのを）、八陸奥紙の馥しきに裹みて有り。開きて見れば、鏡の筥の内に、薄様を（薄い鳥の子紙を）引き破りて、可咲し気なる手（美しい筆）

一 〈世間の人には知れないままに二人の仲が絶えたのなら　絶えた悲しみはそれとして　人には何でもなかった仲だと言いわけもできたでしょうに〉『古今集』恋五、『伊勢集』所収。『古本説話集』『世継物語』では第二句「やみなましかば」。『古今六帖』『新撰和歌』にも収める。「なき名」は無実の評判。

二 『伊勢集』冒頭の恋物語では、仲平と絶えてから伊勢は大和の父の許に下り、やがて温子のすすめで再度出仕するが、よりをもどそうとする仲平に、二度と逢わずに終るという。

三 底本には「送来読和歌」とあって、諸本も同じ。「送り来りて」「送り来して」のように読まれているが、それでは意味をなさない。「来」は「米」の誤写であって、ここは、「米を送りて和歌を読む」と読むべきである。

四 参議斉光の子。母は桜島忠信（二四―五五）の女。一条＝永延二年（九八八）四月、出家して寂昭という。長保五年（一〇〇三）八月、入宋して五台山の巡礼に出、客死する。愛人に後れての出家、中国での飛鉢の行、『往生要集』を中国に伝えたことなどが有名。一九―二参照。

鏡を売る女、歌を詠むこと

五 花山＝永観二年（九八四）、蔵人の巡爵（六位蔵人を六年間勤めた結果としての叙爵）によって三河守、従五位下となる。

六 永観から永延にかけての頃は「水旱之災」が頻り

を以て此く書きたり。

九けふまでとみるに涙のますかがみ
なれぬるかげを人にかたるな

と。定基朝臣此れを見て、一〇道心を発したる比にて、極じく泣きて、米十石を車に入れて、鏡をば一一売る人に返し取らせて、車を女に副へてぞ遣りける。歌の返を、鏡の筥に入れてぞ遣りたりけれども、其の返歌をば語らず。

其の車に副へて遣りたりける一二雑色の返りて語りけるは、「一三五条油小路の辺に、荒れたる一四檜皮屋の内になむ下し置きつる」とぞ云ひける。誰が家とは云はぬなるべしとなむ、語り伝へたるとや。

定基、鏡を返し、歌につけて米を送ること

で、永観二年の五、六月は雨が乏しく米価が騰躍し、十一月頃は長雨が続き、寛和元年（九八五）は旱の年、二年六月はまた長雨に降りこめられている。

七 漆塗りの上に金・銀粉を流しかけたもの。

八 陸奥産の、皺のない薄黒い色の紙。ひきあわせ。

九 〈この鏡を見るのも今日までのことと思えば　涙はいよいよあふれてくる　美しい鏡よ　永年馴れ親しんだ私の姿を　その衰えをどうか人には語らないでおくれ〉『拾遺集』雑上によると、定基の兄、正五位下摂津守為基の許へ鏡を売りにきたことになっており、第四句「なれにしかげを」とする。『古本説話集』も第四句同じ。『古今著聞集』『十訓抄』『沙石集』『宝物集』では、第一句「けふのみと」、第四句「なれにしかげを」とする。「ますかがみ」は、「増す」と「ます鏡（よく澄んだ鏡）」の懸詞。

一〇 出家の思いが芽生えてきたころだったので。死んだ愛人をいとおしみ、葬らずにおいたが、その無慚に腐ってゆくのを見て無常を覚えたという話がある（一九―二、『宇治拾遺物語』四・七）。

一一 鏡の持ち主。この人が女（侍女）に鏡を売りに歩かせたのである。

一二 雑役に使う下人。

一三 左京の、五条天神のあったあたり。十世紀後半のこのあたりは、淋しく貧しい地であった。

一四 檜の皮で屋根を葺いた家。

七月十五日、盆を立つる女、和歌を読む語、第四十九

今は昔、七月十五日の一（盂蘭）盆の日、極じく貧しかりける女の、祖の為に食を備ふるに堪へずして、一つ着たりける二薄色の三綾の衣の表を解きて、四瓮の盆に入れて、五蓮の葉を上に覆ひて、六愛（宕）寺に持て参りて、伏し礼みて泣きて去にけり。

其の後、人恠しんで寄りて此れを見れば、蓮の葉に此く書きたりけり。

七たてまつるはちすのうへの露ばかり
これをあはれにみよのほとけに

貧しい女、盆供養にわが衣を奉ること

亡き親のために食物を供えることができなくて

たった一枚

一 盂蘭盆。仏教行事としては、安居（夏季の修道）の終った僧に供養し、併せて餓鬼道に苦を受けている魂を救うこと。目連（釈迦十大弟子の一）が釈迦の教えで、地獄に堕ちた母を救った説話から起り、日本では、推古十四年に始まり、聖武＝天平五年（七三三）、天下に公布された。日本の場合は、祖霊の祭りという仏教以前からの古習俗が結びついている。

二 薄い紅、あるいは紫。

三 綾織（斜めにうちかえの線条模様を織り出したもの）の衣の表地。

四 「瓮」は諸本「瓫」。「瓫 ホン ホトキ 又作盆」「瓫 ホン ヒラカ」（『字類抄』）。ヒラカノボンとよみ、ボンを汎称、ヒラカをその形態の表現と解しておく。平らな盆状の土器。

五 今も供物は蓮の葉に盛っている。

六 愛宕寺。京都市東山区松原大和大路のあたりにあった寺。珍皇寺と同じとする説と、隣り合った別寺と考える説があるが、『今昔物語集』は同じと見ている。この場所は六道の辻と呼ばれ、平安京の頃の葬場の跡であり、ここで引導諷経の後、死者を鳥辺野へ送った。ここから小野篁（二四一頁注八）が冥府に通ったとか、その寺を篁が建てたとかの話が伝わっている。現在も盂蘭盆には、珍皇寺の鐘を撞いて祖霊をよび、槇の枝を求めてそれに祖霊を宿らしめて家へ請じるという、六道詣の行事が行われている。

と。人々此れを見て、皆哀れがりけり。

其の人と云ふ事は知らで止みにけり（誰それということはわからずじまいであった）となむ、語り伝へたるとや。

道済の侍の妻、夫に去られて病むこと

筑前守源道済の侍の妻、最後に和歌を読みて死ぬる語、第五十

今は昔、筑前守[八]源道済と云ふ人有りけり。[九]和歌読む事なむ極めたりける。

[一〇]其の国に下りて有りける間に、侍なりける男、年来棲みける妻を京より具して（伴って）、守の共に（守のお供をして）国に下りて有りけるが、其の国に有りける女を語らひける（ねんごろになるままに）程に、其の女に心移り畢てにければ、やがて（そのまま）其れを妻にして、此の本の妻をば忘れにけり（かえりみなくなった）。

本の妻は、旅の空にて為べき方も思えざりければ（思いつかなかったので）、夫に云ひける様、「本の如くに我れと棲みね[一一]（一緒に暮してほしい）とは更に思はず（とはもはや思いません）。[一二]只自然ら人の京に

七〈貧しい私には　三世の仏にも蓮の上葉の露ほどの乏しいお供えしかできませんが　どうかこれをあわれと思召し下さいますように〉『古本説話集』では第四句「こころざしをも」。「つゆ」は「露」と、少し（も）の意の副詞「つゆ」を懸け、「みよ」は「見よ」と「三世」（前世・現世・来世）を懸ける。

八 光孝源氏、有（方）国の子。筑前守・太宰少弐として着任中の寛仁三年（一〇一九）三月、刀伊が来寇したときは、権帥藤原隆家らとともにこれを撃退した。その年、筑紫で没。『道済集』がある。ただし、次々頁の「とへかしな」の歌を収める『後拾遺集』の左注は、筑前守を藤原経衡としている。経衡は内麿流、公業の子。甲斐守・大和守を歴任したが、筑前守であったかどうか未詳。彼も、和歌六人党の一人として有数の歌人であり、『和歌十体抄』と呼ぶ十巻の撰集があったから、『道済十体』の道済との混淆も、そういうことに原因があったと思われる。

九 中古三十六歌仙の一人とされるほか、詩人としても有名であった（『続本朝往生伝』『袋草紙』）。

一〇 道済は長和四年（一〇一五）二月、筑前守兼太宰少弐に任ぜられている。

一一 底本および諸本「棲ヌ」とある。「棲ネ」の誤写と考える。丹鶴一本には「棲タマへ」とする。

一二 わざわざ依頼するのでなく、たまたま上京する人があれば、その人に頼んで。

女、歌を詠んで死に、道済、仔細を知ること

上らむに云ひ付けて、我れを京へ送れ」と。夫、更に耳にも聞き入れずして、畢には女の遣す消息をだに見ざりけり。本の妻をば、居たりける屋に居ゑて、男は今の妻の許に居て、惣て本の妻の有り無しをも知らざりければ、本の妻思ひ歎きて有る程に、思ひ懸けず病付きにけり。

只有りつるそら[一]、打憑みて遙かに来たる夫は去りて、物食ふらむ事も知らねば、此様彼様[二]に構へつつ過ぎけるに、増して重き病を受けてければ、思ひ遣る方なく、哀れに心細く思ひて臥したるに、京より付きて来たりける女の童只一人なむ有りける。此く病して術なき由を男の許に云ひ遣りたりけれども、聞きも入れず。日来を経て、病既に限に成りにければ、女、哀れ[三]に知る人もなき旅の空にて死なむずる事を歎き悲しみて、物も思えぬ心地に、わななくわななく文を書きて、此の女の童を以て男の許に遣りけるを、守の館に女の童の持て行きたりけるを、男取りて打見て、返事も遣らずして、「然

一　「そら」は副助詞、「すら」に同じ。
二　あれやこれやと。どうにかこうにか。丹鶴本は「此」に「ト」、「彼」に「カク」の読み仮名をつけている。
三　しみじみと。「歎き悲しみて」にかかってゆく。

聞きつ（よしわかった）」と許（ばかり）云ひて、只云ふ事も無かりければ（四そのうえ何の指示も慰めもなかったので）、女の童は思ひ繚（あつか）ひて返りにけり（途方にくれて帰っていった）。

而（しか）る間、此の男の同僚（どうれう）なりける侍、打棄て置きたりける（その辺に捨ててあった）此の妻の文（ふみ）を、何ともなく（何心なく）取りて見ければ、此（か）く書きたり。

五とへかしないくよもあらじつゆのみを
しばしもことのはにやかかると

此の侍（同僚の侍）此れを見て、情（なさけ）有りける者にて、哀（あは）れに思ふ事限無（かぎりな）し。「実（まこと）に奇異（あや）しかりける者の心かな（あきれはてた心の持ち主であることよ）」と思ひて、女の糸惜しき余りに（かわいそうでしかたなく）、「此の事、守（かみ）に聞かせむ」と思ひて、此の文（ふみ）を守に忍（しの）びて（そっと）見せければ、守、此（こ）れを見て、男を召して、「此れは何（いか）なる事ぞ」と問ひければ（問いただしたところ）、男否（え）隠さずして（隠しきれず）、事の有様を委（くは）しく語りけるを、守（かみ）聞きて云はく、「汝（なんぢ）は心疎（う）く六、人にも非ざりける者の心かな（人とも思えぬ心ざまだ）」とて、彼（か）の妻

四 「只」は否定に呼応し、より程度の上であることを、否定的に並べる。また…ない。それ以上…ない。

五 〈もう生きる世もない露の命の私に　どうかもう一度だけでもお便りを下さいますように　ほんの暫（しばら）く露が木の葉にかかるように　たとえ暫くでもあなたのお言葉にすがって生きのびられるのではないか　と〉『後拾遺』雑三所収。「露」と「言の葉」の「葉」、および「かかる」は縁語の関係にある。すぐに落ちてしまうにしても、暫く露が木の葉にとどまることのイメージが、第三句以下に感じられる。

六 情けなくも。妻を捨てた男の心情・振舞いに対する、守（かみ）の嫌悪の情の表現である。

守、侍を追放し、女を手厚く葬ること

の許に人を遣りて尋ねければ、女は、文を遣りけるままに、女の童をも待ち付けずして失せにけり。

使返りて其の由を守に云ひければ、守、情有りける人にて、限無く哀れがりて、先づ此の夫の侍を召して、「我れ、汝を年来糸惜しく思ひて仕ひける事こそ、限無く悔しけれ。[1]汝は人にも非ざりける者の心を、我れ、近くて見る事なむ否有るまじき」とて、預け沙汰せさせける事共、皆止めぬ。行き宿りする所々皆追ひ出だして、館の使を以て、国の間は追ひ出だしてけり。然て死にたる妻の家に人を遣りて、見苦しからぬ様に直しく隠させなどして、[2]僧など籠めて後の態までなむ繚はせける。

夫の侍は、今の妻の許にも寄らしめざりければ、為べき方もなくて、人の京に上りける船に付きて、一塵の貯もなくてなむ京に上りにける。情の心無き者は、心から此くなむ有りける。

守は慈悲有りて、物の心をも知りて、和歌をも読みける人にて、

一　汝は人とも思えぬ心ざまよ、そのような汝を側近く置く気にはなれぬ、の意。「者の心を」の「を」は、「汝は人にも非ざりける者の心かな」という意味の文脈が曲流し、「近くて見る」の目的格に転じたもの。

二　僧を死んだ女の家に籠らせて、葬儀万端手厚く世話をさせた。「後の態」は葬儀を始め、七七日の法要を指す。

三　中古三十六歌仙の一人。右京大夫重光の子。一条・三条天皇の侍読をつとめた。詩人としても『二中歴』に挙げられている。『匡衡集』がある。文章博士・式部大輔、正四位下。

此く人をも哀れびけるとなむ、語り伝へたるとや。

大江匡衡の妻赤染、和歌を読む語、第五十一

今は昔、[三]大江匡衡が妻[四]は、[五]赤染時望と云ひける人の娘なり。其の腹に[六]挙周をば産ませたるなり。其の挙周勢長して、[七]文章の道に止事無かりければ、公に仕りて、遂に[八]和泉守に成りにけり。

其の国に[九]下りけるに、母の赤染をも具して行きたりけるに、挙周、思ひ懸けず身に病を受けて、日来煩ひけるに、重く成りにければ、母の赤染歎き悲しみて、思ひ遣る方無かりければ、[一〇]住吉明神に御幣を奉らしめて、挙周が病を祈りけるに、其の[一一]御幣の串に書き付けて奉りたりける、

赤染衛門、住吉明神に歌をささげて、挙周の病、癒ゆること

四 赤染時用（時望）の女とも、平兼盛の女ともいう。鷹司殿（倫子、道長室）の女房（『尊卑分脈』には上東門院彰子の女房という）。匡衡に嫁して挙周、江侍従を生む。中古三十六歌仙の一人、梨壺五歌仙の一人。『栄花物語』正篇の作者に擬せられている。

五 右衛門志・尉であったことがある。大隅守とも伝える。源雅信が従一位左大臣となることを相し当てたという。赤染氏は、河内に本貫（原籍）をもつ、右京の人。

六 匡衡の第二子。仏道に帰依することも深く、奇瑞のうちに往生したと伝える。大学頭・文章博士、正四位下。

七 『二中歴』詩人・儒職（学士侍読・文章博士）の項に挙げられている。

八 後一条＝寛仁三年（一〇一九）二月に任ぜられる。

九 『赤染衛門集』『古今著聞集』『袋草紙』では、和泉守の任が終って上京の途次のこととする。

一〇 大阪市住吉区に鎮座。もとは海路守護の神であったが、中古、その南社を玉津島明神と伝える（『奥義抄』）ようになって、和歌の神として信仰された。

一一 『赤染集』『袋草紙』では、三首の歌を三本の幣に書き付け、白髪の老翁がそれを取って社殿に入ると見るや、挙周の病気は平癒したと伝える。『古本説話集』には二首の歌を載せている。

一 かはらむとおもふ命はをしからで
さてもわかれむほどぞかなしき

と。其の夜遂に〔挙周は〕愈え（病気がなおった）にけり。

赤染衛門、子の官を望んで歌を詠むこと

亦、此の挙周が官望みける時に（官職を希望したとき）、母の赤染、三 鷹司殿に此くなむ読みて奉りたりける、

四 おもへきみかしらの雪をうちはらひ
きえぬさきにといそぐ心を

と。五 御堂此の歌を御覧じて、極じく哀れがらせ給ひて（たいそうお感じ入りになって）、此く和泉守には成させ給へるなりけり。

赤染衛門、久しく訪れぬ匡衡に歌を贈ること

亦、此の赤染、夫の匡衡が、六 稲荷の禰宜が娘を語らひて（神官の娘とねんごろになって）愛し思ひける間、赤染が許に久しく来ざりければ、赤染、此くなむ読みて、

一 〈身代りになろうと思う私の命は少しも惜しくないのだが　それにしても　そのまま別れてしまわねばならないことが　たえがたく悲しいのです〉『古本説話集』所収歌は全く同じ。『詞花集』『古今著聞集』では第二句「祈る命は」、第五句「ことぞ悲しき」、『赤染集』は第二句「祈る命は」、第四句「別ると思はむ」、『玄々集』は第二句「祈る命は」、第四・五句「別れむ程ぞかなしかりける」、『袋草紙』では第五句「ことぞ悲しき」。『古来風体抄』にも載る。

二 国司任命を望むこと。このとき、漢文体の中文を奏上するが、『古本説話集』によると、その中文の奥に赤染が歌を記したという。二四—三〇参照。

三 道長室倫子（源雅信の女）。『赤染集』では、上東門院（彰子）に歌を奉ったことになっている。

四 〈御推察下さい　もう頭も白くなった身が　その髪のように白い雪を払いながら　雪消えぬ—命失せぬ先に…と　わが子のことに思いあせるその心を〉『赤染集』では第一句「思へただ」、第三句「はらひつつ」とあり、大雪の日に歌を奉ったという情況が知られる。『古本説話集』は第三句「はらひつつ」。「かしらの雪」は白髪、「雪」と「消ゆ」は縁語。

五 道長。この年の県召の除目に、道長は二十枚の中文を扱っている（『御堂関白記』）。

六 京都市伏見区深草の稲荷神社。

稲荷の禰宜が家に匡衡が有りける時に遣りける、

七 わがやどの松はしるしもなかりけり
すぎむらならばたづねきなまし

と。匡衡、此れを見て恥かしとや思ひけむ、赤染が許に返りてなむ棲みて、稲荷の禰宜が許には通はず成りにけりとなむ、語り伝へたるとや。

大江匡衡、和琴を和歌に読む語、第五十二

今は昔、八式部大夫大江匡衡と云ふ人有りき。九学生にて有りける時、一〇閑院の才は有れども、長高くて、一一指肩にて

＊稲荷の禰宜の女は、赤染衛門の歌のなかから説話的に生れ出た女性であろう。〔稲荷の禰宜の女〕

七〈わが住む宿の松にはもう　待つことの験もなくなりました　そちらさん同様　こちらも杉むらならば（あの歌のように）あなたは尋ねてくださるでしょうに　ね〉『赤染集』は第一・二句「我がやどは松にしるしも」。「松」に「待つ」を懸ける。この歌は、「わが庵は三輪の山もと恋しくはとぶらひ来ませ杉立てる門」（『古今集』雑下）による。

八「式部大夫」は式部丞（三等官、六位相当）で、五位になってなお留任する者のことであるが、ここは、「式部大輔」（次官、実質的には長官）の誤りであろう。匡衡は、一条＝長徳四年（九九八）に式部権大輔、寛弘七年（一〇一〇）に大輔に任ぜられた。二五二頁注三参照。

九「述懐古調」詩（『江吏部集』）の匡衡自伝によると、村上＝康保三年（九六六、十五歳）大学寮に入り、円融＝天延三年（九七五、二十四歳）文章生となり、天元二年（九七九）に対策（官吏の登用試験）に及第。

一〇「閑院の才」を「みやびの才」とよむ説もあるが、従えない。もと「閑院ノ大将殿ニ有リケリ。才ハ有レトモ…」の如き文章から欠落を生じたものと考える。

＊匡衡を揶揄したのは、朝光家の女房であった。〔大江匡衡と女房〕

匡衡、歌をもって女房の嘲りに応えること

一一 怒り肩で。

見苦しかりけるを〔女房たちが〕云ひ咲ひけるに、匡衡を呼びて、女房共和琴[一]を差し出だして、「〔あなたは〕万の事知り給へるなれば（何でもご存じの方ですから）、此れを（これだって）弾き給ふらむ[二]（お弾きになるでしょう）。此れ弾き給へ。聞かむ」と云ひければ、匡衡、其の答をば云はずして、此くなむ読み懸けける、

三 あふさかの関のあなたもまだみねば
あづまのこともしられざりけり

と。女房達、此れを□、其の返を否為まじかりければ（できそうにもなかったので）、否咲はず（よう笑いもせず）て、搔静まりて（しんと静まり返り）、独立ちに皆立ちて去にけり（一人立ち二人立ちこそこそと皆逃げてしまった）。

匡衡、司召に洩れたときの歌

亦、此の匡衡、望み申しける[四]（補任の希望を申し出て）時に否成らで（叶えられず）歎きける比、殿上人数[五]大井河に行きて、船に乗りて差し上り差し下り（漕ぎ上り漕ぎ下りして）行きて遊びつつ、人々歌読みけるに、此の匡衡も人々に倡はれて（誘われて同行していたので）行きたりければ、匡衡此くなむ読みける、

一 絃の六本ある日本固有の琴。ヤマトゴト・アヅマゴト（東琴）・トビノヲゴト（鵄尾琴）とも言う。

二 「弾き給ふらむ」は底本「弾キ給ラム」。「弾き給はらむ」とよめば、「弾いて戴きたい」の意になる。

三 〈逢坂の関の向うへも私は行ったことがないから まして遠い東の事（和琴）など知っていようはずもありません〉『後拾遺集』雑二、『匡衡集』所収。「あづまのこと」は「東の事」と「和琴」を懸ける。「あふさかの関」は山城と近江の境の関で、これを東へ越えると東路が始まる（一七四頁注八参照）。

四 『古本説話集』に「司申しけるに」とある。官職を申請する申文を提出すること。匡衡の申文は五度にわたって記録されているが（『本朝文粋』『朝野群載』）、「河舟に」の歌作の時期に関連づけるならば、寛弘六年（一〇〇九）正月、尾張守の任が終って美濃守を申請した折りが考えられる。これは叶えられなかったが、尾張守を重任され、結局、文章博士、式部権大輔、尾張守の三官兼帯となり、道長から賀詩を贈られているほどで、不遇を嘆くような情況ではなかった。「河舟に」の歌を、身の沈淪を嘆くものと解釈して、司召へと説話的に関連づけたのであろう。

五 大堰川（二〇八頁注二参照）。寛弘六年九月二十三日、仙洞（上皇御所）の侍臣二十余人が大堰川に遊んでいる（『江吏部集』『御堂関白記』）。

六 〈河舟に乗って心もゆく思いをしているときは

河舟[六]にのりて心のゆくときは
しづめる身ともおもはざりけり

人々此れを讃め感じける。

匡衡、実方の陸奥下向に歌を贈ること

亦、此の匡衡、実方朝臣[七]の陸奥守[八]に成りて彼の国に下りて有りける時に、匡衡此くなむ読みて遣りける、

都[九]にはたれをか君は思ひつる
みやこの人はきみをこふめり

と。実方朝臣、此れを見て定めて返[一〇]有りけむ。然れども、其れをば語り伝へず。

此の匡衡は、文章の道極めたりける（漢詩文の道に通達していたが）に、亦（さらに）和歌をなむ此く微妙く

（任官にもれて）憂いに沈んでいる身とも思われないことである〉『後拾遺』雑三、『匡衡集』は第五句「おもほえぬかな」、『古本説話集』は「おぼえざりけり」。すべて、司召に洩れて身の沈淪を嘆く歌としているが、『江吏部集』中の「暮秋泛大井河各言所懐和歌序」によると、この歌は風物に感じたところの嘆きであり、老思の嘆きであるにとどまる。この時、匡衡は五十八歳である。もとより匡衡にも、司召に洩れて不遇を嘆くことはあったであろう（『匡衡集』にも見られる）けれど、「河舟に」の歌に結びつけてそれが語られるのは、その歌の内容からの説話的な展開であると思われる。『江吏部集』も第五句「思ほえぬかな」とする。「心のゆく」は気がはれること。「しづめる身」の「しづむ」は「河舟」の縁語。

七 二一八頁注一参照。

八 一条＝長徳元年（九九五）正月、陸奥守に任官。

九 〈都へ向って　あなたは誰を思い出しているだろうか　都の人はあなたのことを恋しく思っているのですよ　たとえば私…〉『後拾遺』雑五、『匡衡集』は第三句「思ひいづる」とある。また、書陵部本『実方中将集』に第三句「おもふらむ」、第四句「都にはみな」、書陵部本『実方朝臣集』に第四句「都にはみな」。

一〇『後拾遺』『実方集』には、「忘られぬ人の中には忘れぬを待つらむ人の中に待つやは」という返歌を載せる。『今昔』は異る系統の伝承に依るのであろう。

読みけるとなむ、語り伝へたるとや。

祭主大中臣輔親、郭公を和歌に読む語、第五十三

輔親、即興に時鳥の歌を詠むこと

今は昔、御堂の、大納言にて一条殿に住ませ給ひける時、四月の朔比、日漸く暮れ方に成りけるに、男共を召して、「御隔子参れ」と仰せられければ、祭主の三位輔親が勘解由の判官にて有りけるが、参りて、御簾の内に入りて、御隔子を下す程に、南面の木末に珍しく郭公の一音鳴きて過ぎければ、殿此れを聞食して、「輔親は此の鳴く音をば聞くや」と仰せられけるに、輔親御隔子を参りさして（下しかけたまま）、突居て（膝まずき）、「承はる」（と聞くや）と申しければ、殿、「然ては遅き」（それにしてはおそい とおっしゃる）と仰せられけるに、輔親此くなむ申しける、

一 藤原道長。

二 一条＝正暦二年（九九一）九月権大納言（二十六歳）、長徳元年（九九五）六月右大臣。

三 一条院（一条の南、大宮の東）は、為光からその女に譲られ、それを佐伯公行が買って東三条院（詮子）に献上した。一方、一条院別納は、為光からその婿源雅信に譲られ、雅信の女倫子と道長が結婚（永延元年九月、九八七）してからは、道長もそこに住む。ここの「一条殿」は一条院別納を指す。

四 御格子（格子戸）を下せ。「参る」は、上げることにも下すことにも言うが、今は夕刻である。

五 伊勢神宮神官の長。大中臣氏が世襲した。古くは「祭官」ともいう。

六 中古三十六歌仙の一人。神祇伯大中臣能宣（二六〇頁注五参照）の子。祭主・神祇伯、正三位。『輔親集』がある。

七 勘解由使（令外の官で、諸司交代のときの引継ぎ文書、すなわち解由状を審査する職）の三等官（従六位下相当）。文章生の任ぜられることが多い。輔親は永延二年これに任ぜられている。

八 寝殿の正面。

九 時鳥を聞いたにしては、歌を詠むのが遅いではないかという意。そういう言葉をきっかけにして、すでに作られていた歌を直ちに輔親が披露したというとこ

一〇足引の山ほととぎす里なれて
たそがれどきになのりすらしも

と。殿此れを聞食して、極じく讃めさせ給ひて、一一表に奉りたりける紅の御衣一つを取りて一二打被けさせ給ひつれば、輔親給はりて、臥し礼みて、御隔子を参り畢てて、御衣を肩に懸けて、侍に出でたりければ、侍共これを見て、「此れは何なる事ぞ」と問ひければ、輔親、有りつる様を語りけるに、侍共皆聞きて、一三極じく讃め喤りけり。

仲絶えた女に言いかける歌

亦、此の輔親、日来乗りて行きける牛を失ひて、求め煩ひける程に、知りたりける女の行き絶えにける許に、其の牛入りたりければ、女の許より牛を引かせて、一四「疎しと見し心に増さりけり」と云ひ遣せたりければ、牛をば得て、其の返事に、輔親此くなむ云ひ遣りける。

ろに、この話の中心がある。

一〇〈山時鳥も今ではすっかり里なれて　だからこのたそがれ時に　このお屋敷で名のりをするかのように鳴いているのであろう〉『拾遺集』雑春。「たそがれ」(誰そ彼)の縁で「なのりす」と言う。また、いま輔親が道長邸で奉仕しているような宿直人は、宿直の「なのり」をあげるものである。

一一「奉る」は「着る」の敬語。

一二褒美として与えた。「かづけもの」は、着ていた上衣、あるいは用意してあった女装束を、相手の左肩にかけて与えるのである（二四—三、二四—三三参照）。

一三口をそろえて讃めそやした。

一四薄情なものと思っていた牛の方が実はあなたよりましですね。「牛」に「憂し—薄情な」を言い懸けている。「憂し」という名を負っている牛がこうやって訪ねてきてくれた、だから、音沙汰のないあなたよりは、実はましなのだ、の意。『後拾遺集』の詞書には「うしと見し心にまさりけり」とだけあるが、『輔親集』には女の歌として、「うしと見し心ぞ人にまさりけるこや後おひの角といふらむ」とある。

一 かずならぬ人をのがひの心には
うしとものをおもはざらむや

と。

桂に遊び、月の輪に赴いての歌

亦、此の輔親、二 桂なりける所に伴とする人々数た行きて遊びけるに、和歌など読みて、「亦来たらむ」と云ひて、後に其の桂には行かずして、三 月の輪と云ふ所に人々行き会ひて、桂を改めて来たる由を読みけるに、輔親此くなむ読みける、

四 さきの日にかつらのやどをみしゆゑは
けふ月のわにくべきなりけり

と。人々此れを極じく感じけり。

此の輔親は、五 能宣と云ひける人の子なり。彼の能宣も微妙き歌読

一〈数ならぬものとして私を避け嫌っていらっしゃるあなただから（絶え絶えになったとしても）別につらいなどとお思いにならないのでは？〉『後拾遺』雑二、『輔親集』ともに第五句「おもはざらなむ」とする。「のがひ」は「野飼」（放牧）であるが、遠く離す、あるいは嫌う意の「のがふ」（「㪿ノカフ　却送嫌噫嬿妣 已上同」『字類抄』）を懸けている。「うしとも」は「憂し」「牛」の懸詞。

二 京都市右京区。西京の京極塩小路あたりから、今の桂大橋近辺を経て通じる古道があり、桂には、道長を始め公卿たちの別荘もあった。『難後拾遺』によると能宣も桂に家をもっており、輔親一行はそこに遊んだものという。

三 京都市東山区。東福寺から泉涌寺にかけての辺。『難後拾遺』によると、輔親らは月の輪にあった清原元輔の家を訪れたのである。

四〈先日桂の宿を見たわけは　今日　この月の輪にくるという　そのためであったことよ〉『後拾遺』雑四、『輔親集』に収める。月の中に桂樹が生えているという中国古伝説に基づく発想。この歌は、能宣の桂の家に輔親らが会した後、元輔の月の輪の家に集まり、そこで輔親が主人に依嘱されて、かわらけを取って詠んだ祝儀の歌という（『難後拾遺』『袋草紙』）。

五 中古三十六歌仙、梨壺の五人の一人。『後撰集』の撰者。神祇大副頼基の子。正四位下。『能宣集』が

にて有りければ、相続きて（父子続いて）此の輔親も此く歌を読むなりけり。[六] 此れをば[七]伊勢の祭主に成り伝はる孫（世襲する家の子孫）なりとなむ、語り伝へたるとや。

陽成院の御子元良親王、和歌を読む語、第五十四

元良親王、男ある女に歌を贈ること

今は昔、陽成院の御子に、[八]元良親王と申す人御座しけり。極じき[九]好色にて有りければ、世に有る女の美麗なりと聞ゆるには（当時美しいと評判を聞くかぎりの女に）、[一〇]会ひたるにも未だ会はぬにも（かかわりをもった者にももたぬ者にも相手選ばず）、常に文を遣るを以て業としける。

而る間、其の時に枇杷の[一一]左大臣（仲平）の御許に、[一二]童にて仕ひ給ひける（童姿で使っておられた）若き者有りけり。名をば[一三]岩楊とぞ云ひける。形・有様美麗にして、心ばへ（人柄）可咲しかりければ、万の人此れを聞きて（その評判をきいて）、懃ろに[一四]云はせけれど（言い寄ったが）も、心堅くして聞かざりける（聞き入れなかったがそのうち）程に、□と云ふ人強ちに心を尽して（誠心誠意）仮借（懸想）しければ、辞び難くして会ひにけり（拒み切れず契りをむすんだ）。其の後は、男去り難く（はなれがたく）

ある。

六 さらに輔親の子に、伊勢大輔がいる。

七 「大中臣」は、神護景雲三年（七六九）中臣朝臣清麻呂に授けられた姓で、この流れは代々、祭主を勤め、神祇官としては伯（長官、従四位下相当）・大副（次官、従五位下相当）に至ることが多い。

八 陽成天皇第一皇子。風流好色のきこえ高く、よく透る美声の持ち主であった（『吉野拾遺』）。後、定家は元良を全く評価しなかったが、後鳥羽院は殊勝の歌詠みと評している（『井蛙抄』）。三品、兵部卿。

九 『元良親王集』は好色風流士の恋愛物語である。

一〇 『元良親王集』冒頭に、「いみじき色好みにおはしましければ、世にある女のよしと聞ゆるには、逢ふにも逢はぬにも、文やり歌よみつつやり給ふ」とある。恋人を待つ夜と別れゆく朝とどちらがつらいかという歌を、自分の通っている女のすべてに贈り、返歌を求めたという話がある（『栄花物語』一〇、『古本説話集』上・三五）。

一一 二二―六、二四―三二（二〇二頁注六）参照。

一二 散らし髪の粧い。女の童として召使っていたもの。

一三 底本および諸本は「岩揚」、丹鶴一本に「楊」とする。『元良親王集』には「いはやぎみ」（書陵部本）、「いちやぎみ」（桂宮本）とある。それに対照して、いまイハヤギとよんでおく。

一四 人を介して言い入れさせること。

思ひて(思って)、大臣の家の局(つぼね)に来通ひける(女の部屋に)を、彼(か)の元良(もとよし)親王、此れを知らずして、彼の女の美麗なる由(よし)を聞き耽(たしほれこみ)びて[一]、度々(どど)云はせける(恋文を送らせたが)に、「男有り」とは云はずして(〔女は〕)、強顔(つれな)くて(すげなく)返事をだに為(せ)ざりければ、親王此(か)くなむ云ひ遣(や)り給ひける、

[二] おほぞらにしめゆふよりもはかなきは
つれなき人をたのむなりけり

と。女の返(かへし)、

[三] いぶせ山よのひとこゑによぶこどり
よばふときけばみてはなれぬか

となむ。

一 「耽」は「躭」と同字。「躭 フケル、タシフ」(『名義抄』)。

二 〈大空に標(しめ)を張る空(むな)しさよりもっとはかないものは　つれない人を頼みにすることです　あなたのような…〉『続古今集』恋二では第五句「こふるなりけり」として、作者を元良と明記するが、『元良親王集』では女の歌とする。好色の評判高い親王の文(ふみ)に対する女の返事と見る方が妥当であろう。『今昔物語集』は親王の歌と解することにより、その前に「強顔くて返事をだに為ざりければ」の一句を書き加えたのであろう。

三 〈たとえ「言う」という名の磐瀬山の呼子鳥でも　世の人ごとに呼びかけるというのでは　声めずらしいどころか　耳にたこができるというものです〉『元良親王集』書陵部本は女の歌とし、桂宮本は親王の歌とする。ともに第一句「いはせ山」、第五句「みみぞなれぬる」。また流布本では第二句を「よのひとごと(世の人毎)に」とする。男の歌とすると、「呼子鳥」は大勢の求婚者(前頁九行目参照)を暗指し、第五句「みてはなれぬか」は恋文など見慣れてしまったのではないか、の意。「みみぞなれぬる」ならば、求婚の言葉などあなたは聞き慣れてしまった、の意。しかしこの歌は、本来「大空に」の歌と贈答関係をもつものではなく、『元良親王集』がその次に掲げる親王の歌「とふことをまつ松山の山彦はいかがはひとりおとづれをせむ」と組になる女の歌ではなかろうか。『元良親王集』あるいはそれに近い配列をもつ原典か

此の親王遂に会へりとも聞えず〔結局女に会ったという噂もない〕となむ、語り伝へたるとや。

大隅の国の郡司（ぐんじ）、和歌を読む語（こと）、第五十五

今は昔、大隅（おほすみ）の守（かみ）[四]□と云ふ者有りけり。其の国に下りて政（まつりごと）[五]拈（したた）め行ひける間〔とりしきっていたところ〕、郡の司（つかさ）四度（ど）け無き事〔職務怠慢のことが〕共有りければ、「速（すみや）かに召しに遣（や）りて誡（いまし）めむ〔罰してやろう〕」と云ひて、使を遣（や）りつ。

前々（さきざき）[六]、此様（かやう）に四度け無き事有る時には、罪の軽重（きやうぢゆう）に随（したが）ひて誡（いまし）むる事、常の例なり。其れに〔しかるに〔この男は〕〕、一度にも非ず〔今度だけでなく〕、度々（どど）四度け無き事有りければ〔再三怠慢に及んだので〕、「此れは重く誡めむ〔厳罰にしよう〕」とて召すなりけり。即ち将（ゐ）て参りたる〔早速連行したと〕由（よし）、使云ひければ、前々（さきざき）誡（いまし）むる様にぞ一[七]臥せて、尻頭（しりかしら）に上り居るべき人、打つべき様など〔鞭打つための準備などを〕、儲（まう）けて〔整えて〕待つに、人二人して引き張りて将（ゐ）て来たり。

ら、『今昔』は、贈答の組合せを間違えて採用したのではなかろうか。第二句を「よのひとことに」とすると、二六一頁注一〇に記したような事情が参考になる（その解釈によって口語訳をつけておく）。「いはせの山」は大和あるいは近江の歌枕で、「言ふ」に言い懸け、あるいは呼子鳥とともに詠まれることが多い。

四『拾遺集』所収歌により「桜島忠信」を宛てることができる。桜島宿禰（すくね）忠信は、村上から円融朝の頃の人。『本朝文粋』一二に「桜島忠信落書」を収める。金銀による売官問題、道真と時平の比較論、橘氏某に対するわが身の非運などを語っており、この落書によって大隅守を拝任したという。桜島氏は物部氏の族で大和添上郡の人。

怠慢の郡司、歌によって罪を許されること

五 底本「政始メ」とあるが諸本によって改める。

六 以前から。

七「一臥せて」はこのままでヒタフセテともよめるが、『古本説話集』に「そへふせて」とある。これを原型と考え、「へ」が漢字「一」に誤読・誤写されるに伴い、「そ」が助詞の「ぞ」に誤解されたともとれるが、『今昔』『古本説話集』共通の典拠に、平仮名書きの「うつふせて」を想定し、それが一方では「そへ」に誤写され、一方では「そ一」と誤読されて「ソ一」と書記されたとも考えられる。『宇治拾遺物語』では「しふせて」。うつぶせるから、その頭と尻に乗っておさえつけるのである。

見れば、年老いたる翁の、頭末[一]黒き髪も交らず、皆白髪なり。此れを見るに打たせむ事の糸惜しく思ゆれば（不憫に思われたので）、忽ちに憐みの心出で来て、「何なる事に付きて此れを免してむ（どのような理由をつけてこの男を許してやろうか）」と思ふに、事付くべき方もなし（よい口実も思いつかない）。誤共を片端より問ふに、只老を高家にして答へ居たり（罪科を次々に問いただすと〔男は〕老齢を口実に返答するばかりであった）。

守、此れを見るに、打たせむが糸惜しければ、「此れ何にして免さむ（何とかして許してやろう）」と思ひて、思ひ廻らすに、なければ（いい理由もないので）、守、思ひ繚ひて（思いあぐんで）云はく、「汝は極じき盗人[二]かな（全くしようのないやつだぞ）。但し汝和歌は読みてむや（和歌が詠めるか）」と問ふに、翁、「墓々しくは非ずとも（大したことはございませずとも）、仕りてむ（やってみます）」と答ふれば、守、「いで然らば読め」と云ふに、翁程もなくわななき音を捧げて（ふるえ声を）、此くなむ云ふ、

[三]としをへてかしらに雪はつもれども
しもとみるこそみはひえにけれ

と。守、此れを聞きて極じく感じ哀れびて、免し遣してける（放免してやった）。

一 頭の末々まで、と解しておくが、もと「頭ニハ黒キ」とあった「ニハ」が、「末」に誤写されたものか。

二 「盗人」は、文字どおりの盗賊の意味のほかに、相手のふてぶてしさ、大胆さ、悪賢さ、あるいは始末に困るあり方など、常識・規格にはずれるものに対し、感嘆の意も含めて罵るときに用いる。

三 〈年をとって頭髪は雪のように真白になりましたが それでも 霜と―笞を見ると身の凍る思いがいたします〉『古本説話集』『宇治拾遺物語』では第四・五句「しもとみるにぞ身はひえにける」に作る。『拾遺集』雑下では「老いはてて雪の山をばいただけどしもと見るにぞ身はひえにける」とあり、『俊頼髄脳』『奥義抄』『十訓抄』はこの形で歌の効用の一例に挙げている。「しもと」は「霜と」と「笞」の懸詞。「雪」と「霜」「冷ゆ」は縁語。

然れば、云ふ甲斐無き下臈〔下賤の〕の田舎人の中にも、此く歌読む者も有るなりけり。努々蔑るべからずとなむ、語り伝へたるとや。

播磨の国の郡司の家の女、和歌を読む語、第五十六

為家の侍・佐太、郡司の家の女を見ること

今は昔、[四]高階為家朝臣の、[五]播磨守にて有りける時、指せる事無き〔大した取柄もない〕侍有りけり。名は知らず、字をば〔通称を〕佐太とぞ云ひける。守も、名をば呼ばで、「佐太」とぞ呼び仕ひける。[六]所は無かりけれども〔取柄はなかったが〕、年来[七]□らて仕はれければ、賤しの〔小郡の〕郡の収[八]納と云ふ事に宛てて有りければ〔役をわりあててやったところ〕、喜びて其の郡に行きて、郡司が宿に宿りて、成すべき物の沙汰などして〔租税を取りたてるための手配などして〕、四五日許有りて館〔国庁〕に返りにけり。

其れに〔ところが〕、此の郡司が家に、京より[九]滛れたる〔あてもなく出てきて〕女の、人に勾引されて〔だまし誘〕

四 大弐成章の子。白河院の寵臣で（乳母子にあたる）、白河院鍾愛の皇女媞子のために、中宮亮・郁芳門院別当をつとめた。藤原師実の家司でもあった。周防・美作・播磨を始め数多くの国の守を歴任、近江守のとき、興福寺衆徒に訴えられて、一時土佐に配流されたこともある。

五 承保二年（一〇七五）頃、すでに播磨守であったが、白河院のために法勝寺を造営し、その功によって承暦元年（一〇七七）十二月、播磨守を重任されている。この話のころ、正四位下。

六 『宇治拾遺物語』には「さしたることはなけれども」とある。ここは「さしたる」の欠文か。

七 『宇治拾遺』に「まめにつかはれて」とある。「マメニテ」あるいは「マメマメシクテ」のような語が想定される。「ラテ」は「ニテ」あるいは「クテ」の誤写か。

八 税の取りたて。

九 「滛」は「淫」に通じる。『名義抄』には「婬」を「ウカレメ」とよんでいるが、必ずしもこの『今昔物語集』の例を遊女と解する必要はない。『宇治拾遺』に「京よりうかれて、人にすかされてきたりける女房」とあるのに従う。

来たりけるを〔われてきた女を〕、郡司が妻夫(めをと)、此れを哀(あは)れんで養ひて置きて、物縫(もののぬ)はせなどに仕ひければ〔使っていたが〕、然様(さやう)の事なども月(つき)[一]なからず有りければ〔結構うまくやれるので〕、糸惜(いとを)しくして家に有りけるに〔情もわきして家に住ませておいたが〕、此の佐太が館(たち)に返りたりけるに、従者の云ひける様(やう)、「彼(か)の郡司が家に、女房[二]と云ふ者の〔女房とでもいうような女で〕、形美しく髪長きが候ひつるぞ」と。佐太、此れを聞きて、「和男(わをとこ)[三]の、其(そ)こに有りし時には告げずして〔私があそこにいた時にはそうと言わず〕、此(こ)こにて云ふこそ憾(にく)けれ」と腹立ちければ、男、「其(そ)[四]この御座(おはしま)しつる傍に、立切懸(たてきりかけ)[五]の候ひつるを隔ててこそ候ひつれ〔(その女は)おりましたから〕ば、知らせ給ふらむとこそ思ひ候ひつれ〔てっきりご存じだとばかり思っておりました〕」と云へば、佐太、「彼(か)の郡へ暫く行かじ〔ここ暫く行くまい〕」と思ひつれど、「疾(と)く〔早速〕行きて彼の女見む」と思ふに、暇申して〔休暇を願って〕程無く行きにけり。

郡司が家に行き着きけるままに〔行きつくとすぐに〕、本より見たらむ女〔前から知っている女に対してでも〕そら疎からむ〔まだ親しく〕程に然やは有るべき〔ないうちはそうはできまいのに〕、従者の為む様に[六]〔まるで従者に向ってするように〕、女の居たりける所に押し入りて責めけれども〔強引に口説いたが〕、女、「隔つる事有り〔只今は差障りがございます〕。後に聞えむ〔御返事はいずれ〕」など云ひて、強(あなが)ちに辞(いな)びて〔強く拒んで〕、云ふ事にも随(したが)はざりければ、佐太嗔(いか)りて、其(そ)こを出

一 「つきなし」は不都合である意。「月」は宛字。『宇治拾遺』には「さやうの事なども心得てしければ」とある。

二 「女房」は、京から下ってきた女を特に指している語。

三 対称の人代名詞。「わ」は、相手に対する親愛あるいは卑下の意をもつ接頭語。こいつめが。

四 あなた。対称の人代名詞。

五 板の衝立(ついたて)。横木を羽重ねにして打ちつけた屏風様のもの。

六 『宇治拾遺』には「従者などにせむやうに」とある。

女、歌で佐太を躱(かわ)し、佐太いきどおること

七 安っぽい水干(すいかん)。水干は狩衣を簡略化した形の、庶民常用の服。

八 「綻」は、縫い合せてしまわずに、わざと綴(と)じ残

づるままに、着ける賤しの水旱の綻の絶えたりけるを脱ぎて、切懸より投げ越して、高やかに、「此れが綻縫ひて遣せよ」と云ひければ、程なく投げ返し遣せたりければ、佐太、「物縫して居たりと聞くなべに、疾く縫ひて遣せたるかな」と、麁らかなる音して讃めて、取りて見るに、綻をば縫はずして、陸奥紙の破の複しきに文を書きて、綻の許に結ひ付けて有り。佐太、恠しと思ひて解きて披きて見れば、此く書きたり。

われがみはたけのはやしにあらねども
さたがころもをぬぎかくるかな

と。佐太、此れを見るままに、「心憾く哀れなり」など思はむ事こそ難からめ、見るままに大きに嗔りて云はく、「目盲ひたる女かな。綻縫ひに遣りたれば、綻の絶えたる所をだに否見で、何ぞ佐太ぶ

してあけてあるところ。水干の袖つけの部分。その括り糸が切れているのである。

九 荒っぽい様子の描写。

一〇 二四七頁注八参照。「破」は、きれはし。

一一 〈私の身は竹の林ではありませんのに　薩埵―佐太が衣を脱ぎ懸けるのはどうしたわけなのでしょう〉『金光明最勝王経』捨身品にある、天竺の薩埵太子（釈迦如来の前身）が、竹林の中に七匹の子を産んで飢えた虎を見て哀れみ、衣を脱いで竹にかけ、その身を虎に与えたという故事による（『三宝絵詞』上・一一にも）。

一二『宇治拾遺』では「『さたの』とこそいふべきに」とある。つまり、『宇治拾遺』では、一貫して「佐太の」「佐太が」という格助詞の用い方を問題にしているのである。この当時、連体格助詞「の」と「が」には、敬語法上の差があって、「の」は常態ないし敬意を含む場合、「が」は軽んじ侮る意を含む場合に、使いわけられた。それで佐太は、「佐太が」と言われたことに立腹しているのである。しかし「が」には、敬語法上「の」と対比されるような使い方しかないわけではなく、仏教伝説の内容としての薩埵の衣は、「が」によって熟語的に「薩埵が衣」としか表現できない。無学の佐太は、この有名な故事を知らないのである。『今昔』の叙述は混乱しており、このあたりでは、女が「佐太」という通称を呼んだこと自体を佐太が怒っているような記述になっている。

りの用は〔りは何としたことだ〕。佐太と云ふが賤しかるべきか〔佐太という名が賤しいとでもいうのか〕。忝（かたじけな）[一]くも守殿（かうのとの）だに未だ年（とし）来（ごろ）名を召さず。何ぞ和女（わをんな）[二]の、『佐太が』と云ふらむ」と、「此の女に〔この女に思い知らせてやる〕物習はせむ」と云ひて、「奇異（あさま）[三]しき所を〔お前の恥かしい所をなにしてくれよう〕、さは何せむ」など罵（の）りければ〔罵ったので〕、女此れを聞きて泣きにけり。

佐太は嗔（いか）りて、郡司（ぐんじ）を呼び出でて、「愁申（うれへ）して事に宛てむ〔殿に訴えて罪に問うてやる〕」と云ひ聞かせければ、郡司恐（お）ぢ怖れて、「由なき人を哀れとて置きて〔つまらない女をあわれんで家にとめ〕、其の徳に〔そのお蔭で〕守殿（かうのとの）の勘当蒙りなむとす〔お咎めを受けるのか〕」と云ひて、侘（わ）び迷（まど）ひけり〔途方にくれた〕。女も、「為（せ）む方なく〔どうしていいのか〕侘し〔つらいことだと思った〕」と思ひけり。

佐太は、嗔（いか）る嗔る館に返りて、侍（さぶらひ）にて〔侍所で〕、「安からぬ事なり〔けしからんことだ〕。[四]思はぬ女に悲しく佐太ぶり為られたり〔くやしくも佐太よばわりされたわい〕。[五]此れは御館（たち）の名立（なだて）にも有り」と云ひて嗔（いか）るを、同僚の侍共（ども）、此れを聞くに心得ざりければ〔わけがわからないので〕、「何（いか）なる事を為（せ）られて、此（か）くは云ふぞ」と問ひければ、佐太、「此（か）く様（やう）の事は誰れ[六]も同じ身の上なれば〔皆同様に関係のあることなのだから〕、守殿（かうのとの）に申し給ふべきなり」と云ひて、有[七]るままに語れば、「然（さ）て〔いやはや〕」と云ひて咲（わら）ふ者も有り、〔佐太を〕憾（にく）む者も有り。

為家、佐太を追放すること

一　もったいなくも、お殿様だって、永年一度も実名を呼ばれたことはないのだ。『宇治拾遺』では、「かけまくもかしこき守の殿だにも、またこそここらの年月ごろ、まだしか召さね」とあり、「しか」とは、殿でも「佐太が」というような軽侮の語法は口にされないという意味。「守殿」は長官（かみ）に対する敬称。この場合は、地方長官としての播磨守。

二　お前のような女が、どうして「佐太が」などと言うのだ。ここは『宇治拾遺』の表現にほぼ同じ。「佐太が」という語法の無礼を咎めている。したがって、その前の文脈とはうまく合わない。「和女」は、底本および諸本に「私女」とあるのを改める。

三　女の陰部をさす。

四　『宇治拾遺』に「物もおぼえぬくさり女に、かなしう言はれたる」とある。

五　これは、殿の名折れともいうものだ。「名立」は評判。この場合は、悪評。

六　誰もが同じ守殿の家来なのだから、の意。

七　底本および諸本に「有ケニ」とあるが、「有マ、ニ」の誤写と解する。丹鶴一本には「有マ、ニ」とする。

八 仰々しく、身を乗り出して。得意な様子の描写。

九 村上天皇第十皇女、選子。円融院の天延三年（九七五）六月、賀茂斎院となり、以後、花山・一条・三条・後一条の各天皇五代五十年にわたって斎王であったため、大斎院と呼ばれる。長元四年（一〇三一）九月に斎院を退出する。その御所は一種の文学サロンとなり、『源氏物語』はこの大斎院の希望で、彰子が紫式部に書かせたのだという伝説もある。

一〇『大斎院御集』『発心和歌集』がある。

女をば皆糸惜(いとを)しがりけり〔かわいそうに思った〕。

而(しか)る間、守(かみ)、此の事を伝へ聞きて、佐太を前に召して問ひければ、佐太、「我が愁成りたり〔自分の訴えが聞き入れられた〕」と思ひ喜びて、事々(ことごと)[八]しく延(の)び騰(あが)りつつ申しければ、守、吉く聞きて〔すっかり聞き終って〕後云はく、「汝(なんぢ)は人にも非(あら)ず、不覚人にこそ有りけれ〔不心得者というものだ〕。此(か)くは思はでこそ〔こんな人間とは知らず〕、年来(としごろ)は仕ひつれ〔永年使っていたことよ〕」とて、永く追ひてけり〔永久に追放に処した〕。其の女をば哀れがりて〔気の毒に思い〕、着物など取らせむとしける〔与えることにした〕。

佐太、心から〔身から出たさびで〕主に追はれて、郡にも〔郡の仕事も〕止(とど)められにければ〔停止されたので〕、其の事とも無くして〔別段あてもなく〕京に上りにけり。郡司は、「事に宛(あ)たりぬ〔お咎めがあるかと〕」と思ひけるに、此く聞きて〔事の次第を聞いて〕、極(いみ)じく喜びなどしけりと、語り伝へたるとや。

藤原惟規(のぶのり)、和歌を読みて免(ゆる)さるる語(こと)、第五十七

斎院女房に通う惟規、見あらわされて歌を詠むこと

今は昔、大斎院(だいさいゐん)[九]と申すは、邑上(むらかみ)天皇の御子(みこ)に御座(おはしま)す。[一〇]和歌をなむ

微妙（めでた）く読ませ給ひける。

其の斎院に御座（おはしま）しける時、藤原惟規（のぶのり）[一]と云ふ人、当職（たうじき）[二]〔現職の蔵人で〕の蔵人にて有りける時に、彼（か）の斎院に候（さぶら）ひける女房[三]に忍びて物云はむとて、夜々（よなよな）其の局（つぼね）に行きたりけるに、斎院の侍共（さぶらひども）、惟規局に入りぬ〔女の部屋に〕と見て、佐（あや）しがりて、「何（いか）なる人ぞ」と問ひ尋ねけるに、隠れ初めにければ〔部屋に籠ったところだったので〕、否（え）誰れとも云はで有りけるを、御門（みかど）共を閉ぢてければ、否（え）出でで有〔出て行けなく〕りける〔なってしまい〕に、其の語らひける女房、思ひ侘びて〔思いなやんで〕、院〔大斎院に〕に「此（か）かる事なむ〔かくかくでござ〕候ふ（います）」と申しければ、御門を開きて出だしける〔出させたが〕に、惟規出づとて〔出て行こうとして〕、此（か）くなむ云ひける。

[四]かみがきはきのまろどのにあらねども
なのりをせぬは人とがめけり

と。後に斎院此れを自然（おのづか）[五]ら聞食（きこしめ）して、哀（あは）れがらせ給ひて〔感心なさって〕、「木の丸[六]〔木の丸〕

一 越後守為時の子。紫式部の兄。為時の任国越後で病み、死後の風雅をなお望みながら死ぬ（三一―二八）。『袋草紙』にノブノリとよむ。『俊頼髄脳』に「延則」と表記されているが、同書所収の別の話（惟規が臨終になお死後の風雅を願ったという有名な話）では、「惟規」と表記し、為時の子と明記するから、恐らく伝承の経路が異り、あるいは惟規と延則を別人と考えていたのかも知れない。

二 一条＝寛弘四年（一〇〇七）正月に蔵人となり、父為時が越後守となった八年二月にはまだ、現職の蔵人であった。

三 『後拾遺集』恋三に見える「斎院の中将」であろう。従五位下斎院長官源為理（ためまさ）の女（むすめ）。母は大江雅経（まさつね）の女。

四 〈この斎院はかの木の丸殿ではないのだが　名のりをしないでいると　やはり人が咎めたことよ〉『金葉集』雑上、『俊頼髄脳』によると第四句「なのりをせねば」。『十訓抄』は「なのりせぬをば」とする。「かみがき（神垣）」は賀茂斎院のこと。「きのまろどの（木の丸殿）」は荒削りの丸木で作った宮。この歌は、「朝倉や木の丸殿に我がをれば名告りをしつつゆくは誰が子ぞ」（『新古今集』雑中・天智天皇、また『神楽歌』朝倉）に依る。『新古今』所収歌は、天智天皇が皇太子として斉明天皇の朝倉宮に随行したときの歌と伝えられる。その「名告り」は宿直（とのい）の者が自分の名を言って通ること。

五 いつのほどにかお聞きになっていて。

殿と云ふ事は、我れこそ聞きし事なれ」とぞ仰せられける。彼の惟規が孫に盛房七と云ふ者の伝へ聞きて語りしなり。彼の惟規は、極じく和歌の上手八にてなむ有り九けるとなむ、語り伝へたるとや。

六『俊頼髄脳』に、「『この木の丸殿といへることは我こそ聞きし事なれ』とて仰せられけることを、女房承りてこの延則に語りければ、『この事よみながら詳しくも知らざりつる事なり』とて『このことの侘しかりつれば、このことよく承らむとてありつる事なり』とてよろこびけるとぞ…」とある。伝承された古歌「朝倉や」とその故事を、自分こそよく聞き伝えている者だと大斎院が語り、それを聞いて惟規が、歌に詠みながらも十分にその故事を知らず、実は知りたいと思っていたことなのだ、と、有難がる。『今昔』はその部分を削ってしまっているので、大斎院の「木の丸殿と云ふ事は…」という言葉がいささか落着かない。

七『俊頼髄脳』には「守房」とある。同書では注六に引いたその後が「よろこびけるとぞ、守房語りし。その延則が先祖にてよくきき伝へたるとぞ」とある。また、この最後の一文は、黒川本『俊頼口伝集』によると「守房は延則が子孫にて聞きつたへたる也」とある。惟規の孫に従五位下散位盛綱（母は左衛門尉平致経女）という人物がいるが、子孫に盛房（守房）は見当らない。

＊惟規のことを盛房が伝えたという説明には、あるいは、説話の伝えられる場の一つが想定できるかも知れない。〔説話とサロン〕

八『後拾遺』『金葉集』『千載集』などに歌を撰ばれ、『惟規集』もある。

九 底本「有ケリ」とあるが、改める。

解説

今昔物語集の誕生

本田義憲

説話の形成

中国唐代の民衆社会にひろがった通俗的な説経や唱導、それは、朝鮮新羅に伝承された仏教的口承説話とともに、日本に伝播していた。それは、九世紀初期の民間に仏教を展開した、日本現存最古の仏教説話集『日本霊異記』や、あたらしくもたらされた中国仏教説話の百科全書、『法苑珠林』の類の浸透とも、交錯していた。日本平安初期の、律令官人文学の解体期のことである。

敦煌石窟から発見されて、英京ロンドン大英博物館に蔵する、敦煌本鳩摩羅什断簡（咸通十四年、八七三）に、この著名な大翻訳家をめぐる物語があった。それは、敦煌寺院の説経のなごりであった。

> （鳩摩羅什）後に維摩経の不思議品を訳するに因りて、芥子の須弥を納むるを聞きて、秦王懐疑す。什まさに信を証せむとして、鏡を以て瓶の内に納む。大小、傷なし。什、帝に謂ひて曰はく、「羅什凡僧なれども、なほ鏡を瓶の内に納む。況や、維摩居士、芥子に須弥を納めて得ざらむや」と。帝すなはち深信し、希奇に頂謝す。（原漢文）

菜の種子の中に、宇宙の中心である須弥山を納めることができるという、仏教の極大極小の相即の論理が、いくばくかの好奇的な方術性を交えた、しかし明確なかたちをもった比喩によって、対話される。この物語は、中国仏教正統の鳩摩羅什正伝には見えない。おそらく、六朝の神異志怪小説のような変異の類型を吸収して、実在の鳩摩羅什と結びつけながら、その虚構がいかにも事実であるかのような口承が育ち、それが文字化してきたのであった。

日本の初期天台宗、智証大師円珍の論著『授決集』（元慶八年、八八四）に、やはり『維摩経』解説のための比喩・因縁として、右の物語にほぼ相通ずる物語が、「唐人説話」と記してのこされている。この「説話」が、円珍在唐の間（八五三〜八）の見聞に属すべきことは、疑うことができないであろう。この「説話」は、大唐寺院の説法・講経の場で行われていたにちがいないのである。

すでに、同じく日本初期天台、慈覚大師円仁の『入唐求法巡礼行記』（入唐、八三八〜四七）、エドウィン・ライシャワーの英訳でも知られるこの書も、唐土の俗講のことを記していた。俗講、すなわち、世俗教化の講筵・説経の場で、世俗民衆を教化する化俗法師は、定住ないし巡歴して、化俗していたのである。壁画など図絵を用い、楽曲を交えて唱導にあてられた敦煌変文（説経の絵解きの台本）も、そのような雰囲気の間から育ったのであり、また、その唱導は、晩唐から五代・宋へかけて、説経だけでなく、口語小説などへも展開したのであった。

鳩摩羅什の「唐人説話」にふれる『授決集』にも、唐代寺院が勧進のために世俗を集めた俗講のことや、僧等のみを集めた僧講のことがのこり、また、行きずりに耳にした巷間の児女の、俗諺や俚語の肉声がふと華やいでいる。はるか敦煌の所伝に通じるその「唐人説話」は、おそらく、そのような唐代寺院の説経の場を通じて、あたらしい虚構の中に、あたらしい事実化をともなってひろがったであろう。その「説話」ということば自体も、ひろく、巷間・民間の俗語的な口がたり、というような要素をもつであろうにしても、たとえば唐代小説『高力士伝』に、「あるいは講経・論義し、説話を転変す」とあるように、特には、唐代寺院の講経の場で行われた、俗語的、口語的な比喩・因縁物語、というような意味をもったはずである。

唐代民衆社会を刺激した、仏教寺院のその説経・唱導は、そのさまざまの儀式とともに、日本平安初期、ないし盛期の都市やその周辺を刺激した。説話は、「唐人説話」の日本化過程を含んで、徐々に盛行した。それは、仏教教団や宮廷貴族知識社会の想像力をゆたかにし、民衆の日々をいろどりながら、口承のままとその文字化、そこに生れる書承とのもつれをもともなって、成長したのであった。

説話は、もとより仏教のみにかかわるものではない。しかし、特に仏教の布教という世界の中で、それは、人間を見る、人間の内や外を、さまざまに感じる眼を、培ったのであった。

定期的、臨時的に、寺院や市中の小堂で開かれる講筵の場は、きらきらしい宗教的シンボルの中に、群集のざわめきや華やぎににぎわった。もとより、僧や貴族たちばかりの講筵も開かれて、それは、南都（奈良）・北京（京都）の諸宗派・諸学派の交流する場合を含み、また特には、顕密体制の階層秩序のもとに、南都三大会（興福寺維摩会・薬師寺最勝会・大極殿御斎会）や、後にととのえられた北京三大会（円宗寺最勝会・同法華会・法勝寺大乗会）など、その説経の講師をつとめることが高級僧官への途をひらくことになるという、仏教統制機関の色の濃い場合をも含んでいたが、また、民間にあって、僧俗や貴賤の男女をまじえる講筵も催され、しばしば聴聞に出かけては、説経の講師は顔よき、などと書いた平安京の女人（清少納言『枕草子』）もあれば、あつまる人びとに物語りした古老（『大鏡』）もあった。その講筵の場は、群集の想像力をひらく、カーニバル的な祝祭の空間でさえ、あったであろう。

つとに有名な古説話がある。黒馬を騎した聖徳太子が、路傍に乞食する飢人に衣を脱いで与え、その死を悲しんで厚く葬った時、飢人を「卑賤者」として太子を謗った七人の大臣たちが、太子のことばのままにその墓を発いてみると、棺の中には屍はなくて、ただ馥しい香りばかりが満ちていた。飢人は聖であった（『日本書紀』推古二十一年紀、『日本霊異記』上・四、『太子伝暦』、『三宝絵詞』中・一、『今昔物語集』一一―一等）。

卵のような肉団で生れて下顎や女根がなく、しかし、聡明で声のゆたかな女人があった。出家して「猴聖」とあだ名され、『華厳経』の講筵で講師から責められた彼女は、

仏は平等大悲なるが故に、一切衆生のために正教を流布したまふ。何の故にか別に我を制する。

と質問した。高名の僧たちも彼女の論理に答ええず、やがて僧俗の敬う尼僧となった。彼女は、聖の変化であった（『日本霊異記』下・一九）。

仏法に照らし出された世界は、固定した教義や組織に対する疑問をもって、乞食や猴聖に円い背光を帯びさせた。香気ある古神話ではないが、あたらしい個人的神話の中で、「道化」的形象（J・スタロバンスキー『道化のような芸術家の肖像』、一九七五）を聖化した。価値とは何か、奇異は普遍をはらんで、道化が人間の条件にはたらきかけようとする。説話によるコミュニケイションの間で、説話的世界の想像力は、すでに、この地層の構造をも直覚していたのであった。

講筵の説話は、現世の人間の、日常の表層や、非日常の肉体の下層や、無意識の深層について、驚きや笑いを誘い、思いあたる禁断や懺悔を誘っていった。人間の普遍と相対と、人間は自分自身の謎に立ちかえり、人間たちの中で人間である自分を、感じたはずであった。その説経の場の、群集のひそけさとざわめき、そこに成立すべきある共感を糧として、説話は、その自己展開を育てていったのであった。

『宇治拾遺物語』の序文は、『宇治大納言物語』という、今は失われた説話集の成立について、有名

な伝説をのこしている。宇治大納言源隆国(一〇〇四〜七七)が、宇治平等院南泉坊、宇治一切経蔵のほとりにこもって、往来するさまざまの人びとを呼び集めては昔物語をさせ、その語るままに書きとめていったという。

天竺の事もあり、大唐の事もあり、日本の事もあり。それがうちに、貴き事もあり、をかしき事もあり、おそろしき事もあり、哀れなる事もあり、きたなき事もあり、少々は空物語もあり、利口なる事もあり、様々やうやうなり。

世の人はこれを興じて読み、それはさらに後補されていったという。『宇治大納言物語』が、『今昔物語集』などと同じ本と考えられた時期もあったことは別として、この本は、おそらく仏法説話に世俗説話をあわせて平仮名を主として書かれたと想像され、それにつづく『今昔』などの説話集に深く影響したらしい。それが、流転する口承の肉声の音色を、無文字社会と有文字社会との間に、微妙に定着しようとしたことは確かであろう。

院政初期の貴族の日記、『中右記』(藤原宗忠)によれば、碩学、大江匡房(一〇四一〜一一一一)も、歩けなくて出仕せず、人の訪ねてくるたびに、世間の雑事を聞いて記録していたという(嘉承二年三月三十日条、一一〇七)。故実的、記録的要素の強い、ないし、口がたりの定着してくるなかに説話性を胚胎する彼の『江談抄』も、こうして生れてきたのであろう。説経のノートに近い聞書の類も生れていて、『百座法談聞書抄』(『法華百座聞書抄』とも、一一一〇)や、『打聞集』(一一三四)などの説話集の名は、その由来を語っている。説話の多い歌学書、『俊頼髄脳』(一一一〇年代)も成り、後には、同類の『袋草紙』(一一五〇年代)の類も、また生れてくるのであった。

転換期の日本で、乱世のきざす平安末期、説話世界は、すでに複雑に動いていた。その間から、『今昔物語集』は、自己の位置と意味とを見出してきたのであった。

今昔物語集の構成

さまざまに生れ、生き、そして死んだ、生者たちや死者たちがあった。平安末期院政初期、十二世紀前半早期であろう、そこに蓄積されていた仏法的・世俗的、中央的・地方的な多様の経験を、永遠につながる個々の冒険、生きた体験としてとらえる、覚めた眼があった。その眼は、現世に生滅（せいめつ）する人間たちの、個々の行為と情熱とのさまざまのかたちを見つめ、そこにあらわれるさまざまの自覚や迷いを、百科全書でも編むように、冷静に類聚（るいじゅう）し、編集した。すなわち、『今昔物語集』全三十一巻である。

『今昔』は、天竺（インド）・震旦（しんだん）（中国、朝鮮新羅を含む）部各五巻、本朝（日本）部二十一巻から成り、そのうち、欠巻三巻と、欠話・欠文とをのこして未完成ではあるが、短篇すべて一千余篇を集め、大別して、三国それぞれ仏法部と世俗部とに分かたれる。この三国にわたる認識は、仏教がインドから中国を通って日本に入ったという、三国仏教史観にもとづくが、同時に、『今昔』は、三国にわたるユニヴァーサルな外界のひろがりと構造とのなかで、自己の意味を積極的に見出そうとした、と考えられるのである。

外国の説話集にも、各篇の冒頭と結末とに、一定の類型のわく組みをもつものが少なくないが、『今昔』もその全篇を通じて、基本的に、各篇「今は昔」に始まって「……となむ、語り伝へたるとや」と結ぶかたちをとり、形式的と言えるまでつらぬいている。「今は昔」とは、今はすなわち昔、語り手（書き手）の語る「今」は、その「昔」にかえり、その「昔」は「今」現前する、重層的かつ可逆的な時間構造を虚構した。「今は昔」に始まるのは、物語の古典的形式であるが、『今昔』は、それを方法的にとらえたのである。語り手の物語るその虚構の時間を、リアルなかたちとかたちとは刻刻に嚙みあって動いて行き、そして、それは最後に「……となむ、語り伝へたるとや」とさりげなく結ばれて、それは昔のことだった、ということになる。『今昔』全巻を通じて再構成されつづけるこの一様の時間のわく組みは、多様の奇異の物語を展きながら切れつづき、起って来ては過ぎ去って行く。三国のさまざま、その本朝部では、中央の都市から辺境まで、王族、貴族、僧尼はもとより、新興の武士層や領主層、農民、漁民、猟師、鉱夫、陰陽師、傀儡師、あるいは乞食、盗賊たち、そして、可憐な子どもたち、さては、赤い衣を着た疫病神や精霊たちまで、多種多様の存在が、立ちあらわれては去って行く。突兀として、『今昔』のさぐる価値の構造の黙示をえぐって、それは、あるいは壮厳でさえあった。

『今昔物語集』の名は、この、「今昔物語」の集、という意であるが、この今昔を重ねる時間構造と、三国にわたる空間構成との間に、『今昔』力学の世界感覚のメカニズムは動いていた。

『今昔』力学と言えば、『今昔』全巻の構成は、基本的に、非常に整合的である。七百余篇に及ぶ仏法説話を見れば、天竺部は、日本文による現存最古の組織的仏伝に始まり、震旦・本朝部も、それぞれ中国・日本の仏法伝来史話に始まっている。つづいて、概説すれば、三国いずれも、三宝（仏・法・僧）の霊験礼讃譚をつらねて因果応報譚へ移り、その順序・配列は、三国の間で対応している。そして、三国いずれも、「仏法」から「世俗」（天竺は「仏前」、ただし世俗要素が濃いとは言える）へ移って行って、その「世俗」はまた、歴史説話に始まり、整合を求めながら展開していた。たとえば、本朝世俗部を見れば、その最初の巻二十一は欠巻であるが、王室関係の説話を集める意図があったらしく、巻二十二は、摂関貴族、藤原氏の列伝でその歴史的推移を編み、巻二十三は剛力を、巻二十四は建築・工芸・医術・陰陽道・詩歌などを、それぞれ中心として、広義の芸能諸道をめぐる諸篇をつらねるのである。その上、各巻の各篇は、基本的には、「二話一類様式」をとって、同類の説話をAB・CDと二篇ずつ連立し、その異類B・Cの間は、何らかの共通のモチーフで連鎖しようとした。また、本朝世俗部では、中央説話と地方説話とが、やはり基本的にではあるが、ブロックごとに交互に対立的に配列されていて、たとえば、巻二十二と巻二十四とは中央的、巻二十三は地方的である、と説かれている（国東文麿『今昔物語集成立考』、一九六二）。

鋭く類比と対比との感覚がきらめき、稜角のある結晶が照らし合った。この、形式的とまで言える構成は、『今昔』の、さまざまの創造的要素や破壊的要素のひしめきと、烈しく緊張し合っているのであった。まさしく、『今昔』の世界は多様であるが、この構成の骨格を通じて見れば、畢竟、『今昔』全巻にはたらく編集の意志は、まず概言すれば、複数の存在を予想する、単数的な意志、とでもいうべき印象を呈するであろう。

ガンダーラ彫刻にも刻まれた、天竺部巻頭仏伝のシッダールタ（釈迦）受胎告知の物語、

癸丑の歳の七月八日、摩耶夫人の胎に宿り給ふ。夫人夜寝給ひたる夢に、菩薩、六牙の白象に乗りて虚空の中より来たりて、夫人の右の脇より身の中に入り給ひぬ。顕はに透き徹りて、瑠璃の壺の中に物を入れたるが如くなり。夫人驚き覚めて、浄飯王の御許に行きて此の夢を語り給ふ。……

（巻一―第一話、同巻巻頭）

ここにあらわれるモチーフが、本朝世俗部「悪行(あくぎやう)」篇の巻末の物語、

> （若き僧）夏の比(ころほひ)昼間に眠たかりければ、（中略）久しく寝たりける夢に、美(うるは)しき女の若きが傍に来たりたると臥して、吉(よ)くよく婚(とつ)ぎて淫を行じつと見て、急(き)と驚き覚めたるに、傍を見れば、五尺許(ばかり)の蛇(くちなは)有り。愕(おび)えて、かさと起きて見れば、蛇死にて口を開けて有り。奇異(あさま)しく恐しくて、我が前を見れば、淫を行じて潤(うる)ひたり。（中略）尚此の事の奇異しく思(おぼ)えければ、遂に吉く親しかりける僧に語りければ、聞く僧も極(いみ)じく恐れけり。……　（巻二十九―第四十話、同巻巻末）

にもあらわれることは明らかであって、かつ、この二篇は、聖行と悪行（畜生道）、夜と昼、女と男という、鋭い典型の対立を、浄明(じようみよう)と戦慄(せんりつ)との鮮やかなリアリズムを透して見せる。これは、『今昔』が、現存三十一巻本の成立過程で、天竺部巻頭と、本朝部巻末（巻三十・三十一）定着以前の巻末、すなわち現存本巻二十九との間に、全巻の循環作用の回路として意識した結果の照応か、とも感じられないではないが、『今昔』全巻が一度に成ったものであろうと、何度かにわたってまとめられたものであろうと、いずれにしても確かなことは、天竺部仏伝に始まる『今昔』全三十一巻の整序は、真摯(しんし)な方法的情熱に、冷静に支えられているということである。

その情熱の核心は、人間の求法(ぐほう)、人間の生き方の課題にあった。『今昔』は、求法の根元に就(つ)こうとしたのであって、それは、『今昔』が、天竺部仏伝、特には、日本文によるその最初の組織に始まることからも明らかであろう。それは、仏教的想像力の歴史の、原型の底から始まってきた。あたらしく仏を思うことは、あたらしく人間を思うことであったのである。

あるいは胸飾りや頸(くび)飾りを解き、あるいは大小便を湛(た)らして女たちの眠る、後宮を出たシッダールタは、苦しむ馭者車匿(ぎよしやチヤンダカ)に、白馬犍陟(カンタカ)に鞍を置いて牽(ひ)いて来させる。

太子漸く進んで車匿・犍陟に語らひ給ふ、「恩愛は会ふと云へども離る、世間の無常必ず畏るべし。出家の因縁は必ず遂げ難し」と。車匿、此れを聞きて云ふ事無し、又、「犍陟嘶え鳴く事無し。其の時に、太子、御身より光明を放ちて十方を照らし給ふ、「過去の諸仏の出家の法、我れ今又然なり」と。諸天、馬の四足を捧げ、車匿を接ひ、帝釈は蓋を取り、諸天皆随へり。城の北の門を自然ら開かしむ、其の声音無し。

（一―四）

シッダールタ出城の物語が、『今昔』の求法の「心に随ひて形の色鮮やかに」（四―一〇）体験されて、『今昔』自身を根拠づけながら顕現し、『今昔』的体験は、仏とは何かを問う。シッダールタの決意と行為とに対する、人間的、宗教的な共感力のあたらしさが、『今昔』の生命と文体とを決定している、とさえ言えるであろう。

したがって、整合的とは言っても、『今昔』全巻の体系は、仏教の自律的価値というような、固定観念に支えられてはいなかった。顕密体制仏教の階層秩序のもとの、共同幻想的なペシミズムと、政治社会・文化社会と癒着して、現実との諸関係を日常化・類型化した、その内側のオプティミズムと、『今昔』は、そこにとどまってはいなかった。仏法と言わず、世俗と言わず、さまざまの人間存在のつくる生活空間が社会であり、「宿報」（巻二十六）も「霊鬼」（巻二十七）も、烏滸の笑いの「世俗」（巻二十八）も、そして、「悪行」（巻二十九）もそこには生きていて、『今昔』の前にひろがっていた。『今昔』は、人間社会のさまざまに対する、飽くことを知らない好奇と関心との中で、その世界を、興趣に富み、抵抗に富んだ真実として受け入れる。さまざまの個々を、人間的、宗教的な共感力をもってとらえ、緊迫した現実感をもって鮮やかに映し出す力は、その共感力を通じて三国の個々をたがいに根拠づけあい、その普遍を多声部的に対応させる力でもあって、それは、『今昔』のメカニズムを決定する力そのものでもあった。

『今昔』世界の秩序は、『今昔』説話の多元と相関する。複雑な現実のアンサンブルを具体化する『今昔』の体系が、その真摯な苦しみと希いと、そして、覚めた知恵の眼とをひそめていることは明らかであった。

すでに、『源氏物語』は、華やかな宮廷貴族社会の迷妄のさまよう底に、閉ざされた孤独の深みの中で人間の悲しみのことばを沈め、そこに、時代の追憶と欣求とをつつんでいた。いま、『今昔』は、その「女文化の終焉」（秦恒平）の季節に、すでに蓄積された説話世界の、開かれた想像力を通じて、そこに開かれた外界の多元と、自己の中心との緊張の間に、人間社会のさまざまの意識、否、行為・行動のドラマトゥルギーを求めるのである。

こうして成立した『今昔』は、顕密体制仏教と結んだ、日本古代帝国の古典的自我の解体期に、時代の集約と予感とを映していた。

今昔物語集の方法

アジアの説話の歴史の中で、『今昔物語集』は独自の心魂を傾けつくした。『今昔』の諸篇が、全篇を通じて説話様式をとりながら、口承の記憶から喚起したものでなく、和漢の群籍を出典（種本）として渉猟したものであることは、『今昔』の近代的研究を画期した『攷証今昔物語集』全三巻（芳賀矢一、一九一三〜二一）がつとに基本的に方向づけたが、先行説話を媒介とする人間の認識や理解の中で、『今昔』は、自覚的に人間の根元に就こうとしたのである。それは、説話の選択とその配列とに関する『今昔』独自の構想と、その造型における『今昔』独自の言語化・文体化と、そこに動く『今昔』独自の人間のドラマトゥルギーとが相関するところで行われた。『今昔』が、既成のある説話を、『今昔』独自のその説話自体として、あたらしい自己の冒険として体験することになるのも、またそこにおいてである。事実、『今昔』の説話を、古本『宇治大納言物語』などの、ある共通母胎から確かに出たにちがいない、細部まで似て同文関係にある、他の説話集の説話と比べ、また、相通じながらもドキュメンタリー的な要素の強い他の記録類と比べてみると、『今昔』の説話は、概してひしひしと鮮烈に人間を浮彫りしている。それは、『今昔』がもとにしたある説話の読み方や、配列の条件などから、時には理づめになり、虐げることになる場合もあれば、主題をとり誤る場合もあるが、ある説話の想像力と、『今昔』におけるその説話自体の想像力とは、必ずしも同じくはない。人間の根元へ行くために、『今昔』がみずから求め、みずから磨いたみずみずしい衝撃、それは、『今昔』文学独自の、創造と矜持との領域があえてえらんだ異途であった。

　説話的世界を媒介として人間の根元に就く『今昔』的体験は、その情熱の核心としての仏伝をはじめ、漢訳仏典、仏書・漢籍など中国（遼を含む）漢文原典、および日本漢文原書へ直入し、かつ、これらの原典を日本文に翻訳して、原典の権威性を重んじながらも、同時に、その権威性を解き放った。平安仏教教団や、男子貴族知識社会の学問・教養を律した漢文を、『今昔』は、説話の歴史の中で、あらためて受容し、かつ、日本文へ展開したのである。この時、漢文という、異質の硬質の原典を翻訳する仕事は、『今昔』の想像力の触媒として、『今昔』の内部の潜勢力をあたらしく表現させる滋養としてはたらき、その説話群に、歴史の深さと世界のひろがりとを与えた。『今昔』は、基本的には、アジアの翻訳史を飾るこの翻訳と、『今昔』に先行したある和文説話とか、準漢文準和文並用のものとかに、あたらしく独自の造型を加えたものと、これらを並置して、組み合せていったのである。『今昔』は、仏典語と漢籍語、雅語と俗語とを含む日本語と、その時代社会に動くさまざまのことばを、自由に用いてこだわらなかった。ギリシア古典文献にもあらわれる、古典印欧語の仏典語、「瀉瓶」（瓶の水を一滴もこぼさず別の瓶に移すように、師から弟子に仏法をつたえる）の訳語である「瓶の水を瀉すが如し」（四―二五等）も散見すれば、「ひなたほこり」（日なたぼっこ、一九―八）、「苦咲ひ」（二八―二二）などの口語もある。むしられて「ふたふた」とする雉の血が「つらつら」（たらたら）と出てくる（一九―三、大江定基出家の物語）というような擬態語も多く、怪異の産女の赤子は、「いがいが」と泣いた（二七―四三）。この、混種のことばの相互作用の緊張の間から、『今昔』は、和漢混淆文というあたらしい散文文体を、具現してきていたのである。

『今昔』写本の古本は、漢字に、一、二行の片仮名を小書きにして添えた、いわゆる宣命書きと、小文節を、あるいは漢文のように返読する形とを残しているが、これは、基本的に、平安時代の貴族や寺院の、実用的な記録体の形であって、『今昔』は、その的確性を生き生きと動的にして、説話の世界の上に展開してきていたのでもあった。すべて、あたらしい混血である。人間の根元を求めた『今昔』は、今様（近代）を確立してきていたのであった。

説話の再構成に、実験的に苦心した『今昔』は、あるいは、ある和文説話、ないしその断片を結合して一篇を成したほか、あるいは、先行したある和文説話と、漢文原典とを段落的に癒着して一篇を成し（例、四―四、継母の邪恋を浴びてその恋を拒んだためにガンダーラ・タキシラの都へ追われ、両眼をくじり捨てられて琴を奏でて流浪したクナーラ太子の物語）、あるいは、一篇内部に、二種の漢文原典を交互に交錯させて構成し（例、一―一八、天上の宮殿には天女たちが待ち、地獄ではむなしく煮えたぎる銅器の湯が待つスンダラ・ナンダの物語）、またあるいは、一篇内部に漢文原典と和文のある説話とを交互に交錯させて再構成することさえあった。

その好個の例を取り出してみよう。敦煌本を最古とする、梁（りょう）の武帝と菩提達磨（ボーディダルマ）との対論、その著名の訛伝（けでん）の一部がある。

武帝、達磨に向ひて問ひて宣はく、「我れ堂塔を造り、人を度（ど）し、経巻を写し、仏像を鋳（い）る。何（いか）なる功徳（くどく）か有る」と。達磨大師答へて宣はく、「此れ、功徳に非ず」と。其の時に、武帝思ひ給はく、「和尚、此の伽藍の有様を見て定めて讃嘆し貴ぶべしと思ふに、気色（けしき）いとすさまじげにてかく云ふは頗る心得ず」思ひ給ひて、亦、問ひて宣はく、「然らば何を以てか功徳に非ずと知るべき」と。達磨大師答へて云はく、「かくの如く塔寺を造りて、我れ殊勝（しゅしょう）の善根を修せりと思ふは、此れ、有為（うゐ）（現世相対）の事なり。実（まこと）の功徳には非ず。実の功徳と云ふは、我が身の内に菩提の種の清浄の仏にて在（ま）しますを思（おぼ）し顕（あら）はすを以て実の功徳とはする。其れに比ぶれば、此れは功徳の数にも非ず」と申し給ふに、武帝、此れを聞き給ふに心に叶（かな）はず思ひ給ひて、……（六―二）

これは、伝教大師最澄がまとめた中国古禅の原典（傍線部）と、おそらくそれから醸成（じょうせい）された口承を定着した先行和文説話、説経の聞書（ききがき）に近い説話集『打聞集（うちぎきしゅう）』に類するそのある説話（波線部）とを、交互に組み合せて再構成された。この感覚は、おのずから『今昔』全巻の構成感覚を類推させるが、簡勁（かんけい）で没細部的な漢文の硬質性と、素朴な口承のなごりの和（やわ）らぐ和文の柔軟性と、その異質の文体的特質の限定が、「コントラスト」（B・フランク「今昔物語集管見」、一九七一）して緊張する。

『今昔』は、中国原典を通じて、ある説話を鍛えた。『打聞集』の「唐（もろこし）の王」は、『今昔』がもとにしたある説話でも同様であったにちがいないが、『今昔』は、中国原典に従って、「梁の武帝」とその名を具体的にした。江南貴族仏教の華であった梁の武帝には、菩提達磨とは別に、対論の伝記や伝説が多く残されているが、中国古禅の偶像として、菩提達磨の聖者像が理想化されてゆくにつれて、菩提達磨の伝説は、その別の伝記や伝説をも吸収して、あたらしい訛伝を生じていたのである。そして、中国原典には、日時・場所、あるいは固有名詞など、歴史的条件を記することが多いが、その中国原典と出会した『今昔』は、時代や帝王の名を明らかにして、ある説話の事実化を、鋭くすることになった。一般に、『今昔』は、これらの歴史的条件に対する感度が鋭くて、その不明の場合は、多く欠文（空欄）として残しているが、たとえば『今昔』に目立つ数字が、やはり事実性を強めることなどとあいまって、そこに浮彫りされる事実性は、しばしば奇異な虚構性との間に、烈しい「コントラスト」を生じ、両極性（アンビヴァレンツ）の緊迫を生じて、それは、その説話的真実を鮮やかにすることにもなった。菩提達磨も、中国原典の権威による歴史的事実という性格を帯びて、『今昔』独自のその説話自体にあらわれる。「三身仏性具（さんじんぶつしやうぐ）せる身」は、『梁塵（りょうじん）秘抄』も謡うところであるが、『今昔』独自のその説話自体は、ある説話と、その説話を生んだ条件として『今昔』がかえりみ、立ちかえった中国漢文原典との間から、ある説話ではなお具現していなかった、簡潔に断言する、断乎として清く涼しい聖の像を浮彫りしたのであった。あたらしい構成があたらしい機能を生んだ。すなわち、『今昔』的体験である。

　鳩摩羅什の父、鳩摩羅炎（クマーラヤーナ）の、著名な訛伝があった。天竺から震旦に仏法をつたえるために、仏像を負い、仏像に負われて天山南路の亀茲（きゅうじ）（現在のクチャ、中国新疆省）の国に着いた時、彼はすでに年老いて、疲れていた。国王は、彼と王女とを結ばせて、そこに生れるであろうその子に、父の志を継がせようとする。鳩摩羅炎は、戒律のゆえにそれを拒んだ。

其の時に、王泣く泣く聖人に宣はく、「聖人は願ふ所貴しと云へども、極めて愚痴に在しましけり。設ひ戒を破りて地獄に堕つる事は有りとも、仏法の遙かに伝はらむ事こそ菩薩の行には有れ、我が身一つを思ふ事は菩薩の行には非ず」と宣ひて、強ちに勧め給へば、聖人、「王の言、実なり」とや思ひ給ひけむ、此の事を受け給ひつ。王、娘亦（「只」の誤写）一人有り。形端正美麗なる事、天女の如し。此れを悲しび愛する事たとひ無し。然りと雖も、仏法を伝へむ志深くして、泣く泣く此の聖人に合せつ。（六―五）

「菩薩の行」（求法者の行為）の対話に及ぶ『今昔』のこの部分は、中国で生じた訛伝が、日本でさらに説話的に展開したものであるが、『打聞集』にも細部まで似て見えていた。『打聞集』の、その和文に近いある説話が共通母胎として先行していたはずであって、これは、『今昔』の独創ではない。ただし、『打聞集』のそれは、有名な嵯峨清涼寺の釈迦像縁起にかかわっていて、『今昔』は、おそらくそれを知りながら、これを、中国仏法伝来史話として配列したのである。

先の引用につづいて、『今昔』は、『打聞集』のそれとは全く異なる、エピソードを導入する。

聖人既に娶ぎて後、懐妊する事を待つと云へども、懐妊する事無し。王恠しびて蜜かに娘に問ひて宣はく、「聖人娶ぐ時、何なる事か有る」と。娘答へて云はく、「口誦する事有り」と。王此れを聞きて宣はく、「此れより後、聖人の口を塞ぎて誦せしむる事なかれ」と。然れば、娘の、王の言に随ひて、娶ぐ時、聖人の誦せむとする口を塞ぎて誦せしめず。其の後、懐妊しぬ。聖人は幾ばくの程を経ずして死に給ひぬ。此の聖人、王の言実なれば娶ぐと云へども、本の心失せずして無常の文を誦し給ひけるなり。其の文に云はく、「処世界如虚空　如蓮華不着水　心清浄超於彼（おひ）　稽首礼無上尊（けいしゆれいぶしやうそん）云々」。此れに依りて懐妊せざりけるを、口を塞がれて誦せずして懐妊しにけり。既に男子（なんし）を生ぜり。其の男子漸く勢（せい）長じて、名をば鳩摩羅什（くまらじふ）と云ふ。父の本意を聞きて此の仏を震旦に渡し奉りつ。……

（六―五）

このくだりに相当する、『打聞集』、および中国の仏書『法華伝記』の文章を、読み比べてほしい。

（……王の宣はく、「聖（ひじり）は戒を破りて地獄に落つとも、ゆく末の仏法のはるかに伝はらむこそ菩薩の行にはあらめ、我が身一人思ひてあらむは本意なき事にこそ」と、王泣く泣く宣ひければ）此の御娘にただ一夜ねにけり。聖、其の後いくばくなくて失せにけり。王の娘はらむで男子生みてけり。いはゆる羅什三蔵なり。如法（によはふ）に唐に此の仏を渡し付け給ひて、……

（『打聞集』八）

王、妹有り、年始めて二十歳。（中略）羅炎（らえん）を見るに及びて、心に当らむと欲し、乃ち（すなは）逼る（せま）に妻を以てす。やや久しくして懐（はら）まず。王親しく妹に問ふ、「汝の夫、何（いか）なる術かある」と。答へて云はく、「欲を行ずる時、一偈（いちげ）を誦して云はく、『処世界如虚空　如蓮華不着水』と。もしは是れ此の偈の力か」と。王曰はく、「汝宜しく情を妖（あや）しくすべし」と。既にして什を懐む。

（『法華伝記』巻一）

『今昔』は、その鮮やかなリアリズムが、会話と、行為の奇異の細部とを造型し、その邪気のない表現は、厳粛の場に笑いを誘いかねない。『打聞集』の「ただ一夜ねにけり」のような、単なる筋の上の出来事、実は説話的な型をもつ出来事なのではあるが、それは、『今昔』において、あたらしく変型され、構成された。これは、『法華伝記』に残る訛伝の型に通じるところがあるから、「菩薩の行」が『今昔』の独創ではなかったように、これもまたその独創ではない。ただし、いくつかの徴証から、

『今昔』は『法華伝記』自体を直接もととはしていなくて、「唐人説話」を通じて平安時代に育っていた、ある説話をもとにしたと推定される。

この時、『今昔』だけにしか見出せない、その時彼女が彼の「口を塞ぐ」という、まさしく『今昔』的な具象のかたちが、『今昔』独自に属するか、ある説話にすでにあったかということは、厳密には断定しにくいにしても、いずれにしても、ここまで、『打聞集』に近いある説話をもとにして物語をすすめてきた『今昔』は、ここに至って、興趣に富んだ、別のある説話のコンテキストを導入したのであった。『今昔』が、もともとこのコンテキストをつづける別のある説話に拠ったかという疑問は、『今昔』のこの部分につづく後文が、また『打聞集』に通じる上に、そのつづけ方が少しく拙(つたな)いという事実によって否定される。『今昔』は、この部分だけ、別のある説話のコンテキストを選択し、癒着して、独自に変化したのであった。『法華伝記』型に通じるところのあるこのある説話は、『今昔』の、人間の求法(ぐほう)の行為とか、限界状況の行為とかに関する、リアルな関心と好奇とを刺激した。『今昔』は、あたらしい触媒を得てこれに就(つ)き、『打聞集』に近い共通母胎としてのある説話の、口承のなごりの和(やわ)らぐ音色や型の成熟をこえて、自己の潜勢力を烈しく充たしたのであった。「菩薩の行」は、あたらしい意味を帯びた。それは、充実した仏法史の説話的構成をねがう、希(ねが)いをも充たしたであろう。本朝仏法伝来史話の、聖徳太子の命によって物部守屋(もののべのもりや)を射、その軍を破ったという説話（一一—二一、四天王寺物語。ここに太子のあらわれるような説話的変改については、付録「説話的世界のひろがり」三一六頁〔行動する鎌足〕参照）でも、『今昔』は「太子定めて人を殺さむとには非じ、遥かに仏法の伝はらむが故にこそは」と洩らす。鳩摩羅炎のこれは、『今昔』文学独自の想像力の問題に属した。

ただし、異なった資料のコンテキストを癒着するということは、必ずしもあたらしい統一を全うするということではない。『今昔』には、その癒着や結文（一篇の結末部、評語や教訓の語を含む場合が多い）の補充という、自己の方法の濫用が、その物語の主題と分裂する場合もあった。たとえば巻十第九話の、孔子と賢い童子とが対話する物語がそうである。賢い童子という主題の物語につづいて、別のある説話から、孔子が弟子たちを試みるという内容の物語を後補したために、一篇全体はその主題を失っている。その後補した部分につづく、『今昔』独自の結文、「人の心の疾き遅き、顕はなり。孔子はかくぞ智り広く在しましければ……」は、その後補した部分は承けるにしても、一篇全体を承けるものとしては、ほとんど意味をなしていない。『今昔』には、たまたま、「智恵有ると無きと、心利きと遅きと……」（四―二五、聖者龍樹と提婆との出会の物語）という、同類の、『今昔』独自であるべき結文もあって、知恵と愚鈍とは明らかに分かたれるということ自体は、『今昔』的な発想であると言えるにしても、たまたま、この同類の結文の場合でも、『今昔』は、その物語の中の瑣末なことにとらわれて、そこからその結文を引き出している。ふたりの聖者が出会するという、物語の大きい主題から逸れているのである。このような無理や行きすぎを含み、あるいは矛盾をもはらみながら、『今昔』文学独自の想像力の戦いはつづけられた。

なるほど、説話は、面白ければそれでよいにはちがいない。しかし、『今昔』文学の独自性を厳密に考えるためには、その意図や方法に従わなくてはならない。安易に民衆社会の口承と短絡したり、誤った出典と直接比較したりして、『今昔』文学の質を批評することはできない。もとより、たとえば、洛南稲荷の初午詣での群集の中で言い寄った美女が、盛装した自分の妻であったという近衛舎人茨田重方の話（二八―一）、平安京の群盗の色白い女首領とその情夫との話（二九―三）、羅城門物語（二九―一八）、大江山の藪の中で道づれの男に眼の前で妻を犯された男の話（二九―二三）など、多く

「"brutality"（野性）の美しさ」「美しい生まなましさ」、「野蛮」「残酷」なリアリズムの輝き（芥川龍之介「今昔物語の鑑賞」、新潮社版『日本文学講座』、一九二七）をもつこれらの説話は、現在『今昔』のほかには見出せない。その『今昔』の独自性を言うことは、それ自体誤りではないが、同時にわれわれは、ある説話と『今昔』独自のその説話自体という、二者の間にひそむ問題を忘れることはできないであろう。

こう見てくると、『今昔』は、和漢の説話の群を媒介とする自己認識、すなわち、混血することばにわたる言語の外在性と、自己表現の結晶作用との緊迫の間に、日本の転換期におけるあたらしい人間の可能性の追求と、あたらしい混血散文の想像力の可能性の追求と、その独自の、孤独な仕事をつづけた、と言える。それはおのずから、説話文学を自覚的に位置づけることと相関した。

生きた行為の性格

求法（ぐほう）者の真実の行為、「菩薩の行（ぎょう）」ということばは、『今昔物語集』の独創ではなかったが、それは、『今昔』独自のその説話自体の展開の中で、あたらしい意味を帯びていた。事実、説経の聞書（ききがき）に近いものを集めた『打聞集』全巻は、この行為の問題を問題意識として問うことはなかったのに、『今昔』は、その普遍的な意味を、ラディカルに問いつづけるのであった。「我が身（此の身）を棄てて」（一九—二六、五—一三）「先づ他（ひと）を利益（りやく）する」（六—一九、『今昔』独自の結文部）「菩薩の行」とは何か、すべて人間の生きた行為とは何か、これは、『今昔』が、ラディカルに到達していた思想体験である。

乱世はすでにきざして、諸寺の僧兵や諸社の神人は「乱逆」し、新興武士層の馬蹄は地平から迫っていた。古代的支配の律令を背景とする王法と、王法権力との諸関係の日常化・類型化を避けえなかった仏法と、日本文化を深大にひらいた顕密仏教の、王仏体制の法体系は揺れていた。王仏体制を保守する立場は、「仏法破滅」を憤り（『扶桑略記』永保元年条、一〇八一）、『今昔』前後の宮廷貴族の日記『中右記』も、仏法・王法の恐るべくつつしむべき時かとなげき（天仁元年四月一日条、一一〇八）、後には、「末代」の仏法は貴族の種をもって守るべきであり、その威がなくては保ちにくい（大治二年十月三日条、一一二七）などと、体制仏教の階層秩序の、ドグマの安定を欲している。

『今昔』は覚めていた。

仏とは何か、仏は何故にこの世の母に胎り、何故に生れましたか、人間は何故に生れてきたか、『今昔』の課題は、この一大事につながっていた。『今昔』は、人ひとり生きなくてはならない人の世に、法、すなわち真実の顕現する個々のかたちを思っている。

天竺スリランカ僧迦羅国の小伽藍に、その眉間に玉（白毫）を嵌めた仏像があった。貧しい盗人がその玉を盗もうとした時、背のびして避けた仏に、盗人は合掌頂礼して祈りをこめた。

「仏の世に出でて菩薩の道を行じ給ひし事は、我ら衆生を利益抜済し給はむがためなり。伝へ聞けば、人を済ひ給ふ道には、身をも（ママ）身をも貪らず、命をも捨て給ふ。（中略）何に況や、此の玉を惜しみ給ふべからず。貧しきを済ひ下賤を助け給はむ、只此れなり。（中略）」と哭く哭く申しければ、仏、高く成り給ふ心地に頭を垂れて盗人の及ぶ許に成り給ひぬ。　（四―一七）

その玉を市に売った盗人が、捕えられてありのままを告白した時、その仏が「頭をうな垂れて立ち給」うのを知って悲しみの心を発した王は、玉を買いとって本寺に返し、盗人を許した。

> 実に心を至して念ずる仏の慈悲は、盗人をも哀れび給ふなりけり。其の仏、今に至るまでうな垂れて立ち給へりとなむ、語り伝へたるとや。

富貴と貧困との、典型の対立における、貧しき人びと、そして、心貧しき人と仏の慈悲と、『今昔』は、『大唐西域記』に発してすでに和文化していたはずの、この物語を選択した。すでに説話的世界が獲得していた、ドストエフスキー的な課題にも通じるこの物語を採録したことは、やはり『今昔』の想像力に属するが、それは、後代の説話集『雑談集』の同話に比べて、単に筋にとどまらない表現力、造型力がかがやき、仏像がうなだれるという奇異が、純粋に盗人の行為の意味と相関した。また、

> 仏の世に出で給ふ事は一切衆生の苦を済ひ給はむがためなり。（中略）仏は平等の慈悲に在します。（一―三八）

こうして仏を礼拝した群盗の物語を結んで、

> 逆罪を犯せる者そら仏を念じ奉りて利益を蒙る事、既に此くの如し。何に況や、善心有らむ者の、心を至して仏を念じ奉らむに、当に空しき事有らむや。

と、『今昔』は言う。「何に況や（まして）……をや」というのは、説経の結びの類型であるが、『今昔』は、『大般涅槃経』に発してすでに和文化していたはずの、こんな物語をも選択していたのであった。人間の悪行とか、破戒とか、このような問題を、『今昔』は切実に受けとめているのである。もとより『今昔』は、仏法・王法華やいだ日の浄福をも編みこんではいるが、しかし、仏法史を通じて歴史の底にはたらく因果の理を観じながら、「末代」転換期の位置から、人間社会のさまざまの個々のかたちを、ラディカルに観た。「悪人」を殺し「悪行」を止めるのは「菩薩の行」であると言い（一六―二〇、一四―四〇）、もとより、一般に、殺生には地獄に堕ちる報いがあると言う（例、二〇

―三〇、『日本霊異記』中・二〇）が、また、「逆罪」「極悪」も、懺悔・信仰の機縁となった。

破戒無慚、煩悩のみ具足して、清浄の仏法はかなわないことを知り、牛馬を屠殺して食べつぎながら、『法華経』の読誦と念仏とに明け暮れた餌取法師夫婦が、みずから予言したその日、浄福の中に死ぬのを、遍歴僧は見たと言う（一五―二七・二八、『法華験記』）。多くは天台浄土教的に先行するある説話があるから、『今昔』独自の価値発見ではないにしても、その価値の確認と選択とは、『今昔』の精神に属した。それらは、多く自己救済を出ないとしても、顕密体制の階層秩序の、観念的慰戯に立つ持戒邪見はすでに相対化され、破戒無慚の人間の、個々の、あるいは刹那の、生きる世界は問われているのである。『今昔』は、顕密体制イデオロギーが、その日常化・類型化の中に排除し隠蔽した、人間に隠されたネガティヴな領域、限界状況的な、あるいは非理性的な、深層領域の力をポジティヴに感じているのであって、ここには、やがて顕密体制仏教の間から、体制批判とそのための受難とを通じて、その思想を鍛え出した鎌倉時代の宗教改革、人間存在の条件と意味とを問いつめる思想運動への、説話的先駆がある、と言えるのである。価値観の転換を問う、近代の方向へ『今昔』は出ていたのであった。『今昔』の、あるいはグロテスクなリアリズムは、日常の権威の固定をこそグロテスクに照らし出す。それは、『今昔』の希った「あたらしい厳粛性」（M・バフーチン『フランソワ・ラヴレーの作品と中世・ルネッサンスの民衆文化』、一九七四）の、矛盾に満ちた場所から生れる、痛切な方向感覚であった。

「正直」な父と、「道心」深い母との間に育った恵心僧都が、王后の宮殿の御八講（『法華経』八巻の講筵）の御下賜品を母にとどけた時、母は、華やかな「名僧」ではなくて、貴い「聖人」になるべきことを戒めた。僧都は落涙して、「名僧せむ」ことを自戒したと言う（一五―三九、一二―三二）。『今昔』

は、「所得たる名僧」（二〇—三五）は、すでに時代の意味においてえらばない。『中右記』は、洛南極楽寺など、藤原氏の氏寺の大寺司には、顕密学者をあてるべきことを言う（元永二年二月十八日条、一一一九）が、『今昔』は、その極楽寺の発願者、藤原基経が病んだ時に、その邸で、「霊験有りて畏き思え有る僧ども」のうしろにひとりかがんで読経していた、その極楽寺の僧の「誠の心」が基経の病を治したという、ある説話を採録していた（一四—三五、『古本説話集』『宇治拾遺物語』）。『今昔』は、見るものを見ていたのである。

出家して教団寺院に入り、その組織化された日常性・類型性にあき足らず、あたらしく「道心」を発してその本寺を去り、別所に入り山林に交わって修行した、いわば出家の出家、その「聖」たちを、その別所聖的な山林持経者や聖的遊行者のかずかずを、『今昔』は、どんなに多くえらんだことであろう。どんなに寂寞の渓声を聴いたことであろう。叡山を出て多武峰へ入った増賀聖（一一—三三、一九—一〇）もまた、そのひとりであった。王后の宮殿に時めく僧らと、彼らから見たこの「物狂」（一九—一八）の聖との典型を、『今昔』は鮮やかに対比した。さきに触れた、『日本霊異記』の「猴聖」ではないが、「狂気」（M・フーコー『狂気の歴史』、一九七五）と言えば狂気であり、そこに、『今昔』は、『今昔』の時代の意味において、ひとり生きる、根元の生のかたちに、共感するのである。

さまざまの矛盾の中の、生への決意のドラマトゥルギー……、『今昔』は、これを問いつづけた。

今は昔、越中の国□の郡に立山と云ふ所有り、昔より、彼の山に地獄有りと云ひ伝へたり。其の所の様は、原の遙かに広き野山なり、其の谷に百千の出湯有り、深き穴の中より涌き出づ。巌を以て穴を覆へるに、湯荒く涌きて巌の辺より涌き出づるに、大きなる巌動く。熱き気満ちて、人近付き見るに極めて恐し。亦、其の原の奥の方に、大きなる火の柱有り、常に焼けて燃ゆ。亦、其の所に大きなる峰有り、帝釈の嶽と名付けたり、「此れ、天の帝釈・冥官の集会し給ひて、衆生の善悪の業を勘へ定むる所なり」と云へり。（中略）山の中に一人の女有り、年若くして未だ二十に満たぬ程なり。……　（一四―七）

地獄とともにある、デモーニッシュな生成のヴィジョンの力が、古い山中他界観念と仏教との複合した、原郷的な神秘感を沈めている。『今昔物語集』は、時に、このような民俗をこめた山の戦慄、山の人生を、辺境孤絶の海景（一六―六）などとともにえらんでいた。この風景感度は、

（提婆菩薩）かくの如き堪へ難き道を泣く泣く行く事は、未だ知らざる仏法習ひ伝へむがためなり。辛苦悩乱して、月来を経て、終に龍樹菩薩の御許に行き着きぬ。　（四―二五）

普く衆生を利益せむと、（中略）堪へ難く嶮しき道を、身命をも惜しまずして、（仏像を）盗み奉りて行くなりけり。　（六―五）

とある、『今昔』独自のその説話自体の、求道の精神の断崖に通じるべきところのものでもあった。『今昔』にはさまざまの風景がある。行為の問題と関連して、しばらく風景論的に瞥見しよう。

国境の風景がある。

今は昔、義紹院と云ふ僧有りけり、元興寺の僧とて止事無き学生なり。其れが京より元興寺に行きけるに、冬の比なり、泉川（木津川）原の風極めて気悪しく吹きて、寒き事限りなし。……

南都の体制仏教の僧、義紹は、その国境の坂の墓畔に藁薦を巻いて伏す乞食法師を、馬上から見下ろした。衣を一つ脱いで投げかけた時、乞食は、「起き走りて、頭に打ち懸かりたる衣を取り搔」いて投げ返した。

(二〇―四〇)

乞匃云はく、「人に物を施するならば、馬より下りて礼して施すべきなり。而るを、馬に乗り乍ら打ち懸けむ施をば、誰か受くべき」と云ひて、搔き消つ様に失せぬ。

すでに触れた、聖徳太子と飢人との古説話の、ヴァリエイションであり、たまたまここは、『古事記』に崇神天皇暗殺の歌を歌った少女が、忽然として失せたというその国境でもあるが、国境とは、とりもなおさず現世と他界との境界である。そこに、日常体制の階層秩序の、人間的な傲慢を衝いて、襤褸の「道化」は「搔き消つ様に失せ」たのであった。神話的なメタモルフォーズ、「道化」は、他界から来て他界へ去るのであった。

其の時に、義紹、「此は只者にも非ざりけり、化人の在しましけるなりけれ」と思ひ、悲しくて馬より急ぎ下りて、此の投げ返しつる衣を捧げて、乞匃の有りつる所を泣く泣く礼拝すと云へども、更に甲斐無し。日暮るるまで思ひ入りて其に有りけれども、答も無ければ、馬を引かへて、十町許は歩にてぞ行きて、悔い悲しびける。

国境に日のかげる、冬の日の日暮れの寒さは、乞食(非日常)の挑戦に襲われる、彼自身(日常)の存在の寒さであり、深層の現実は、日常の正当性のシンタクスに隠された関係を鮮やかにして、日常を死へ導き、復活を誘う。深層へ呼びかけ、より深い現実へ誘いこむこの風景を、『今昔』は、「十町許は」と、確かに受けとめた。

今は昔、比叡の山の東塔（根本中堂付近）に、長増と云ふ僧有りけり。……（一五―一五）

天台宗の中心部、比叡山東塔の「厠」で、「心静かに」「世の無常を観じ」、そのまま人には告げず寺を出た長増は、四国の辺地を流浪乞食して、『般若心経』も知らぬ門乞匃と呼ばれていた。数十年の後、国司に従って下った昔の弟子と、「心弱く」も一度再会した彼は、ふたたび、みずからを誰とも知らぬ「世界」の地平へ「走り出でて」跡を絶ったが、弟子が都へ上って三年ばかり後、またその国にあらわれて、やがて端坐合掌して死んだ。国人たちは、事情を知って法事した。

此の国々は、露、功徳造らぬ国なるに、此の事に付きてかく功徳を修すれば、「此の国々の人を導かむがために、仏の、権りに乞匃の身と現じて来たり給へるなり」とまでなむ、人皆云ひて、悲しび貴びけるとなむ、語り伝へたるとや。

顕密中心部の「厠」という、客観的、具体的な場所を核として、辺境のあたらしい価値の地平がひろがっていた。日常的、類型的な権威は、すでに相対化されていた。その辺境の風景は、『今昔』の意識の深層の中心からひろがっているのであって、それは、「文明」の自己批判が生み出してきた、「未開」の発見であった、とも言える。もとより、それは、『今昔』が感じた、生きた行為の力でもあったのである。

今は昔、□の御代に、湛慶阿闍梨と云ふ僧有りけり。……（三一―三）

貴族の祈禱に召されて、食事を供する女に深く愛欲を発した湛慶は、はじめて破戒した。彼は昔、夢の中で不動尊から、某国の娘に堕ちて結婚すると告げられてその国に下り、庭で遊ぶ端正な少女をそれと感じて、頸に斬りつけ逃げ去ったことがある。それは破戒を避けるためであったが、いま思いがけぬ女に堕ちて、抱けばなんと、頸に深い傷痕がある。「深き宿世」を観じて、永く夫婦となった。

あるいはまた、美しい里の娘と一夜契って、枕許に大刀を形見に残した藤原高藤は、六年の後ふたたび訪れて、その女と可憐な童女とを見た。枕許には大刀があって、童女は自分の子供であった。

「前世の契」の深さに、彼は女と結婚した（二二―七）。

あるいはまた、東国に下った男との、奇縁の母子の物語もあった（二六―二）。

街道のとりもつ奇異の宿世の風景が、日常時間の底にひらいていたのである。

そして、都市があった。

　今は昔、摂津の国辺より盗みせむがために京に上りける男の、日の未だ明かりければ、羅城門の下に立ち隠れて立てりけるに、朱雀の方に人しげく行きければ、人の静まるまでと思ひて門の下に待ち立てりけるに、山城の方より人共の数た来たる音のしければ、其れに見えじと思ひて、門の上層に和ら掻かつり登りたりけるに、見れば、火ほのかに燃したり。盗人「怪し」と思ひて連子（れんじ窓）より臨きければ、若き女の死にて臥したる有り。其の枕上に火を燃して、年極じく老いたる嫗の白髪白きが、其の死人の枕上に居て（しゃがみこんで）、死人の髪をかなぐり抜き取るなりけり。……（二九―一八）

これは、芥川龍之介の小説でも知られる、有名な羅城門の物語であった。落魄した六宮の姫君の邸に、悲恋は繰りひろげられて過ぎて行き（一九―五）、昔日の河原院も、華散り失せた荒涼の故園のシンボルであった（二四―四六、付録「説話的世界のひろがり」三四七頁〔河原院荒廃〕参照）。『今昔』全巻の整合の情熱が、荒れながらなお整斉をのこす平安京の構造に、無意識にもかかわるか否かは知らず、『今昔』は、寺々があり、月下の大路を笛吹く人がひとり行き、霊の気が、その行列が行き交い、「只独り」ある男と女とが、ふと結び解かれる、その都市をさまざまに描いている。

「只独り」ある女の情夫になった侍（貴族の侍者）が、彼女の命じるままに鍛えられ、彼女に見送られてはじめて群盗に加わったその日暮れ、群盗の中に、「差し去きて（すこし離れて）色白らかなる男の小さやかなる」ものが立っている。彼ら群盗は、それに畏まる気色であった。二、三年の後、「はかなき世の中」を告げた彼女の行方を知らず、やがてひとり捕えられた男は、壊滅する末期都市の幻影のかなたに、その不可解な女の面影を追って、あの、はじめて群盗に加わった日暮れに思いをひそめた。

　其れに、只一度ぞ、行き会ひたりける所に差し去きて立てる者の、異者共の打畏まりたりけるを、火の焰影に見ければ、男の色ともなく極じく白く厳しかりけるが、頰つき・面様、我が妻に似たるかなと見けるのみぞ、然にや有らむと思えける。其れも慥かに知らねば、不審しくて止みにけり。

（二九—三）

群盗の色白い女頭領とその情夫と、あらあらしい行動の世界の表裏と男女の深まる時間とを、きめこまかく描く『今昔』屈指の名作であるが、松明の焰影のおもかげは、あの王朝の華やかな夕日を浴びた、優雅な恋人たちのそれではすでにない、brutality（野性）の美しさであった。

　今は昔、（中略）其れ（小野五友）が伊豆の守にて国に有りける間、目代（事務代行）の無かりければ、……

（二八—二七）

その伊豆国司の目代にえらばれて、「打ち咲みたる気」もなくつとめていた六十ばかりの男が、ある日、国司の館で官印を押していた時、操り人形を使う傀儡子の一行が廻って来て、歌を詠い笛を吹いた。国司がそぞろに面白がりながら、ふとその目代の男を見ると、吹き詠う三拍子のかろやかさに合わせて、印を三度押し、肩を三度動かしている。外からその様子を見た傀儡子が、急調子ではやし立てると、目代は、太いしわがれ声で合唱し始め、ついには、「俄かに立ち走りて」、一緒に奏で始めた。目代は、若いころ、傀儡子の一行のひとりだったのである。それから彼には、傀儡子目代というあだ名がついた。

邪気のないイロニーやフモールが笑いを誘い、あるいは社会階層のきびしさも瞥見できるかもしれない。しかし、

　其れは傀儡神と云ふ物の狂はかしけるなめり、とぞ人云ひけるとなむ、語り伝へたるとや。

と結ぶ、この結文は微妙である。『今昔』の精緻でリアルな表現は、説話の、娯楽ではない、鋭い人間観察を感じさせるであろう。『今昔』は、その個人の、特定の情景や社会階層のきびしさを喚起しようとするのではなく、おそらく、それは、「人間の無意識、虚栄心、狂気、幻想、本能的行動の隠された意味、楽しい遊びの本質」（L・ルベール「『ブリューゲル全版画』序論」、一九七四）を、人間の眼前にあらわにすることを望んでいるのである。「万人に対して、その本性のさまざまな方向からして、君が何者で『ある』かということを明示しているのだと、悟ったとたんに、『見る者』の笑いは消えるのである」。サーカスのジンタが聞え、ピエロの楽隊の行列の楽曲が近づいた時、小学校の教室の、窓の外の空が晴れていたように、チャンネルの共鳴が、隠された思い出や忘れた感覚をよみがえらせ、純粋な遊びを誘う。『今昔』は、人間的、宗教的な共感力の裡に、非日常のリズムの機能に感じる自己を明らかにしながら、さりげなく、自己の精神の秘密を永遠化したのであった。

今昔物語集の制作

『今昔物語集』を、その完成近くまで制作した担当者、すなわち編者、これは、『今昔』独自のその説話自体を造型した意味からすれば、作者と言ってもいいが、先行した説話を、多く和漢の群籍から渉猟して、それを、天竺部仏伝に始まる『今昔』にまとめあげた、その担当者は不明である。

すでに触れた、古本『宇治大納言物語』を編んだという源隆国（一〇〇四〜七七）に擬する説は、旧来からあった。隆国にもかかわる宇治平等院は、園城寺（三井寺）の別院であり、宇治は、宇治仏法の地として知られていて、一般に、説話集の歴史で、隆国の存在は大きい意味をもつものらしい。『今昔』がこの隆国の手になるとする説は、『今昔』全篇のうち年代の知られる話の最下限が嘉承元年（一一〇六）前後である（二九―二七、日本古典文学大系本）こと、『今昔』が出典の一つとした歌学的説話集、『俊頼髄脳』の成立が一一一〇年代と推定されることなどから、現在では、隆国の没後に、その企画を継いだ園城寺系の天台僧グループによって後補された（永井義憲）、と修正されて残っている。

隆国説に対して、園城寺長吏、鳥羽僧正覚猷（一〇五三〜一一四〇、隆国の子、『鳥獣戯画』の作者とする説がある）、東大寺東南院院務、覚樹（一〇七九〈一〇八一・一〇八四説もある〉〜一一三九、六条右府源顕房の子）、あるいは、白河院を中心とする、院の近臣層（摂関制下の中・下級貴族層の系統と規定されるはずであるが）や僧たちのグループ、またあるいは、南都（奈良）・北京（京都）の大寺に所属する中・下級の事務系統の僧、など、それぞれ魅力ある説（片寄正義、酒井憲二、国東文麿、今野達）のほか、さまざまの仮説があるが、後補の場合をも合わせて、すべていずれも確証はない。

このうち、覚樹とする最近の仮説は、『今昔』写本の祖本と見られる、鎌倉時代の鈴鹿本が、南都東大寺、あるいは同寺から遠くないゆかりの場所で書写されたという、新説と結んだ。それは、『今昔』の一部が、直接出典とした中国の仏書、『弘賛法華伝』の東大寺図書館本（保安元年書写、一一二〇）に覚樹の奥書があり、『今昔』の成立年代をこれ以後とした説（片寄正義）を思い出させる。しかし、『弘賛法華伝』が日本に初めて伝来した時期の問題は別として、覚樹がその「唯一最大」の利用者であったか否か、これは断言の限りではない。

一般に、『今昔』には、あるいは歌学を含む貴族官人社会の常識を逸し、あるいは、仏教、ないし仏教史の知識を欠くところが散見し、また、いわゆる大乗仏教系の原典と、小乗仏教系の原典とを、思想的な混乱を冒しながら、外面的に癒着して一篇を構成するような場合もあった（例、三―一八）。別の面から見れば、これは、『今昔』がその説話的想像力を展開する、複雑な条件にもかかわったが、ともかく誤謬や錯誤が散見することは事実である。

いま、『今昔』が『弘賛法華伝』をもとにする場合を調べると、『今昔』は、その震旦部、巻七の一部だけに、『弘賛法華伝』全十巻の巻六の一部、五篇だけを用いるのである。しかも、たとえば巻七の第二十一話、恵果の物語は、原典の「宋初」の僧、慧果の伝記に拠りながら、唐代密教の著名の恵果（一一―九、密教を不空に受けて弘法大師空海に伝えた）と混同し、さらに巻七の第十七話では、原典の一部が解読できていない。この種のことは、弱冠二十歳で、すでに高級僧官への途をひらく興福寺維摩会の竪者（講経論義の時、問者に答える者）にえらばれ（『中右記』承徳二年十月十二日条、一〇九八）、天永元年（一一一〇）にはその維摩会の講師となり、三論と密教との学にぬきん出て三論の血脈（すぐれた継承者の系譜）に列し、その名は宋まで聞えた（『東南院院務次第』、『三論玄疏文義要』巻十、『三論祖師伝集』巻下等）という、高級貴族社会層出身の覚樹の、少なくとも印象とは合致しにくい。

龍樹や提婆など、三論ゆかりの天竺びとの物語（四―二四〜二七）は収められるが、すでに触れた、鳩摩羅什物語（六―五）では、中国三論学の歴史を華やかに始めた彼には全く言及せず、それは、三論的というよりもむしろ天台的であるばかりでなく、最初に触れた、かの敦煌本鳩摩羅什断簡の、鏡を瓶の中に入れるという方術の伝承は、鎌倉中期の東大寺三論学派の権威、聖守の著『三論興縁』に簡説されて、南都の三論では熟知の伝承であったにちがいないのに、『今昔』では全くかえりみられない。そしてまた、中国三論学を飾る嘉祥大師吉蔵はあらわれず、南都三論学の道慈律師には敬語がなく（一一―五・一六）、東南院三論学の祖、理源大師聖宝もまたあらわれない。いかに『今昔』は一派に偏しないとは言っても、三論宗の法をつたえる講筵も行われ、そのための寺田もあった（『平安遺文』「元興寺領某荘検田帳」、保延四年十二月十五日、一一三八、覚樹の高弟珍海の署名もある）時代であることを考えれば、たとえばこれらのことは、『今昔』編者を覚樹とする仮説に、やはり素朴な疑問を残す。『今昔』が、東大寺毘盧舎那大仏の高さを欠文（空欄）とし（一一―一三）、『華厳経』の善財童子を「善哉」と宛てる（六―三五）なども、『今昔』書写段階の諸条件は考慮するとしても、やはりまた立ち止まらせる疑問であろう。

覚樹仮説を根拠づける、『今昔』鈴鹿本が、東大寺、あるいは同寺から遠くないゆかりの場所で書写されたという、あたらしい徴証の意味は、もっと大きな仏教社会・貴族社会の関連の視野に立って、生かされなくてはならないであろう。

『今昔』の編者、もしくは作者は、現在なお不明というほかないが、その制作の現場を、ある程度うかがい知る方法がないわけではない。中国の仏典漢訳の場は、すでに漢代から多く複数の担当者で構成され、唐代には、訳主をはじめ、筆受・証義・綴文・潤色・正字・執筆・校勘などが分担されて、宋代にもほぼ継承された。日本中世の説話画、『玄奘三蔵絵』や『羅什三蔵絵』にも、訳経の場に複数の人物が描かれ、『今昔』自身も、その複数構成を知っていた（六―四二、七―一）。もとより、これを『今昔』の成立事情にただちに適用することはできない。しかし、類推することはできるであろう。まず、『今昔』三国仏法部の、諸宗派・諸学派を統合したと言ってよい側面は、その担当者の複数性・グループ性を予想することを許すであろう。

『今昔』が冒す、固有名詞その他の誤謬は、さまざまの条件は含むものの、制作現場の複数構成を、その理由の一つとして数えさせるようである。たとえば、鳩摩羅炎にその娘を合わせたという亀茲国王（六―五）は、『今昔』と共通母胎に立つ『打聞集』には、単に「王」とだけあった。しかし、『今昔』独自のその説話自体は、菩提達磨物語（六―三）に、「唐の王」の名を「梁の武帝」とあらわしたように、その亀茲国王の名をあらわして「能尊王」とする。現在、全アジアの文献を通じて、『今昔』だけにしか見出せないこの名は、要するに誤りである。中国の鳩摩羅什正伝に、亀茲国の「白純王」とともにあらわれる北涼の「蒙遜王」を、日本の教団や貴族社会でも、亀茲国「蒙遜王」と誤伝することがあった。その誤った口承知識を前提にして、『今昔』自身がさらに「能尊王」と誤ったと推定される。

『今昔』自身のこの誤りには、複数の場での、口づたえの誤聞によるという推測が許されるであろう。それは、たとえば、ほかならぬ『弘賛法華伝』と、中国仏教説話の百科全書、『法苑珠林』との二書を、直接もととする巻七第十六話の物語において、原典の固有名詞「王道真」を、「王遁」と誤ったその条件にも通じるところがあろう。かりに「能尊王」は、誤った口承知識を、誤って記憶していたある一個人が、単独に補入したと考えうるとはしても、原典の「王道真」を、「王遁」と二個所も誤ることは、一個人が、原典の文字に即して直接翻訳する場合には、少なくとも、常識的には考えられない。それは、原典に直に接して口授する一人と、それを耳で聞いて筆録する一人との間に生じた誤り、と考えられるのである。その関係は、たとえば、聞書のあとを残す『打聞集』の、鳩摩羅什物語にある「清岸寺」が、実は、嵯峨栖霞寺（清涼寺）を誤聞したものであることなどにも通じよう。

固有名詞に限らない。たとえば、紀貫之が亡き子を悲しんで、土佐の国守の館の柱に書きつけた歌が、「生にて」残っている（二四―四三）というのは、『古本説話集』や『宇治拾遺物語』との共通母胎に、「いままで」とあったそれを、「ナマニテ」と誤聞し、そのまま文字に写した結果であろう。

こうして見れば、『今昔』の制作は、少なくともある場合は、複数の場を経験したと想像される。その複数の場は、かつての平安摂関制の華やいだ日々からすでに、講筵や供養の場には、教団の宗派的、学派的な対論・交流が、そのまま貴族社会との交流を含んであった事実と、相関するかと考えられるであろう。『僧綱補任』という本からも想像できるが、しばしば説経の聴聞に出かけた京の女人も「奈良方」（『枕草子』）などと言い、南都興福寺復興の供養法師には、三井寺などからも出仕した（『南都七大寺巡礼記』等）。『今昔』でも、南都・北京、延暦・三井・奈良の諸寺院の学生たちが、京の季の御読経に集まって、夕座（夕方の講筵）を待つ間にあるいは読経し、あるいは物語り（一八―八、世尊寺）、「天台・法相」の智者たちが長期にわたって『法華経』を講じ、これを京中の貴賤の僧俗・男女が聴聞している（一五―三五、一三―四二、六波羅蜜寺、等）。『今昔』成立前後の貴族の日記にも、恒例・臨時の講筵の対論・交流がしばしば記録された。あるいは興福・東大・延暦・三井各寺の僧らが集い（『後二条師通記』、寛治五年五月二十二〜二十六日条、一〇九一）、洛東法勝寺の阿弥陀堂の講筵には、高級僧官への途についた僧たちのほかに、興福・延暦・園城の三寺から、各十名ずつえらばれた学生たちが、学頭に率いられて講説したこともあった（『長秋記』『中右記』、各天永二年五月二十一〜二十六日条、一一一一）。南都・北京の智者たちは、あるいは朝座・夕座の間に談論し（『中右記』寛治八年五月六日条）、あるいは講の果てた後に伽陀などを誦して興じあったという（同、元永二年十月二日条、一一一九）。内親王の発願した法会の聞書集、『百座法談聞書抄』（一一一〇）でも、法相（興福）・天台（三井）・華厳（東大）の僧らが講じていた。公的の外に私的な交流ももとよりあった。『今昔』の成立には、このような交流の場のコンテキストが、おそらくあったのではないかと想像される。

仏陀がはじめて法を説いた、五人の比丘たちの名が、『今昔』に二度あらわれる。いずれも『法華経』注釈の古典に拠るが、それは、あるいは南都法相・三論系であり（一—八）、あるいは北京天台系である（五—一九）。この異伝が、『今昔』成立の場に直結するとは言わないが、全く関連しないとも言いきれないであろう。あくまで想像を出ないが、南都・北京はもとより、近江・山科・宇治、その他南山城とかなり広く分布する『今昔』の地名についても、「伊賀の国の東大寺の庄」（二八—三一）などとともに、交流の場のコンテキストを想像する方向がありうるように考えられる。ただし、畢竟、『今昔』全巻を統一するのは、複数性を帯びた、単数的な意志ではあった。

『今昔』の主な意図が、「珍らしい説話を存録する」よりも、「専門の説話業者」に素材を提供することにあった（柳田国男『桃太郎の誕生』、一九三三）か否かは問題である。確かに「説経を業として世を渡る」（一七—三一）者もあり、「物可咲しく云ひて人咲はする説経・教化」（二八—七等）もあった。意識的な目的としては、『今昔』は唱導にかかわったと言えるであろう。しかし、『今昔』文学には、それを超える何かがあった。

『今昔』は、敦煌変文がしばしば散文と韻文とを交用して、散文は譚説し、韻文は楽曲に合わせて歌唱したのとは異なり、しばしば原典の偈を省略し、あるいは散文化しもした。まして、みずからあたらしい韻文を創作したりしたことは、おそらく全くない。『今昔』文学は、たとえば『宝物集』のような、顕密体制的の唱導ではなくて、唱導や弁論の誘う魅惑を、むしろ抑制するのである。『今昔』諸篇の結末には、教訓的要素の加わることが多いが、これは、ペローの説話集『長靴をはいた猫』などにもあるように、おそらく伝承文学の類型として、そのリアリティを裏打ちするものであって、『今昔』は、別段、いわゆる教化に積極的であったわけではなさそうであった。『今昔』の文体は立っている。それは、戦いのなかで厳しく客観に就こうとし、人間や社会に、さまざまにあらわなものや、隠れたものを、客観的、根元的に観ようとするのである。

　転換期の混血社会の、多様な経験の蓄積を通じて、『今昔』的体験はその仕事をした。唱導の目的はあったとしても、あたらしく和漢混淆文を造型する『今昔』独自の方法には、自己の世界をつくるよろこびを知る何かがあった。さりげない説話様式につつんで、『今昔』は、書くよろこびを追い求めながら、うつろいやすい何ものかに対して、確乎とした散文作品を成し、それを配列構成して、多元的な秩序の統一体をつくり出すことに、おそらくひそかに目覚めていたのであった。

『今昔物語集』という説話集の存在は、久しく埋もれて、人びとに知られなかった。その偶然は、その「あたらしい厳粛性」の精神において、あるいは必然のもののようでもあった。

付録

説話的世界のひろがり

巻第二十二　本朝

大織冠、始めて藤原の姓を賜れる語、第一

『日本書紀』皇極・天智、『藤氏家伝』上に共通するが、直接の出典関係にはない。定恵の出生伝説は、『平家物語』六、『元亨釈書』九、『多武峰縁起』、『多武峰略記』にも見られ、同様の伝承は不比等に関しても、『帝王編年記』斉明五年、『大鏡』五、『二中歴』に記されている。

＊蹴鞠の話（一八頁）

法興寺の槻の木の林は飛鳥京人の集会の場であった。いまも飛鳥に、止利仏師の釈迦如来の寺を訪れるならば、狭くなってしまった寺域の、安居院と呼ばれる本堂の前に、やはり槻の木の美しい、しかし僅かばかりの茂りを見るであろう。いま入鹿の首塚と呼ばれる石塔のあたり、槻の木の広場で行われた中大兄皇子らの遊びを、『日本書紀』は「打毱」と表現している。「打毱（毬）」の語には二つの意味があって、一つは、騎乗のものが曲杖で毬を打つ遊び、一つはすなわち蹴鞠である。前者もまた中国より日本に伝えられ、中古、武徳殿騎射の前には、このポーロ風の球戯が行われるようになる。『今昔物語集』二二―一に

意味するのは後者、蹴鞠に他ならない。

この蹴鞠の話は、『書紀』においてすでにきわめて説話的な部分であった。蹴鞠を機縁として中大兄に接近した鎌足は、さらに蘇我山田石川麻呂との盟約を計り、その長女（遠智娘、あるいは造媛と伝えられる）を中大兄の妃にすすめる。約束の夜、彼女は石川麻呂の一族・身狭臣（『家伝』に「弟・武蔵」とある。石川麻呂の異母弟蘇我日向のこととすると、彼は再び、大化五年三月、改新の成った孝徳天皇の廟堂に、石川麻呂を讒言する役を演じる）に奪われるが、次女が身代りに中大兄の妃となって、蘇我氏の一族は中大兄や鎌足に結ばれる。

この機縁としての蹴鞠と身代り結婚の話は、すでに『三国史記』『三国遺事』に見られる。すなわち新羅の金春秋（太宗武烈王）が文姫（後の文明皇后、金春秋の臣・金庾信の妹）を迎える話に近いのである。また、脱げた中大兄の沓を鎌足が拾って履かせる条に、張良伝説（『史記』『前漢書』）を想うことは許されないであろうか。下邳の土橋において、その沓を拾って捧げた若き日の張良に、老人は一巻の書を授ける。

蹴鞠の話は、さらに『書紀』の外において成長するであろう。蹴鞠の場に、『書紀』では登場していなかった蘇我入鹿を出席させ、その振舞いを鎌足と比較するようになる。沓を落した中大兄を入鹿が嘲笑することは、『上宮太子拾遺記』（これには『大織冠雑記』などの引用書名が見られる）に引く「或記」や、『多武峰縁起』に、たとえば「王子皮鞋随レ毬脱落、入鹿臣咲レ之」とある。『今昔』はこの類の伝承の一つに依ったのであって、この部分の行文から推すと、すでに和文化されていた伝承を『今昔』は資料としたかと思われる。

さて、三韓上表を読む当日、入鹿の許に使者が立つ。出席を促された入鹿は、立って沓を履こうとする。どうしてか、沓はくるくると三度廻って履くことができない。入鹿はふと思う、「今日の式典に参列するのは見合わせようか？」。使者はしかし、彼の出席を頻りに求めるのである（『藤氏家伝』）。ここにもまた、沓をめぐる一つの説話的な成長が認められるであろう。

＊行動する鎌足（一九頁）

蘇我入鹿を倒したクーデター、大化改新において、『日本書紀』や『藤氏家伝』における鎌足は、弓矢を持って中大兄を守っていたけれど、自ら暗殺に手を下してはいない。入鹿を殺すのは佐伯連子麻呂や稚犬養連網田である。彼らはこれによって連姓を与えられ、貴族に列せられるのであるが、この当時は宮廷の警備にあたる身分の部民に過ぎなかった。彼らを実行者とするところの参謀で、鎌足は、あった。

『上宮太子拾遺記』や『多武峰縁起』に載せる「一説」は、鎌足が入鹿の肩を打落し、中大兄がその首を刎ねたとする。それは『今昔物語集』と共通の伝承であった。また『縁起』や『聖徳太子伝暦』における鎌足は、自ら入鹿に戯れかかって帯剣を解かせるほど行動的である。行動者として鎌足を描くことは、恐らく説話的な自然の要請であろう。理想化された説話の主人公として、そのとき、鎌足は実在のそれから別れもするのである。そういう成長にとって、たとえば『伝暦』に「（中大兄）率二子麻呂等一進入、以レ剣撃二入鹿一」とある、その「剣」が、異本に「鎌子」とあるような混乱も、何か関連があろうかと思われる。

しかし鎌足の政治的行動は表面にあらわれず、その子不比等、藤原政権の基礎を固めた不比等もそうであった。不比等の四人の男子が四家をたてる。やがてそのうちの北家と式家が擡頭する。その両家の性格は対照的であった。式家の良継や百川は、推進的に道鏡の追放や光仁天皇の擁立を画策し、北家の永手はそれに参加したものの実行者でなく、代表者ないし代弁者格に位置した。北家の直楯—内麻呂—冬嗣の流れは変革者として表面に出ることなく、いずれ後の摂関家藤氏へ続いてゆくであろう。逆に、行動的・推進的であることの中で式家は没落する。長岡京造宮使種継の子、仲成・薬子の起した薬子の乱（弘仁元年、八一〇）は、式家をそこに閉じた。

＊首の怪異（二〇頁）

鎌足らに討たれた瀕死の入鹿は、『日本書紀』『藤氏家伝』では、高御座にとりすがって身の無実を訴える。断たれた首が飛んで無実を訴えるという『今昔物語集』の伝承は、『上宮太子拾遺記』や『多武峰縁起』の所伝にも共通するのであるが、『書紀』や『家伝』のような伝承から、説話的に成長したものであろう。幾つかの異伝をそれに見ることができる。一説に、首が御簾に噛みついたとすれば、一説は、石柱に噛みついて四十度も躍り上ったという。あるいはまた数度にわたって空中に跳びはねたとも説くのである。入鹿の父・蝦夷が焼身して鬼道に堕ちたという伝承（『扶桑略記』『水鏡』『簾中抄』『愚管抄』）とも、それは一脈通じるであろう。斉明天皇の葬送の夕、朝倉山の上に大笠を着て、葬儀を見ていたという鬼の（『斉明紀』）、その淋しいイメージはやがて、蝦夷大臣の霊であったと語られるようにもなる（『扶桑略記』『愚管抄』）。

首に関する怪異譚は、『今昔』に眉間尺の話（九—四四）があり、『平治物語』に平将門の話を収める。獄門にかけられた将門の首は、骸を求めて死なず、藤六輔相の狂歌を聞いて笑った。信西の首は、大路を渡されるとき、信頼・義朝の軍の前でうなずいてみせたという。『尊卑分脈』にも、自刃した藤原広継の首が、空を飛んで官軍を睨み殺したとか、赤い鏡と化して、それを見たものを殺したとか記す（佐賀県東松浦郡の鏡明神二宮は広継を祀っている）。入鹿の首についての、酒呑童子を思わせるような成長も、このような一群の説話的傾向のなかの一つなのである。

＊出生伝説（二一頁）

鎌足に譲られてその妻となった女性を、『大鏡』『平家物語』『帝王編年記』は天智天皇の妃とする（『編年記』に車持国子の女とあり、『尊卑分脈』はその名を与志古娘と記す）。『元亨釈書』『上宮太子拾遺記』『多武峰縁起』『多武峰略記』は孝徳天皇の妃とし（『縁起』『略記』に車持夫人と記す）、『今昔物語集』の所伝は前者の系列に属する。また、生れた子を『大鏡』『編年記』『二中歴』は不比等とし、その他は定恵とする。『今昔』は後者の系列に属する。

定恵あるいは不比等をめぐる出生伝説は、以上のごとく多岐にわたるが、妊娠六カ月の寵妃が鎌足に与えられ、生れた子が男なら藤原の家に、女なら天皇家に属させるように契約したという点はほぼ一致している。男女別の契約は、天照大神と素戔嗚尊の誓約の物語にその類型をみることができるであろう。鎌足の妻には車持国子の女（与志古娘）のほかに鏡女王（かがみのおおきみ）があり、この人は一説に舒明天皇の皇女といい、しかも『萬葉集』九一・九二の唱和歌によると、中大兄（後の天智天皇）の妃（きさき）の一人であったとも解される。また、鎌足が軽皇子（後の孝徳天皇）に接近していたころ、皇子はその寵妃阿倍氏（阿倍倉梯麻呂の女（むすめ）・小足媛か）をして、鎌足の世話をみさせたという（『皇極紀』）。さらに鎌足は天智天皇より釆女（うねめ）安見児（やすみこ）を賜っている（『萬葉集』九五）。このようなことがこの出生説話の成長の因になっているのであろう。

さて、定恵なり不比等なりの、このような出生説話は、すなわち『平家物語』における清盛のそれにほかならない。語り本系統の『平家物語』は、現に定恵の出生説話を引用しつつ、白河院と祇園女御と忠盛をめぐる趣向のうちに清盛の出生を語るであろう（巻六、祇園女御）。祇園女御――実在の人物であることは『中右記』や『殿暦』によって知られるが、どういう人かわからず、祇園の西大門の大路にある小家の女とも（『源平盛衰記』）、白河院の雑仕女（ぞうしめ）とも（『今鏡』）、源仲宗の妻とも（『吾妻鏡』）言う。それにも増して、清盛がその子であることには、早く異説があった。たとえば延慶本の『平家』では、祇園女御に仕えた中﨟女房の腹に、白河院の子として生れたとし、星野恒氏によって報告された『近江胡宮神社文書』の「仏舎利相承」には、祇園女御の妹である女房の子として生れ、女御が猶子としたとする。そして、『源平盛衰記』は、祇園女御の話とは独立に、白河院の上﨟女房・兵衛佐局を、忠盛は、妊ったままで授けられたとしつつ、また他方、若い頃の忠盛が、祇園女御に仕える中﨟女房のもとに忍び合っていたという「或説」を、一つの和歌にまつわる話として書きとめている。清盛の父については、諸書、白河院であることを疑わず、その母に関しては、祇園女御にゆきつくことがその説話的な完成であったように思われる。

淡海公を継げる四家の語、第二

『大鏡』五にも同内容の記述があるが、直接の出典関係はない。

房前の大臣、北家を始めたる語、第三

『大鏡』五に同内容の記述があるが、直接の出典関係はない。

内麿の大臣、悪馬に乗りたる語、第四

『日本後紀』嵯峨＝弘仁三年十月六日の内麿薨伝に、内容上は近い。『大鏡』二とは、直接の関連はない。

閑院の冬嗣の大臣幷びに子息の語、第五

『大鏡』二に共通するが、直接の出典関係はない。

＊陀羅尼と百鬼夜行（二一九頁）

藤原良相は千手陀羅尼の霊験を蒙る人であったという。『大鏡』にもほぼ同文に表現されているが、具体的にどのような事実を指すのか。

その具体を我々は知らないけれど、「千手陀羅尼の霊験蒙り給へる人」という『今昔物語集』の簡単な記述の底には、しかし、一つの説話がよみとれるであろう。

千手陀羅尼、あるいは尊勝陀羅尼受持の功力の話を、我々は次のように持つ。たとえば日蔵（三善清行の弟）の師である吉野の僧は、山中、大蛇の群に襲われるが、千手陀羅尼を年ごろ読誦した功徳によって鳩槃荼鬼に救われ（『今昔』一四—四三）、蛇に犯されようとした少女は、尊勝陀羅尼の護符に守られる（『沙石集』七・一八）。呪咀を受けたある在家の女人、疫病にかかった東国のさる小童は、千手陀羅尼の読誦によって蘇生し（『沙石集』七・二四）、牛と化した怠惰の僧は「尊勝陀羅尼」という一言を唱え得て、もとの身をとりもどす（『沙石集』七・一八）。これらは陀羅尼の受持が、いわば護符として働いたのである。役行者は千手陀羅尼を唱えることによって、山中の骸骨が前生の己れであることを知るが（『私聚百因縁集』八）、この陀羅尼読誦はもっと積極的に、見えぬものを見せしめる力となっている。そして三井寺の公胤僧正は、二十歳までと予言されていた寿命を尊勝陀羅尼の読誦によって八十余まで保ったという（『沙石集』七・一八）。

良相に顕れた霊験はしかし、蛇難や疫病を防いだり前生を見せしめたりするそれではなく、若かりし日の彼を、鬼難から救ったのではあるまいか。それはその子、右大将常行について伝えられているものと説話的に関連するのである。元服の前から好色の心深かった常行は、しばしば思う女の許へ夜歩きしたが、一夜、美福門辺の百鬼夜行に遭う。幸い乳母が襟に縫い籠めていてくれた尊勝陀羅尼の護符の霊験により一命を助かるが、三、四日は高熱のうちに苦しんだという（『今昔』一四—四二、『打聞集』二三、『古本説話集』下・五一、『真言伝』四、『元亨釈書』二九）。『宝物集』中は主人公を光行と記し、場所を神泉苑の前とするが、その同書および『大鏡』三、『真言伝』四は、九条右大臣藤原師輔にも百鬼夜行に遭わしめている。そしてさらに小野篁と藤原高藤が朱雀門前に同じ経験をすることになる（『江談抄』三）。高藤の場合、乳母が陀羅尼を衣に籠めてくれたという点で、常行と一致する。恐らく彼もまた、思う女の許への途中ででもあったのか。むしろこのような説話の型が成立していて、人名は取替えがきいたのである。

百鬼夜行に遭うものは、修行者でなければ女の許へ夜通う若い男であった。前者の場合、鬼はその修行をさまたげようとする魔障であり、後者の場合、常行がそうであったように、忌夜行日などは恋する男の念頭になかったであろう。とすれば、あるいは想ってもよいであろう。『梁塵秘抄』の一句、「我をたのめて来ぬ男、角三つ生ひたる鬼になれ、さて、うとまれよ」という、遊女のものと思われる一歌謡は、夜になってもう訪れなくなった男に、その男が夜歩きに遭うでもあろう百鬼夜行のそのイメージをダブらせているのではないか、と。「角三つ生ひたる鬼」という特異な姿を、『梁塵秘抄』以外の文献に、——少なくとも文章に、求めることはむつかしい。しかし、たとえば『融通念仏縁起絵』明徳版、武蔵の国与野郷の名主の別時念仏に乱入しようとする百鬼（疫神）の中に、真赤な口をあけて、彼は属している。総勢十八匹の鬼どもの後方、頭じゅう角だらけの鬼と摩多羅神らしい顔にはさまれ、ぎょろ目で鼻がひろがり、耳がとがって口が大きく、しかもいささか間がぬけて、まさしく、人に疎まれるほかない面相であった。

堀河の太政大臣基経の語、第六

『大鏡』二に共通する。直接の出典関係にはないと思われるが、かなり似た表現・構文が認められる。

高藤の内大臣の語、第七

『世継物語』(『宇治大納言物語』『小世継』とも)五二とは、典拠を同じくする関係にあると思われる。ほかに、『勧修寺旧記』『勧修寺縁起』『勧修寺雑事記』にも見られ、『中外抄』下、『富家語談』、『打聞集』二四にも簡単な梗概が記されている。この縁起は、『高藤公絵詞』(東京博物館蔵)とも呼ばれ、絵巻物としても広く好まれたらしい。勧修寺家に絵巻三軸を蔵する由、『国書総目録』は記す。中古・中世の頃に広く知られた物語であったらしいことは、『打聞集』の簡単なメモからも推察される。

時平の大臣、国経大納言の妻を取る語、第八

第二段は『大鏡』二(時平)に共通する。第三段以下は『世継物語』五三と同話。出典を等しくするものと思われる。『世継』と較べると、『今昔物語集』は末尾を欠いており、それは、北の方(国経のもとの夫人)と時平の間に敦忠が生れたこと、北の方も時にふれて老国経を思い出したこと、やはり北の方を思っていた平中が、幼い敦忠の腕(かいな)に歌を書き記して北の方に見せたことなどよりなる。歌物語的とも言える部分が中心をなしており、『今昔』に収録するまでの部分とは、やや異質に思われる。この話、なお『十訓抄』六・二三にも触れるところがあるが、伝承はやや異っている。

巻第二十三　本朝

平維衡同じき致頼、合戦して咎を蒙る語、第十三

ここに語り合わされる二つの事件のうち、平維衡・致頼の私闘は、『権記』長徳四年十二月十四、十六、二十九日、長保元年十二月二十七日、『小右記』長保元年七月二十三日、十二月十六、二十五、二十八日、『本朝世紀』『御堂関白記』長保元年五月五日、『日本紀略』『百練抄』長保元年十二月二十七日、『左経記』長元七年七月十三日に記録されており、致忠の殺害は、『権記』長保元年八月二十一、二十三日、十一月十一、十三、

十四日、十二月二十七日、同二年一月五日、二月十二、十三、二十二日、『小右記』長保元年十一月十九日、十二月十四、十六、二十五、二十八日、『日本紀略』長保元年十二月二十七日、『御堂関白記』長保二年二月二十二日に記されている。

左衛門尉平致経、明尊僧正を導く語、第十四

陸奥前司橘則光、人を切り殺す語、第十五

『宇治拾遺物語』一一・八に同話。出典を同じくするものと思われる。

駿河前司橘季通、構へて逃ぐる語、第十六

『宇治拾遺物語』二・九に同話。出典を同じくすると思われる。

尾張の国の女、美濃狐を伏する語、第十七

『日本霊異記』中・四に依る。

*狐妻（七〇頁）

狐を妻として子を儲けた話は、『今昔物語集』一六―一七にも語られている。『扶桑略記』（宇多）に引かれた三善清行の『善家秘記』に依ったその話では、備中の国の賀陽良藤という男が、倉の下に棲む狐に魅入られ、子までなして狐の世界に住んでいたのを、観音の力によって救われるに至る。金沢文庫『観音利益集』四五にも、同じ話の一部が残存している。しかし、異類求婚説話としての狐女房の話は、狐との間に儲けた子が異能の人であることを強調するのが一般である。たとえば信太妻、葛の葉の話の安倍晴明をはじめ、『江源武鑑』は戦国の武将蒲生氏郷を狐との子と伝え、『利根川図志』に引用の『常総軍記』は、常州岡見の臣で、関東の孔明と称された栗林下総守義長について同様の伝えを記す。『日本霊異記』上・二、『扶桑略記』（欽明）に言う岐都禰もまた、その強力と走法の速さによって世にその異能を示すのである。異能を示すことにおいて、この話はまた、美濃の国に居住していた狐の直という氏族についての由来譚という形をとっている。このような異能は、狐妻の話をはじめとする異類婚が、結局は神婚につながることの痕跡であろう。たとえばギリシアの神話における英雄が、常に神と人間の間に儲けられた子として、その両者の中間に位置づけられていることも思い併せられる。そのときも神は、その身をしばしば動物に変えて人間に近づく。たとえばゼウスは、杜鵑となってヘラに、牛となってオイローパに近づき、白鳥となってレダを得るのである。ダネーユのためには、黄金の雨にもなったが。

*道場法師のこと（七一頁）

尾張なる大力の女の、その祖にあたる道場法師には二つの面がある。一つは、言うまでもなく雷神――龍神としての性格であり、一つは神霊に仕える力者、堂童子のそれである。ともに、柳田国男氏の指摘されるところであった。前者について、それは、雷神の子である彼が生

れたとき、頭に蛇をまとっていたことにも明らかであろう。『日本霊異記』上・三、『日本高僧伝要文抄』一、『本朝文粋』一二、『扶桑略記』三・敏達、『水鏡』中・敏達などの諸書が、ほぼ共通して説くところである。元興寺の水争いに田の水を管理し、大石を水口に引いてその寺田だけ旱(ひでり)にやけなかったと説かれるのもその性格においてであろう。しかし、水の神のこの事業は、『霊異記』と『扶桑略記』『水鏡』にのみ語られている。聖武天皇一千年忌の元興寺開帳のとき、道場法師の神像と称したものは龍神の変相であったと伝えられる（『南畝莠言』）。頭に蛇をまとって生れてきたということを書かぬ『打聞集』一四が、水争いのことを述べないのは、それとして統一されているとも言える。伝承に、『霊異記』のそれとは異るものがあったのであろうか。道場法師と大宮の王の石投げは、『霊異記』にのみ詳しく、諸書、単に彼が方八尺の石を投げ得たとか、その跡に足が三、四寸ばかりも入ったとか、所詮、その大力を言うのみであるが、『霊異記』の本来においてそれは、境地を決定することであったかも知れない。アイルランド民話のフィン・マコウルとクーカリンの力競べや、仁王とが王の力競べと呼ばれている昔話にも似て、敗れた方は、その場所を譲らねばならなかった。そこにおいて、諸王との一種の力競べに勝って元興寺の水利権を守った道場法師との連絡が、ひいては、龍神――水神としての彼と堂童子としての彼の連絡がつくのであろう。

　その道場法師も、また彼の孫娘に当る大力の女も、姿形は小さかった。小子であることもまた雷神の特徴であろう。そもそも道場法師を子として農夫に授けた雷自身が、地上に落ちたときは小子の姿をとっており、神融聖人に呪縛された雷も十五、六歳の童の姿であった（『今昔物語集』一二―一）。三諸岳に雷を捉えた少子部連蜾蠃(すがる)（『雄略紀』七年七月、『霊異記』上・一）は、嬰児を集めたという伝承をもつ（『雄略紀』六年三月）。哺時臥山(くれふしのやま)の努賀毗咩(ぬがひめ)が生んだ小さな蛇の子、これはまさしく雷神であって、伯父を震殺するが、彼は、天に昇るとき一人の小子を副(そ)えてくれるように望むのであった。もう一つ、河辺臣に屈伏させられた雷は、小さな魚と化して樹の枝に挟まっていたという（『推古紀』）。

尾張の国の女、細畳を取り返す語、第十八

　『日本霊異記』中・二七に依る。

＊水辺の女（七五頁）

　水を汲む女をからかったところ、それが大力で、かえってとりひしがれる話は『古今著聞集』一〇にも見られる。越前の相撲人佐伯氏長、近江高島郡の大井子をからかってその強力にとらえられ、家にともなわれ、かえってそこで大力を授かる。水辺の洗い場や水汲み場は、雄略天皇が若い日の赤猪子(あかいこ)に逢ったように、また、「清水(せみど)は汲まず立ち処(ど)ならす」（『萬葉集』三五四六）心さわぎのうちに、少女が人を待ったように、恋を言いかける場でもあった。単にからかいかけることが恋の退廃形態であるならば、久米河の辺(ほと)りに布を洗う女によって通力を失い、それを妻としたという久米仙の話（『久米寺流記』、『今昔物語集』一一―二四）もまたそうであろうし、逆に、西行と江口の遊女の歌問答（『撰集抄』、謡曲『江口』）には、恋愛相聞のより高い昇華

を読みとることもできるであろう。そうであるならば、芋を洗う女を見て、西行と江口の遊女の問答を思い出した芭蕉（『野ざらし紀行』）にも、水辺の女に対する一つの記憶が現に流れていたとしてよいであろうか。

　水辺の女――それはさらに恋の対象である以前に、あるいはそうである背後に、水辺にあらわれる女の霊、諸国の橋の多くの橋姫たちに通うものであったと思われるし、また、西行と江口の遊女のような水辺の出逢いに、言わば原型をなすかのような弘法大師の国めぐりの話、すなわち、水汲む女や、水辺に芋や大根を洗う女のもとにあらわれた弘法大師が、水なり食物なりを所望する話の、その水辺の女たちに通うのである。彼女たちは、水辺に出現する神の御子の信仰を語り、そして伝えるところの祭祀者であった。

比叡山の実因僧都の強力の語、第十九

＊海坊主の老人（七八頁）

　第五回の航海の折りであった。怪鳥ロックに襲われて難破したシンドバットは、ただ一人、海岸険しい島に漂着する。その林の奥で逢った老人は、シンドバットに背負われるや両足で彼の首をからみ、何日もその自由を奪って散々に使役する。海坊主の老人であったと、後にシンドバットは教えられることになる。『今昔物語集』二三―一九の実因に海坊主のイメージがあるというのではない。しかし、愚かな盗賊にとって、その背中なる実因僧都は、いまいましく不気味な存在であったに違いない。

背負った者に自由を奪われ、その使役に耐えねばならぬ話は、イェイツの編んだ『アイルランド民譚集』にもあって、ティーグ・オケインと呼ばれるのらくら息子、禁じられた夜遊びの果てに小人（精霊）たちの集会にまぎれこみ、罰として死人を背負わされ、死人の命令のままに、死人が永遠の安住につける地を求めて、一晩中山野をさまよわされることになる。――漱石『夢十夜』の第三夜に、同じような説話の根を感じたら、それは想いすごしであろうか。

広沢の寛朝僧正の強力の語、第二十

『宇治拾遺物語』一四・二、『真言伝』五と同話。ともに『今昔物語集』とは出典を等しくするものと思われる。

大学の衆、相撲人成村を試みる語、第二十一

『宇治拾遺物語』二・一三に同話。出典を等しくするものと思われる。

相撲人海恒世、蛇に会ひて力を試みる語、第二十二

『宇治拾遺物語』一四・三に同話。出典を等しくするものであろう。

＊水蜘蛛の怪（八九頁）

海恒世の足に纏きついて河淵に引き込もうとした蛇の話は、基本的には「かしこ淵」の伝説と呼ばれるものと一つなのであろう。「おとろし淵」「女郎淵」「蜘蛛淵」の名で呼ばれても、その性格は同じである。淵や沼で釣をする男の足に、ふと水蜘蛛が寄って来ては糸をかけておくと、やがて水底からかけ声もろとも糸が引かれ、瞬時に切株は水に引き込まれる。やがて、賢明にも逃れ得たその男に、「かしこい、かしこい」という声が水底から聞えてくるという。「淵はかしこ淵。いかなる底の心をみてさる名をつけけむとをかし」（『枕草子』）――この伝説の上に立つ表現であるのかどうか。

この水蜘蛛は蛇として語られることもあり、新井白石『折焚く柴の記』に、霊山の池に足を浸していた者の許に、小蛇があらわれては足の指を舐めてゆくという話を載せる。繰り返すうちに蛇がやや大きくなったと見るや、男は腰の小刀もて蛇を切る。と、蛇はたちまち大蛇の姿をあらわにし、唇から頭まで一尺余を男の刀に切られて斃れ死んでいた。蛇はしばしば淵の主であった。『尾張名所図会』に言う牛巻淵は、人や牛を引き込む蛇が棲んでいたという。

水の底なる霊が蜘蛛や蛇に姿を借りてあらわれること、何度も何度も繰り返して水底へ誘う仕度をすることは、『今昔物語集』の海恒世の話では失われており、単に力競べを語るにとどまっているが、交渉する相手が相撲人であることに応じた一つの変形であろう。

相撲人私市宗平、鰐を投げ上ぐる語、第二十三

相撲人大井光遠の妹、強力の語、第二十四

『宇治拾遺物語』一三・六と同話。出典を同じくするものであろう。『古今著聞集』一〇・三七七がこの話のために参考になる。

＊大井子のこと（九九頁）

『古今著聞集』一〇には、越前の相撲人佐伯氏長が、高島の大井子という水汲みの女をからかってその大力にとりひしがれ、結局その女から大力を授かる話を載せる。「大井子」は多分「おほいこ（大子）」、すなわち長女を意味するものであろうけれど、同時にその語が我々に語るものは、たとえば『梁塵秘抄』二、「隣のおほいこが祀る神は…」における巫女、『東山往来』における「七条大子之安飯声」の猿楽者、すなわちそれぞれにおける異能の女性であったと思われる。『古今著聞集』の大井子はその大力でもって田の水を管理した。それは、雷神の申し子である大力者、道場法師が元興寺のために果した役目でもあった（「道場法師のこと」三二二頁参照）。彼女はまた、その強力をもって堅く握った飯を氏長に食べさせ、はじめ歯も立たなかった氏長は、二十一日かかってやすやすと食べられるようになり、おのずから大力を授かっていたという。この話はまた、産女のあやかしから子を預かり、次第に重くなってゆくのに耐えて抱き続け、礼として大力を授かるという伝説（柳田国男編『日本の伝説』）にもきわめて近い。また、日本の伝説における仁王とが王、アイルランドのそれにおける巨人フィン・マコウルとクーカリンの力競べに、たとえば鉄の丸や鉄のフライパンを焼き込んだパンのような、歯の立たぬ堅いものを噛み切るこ

とが、力競べの一つの方法となっていることも思い出される。大力の「おほいこ」は、「おほい」という語を介して、「大井」の姓をもつ相撲人光遠に結びつき、説話的に展開したかと思われるのである。

高島の大井子が水を汲む女であったことも意味があるであろう。水辺の女が、からかった男をその大力でとりひしぐ話を、我々は『今昔物語集』二三―一八にも持つ。女は道場法師の孫娘と伝えられている(「水辺の女」三二二頁参照)。産女のあやかしもまた水辺に出現するのであるが、水を汲む女や、水辺に芋や大根を洗う女に弘法大師が水なり食物なりを所望するという、水辺の出逢いの原型ともいうべき説話に、やはり言葉を介して結びついてゆくからである。柳田国男氏は、弘法大師のダイシを、「おほいこ」に宛てられた「大子」のその音読みと解釈されるのである。そのとき「おほいこ」は神の長子として諸国を巡歴しているのであった。祀られるものを意味する語が祀るものの名となることは、祀ることの伝統のなかで自然であろう。

相撲人成村・常世、勝負の語、第二十五

＊最手と最手の勝負(一〇二頁)

永観二年七月、真髪成村と海恒世、最手(ほて)同士の勝負は不幸に終った。かろうじて勝った恒世は、胸骨が折れて死に、敗れた老成村は恥じて郷に隠れ、もはや上京せぬまま人手にかかってしまう。この不幸な勝負から一カ月もせぬうちに円融天皇は退位する。このことのために最手同士の対戦は不吉とされ、以後行われることはなかったと、『今昔物語集』は当時の通説を記す。すでに天元五年(九八二)、太政大臣藤原頼忠の女(むすめ)遵子を中宮とした円融院は、実力者右大臣兼家と確執をもち、譲位を決心していた。兼家の女(むすめ)詮子を母とする懐仁親王(後の一条天皇)が皇太子とされた。

さて、円融＝永観二年に次ぐ相撲節は、一条＝永延元年(九八七)、同二年、永祚元年(九八九)、正暦三年(九九二)に行われた確証があるが、詳しい記録は残らず、最手対戦の有無はわからない。次いで正暦四年七月二十八日の抜出(ぬきで)(撰抜試合)には左右の最手が合っており、左の致平(二三―二三の私市宗平か)の障(さわり)申立てによって免ぜられている(『小右記』)。次いで同五年七月二十八日の抜出にも左右最手が合い、右の三宅時弘が勝っている(『権記』)。このかぎり『今昔』に記す当時の通説は正しくない。しかし、最手同士の勝負は、一条＝長徳三年(九九七)の召合(めしあわせ)、長保二年(一〇〇〇)の召合、同年の臨時相撲、寛弘四年(一〇〇七)の臨時相撲をはじめ、堀河・鳥羽院の頃まで、召合総計十七番、抜出数番のうちに、たとえ組まれてはいても、実際にはどちらかから障が申立てられ、免ぜられている例が極めて多い。最高位である最手には高齢の者もおり(三条＝長和二年の最手越智常代は五十一歳であった)、当時の激しい勝負に事実上耐えないこともあったであろうし、最高位者の名誉を守ることからも障申立てが認められることが多かったのでもあろう。『今昔』に記す当時の通説は、最手同士の勝負が実現しなかった事実を、言わば短絡的に理由づけたものであろう。『今昔』は、その通説の根拠のなさを批評している。事実として最手対戦がなかったことを、天皇退位に短絡することは、「心得ぬ事なり、更に其れに依るべからず」と。

兼時・敦行、競馬の勝負の語、第二十六

『古今著聞集』一〇・三五四、『江家次第』一九（兼時敦行競馬）と、話の帰結は対照的であるけれど、その意味は似ている。

＊兼時と敦行（一〇四頁）

尾張兼時と下野敦行が競馬に対戦した話は、『今昔物語集』と、その異伝と思われる『古今著聞集』一〇、『江家次第』のみが語るものである。『著聞集』によると、兼時の轡がたびたび抜け、落馬することはなかったけれど敦行の勝ちとなる。敗れた兼時は敦行にたずねる。「負けた場合はどこへ行くのか」と。それはあらためて、兼時これまでの不敗を、見る人に印象づけたという。

兼時と敦行は左右近衛の官人として、越前守藤原為盛の大粮の滞りを督促に行った（『今昔』二八―五）。しかし、一条天皇の末年である寛弘の頃には、兼時はすでに老衰していたはずである。――寛弘五年十一月二十八日、この年の賀茂臨時祭は淋しかった。宮中の物忌にも重なったが、去年までとは違って、神楽舞の名手、近衛の兼時がすっかり衰えてしまったのである。紫式部はこの老いた人長に同情する（『紫式部日記』）。翌年、還立の神楽に、老病の兼時の姿はもはや見られなかった（『御堂関白記』）。ほどなく、彼は世を去ったのであろう。したがって、為盛が越前守であった後一条＝万寿五年（一〇二八）以後は、寛弘よりさらに二十年余を距てており、為盛を責める行動に兼盛が出られるはずはない。為盛に関する伝承に誤りがあったのかも知れないが、むしろ、左近衛の名物男であったらしい兼時に、そのゆえをもって仮託された、これは一つの説話と見るべきであろう。と言えばすでに、その兼時に右近衛の敦行を組み合せることが説話的な次元のことであったと思われる。敦行の子に公助がいるが（『今昔』一九―二六）、一条＝永延三年（九八九）四月二十五日、兼家の二条第の競馬の二番に、左近将曹兼時と右近府生公助が出場、兼時の勝ちに終っている（『小右記』）。将曹と府生という違いからも公助の方が若手であったことが明らかであるが、その父敦行と兼時とでは、敦行が一世代、ないしは半ばあたり年長であったと思われる。『今昔』二〇―四四は、敦行を朱雀から村上天皇の頃の人としている。右近衛の官人としての下野氏の基礎を固めた敦行は、そのことのゆえに、左近衛の練達の官人尾張兼時と、説話的に組み合されるのであった。

巻第二十四　本朝 付世俗

北辺大臣と、長谷雄中納言との語、第一

ここに含まれる二話は、『世継物語』四八・四七に共通する。ただし『世継』では二つを別話とし、配列は『今昔物語集』とは逆になっている。また、源信が天人を見る話は、『教訓抄』七

に、他の感応の話に並んで、極めて単純な形で記されてもいる。

＊天と管絃（一〇九頁）

源信の箏を賞でて天人が舞ったように、天が地上の音楽の美しさにそのよろこびを告げる話は、『宇津保物語』『狭衣物語』をはじめ、きわめて多くの物語となっている。『夜の寝覚』には、中の君が箏を弾くと、天人が下って琵琶の秘曲を伝える夢を見たといい、『源平盛衰記』三一には、村上天皇、秋夜皓々たる月のもとに琵琶・青山によって「万秋楽」を弾ずるところ、天人が下って廻雪の袖を翻したと伝え、『古事談』六には、村上天皇、琵琶・玄象を弾く夜、大唐琵琶博士廉承武が幻出したと語る（『十訓抄』一〇、『平家物語』七にも伝える）。その他、天武天皇、吉野川のほとりに琴を弾くとき神女天下って、これを五節の始めとすると言い（『江談抄』一、『袋草紙』四、『十訓抄』一〇）、西宮左大臣源高明、月の夜に琵琶を弾けば、小女に廉承武の霊が憑いて秘曲を授け、定頼中納言、美音に『法華経』を読誦するとき、楊勝仙人があらわれる（以上『十訓抄』『古事談』）のである。竹生島で平経正が「上玄石上」の秘曲を弾くときは、社壇に白狐があらわれて庭上に暫く戯れたといい（『源平盛衰記』）、やがて一代の管絃者に育つべき源博雅が生れたとき、天に妙なる楽が流れたと、東山の聖心上人は証言する（『古今著聞集』六）。

そういえば、この世を捨て、浄土への往生をひたすらに修行した人人の臨終に、花降り、そしてしばしば美しい音楽が聞かれたのも、すでに天に予定されていた人々の今たしかに天に属し得たことを、天がその残された地上へ告げるよろこびに他ならなかったのであろう。

＊「らいせい」という門のこと（一一〇頁）

紀長谷雄が「礼ノ植ノ上」に立って朱雀門を眺めたとき、門上たしかに霊人の姿が見られた（『今昔物語集』二四―一）。この部分は『世継物語』に「らいせい門の橋の上」とあり、これを参照することによって『今昔』の表記を、「礼成門」と考える説がある。しかし、礼成門は豊楽院の南の脇門であって、朱雀門内西北の位置にあり、したがってそこから北面して（『今昔』に「北様を見ければ」とある）朱雀門の望まれるわけがない。しかもまたその門は、通常レイセイモンと訓まれるのである。

『世継』にいう「らいせい門」は確実に羅城門のことである。『世継』には、この話の他に、「寛平御遺誡」に依る、羅城門の建立と倒壊の説話を収めるが、そこに記される門の名がやはり「らいせい門」である。琵琶を中心とする楽書『木師抄』にも琵琶・玄象に関する説話を記して「らいせい門」が出てくるが、これまた羅城門に他ならない。『拾芥抄』にはラセイ、天文本『拾芥抄』は「或説ラシヤウ云々、常不用之」と注し、『運歩色葉集』にまた「羅精門」とある。また、『神祇式』臨時祭の「羅城御贖」という項には、「俗云二頼庄一」という注がある（九条家本）。「城」の字を宛てて書く部分は、セイあるいはシャウ、どちらにしても清音であった。そしてさらに、ライセイあるいはライシャウというよみは、当時の口言葉を残すのではあるまいか。平城京羅城門の旧地には「来世（ライセイ、ライセ）」の地名が残る（『和州旧跡幽考』）。大和郡山市の東、街はずれの墓地が「来生墓」である。平安京のそれにもかつてライセイの名があったという。『平安通志』二は、「葛野郡七条村大字唐橋小字来生」の地名を挙げ、「来生ハらいせいト訓ス」と言う。

『今昔』二四―一の「礼ノ植ノ上」という表記は、「礼」の下に欠文を想定できるであろう。恐らく『今昔』には、『世継』と共通の出典、しかも、口言葉を写したに近い仮名書きの出典があったのであろう。その仮名書き「らいせいもん」を、『今昔』編著者は漢字にうつそうと思った。そして現にその「らい」を「礼」に宛てた（それは一つの解釈であったのか）。しかし、「せい」に対しては遂げ得ずに終った――そういう事情があったのではないかと思われる。

＊朱雀門の鬼（一一一頁）

朱雀門上に棲む鬼は、しばしば風雅の魂をもち、詩歌管絃の逸話にかざられている。

彼は都良香の詩に下の句をつけ（『撰集抄』八。ただし『十訓抄』では羅城門の鬼と伝える）、源経信が口ずさむ藤原公任歌に詩を返し（『撰集抄』八）、博雅三位の笛に賞でては名笛・葉二を贈った（『十訓抄』一〇、『糸竹口伝』）。博雅亡き後、葉二を吹けるほどの人は絶えてしまったが、それでもなお十分に、浄蔵の笛技は彼を感ぜしめたという（『江談抄』三、『教訓抄』七、『東斎随筆』）。琵琶・玄象を盗むようなことを、時に彼がしたとしても（『古今著聞集』一七、『江談抄』三、『十訓抄』一〇、『二中歴』。『今昔物語集』二四―二四においてのみそれは羅城門の鬼のしわざと語られ、かつその話においてのみ、盗まれた琵琶を捜しに博雅が登場する）、それさえまた音楽への、彼の愛であったのか。

宇多・醍醐朝に有数の詩文家紀長谷雄の目に見られた朱雀門上の霊人は、詩文を朗誦しつつ門上をめぐっていた（『今昔』二四―一）。「霊人」と表現されるそれもまた、どこかに鬼の面影をただよわせている。丈高く冠をつけ武官の朝服を着たその姿は、しばしば、神と呼ばれ霊人と呼ばれ、そしてまた鬼と呼ばれるものの装いなのである。吉備大臣入唐して、しばし楼上に幽閉されたとき、その彼を訪れるかつて安倍仲麿であったものの霊（『江談抄』三）、行疫流行神となりかわり、目つきもきつくなってしまった大納言伴善男の霊（『今昔』二七―一一）、昔の日我が領した河原院にあらわれ、宇多法皇に追われた源融の霊（『江談抄』三、『古本説話集』上・二七、『今昔』二七―二）、玄昉をつかみ殺した、かつて藤原広嗣であった者の霊（『今昔』一一―六）、まさしく彼らは衣冠してあらわれるのであった。それは、彼らが冥府の官人であることのしるしであろうか。その時、袍はしばしば赤であった。あるいは青であった。弘徽殿の東欄のほとりに現じた、長一丈の鬼（『古今著聞集』一七）は現世に何者であったのか。彼もまた衣冠していたという。

高陽親王、人形を造りて田の中に立つる語、第二

類話として『朝野僉載』に載る楊務廉の故事が指摘されている（「大系」）。

小野宮の大饗に、九条大臣打衣を得る語、第三

『宇治拾遺物語』七・六の前半と同話、出典を等しくするものと思われる。

＊実頼と師輔の有職（一一二頁）

「奥深く煩はしき御心」と評された藤原実頼と、「おいらかに知る知らぬ分かず、心広くなどして」人を容れた師輔は、父忠平より伝わる有職故実を別々の流儀として伝える。実頼に『小野宮故実旧例』があれば、師輔には『貞信公教命』（『九暦記』）があり、師輔に『九条年中行事』があれば、実頼の養子実資には『小野宮年中行事』がある。両流の秘伝はかなりしばしば齟齬し、実頼古例に対する師輔の批判は、その日記たる『九暦』に多く見られるが、師輔説に対する批判を、そこに見得たかも知れぬ実頼日記は惜しくも今に残らない。

天慶三年（九四〇）正月、藤原忠文は、平将門追討の征夷大将軍に任ぜられ、二月八日東征の途につく。しかるに、彼が行き着かぬ同月十四日、将門は藤原秀郷らに討たれ、空しく忠文は帰洛する。乱後の恩賞に彼はあずからなかった。疑わしきは行わずという実頼の原理が、罰において疑わしきは行わず、賞において疑わしきは行えという師輔の原則を抑えたのである（『古事談』四、『十訓抄』一〇）。しかし、実頼古例はたとえば、通例大極殿で行われる即位の儀を、冷泉病帝のためには紫宸殿で行わせた（『古事談』）ほどの融通性をもってもいた。

爪の上にして勁刷を返す男と、針を返す女との語、第四

百済川成、飛弾の工と挑む語、第五

『文徳実録』仁寿三年八月二十四日の川成の卒伝に、従者を喚びにやるのに似顔絵を書いて持たせてやった話を記している。類話として『経律異相』四四・七、『世説新語』一六、『五雑組』七のものが指摘されている（『攷証今昔物語集』）。

＊川成の作庭（一一五頁）

嵯峨院滝殿の石を川成が組んだという話は、『今昔物語集』にのみ見られる。それはちょうど、同じ嵯峨院大沢池の庭湖石（弁天島と菊島の間にある。池の水位が高くなった現在でも、その頂が露呈している）を巨勢金岡が立てたという伝え（『山家集』『山城名勝志』）と対になる、平安初頭の作庭家をめぐる伝承の一つであろう。金岡は光孝・宇多天皇の頃の人で、だから実際は嵯峨院の造園（九世紀初頭）に関係することはありえない。しかし、金岡には藤原冬嗣の閑院の庭石を組んだという伝えがあるが（『拾芥抄』）、その庭石は、大覚寺（もとの嵯峨院）滝殿の石組を移したものとも言われている（『山家集』）。これらは、伝承上関連のある事柄であろう。

碁擲寛蓮、碁擲つ女に値ふ語、第六

前半、碁の賭物を資に弥勒寺をつくることは、『古事談』六・七四に、簡単な叙述で語られている。「碁勢法師」（寛蓮のこと）には、碁の賞に銀の笙を得て、死んだら棺に納めてほしいと願

った話がある（『古今著聞集』一二・四二〇）。

典薬寮に行きて病を治する女の語、第七

『医家千字文註』に『太平広記』を引いて、除嗣伯という医師、腹は腫れ顔は黄色く濁った病人に、死人の枕を煎じてのませ、頭が石のように堅い蚘虫（蛔虫）を五、六升も下して病人の治った話を載せる。

女、医師の家に行き、瘡を治して逃ぐる語、第八

蛇に嫁ぐ女を医師治する語、第九

『日本霊異記』中・四一に依る。

＊蛇婚（一三四頁）

隅田川辺へ摘草に行った下女が蛇に犯された。『無事志有意』が笑い話に書いている。近世期、蛇が女陰に入る話は多くの書に見られるようである。『渡辺幸庵対話』では、医師片羽道味が、蛙で釣り出して女を療治したという。

蛇はしばしば不思議な場所に入りこみ、またそれを、奇怪な方法で治す名医たちがいる。沛の華佗は、蛇が咽喉につまっている男に、にんにくを漬けた酢三升を飲ませて、吐き出させた。また彼が、女の膝の裏側に入りこんだ蛇を取り出した時は、八里あまりも引き廻されてくたくたになった犬の腹を割き、切口を女のできものに向い合せて、蛇を誘い出したという（『捜神記』）。郎中顔燧の娘は、あるとき苦痛のためにものが食えなくなり、やがて枯木のように痩せ細るが、名医によって腹中の蛇が取り出されて終る（『太平広記』）。これは蛇蠱と呼ばれ、あるいは『今昔』二四―七に言う寸白に近いものかも知れない。女陰に蛇の入る話はまた、南方熊楠氏によると、『摩訶僧祇律』を引いて、一比丘尼跏趺するとき瘡門に蛇が入ったことがあり、以後、一脚を瘡門に宛てて坐るよう、仏に制戒されたという。『今昔物語集』二九―一九、蛇の穴の前で小便をした女を蛇が呪縛する話も同じ系列に属するであろう。全く同様のものは『甲子夜話』に、久留米侯家臣の実話として記す。穴の入口に刀を宛てておいて女の身を引きのけ、思わず追って伸ばした蛇の首を斬り落すところまでそれは似ているのである。早川孝太郎『三州横山話』（炉辺叢書）にも同趣の話が収められている。『多聞院日記』に、少女の跡を一、二尺の蛇が慕って、殺しても殺してもその行くところについて行くという話（『松屋筆記』）は、女の跡について雲林院菩提講に参ったという蛇（『宇治拾遺』四・五）より恐しい。彼は女を領じているのである。『沙石集』、遠江の山里に住む人妻、昼寝のうちに蛇に犯され、『古今著聞集』、摂津ふきやの女、夢に美しい男の懸想すると見たのは、榧にまとう蛇がうかがうのであった。

これらは、蛇に邪眼・邪視があるとする信仰や、その形が男根を連想させることに関連をもつであろうが、すでに右の『沙石集』『古今著聞集』の話にも読みとれるものは、『古事記』崇神、『肥前風土記』褶振山、『常陸風土記』哺時臥山などに代表的な、三輪山型の神婚説

話である。蛇である以上に、それらは神であった。神であるものと人間の女との、それは通婚であった。そして『日本霊異記』中・八や一二、『三宝絵詞』中・一三、『法華験記』中・一二三、『今昔』一六—一六、『元亨釈書』二八、金沢文庫『観音利益集』三九、『古今著聞集』二〇・六八二に共通する蟹満寺（蟹満多寺・紙幡寺）の説話——広く蛇聟入の昔話と呼ばれるそれらが、三輪山型の神婚説話には続いている。神であったものの頽廃として、それらは怪異であった。

震旦の僧長秀、此の朝に来たりて医師に仕はるる語、第十

長秀来日の話は、『大法師浄蔵伝』をはじめ、『元亨釈書』一〇、『真言伝』五、『拾遺往生伝』中の浄蔵伝、『扶桑略記』延喜二十年十二月二十八日条などに記すが、来日の時期を醍醐天皇の時とし、胸を病む者をその父とする書（『扶桑略記』）もある。

忠明、龍に値へる者を治する語、第十一

『祈雨日記』後朱雀の項に、『江帥記』を引いて、小野僧正仁海の請雨経法によって金色の龍が神泉苑よりあらわれ、姿を見たものが悶絶したが、典薬頭丹波忠明の療治によって蘇生した話を載せる。『三宝院伝法血脈』には、『祖師徳行記』を引用して、成尊僧都（仁海の弟子）が後冷泉＝康平八年（一〇六五）に請雨経法を修した時のこととし、医師を雅忠（忠明の子）として載せている。

＊神泉苑の金龍（一三九頁）

風が死んでしまった京の町の昼下りの夏、ぎらぎらしたその照りかえしのなかで、神泉苑の森は、いまとはくらべものにならぬほど濃く深い緑であった。その翳りのなかに、いつから金色の龍が棲みついたのか。淳和＝天長元年（八二四）の旱魃に、空海は神泉苑で請雨経の法を修し、北天竺大雪山の北にある阿耨達智池の善女龍王を勧請した。龍王、五寸ばかりの金色の小龍となって大蛇の頂に乗って顕れ、池に入ったかと思うと降雨があったという（『打聞集』一九、『今昔物語集』一四—四一、『江談抄』一、『日本高僧伝要文抄』一、『元亨釈書』一、『古事談』三、『大師御行状集記』六九・日記、『高野大師御広伝』下、『弘法大師行化記』、『祈雨日記』など）。『日本高僧伝要文抄』以下の諸書に記すものは、空海と守敏の法術争いであるが、その物語はまた、『神泉苑絵巻』（神泉苑蔵）にも描かれているという。神泉苑と金龍の結びつきは、この説話に始まるようである。

清和＝貞観十七年（八七五）六月の旱魃には、古老あって、神泉苑には神龍が棲んでいること、池水を決出し、鐘鼓を鳴らすと降雨をもたらすことを進言している（『三代実録』）。この時は、小雨模様に雷という程度の結果しかもたらされなかったが、おくれて、七月中旬になると雷雨・霖雨がやまず、その月末には逆に、丹生の明神に止雨を祈らねばならなかった。丹生の明神は空海の守護神だともいわれている（『私聚百因縁集』）。小野僧正仁海は、請雨経法に傑出していて雨僧正と呼ばれた人であるが、『祈雨日記』後朱雀院の項に、『江帥記』を引いて、同僧正請雨経法の際、神泉苑から金龍が昇天し、見る者が

悶絶、典薬頭丹波忠明の療治によって蘇生したという話を記す。また、『三宝院伝法血脈』成尊僧都の項には、『祖師徳行記』を引用して、後朱雀＝康平八年（一〇六五）、仁海の弟子である成尊の請雨経法の時、ある雑色男が神泉苑の東、大宮を通りかかって龍王の昇天を見、悶絶して雅忠（忠明の子）の治療をうけ、三日にして蘇生したと記す。仁海の祈雨は後一条・後朱雀天皇の頃に何度も行われているが、後一条＝長元五年（一〇三二）五月、後朱雀＝長久四年（一〇四三）六月（五月とも）の際には、壇の下に赤あるいは斑の蛇があらわれたとも伝えられている（『祈雨日記』『祈雨法記』）。『江帥記』や『祖師徳行記』、またそれらに依る『今昔』二四―一一の金龍出現の話は、もとよりこれらの蛇の話と別ではなく、いわばそれの、より一層説話化されたものであろう。その頃、神泉苑も昔日のそれ――天皇の禁苑ではない。祈雨や日乞の霊場に、変ってきていた。

やがて、時は移り、龍王は神泉苑を去る。高倉＝安元三年（一一七七）四月十八日、大暴風が三条大宮の人家をなぎ倒した。神泉苑の中から起った風だとも言い、「善如龍王去ル此池ヲ」（『百練抄』）とも噂された。龍王が棲めないほど、池の水は濁っていたのである。それから十日の後、樋口富小路から発した火は京の百八十余町を焼いた。大極殿、八省院、大学寮、真言院、勧学院、そして多分、神泉苑も焼けた。

雅忠、人の家を見て瘡病有りと指す語、第十二

『今鏡』九に、常陸介実宗が雅忠を訪ねたとき、雅忠は、門を入ってくる病人の容貌を見ただけで、一々その病名を当ててみせたという。直接の関連はないが、類話とも言える。

慈岳川人、地神に追はるる語、第十三

『仁和寺絵目録』に、「川人絵」という名称が見られる。あるいは、川人と安仁が地神に追われる図であったかも知れない。川人のよく知られている事蹟や伝説で絵になりそうなものはまずこの話であろう。

天文博士弓削是雄、夢を占ふ語、第十四

『政事要略』九五に、『善家異記』を引いて記す「弓削是雄式占有徴験事」と同話。ただし、固有名は『善家異記』の説話の方が詳しく、『今昔物語集』はこれを直接の出典とするものではない。『古事談』六には、伴別当という相人が、橘馬允頼経のために相し、頼経、密通法師を射殺するという類話を収めている。

賀茂忠行、道を子保憲に伝ふる語、第十五

安倍晴明、忠行に随ひて道を習ふ語、第十六

第二段以下は『宇治拾遺物語』一一・三の二話に共通。出典を同じくするらしい。

＊陰陽道と播磨（一五一頁）

陰陽師には播磨の人が多い。たとえば、弓削是雄はもと播磨の人であり（『今昔物語集』二四―一四）、藤原道長を呪咀した道摩（『古事談』『十訓抄』『東斎随筆』。『月刈藻集』に「道満」とあるのも同じ）、海賊を呪縛した智徳（『今昔』二四―一九）、藤原公継の将来を予言した相人（『古今著聞集』）、日下部利貞（『三代実録』）、さらには『今昔』に法師陰陽師として登場するすべて（一四―四四、一九―三、二四―一九など）が播磨の人なのである。『貴嶺問答』には「播磨君珍昭」なる法師陰陽師が登場し、その人、陰陽の淵源を極めていると言われる。このような仮託を許すまで、播磨と陰陽師の縁は深いのである。また、陰陽寮の官人たちはしばしば播磨の地方官を兼ねる。たとえば陰陽博士・陰陽権助 慈岳川人（『今昔』二四―一三）は播磨権大掾・権介を歴任し、陰陽権助弓削是雄は播磨権少目を兼ね、日下部利貞は播磨権大掾、そして陰陽頭賀陽豊年は播磨守であった。陰陽師の集団が播磨地方に住んでいたかと思われる。術破れて播磨へ追放された道摩は佐用（兵庫県佐用郡佐用町。千種川の上流）にかくれ、その子孫が、英賀・三宅（ともに、姫路市飾磨区の比較的海寄りの地方）の辺に住んで陰陽の術を継承したという『峯相記』の記述も、そのとき注目されるのである。

保憲・晴明共に覆ひたる物を占ふ語、第十七

＊覆い物を占う話（一五四頁）

本文を欠く『今昔物語集』二四―一七は、賀茂保憲と安倍晴明が同座しての術競べか、別々の話を集めたのか不明であるが、それとは別に晴明には、覆い物を占い当てる話が伝わっている。長門本『平家物語』五に、泰親（晴明から五代の孫）が語ったこととして、晴明が道長に試みられて、箱の中の栗、桶の中のとかげを言い当てた話を記す。もっともこの場合は、鳥が木の枝をくわえて西へ飛ぶのを見て、栗を言い当てたとあるから、いわば小野篁得意の字謎の趣さえある。道満との術比べにしても、『月刈藻集』によると、長持に入れられた大柑子を言い当てることであった。晴明はそれを術によって鼠に変えてしまい、もって道満の占いを無効にすることで勝つのである。

保憲の父忠行にも似た話が残る。天徳三年（九五九）二月七日、忠行に勅して村上天皇は、匣中の念珠を占い当てしめたという（『朝野群載』）。『捜神記』二、呉の孫休（景帝）は、自分に憑いているものの正体を見破らせるために、庭に鵞鳥を埋めてあらかじめ術者に占い当てさせ、その力量を試みた。覆い物を占い当てることは、陰陽師にとって、その技能を示す一つの方法であったらしく、『新猿楽記』、右京に住む右衛門尉第十の娘のその夫、陰陽先生賀茂道世も、「覆物ヲ占テハ日ヲ見ルガ如」き人物とされている。

晴明には瓜の中の蛇を見当てる話が伝わっているが、これも類話としてよいであろう。すなわち、道長の物忌のとき、陰陽師安倍晴明、解脱寺僧正観修、医師丹波忠明、武者源義家が集まり、南都から送られてきていた早瓜に、晴明は毒気のあることを占い、観修はそれを祈り出し、忠明は瓜の上二カ所に針を刺し、義家が刀で割ると、左右の眼に針を立てられた小蛇が、頸を切られてあらわれたという（『古今著聞集』七）。この見事な作り話にとって、いかんせん、義家は時代

が合わず、忠明は他の二人より恐しく若かったであろう。同じ話が『撰集抄』八では一条院の時のこととして語られ、晴明と平等院僧正行尊と医師雅忠（忠明の子）が登場する。雅忠、これも時代が合わない。『五雑俎』一〇、咎殷という医師、人に大きな柑子が献上されてきたのをとどめ、蔕（へた）のところを針で刺すと、柑子からはらはらと血がこぼれる、割ってみるに、柑子の中に両頭の蛇がわだかまって、針に刺されていたという。覆い物を占い当てること——海の向うの国の昔の言葉でそれを射覆（せきふ）という。

陰陽の術を以て人を殺す語、第十八

『宇治拾遺物語』一〇・九と同話。出典を同じくするものと思われる。人物名は、『宇治拾遺』の方が正しく宛てられている。

播磨の国の陰陽師智徳法師の語、第十九

人の妻悪霊と成り、其の害を除く陰陽師の語、第二十

僧登照、倒るる朱雀門を相する語、第二十一

本話の骨子は『教訓抄』七に記されているが、相人の名を伝えず、延命した男を一条の青侍・秋盛と伝えている。第一段は『法苑珠林』六五（救厄篇七六、感応縁一二）を類話とする。大追遠寺の釈僧実が、梁国の寺の講堂の倒壊を予知して堂会衆を救う。第二段は『今昔物語集』六—四七（出典『三宝感応要略録』中・三三）、同六—四八（同、中・三七）を類話とする（『攷証今昔物語集』）。ともに、相人に予告された定命が、薬師経書写や寿命経聴聞の功徳によって延びた話である。また、『今昔』一七—一七は同じ登照に関する話を収め、地蔵菩薩の名号を日ごとに唱えた僧が、登照予告の定命を延ばしたと説く。

俊平入道の弟、算の術を習ふ語、第二十二

『宇治拾遺物語』一四・一一と同話。出典を等しくするものであろう。算によって人を笑わせる話は『北条九代記』二に、安倍晴明のこととして述べられている。庚申（こうしん）の夜、若い殿上人たちが禁中で徹夜の慰みをしていて晴明に趣向を求め、晴明、算によって彼らを死ぬほど笑わせるのである。

源博雅朝臣、会坂の盲の許に行く語、第二十三

この話は広く諸書に見られ、代表的には『江談抄』三・六三、『世継物語』四九、『無名抄』、『和歌童蒙抄』五、『文机談』、『東斎随筆』などに語られている。『平家物語』一〇、『源平盛衰記』三一、『義経物語』、『東関紀行』などにも触れるところがある。すべて、『今昔物語集』の所伝とは小異がある。『古本説話集』上・二四、『俊頼髄脳』では、「世の中に」の歌を中心とする説話として語られており、博雅は登場しない。右の諸書

を『今昔』と対比のために、名や場所の伝承の相違を挙げてみると、次のとおりである。

①盲者の名
蟬丸…古本説話集　俊頼髄脳　和歌童蒙抄　無名抄　東斎随筆　平家物語　源平盛衰記　義経物語　東関紀行
名をあげず…江談抄（「目暗」、神田本に「千歳」）　世継物語（「目つぶれたる法師」）　文机談（「盲者」）

②盲者出自
敦実親王雑色…東斎
延喜第四皇子…平家　盛衰記　義経　東関

③殿上人の名
博雅…江談抄　文机談　東斎　平家　盛衰記　世継　童蒙抄
良岑宗貞…無名抄

④場所
逢坂…江談抄　文机談　古本説話　髄脳　無名抄　童蒙抄　東斎
四宮河原…平家　盛衰記　義経　東関
木幡…世継

⑤かよった月日
三年…江談抄　平家　盛衰記　童蒙抄
百夜…世継

⑥楽器
琵琶…江談抄　世継　童蒙抄　東斎　平家　盛衰記　東関
琴……古本説話　髄脳
和琴…文机談　無名抄

所伝が比較的『今昔』に近いのは『江談抄』であり、措辞も似ている。あるいは『今昔』の出典かとも思われるが、『江談抄』には、蟬丸と敦実親王の関係をいっさい語らない。なお、『東斎随筆』は『今昔』に依るものと思われる。

玄象の琵琶、鬼の為に取らるる語、第二十四

玄象が朱雀門（あるいは羅城門）の鬼に盗まれる話は、『江談抄』三・五八、『二中歴』、『古今著聞集』一七・五九五、『十訓抄』一〇・七〇、『糸竹口伝』、『胡琴教録』などに見える。ただし、これらにおいて、玄象は修法の験あって取り戻されるのであって、博雅が探索に登場するのは『今昔物語集』だけである。

＊玄象と直衣姿の人（一七九頁）
なぜ、博雅は直衣（のうし）姿で沓（くつ）を履（は）いて、失われた琵琶・玄象を探しに出かけるのであろうか。なぜことさらに、直衣姿の博雅を、『今昔』は出で立たせるのだろう。

村上朝において博雅は従四位であった。そして、直衣姿で参内することは、三位以上または参議が、勅許を得てのみ、できることであった。したがって、『今昔』二四―二四の所伝に従うかぎり、彼が直衣姿で内裏にいたはずはない。直衣姿はむしろ、玄象と説話的なつながりがあったのであろう。博雅に、いわば玄象が直衣姿をとらしめたの

である。

大納言時経が若かったある夏、玄象の置かれている側で烏帽子も脱いでうたた寝をしたその夢に、直衣を着て冠をつけた老人が現れ、その無礼を咎めたという（『糸竹口伝』）。『禁秘抄』にも、玄象を足の方に置くと、夢に直衣姿の人が現れて咎めると記す。玄象と直衣姿の結びつきには、説話的な記憶が流れていたのである。清涼殿で宿直していた博雅に、空音のように玄象が聞えてきたとき、彼は説話的に直衣に着かえたのである。そのとき、たとえば藤原道長から、「天下懈怠の白物なり」とののしられた昼間の彼——実務に疎く、実務に全く気のない、役立たずの博雅は、もはやどこにもいない。空音のように聞えてきた玄象から、後代の我々が現に彼を受けとめている、あの幸福な説話の世界が、彼を主人公に迎えるために、静かにその入口を開いたのである。博雅が直衣を着たとき、玄象は彼によって見出されることに、いわば決ったであろう。なぜならそのとき彼は、直衣を着ることによって、玄象を守る霊であり得たからである。

＊内裏焼亡と玄象（一八〇頁）

内裏焼亡のとき、琵琶・玄象はひとりで火を遁れた。その話は、しかしながら、内侍所の神鏡の説話とよく似ている。

村上天皇の天徳四年（九六〇）九月二十三日の内裏焼亡の際、内侍所の神鏡も焼けたが、灰燼の中から、真形は少しも損わぬ姿で発見された（『中右記』『日本紀略』『扶桑略記』）。このことは説話化されて、神鏡が自ら飛び出して南殿の桜木にかかったと伝承された（『江家次第』一一、『古今著聞集』一、『源平盛衰記』四四、『橘直幹中文絵詞』）。しかるに、この伝承のなかで琵琶・玄象が登場する。『橘直幹中文絵詞』によると、この焼亡のとき、直幹は玄象を火から持出したと書かれているのである。さて、円融天皇の天元五年（九八二）十一月十七日、内裏炎上。このときは玄象が紛失した。それは、十二月六日、式御曹司の東垣に落ちているのが発見されて落着した（『百練抄』）。玄象が焼亡の火を自ら遁れたという説話化（『今昔物語集』二四—二四）は、右の事実（『百練抄』）が、内侍所神鏡の説話（『江家次第』『古今著聞集』など）に類推されて成立したものであろう。『十訓抄』一〇、『糸竹口伝』は、自ら飛び出した玄象が、「大庭の椋の木」にかかったと記すが、天徳の内侍所神鏡もまた、『愚管抄』によると大庭の椋の木にかかったとされているのである。神祇官の北庭にあった椋の木もまた、説話化をそこに背負えるほど、そして背負えるように顕著な木であった。菅原道真の配流が決ったとき、宇多法皇はこれを救わんと清涼殿に出向くが、蔵人頭藤原菅根にさまたげられ、「大庭の椋の木をうらめしく覚して、夕陽西に傾きければ、御泪にくれてぞ空しくかへらせおはしましける」ということになる（『北野縁起』）。椋も一つの神樹であった（柳田国男『神樹考』）。説話の上で榎の木と重なり、物部守屋の最期や法然上人誕生譚（『和漢三才図会』）にも係わるという。内裏へ攻め寄せた悪源太義平は、「大庭の椋の木を中にたて、左近の桜、右近の橘を五めぐり六めぐり」、重盛に組もうと馬を駈ける（『平治物語』中）。この花の合戦絵は、わが記憶のなかの幼時の絵本に、あざやかな桜と橘を景物として描かれていたが、かつて、その両樹より椋の方に意味のあった説話の時代が、存したのかも知れない。

三善清行の宰相、紀長谷雄と口論する語、第二十五

前半は『江談抄』三・二七、後半は同書一・三八に依るが、『今昔物語集』の潤色にかかると思われる部分には、事実誤認が多い。

村上天皇、菅原文時と詩を作り給ふ語、第二十六

『江談抄』五・五八に依る。

大江朝綱の家の尼、詩の読を直す語、第二十七

『江談抄』四による。『十訓抄』三・三では、菅原文時の故宅で、文時の物張りの女が語る物語となっている。

＊**朝綱の物張りの女**（一八七頁）

かつて大江朝綱の物張りの女であった者が、忘れられた朝綱詩の訓み方を人々に教えたという。この『今昔物語集』二四―二七の話、『十訓抄』三・三では、菅原文時の故宅で、文時のかつての物張りの女を主人公にして展開する。朝綱と文時の混淆、この二人が村上朝における漢詩文の双璧として伝えられていることにもよるが、また、次のような類話の介在にも影響されていると思われる。

すなわち、『今昔』二四―二六の詩「西楼月落」について、『和漢朗詠集私註』（信阿？）は、『江家註』（大江匡房。ただし佚書）を引いて次のように記す。――冷泉院に求められて文時が自他の詩を撰んでいたときのこと、自作の西楼詩を口ずさんでいると、通りかかった水汲みの下女が、「落」字をオツルとよむのは公家にとっての禁忌であるから、よろしくウツルとよむべきだと教え、それが大臣殿（道長）の言であることを明らかにし、文時をいたく感嘆させた、と。

『江家註』に伝えられたというこの話と、『今昔』二四―二七（その出典としての『江談抄』四）の話とでは、後者に詩の訓みの無理がある。「月は何しに楼には上るべきぞ」などと言うのは、理屈好きの中学生程度の理屈にすぎない。それを笑いもせずに、詩人たちが感心する、そこには、孔子と少年の問答（『宇治拾遺物語』一二・一六、『今昔』一〇―九）、藤原基俊と少年の連歌（『古今著聞集』五）、西行と童の連歌（穎原本『犬筑波集』）などに共通する説話の型が存在するのである。

天神、御製の詩の読を人の夢に示し給ふ語、第二十八

『江談抄』四に依る。『壒嚢抄』一・二九（『塵添壒嚢抄』二・四九）にも見られる。

藤原資業が作れる詩を義忠難じたる語、第二十九

『江談抄』五・四二に依る。『今鏡』九・昔語にも述べられている。『江談抄』の文辞を誤解したり作りかえたりして、説話的な興趣はかえって『今昔物語集』において低くなっている。

＊鷹司殿の屏風詩（一八九頁）

鷹司殿（道長の室・倫子）のために屏風詩が撰ばれたという。『今昔物語集』二四―二九に記すその時期はわからない。が、『江談抄』五はこの話に続いて、鷹司殿屏風に、藤原斉信の端午詩が書かれたことを述べており、屏風詩撰定のことは事実であったと思われる。右の端午詩を、源道済が任地筑紫で伝聞し、藤原公任の野行幸屏風詩より勝れていると批評する（『江談抄』）。斉信と公任は詩敵と評判されていた。道済は、長和四年（一〇一五）に筑紫守に任ぜられ、寛仁三年（一〇一九）その地で死んでいる。その筑紫在任期から考えると、鷹司殿屏風詩は、長和五年六月十日、倫子の准三宮の祝賀に撰ばれたのかも知れない。そうだとすると、このとき斉信は、権大納言・按察使で正二位（五十歳）。その詩をめぐって藤原義忠に非難された藤原資業は、左衛門権佐であったと思われる（二十九歳）。藤原頼通――義忠の振舞いを許さなかった宇治殿は、権大納言で正二位、二十五歳であった。

また、『今昔』では資業のことを「当職の受領」としているが、彼は、寛仁四年（一〇二〇）正月に丹波守、万寿五年（一〇二八）二月播磨守、そして長暦三年（一〇三九）正月に伊予守に任ぜられている。これに適当する場合としては、屏風詩撰定の時を、治安三年（一〇二三）十月の倫子六十賀、長元六年（一〇三三）十月の七十賀に想定できるかもしれない。これらの時、頼通は関白左大臣従一位。斉信は治安三年当時、大納言・中宮大夫で正二位（五十七歳）、長元六年当時はさらに民部卿を兼ねている（六十七歳）。倫子の六十賀、七十賀に、少なくとも屏風歌が撰ばれたことは記録に残されている（『小右記』『栄花物語』）。

藤原為時、詩を作りて越前守に任ぜられる語、第三十

『古事談』一・二六、『今鏡』九・からうた、『続本朝往生伝』一条天皇、『十訓抄』一〇・三一に同話があるが、『今昔物語集』とは小異が存する。また、『日本紀略』長徳二年一月二十八日条に、越前守召返しの事実は記録されている。

延喜の御屏風に、伊勢御息所和歌を読む語、第三十一

＊醍醐天皇の御子の御着袴（一九三頁）

醍醐皇子では寛明親王（後の朱雀天皇）の着袴が延長三年（九二五）八月二十九日に行われているが（三歳。『貞信公記』『西宮記』）、このとき屏風歌が撰ばれたか否か不明である。そしてその他、醍醐天皇の大勢の皇子たちの着袴は何も記録に残っていない。のみならず一般に、男子の着袴に屏風歌が撰ばれるという例はないようである。したがってこの場合、女子の裳着を着袴と呼んだのか（そういう例は存する）、あるいは女子の裳着と着袴が同時に行われた例もあるから（たとえば寛弘二年三月の脩子内親王。『日本紀略』）、それを着袴で代表させて呼んだのか、というふうに想定してみることもできるであろう。

①醍醐皇女の裳着は、以下のごときが文献に見える。第一皇女・勧

子（延喜十四年〈九一四〉十一月。『貞信公記』）、第三皇女・慶子（延喜十六年十一月。『日本紀略』）、第四皇女・勤子（延喜十八年二月。『貫之集』）、普子（延長三年二月。『貞信公記』『御遊抄』）、第十二皇女・康子（承平二年〈九三二〉八月。『日本紀略』『河海抄』）。『貞信公記』によると、さらに延喜十九年八月、二人の皇女の裳着があった。このうち、勤子の裳着に屏風歌の撰ばれたことは『貫之集』に明らかである（八首）。勤子は源周子を母とし、醍醐天皇鍾愛の皇女。箏譜を醍醐より承け、また書画をよくしたという。後、藤原師輔に嫁した。勤子に対しては、裳着に先だつ二月、貫之が屏風の料歌十五首を奉っており（『貫之集』）、裳着の折りには躬恒が水手書の歌を奉っている。康子の裳着に、少なくとも貫之・公忠・頼基、そして伊勢が屏風歌を寄せたことは『拾遺集』『新勅撰集』『公忠集』『頼基集』『伊勢集』に徴して確かめられるであろう。

②『今昔物語集』二四―三一に見える伊勢の歌は、『拾遺集』や類従本『伊勢集』によると、「斎院の屏風」云々という詞書をもっている。仮にこれに従うならば、醍醐皇女のうち斎院に立ったのは、第三皇女・恭子（延喜三年二月卜定）、第二皇女・宣子（延喜十五年七月卜定、十九年四月御禊）、第十三皇女・韶子（延喜二十一年二月卜定、延長四年四月御禊）、第七皇女・婉子（承平元年十二月卜定、三年四月御禊）であり、このうち、恭子・宣子のために屏風歌が作られたことは、『貫之集』『躬恒集』に見られる（ただし、ともに卜定や御禊に際しての料ではない）。

③『今昔』に伝える伊勢の歌は、御所本『伊勢集』では「内の御屏風に」云々の詞書をもつ。これは広すぎて、これから何かを限定することはできない。

④藤原伊衡が少将であったのは、延喜十六年三月から延長二年十月までである。

もとより、一説話に対して、このような考証めいたことが、何ほどの意味をもつものではないこと、十分承知のうえ、一つの遊びとして、いま仮に④を①および②にあててみると、①裳着に関しては、慶子・勤子、②斎院在住中のものとしては、宣子・韶子が浮んでくる。としても、記録に残されなかった他の皇女たちは？　と反問するとき、この遊びは終りを告げる。

敦忠中納言、南殿の桜を和歌に読む語、第三十二

『宝物集』（三巻本）上に、簡単な要旨を述べて、源公忠の歌であろうと考証する。

＊**説話の忘却**（二〇三頁）

とのもりのとものみやつこ心あらば
この春ばかり朝きよめすな

この歌をめぐって、『宝物集』は、「世継ぎ幷に宇治大納言隆国の物語には」敦忠の歌とするが、「拾遺・金玉の両集には」源公忠とあり、かつ『公忠集』にも入っているから、公忠の歌と考えるのが正しいと述べている。『拾遺抄註』は、この歌を諸書が藤原兼輔の歌とするのは僻事だと述べる。当時、兼輔作とする説もあったのであろう。『百人一首一夕話』の作者は土御門権中納言経通の歌とするが、それでは

時代がずっと下ってしまう。これらは――ことに、公忠と敦忠は、説話的な異伝と考えることも、あるいはできるであろう。

敦忠の若死は菅原道真の怨霊によるものと噂されたが（『十訓抄』『宝物集』）、公忠もまた道真信仰の成長に一役かう人物であった。延喜二十三年、公忠は一たび死んで、今は冥官となっている道真に逢い、蘇生してその怨を醍醐天皇に伝える、という（『北野縁起』）。敦忠は歌人・音楽家、公忠は歌人であり香道の名手、そして放鷹に長じていた。

しかしながら実は、『今昔物語集』二四―三二に語るものは本来、歌を求められたものが他人の名歌で応じ、その返歌もまた他人の歌でもってされた、そうすることが、自ら創作するよりもその場に応じて名誉のことであった、とする話であろう。敦忠は、公忠なり誰なりの歌をもって、時にふさわしいみやびを遂げたのであろう。『今昔』はその事情を忘れてしまって、あるいは知らないで文章化している。とはいえ、敦忠の、「其れに墓々しくもなからむ事を面なく打出でたらむは…」という躊躇は、十分にこの話の一中心部分であり、恐らくそれは、『今昔』がその出典から譲りうけたそのままなのであろう。それにしても、実頼が借りた忠房歌はこの返歌にふさわない。何よりも、『今昔』は何故それを掲げないのか。説話の焦点が、歌応答の名誉から、南殿落花の情景に対する歌内容の名誉へ、恐らく移ったのであろう。その時、落花のなかの敦忠は、同じ南殿の花の下に桜人を唱う俊家や地久の破を舞う政方（『古今著聞集』）の姿に通う。そうした変化のなかで、あるいは忠房歌は、説話的に遊離してきたのではないか。

公任大納言、屛風和歌を読む語、第三十三

『古本説話集』上・二と同話。出典を等しくするものと思われる。この屛風歌撰進は事実であって、『御堂関白記』『小右記』『権記』の長保元年十月下旬以降および『栄花物語』六に詳しいが、それらに、公任が遅参して自作を謙退したという事実は記されていない。むしろこの説話の本源は、後一条＝寛仁二年（一〇一八）正月二十三日の、頼通の大臣大饗にあるのではないか（『今昔』二四―三四参照）。このときは、四尺の大和絵屛風十二帖による屛風詩と屛風歌が作られたが、やはり行成が色紙形に書き、公任と斉信は詩のグループに入っている。その公任は遅参して詩を出さず、再三促されて五首を呈しているのである（『小右記』『御堂関白記』）。

公任大納言、白川の家にして和歌を読む語、第三十四

第一段は『古本説話集』上・二の後半、第二段は同書上・三一と同じ。出典を等しくするものであろう。『後拾遺集』とは、その詞書との類似を通して、関連が思われる。

在原業平中将、東の方に行きて和歌を読む語、第三十五

『伊勢物語』九段に依るが、直接の出典であるか否か未詳。『伊勢』の構文に対して、『今昔物語集』ははるかに説明的になっ

ている。

業平、右近の馬場にして女を見て和歌を読む語、第三十六

『伊勢物語』九九、八二（部分）、八三（部分）各段に依ったもの。間接の関係かも知れない。

＊日折（ひおり）の日の女車（二一五頁）

『今昔物語集』二四―三六の第一段、すなわち『伊勢物語』九九段の、右近衛の騎射の日に、女車の主と業平が歌を交した説話的内容は、単にその歌がしばしば後世の歌の本歌になったというだけでなく、一つの風俗、一つの擬制とまで成ったように思われる。『新古今集』恋二には、「前大納言隆房、中将に侍りける頃、右近馬場のひをりの日まかりけるに、物みける女車よりつかはしける」という情景のもとに、次の歌を挙げる。

ためしあればながめはそれと知りながら
おぼつかなきは心なりけり

物見の女はその日、物語の女主人公に自らを十分擬し得たであろう。そしてまたその日、右近の馬場あたりを通りかかるほどの者は、『伊勢物語』の情景を、心してそこに見ようとしたであろう。二条良基の『心のままの日記』は言う、「ひをりの日の右近の馬場、心ある女車どもも多し」と。

＊「徒然」のよみ（二一七頁）

『今昔物語集』における「徒然」の用字は大体次のようである。

徒然ニ、ヲ、ニテ 徒然ナリ 徒然也	A
徒然気ニテ、ナリ 徒然カリ	B

意味的には、ほぼAが退屈である状態を中心とし、Bが淋しげな情趣を中心とする。『平家物語』では「さびし」の語があり、かつ「つれづれ」の語があって、その場合、その「つれづれ」の語はAの意味に偏っている。『今昔』には明らかな「さびし」の語が存しない。したがって、A・Bの意味を括（くく）って、ともかく「徒然」の字をツレヅレとよんでもよいが、そうすると「徒然カリ」がよめなくなる。それで、『平家物語』における「さびし」と「つれづれ」の関係を逆に利用して、同一の表記「徒然」を、接尾部分の異りと意味の異りに応じ、Aをツレヅレ、Bをサビシとよみわけておこうと思う。

藤原実方朝臣、陸奥の国にして和歌を読む語、第三十七

『後拾遺集』雑五・哀傷に載る歌の詞書が『今昔物語集』の本文にかなり近似する。

藤原道信朝臣、父に送れて和歌を読む語、第三十八

『道信集』『元輔集』との関連が、その詞書の措辞や歌の配列か

ら考えて、強いように思われる。第二段は『古本説話集』上・三二と共通。出典を等しくするものであろう。

藤原義孝朝臣、死にて後和歌を読む語、第三十九

『後拾遺集』哀傷に所収の歌の詞書・左注とは、関連が深いように思われる。

＊夕少将義孝の死（二三一頁）

藤原義孝の死は、彼が若く美しく才華ある人であったこと、平生から道心ある生活を送ってきた人であることによって、往生譚としてきわめて広く、語り伝えられている。したがって、彼が死後、人の夢の中で詠んだという三首の歌、

A　時雨には千種の花ぞ散りまがふ
　なにふるさとの袖ぬらすらむ
B　着てなれし衣の袖もかわかぬに
　別れし秋になりにけるかな
C　しかばかり契りしものを渡り川
　かへるほどには忘るべしやは

および一首の詩、

D　昔契蓬莱宮裏月　今遊極楽界中風

は、その語句の異同のほかに、配列と、誰の夢にあらわれたかの点で、諸書に小異がある。いまそれを掲げてみると、次のようである。

『義孝集』　C母　B妹（六君）　ADせいみむ僧都
『後拾遺集』　C母　A賀縁　B妹
『大鏡』　C母　A賀縁　D実資
『江談抄』　AD賀縁
『袋草紙』　C妹　AD賀縁　B妹
『宝物集』　AD賀縁
『日本往生極楽記』
『本朝法華験記』　｝D高遠
『帝王編年記』
『今昔』一五—四二　D高遠
『今昔』二四—三九　A賀縁　B妹　C母

ここに、藤原高遠や実資の名が見えることも興味深い。高遠は実資の兄であり、彼自身、その死後に籠り（こも）の僧や子の夢に現れて歌をよんだという伝えをもつ身であった（『続詞花集』『宝物集』『袋草紙』）。また、『義孝集』に見える「せいみむ僧都」という人物は、賀縁に相当するはずであるが、高遠・実資兄弟の父・斉敏を音読したものに他ならない。同種の話（死後の歌詠）を介しての混淆（こんこう）があったと思われる。

『今昔物語集』一五—四二によると、義孝の兄・挙賢は朝に死に、一たびは冥府に赴いたが許され、魂は現世に戻ってきたが、すでに屍が北枕に寝かされていたために蘇生もかなわず、母の夢に現れて恨み泣く。この話は『大鏡』では、『法華経』方便品の功徳（くどく）を説く形で、弟・義孝のこととして語られ、Cの歌を起しているが（『今昔』二四—三九も同様）、そのCの歌の、「わたり川かへるほどには」という表現には、当然、『今昔』一五—四二が描くほどの説話的背景がなけれ

ばならないであろう。ここにも一つの混淆がある。

＊亡き人の歌（二三一頁）

着てなれし衣の袖もかわかぬに
別れし秋になりにけるかな

右の歌を夢の中で聞く義孝「妹」を、藤原為光室となった女性に想定することに、強い根拠があるわけではない。『尊卑分脈』に義孝の姉妹は六人記されているが、姉懐子は冷泉院女御となって花山院を生み、義孝の死の翌年に亡くなっている。為尊親王の室となる人（『大鏡』に「九君」という）は、義孝の没年にはまだ四、五歳にすぎず、致方の室となる人（『大鏡』に「四君」）には推定の資料が存しない。ただ、為光の室となる人は義孝と同年配の妹であった可能性がある。この人は『今昔物語集』二四―三八の道信（天禄三年〈九七二〉生）や公信（貞元二年〈九七七〉生）を生んだ人であり、この人を想定するならば、説話の配列からも、また、「着てなれし」の歌を贈られるほどの生前の親しさが、年齢的に考えられることからも、一往妥当であろうと思うのである。そしてまた彼女が生んだ公信にも、死後、人の夢の中で歌を詠んだという話が伝えられているのである。

朝ぼらけくらしとなどて思ひけむ
ひとりも死出の山は越えけり
逢ふことをみな暮ごとに出でたてど
夢路ならでは逢ふよしもなし　（『袋草紙』）

ただし後の歌、『後拾遺集』では第五句を「かひなかりけり」として読人しらず、思う女を残して死んだ男が、伝えよと言ってわが娘の夢の中で詠んだという。死後、夢の中に歌を詠んだ人を『袋草紙』は挙げている。――小野小町、義孝、高遠（籠りの僧と子。『十訓抄』『沙石集』にも）、公信、長済律師（母）、橘為仲（保昌）、堀河院（源国信。『中右記』にも）、源通房（頼通）、定通（因幡内侍）、顕季、実行の侍（弟なる僧）……。さらに挙げてみよう。大江斉光は比叡山の慈恵の夢に、「機縁更尽」の詩を告げ（『江談抄』四）、村上天皇の死後、その喪服を一生ぬがなかった大納言藤原延光は、夢のうちに天皇の詩を告げられる（『古今著聞集』四、『十訓抄』五）。母に先立った幼な児は、母に仕える者の夢にあらわれて歌を詠み（『沙石集』五末）、住吉に参籠する西国の僧は、その夜の夢に、黒衣の僧一人、社殿に参って「鴫立つ沢の秋の夕暮」の歌を講じるとみる（『井蛙抄』六）。二十一歳で頓死した内大臣藤原良通は、弟・良経の夢に「春月羽林悲白秋」の詩をとどけ（『古今著聞集』一三、『玉葉』文治四年三月九日）、やがてまた、文章博士藤原業実の夢に一首の歌を伝えるのである（『玉葉』建久二年二月十六日）。

円融院の御葬送の夜、朝光卿和歌を読む語、第四十

『後拾遺集』哀傷、『栄花物語』四、『世継物語』三九などに共通する。『後拾遺集』の詞書と本文はかなり近い。『十訓抄』六・一〇に行成歌をめぐる部分が、『宝物集』（一巻本）に朝光歌をめぐる部分が記されている。

一条院失せ給ひて後、上東門院和歌を読む語、第四十一

『後拾遺集』哀傷（五六九・五三六・五三七歌）の詞書が近い。他に、前半は『栄花物語』九、『今鏡』一、『宝物集』（三巻本中、七巻本二）、後半は『栄花物語』七、『世継物語』三一、『宝物集』（一巻本）、『十訓抄』一・一一にも見える。彰子と定子のよく知られた関係を前提にして、一つにまとめたものであろう。

朱雀院女御失せ給ひて後、女房和歌を読む語、第四十二

『古本説話集』上・四六を、類話ないし同一話根の話として参考にすることができる。

＊貫之の女（むすめ）（二三六頁）

藤原実頼の娘・朱雀院女御（慶子）の死後、かつて女房として仕えた女から、その死を知らずに美しい貝を贈ってくる。『今昔物語集』二四—四二に登場するこの女房、「助」と呼ばれるこの女に、『今昔』の編著者は、紀貫之の娘という了解をもっていたのではなかろうか。『尊卑分脈』に「助内侍」と見える人である。『紀氏系図』では「内侍」、『系図纂要』では「典侍」とある。その人が「助」と呼ばれたとすればそれは、兄・時文（『後撰集』撰者）が従五位上・内蔵助であったことに依るであろう。貫之は、朱雀＝承平五年（九三五）土佐から帰京してより、忠平系藤原氏、ことに実頼に親近を深めており、その年十二月、慶子の裳着には歌を詠んでいる（『貫之集』七）。慶子入内（じゅだい）は天慶四年（九四一）。貫之が自分の娘をその女房に出仕させるということも、事実として可能性のあることであろう。

しかしここでは、事実が問題なのではない。助内侍とは、中世における『古今集』注釈の世界において活躍し始める人物で、たとえば、『古今集』読人しらず歌のかなりを、助内侍に仮託する考えが、中世の注釈の世界では起ってくる。そのような注釈の先駆的な性格を、『今昔』はもっているのではないか、ということである。逆に言うと、『今昔』におけるこのような説話的な了解を、中世の注釈類は継承するのである。

『今昔』が、朱雀院女御の女房を貫之の娘とする了解をもっていたらしいことは、その説話配列からも推測できそうである。すなわち、巻二十四の四十話から四十三話までは死別にまつわる歌であり、四十三話から四十五話までは都から離れた異郷での歌を主題とする。

四十話	円融院—朝光・行成		死別の歌（四十話〜四十三話）
四十一話	一条院—彰子／定子—一条院		
四十二話	朱雀院女御—助・実頼		
四十三話	貫之の子—貫之	…土佐	異郷での歌（四十三話〜四十五話）
四十四話	仲麿	…唐	
四十五話	篁	…隠岐	

両主題に跨る四十三話は紀貫之に関する話であるが、さらに四十二話に、貫之に関連ある人物が想定されうるならば、両主題の漸層的な移りゆきは、より強く保証されることになる。

『今昔』の編著者は、四十二話の女房に、紀貫之の娘という了解をもっていて、それによって説話配列の特色ある強い連絡を作り上げたのではなかろうか。あたかも三十九話における義孝の妹を、為光室となった女性と想定することにおいて、三十八話との連絡が人物の面において強くなるように、である。

***むかしの乳母**（二三六頁）

村上＝天暦元年（九四七）十月五日、村上天皇の女御述子が亡くなった。藤原実頼の娘で、時に十五歳であった。出産に疱瘡が重なった。翌十一月十七日、実頼の長子・敦敏が死んだ。左少将・正五位下、三十六歳であった。『後撰集』哀傷、『実頼集』『大鏡』『栄花物語』一によると、敦敏が亡くなったことを知らず、東国から彼に馬が贈られてきた。実頼の悲しみの歌を、それらの書は載せる（『宝物集』上、『金玉集』『落書露顕』にも）。

まだ知らぬ人もありけり東路に
我もゆきてぞ住むべかりける

この東国の人は、『古本説話集』上・四六によると、敦敏のかつての乳母で、陸奥守の妻となって下国していた女だという。これは基本的に、『今昔物語集』二四―四二の、朱雀院女御にかつて仕えた女房が、常陸守の妻になって下国し、女御の死を知らずに貝を贈ってきた話と、モチーフが等しい。しかも、『今昔』の朱雀院女御は実頼の長女・慶子で、入内より十年目、天暦五年（九五一）に死んでいる。承平五年（九三五）に裳着が行われているから、このとき二十歳前後であろうか。述子や敦敏の死からは四年目にあたり、多分、前後して死んだ実頼の三子について、早世が説話のモチーフとして成立し得たであろう。悪霊民部卿（忠文。〔実頼と師輔の有職〕三二九頁参照）の噂もあった（『歴代編年集成』一六、『古事談』四、『十訓抄』一〇）。かつての乳母、かつての女房がその死を知らずに、ものを贈ってくるという話は、早世の悲しみを語るために、恐らく『後撰集』や『大鏡』などの単純な形を本来とするものの、説話的な展開であろう。――『宝物集』は、実頼の娘である「花山院女后」（この人、『尊卑分脈』に見えず。朱雀院女御慶子、村上院女御述子から類推された設定である）が死んだとき、年来仕えてきた女房「なかつき」（伊勢御息所の娘と『宝物集』は言う。すなわち中務を擬することになる）が詠んだという歌を掲げる。

忘られてしばしまどろむほどもがな
いつかは君を夢ならで見む

死んだ女御を思う歌としては意味をなさぬこれは、『中務集』（書陵部本）によると、全く文脈の異った、彼女の恋歌であり、『宝物集』の話は、実頼子女の早世というモチーフ（それはすでに消えかかっているが）におけるその転用であろう。さて、その早世した女御の女房に、歌人伊勢の娘を擬するのは、『今昔』二四―四二の朱雀院女御の女房に、貫之の娘を想定し得る（〔貫之の女〕三四四頁参照）のと対応的であろう。

土佐守紀貫之、子死にて和歌を読む語、第四十三

『古本説話集』上・四一、『宇治拾遺物語』一二・一三と同話。

出典を等しくするらしい。『土左日記』十二月二十七日の条とは直接関係はないと思われる。

＊柱に書き残す歌のこと（二三八頁）

任終えた紀貫之は国府の館の柱に、土佐で亡くした子を思う歌を書き残した。『今昔物語集』二四―四三のこの話は『土左日記』には見られない。それは、天へ帰った亡き子へ貫之が捧げる祈りの歌であり、そしてまた、土佐の地でその子と暮した日々へ残してゆく形見の歌であった。祈りの歌として、また形見の歌として、『今昔』が伝えるものは説話的な一つの型であったように思われる。

同じ貫之はいつか、「蟻通明神」の前を馬上に横切ろうとして神の怒りを買う。馬は倒れ伏すが、神託を聞いて身を潔めた貫之は、一首の歌を詠んで神殿の柱に貼り、懇ろに拝して神の怒りをなだめ得たという（『俊頼髄脳』）。

　天雲の立ちかさなれる夜半なれば
　　神ありとほしも思ふべきかは

文治二年（一一八六）春、大原に世を捨てた建礼門院の閑居を後白河法皇は訪れる。還御の後、庵室の柱に書きとどめられた一首の歌を、院は見ることになる。

　古はくまなき月と思ひしに
　　光おとろふみ山辺の道

後徳大寺左大臣実定のしわざという（延慶本『平家物語』。語り本系統では歌の詞章に小異がある）。承久三年（一二二一）七月、乱に連座した権中納言藤原宗行は、捕えられて関東へ護送される。途次、菊川の旅亭の柱に辞世の詩を書き記し、数日の後、藍沢原に斬られてその生を終る（『東鑑』『承久記』）。それから一世紀ほどの後、後醍醐天皇の高時討伐計画が露顕し、再度の関東送りにあった従四位下日野俊基は、菊川の宿で宗行の故事を思い、自らの辞世をやはり宿の柱に残すことになる（『太平記』）。

　古もかかるためしを菊川の
　　同じ流れに身をや沈めむ

十二歳になる真木柱もまた、迎えの者が来て父の邸を出なければならずなった時、檜皮色の紙に別れの歌を書いて柱の割れ目に、笄で押し入れておく（『源氏物語』真木柱）。

　今はとてやどかれぬともなれきつる
　　真木の柱は我を忘るな

もし必ずしも狭く「柱」とのみ限定しなくてもよいならば、木立や岩や障子などに書き残された形見の歌を、我々はいくつも見ることになろう。たとえば、内舎人とともに安積山へ逃げた大納言の娘は、「かげさへ見ゆる」の歌を木に書きつけて男に残し、おとろえた容色を恥じて死に（『大和物語』一五五）、ひとたびは思い忘れたつもりの男に宛てて、不運の女は岩に指の血もて歌を書く（『伊勢物語』二四）。徳大寺の大臣に召された西山の僧は、庵の板に歌を書き残して、さらに深い山へと遁れ（『撰集抄』五・七）、大臣得業慶縁は庵の障子に歌を残して、人々の目にその迹を消すのである（同四・六）。

安陪仲麿、唐にして和歌を読む語、第四十四

『古今集』羇旅、『古本説話集』上・四五、『世継物語』四五などに共通する。『古今集』所収歌の左注がこの文章に近く、『古本説話集』などには、清河の遣唐使派遣や明州の送別のことを語らない。『土左日記』十一月二十日の条とは情景がやや異り、『江談抄』三・三では、この歌は新しい説話へ展開している。

*安倍仲麿の帰国（二四一頁）

安倍仲麿はいつ日本へ帰ったのか？

故国へ帰れないままに唐土で死んだ。とすれば、明州（実は蘇州）で詠んだという「あまのはらふりさけみれば」の歌は、どのようにして日本に伝えられたのか？　遣唐使一行の誰か、たとえば第三船に乗って帰った吉備真備（きびのまきび）が伝えたのか、帰国をあきらめてから誰かに託したのか。あるいはその歌が、実は渡唐以前の作であったのか。あるいはまた、仲麿が実際に作ったのではなく、仲麿伝説の中で成立していった歌なのであるか。結着のつけがたい見解が現にいくつも提示されている。『江談抄』三では、仲麿、漢家の楼上に幽閉されて餓死し、吉備真備が渡唐のとき、鬼の形に現れて真備を訪ね、この歌を詠むという。

中世における『古今集』注釈はきわめて説話的であるが、その説話的な了解のなかで、我々は仲麿の帰国を迎えることになる。日本へ帰ってこの歌を伝えたというのである。たとえば『弘安十年古今歌注』では、仲麿は帰国の後に出家し、多武峰（とうのみね）に籠って法名を尊蓮と言ったとまで記す。『今昔』二一―四四は、かかる仲麿帰国説の最も早いものと言えるであろう。

小野篁、隠岐の国に流さるる時和歌を読む語、第四十五

「わたのはら」の歌をめぐっては、『古今集』羇旅、『世継物語』四六、『宝物集』（三巻本上、七巻本二）、『撰集抄』八・五などに見える。

河原院に歌読共来たりて和歌を読む語、第四十六

『古本説話集』上・二七の後半部と同話。出典を同じくすると思われる。

*河原院荒廃（二四三頁）

河原院は源融（みなもとのとおる）からその子・昇（のぼる）に譲られ、融の通称が河原左大臣であったように、昇は河原大納言と呼ばれた。昇は延喜十八年（九一八）に没するが、その前年、河原院を宇多法皇に献上した（『今昔物語集』二七―二、『河海抄』）。宇多はこの院に常には住まず（『続古事談』四）、京極御息所（褒子）を住まわせたが、融の霊が現れ、それが御息所を悩ませたという（『今昔』二七―二、『江談抄』三、『続古事談』四）。円融天皇譲位の折りに、「近き皇胤をたづねば融らもはべるは」と言った生前の融（『大鏡』二）にとって、宇多は、ひとたびは単に光孝源氏定省（さだみ）でしかなかった。延長四年（九二六）七月、法皇は融のために法要を行っている（『本朝文粋』『続古事談』）。霊が棲（す）むような荒廃は十世紀初頭、すでにどこかに始まっていたのかも知れな

い。

『本朝文粋』一に載る源順（九一一～八三）の賦は、円融院の天禄の頃（九七〇～三）、河原院が寺院となっていることを記す。すでにその蕪穢は、昔日の善美を思うと堪えられないほどであった。『本朝文粋』八に収める、藤原惟成（九五三～八九）の河原院での賦に、「有院主、号安公」と記すその「安公」は、『今昔』二四―四六に登場する安法君のことであろう。安法は円融＝天元二年（九七九）の大風大水にもこの院で遭っており、この時、老松は傷つき池も埋められてしまったという。安法在住中の院の荒廃は『安法法師集』や、河原院にしばしば安法を訪れた恵慶の、その家集に繰り返し語られている。安法の娘は、多分安法の亡きあと、ひとりで河原院荒廃の中に住んでいた。能因は彼女に代って歌を作るほどの交際があった（『新古今集』恋三、『能因集』）。一条＝正暦二年（九九一）三月十八日、仁康という僧が仏師康尚に丈六の釈迦像を造らせ（大安寺の釈迦を写したという）、河原院の中に仮堂を作って五時講を修した。多田満仲らが結縁し、願文は大江匡衡が草し、藤原佐理が清書したという（『本朝文粋』一三、『続古事談』四、『歴代編年集成』、『日本紀略』）。諸書、仁康を融の第三子とするが（たとえば『興福寺官務牒疏』）、時期が合わない。法会は盛大で、都人が群集した。河原院は、園地であるよりも、そのような催しを可能にする一つの単なる場所になっていたのかも知れない。その後、鴨川の氾濫にさらされ、一条＝長保二年（一〇〇〇）四月二十日、件の釈迦像は仁康の手により、白牛の車に乗せられて広幡院（中御門京極の東、顕光の家）に移され、以後、祇陀林寺と呼ばれてゆく。後一条＝寛仁元年（一〇一七）九月二十九日、河原院に立寄った藤原実資は、院の状態を「荊棘盈満、水石荒蕪」と記している。『今昔』二四―四六に「其の院今は小宅共にて堂計となむ」と記す、その「堂」は、釈迦像が広幡へ移された後の、本尊はなく、けれどなお朽ち残った釈迦堂であったとしても、あるいは許されるであろう。一夜を借りた東国の人が鬼に妻を殺されたのは、そうした河原院の、もはや人住むことも絶えたひと頃であった（『今昔』二七―一七）。

融の生前における河原院は、融の風雅のために贅美がつくされた。日々数百人の人夫が尼崎から海水を運んで塩を焼き、左京六条の地に奥州塩竈の景が演出された。それは後の荒廃を逆に強調することにもなる。荒廃は河原院を彩る一般的な概念にもなる。『今昔』二四―四六、貫之は河原院荒廃に立会ってその感慨を詠む、が、その歌の本来、『古今集』哀傷に属するかぎりでは、河原院はまだ美しく東北の風景をそこに保っていたと思われる。哀傷の部における歌の詞書では、融の死後に貫之はその邸を訪れ、「塩がまといふ所のさまを作りける」を見て詠む。その歌に言う「君」とは当然、融のことである（『今昔』では宇多法皇を言うことになる）。『古今集』は遅くとも延喜十三、四年（九一四頃）に奏上されているから、寛平七年（八九五）八月の融の死から十数年のうちに、貫之は院を訪れたことになる。『古今集』詞書は河原院の荒廃を述べない。煙は絶えているが、塩竈の景は融生前の通りに残っているのである。ということにこそ、その邸のかつての主の不在が強く感慨せられるのであろう。当時河原院には、譲られて大納言昇が住んでいたはずである。『今昔』では、話の時期を、宇多法皇の没後、そして貫之が土佐から帰京した後というふうに降している。すでに『古本説話集』も同様であった。そこには、河原院を荒廃の邸とする通念が前提せられているのである。『貫之集』もこの歌を収めるが、西本願寺本は荒廃のことを記さず、歌仙家本になって「河原の大臣失せ給ひて後にいたりて、塩がまといひし所のさまの荒れにたるを見てよめる」とする。説話的に河原院は、昔日の華も散り失せた荒涼の故園であった。

伊勢御息所、幼き時に和歌を読む語、第四十七

『古本説話集』上・二九、『世継物語』五三と同話。出典を等しくするものと思われる。

参河守大江定基、米を送りて和歌を読む語、第四十八

『古本説話集』上・三四に同話。出典を等しくすると思われる。その他、『拾遺集』雑上、『古今著聞集』五〇・一九七、『十訓抄』一〇・四八、『沙石集』五、『宝物集』(三巻本中、七巻本二)などに、簡略な形で語られている。

——なお、この標題は、諸本ともに「送来読和歌語」とあるが、「来」は「米」の誤りである。

七月十五日、盆を立つる女和歌を読む語、第四十九

『古本説話集』上・三三に同話。出典を等しくすると思われる。

筑前守源道済の侍の妻、最後に和歌を読みて死ぬる語、第五十

『後拾遺集』雑三に、きわめて簡略な話を記す。

大江匡衡の妻赤染、和歌を読む語、第五十一

第一段は『古本説話集』上・五に共通。『詞花集』雑下、『赤染衛門集』、『古今著聞集』五・一七六、八・三〇二、『沙石集』五、『袋草紙』、『玄々集』にも見える。第二段は『古本説話集』上・五、『赤染衛門集』に見られ、第三段は『赤染衛門集』に見られる。『古本説話集』の文章は、やや簡略である。

＊稲荷の禰宜の女(むすめ)(二五五頁)

大江匡衡がその妻赤染衛門をしばらく忘れて通ったという稲荷の禰宜の娘は、恐らく実在しないであろう。

『赤染衛門集』の詞書によると、情況は「今は絶えにけりといふ所に、在りと聞きて遣る。三輪の山のわたりにや」——もう手を切ったと言っていたところへ、あい変らず通っていると聞いて、歌をやった。ところは三輪の山のあたりだそうな、ということであり、『玄々集』は「いなかに妻ま(め)うけけるころ」と説明する。稲荷の禰宜はまだ登場していない。この説話の原型は多分このようなところであろう。このとき赤染衛門が詠んだ皮肉っぽい恨みの歌は、

我が宿の松はしるしもなかりけり
杉むらならば尋ねきなまし

つまり『古今集』に載せる古歌「わが庵は三輪の山もと恋しくはとぶらひきませ杉立てるかど」を本歌とする。そうである以上、匡衡の通った女は、『衛門集』が言うように「三輪の山のわたりに」家をもっていたか、そうでなければ、杉むらのある家に住んでいたかである。どちらにしても、本歌への関連において、三輪の験(しるし)の杉のイメージが赤染衛門の歌には濃く認められるのである。

しかるに験しの杉は、たとえば『蜻蛉日記』の著者が手折って兼家との愛を祈ったそれ、伏見の稲荷の中社なるそれでもある。稲荷の禰宜の娘は、このような験しの杉の連想の間から生れ、そして説話的にのみ、匡衡を通わしめたのであろう。

大江匡衡、和琴を和歌に読む語、第五十二

第一段は『古本説話集』上・四に共通。『後拾遺集』雑二、『匡衡集』にも見えるが、『古今著聞集』五・一八四、『十訓抄』三・二では匡房の逸話として語っている。第二段は『古本説話集』上・四、『後拾遺集』雑三、『匡衡集』に、第三段は『後拾遺集』雑五、『匡衡集』、『実方中将集』（桂宮本）に見られる。

＊大江匡衡と女房（二五五頁）

若き日の大江匡衡の、のっぽで怒り肩の見苦しさを笑った女房は、どこの家の者であろうか。『古今著聞集』五、『十訓抄』三では同じ話を、匡房のこととして語り、女房を内裏に仕えるものと規定している。しかし『今昔物語集』におけるそれは、藤原朝光（兼通の四男）家の女房と考えられてよいであろう。

『今昔』には、匡衡を評して「閑院の才は有れども、長(たけ)高くて指肩(さしがた)にて」と言う。この個所、『古本説話集』には「宇治大納言のもとにありけり。才は極めてめでたけれど、みめはいとしもなし。丈高く指肩にて…」とある。されば『今昔』の表現は、少なくとも構文上はこれと対比的に、たとえば「閑院の大将殿に有りけり。才は有れども、長高くて指肩にて…」のごときを想定すべきであろう。「有り」の語の重複が条件になって欠文を生じたものと思われるのである。匡衡は道長に臣従し（「今匡衡為相府之家臣、時々備下問、有所発明」『江吏部集』中）、その子頼通の師でもあった（「嫡子納言授孝経〈納言七歳従師之日、匡衡始授孝経、昔大江公為丞相師、今大江儒為納言師、有所感此句〉」同）が、かつては朝光（閑院大将・按察大納言と呼ばれる）の許(もと)に属していた。朝光の死後、匡衡は道長に就いたと思われる。『匡衡集』の歌は、しばしば、閑院大将家・按察大納言家の情景を詞書に描いており、「あふさかの関のあなたも」の歌もまた、按察大納言の侍所(さむらいどころ)で詠んだという詞書をもつ歌二首の間に挿まれて位置づけられている。したがって、「閑院の才は有りけれど…」の辞句は、先に示したような形で理解されてよい。若い日の匡衡は、閑院大将朝光の家に出入りしており、朝光家の女房と、『今昔』に描くような交渉をもったのである。『古本説話集』に「宇治大納言のもとに」とあるのは、「按察大納言のもとに」の誤りであろう。頼通、すなわち「宇治殿」が、後に匡衡を師としたことなどからの混淆ではあるまいか。

祭主大中臣輔親、郭公を和歌に読む語、第五十三

第一段は『拾遺集』雑春、第二段は『後拾遺集』雑二、『輔親集』、第三段は『後拾遺集』雑四、『輔親集』に見られるが、『後拾遺集』の詞書の辞句が『今昔』に近い。

陽成院の御子元良親王、和歌を読む語、第五十四

『元良親王集』に見られるが、歌の作り手が『今昔物語集』とは逆になっている。

大隅の国の郡司、和歌を読む語、第五十五

『古本説話集』上・四四、『宇治拾遺物語』九・六と同話。同出典の関係にあると思われる。『拾遺集』雑下、『十訓抄』一〇・三九、『俊頼髄脳』にも載る。

播磨の国の郡司の家の女、和歌を読む語、第五十六

『宇治拾遺物語』七・二に同話。出典を同じくすると思われる。

藤原惟規、和歌を読みて免さるる語、第五十七

『俊頼髄脳』に依ったものと思われる。『十訓抄』一〇・三七にも見られる。

＊説話とサロン（二七一頁）

「木の丸どの」の古歌をめぐる大斎院選子と藤原惟規の話（『今昔物語集』二四―五七）は、二つの部分よりなる。一つは、この古歌に依る歌を、情況に即してうまく惟規が詠み、そのために難をまぬかれたという話である。いわば、歌によって事が許されるというに近く、当意即妙の歌の手柄なる話であった。その点でこれは、二四―五五・五六に連続する。たとえば『古今著聞集』五・一五〇を横に置くとき、これは大斎院好みの振舞いであった。

もう一つは、その歌を詠んだ惟規が、実は、古歌の故事をよく知らず、自分こそよく聞き伝えるものだと告げた大斎院の言葉に、感謝してそれを教わろうとする話である。『今昔』は、『俊頼髄脳』に依りながら、いささかそれが曖昧にしか語られていないけれど。

これは、歌道、広くは芸道執心の話として成立するはずの話柄であった。たとえば――ある雨の日、歌会に集るものどもが「まそほの薄(すすき)」を話題にした。誰もその正体を知らぬ。なかに一老人あって告げる。渡部というところにこのことを知る聖(ひじり)が住むそうな、と。座にあった登蓮法師、家の主に蓑笠を借りて渡部へその場から発(た)とうとする。驚いた一同が、せめて雨の止むのを待てととどめるのを、登蓮は答える。命は我も人も雨の晴間など待つものかは、と。『無名抄』は、いみじかりける好きものなり、と言う。

しかしながら、惟規の話は、広く芸道執心の説話であるほどの一般性と客観性をもたない。これはなお、ある一つのうちわで語り伝えら

れたという底の、小さな歌すきものがたりであるにとどまる。選子がこのように登場する以上、それは選子を中心とする一つのうちわではなかったか。この話を、惟規の芸道執心物語たらしめない要因の一つは、選子の存在が重すぎることにあるとも考えられる。その選子は、斎院のうちに一つの文学サロンを形成していた人であった。

この話が『俊頼髄脳』から『今昔』へ採られたものであることは、ほぼ確かであろう。盛房というこの話の伝承者を、主人公・惟規の子孫とするのは『髄脳』のままだからである。惟規の子孫に盛房はいない。孫に、従五位下盛綱という人がいる。その誤りであろうか。

その誤りであろうかとすれば、もはや述べることはない。しかし、もう一つ細い道がそこにたどれる。

魚名流、山蔭の子孫に定成という人がいる。従四位下土佐守季随の子で、後冷泉＝永承五年（一〇五〇）九月、従五位上で右少弁となり、同七年四月、斎院長官を兼ねる（『春記』『弁官補任』）。すでに選子は退下し（長元四年九月）、七十二歳で没し（長元八年六月）、当時の斎宮は、選子から二代をおいて、六条斎院禖子（後朱雀第五皇女）であった。二十二日の賀茂祭には、斎王の渡御に新長官定成も従駕している（『春記』）。禖子もまた、その斎院に文学のサロンをもった人であった。その文華の一端は、斎院にあった十二年間の十五度の歌合として見ることができる。

さて、定成の子に盛房がいる。堀河天皇の受禅に、正六位上蔵人として奉仕、大膳権亮、式部少丞、因幡権守、肥後守などを歴任、忠実の家司でもあった。堀河天皇の大嘗会には大膳権亮として従事しているが、この時、『髄脳』の著者・源俊頼は楽行事を奉仕している。それにもまして、寛治八年（一〇九四）四月二十八日の小除目に、盛房は肥後守として太宰少弐に任ぜられるが、同じ年の六月十三日、その臨時除目に太宰権帥となるのが、俊頼の父・経信であった。翌年七月、経信は任地に赴く。老権帥に随って俊頼も九州へ行く。やがて、永長二年（一〇九七）閏正月六日、八十二歳の経信は任地で死ぬ。死ぬまで、経信と盛房は太宰府の上司と下僚であった。経信が死ぬまで、もとより官職はもたぬながら、俊頼も筑紫にいた。――盛房が剣身のよいのを差し上げようと言いながら、一向に沙汰もない。催促してみると、すっかり忘れていたと言う。そこで俊頼は一首詠んで送ってやる。たとえば、そのような交渉はあった（『散木奇歌集』）。

一つの想定。「木の丸どの」の歌をめぐる大斎院と惟規の話は、大斎院の文学サロンに語られたものではなかったか。定成が長官となった頃、大斎院はすでに亡い、しかし定成が長官となった六条斎院禖子の御所には、それがまた当時、有力な詞花の淵叢であったがゆえに、前代の歌の物語も語り伝えられてあったのではないか。定成から盛房へ、盛房から経信へ、経信なり盛房なりから俊頼へ、それは伝わったのではなかろうか。

とすると、盛房を惟規の子孫とする大きな誤りを、俊頼は犯したことになる。堀河・鳥羽の頃、「世にならぶものなくして」過した歌人俊頼にとって、その誤解が重いものなのか軽いものなのか。重いとするならば、誤解とすることを、すなわち、この想定自体を捨てねばならぬという含みのもとに、実は今のところ判断がつかない。

付録

巻第二十二　本朝
蹴鞠の話（一八）　三一五
行動する鎌足（一九）　三一六
首の怪異（二〇）　三一七
出生伝説（二二）　三一七
陀羅尼と百鬼夜行（二九）　三一八

巻第二十三　本朝
狐妻（七〇）　三二一
道場法師のこと（七二）　三二一
水辺の女（七五）　三二二
海坊主の老人（七八）　三二三
水蜘蛛の怪（八九）　三二三
大井子のこと（九九）　三二四
最手と最手の勝負（一〇二）　三二五
兼時と敦行（一〇四）　三二六

巻第二十四　本朝　付世俗
天と管絃（一〇九）　三二七
「らいせい」という門のこと（一一〇）　三二七
朱雀門の鬼（一一二）　三二八
実頼と師輔の有職（一一三）　三二九
川成の作庭（一一五）　三二九
蛇婚（一二四）　三三〇
神泉苑の金龍（一三九）　三三一
陰陽道と播磨（一五二）　三三三
覆い物を占う話（一五四）　三三三
玄象と直衣姿の人（一七九）　三三五
内裏焼亡と玄象（一八〇）　三三六
朝綱の物張りの女（一八七）　三三七
鷹司殿の屏風詩（一八九）　三三八
醍醐天皇の御子の御着袴（一九三）　三三八
説話の忘却（二〇三）　三三九
日折の日の女車（二一五）　三四一
『徒然』のよみ（二一七）　三四一
夕少将義孝の死（二二一）　三四二
亡き人の歌（二二二）　三四三
貫之の女（二二六）　三四四
むかしの乳母（二二六）　三四五
柱に書き残す歌のこと（二二八）　三四六
安倍仲麿の帰国（二四一）　三四七
河原院荒廃（二四三）　三四七
稲荷の禰宜の女（二五五）　三四九
大江匡衡と女房（二五五）　三五〇
説話とサロン（二七一）　三五一

（　）内の漢数字は本文の頁数を、行末の漢数字は付録の頁数を示す。

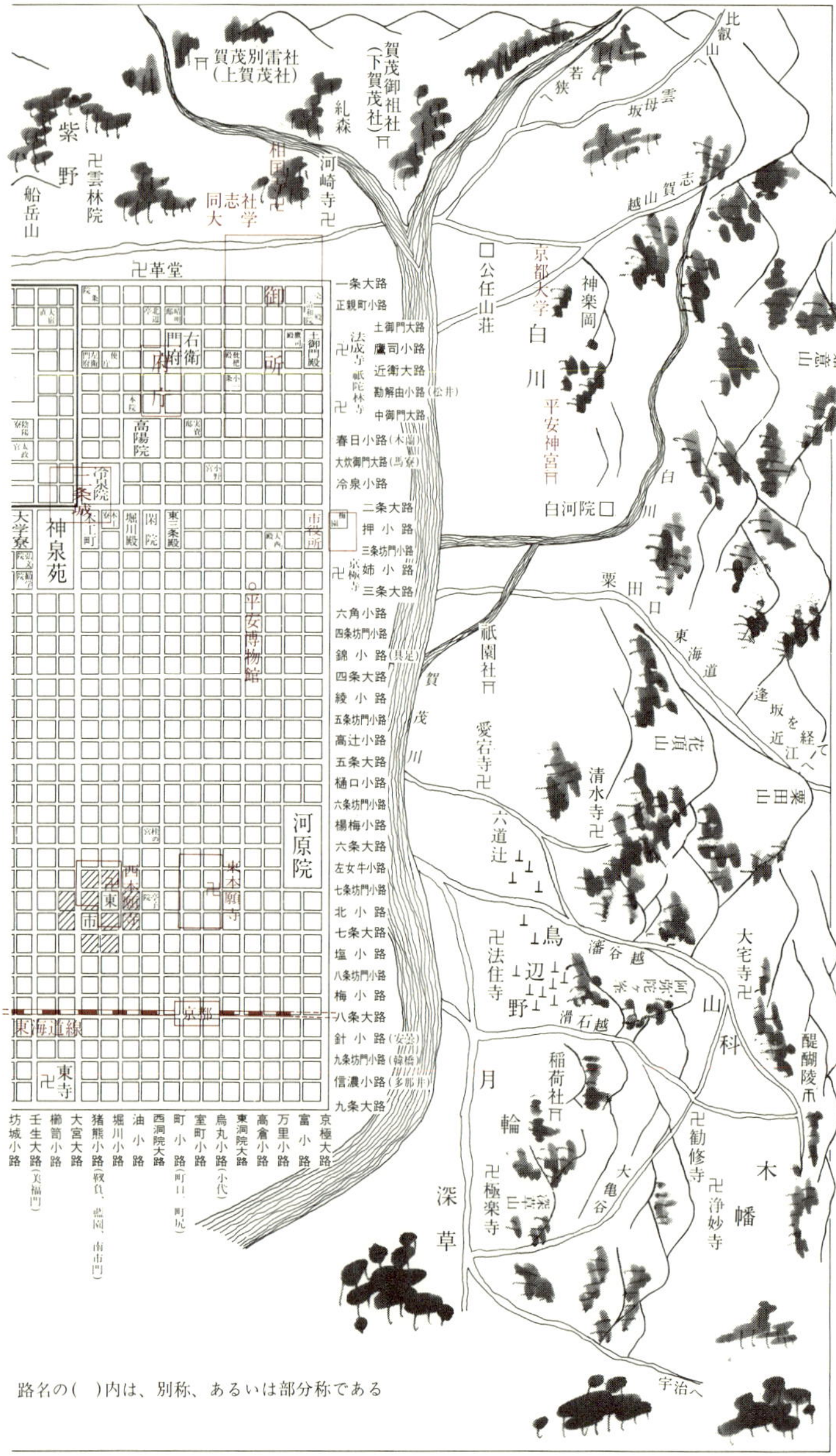

路名の（　）内は、別称、あるいは部分称である

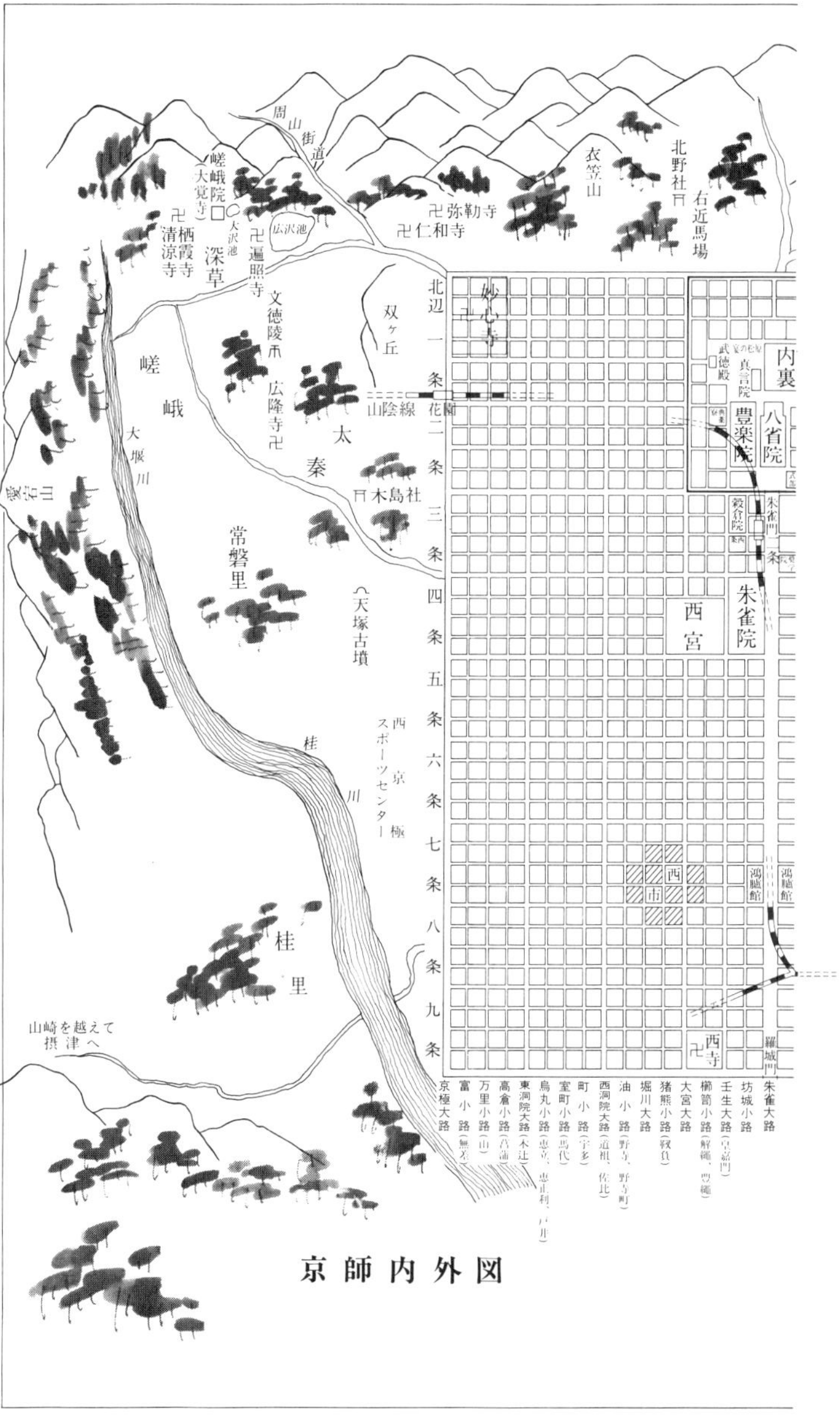
周山街道
嵯峨院（大覚寺）
大沢池
広沢池
遍照寺
衣笠山
北野社
右近馬場
弥勒寺
仁和寺
栖霞寺
清涼寺
深草
文徳陵
双ヶ丘
妙心寺
北辺
一条
二条
三条
四条
五条
六条
七条
八条
九条
内裏
武徳殿
真言院
豊楽院
八省院
嵯峨
大堰川
広隆寺
山陰線
花園
太秦
木島社
愛宕山
常磐里
天塚古墳
朱雀門
穀倉院
朱雀院
西宮
西京極スポーツセンター
桂川
西市
鴻臚館
桂里
山崎を越えて摂津へ
西寺
羅城門
京極大路
富小路（無差）
万里小路（山）
高倉小路（菖蒲）
東洞院大路（木辻）
烏丸小路（恵止、恵止利、戸井）
室町小路（馬代）
町小路（宇多）
西洞院大路（道祖、佐比）
油小路（野寺、野寺町）
堀川大路
猪熊小路（殺負）
大宮大路
櫛笥小路（蟹縄、豊縄）
壬生大路（皇嘉門）
坊城小路
朱雀大路

京師内外図

登場人物年表

この年表は、『今昔物語集』巻第二十二〜二十四に登場する実在人物のほぼすべてについて、わかる限りその生存の時期を一覧したものである。

その目的は二つある。

イ．この年表は、本文の頭注欄において、きわめて簡単にしか記せなかった人物の履歴を、なにがしか補うであろう。

ロ．説話物語の短かな内容では横のひろがりを欠く個個の人物の、その時代的な相互関係を、この年表は一望させるであろう。

1．実線——は一人物の誕生から死没までを示す。実線の終るところ、明らかにし得る限り、年齢は算用数字で記入されている。

2．生年や没年が、不明、あるいはそうでなくても示す必要のない場合、それは点線……のうちに消えてゆくであろう。

3．人物相互間に引かれた矢印——→は、親子の関係を示す。子である人物の生年が明らかな場合、矢印の線はその生年へ向って引かれている。

4．一人物の実線——の直下、あるいは時に直上に記された官職名は、その第一字目の置かれた年度から、その人物のその官職が始まることを示す。

5．•印は、その年度に属する事件、行事などへの、その人物のかかわりを示す。

6．上記4．5．の官職名、事件、行事などの記述が二頁にまたがる場合は、-によって連結されている。

7．「一般歴史事項」欄には、『今昔』の説話内容とは直接のかかわりをもたなくても、時代のイメージを明瞭にするに足る、文芸、宗教、政治などの上の事実が選ばれている。

8．ある事件や行事について、関連し合う人物の関係は、↑印をもって照応させている。

天皇	桓																			
和暦	781 天応	延暦	2	3	785 4	5	6	7	8	790 9	10	11	12	13	795 14	15	16	17	18	800 19
一般歴史事項		氷上川継配流		長岡遷都	藤原種継暗殺 早良太子を廃す 配流の途次に没す			最澄、比叡山寺（後の延暦寺）を草創す						平安遷都			坂上田村麻呂、征夷大将軍			
記事																			……阿保親王	
									……藤原内麿					参議				中納言		
																		……藤原冬嗣		
			• 藤原魚名没(63)		• 大伴家持没(68)					• 藤原浜成没(67)				• 円仁生る					• 和気清麻呂没(67)	

天皇	年	西暦	事項
武	20		
	21		胆沢城を築く
	22		
	23		最澄・空海、入唐す
	24	805	最澄帰国
平城	大同		空海帰国
	2		伊予親王とその母、自殺
	3		
	4		
嵯峨	弘仁	810	薬子の乱 蔵人所設置
	2		
	3		神泉苑花宴の始
	4		
	5		新撰姓氏録 凌雲集成るか
	6	815	国司交替四年制
	7		空海、高野山をひらく
	8		
	9		文華秀麗集
	10		
	11	820	
	12		冬嗣、勧学院を創つ
	13	822	最澄没(57)

太宰権帥

右大臣 57

参議　大納言　右大臣

藤原長良

藤原良房

藤原良相

小野篁　文章生

源信　源姓を受く

源融

• 坂上田村麻呂没(54)

• 円珍生る

• 遍照生る

付録

天皇	淳和										仁明									
西暦	823		825					830					835					840		
年号	弘仁 14	天長	2	3	4	5	6	7	8	9	10	承和	2	3	4	5	6	7	8	9	10	11
事項	この頃までに日本霊異記成る				延暦寺戒壇院建立 経国集	綜芸種智院を建立(空海)				真言院建つ	疫病流行す 令義解	検非違使別当を置く	空海没(62)			円仁ら渡唐		淳和上皇没(55)		橘逸勢・伴健岑捕えらる		

惟喬親王	(承和9以後)生まれる
(阿保)	三品(承和1頃)、弾正尹(承和7)、上総守、51(承和9 没)
在原業平	天長2 生まれる
藤原国経	天長4 生まれる
(冬嗣)	左大臣(天長2)、52(天長3 没)
藤原基経	承和3 生まれる
(長良)	参議(承和11)
(良房)	参議(承和1頃)、中納言(承和7)、大納言(承和9)
(良相)	
(篁)	蔵人(天長7)、遣唐副使(承和1)、隠岐配流(承和5)、帰京(承和7)、式部大輔(承和9)
(信)	参議(天長8)、中納言(承和9)
紀有常	
藤原高藤	承和5 生まれる
安倍安仁	•大伴を伴とす(弘仁14)、参議(承和5)
伴善男	
(融)	
橘広相	承和4 生まれる
三善清行	
百済川成	
	•都良香生る(承和1)

(四)

明					文					徳	清							和
845				850					855					860			865	866
12	13	14	嘉祥	2	3	仁寿	2	3	斉衡	2	3	天安	2	貞観	2	3	4	5	6	7	8
		円仁帰国						円珍渡唐				人臣太政大臣の始め▼	円珍帰国	神楽講撰定			真如入唐	神泉苑御霊会・疫病凶作	円仁没(?)		応天門の変▼

太宰帥　常陸太守

●惟仁立太子　元服　弾正尹

蔵人　右馬頭

参議　中－

権中納言 55　▲太政大臣　▲

右大臣　大納言　摂政(外祖父)　▲

参議　権中納言　権大納言　右大臣

右中弁　左大弁

蔵人頭　参議　左中弁　51　▲

大納言　左大臣

少納言

大納言　▼　67

参議　▲

蔵人頭　中納言　大納言　配－

菅原道真　参議　中納言

紀長谷雄

72

……………**高陽親王**

……………**慈岳川人**　▼

……………**弓削是雄**

この頃、
●藤原有蔭
近江介

▲文徳陵点定

付録

清和	陽成	光孝	宇

867 貞観 9 | 10 | 11 | 870 12 | 13 | 14 | 15 | 16 | 875 17 | 18 | 元慶 | 2 | 3 | 880 4 | 5 | 6 | 7 | 8 | 885 仁和 | 2 | 3 | 4

- 14: 京都に咳逆病流行、死者多し
- 18: 嵯峨院を大覚寺とす
- 元慶2: 出羽国の夷俘反乱す
- 3: 都良香没(46)
- 5: 行平、奨学院を創立
- 6: 日本紀竟宴
- 仁和3: 諸国大地震
- 4: 阿衡の議

(惟喬) 出家 蔵人頭 ……藤原忠房
(業平) 渤海使 左中将 56
(国経) 参議
納言(基経) 大納言 右大臣 摂政 関白太政大臣
……在原棟梁
(良房) 69
藤原時平
51(良相)
藤原仲平
藤原忠平
59
(信)
(有常) 雅楽頭 63
(高藤)
藤原定方
藤原定国
58
流(善男) ……源昇
(融) 大納言 左大臣
(道真) 渤海客使 文章博士 参議
(広相) 式部大輔・蔵人頭 右大弁 文章博士
(清行)
(長谷雄)
……紀貫之
(高陽) 78
(川人) 大江朝綱
藤原伊衡
(是雄) 陰陽頭

巨勢金岡 御所人物絵

宴松原に鬼、人を食う

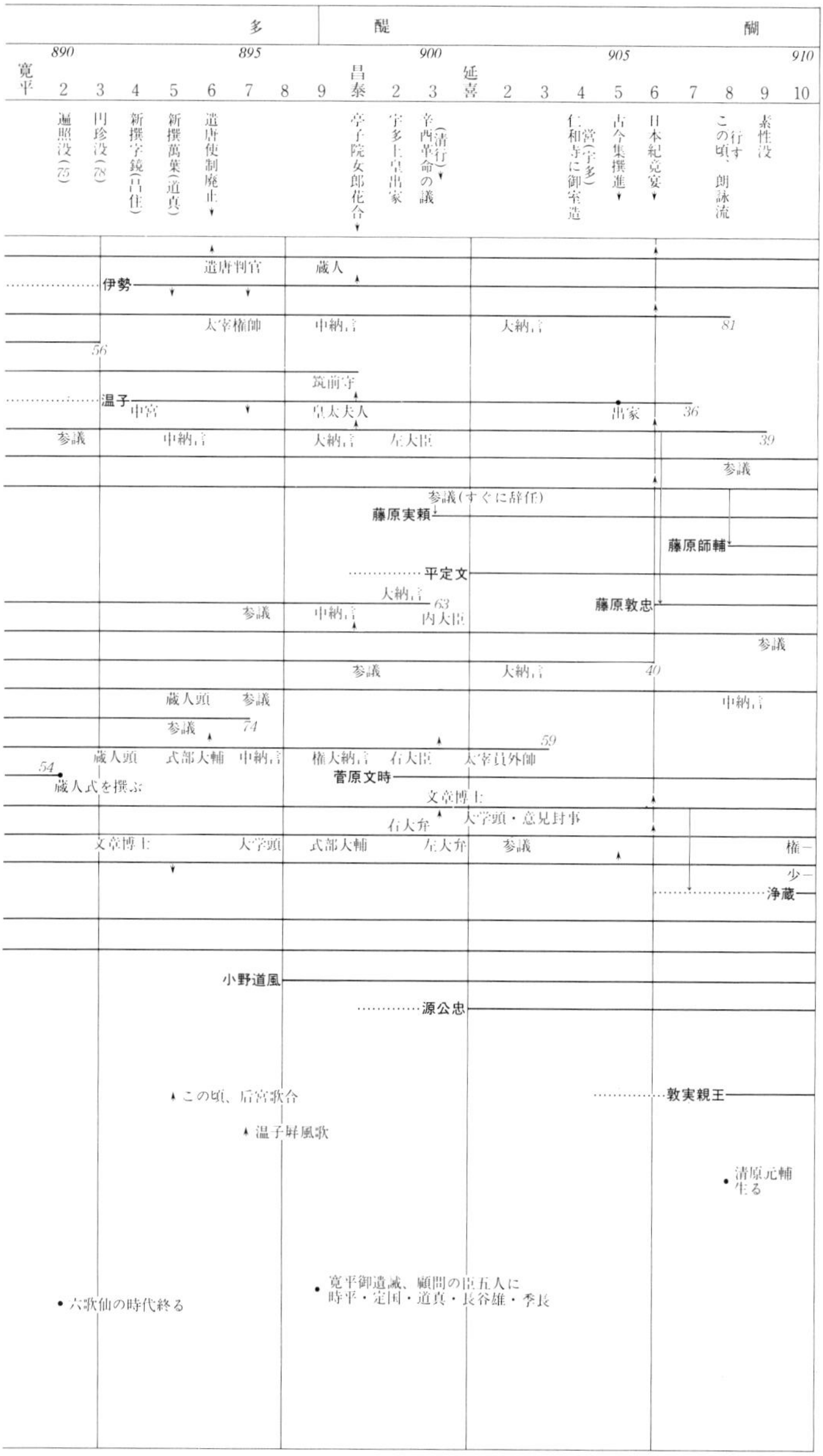

多
醍
醐
890
895
900
905
910
寛平
2
3
4
5
6
7
8
9
昌泰
2
3
延喜
2
3
4
5
6
7
8
9
10
遍照没(75)
円珍没(78)
新撰字鏡(昌住)
新撰萬葉(道真)
遣唐使制廃止
亭子院女郎花合
宇多上皇出家
辛酉革命の議(清行)
仁和寺に御室造営(宇多)
古今集撰進
日本紀竟宴
この頃、朗詠流行す
素性没
遣唐判官
蔵人
伊勢
太宰権帥
中納言
大納言
81
56
筑前守
温子
中宮
皇太夫人
出家
36
参議
中納言
大納言
左大臣
39
参議
参議(すぐに辞任)
藤原実頼
藤原師輔
平定文
大納言
63
参議
中納言
内大臣
藤原敦忠
参議
参議
大納言
40
蔵人頭
参議
中納言
参議
74
59
蔵人頭
式部大輔
中納言
権大納言
右大臣
太宰員外帥
54
菅原文時
蔵人式を撰ぶ
文章博士
右大弁
大学頭・意見封事
文章博士
大学頭
式部大輔
左大弁
参議
権—
少—
浄蔵
小野道風
源公忠
この頃、后宮歌合
温子屏風歌
敦実親王
清原元輔生る
寛平御遺誡、顧問の臣五人に
時平・定国・道真・長谷雄・季長
六歌仙の時代終る

三六四

（七）

醍醐 ｜ 朱

911 延喜 11　12　13　14　915 15　16　17　18　19　920 20　21　22　延長　2　3　925 3　4　5　6　7　930 8　承平　2

- 13　陽成院歌合 ／ 亭子院歌合
- 15　疫癘流行
- 17　聖徳太子伝暦（兼輔）
- 18　相応没（88）
- 21　京極御息所歌合
- 22　信貴山寺建立
- 延長5　延喜式
- 延長8　新撰和歌集、延長年間に成る（貫之）
- 承平元　宇多法皇没（65）
- 承平2　この頃、南海西海に海賊多し

左近少将（忠房）　大和守　山城守　右京大夫

（伊勢）　敦慶前栽合　亭子院六十賀屏風

……元良親王―

（仲平）　中納言　大納言

大納言（忠平）　右大臣　左大臣　前栽合　摂政

（実頼）　蔵人　参議

（師輔）

（定文）　侍従　左兵衛佐

（敦忠）　殿上菊合　左権少将

（定方）　中納言　大納言　右大臣　58

藤原伊尹―

（昇）　大納言　60　河原院を宇多法皇に奉進　宮中に落雷 道真の祟とす

• 道真正二位追贈

（文時）　式部大輔　参議

（清行）　意見封事十二カ条　75

源博雅―

68　中納言（長谷雄）

内記（貫之）　土佐守

（浄蔵）　清行を一たび蘇生さす

（朝綱）　渤海使唱和

（伊衡）　蔵人　左中将

（道風）　蔵人　非蔵人昇殿　醍醐寺額　大一

（公忠）　右小弁

大中臣能宣―

（敦実）

……小槻当平―　左小史

……小槻茂助―

• 内裏屏風詩

• 寛蓮碁式　• 唐僧長秀漂着　• 武徳殿の辺に怪異

雀														村						上
		935					940					945					950			954
3	4	5	6	7	天慶	2	3	4	5	6	7	8	9	天暦	2	3	4	5	6	7	8

- 5　土左日記／平将門の乱
- 7　仏唱導す／空也入京して念／間に成る／和名抄、承平年
- 2　藤原純友の乱
- 3　将門記成る／将門、討たる
- 4　純友、討たる
- 6　日本紀竟宴
- 8　和歌体十種／貫之集
- 天暦　疱瘡流行
- 3　陽成法皇没(82)
- 5　梨壺に和歌所を置く／後撰集撰進
- 6　朱雀法王没(30)

陽成院七十賀屏風

穏子五十賀屏風

桂宮孚子

藤原済時

54

藤原朝光

慶子

朱雀院女御

大江匡衡

右大臣　左大臣　関白　71

太政大臣　70

中納言　大納言　右大臣　左大臣

参議　権中納言　大納言　右大臣　長秀、師輔を診察

藤原為光

蔵人頭

左権中将　参議　権中納言　38

藤原義孝

• 北野神社建つ

坤元録屏風詩

帰京　玄蕃頭　木工権頭

将門調伏祈禱

文章博士　撰国史所別当　民部大輔　左大弁　参議

63

参議　左兵衛督

宮会屏風　慈覚大師伝　大嘗会屏風

右中弁　大宰大弐　右大弁　60

大中臣輔親

式部卿　出家

寛朝

小槻糸平

算一

賀茂忠行

賀茂保憲

• 壬生忠岑没？

• 藤原長能生る

村														上	冷泉		円						
955					960					965					970					975		
天暦 9	10	天徳	2	3	4	応和	2	3	康保	2	3	4	安和	2	天禄	2	3	天延	2	3	貞元
	大和物語、天暦年中に成るか	凶作、穀価騰貴			内裏歌合▼ 内裏炎上、神鏡一時紛失			鴨川大洪水 空也、万燈会を行う			京都洪水 石清水造営		宇津保物語、この頃成るか	安和の変、源高明配流	日遊 この頃より祇園御霊会行わる		空也没(70) 雑芸起る		疱瘡流行 蜻蛉日記、この頃成るか		内裏炎上

……藤原為時

藤原惟規

(学子)　蔵人　蔵人頭　右中将　権中納言

(済時)　左少将　右中弁　参議　参議

(朝光)　蔵人　権中納言

……藤原実方　侍従

……藤原相如

(匡衡)

……大江定基

71

(実頼)　北野社増築　関白太政大臣　日遊

……源為憲

(師輔)　53　蔵人頭

(為光)　蔵人　参議　中納言

藤原斉信

藤原道信

(伊尹)　摂政　49　太政大臣

21

(義孝)

藤原行成

藤原公任

文章博士

(文時)▼　封事三カ条　花宴の序

……藤原為頼

(博雅)　皇后宮権大夫

藤原道長

(浄蔵)

74

定子

(朝綱)▼　72

……選子　斎院卜定

昇殿

71

(道風)▼この頃木工頭

……桜島忠信……　少外記　大外記

……尾張兼時

(能宣)　神祇大祐　神祇大副

(輔親)

……海恒世

(教実)　75

(寛朝)　仁和寺別当

(茂助)　算博士

……小槻忠臣

博士　主税頭　(糸平)　主計頭算博士

(忠行)　匣中の念珠を占い当つ

(保憲)　主計頭　▼大乗院点地

……奝然

……実因

……安倍晴明

▲大乗院点地

▲内裏屏風詩　●源経基没(45)　兼通、閑院を買う●

●大江維時没

融	花山	一条

980 985 990 995 998

2 天元 2 3 4 5 永観 2 寛和 2 永延 2 永祚 正暦 2 3 4 5 長徳 2 3 4

頼忠前栽合▼ 兼通没(53)
暴風雨
この頃成るか 古今六帖、
池亭記(保胤) 内裏炎上
源順没(73)
神楽歌撰定 三宝絵詞▼
良源没(74) 往生要集(恵心)
往生極楽記(保胤)
旱魃
大風雨 頼忠没(66)
兼家没(62) 元輔没(83)
慈覚門徒と智証門徒の争
疫病流行、北野に御霊会
道綱の母没 道長に内覧
伊周・隆家、左遷さる▼
満仲没(85)
拾遺集、長徳年中に成る

越前守

右大将 左大将

中納言 権大納言 大納言 55

45

権大納言 大納言 左中将

左少将 右馬頭 右中将 陸奥守

……藤原朝元

文章博士 東宮学士

蔵人 三河守 出家(寂昭)

藤原資業

遠江守 51 雑事三カ条

大納言 右大臣 太政大臣

蔵人頭 参議

侍従

左少将 左中将

……源宣方

藤原公信 右中将

蔵人頭

左中弁 参議

彰子

式部大輔 83 摂津守

丹波守 太皇大后宮大進

……倫子

63 左大臣

権中納言 権大納言 右大臣

入内・女御

詮子 円融女御 皇太后宮 出家

……源道済

兼家家競馬に出馬 春日神楽人長

71

勘解由判官

東大寺別当

84

大僧正

……小槻奉親

大夫史

主一

……平維衡 ▼合戦

……平致頼 ▲合戦

帰国

入宋 法橋 東大寺別当

少僧都 大一

那智の天狗を封じる

・道真に太政大臣追贈

・大風大水により河原院被害

・成村最後の上洛 ・仁康、河原院五時講

・能因生る

・子日野遊 ・円融院葬送

一条	三条	後一条

999	1000				1005					1010					1015					1020
長保	2	3	4	5	寛弘	2	3	4	5	6	7	8	長和	2	3	4	5	寛仁	2	3	4

- 長保1　彰子入内屏風歌
- 長保2　冬から疫病流行
- 長保3　枕草子、この頃成るか
- 長保4　内侍所御神楽始　保胤没
- 寛弘1　和泉式部日記
- 寛弘2　内裏焼亡、神鏡損ず
- 寛弘4　源氏物語この頃までに成るか
- 寛弘7　紫式部日記　伊周没(37)
- 長和1　源信、声明念仏を始む
- 長和2　和漢朗詠集、この頃成るか
- 長和3　内裏炎上
- 長和4　疫病流行
- 長和5　紫式部、この頃没か
- 寛仁1　源信没(76)
- 寛仁3　法成寺建立　刀伊来寇
- 寛仁4　更級日記の記事始まる

越前守
(為時)　東三条院四十賀屏風歌　左少弁　越後守　出家
(惟規)　蔵人　?
……藤原義忠　文—
(朝元)　大皇太后宮大夫
……挙周　和泉守
(匡衡)　式部大輔　61
(寂昭)　入宋
(資業)　蔵人　大内記　五位蔵人　文章博士　丹—
(為憲)　世俗諺文　伊賀守
(斉信)　権中納言　権大納言　春宮大夫　大—
蔵人頭
右少将(公信)　左大弁　左中将　参議　右兵衛督　太宰権—
(行成)　兵部卿　権中納言　権—
(公任)　この頃出仕せず　権大納言　和漢朗詠集
入内　中宮(彰子)　皇太后　太皇大后
大進
准三后
(倫子)
太政大臣
(道長)　摂政　辞任　出家
25
……丹波忠明
皇后(定子)
(詮子)　40 (東三条院)
(選子)　草合　歌合
(道済)　蔵人　筑前守太宰少弐
……明尊
(兼時)　老病に衰う
(輔親)　祭主
……平致経　私闘
……橘則光
陸奥守
穀倉院別当(奉親)　出家　58
計頭(忠臣)蔵人　77
配流(維衡)　伊勢守
配流(致頼)召還
(奝然)　清涼寺座主
僧都　56 (実因)
頼通大饗屏風詩・和歌
小野僧正—
(晴明)　85

• 藤原致忠配流

• 河原院釈迦像を広幡へ

一条														後朱雀						
			1025						1030					1035				1040		1042
治安	2	3	万寿	2	3	4	長元	2	3	4	5	6	7	8	9	長暦	2	3	長久	2	3
頼光没(74)			京都大火	関寺に牛現わる迦葉の化			平忠常の乱		疫病大流行	源頼信、忠常を従う	富士山噴火		京都大風雨、洪水	頼通賀陽院歌合		この頃、今様最も流行			法華験記(鎮源)この頃成るか		

……藤原実成　太宰権帥　安楽寺の訴

義忠歌合　宇治院別当

章博士　阿波守　58

陸奥守

木工頭　文章博士

三河守　侍従

73(在宋)

邸宅焼かる

波守　式部大輔　播磨守　伊予守

納言　民部卿　69

権中納言　50

帥

大納言　56

致仕　出家　76

出家(上東門院)　菊合

出家　六十賀　七十賀

62

典薬頭

……丹波雅忠

出家　72

権少僧都　大僧都　天台座主となるが山門派に拒まる

これ以前に神祇伯　85

私闘……

……

……橘季通　蔵人

……

高階為家

祈雨(神泉苑)

• 小野僧正祈雨(神泉苑)

• 小野僧正祈雨

• 仁康地蔵講

• 小野僧正祈雨

天皇	西暦	年号	事項
後朱雀	1043	長久4	諸国大旱
		寛徳	大旱疫病
後冷泉	1045	2	この頃、赤染衛門没か
		永承	実資没(90)
		2	諸国旱魃
		3	頼信没(81)
		4	
	1050	5	この頃、能因没
		6	
		7	頼通の別業を平等院とす
		天喜	平等院阿弥陀堂(鳳凰堂)
		2	この頃より末法の時代に入る
	1055	3	夜の寝覚
		4	前九年の役、始まる
		5	
		康平	この頃、新猿楽記成るか
	1060	2	京都に放火頻々とつづく
		3	
		4	
		5	この頃、陸奥話記成るか
		6	
		7	この頃、本朝文粋成るか

70
(実成)

(挙周)

(資業) 非参議従三位 出家

(彰子)

90
(倫子)

出家 (忠明)

(雅忠) 典薬頭 施薬院使

(明尊) 円城寺長吏 天台座主に任ぜられ山門派これを拒む 平等院検校 九十賀 93

(季通)

(為家)

• 小野僧正祈雨 • 新立荘園の停止

天皇	西暦	年号	事項
	1065	治暦	
		2	明衡没（78）
		3	
後三条		4	
		延久	記録所設置
	1070	2	この頃、禖子歌合、盛行
		3	
		4	量衡の制（宣旨升）
白河		5	
		承保	頼通没（83）
	1075	2	
		3	狭衣物語、この頃成るか
		承暦	隆国没（74）
		2	
		3	京都大火
	1080	4	
		永保	
		2	
		3	後三年の役、始まる
		応徳	
	1085	2	京都に淫祠が祭られる
	1086	3	白河院政開始　後拾遺集

83

87

播磨守重任

新潮日本古典集成〈新装版〉

今昔物語集 本朝世俗部 一

平成二十七年一月三十日 発行

校注者 阪倉篤義 本田義憲 川端善明

発行者 佐藤隆信

発行所 株式会社 新潮社

〒一六二-八七一一 東京都新宿区矢来町七一

電話 〇三-三二六六-五四一一（編集部）

〇三-三二六六-五一一一（読者係）

http://www.shinchosha.co.jp

印刷所 大日本印刷株式会社

製本所 加藤製本株式会社

装画 佐多芳郎／装幀 新潮社装幀室

組版 株式会社ＤＮＰメディア・アート

乱丁・落丁本は、ご面倒ですが小社読者係宛お送り下さい。
送料小社負担にてお取替えいたします。
価格はカバーに表示してあります。

ISBN978-4-10-620832-4 C0393

日本霊異記 小泉道 校注

仏教伝来によって地獄を知らされた時、さまざまな説話、奇譚が生れた。雷を捕える男、空飛ぶ仙女、冥界巡りと地獄の業苦——それは古代日本人の幽冥境。

古事記 西宮一民 校注

千二百年前の上代人が、ここにいる。神々の哄笑は天にとどろき、ひとの息吹は狭霧となって野に立つ……。宣長以来の力作といわれる「八百万の神たちの系譜」を併録。

平家物語（全三巻） 水原一 校注

祇園精舎の鐘のこゑ……生命を賭ける男たちの戦い、運命に浮き沈む女人たち、人の世の栄枯盛衰を語り伝える源平争覇の一部始終。八坂系百二十句本全三巻。

古今著聞集（上・下） 西尾光一 小林保治 校注

貴族や武家、庶民の諸相を神祇・管絃・好色等に分類し、典雅な文章の中に人間のなまの姿を写して、人生の見事な鳥瞰図をなした鎌倉説話集。七二六話。

太平記（全五巻） 山下宏明 校注

北条高時に対する後醍醐天皇の挙兵から足利政権確立まで、その五十年にわたる激動の時代と勇猛果敢に生きた人間を、壮大なスケールで描く軍記物語。

竹取物語 野口元大 校注

親から子に、祖母から孫にと語り継がれてきたかぐや姫の物語。不思議なこの伝奇的世界は、美しく楽しいロマンとして、人々を捉えて放さない心のふるさとです。

伊勢物語

渡辺　実　校注

引きさかれた恋の絶唱、流浪の空の望郷の思い——奔放な愛に生きた在原業平をめぐる珠玉の歌物語。磨きぬかれた表現に託された「みやび」の美意識を読み解く注釈。

落窪物語

稲賀敬二　校注

姉妹よりも一段低い部屋〝落窪〟で泣き暮す姫が貴公子に盗み出された。幸薄い佳人への惜しみない優しさと愛。そして継母への復讐。甘美な夢をささやく王朝のメルヘン！

源氏物語（全八巻）

石田穣二
清水好子　校注

一巻・桐壺～末摘花　二巻・紅葉賀～明石　三巻・澪標～玉鬘　四巻・初音～藤裏葉　五巻・若菜 上～鈴虫　六巻・夕霧～椎本　七巻・総角～東屋　八巻・浮舟～夢浮橋

狭衣物語（上・下）

鈴木一雄　校注

運命は恋が織りなすのか？　妹同然の女性への思慕に苦しむ美貌の貴公子と五人の女性をめぐる愛のロマネスク——波瀾にとんだ展開が楽しい王朝文学の傑作。

堤中納言物語

塚原鉄雄　校注

世紀末的猟奇趣味に彩られた「虫愛づる姫君」、稀有のナンセンス文学「よしなしごと」——とりどりの光沢を放つ短編が、物語の醍醐味を満喫させる一巻。

御伽草子集

松本隆信　校注

室町時代、華麗に装われて登場した民衆文芸。貴種流離・恋・変身・冒険等々、奇想天外な発想から夢と憧れと幻想をくりひろげた傑作小説の世界。全九編収録。

方丈記　発心集　三木紀人 校注

徒然草　木藤才蔵 校注

謡曲集（全三冊）　伊藤正義 校注

世阿弥芸術論集　田中裕 校注

萬葉集（全五巻）　青木・井手・伊藤 清水・橋本 校注

古今和歌集　奥村恆哉 校注

痛切な生の軌跡、深遠な現世の思想――中世を代表する名文『方丈記』に、世捨て人の列伝『発心集』を併せ、鴨長明の魂の叫びを響かせる魅力の一巻。

あらゆる価値観が崩れ去った時、批評家兼好の眼が躍る――人間の営為を、ある時は辛辣に、ある時はユーモラスに描きつつ、人生の意味を鋭く問う随筆文学の傑作。

謡曲は、能楽堂での陶酔に留まらず、自ら読んで謡う文学。あでやかな言葉の錦を頭注で味わい、舞台の動きを傍注で追う立体的に楽しむ謡いの本。

初心忘るべからず――至上の芸への厳しい道程を説き、美の窮極に迫る世阿弥。奥深い人生の知恵を秘めた「風姿花伝」「至花道」「花鏡」「九位」「申楽談儀」を収録。

名歌の神髄を平明に解き明す。一巻・巻第一～巻第四　二巻・巻第五～巻第九　三巻・巻第十～巻第十二　四巻・巻第十三～巻第十六　五巻・巻第十七～巻第二十

いまもし、恋の真只中にいるなら、「恋歌」を、愛する人に死なれたあとなら、「哀傷」を読んでほしい。華やかに読みつがれた古今集は、むしろ、慰めの歌集だと思う。

和漢朗詠集 大曽根章介・堀内秀晃 校注

漢詩と和歌の織りなす典雅な交響楽——藤原文化最盛期の平安京で編まれ、物語や軍記をはじめとする日本文学の発想の泉として生き続けた珠玉のアンソロジー。

梁塵秘抄 榎克朗 校注

遊びをせんとや生まれけん、戯れせんとや生まれけん……源平の争乱に明け暮れた平安後期の民衆の息吹きが聞こえてくる流行歌謡集。編者後白河院の「口伝」も収録。

山家集 後藤重郎 校注

月と花を友としてひとり山河をさすらう人生詩人、西行——深い内省にささえられたその歌は祈りにも似た魂の表白。千五百首に平明な訳注を付した待望の書。

新古今和歌集（上・下） 久保田淳 校注

美しく響きあう言葉のなかに人生への深い観照が流露する、藤原定家・式子内親王・後鳥羽院などによる和歌の精華二千首。作者略伝をはじめ充実した付録。

芭蕉句集 今栄蔵 校注

旅路の果てに辿りついた枯淡風雅の芸境。俳諧を通して人生を極めた芭蕉の発句の全容を、なめらかな口語訳を介して紹介。ファン必携の「俳書一覧」をも付す。

芭蕉文集 富山奏 校注

松尾芭蕉が描いた、ひたぶるな、凜冽な生の軌跡。全紀行文をはじめ、日記、書簡などを年代順に配列し、精緻明快な注釈を付して、孤絶の大詩人の肉声を聞く！

■新潮日本古典集成

古事記　西宮一民
萬葉集　一〜五　青木生子　井手至　伊藤博　清水克彦　橋本四郎
日本霊異記　小泉道
竹取物語　野口元大
伊勢物語　渡辺実
古今和歌集　奥村恆哉
土佐日記　貫之集　木村正中
蜻蛉日記　犬養廉
落窪物語　稲賀敬二
枕草子　上・下　萩谷朴
和泉式部日記　和泉式部集　野村精一
紫式部日記　紫式部集　山本利達
源氏物語　一〜八　石田穣二　清水好子
和漢朗詠集　大曽根章介　堀内秀晃
更級日記　秋山虔
狭衣物語　上・下　鈴木一雄
堤中納言物語　塚原鉄雄
大鏡　石川徹
今昔物語集　本朝世俗部　一〜四　阪倉篤義　本田義憲　川端善明
梁塵秘抄　榎克朗
山家集　後藤重郎
無名草子　桑原博史
宇治拾遺物語　大島建彦
新古今和歌集　上・下　久保田淳
方丈記　発心集　三木紀人
平家物語　上・中・下　水原一
金槐和歌集　樋口芳麻呂
建礼門院右京大夫集　糸賀きみ江
古今著聞集　上・下　西尾光一　小林保治
歎異抄　三帖和讃　伊藤博之
とはずがたり　福田秀一
徒然草　木藤才蔵
太平記　一〜五　山下宏明
謡曲集　上・中・下　伊藤正義
世阿弥芸術論集　田中裕
連歌集　島津忠夫
竹馬狂吟集　新撰犬筑波集　木村三四吾　井口壽
閑吟集　宗安小歌集　北川忠彦
御伽草子集　松本隆信
説経集　室木弥太郎
好色一代男　松田修
好色一代女　村田穆
日本永代蔵　村田穆
世間胸算用　金井寅之助　松原秀江
芭蕉句集　今栄蔵
芭蕉文集　富山奏
近松門左衛門集　信多純一
浄瑠璃集　土田衞
雨月物語　癇癖談　浅野三平
春雨物語　書初機嫌海　美山靖
與謝蕪村集　清水孝之
本居宣長集　日野龍夫
誹風柳多留　宮田正信
浮世床　四十八癖　本田康雄
東海道四谷怪談　郡司正勝
三人吉三廓初買　今尾哲也